SCORPIO

THORE D. HANSEN

DIE HAND GOTTES

THRILLER

SCORPIO

Umschlaggestaltung: David Hauptmann,
Hauptmann & Kompanie Werbeagentur, Zürich
Satz: BuchHaus Robert Gigler, München
Druck und Bindung: GGP Media GmbH, Pößneck
ISBN 978-3-942166-27-0

www.scorpio-verlag.de

Gewidmet allen Menschen, die ihr Leben oder ihre Freiheit durch die katholische Kirche verloren haben. Und jenen, die erkennen wollen, dass historische Wahrheit und spirituelle Selbstbestimmung das Recht jedes Menschen ist.

Kein Verbrechen lässt sich ewig verbergen.
Keine Kultur ewig verbannen.
Jede Wahrheit findet ihren Weg ans Licht.
Wenn Recht zu Gerechtigkeit wird,
kann eine göttliche Kultur zurückkehren.

PROLOG

Seit unserer frühesten Jugend sind wir daran gewöhnt, verfälschte Berichte zu hören, und unser Geist ist seit Jahrhunderten so sehr von Vorurteilen durchtränkt, dass er die fantastischen Lügen wie einen Schatz hütet, sodass uns schließlich Wahrheit unglaubwürdig und die Fälschung wahr erscheint.

Sanchunniathon, vor 4000 Jahren

2. Mai 1945
Magdalensberg, kurz vor Klagenfurt in Österreich

Es war ein Schrei wie in Träumen. Wenn man in ein schwarzes Loch fällt, sich nicht halten kann, stürzt und stürzt, sich erst auf die Zunge beißt und dann doch schreit.

Dieser Schrei war echt! Kein Traum. Das war sofort an den Augen der anderen zu sehen. Das war auch kein Granateinschlag, kein zerfetzter Freund oder Schmerz, wie sie es alle schon erlebt hatten. Das war anders.

Ein junger Soldat kam den Abhang heruntergerannt und machte Meldung. »Major, Sir, ein Rekrut ist in eine Höhle gestürzt.« Er schrie laut genug. Major Sean MacClary hörte unwillkürlich mit und trat aus dem Zelt. Manchmal, wie jetzt, gab er sich sehr britisch.

»Brillant, meine Herren. Ich hatte befürchtet, meine Männer im Kampf zu verlieren. Stattdessen fallen sie in Löcher.« Aber dann war der Spaß auch sofort wieder vorbei, und es folgten schnelle, präzise Befehle, die jeder verstand. Angesichts letzter verstreuter deutscher Kampftruppen in dieser Region Kärntens war es zu gefährlich, Licht zu nutzen, um das unbekannte Gelände sicherer zu erkunden.

Auf halber Höhe des Magdalensberges hatte die Truppe in der Nacht Stellung bezogen und wartete auf weitere Befehle vom britischen Oberkommando. Das ferne Granatfeuer war inzwischen so selbstverständlich geworden wie Kindergeschrei für eine Hebamme. Man gewöhnte sich an alles. Dieser Schrei hatte sich jedoch wie ein Dolch in die Seele der Männer gebohrt.

MacClary nahm zwei Soldaten und Sanitäter mit, um die Stelle zu finden, wo der Soldat in die Tiefe gestürzt war. Sein linkes Auge begann nervös zu vibrieren, eine Eigenart, die er schon als Kind entwickelt hatte, wenn er von seinen Lehrern unter Druck gesetzt wurde. Seit er aktiv im Krieg eingesetzt war, und nach mehreren Verwundungen überkam ihn diese Reaktion immer häufiger. Es war ein merkwürdiges Bild, wenn dieser Mann – groß, kräftig und mit mächtigem Charisma – plötzlich eine solche Schwäche zeigte.

Er hielt kurz inne, nahm dem Helm ab und griff sich an die verschmutzte Stirn, um sich zu beruhigen. Seine dunklen Augen suchten einen Fixpunkt im Gelände. Nur langsam wich das Zucken; mit einer Hand strich er durch seine kurzen grauen Haare, mit der anderen setzte er den Helm auf und folgte wieder seinen Soldaten.

Am Abgrund angelangt, wagte es MacClary, mit einer kleinen Taschenlampe in die Tiefe zu leuchten, und erkannte einige Meter tiefer den reglosen Soldaten.

»Soldat, können Sie mich hören?«

Nur ein leises Stöhnen verriet, dass da unten noch jemand am Leben war.

»Smith und Rudy, Sie seilen sich ab«, befahl MacClary.

Als die Soldaten ihren Kameraden erreichten, hörte er ein Raunen, das kaum dem Verletzten gelten konnte.

»Was ist denn los? Sie sollen den Mann bergen und keine Höhlenforschung betreiben«, schrie MacClary energisch hinunter.

»Aber Major, das müssen Sie sich ansehen! Hier ist ein Eingang zu einem Raum voll mit alten Figuren, Schmuck und irgendwelchen Papierrollen.«

»Was sagen Sie da? Warten Sie, ich komme runter.«

MacClary seilte sich ab, und unten angekommen, traute er seinen Augen kaum. Im ersten Moment dachte er an einen geheimen Bunker, aber dann begriff er, dass es sich hier um uralte Hinterlassenschaften handeln musste.

Doch dafür war jetzt keine Zeit. Der junge Soldat krümmte sich vor Schmerzen und bekam kaum Luft. Einer der Sanitäter beugte sich über ihn. »Soldat, können Sie aufstehen?«

»Ja, aber ich denke, ein paar Rippen sind nicht mehr dort, wo sie hingehören. Gott verdammt, ich kriege keine Luft.«

»Sie müssen trotzdem aufstehen, sonst ersticken Sie mir.« MacClary half dem Sanitäter, den Soldaten hochzuheben, was dieser mit einigen unterdrückten Schreien quittierte.

»Okay, Smith zieht ihn hoch. Sie schaffen das, oder?«, fragte MacClary und sah den Sanitäter mit hochgezogenen Augenbrauen an.

»Danke, Major, ja, es wird schon irgendwie gehen.«

Der Verletzte wurde für den Transport nach oben vorbereitet, und MacClary riskierte einen Blick in die Kammer, die durch den Sturz des Soldaten freigelegt worden war.

Sean MacClary hatte vor dem Krieg als ordentlicher Professor für Archäologie gearbeitet. Beim Anblick dieser Artefakte wurde er schwach in den Knien.

»Was kann das sein?«, fragte Rudy und versuchte mit wedelnden Händen den Staub aus seinem Sichtfeld zu entfernen.

MacClary wusste, dass er die Deutschen vor sich und die Truppen Titos hinter sich hatte. Es blieb nur wenig Zeit, diese Artefakte zu bergen oder besser: verschwinden zu lassen, denn von einer Bergung konnte eigentlich keine Rede sein.

»Ich kann selbst kaum etwas erkennen, Rudy, aber es muss sich um eine Art Bibliothek oder eine besondere Grabkammer handeln. Diejenigen, die diese Kammer angelegt haben können, lassen sich an einer Hand abzählen«, sagte MacClary, während er sich abermals an die Stirn fasste, um sein Auge zu beruhigen. Schon der erste Eindruck von der Beschaffenheit der Steine, der Figuren und der wenigen Schriftzeichen, die er in der staubgeschwängerten Luft erkannte, deutete auf keltische, aber auch römische Herkunft.

»Das ist eigentlich nicht möglich«, murmelte MacClary weiter. Die Verschmelzung von Kelten, Germanen und anderen Stämmen Europas mit der römischen Kultur hatte sich über Jahrhunderte vollzogen. War diese Höhle ein Zufluchtsort? Ein Ort, um Wissen und Kultur zu bewahren? Wer waren die Baumeister? MacClary schossen Fragen wie Maschinengewehrsalven durch den Kopf, doch Antworten würde er unter diesen erbärmlichen Umständen nicht finden.

»Wie auch immer, Rudy. Hier und jetzt bleibt uns – verdammt noch mal – keine Zeit für größere Forschungsarbeiten. Holen Sie mir ein paar Planen zum Abdichten«, befahl MacClary. Er suchte fieberhaft weiter nach einem Hinweis, der ihm eine Deutung erlauben würde. Schwer atmend und behindert von der Finsternis und dem Staub, die in der Höhle herrschten, musterte er die Fundstücke mechanisch von rechts nach links. Er sah Schriftrollen, die in dieser Region eigentlich keine hundert Jahre hätten überdauern können, die aber eindeutig aus der Frühzeit stammten. Die Schöpfer mussten lange nach dieser ungewöhnlich trockenen und warmen Höhle gesucht haben. Dafür konnte es nur eine Erklärung geben: Sie hatten unbedingt sicherstellen wollen, dass die hier versammelten Zeugnisse der Vergangenheit lange überlebten, damit in Zukunft jemand sie entdeckte und der Welt zugänglich machte. Was für ein Plan mochte dahinterstecken?

Plötzlich stoppte seine Hand und richtete den Lichtstrahl auf eine Kiste, die – voller Staub und fast vermodert – seinen Blick erstarren ließ. Es war die einzige Kiste inmitten all der unzähligen Steintafeln, Figuren, Schriftrollen, Schmuckstücke und anderer Dinge. Doch was MacClary in den Bann zog, war ein Schriftzug, den er durch den Dreck hindurch sehen konnte.

DISTURBATIO FONTIS

»Die Vernichtung der Quelle«. Konnte das möglich sein? Stand er womöglich vor Aufzeichnungen der verfolgten Heiden?

»Verdammt! Warum ausgerechnet jetzt? Was soll ich tun, was ist der nächste Schritt, was ist der nächste Schritt?«

Das war Sean MacClary in Höchstform. Wenn er an seine Grenzen stieß, klammerte er sich an diese für ihn geradezu beschwörende Formel, die ihm half, seine Gefühle in den Griff zu bekommen, um sachlich, stark, souverän und unangreifbar zu bleiben.

Ganz kurz fühlte er sich, als wäre er wieder in seinem Lehrsaal, umgeben von wissbegierigen Studenten, die seine Geschichten aus der Archäologie wie Märchen verschlangen. Keiner verstand es wie er, diese Wissenschaft und ihre teils trockenen theoretischen und technischen Inhalte in so faszinierende Bilder zu verpacken. Er brachte in seinen Vorlesungen nicht einfach nur blanke Neugier hervor, sondern eine rasende Ungeduld. Dieses Feuer selbst in solchen Studenten zu entzünden, die nur an diesem Platz saßen, weil sie von Standes wegen zu studieren hatten, gelang MacClary aus einem ganz einfachen Grund: Er war echt und glaubwürdig; seiner Leidenschaft, gepaart mit seiner eindrucksvollen Gestik und einer sonoren Stimme, die jeden Säugling zu beruhigen vermochte, konnte sich niemand entziehen.

»Major?«

MacClary erschrak. Für einen Moment war er so vertieft und fasziniert gewesen, dass er selbst diesen elenden Krieg vergaß. »Danke, Rudy. Holen Sie mit Smith noch ein paar Munitionskisten. Ich denke, wir sollten wenigstens ein paar von diesen Dingen mitnehmen.«

MacClary suchte nach einer Lösung, nach einem sicheren Transportweg, um die Kisten unauffällig nach England zu bringen. Allein die Masse an unschätzbaren Kulturwerten stellte ihn vor eine kaum lösbare Aufgabe. In ihm kam das Gefühl auf, vor einer Gruppe Verletzter zu stehen und entscheiden zu müssen, wen er operieren und wen er sterben lassen würde – eine grauenhafte Situation, die Ärzte und Sanitäter in den letzten Jahren nur allzu oft kennengelernt hatten.

Hinzu kam, dass es unter diesen Umständen kaum möglich war, die Funde einigermaßen sicher zu transportieren. Insbesondere die Pergamentrollen, deren Erhaltungszustand ohnehin schon ein Wunder war. Wenn durch den Einsturz der Höhle mehr Sauerstoff an die Artefakte gelangte, konnte es höchstens ein paar Wochen, vielleicht sogar nur Tage dauern, bis alles in sich zusammenfiel.

»Was in Gottes Namen ist das?«, stöhnte MacClary. Pergament war seit Beginn des 4. Jahrhunderts in Europa verwendet worden, seit der Zeit, als die katholische Kirche zur Weltmacht emporstieg. Wäre dieser Fund ein Zeugnis jener Epoche, sein Wert wäre unschätzbar für die Forschung. Abermals vergaß MacClary fast, unter welchen Bedingungen er sich an diesem Ort befand – Bedingungen, die es kaum sinnvoll erscheinen ließen, auch nur eine Sekunde an die Zukunft zu denken.

Wie auch immer. Der Schaden wäre größer, wenn dieser rätselhafte Fund so kurz vor dem Ende noch den Deutschen in die Hände fiel. Es blieben wahrscheinlich nur wenige Stunden, bis ihn der Befehl zum Einmarsch nach Klagenfurt erreichen würde. Vielleicht könnte er den Fundort verbergen und nach dem Krieg erforschen, wenn er wieder als Archäologe arbeiten durfte. Doch würde er Zugang zu diesem Fund bekommen? Welche Regierung, welche Autorität würde es ihm ermöglichen, überhaupt wieder an diesen Ort zurückzukehren?

Im fahlen Licht seiner Taschenlampe suchte er neben der Kiste nach weiteren Stücken, die sich in ein oder zwei großen Kisten transportieren ließen.

Als Major und Freund von General Brown hatte er die Möglichkeit, als geheim deklariertes Gepäck, Dokumente oder Ähnliches ohne Kontrolle bis nach England bringen zu lassen, auch für den persönlichen Gebrauch. Also würde er in aller Eile einige Stücke auswählen und den Eingang zur Höhle danach so verschließen lassen, dass es niemandem auffiel. Und dann musste er hoffen, dass sich das trockene Klima wieder einstellen und der Schaden gering bleiben würde. Eine unvorbereitete Bergung wäre ein wissenschaftliches Verbrechen.

»Ein Krater! Ich brauche hier den Einschlag einer Granate oder einer Bombe, oder wenigstens etwas, das so aussieht.«

MacClary sah in die Augen seiner Männer, die schon alle möglichen Sprengungen gelegt hatten. »Rudy, können Sie die Höhle mit einer sanften Sprengung versiegeln, sodass keine Luft mehr eindringt, aber die Räume und diese Schätze nicht zerstört werden?«

»Ja, Sir, aber wir brauchen nach innen mindestens zehn Meter Platz für die Druckwelle und das Geröll, auf keinen Fall weniger«, erwiderte der sichtlich bemühte Soldat.

MacClary leuchtete den Raum aus und entdeckte weitere Höhlenabschnitte. Vielleicht würde sein Fund die Explosion wirklich überstehen, wenn man alles weiter nach hinten transportierte.

»In Ordnung. Männer, bringt alles so weit wie möglich in die hinteren Räume – und dann nichts wie weg hier«, befahl MacClary und verpackte einige Schriftrollen und Schmuckstücke mit Hemden, Hosen und Decken, um sie noch im Schutz der Dunkelheit zu verladen.

Langsam brach die Dämmerung herein. Wenn auch die Sprengung den Höhleneingang verbergen würde, standen die Männer doch vor dem Problem, wie sie eine noch so kleine Sprengung überhaupt durchführen sollten, ohne auf sich aufmerksam zu machen.

Da kam ihnen der Zufall zu Hilfe.

Vom britischen Hauptquartier erreichte sie der Marschbefehl, der 78. Infanteriedivision zu folgen, die in den Morgenstunden Klagenfurt erreichen sollte. Bei den dann einsetzenden Gefechten würde eine gezielte Sprengung des Höhleneingangs kaum auffallen.

Und so geschah es. MacClary quälte die Ungewissheit, ob er diesen Ort je wieder betreten könnte, um die historischen Schätze einer längst vergangenen Kultur weiter zu erforschen. Doch es half alles nichts, im Augenblick war dies wohl die beste Lösung. Wenn auch wenige, würde er doch einige Stücke sicher nach Hause bringen können. Und sofern er die letzten Kriegstage überlebte, würde er nach seiner Heimkehr hoffentlich beginnen zu verstehen, was er in dieser Nacht gefunden hatte.

Nur wenige Stunden später marschierten die britischen Truppen ohne große Verluste in Klagenfurt ein. Die Nachricht von der Kapitulation der Deutschen machte MacClary neue Hoffnung, trotz einiger Verletzungen wieder an seine Arbeit gehen zu können.

Nur eine einzige Kiste der Fundstücke konnte er sicher nach Hause bringen. Hätte er gewusst, welche Wahrheit dieser Fund enthielt und welche Dramatik er weltweit auslösen würde – keinen Schritt wäre er aus dieser Höhle gegangen.

1

Und wer da überwindet und hält meine Werke bis ans Ende, dem will ich Macht geben über die Heiden; und er soll sie weiden mit einem eisernen Stabe, und wie eines Töpfers Gefäß soll er sie zerschmeißen.

Die Offenbarung des Johannes 2,26 f.

Niederösterreich – 13. März

Adam Shane saß blass und schweißgebadet auf dem Bett. Seine langen blonden Haare klebten in seinem Gesicht, seine Hände suchten nach Halt an der Bettkante, und er atmete einmal sehr tief durch, als ob er, kurz vor dem Ertrinken nach Luft ringend, aus dem Meer emporkäme. Es war gerade sechs Uhr in der Früh, und jeden Moment müsste ihn sein Wecker endgültig in die vertraute Welt zurückholen.

Stattdessen verlor er plötzlich das Augenlicht.

»O mein Gott, was geschieht hier?«

Bei dem Versuch, sich vom Bett zu erheben, fiel er sofort wieder um. Er hatte kein Gefühl mehr für sein Gleichgewicht, und als er die Augen wieder öffnete, konnte er seine vertraute Umgebung nur noch in unterschiedlichen Lichtkonturen sehen. Jede Zelle seines Körpers löste sich fühlbar auf und verband sich mit der Umgebung; es gab keine Trennung mehr zwischen seinem Körper, der Umwelt und der Materie an sich. Als er gerade dachte, es würde sich wieder legen, rasten Bilder durch seinen Geist, die ihm die Jahrhunderte wie eine Collage der Menschheitsgeschichte vorführten. Und als es über die Gegenwart hinaus in die Zukunft gehen sollte, brach alles plötzlich ab. Er kam wieder zu sich, seine Augen erfassten wieder das ihm vertraute Schlafzimmer, und sein Körper bemächtigte sich wieder seines Geistes.

Oder war es umgekehrt?

»Verdammt, verdammt, was war das?«, murmelte Shane vor sich hin und strich seine Haare durch die verschwitzte Stirn. »Ich pack das nicht!«

So muss es sich anfühlen, wenn man aus einem Schock heraus zum Autisten wird, dachte Shane. In diesem elenden Zustand hätte ihn kaum jemand wiedererkannt, denn seine äußere Erscheinung glich eher der eines Hünen. Seine große Gestalt überragte alles, seine Augen, eng beieinander, verliehen seinem Gesicht den Ausdruck eines Adlers, und seine Hände waren durch die Arbeit breit und grob geworden, sodass man ihnen die Heilkunst nicht ansah. Insgesamt hätte man ihn eher als einen Landwirt oder Bauarbeiter eingeordnet, der nach getaner Arbeit seine Zeit gern in einem Wirtshaus verbrachte. Niemand wäre auf die Idee kommen, dass Adam Shane, Sohn eines österreichischen Hufschmieds irischer Herkunft, ein sanfter Heiler, ein Wünschelrutengänger und Kräuterexperte war. Seit Jahren wurde er von Menschen aufgesucht, die in der modernen Medizin keine Hoffnung mehr fanden. Seine Widersacher sahen in ihm natürlich einen Scharlatan, aber seine Erfolge sprachen für sich.

Entdeckt hatte er seine Gabe, als seine Frau an Krebs erkrankt war und sich weigerte, die üblichen, oft qualvollen Therapien über sich ergehen zu lassen.

Tatsächlich hatte er ihr helfen können. Doch seine besondere Sensibilität schien zugleich auch sein Verhängnis. War dieser Traum die Quittung für seine verzweifelte Suche nach einer Erklärung, warum die Menschen das zerstörten, was sie eigentlich nährte? Seit seiner Jugend gab es diesen Drang, Antworten zu finden, eine Erklärung für seine Traurigkeit und das Gefühl der Sinnlosigkeit zu entdecken. Während seine Schulfreunde ihre Zeit mit Sport, Motorrädern, Musik oder Strategien für die erste Liebesnacht verbrachten, sorgte er sich um die Welt und wie man sie retten könnte. Fast schon manisch hatte er mit vierzehn Jahren Bücher gelesen, die andere bestenfalls im Studium in die Hand bekamen, und sich in seinen Fragen und Gedanken vergraben. So war er die meiste Zeit von einer melancholischen Einsamkeit umgeben. Die Enge des Dorfes, in dem er aufwuchs und in dem kaum jemand seine Neugier, sein Talent, aber auch seine Rastlosigkeit erkannte, war eine zusätzliche Hürde. Dieser Enge war Shane durch sein Studium der Politikwissenschaft und Soziologie zwar äußerlich entflohen, aber innerlich hatte er ihr nie entrinnen können.

Er musste mit jemandem sprechen. Kurz zögerte er, dann griff er nach dem Telefon und wählte hektisch Victorias Nummer.

»Ja?«

»Victoria!«

»Adam, was in Gottes Namen willst du so früh?«

»Es tut mir leid, aber es geht mir nicht gut. Ich hatte wieder so einen intensiven Traum.«

Eine heiße Welle der Scham und Unsicherheit überflutete ihn.

»Adam, du musst endlich etwas für dich tun. Ich habe Angst, dass du irgendwann durchdrehst, so kann es doch nicht weitergehen!«

Victoria hatte gute Gründe für ihre Angst. Vor einem halben Jahr war sie mit dem gemeinsamen Sohn Jarod zu ihrer Mutter nach London gezogen, da sie Shanes Verzweiflung darüber, was er das komplette Versagen der Menschheit nannte, nicht mehr ertrug. Zwar hatte er mit vielem, was er sagte, recht, aber wie sollte sie ihrem Kind eine Zukunft schenken, wenn der Vater so an der Gegenwart verzweifelte, dass es kaum noch unbeschwerte Augenblicke gab?

»Nun erzähl schon, was war das mit dem Traum?«, fragte Victoria mit einer deutlich wärmeren Stimme.

»Ich weiß nicht, wo ich gewesen bin, aber mir war kalt, es war in einem Wald, und es war sehr windig und irrsinnig laut. Ich hatte das Gefühl, auf weichem Herbstlaub zu stehen. Dann erkannte ich alte, sehr große Bäume, die ihre Äste nach mir reckten.

Wie durch eine Nebelwand sah ich auf einer entfernten Lichtung Gestalten in weiten hellen Gewändern, die sich wie in Trance oder in einer Zeremonie bewegten und immer wieder ihre Blicke zum Himmel wandten. Meiner Angst folgte plötzlich eine Ruhe, eine Verbundenheit und Wärme, als ob mich jemand beschützen würde. So habe ich mich nur als Kind gefühlt, weißt du, wenn ich allein auf einer Waldlichtung lag, umgeben von Bäumen, Gräsern und dem Himmel. Dieses Wechselspiel von Wolken und Sonne, das mich nährte wie eine Mutter …

Was ich sah, wirkte friedlich und tief mit der Natur verbunden, in großer Liebe. Ich ging näher heran und erkannte, dass es ausschließlich Männer waren, alte Männer, die sich anscheinend berieten. Ihre Gesten waren zwar schnell, schienen aber aus großer innerer Ruhe zu kommen, und ihre im Wind wallende Kleidung beeindruckte mich ebenso tief wie ihre Ausstrahlung. Es war wunderschön anzusehen, und ich hatte das Gefühl, diese Lichtung musste etwas ganz Besonderes sein.

Als ich mich dem Platz weiter nähern wollte, erschien plötzlich eine Horde von reitenden Männern, die auf die Lichtung zuritten. Bevor jemand fliehen konnte, waren die alten Männer schon umzingelt. Die Rüstungen der Reiter sahen aus wie von römischen Legionären. Sie sprangen vom Pferd, und obwohl die alten Männer unbewaffnet waren, rammte einer der Soldaten dem ersten Mann ein Schwert durch den Magen, bis es blutverschmiert durch den Rücken wieder herauskam. Mit hasserfülltem Gesicht trat der Krieger gegen die Brust des alten Mannes und zog das Schwert langsam wieder heraus. Es sah wirklich so aus, als würde er genießen, was er tat. Mit einem ächzenden Schrei sank der alte Mann zusammen und schrie etwas in einer Sprache, die ich nicht verstand, bevor das Leben ihn verließ. Ich war fassungslos, wie gelähmt, und fühlte mich leer und resigniert. Binnen Sekunden wurden meine Faszination und Freude durch Schrecken und Angst abgelöst.

Die Soldaten stiegen wieder auf ihre Pferde und ritten davon in Richtung eines kleinen Dorfes, das ich in der Ferne sehen konnte. Ich rannte hinterher und sah eine ganze Horde dieser Männer, die Frauen und Kinder auf bestialische Art ermordeten.

Es war ein furchtbares Bild der Zerstörung einer kleinen, friedlichen Lebensgemeinschaft. Einer der Legionäre hatte einen abgeschlagenen Kopf als Trophäe auf eine Lanze gesteckt und ritt in die Mitte des Dorfes, das bereits lichterloh brannte und im Chaos versank: Er schrie: »Unterwerft euch, eure Götter haben euch verlassen, nur unser Gott wird euch schützen!«

Bevor die Meute verschwand, sah ich einen Legionär mit einem Fisch, dem Zeichen der Christen, auf dem Schild an mir vorbeireiten, und ein verächtliches Lächeln überzog sein Gesicht.

Victoria, es war, als ob ich wirklich dabei wäre; es war viel mehr als nur ein Albtraum … tut mir leid, aber es erstaunt mich ja selbst.«

»Adam, was du da beschreibst, kommt mir fast vor wie eine Botschaft, der du nachgehen solltest. Für mich ist es wie eine Parallele zu deinem Leben. Diese ewige Frustration über die Welt«, sagte Victoria, die zu seiner großen Freude nun wirklich Anteil nahm. Es war das erste normale Gespräch seit ihrer Trennung, ein Gespräch voll von echtem Mitgefühl.

»Kann sein. Ich weiß, dass es mir schwerfällt, einfach Freude zu finden. Aber lass uns nicht wieder darüber reden, es ist einfach beruhigend, mit dir zu sprechen.«

»Du weißt, ich bin für dich da. Wenn du magst, kann Jarod übrigens in drei Wochen zu dir kommen. Ich muss nach New York, und er sehnt sich so nach dir. Ich rufe dich Freitag noch mal an.«

»In Ordnung, Freitag ist gut. Danke für dein offenes Ohr zu dieser frühen Stunde«, seufzte Shane.

»Schon gut, aber bitte geh dem endlich auf den Grund«, sagte Victoria mit so viel Intensität in ihrer Stimme, dass Shane kurz dachte, dieser Wunsch sei ein Signal. Würde sie zu ihm zurückkehren?

Er sammelte sich wieder, und plötzlich fiel ihm ein, dass er das Dorf schon vor dem Angriff im Traum besucht hatte. Es war ihm fast unheimlich, wie sehr er sich dort zu Hause gefühlt hatte. Das Dorf bestand aus gut vierzig Häusern, die von einem Wall aus Holz und Sandaufschüttungen umgeben waren. Durchschritt man das schwere Holztor, das den Eingang bildete, dann konnte man auf einem gut hundert Meter entfernten Platz einen Brunnen sehen. Kreisrund angeordnet, befanden sich dort am Platz die Häuser eines Schmieds, eine Art Markthalle und ein Haus – das Haus eines Häuptlings. Er konnte zahlreiche Menschen sehen, die bei schönstem Sonnenschein ihren Geschäften nachgingen. Die Bauart der Häuser und auch die unterschiedlich edle Kleidung zeigten zwar soziale Unterschiede, aber keiner wirkte unglücklich oder elend. Im Gegenteil, diese Gemeinschaft schien in ihrer Überschaubarkeit gut zu funktionieren. Er konnte sich in dem Traum mit niemandem verständigen, er war da und irgendwie auch nicht, verstand aber sehr viel von dem, was dieses Dorf ihm widerspiegelte: sein eigenes Bedürfnis nach Geborgenheit.

Bevor der Schrecken begonnen hatte, wäre er am liebsten dort geblieben, um ganz in diese Welt einzutauchen. Doch er hatte auch ihre Zerstörung mit ansehen müssen.

2

Dublin – 13. März

Padre Luca Morati zog seine Stirnfalten wie eine Ziehharmonika zusammen. Seine Hände, die gerade zitternd zum Telefonhörer griffen, waren übersät von Altersflecken, jede Ader war durch seine blasse, dünne Haut zu sehen. In seinem Fall konnte man wirklich von einem biblischen Alter sprechen – mit seinen vierundneunzig Jahren gehörte der Greis mit den besten Verbindungen in den Vatikan und zur Kurie zu den ältesten und einflussreichsten Geistlichen.

»Ach, gütiger Herr, ich habe versagt«, seufzte er mit einem Ausdruck von Trauer im Gesicht, während er sich langsam wie in Zeitlupe in seinem uralten Lederstuhl zurücklehnte und versuchte, den Blick seiner schwachen Augen irgendwo im Raum zu fixieren. Jeder Zentimeter der Wände war mit Büchern gefüllt. Am Fenster, von wo er den Eingang zum Trinity College im Auge hatte, stand ein Tisch aus der Kolonialzeit, beladen mit Papieren und Büchern und beleuchtet vom Licht einer typischen Bibliothekslampe, das den antiken Mahagonimöbeln einen unvergleichlich warmen und typisch irischen Charakter verlieh.

Die Sonne strahlte wie eine Taschenlampe direkt in sein

zerfurchtes Gesicht. Er zuckte zusammen, als endlich auf der anderen Seite eine Stimme ertönte.

»Sì?«

»Stellen Sie mich durch … es ist dringend«, hauchte er ins Telefon. »Hier ist Padre Morati.«

Ein kurzer Moment der Stille, in dessen Verlauf das Aufsetzen einer Fliege einem Erdbeben geglichen hätte … Er wurde verbunden.

»Sie wünschen?«

»Salvoni, ich fürchte … der Fall, vor dem wir uns immer gefürchtet haben, rückt näher, der Sohn folgt seinem Vater«, stotterte Morati, während ihn plötzlich ein Unbehagen im Magen plagte, eine Mischung aus Unsicherheit und schlechtem Gewissen. Nie hatte er den Mut besessen, dem Ursprung dieses Gefühls wirklich auf den Grund zu gehen.

»Was ist passiert?«

Für einen Augenblick herrschte wieder dieses Schweigen. Dem Padre stand der Atem still, Angst kroch vom Magen über das Zwerchfell in sein schwaches Herz und ließ seine Stimme gefrieren.

»Padre, sind Sie noch da? Antworten Sie mir, was ist geschehen?«

Nervosität machte sich am anderen Ende der Leitung breit, bevor Morati kaum hörbar in den Hörer stöhnte.

»Ich glaube, dass Ronald MacClary einen Hinweis gefunden hat. Er hält am kommenden Wochenende am Trinity einen Vortrag, dessen blasphemischer Inhalt sicher durch neues Wissen genährt wurde.«

»Aber Padre, nur weil er einen Vortrag hält, um unsere Kirche zu diskreditieren, bedeutet das noch lange nicht, dass er etwas vom Erbe seines Vaters gefunden, geschweige denn verstanden hat.«

»Aber es ist der Inhalt, Salvoni, er zieht Schlüsse, die eben jene Beweise fordern würden …«

»Wann hält er den Vortrag?«, unterbrach ihn der nun doch hörbar nervöse Salvoni, der kaum glauben konnte, dass MacClary in seiner Position auch nur im Ansatz die Kirche öffentlich kritisieren würde.

»Kommenden Freitag, um zwanzig Uhr in der alten Prüfungshalle.«

»Gut, Padre, wir werden sicherheitshalber jemanden schicken, der ihm genau zuhört. Danke für Ihre unerbittliche Wachsamkeit, möge der Herr es Ihnen lohnen und seine schützende Hand dafür sorgen, dass Sie noch lange unter uns weilen«, tönte es am anderen Ende, und nach einem Knacken hörte Morati nur noch den Freiton.

Er sank in seinem Stuhl zusammen, sein Körper rollte sich förmlich in den massiven Sessel, und seine Hände verbargen sein Gesicht. Ein Schluchzen durchdrang den Raum.

Über vierzig Jahre lang war Morati als Vizepräfekt des Vatikanischen Archivs einer der wenigen gewesen, die Zugang hatten zu den unschätzbaren Kulturwerten, den Überlieferungen und Zeugnissen all jener Epochen, in denen eifrige Missionare raubten, was ihnen auf ihrem Feldzug gegen alles Andersgläubige in die Hände fiel. Darüber hinaus hatte er Zugang zu einer Bibliothek gehabt, die außerhalb des Vatikanstaates ungleich brisanteres Material hütete. Wissen und Zeugnisse, die weitaus früher zu datieren waren als das Ende des 8. Jahrhunderts. Das wirkliche Geheimarchiv des Vatikans war in der Tat einer der bestgehüteten Orte und nur ausgewählten Personen der römischen Kurie bekannt. Um sicherzustellen, dass die Mitarbeiter, die sich mit der Konservierung und Forschung befassten, weder etwas stehlen noch zerstören konnten, mussten sie sich vor jedem Arbeitstag einer umständlichen Prozedur unterziehen. Nachdem überprüft worden war, dass man weder Kameras, Tonbänder, Funkgeräte noch Messer, Feuer oder andere Dinge bei sich hatte, wurde man von der Sixtinischen Kapelle in Bussen mit verdunkelten Scheiben an einen Ort außerhalb Roms gefahren. Erst in einer dunklen Garage durfte man aussteigen und wurde an seinen Arbeitsplatz geführt. Dort ging man unter ständiger Beobachtung, in vor Licht und Keimen geschützten Räumen, seiner zuvor genau definierten Tätigkeit nach, bis man am Abend unter Wiederholung der ganzen Prozedur wieder nach Rom eskortiert wurde.

Was Morati in diesem Archiv zu Gesicht bekommen hatte, war zum Teil von unglaublicher Schönheit und Weisheit, und er wusste, dass nur die Gewalt und Macht, mit der die Christen ihre Mission betrieben hatten, diese friedfertigen, spirituell hoch entwickelten Kulturen hatte verdrängen können. Allzu häufig ertappte sich der Gelehrte bei der Frage, welche Selbstsucht und welcher Herrschaftsanspruch die Kirche dazu brachte, das Wissen um die wirkliche Quelle der Schöpfung zu verbergen. Denn genau darum ging es an diesem Ort. Hier lagen die Schriften der Propheten und spirituellen Führer, die eine ganz andere Lehre verbreiteten als die Kirche: eine Lehre, die der unverfälschten Lehre des Jesus von Nazareth in nichts nachstand und deren Wirkung die Macht der Kirche so bedrohte, dass man einen großen Teil bereits für immer zerstört hatte. Wenn man der Menschheit diese Lehren zugänglich machte, wäre das Schicksal der Kirche besiegelt. Sie würde wegen des größten Verbrechens der Menschheitsgeschichte auf der Anklagebank landen. Nachdem Morati selbst sein halbes Leben damit verbracht hatte, die Zeugnisse der keltischen Druiden und anderer heidnischer Gelehrter zu rekonstruieren, hatte er um Versetzung nach Dublin gebeten und war inzwischen seit rund zwanzig Jahren im Ruhestand. Das hinderte ihn freilich nicht daran, die Familie MacClary, insbesondere Ronald, im Auge zu behalten. Zu viele Schwierigkeiten hatte schon der Vater bereitet, und in Rom fürchtete man, Ronald MacClary könnte etwas entdecken, das die Aufmerksamkeit der immer kritischer werdenden Christenheit weckte.

Im Zimmer war es still geworden bis auf ein leises Schnarchen. Morati war erschöpft in seinem Sessel eingeschlafen.

3

Dublin – 13. März

Ronald MacClary starrte regungslos aus seinem Arbeitszimmer in die grelle Morgensonne. Dublin war im Frühling die typische Mischung aus Sonne, Wolken und Regen, die jedem Wunsch nach Berechenbarkeit einen Streich spielte. Seine dunkelbraunen Augen wurden von der Sonne wie ein Bernstein durchleuchtet, und mit seinem Dreitagebart und den grau melierten Haaren hatte er auch das attraktive Aussehen seines Vaters geerbt. Sie waren sich in ihrer Hartnäckigkeit weitaus ähnlicher, als es Ronald lieb war. Aber zum Glück betraf die Familienähnlichkeit auch das Altern: Kaum jemand, der die siebzig überschritten hatte, konnte auf so viele Reserven zurückgreifen.

Ronald MacClary hatte es weit gebracht. Er war kurz nach Ausbruch des Krieges in Boston geboren; Anfang der Dreißigerjahre hatte sein Vater seine Mutter bei einer Reise in New York kennengelernt und wenig später geheiratet. Erst nach dem Eintritt Amerikas in den Zweiten Weltkrieg waren sie nach Dublin gezogen, und Sean MacClary hatte kurze Zeit später seine Funktion als Major in der 8. britischen Armee übernommen. Sein Sohn Ronald hatte nach einem abgebrochenen Studium der Archäologie in Rekordzeit sein Jurastudium in Boston absolviert und war jahrelang Richter am Bezirksgericht in Boston gewesen, bevor er an den Supreme Court berufen wurde, dessen Vorsitzender Richter er nun seit drei Jahren war. Und dennoch zog es ihn, wann immer er Zeit hatte, zurück in das ehrwürdige Elternhaus in Dublin an der Arbour Hill, direkt gegenüber dem Nationalmuseum. Dort vergrub er sich in den Forschungen seines Vaters.

Ronald stöberte gerade in einer der unzähligen Aufzeichnungen, die alle in großen Ledermappen aufbewahrt wurden, als sein Blick sich der Vitrine zuwandte, in der das Erbe seines Vaters schon so lange lagerte. Dieses tonnenschwere Marschgepäck auf seinen Schultern … Nur zu gerne wäre er den Fußstapfen seines Vaters gefolgt, um als Archäologe sein Werk zu vollenden, obwohl er ihn kaum gekannt hatte.

Wie so oft in letzter Zeit erinnerte sich Ronald an den plötzlichen Tod seines Vaters. Nachdem Sean mit einer schweren Verwundung aus Österreich zurückgekehrt war, hatten alle gedacht, dass er die Folgen eines Granatsplitters in der Lunge und in der Wirbelsäule überstanden hätte.

Doch als Ronald mit seiner Mutter Lisa einige Tage vor Seans Entlassung zu Besuch ins Lazarett kam, lag sein Vater im Sterben. Er konnte es nicht verstehen; noch gestern war er drauf und dran gewesen, das Lazarett zu verlassen – und nun das. Seine Mutter schrie das Lazarettpersonal herbei, sie war fassungslos und wurde fast ohnmächtig.

Der junge Ronald war schockiert, welch erbärmlichen Eindruck das sonst so stolze Gesicht seines Vaters nun machte. Der Raum roch nach Angst, von allen Seiten hörte er das Stöhnen der Verletzten, der Geruch wechselte zwischen Minze und Fäkalien. Die letzten Worte, die er von seinem Vater hörte, gaben ihm ein bis heute ungelöstes Rätsel auf.

»Ihr müsst den Hinweisen meiner Funde nachgehen …«

Der drängende Ausdruck im Gesicht seines Vaters brannte sich wie eine Wunde in sein Gedächtnis. Es musste alles mit diesem Pergament zu tun haben, das er mitgebracht hatte. Er hatte keine Ahnung, was sein Vater meinte, als er sagte, dass es von großer Bedeutung sei, den Fundort nicht in falsche Hände geraten zu lassen. Dort liege der Schlüssel zum Verständnis unserer Kultur verborgen, die Wiege all dessen, was uns ausmacht. »Und alles hat mit einem abscheulichen Verbrechen begonnen. Wir sind um ein enormes Wissen betrogen worden – und um unsere Freiheit. Du wirst es eines Tages verstehen, mein Sohn. Schau in die …« Sein Atem wich, nur noch ein angestrengtes Röcheln durchdrang den Raum, bevor sein Herz versagte.

Ronald stand mit versteinerter Miene vor dem Bett, während seine Mutter die Hände vors Gesicht schlug und bitterlich weinte.

Immer wieder spielte sich die Szene vor seinem inneren Auge wie eine Zeitschleife ab, immer wieder versuchte er, aus den letzten Worten seines Vaters den *einen* Zusammenhang, den *einen* Hinweis zu ziehen. Bis zu ihrem Tod hatte Lisa MacClary Ronald die Suche verboten.

»Wohin soll ich schauen, Vater? Wohin? Ich weiß, dass du etwas ganz Besonderes entdeckt hast, aber wo soll ich es finden?«

Ronald hatte in den letzten Jahrzehnten jeden Quadratzentimeter in den Archiven seines Vaters durchsucht und war doch nie fündig geworden. Auch die Schriftrolle in der Vitrine hatte bis heute ihr Geheimnis nicht preisgegeben. Eines war klar: Der Vater musste auf etwas aus der Frühzeit gestoßen sein, denn nur dafür brannte sein archäologisches Herz. Kaum einer war in der Lage gewesen, so detailliert

Auskunft über die Zeit unmittelbar nach Christus und bis ins Mittelalter zu geben – die sogenannten Dark Ages, das dunkle Zeitalter, für ihn die schwärzeste Epoche der menschlichen Zivilisation. Die Inquisition, die beiden Weltkriege und all die anderen Konflikte waren für ihn nur die Folgen jener zivilisatorischen Epoche in der Frühzeit gewesen, die den Weg dafür ebnete. Doch er wurde nie konkret. »Ich muss erst alle Beweise haben, nur dann kann ich etwas damit bewirken, nur dann wird es akzeptiert. Solange Beweise unterwandert und mit Propaganda zunichtegemacht werden können, kann ich nicht ernsthaft versuchen, es zu veröffentlichen.«

Das Vermächtnis seines Vaters war für Ronald mehr als ein historisches oder archäologisches Rätsel. Es war, als ob er eine Rechtfertigung dafür, einen Sinn darin suchte, dass sein Vater weder Zeit noch Liebe für ihn in ausreichendem Maße übrig gehabt hatte. Wie oft hatte Ronalds Mutter unter Tränen und voller Zorn darüber geklagt, wie allein und verlassen sie sich fühlte.

Schon als Junge hatte er all das als ungerecht empfunden, und obwohl er sich in den wenigen Augenblicken, die ihm mit seinem Vater blieben, für die Suche nach der Vergangenheit hatte begeistern können, war es die Frage nach der Gerechtigkeit gewesen, die ihn später das archäologische Studium abbrechen und das juristische Studium beginnen ließ. Doch die Jahre in der Bibliothek seines Vaters hatten auch ihn zu einem kritischen Gelehrten der Religionsgeschichte gemacht.

Ronald konnte seine Wurzeln nicht verleugnen und hütete das Haus seiner Eltern und die Bibliothek seines Vaters seit Jahrzehnten wie einen Schatz. Er scheute jede Veränderung, als würde er damit die Chance, das Rätsel doch noch zu lösen, für immer verspielen.

Seine Augen wirkten müde, und mit einer resignierten Geste murmelte er: »Und Gott ist an allem schuld«, bevor er sich mit einem ironischen Lächeln wieder dem Computer zuwandte, um noch ein wenig an seinem Vortrag am Trinity College zu arbeiten.

4

Niederösterreich – 13. März

»Wirklich merkwürdig«, murmelte Shane. Er konnte sich nicht daran erinnern, je so intensive Träume gehabt zu haben.

»Nun gut, sei's drum«, stöhnte er und quälte sich aus dem Bett. Er war spät dran. In spätestens einer halben Stunde würde wieder ein Dutzend kranke Menschen seine Praxis füllen.

Er öffnete die Tür und ging in Richtung Bad. Bevor er die Tür erreichte, fiel ihm ein, dass ja alle seine Sachen noch im Koffer in der Praxis standen. Er war erst spät in der Nacht von einem Seminar über alternative Heilmethoden und Kräuterkunde aus Paris zurückgekehrt.

Mit einer für ihn ungewöhnlich eleganten Drehung steuerte er zielstrebig das Sprechzimmer an, öffnete die Tür und griff nach seinem Koffer neben dem Schreibtisch.

In diesem Moment stellte er bestürzt fest, dass Patricia schon da war. »Guten Morgen, Adam, einen Kaffee?«, sagte sie mit einem Lächeln im Gesicht, das er nicht recht deuten konnte.

Da stand er nun, gerade mal mit einer Unterhose bekleidet, einer fünfundzwanzigjährigen, schlanken Schönheit gegenüber, die ihn mit ihren knusperbraunen Augen, ihrem kessen Gesicht und ihrer ansehnlichen Oberweite schon öfter in Verlegenheit gebracht hatte.

Patricia lieferte jeden Mittwoch Kräuter und Salben in die Praxis, die ihr Vater, ein pflanzenkundiger Bauer, sammelte, um sich neben der wenig einträglichen Landwirtschaft etwas hinzuzuverdienen.

Shane griff hektisch um die Ecke, um sich wenigstens seinen Bademantel überzuziehen. »So früh habe ich Sie hier nicht erwartet, Patricia, äh was ist denn das da?«, fragte er und deutete auf einen ziemlich großen Beutel.

»Das sind die fünf Kilo Schachtelhalmkraut, die Sie bestellt haben.«

»Fünf Kilo? Damit könnte ich fünfzig Patienten gleichzeitig entgiften, außerdem habe ich noch genug Vorrat. Tut mir leid, aber da müssen Sie etwas falsch verstanden haben. Ich hoffe, Sie können das rückgängig machen«, murmelte Shane mit seinem typischen Lächeln, mit dem er Frauen normalerweise entweder in Verlegenheit oder in Zorn versetzte.

»Ja, sicher, der Rest sollte aber stimmen. Soll ich es wie immer am Ende des Monats abrechnen?«

»Ja, gerne – und vielen Dank!«

»In Ordnung, bis zum nächsten Mal.« Mit einem wohlwollenden Blick drehte sich Patricia um und ging.

Nach dieser fast intimen Begegnung erinnerte er sich ganz kurz an ein fast vergessenes Gefühl: verliebt sein, sich angenommen und attraktiv fühlen … wann hatte er all das zuletzt gespürt?

Als er sich umdrehte, entdeckte er auf seinem Tisch die Post. Zwischen den üblichen Rechnungen, Dankesbriefen und Werbesendungen stach ein Umschlag aus edlem Büttenpapier hervor wie eine einzelne Rose inmitten einer Graslandschaft. Er zupfte den Brief aus dem Stapel heraus, setzte sich kurz hin und schaltete nebenbei den Fernseher ein, um die Nachrichten zu sehen.

... vor allem die kommenden Generationen wird der Klimawandel betreffen. Pachauri, Chef des UNO-Weltklimarates IPCC, der den schlechten Zustand der Erde in Zahlen und Statistiken auszudrücken weiß, warnte die Staatslenker nach dem Scheitern der Verhandlungen ausdrücklich davor, den Klimawandel als Zukunftsproblem abzutun: »Die Auswirkungen werden sie noch in ihrer eigenen Amtszeit zu spüren bekommen«, sagte er gegenüber der BBC in Kopenhagen. Nach seiner ...

Entnervt schaltete Shane den Fernseher wieder aus und murmelte: »Ihr habt jeden Bezug zur Natur verloren, wie sollte es euch da möglich sein, eine Vision zu finden.« Umständlich öffnete er den Umschlag.

Vor einem Jahr hatte er bei einem Treffen von alternativen Heilern in Wien Thomas Ryan kennengelernt. In seinen Augen war dieser Ire eine ziemlich radikale Persönlichkeit. Er lebte in der Nähe von Dublin in einer Gemeinschaft, die sich komplett der Rückbesinnung auf ein Leben im Einklang mit der Natur verschrieben hatte. Ryan hatte versprochen, sich zu melden, da Shane mehr über das Projekt erfahren wollte.

Neben einer Einladung zu einem Treffen von Heilern und Kräuterexperten fand er eine weitere in dem Umschlag, die seine besondere Aufmerksamkeit erregte:

Die systematische Vernichtung keltischer Kultur und europäischer Naturvölker sowie deren kulturelle, politische und ökonomische Auswirkungen für die Welt – Ein Vortrag von Ronald MacClary

Thomas Ryan hatte Wort gehalten. Sie hatten seinerzeit einen ganzen Abend über die Kelten, die Ureinwohner Europas gesprochen, und dabei war Shane besonders in Erinnerung geblieben, dass Ryan sich über die Neodruiden lustig gemacht hatte, die, wie er sagte, die wahren Botschaften der Gelehrten, der Stammesführer und der Druiden nie verstanden hätten. Bei diesem ersten Zusammentreffen war nicht genug Zeit gewesen, um mehr zu erfahren. Doch klar war: Die aktuellen Ausgrabungen zeigten ein ganz anderes Bild von den Kelten als das der menschenopfernden Barbaren.

Shane stand da und fühlte, wie sich eine innere Angst seiner bemächtigte. Gerade noch hatte er diesen Traum gehabt, der ihm scheinbar einen Ausschnitt aus genau dieser Zeit vorspiegelte, und nun kamen diese Einladungen. Es kann kein Zufall sein, dachte er und setzte sich zitternd an seinen Tisch. Er kombinierte sein Wissen, seine Fragen – all seine Gedankengebäude schienen sich plötzlich wie ein Magnet auf einen Punkt, einen Grund, eine Ursache zu fixieren, ohne dass er in der Lage gewesen wäre, diesen Punkt in Worte zu fassen. Nervös wie ein gejagtes Pferd auf der Flucht kramte er seinen Kalender hervor, wild entschlossen, der Einladung zu folgen.

»Was, schon morgen? Muss das sein?«

Ohne lange zu zögern, nahm er Zettel und Stift zur Hand und notierte: »Die Praxis ist vorübergehend geschlossen.«

Er hatte höchstens noch ein Stunde Zeit, bevor die ersten Patienten vor seiner Tür stehen würden. Sie abweisen zu müssen war ihm unangenehm, und er wollte möglichst schnell sein Haus verlassen. Er stand auf, ging zielstrebig zu seinem Koffer und packte einfach ein paar frische Sachen dazu, nahm seinen Ausweis, seine Geldbörse und zog sich hektisch an. Während er noch auf einem Bein stehend seine Hose hochzog und gleichzeitig mit dem Handy versuchte, den Flughafen zu erreichen, kehrte plötzlich doch wieder so etwas wie Ruhe ein. Er legte das Handy beiseite und setzte sich, immer noch mit nur halb hochgezogener Hose, in seinen Schreibtischsessel.

»Langsam, Adam, langsam, was passiert hier eigentlich? Du solltest erst mal deinem Verstand folgen und nicht irgendwelchen Hirngespinsten.«

Konnte es sein? Stand hinter dem Untergang der Kelten mehr, als der Öffentlichkeit bewusst war? Ryan hatte ihm noch nicht plausibel machen können, was an der Kultur, den Gesetzen und dem Lebensentwurf der Druiden besser gewesen sein sollte, aber er hatte ihm auch bei Weitem nicht alles erzählt. Wieder erinnerte Shane sich an ein Detail aus dem Gespräch mit Ryan. Er hatte davon gesprochen, dass die fragwürdige Kultur des westlichen Wohlstandsdiktats, das nur auf Kosten der Natur oder anderer Völker und Menschen funktionierte, nicht zwingend notwendig sei. Vielleicht war nur ein kleiner, aber wirkmächtiger Zufall der Grund – oder ein Ereignis, das Europa auf den bis heute beschrittenen Weg gebracht hatte. Wenn man diesen Punkt fand und die Alternative, die Gegenrichtung aufzeigen konnte, dann war es der Menschheit möglich, einen neuen Weg einzuschlagen. Und Ryan war sich erstaunlich sicher gewesen, dass die Menschheit sich bewusst von einem Weg abwenden würde, der sie völlig denaturalisiert hatte, der sie apathisch und stumm gemacht hatte wie eine Herde Schafe – wenn sie nur endlich verstehen würde, was wirklich die Ursache dafür war. Es musste doch ein größeres Ziel geben als die ewige Wiederholung des Wachstums, der Konkurrenz und eines Wohlstandes, der den folgenden Generationen ein gesundes Leben, wahrscheinlich sogar ein *Über*leben unmöglich machte.

»Warum komme ich immer wieder an diesen Punkt?«,

stöhnte Shane. Ryan hatte ihm versprochen, dass er mehr über das Geheimnis der Druiden und Kelten erfahren würde, sobald sie sich wiedersehen würden. Vielleicht war sein Traum wirklich kein Zufall. Nebenbei schaute er in eines seiner unzähligen Bücher, die überall herumlagen, mal geschlossen, mal geöffnet.

Man sieht die Katastrophe vor Augen, will helfen durch Einsicht, Erziehung, Reform. Man will planend den Gang der Ereignisse in die Hand nehmen, man will die rechten Zustände wiederherstellen oder erstmalig neu hervorbringen.

Shane fing an zu lachen und murmelte: »Mein Lieber, du endest auch noch mit einem Jesuskomplex.« Kurz konnte er von seiner Rastlosigkeit loslassen, weil er in den Zeilen seine eigene Anmaßung, seinen allzu hohen Anspruch wiedererkannte. Schließlich legte er das Buch zur Seite, packte in Ruhe seine Sachen und machte sich auf den Weg zum Wiener Flughafen. Er hatte keine Ahnung, auf welche dramatische Weise die erneute Begegnung mit Thomas Ryan nicht nur sein eigenes Leben verändern würde.

5

Doch auch euch, allerheiligste Kaiser, wird der Zwang zu züchtigen und zu strafen aufgenötigt, und es wird euch durch das Gesetz des höchsten Gottes geboten, dass eure Strenge die Untat des Götzendienstes in jeder Weise verfolge.

Kirchenvater Firmicus Maternus

Rom, Vatikanstadt – 13. März, früher Abend

Thomas Lambert legte entnervt den Hörer auf das Telefon. Sein Büro lag nicht weit entfernt von den Privatgemächern des Papstes im vatikanischen Regierungsgebäude, dem wahren Machtzentrum des kleinen Staates mit seinem äußerst ungewöhnlichen Status in der Völkergemeinschaft.

Es war ein langer Arbeitstag gewesen. Mit seinen stahlblauen Augen blickte Lambert aus dem Regierungsgebäude in den Hof. Auch außerhalb des Vatikans war Lambert stets in Schwarz gekleidet und hetzte von einem Termin zum anderen, um die weltweiten Angelegenheiten der Kirche zu lenken. Fast zwei Meter groß, was gerade in Italien immer einen ziemlichen Eindruck hinterließ, flößte er mit seinem kantigen Gesicht und seiner blassen, für sein Alter ungewöhnlich jungen Haut seinem Umfeld Respekt und zuweilen auch Angst ein. Kaum einer hatte so viel Einfluss und Handlungsgewalt im Staate Gottes wie Lambert.

Doch nach sechzehn Stunden war auch dieser christliche Hüne des *Opus Dei* reif für etwas Ruhe. Der Kardinalstaatssekretär war seit seinem sechzehnten Lebensjahr im Vatikanstaat zu Hause und konnte dank seiner diplomatischen Fähigkeiten auf eine der längsten und einflussreichsten Karrieren in der katholischen Kirche zurückblicken. Und gerade jetzt, da die Kirche weltweit durch ihre Skandale wegen Geldwäsche und Kindesmissbrauchs unter Druck stand, mochte niemand auf seine Fähigkeiten und seine gewachsenen Beziehungen bis in die UNO hinein verzichten. Diesen Vorteil wusste der gewichtige Brite ebenso zu nutzen wie seine körperliche und geistige Präsenz.

Schon unter Monsignore Giovanni Montini, dem späteren Papst Paul VI., der ursprünglich keine kirchliche, sondern eine politische Karriere im Sinn gehabt hatte, war Lambert ungehindert zum mächtigsten Mann im Vatikan aufgestiegen. Montini hatte einen interessanten Werdegang gehabt, hatte für den amerikanischen Geheimdienst gearbeitet und war nebenbei Mitglied einer Freimaurerloge gewesen. Für Lambert war er ein bequemer Vorgesetzter gewesen, der es ihm möglich gemacht hatte, das Zweite Vatikanische Konzil zu Ende zu führen, um die Modernisten innerhalb der Kirche und die Öffentlichkeit für eine ganze Weile zufriedenzustellen.

Inzwischen führte Lambert sein Werk in aller Ruhe weiter. Es war ihm zwar nicht mehr möglich, die Ketzer auf den Scheiterhaufen zu schicken, aber es gab auch andere Methoden, die reine Lehre durchzusetzen. Eines der dazu eingesetzten Mittel war ein über Jahrhunderte aufgebautes Netz von Agenten und Spitzeln, mit dem Zweck, die Modernisten innerhalb der Kirche aufzuspüren und wenigstens mundtot zu machen. Lambert beherrschte sein Handwerk so gut, dass selbst Johannes Paul II. seine Position kaum mehr hatte antasten können. Es wurde nur hinter vorgehaltener Hand darüber geredet, aber ohne Lambert wäre er nicht einmal zum Papst gewählt worden.

Und wieder klingelte das Telefon.

»Lambert!«, bellte er in den Hörer.

»Hier ist Salvoni, wir sollten uns kurz zusammensetzen«, tönte es sehr bestimmt.

»Kann das nicht bis morgen warten? Ich bin lange genug im Dienst.«

»Es gibt Dinge unter Gottes Sonne, die können nicht warten. Wir haben beunruhigende Nachrichten aus Dublin von einem gewissen Ronald MacClary.«

»Bitte verschonen Sie mich mit den Sorgen von Padre Morati, das habe ich schon persönlich von ihm vernommen. Wir haben weiß Gott andere Probleme in Dublin als diesen Mann, der einer untergegangenen Kultur auf Kosten der Kirche wieder zur Bedeutung verhelfen will. Wäre er nicht in solch exponierter Position, hätten wir ihn längst der Lächerlichkeit preisgegeben«, präzisierte Lambert seinen Wunsch nach Ruhe.

»Ich respektiere selbstverständlich Ihre Auffassung, aber in diesem Fall bin ich mir nicht sicher, ob Morati Ihnen alles erzählt hat.«

»In Gottes Namen, dann kommen Sie hoch.«

Lambert ließ sich gerade erschöpft in seinen Sessel fallen, als sich die Tür zu seinem bescheidenen Büro öffnete und eine nervöse Gestalt den Raum betrat.

»Also, Salvoni, was kann ich für Sie tun?«

Salvoni kümmerte sich seit gut zehn Jahren als Leiter des

ältesten Geheimdienstes der Welt um jene Belange, die nie das Ohr der Öffentlichkeit erreichen sollten. Tatsächlich war er zuständig für alle Angelegenheiten in Europa. Aber nachdem bereits seit mehr als zehn Jahren immer mehr unangenehme Fakten über die weltweiten Machenschaften und Verfehlungen der Kirche diskutiert wurden und ihr Einfluss in Europa zusehends dahinschmolz, war sein Stand alles andere als leicht.

Er war klein, schmächtig, sportlich, und sein kleiner Schnauzbart verlieh ihm mit seiner braun gebrannten und von Akne gezeichneten Haut ein wenig die Ausstrahlung einer Schlange. Genau diese Ausstrahlung hatte ihm in den vergangenen Jahren seinen Posten gesichert, und selbst Lambert war sich seiner nie ganz sicher, sosehr er seine Qualitäten schätzte.

»Machen wir es uns einfach, wir müssen ohnehin mit einigen Mitarbeitern nach Dublin, um das Ausmaß und den Nachrichtenfluss dieser schrecklichen Missbrauchsvorwürfe steuern zu können. Da kann es nicht schaden, sich zumindest den Vortrag und vielleicht auch etwas mehr genauer anzusehen«, erwiderte Victor Salvoni in aller Ruhe.

»Was versprechen Sie sich davon?«

»Gewissheit, nur Gewissheit.«

»Nein, ich brauche Sie an anderer Stelle, schicken Sie Caloni, er soll ausschließlich MacClary beobachten, und zwar indem er sich auf den Vortrag konzentriert und nichts weiter. Ich will keinen Zwischenfall mit einem Mann, der zu den wichtigsten Richtern in Amerika gehört. Offen gestanden, kann ich Ihre Sorge nicht teilen, sosehr ich Ihre Vorsicht zu schätzen weiß. Haben wir uns verstanden?«

Mit einem kalten Lächeln nickte Victor Salvoni und verneigte sich vor Lambert.

»Ich rate Ihnen, mir etwas mehr freie Hand zu geben. Bruder Morati glaubt felsenfest, dass MacClary uns gefährlich werden könnte. Und ich muss Ihnen nicht erklären, dass nicht wenige unserer Brüder und Schwestern in den USA zwar fromm im Glauben sind, aber nicht immer loyal zum Vatikan stehen.«

Lambert wurde langsam wütend und musste sich angesichts seiner Müdigkeit beherrschen, Salvoni nicht schärfer anzugehen.

»Wenn Ihnen ein Fehler unterläuft, könnte das die Stimmung erst recht gefährlich werden lassen. Glauben Sie im Ernst, dass es das wert ist?«

»Nun, nach meiner bescheidenen Erfahrung, ja«, erwiderte Salvoni.

»Schon gut, schon gut, ich weiß, dass der Herrgott Ihre Ambitionen immer geschützt hat. Also gut. Und Salvoni, da ich nicht damit rechne, dass Sie irgendetwas in Sachen MacClary unternehmen müssen, was nicht auch unsere Presseabteilung erledigen kann, erwarte ich bis Montag Vorschläge, wie wir die verlorenen Brüder in Irland auffangen können.«

»Geht in Ordnung«, klang es reserviert zurück, und Salvoni schlug die Tür fest hinter sich zu, um seinem Unmut Ausdruck zu verleihen.

6

Wien-Schwechat – Dublin

Shane war es gewohnt, dass es in Irland nur selten einen wolkenfreien und sommerlichen Tag gab, aber heute ließ der Himmel über Dublin so viel Wasser niederprasseln, dass die Landung sicher kein Vergnügen werden würde.

Für ihn war das der pure Horror. Er hasste es, zu fliegen, da er vor gut zwanzig Jahren fast mit einem kleinem Flugzeug abgestürzt war; nur die Künste eines begnadeten Piloten hatten ihm und den anderen Passagieren das Leben gerettet. Nach gut 3000 Fuß Sturzflug hatte der Pilot die Maschine abgefangen, doch Shanes Trommelfelle waren geplatzt wie eine Seifenblase. Seither war jeder Flug eine Qual, eine Herausforderung gegen alle seine Instinkte.

Als ob seine Angst sich materialisiert hätte, schlingerte das Flugzeug in der Tat relativ unsanft über die Landebahn und kam erst kurz vor dem Ende der Rollbahn zum Stehen.

»Meine Damen und Herren, ich danke Ihnen für Ihre Geduld und hoffe, dass Ihnen die leichten Turbulenzen nicht allzu sehr zugesetzt haben«, war aus dem Lautsprecher zu hören.

Mit blassem Gesicht und wackeligen Beinen stand Shane auf.

»Geht es Ihnen nicht gut?«

Shane drehte sich um und sah in die Augen eines alten Mannes, sicher über siebzig, der wie ein Jüngling sein Handgepäck über die Schulter schwang und dabei lächelte, als wüsste er genau, was in Shane vorging.

Shane hatte den gesamten Flug neben ihm gesessen, aber er war so sehr mit seiner Angst und den Gedanken an das Treffen der Heiler beschäftigt gewesen, dass er nichts um sich herum wahrgenommen hatte.

»Danke, es geht gleich wieder, ich fliege einfach nicht besonders gern«, erwiderte er mit einem verkrampften Ausdruck, der sein ganzes Gesicht durchzog.

»Guter Mann, wenn Gott es will, holt er Sie, ob nun durch einen Absturz des Flugzeugs oder mit einer Bananenschale, auf der Sie ausrutschen und sich das Genick brechen. Das spielt keine Rolle, darauf haben Sie keinen Einfluss, also wozu sich Sorgen machen?«

»Ich weiß nicht, ob ich einem Gott mein Schicksal überlassen möchte«, entgegnete Shane prompt mit einer sichtlichen Entspannung, die seinen Körper durchdrang. »Aber wahrscheinlich haben Sie recht – wobei sich die Frage stellt, von welchem Gott Sie eigentlich sprechen. Etwa von dem ergrauten Schöpfer, der vom Himmel herabschauend wohlwollend die Geschicke seiner Schäfchen lenkt?«

Mit einem vergnügten Lächeln stellte sich der äußerst agile vermeintliche Rentner vor: »Eric Fink, ich bin vom *Standard* in Wien, und ich werde sicher nicht mit einem Flugangstpatienten eine theologische Grundsatzdebatte anfangen. Es sei denn, es hilft Ihnen, sich aus diesem jämmerlichen Zustand zu befreien.«

Shane verzog das Gesicht, stellte sich gerade hin und versuchte krampfhaft, seine hochkommende Angst zu unterdrücken. »Wahrscheinlich wäre es schon eine hilfreiche Ablenkung. Was treibt Sie nach Dublin?«

»Ich schreibe eine Reportage über den Segen, den das katholische Bistum über Dublins Kinder gebracht hat«, gab der ergraute Journalist mit maliziösem Lächeln zur Antwort. »Womit auch geklärt wäre, was ich von Ihrem Gottesbild halte.«

»Oh, Vorsicht, das ist sicher nicht mein Bild«, grinste Shane. »Wenn Sie darüber mehr erfahren wollen, würde ich Ihnen raten, sich diesen Vortrag anzuhören.«

Der Österreicher schaute skeptisch auf die Einladung, riss dann aber erstaunt die Augen auf. »Das sollte sich machen lassen«, bemerkte er und bewegte sich dann wie alle anderen Richtung Ausgang.

Shane hatte noch nicht wirklich die Gewalt über seinen Körper wieder und verabschiedete sich. Am Ausgang angelangt, schnappte er nach Luft und war froh, wieder festen Boden unter den Füßen zu haben. In der Ankunftshalle ließ er sich erschöpft auf eine Bank fallen.

Er dachte an die Worte des alten Mannes, was die Art unseres Todes angeht, und an Victoria. Der Zynismus, mit dem der Journalist den Skandalen über den Missbrauch von Kindern begegnete, war keine Lösung. Was hatte das alles überhaupt mit der Frage nach Gott zu tun, dessen Absolutheit die Kirche für sich beanspruchte? Obwohl sie doch nur aus fehlbaren Menschen bestand und genauso hilflos ihren Schwächen und Nöten ausgesetzt war wie jeder andere Mensch auf dieser Welt. »Jeder? Ja, jeder«, fasste Shane seine eigene Schwarzmalerei zusammen.

Schlimmer noch, dachte er sich. Mit seiner eigenen Resignation wurde aus ihm ein ebensolcher Zyniker und Schwarzmaler, der glaubte, über alles seine Urteile fällen zu können – ohne Rücksicht auf das, was er damit anrichtete, und zwar mit sich selbst und mit seiner Umgebung. Er müsste erst einmal selbst verkörpern, was er einforderte. »Solange ich gegen etwas kämpfe, erzeuge ich es im Grunde genommen ständig selbst oder helfe, es aufrechtzuhalten«, seufzte Shane, ohne zu wissen, was diese Erkenntnis schon bald für ihn bedeuten würde.

»Ich möchte meinen Frieden«, stöhnte er leise. »Einfach nur meinen Frieden …«

7

Dubliner Innenstadt

Thomas Ryan saß – oder besser gesagt lag – mit ausgebreiteten Armen auf einem Tisch im *Porterhouse,* einem der größten Pubs mit eigener Brauerei im Herzen Dublins, in der Nassau Street, ganz nahe dem Trinity College. Neben ihm, in weitaus besserer Verfassung, saß Deborah Walker, die er meistens Deb nannte, und redete auf ihn ein.

»Du siehst nicht so aus, als ob du heute Abend wirklich noch was zustande bringst. Menschenskind, Thomas, du hast in zwei Stunden deine Diskussion mit Ellison und bist breit wie der letzte Kelte.«

Ryan musste plötzlich herzlich lachen und spritzte einen Schluck Guinness aus seinem Mund gute zwei Meter über den Tisch. »Ja, genau, wie der letzte Kelte, du hast völlig recht, meine Liebe. Mir ist klar geworden, was für ein Narrenfest das hier jedes Jahr ist, und es ist mir scheißegal, ob Ellison mich versucht zu verarschen, wenn ich dabei bin oder alleine. Wo ist der Unterschied? Ich sag dir, wo der Unterschied ist: Vor dreihundert Jahren hätte ich diesem Möchtegern-Druiden einfach den Kopf abgeschlagen.« Er stemmte seinen kräftigen Körper nach oben und strich sich die blonden Haare zurück. Sein Gesicht war von den Jahren harter Arbeit als Landwirt gezeichnet, dennoch strahlte er Lebenslust, Kraft und Gesundheit aus. Er wirkte nur auf den ersten Blick schroff, und seine blauen Augen sprachen eher von Sanftmut und Weisheit. Betrunken und hart hatte ihn Deborah jedenfalls noch nie erlebt. In den letzten Jahren hatte sich Ryan, veranlasst durch die Aufzeichnungen seiner Großmutter, immer mehr vom Landwirt zum Kräuterexperten gewandelt und sich in den Hinterstuben einiger Pubs seiner Patienten angenommen. Deborah schlug sich in Dublin als Lektorin für irische Literatur durchs Leben. Mit ihren mahagoniroten Locken und der altmodischen Nickelbrille wirkte sie immer noch wie eine Studentin oder Stipendiatin aus Oxford. Doch die kleine, kräftige Frau hatte es eigentlich faustdick hinter den Ohren, wie Ryan immer sagte, zumindest wenn es um die Deutung der alten Sprachen ging. Ärgerlich nur, dass sich kaum noch jemand für Walisisch oder/und andere urkeltische Dialekte interessierte.

»Warte hier, ich hol mir einen Kaffee.«

Ryan stand auf und ging in Richtung Tresen am Eingang vorbei.

Shane hatte sich mit einem Taxi zum *Porterhouse* bringen lassen und war froh, aus der klammen Nässe Dublins in den belebten und warmen Pub zu kommen. Die kupferfarbenen Braukessel und Zapfanlagen, die dunkle Tönung des uralten Überseeholzes, der Duft von Rauch und Bier – und überall diese Kunst, Licht und Werbung so zu platzieren, dass man sich sogleich wohlfühlen musste: Dieser Ort war einfach traumhaft.

Als er in Richtung des Tresens schaute, sah er Thomas Ryan. Er ging langsam auf ihn zu, und als Ryan sich umdrehte, hätte er beinahe seinen Kaffee verschüttet.

»Langsam, junger Mann«, lallte Ryan ihm entgegen. »Oder wollen Sie unbedingt die nächste Runde zahlen?« Dann stutzte er und sah Shane genauer an.

»Ah, na, wenn das nicht mein suchender Freund aus Österreich ist. Großartig! Wie ich sehe, bist du meiner Einladung also gefolgt.«

»Ja, gerne sogar.«

Mit einem herzlichen Lachen deutete Ryan auf einen der hinteren Tische.

»Da hinten, bei der Hexe mit dem runden Sehglas und dem bösartigen Ausdruck im Gesicht, setzen wir uns.«

»Sag, sehe ich das richtig, hier findet ein Treffen von Druiden statt?«, sagte Shane.

»Klar, und ich bin Thomas Ryan, Großmeister des letzten Ordens der wahren Druiden«, sagte sein Gegenüber mit einem boshaften Lächeln – laut genug, dass Deborah die Hände über dem Kopf zusammenschlug und in ihrem Pullover versank.

»Klingt, als ob du nicht sonderlich begeistert wärst, dabei zu sein.«

Ryan wirkte plötzlich wieder ganz klar und schaute Shane tief in die Augen.

»Richtig, und es war auch sicher das letzte Mal.«

Shane stand noch etwas ratlos im Raum und fühlte sich unbehaglich, als er sah, dass ihn einige Leute nach Ryans Auftritt skeptisch anschauten. Trotzdem nahm er seine Tasche und ging hinüber zu Deborah Walker.

»Hallo, ich bin Debbie. Ich muss mich für Thomas' Auftritt entschuldigen, das ist heute nicht sein Tag«, begrüßte sie ihn freundlich und einladend. »Setz dich, was magst du trinken?«

»Hallo. Ich bin Adam. Na, was trinkt man hier schon, ein Guinness natürlich.«

»Du kommst aus Deutschland?«

»Nein, aus Österreich. Mein Vater stammt allerdings aus Dublin; er ist nach dem Krieg nach Österreich ausgewandert«, erklärte Shane mit Stolz in den Augen.

»Und was treibt dich hierher?«

»Sagen wir mal, ein merkwürdiger Traum und diese Einladung.«

Shane zog die durch den Regen in Mitleidenschaft gezogene Einladung von Thomas heraus und sah in Deborahs grinsendes Gesicht.

»Na, da hast du dir ja den richtigen Tag ausgesucht.«

»Wie meinst du das?

»Das Treffen ist, abgesehen von dem morgigen Vortrag, eigentlich vorbei. Es gibt nur noch eine Diskussion … sofern …«

»Sofern ich in zwei Stunden wieder nüchtern bin, sagt mein Kindermädchen«, mischte sich Ryan ein, der mit seinem Kaffee in der Hand zurückgekommen war, und setzte sich neben Shane.

Shane schaute frustriert auf die Einladung. In der Tat hatte er sich wieder einmal durch seine innere Unruhe selbst ein Bein gestellt und das Datum verwechselt. Jetzt stöhnte er leise vor sich hin.

»Wieso hast du mich überhaupt hierzu eingeladen? Du sagtest mir in Wien, dass du nicht viel von diesen Neodruiden hältst?«, fragte Shane mit einem prüfenden Blick.

»Keine Sorge, mein Lieber, das Wichtigste kommt ja noch. Morgen gibt es den Vortrag von Ronald MacClary, und dabei hatte ich an dich gedacht.«

»Du meinst, ich habe hier nicht viel verpasst?«

»Nein, hier hättest du lediglich Gelegenheit gehabt, dem verzweifelten Versuch zur Wiederbelebung einer längst versunkenen Kultur beizuwohnen«, gab Ryan nun plötzlich ernst zur Antwort.

»O nein, ich hätte meinen Verstand trauen und im sonnigen Österreich bleiben sollen.«

Shanes resignierte Haltung machte Ryan neugierig.

»Was hast du denn erwartet?«

»Nun, wenn ich deine Äußerungen ernst nehme, mehr als die üblichen Ausgeburten des Esoterikmarkts. Aber vielleicht sollten wir ein ›Druiden-Tarot‹ legen, oder wir lesen ein Baumhoroskop, damit ich weiß, wie es um uns bestellt ist«, bemerkte Shane verächtlich.

Deborah lachte, sah Shane dabei aber ernst in die Augen, als könnte sie spüren, was in ihm vorging und was er wirklich suchte.

»Urteile nicht zu schnell, Adam Shane, es gibt in diesen Kreisen auch Menschen, die ernsthaft versuchen, die Kultur der Kelten und das Wissen der Druiden zu schützen. Die Kunst des Heilens ist dabei nur ein Aspekt der Gabe.«

»Ach, hör doch auf, es ist doch in Wirklichkeit nichts mehr da, was es zu schützen lohnt. Alles, was ich in den letzten Jahren gefunden habe, sind die kläglichen Versuche von sogenannten Neokelten, keltischen Schamanen, Wicca-Hexen und anderen Verrückten, aus archäologischen und volkskundlichen Erkenntnissen etwas zu rekonstruieren, das sich nicht wirklich untermauern lässt, ganz zu schweigen von den Mythen und Romantisierungen der Druiden«, wehrte Shane ab.

»Ich würde dir raten, etwas leiser zu sprechen, es gibt einige hier, die diesem Urteil nicht besonders freundlich gegenüberstehen. Und ehrlich gesagt, tue ich es auch nicht«, konterte Ryan.

Deborah Walker drehte sich um und prüfte, ob Shane bereits für ungewollte Aufmerksamkeit gesorgt hatte. »Wie wäre es mit einem erfrischenden Spaziergang durch die feuchten Gassen unserer schönen Stadt?«, fragte sie in die aufgeheizte Runde.

»Großartige Idee!« Ryan stand auf und verließ ohne ein weiteres Wort den Pub.

»Sag mir eines, Adam. Wenn du dem Druidentum so skeptisch gegenüberstehst, warum bist du dann hierhergekommen?«, fragte er, sobald sie draußen waren.

Bei dieser überraschenden Frage erinnerte Shane sich wieder an seine Gedanken am Flughafen und an Victoria und nahm sich vor, sanfter zu reagieren und ehrlich zu sein. Er atmete tief durch. »Nennen wir es Zufall. Ich hatte einen Traum. Einen Traum von einer solchen Intensität, dass er für mich wie eine Offenbarung war. Danach hatte ich die Wahl, mich selbst für verrückt zu erklären oder der Sache auf den Grund zu gehen. Dann fand ich zufällig am gleichen Morgen deine Einladung. Und ob du es glaubst oder nicht: Ich bin hier, weil sich der Traum in dem Titel der Einladung widerspiegelt, allerdings in dem Thema des Vortrags.« Shane blickte Ryan an, der jetzt doch sichtlich neugierig wurde.

»Was war an dem Traum so ungewöhnlich, dass du es verrückt nennst?«

»Ich konnte am Morgen die Erde riechen, die ich im Traum berührt hatte. Der Dreck unter meinen Fingernägeln dürfte einige Jahrhunderte alt gewesen sein. Außerdem verlor ich kurz nach dem Erwachen das Augenlicht und das Gleichgewicht und sah nur noch Lichterscheinungen. In der Folge sah ich eine Reise durch die Geschichte, rasend schnell und immer wieder durchzogen von Zerstörung und Lügen. Und die ganze Zeit konnte ich Heerscharen beobachten, die unter dem Banner des Christentums wüteten. Ich habe gesehen, wie sie ein Dorf zerstörten, und ich glaube, es war ein keltisches Dorf.«

Shane begann plötzlich zu zittern. Er fühlte Übelkeit und hatte Angst, sich den Falschen anvertraut zu haben, schließlich konnte man in Irland nicht sicher sein, ob man nicht gerade mit einem kirchentreuen Katholiken durch die Gassen zog.

Sichtlich berührt blieb Ryan stehen, und auch Deborah drehte sich einmal im Kreis und atmete tief durch.

»Adam, ich glaube wirklich nicht, dass wir uns zufällig begegnet sind. Vertrau mir. Du bist alles andere als verrückt, und für das, was du erlebt hast, gibt es wahrscheinlich eine ganz einfache Erklärung. Du bist beileibe nicht der Einzige, dem so etwas passiert. Es wird dir möglicherweise schwerfallen, die Erklärung zu akzeptieren – doch auch damit bist du nicht allein.«

Ryan, der von einer Sekunde auf die andere offenbar wieder völlig nüchtern war, legte beide Hände auf Shanes Schultern.

»Du erinnerst dich einfach nur«, sagte er und wechselte plötzlich ins Deutsche.

»Erinnern? Wie kann ich mich an etwas erinnern, ohne daran teilgenommen zu haben?«

»Du glaubst, nicht daran teilgenommen zu haben? Woher willst du das wissen? Hast du schon mal daran gedacht, dass das Bewusstsein Zeit und Raum beherrschen kann?«

»Weil ich es einfach weiß«, gab Shane, ohne richtig zuzuhören, verwundert von sich. »Ich war vor meinem Abflug noch im Institut für Keltologie in Wien und habe in den Bildern und der Geschichte erkannt …«

»… zufällig erkannt, woran du dich erinnerst. Adam, das war in der Tat mehr als ein Traum«, fiel ihm Ryan ins Wort. »Mach es dir nicht zu schwer, Adam, schau einfach tiefer nach innen. Du hast vielleicht eine Gabe, die du trainieren kannst.

Und glaub mir, das geschieht zurzeit weltweit immer mehr Menschen. Die Zeit ist einfach reif dafür, und ich habe schon in Wien an deinen bohrenden Fragen erkannt, was du suchst.« Ryans beruhigende Miene passte so gar nicht zu den beunruhigenden Dingen, die er von sich gab.

»Eines möchte ich jetzt schon von dir wissen, Thomas. Warum verachtest du diese neuen Druiden, und was war an den alten Druiden der Frühzeit so Besonderes?«

»Du kommst schnell zur Sache, Adam. Ich verachte die Neodruiden nicht. Aber die bessere Frage ist in der Tat, warum die alten Druiden plötzlich verschwanden. Ich glaube fest daran, dass sie einen anderen Lebensentwurf für uns hatten. Aber lassen wir uns Zeit. Ich mach dir einen Vorschlag. Ruh dich erst mal aus, und wir treffen uns morgen Abend vor dem Trinity College. Dann stelle ich dich Ronald MacClary vor. Er ist offen für die Fragen, die dich quälen. Ich denke, für heute ist es genug. Hab ein bisschen Geduld, mein Freund.«

Shane stand da und sah ihn vollkommen verwirrt an. »Aber …«

»Eines sag ich dir aber noch Adam. Wenn ich durch einen Wald gehe, über eine blühende Wiese, dem Summen der Bienen zuhöre, an einen Platz mit goldweiß schimmernden Champignons komme, den Frühlingsruf einer Meise höre, dann sehe ich Götter vor mir und nicht einen Wald, den ich verwerte und ausbeute. Die Natur ist für mich Gotteserfahrung. Sie ist der Ort, an dem ich die wahre Mutter, den wahren Vater erkenne. Ich habe keinen Gott im Himmel, aber Götter hier auf der Erde«, sagte Ryan und strich sich mit der Hand über seinen Dreitagebart.

Shane erinnerte sich daran, was Ryan ihm schon in Wien über seine Gemeinschaft erzählt hatte und wie konsequent er sich aus der Moderne aufs Land in eine natürliche Umgebung zurückgezogen hatte.

»Unsere einstige Kultur wird nicht wieder auferstehen, wenn wir wie so viele hier am Wochenende Druide spielen und am Montag wieder ins Büro fahren. Nur wenn wir wirkliche Entscheidungen treffen, wird sich etwas ändern. Aber wenn wir an dieser Stelle weitersprechen wollen, musst du erst mehr über den Untergang der einstigen Herrscher Europas erfahren. Und dazu gibt es morgen Abend reichlich Gelegenheit.«

Shane wollte ihm widersprechen, wollte das Gespräch fortführen, aber plötzlich dachte er daran, dass er noch nicht einmal ein Hotelzimmer hatte. Es war wirklich an der Zeit, ein wenig zur Ruhe zu kommen und sich ein Bleibe zu suchen.

»Ja, alles klar, ich werde morgen um neunzehn Uhr am Eingang zum Saal auf euch warten«, versicherte er mit einer Geste des Abschieds.

»Also dann, gute Nacht, Adam Shane.«

»Gute Nacht!«

8

Dublin – 18. März

Ronalds Vater hatte das Trinity College in Dublin zeit seines Lebens als eine der ältesten und schönsten Oasen des Wissens gepriesen, des höchsten Anstandes, den ein Mensch erreichen kann. Zweifellos bot die Universität neben ihrer gotischen Architektur tatsächlich einige erstaunliche Objekte. Dazu zählte die 1732 gebaute Bibliothek, in der neben zweihunderttausend antiken Texten das berühmte *Book of Kells* sowie die älteste Harfe Irlands aufbewahrt wurden. Sean MacClarys zweites Zuhause war der Long Room gewesen – ein fast 70 Meter langer Raum, in dem die wertvollsten Bücher aufbewahrt wurden. Seine über beide Seiten und zwei Geschosse verlaufenden Gänge waren von einer faszinierenden Klarheit und Ästhetik. Der klassische Rundbau des Dachgeschosses gab dem Raum eine unverwechselbar warme Atmosphäre.

Ronalds Vortrag fand in einem nicht weniger beeindruckenden Teil des College statt, der alten Prüfungshalle, die den Studenten schon durch ihre schiere Größe und Schönheit – gepaart mit antiken Symbolen und Fresken – Furcht und Respekt einflößte. Sein Vater hatte ihm häufig von seinen eigenen Erinnerungen erzählt, als er sich selbst noch mit Prüfungsängsten quälen musste und nie daran geglaubt hatte, vom Studenten zum Lehrenden zu werden.

Mit dieser Erinnerung an das Vermächtnis seines Vaters schritt Ronald durch die ehrwürdigen Hallen jener Universität, in der schon Generationen von MacClarys auf die eine oder andere Art ihre Spuren hinterlassen hatten. Er betrat den Prüfungssaal und wunderte sich, dass noch niemand da war, nicht einmal die junge Assistentin, die ihm bei der Vorbereitung behilflich sein sollte. Verwirrt und fast beunruhigt schaute er erst auf die Uhr über dem Pult und dann auf die Einladung, die er an rund vierhundert Gäste verschickt hatte. Dann seufzte er mit einer entspannten Miene auf.

»Typisch – wie immer bin ich zu früh.«

Schwungvoll hievte er seine Aktentasche auf das Pult und setzte sich in die erste Stuhlreihe, als plötzlich von hinten eine Stimme die Stille des Saals durchbrach.

»Ronald MacClary? Bist du es wirklich, oder ist es nur der Schatten all deiner Vorfahren, deren energetische Summe du verkörperst?«

Ruhig drehte sich Ronald um und schwang dabei ein Bein lässig über das andere. »Jennifer Wilson, was in aller Welt …«

»Du hast mir zwar keine Einladung geschickt, aber glaubst du im Ernst, dass mir deine nebenberuflichen Ambitionen, den Menschen den Glauben auszutreiben, ein Geheimnis sind? Sag mir, mein Lieber, bist du dir darüber im Klaren, welches Risiko du eingehst?«

»Ich treibe den Menschen nicht den Glauben aus, ich zeige ihnen nur, welche Folgen und Irrtümer sich daraus ergeben haben. Schließlich haben die Weltreligionen kaum zu mehr Wissen und Bewusstheit beigetragen, sondern sich immer gegen jede Form der spirituellen Weiterentwicklung gewehrt – und das nicht selten mit brutalen Methoden, wie du weißt.

Außerdem musst du dir keine Sorgen machen, ich habe die Einladung nur an ausgewählte Gäste verschickt.«

Mit schnellen Schritten näherte sich Jennifer und zwang Ronald, sich für eine Umarmung zu erheben. Das war seit jeher eine besondere Herausforderung, denn Jennifer Wilson war nicht nur bildhübsch, mit dunklen langen Haaren, ebenso markantem wie sinnlichem Ausdruck und einer charismatischen Erscheinung, die Männern entzückte und ihnen zuweilen auch Angst einflößte – sie war vor allem gute eins achtzig groß, schlank und mit allen Merkmalen einer attraktiven Frau ausgestattet. Mit anderen Worten: Sie war einfach umwerfend. Für Ronald gehörte sie zu den besten Anwälten, die er jemals ausgebildet hatte, und ihre Beziehung ging weit über eine Beziehung zwischen Lehrer und Schülerin hinaus.

»Jennifer, ich bin überrascht. Hätte ich auch nur im Entferntesten geglaubt, dass dich das hier interessiert, glaub mir, dann …«

»Ja, ich weiß, ich habe viel zu häufig meine Zweifel signalisiert. Entschuldigung angenommen. Aber dass du mich nicht zum Empfang der neuen Richter ins Kapitol eingeladen hast, nehme ich dir schon übel …«, entgegnete Jennifer.

»Du weißt genau, dass ich Überschneidungen zwischen unserem privaten Leben und den offiziellen Aufgaben vermeiden will. Und ich denke, das hat auch seine Berechtigung.«

Jennifer ließ die Arme von Ronalds Schultern fallen und setzte sich mit einem Aufseufzen hin. Neugierig musterte sie den Saal mit seinen Fresken und alten Möbeln.

»Nun, wenn ich ehrlich bin, habe ich viel mehr Interesse an einem ausgiebigen Dinner im Anschluss an deinen Vortrag«, bemerkte sie. »Ich müsste ein paar Dinge mit dir abstimmen, die mich beschäftigen«, sagte sie mit einem

Gesichtsausdruck, den Ronald kannte und den Jennifer nur annahm, wenn es wirklich wichtig war. Irgendetwas hatte sich an ihr verändert, sie wirkte wärmer.

»Wie könnte ich ein solches Angebot ausschlagen? Allerdings werden sich zumindest zu Anfang möglicherweise noch ein paar Gäste dazugesellen, bevor wir alleine sind.«

Mit einer verständnisheischenden Miene stand Ronald auf, griff in seine Westentasche und zog einen Zettel hervor, den er Jennifer grinsend vor die Nase hielt.

»Hier, das ist eine parallele Veranstaltung der juristischen Fakultät. Wenn du dich beeilst, kommst du noch rechtzeitig, es geht um die Geschichte des Völkerrechts und endet exakt um 22 Uhr, also kurz bevor mein Vortrag endet. Du solltest es also schaffen, mich pünktlich abzuholen.«

»Das ist natürlich ein völliger Zufall.«

»Ja, auch wenn du es nicht glauben magst, genau das ist es.«

»Du weißt, dass ich dich für deine trockene Haltung manchmal hasse«, sagte Jennifer, erhob sich mit einem schneidenden Blick und ging mit energischen Schritten Richtung Ausgang, nicht ohne sich noch einmal umzudrehen. »Also, ich hole dich pünktlich ab. Und komm nicht auf die Idee, mir irgendeine Ausrede zu präsentieren, die uns keine gemeinsame Zeit mehr lässt.«

»Wie kommst du darauf, dass ich meine beste Schülerin so enttäusche?«

»Ganz einfach – du hast es schon oft genug getan. Das mögen Frauen nicht, und ich schon gar nicht«, rief Jennifer, schon an der Schwelle. Er sah nur noch den Saum ihres Mantels, der wie eine Wolke durch die Türöffnung wirbelte.

»Jennifer Wilson«, resümierte Ronald laut und setzte sich wieder. Bevor Ronald durch die demokratische US-Präsidentin Diana Branks an den Supreme Court berufen worden war, war er in Boston unter anderem für die Ausbildung junger Juristen zuständig gewesen. In diesem Zusammenhang hatte er Jennifer kennengelernt. Sie brannte geradezu vor Ehrgeiz, aber was ihn viel mehr beeindruckte, waren die Authenzität und spürbare Ehrlichkeit, mit der sie ihre Laufbahn verfolgte. Sie besaß eine geradezu unheimliche Mischung aus weiblicher Erotik, Unnahbarkeit und Leidenschaft, und im Laufe der Jahre war zwischen ihnen eine tiefe Freundschaft fernab einer Liebesbeziehung entstanden. Die Gemeinsamkeiten in Bezug auf Sehnsüchte und prägende Erlebnisse wogen zu schwer, als dass sie mit einer bloßen Affäre ihre Freundschaft aufs Spiel gesetzt hätten. Außerdem brachte der beträchtliche Altersunterschied doch einige Hürden mit sich, zumal angesichts der exponierten Stellungen, die sie beide erreicht hatten.

Ronald vernahm Schritte und drehte sich um. Die Assistentin und einige Studenten betraten den Saal. »Mr. MacClary, Sie sind schon da?«

»Ja, ich habe mich in der Zeit etwas vertan, aber ehrlich gesagt war es ein Genuss, diesen Raum nach so langer Zeit einmal ganz für mich zu haben. Aber erst einmal: Guten Abend, Miss Coren«, erwiderte er. »Haben Sie alle Unterlagen für die Gäste parat?«

»Aber selbstverständlich. Kann ich sonst noch etwas für Sie tun?«

»Nein, vielen Dank. Das heißt, warten Sie, Sie könnten die Gäste beim Eingang in Empfang nehmen und ihnen die Richtung zeigen, schließlich ist es ja doch ein langer Weg hierher.«

»Aber sicher, gern, ich werde so gegen halb acht dort sein. Oder doch lieber etwas früher?«

»Nein, nein, das dürfte reichen, ich bin ohnehin nicht sicher, ob alle so pünktlich kommen werden«, sagte Ronald nicht ohne Zweifel, wie viele seiner Einladung überhaupt folgen würden, sei es aus Mangel an Interesse oder aus Widerstand gegen seine Thesen, die er ausgerechnet in einem durch und durch katholischen Land zum ersten Mal vortragen wollte. Andererseits gab es wohl kaum einen anderen Ort, an dem sich die Widersprüche der christlichen Expansion so deutlich machen ließen, wie Dublin. Irland und England waren einfach die Länder, in denen die heidnischen Kulturen nicht nur bis heute, wenn auch kläglich, überlebten, sondern auch noch in den Traditionen der katholischen Kirche ihre beharrlichen Spuren hinterließen. Auch wenn man viel Fantasie und Spürsinn brauchte, um die verfälschten Reste zu erkennen. Bei aller Gewalt und Grausamkeit hatten auch die Machthaber in Rom zuweilen lieber Kompromisse zugelassen, um neuen Widerstand oder gar Märtyrer zu vermeiden. Nur auf diese Weise hatte ein beträchtlicher Teil heidnischer und insbesondere keltischer Kultur überhaupt überlebt und konnte bis in die Gegenwart hinein mit seinen rätselhaften Mythen faszinieren.

Adam Shane rückte unterdessen vor dem Spiegel seinen Hemdkragen zurecht und dachte an die gestrige Begegnung mit Thomas Ryan und Deborah Walker. Er schaute auf die Einladung und hoffte, dass der Vortrag halten würde, was der Titel versprach. Dann zog er sich sein Jackett über und verließ das Hotel in Richtung Trinity College, um pünktlich dort zu sein.

9

Trinity College, Dublin – 14. März, 20 Uhr

Während Ronald, noch in Gedanken vertieft, in die Höhe blickte, nahm er kaum wahr, dass die ersten Gäste den Saal betraten und sich mit leisen Bewegungen wie vor einer Kinovorstellung ihre Plätze suchten. Als er sich umdrehte, überzog ein Lächeln sein Gesicht. Die hinteren Reihen waren schon gefüllt, und er erkannte einige nicht unbedeutende Persönlichkeiten, die seiner Einladung gefolgt waren. Es machte ihn sichtlich stolz, dass das Interesse doch stark genug war, genährt durch die jüngsten Ereignisse, selbst hier, im Zentrum des Widerspruchs zwischen Wissenschaft und Religion. Es schien doch eine Bereitschaft zu geben, sich der Diskussion, der faktischen wie auch philosophischen Kontroverse zu stellen. Oder suchten seine Zuhörer nur die Abwechslung? Wollten sie den Abend einfach nur mit etwas anderem verbringen als mit einem Besuch im Theater oder im Pub – oder mit der Tristesse eines einsamen Vorfrühlingsabends in Dublin? Nun, letztlich waren ihre Motive Ronald ziemlich gleichgültig. Am Ende zählte nur, ob es ihm gelingen würde, wenigstens einen Funken von Begeisterung zu wecken für eine der bedeutendsten Fragen der Zeit.

Thomas Ryan und Deborah Walker standen tatsächlich vor dem Hörsaal, und Shane freute sich, die beiden zu sehen. Mehr noch – er spürte, dass Ryan ein Geheimnis umgab und dass er ihn unterschätzt hatte. Das lag sicher auch daran, dass sein Gegenüber jetzt nicht nur rasiert, sondern auch ausgeschlafen und frisch wirkte, ganz anders als am Abend zuvor.

»Herzlich willkommen, Adam. Ich hoffe, ich habe dir gestern nicht zu viel versprochen. Aber was mich schon seit gestern Abend beschäftigt – was tut jemand wie du in den Alpen?«

»Ich habe vor knapp zehn Jahren meine Arbeit als Hufschmied aufgegeben. Seitdem arbeite ich als Heiler und setze mich für ökologischen Landbau ein.«

»Und wie bist du dazu gekommen?«

»Eigentlich aus purer Verzweiflung. Meine Frau, oder besser gesagt Exfrau, bekam kurz nach der Geburt unseres Sohnes Krebs, und die Ärzte gaben ihr nur noch wenige Wochen. Ich spürte eines Tages, dass ich ihr vielleicht mit etwas ganz Einfachem helfen könnte.«

»Und zwar?«

»Angefangen habe ich damit, dass ich ihr ganz simpel die Hände aufgelegt habe. Dann fand ich in einem der Bücher meiner Großmutter auch noch ein Rezept aus Schöllkraut, das man auch Warzenkraut nennt. Victoria lehnte jede chemische Therapie ab, und ich bin mir sicher, dass es ihr letztlich das Leben gerettet hat. Und seitdem bin ich nur noch dem Herzen gefolgt, da ich erkannt habe, wie erstens die meisten Krankheiten durch unseren Wohlstandsstress entstehen und dass sich zweitens die Pharmaindustrie eine goldene Nase daran verdient. Inzwischen weiß ich, dass ich die Gabe habe, gut zu spüren, wo es in einem Körper sozusagen nicht mehr rund läuft.«

»Kaum zu fassen, dass du dich nach einer solchen Erfahrung noch mit so vielen Selbstzweifeln plagst. Aber jetzt weiß ich, warum ich dir vom ersten Augenblick an vertraut habe. Du musst nämlich wissen, Adam, dass wir die Gabe des Heilens teilen. Das gilt auch für viele, die in den letzten Tagen hier waren. Doch dir fehlt es noch am Bewusstsein – zumindest aus dem aktuellen Blickwinkel gesehen, sagen wir mal … Na ja, komm, du Wunderheiler, es wird Zeit, dass wir reingehen.« Ryan grinste und legte Shane väterlich einen Arm um die Schultern.

Ronald schaute sich noch einmal um und ging, von mildem Applaus begleitet, ans Pult.

»Meine Damen und Herren, ich erzähle Ihnen keine Neuigkeiten, wenn ich Ihnen heute Abend einen Auszug aus der Kriminalgeschichte der katholischen Kirche vortrage. Ich erzähle Ihnen auch keine Neuigkeiten, oder zumindest nur teilweise, wenn ich Ihnen vortrage, welchen gigantischen Kulturraub diese Kirche in gemeinschaftlicher Absicht mit der politischen Kaste ihrer Zeit seit ihrer Gründung begangen hat. Aber wir sollten uns öffnen und genauer betrachten, welche Auswirkungen dies für unsere Kultur hatte und hat.

Ich möchte Ihnen heute Abend zunächst eine unvollständige Chronik präsentieren, die belegt, mit welchem Eifer nicht erst seit der einsetzenden Inquisition das Wissen und die Kultur der europäischen Naturvölker vernichtet wurden. Im zweiten Teil meines Vortrags werde ich darauf eingehen, welche Auswirkungen dies auf unsere christlich geprägte Kultur hatte und nach wie vor hat. Und dies unabhängig davon, welchen Bedeutungsverlust dieser *Glaube* heute, nicht zuletzt durch die jüngsten Ereignisse, erleben mag.

Und zuletzt werde ich eine Frage stellen, deren Antwort

ich hier schon vorwegnehme. Die Frage nämlich, warum die Heiden und insbesondere die Kelten aus der Geschichte verschwanden. Die Antwort lautet: Sie konnten diesem Angriff nichts entgegensetzen, da sie nicht nur militärisch unterlegen waren, sondern vor allem mental, geistig und spirituell einer dergestalt sinnlosen und naturverachtenden Kultur hilflos gegenüberstanden. Es widersprach ganz einfach dem allumfassenden Prinzip der Natur und den dahinterliegenden Gesetzen, so zu handeln, wie es Rom, unterstützt durch die Christen, tat. Doch die spirituellen Führer der Heiden waren keineswegs nur Opfer, wie ich noch zeigen werde. Sie trafen vielmehr eine ungewöhnliche Entscheidung.

Lassen Sie uns jedoch zunächst mit der Chronik der Ereignisse beginnen und die Frage aufwerfen, warum so akribisch alle Spuren der alten Meister – nicht nur der Kelten, sondern auch die der Pikten, Sachsen und nicht zuletzt der Wikinger – weitestgehend verschwunden sind.«

Ronald fühlte sich zunehmend wohl in seiner Rolle und schaltete auf dem Laptop zur nächsten Seite seiner Präsentation weiter.

»Im Jahr 330 befiehlt Kaiser Konstantin die Schließung und Vernichtung von heidnischen Tempeln, darunter das Serapeion in Alexandrien und der Sonnengotttempel in Heliopolis. Er lässt den Opferaltar in Mamre verwüsten und die Aphroditetempel von Golgatha zerstören. 336 vernichten die Trierer Christen den großen Tempelbezirk im Altbachtal. Fünfzig Kapellen der nordischen Götter und ein Mithrasheiligtum werden dem Erdboden gleichgemacht. 346 befiehlt Kaiser Konstantin die sofortige Schließung der heidnischen Tempel in den Städten. 347 verfasst Kirchenvater Julius Firmicus Maternus die heidenfeindliche Hetzschrift: *Vom Irrtum der heidnischen Religion* und drängt die Kaiser Konstantin und Konstans zur Ausrottung der Mysterienkulte, der Kulte von Isis und Osiris, Serapis und Attis, des Sonnen- und Mithraskultes …«

Während Ronald die Liste dem erstaunten Publikum weiter vortrug, verließ ein einzelner Mann unbemerkt und unerkannt den Saal: Victor Salvoni machte sich auf den Weg ins Rektorat.

»Wir enden 1937, als auf Betreiben des Vatikans die prähistorische Bibliothek von Lussac-les-Châteaux beschlagnahmt wird. Das alles, meine Damen und Herren, hat einen Ursprung, einen Sinn und eine fatale Wirkung.

314 ist mehr als eine Jahreszahl. Wie die meisten von Ihnen wissen, stieg von diesem Jahr an das Christentum unter Kaiser Konstantin zur Staatsreligion empor. Befördert wurde diese Entwicklung unter Kaiser Konstantin durch das Konzil von Nicäa und in der Folge kurze Zeit später unter Kaiser Theodosius. Damit begann eine unglaubliche Reinigungsschlacht, die mit der kompletten Umschreibung und Fälschung der Geschichte von Jesus Christus begann. Als Konstantin in Gallien herrschte, wo das Christentum noch keine Rolle spielte, waren Religion und Kultur der Kelten für ihn nicht von Bedeutung, aber das sollte sich bald ändern und Millionen Kelten das Leben kosten. Nicht Julius Cäsar war es, der die keltische Kultur besiegte; Cäsar hatte großen Respekt vor den Kelten. Den entscheidenden Schlag versetzte ihnen Konstantin, der Mann der Wende. Was folgt, ist mit einem Wort gesagt *konstantinisch*. Die Merowinger, Karolinger, Ottonen, das Heilige Römische Reich und letztlich unsere

gesamte westliche Zivilisation sind konstantinisch geprägt. Siebzehnhundert Jahre Geschichte tragen schließlich seine Handschrift; er ist der Begründer des Abendlandes. Doch viel entscheidender ist eine ganz andere Frage …«

Im Hintergrund konnten die Zuschauer noch die Auflistung der Zerstörungswut christlicher Kaiser und Bischöfe sehen, als plötzlich das Licht versagte und sich das Mikrofon ebenfalls verabschiedete. Die Tür öffnete sich, und zwei Bedienstete des College leuchteten mit Taschenlampen umher.

»Meine Damen und Herren, wir haben im gesamten Stadtteil einen Stromausfall. Ich bin untröstlich, aber ich muss Sie bitten, den Saal zu verlassen und mir zu folgen.«

Während die ersten Gäste unter Protestgemurmel den Saal verließen, blickte Ronald durch die prächtigen Fenster des Saales auf die andere Straßenseite. »He, Sie da, endet der Stadtteil zufällig da drüben?«, rief er dem Universitätsbediensteten zu. Ein hagerer kleiner Mann mit grauem, schütterem Haar kam zu ihm und leuchtete Ronald ins Gesicht. »Nehmen Sie das Licht runter«, schnauzte Ronald ihn an. »Was soll das denn?«

Der kleine Mann ließ ihn nicht ausreden. »Das kann Ihnen der Rektor erklären, er wartet auf Sie in seinem Büro.« Der Mann drehte sich um und ging wieder seiner Aufgabe nach, die Leute möglichst ohne weiteres Aufsehen hinauszubegleiten, was nur langsam gelang. Ein junger Mann rief Ronald zu: »Machen Sie weiter, Professor, die Welt hat ein Recht, mehr darüber zu erfahren. Auch die Christen.«

»Na schön, Jack Willington, du bist mir eine Erklärung schuldig«, schimpfte Ronald. Wütend packte er seine Sachen und wollte gerade den Saal verlassen, um den Rektor aufzusuchen, als ihn Ryan ansprach, der noch mit Deborah und Shane in der letzten Reihe stand.

»Ronald, ich würde mich freuen, wenn wir dich nachher trotz aller Aufregung zu einem Glas Wein nach Hause begleiten dürften.«

»Thomas! Ja, warum nicht? Zeit habe ich ja gerade gewonnen. Aber ihr müsst euch kurz gedulden, ich habe da noch etwas mit dem Rektor dieser ehrenwerten Institution zu klären.«

»Kann ich mir denken bei diesem gigantischen Stromausfall«, erwiderte Ryan und deutete mit dem Finger auf die Lichter, die durchs Fenster zu sehen waren.

10

Trinity College – 21 Uhr

Vor dem wunderschön verzierten Brunnen am King's Gate wartete Shane gemeinsam mit Ryan und Deborah auf MacClary. »Kann mir bitte einer von euch erklären, was das war?«, schimpfte er, nicht ohne gleichzeitig zu lachen. »Ich meine, nichts von dem, was dieser Ronald MacClary heute von sich gegeben hat, ist einem kritischen Menschen unbekannt. Ich konnte da nichts Neues entdecken, und die brechen das einfach ab.«

»Adam, du bist in Irland, und in der Tat wurde der Vortrag nicht von ungefähr an einer Stelle unterbrochen, wo es gerade interessant werden sollte«, erwiderte Ryan ruhig und schaute Shane mit einem zufriedenen Lächeln an.

»Ihr Iren verwirrt mich. Einerseits gibt es Geister wie euch, und andererseits ist dieses Land in Sachen Religionskritik vollkommen rückständig.«

»Ruhig Blut, Adam. Wir sind ganz normale Iren, die sich wie viele andere einfach nur darum bemühen, wieder in die Balance mit – sagen wir mal – dem eigentlich Göttlichen zu kommen, nämlich mit uns selbst und mit Mutter Erde, der Sonne und den Elementen.«

»Warum nennst du MacClary eigentlich Professor? Ist er nicht Richter in den Staaten? Dafür geht er allerdings ziemlich weit, finde ich. Oder ist es nur sein Hobby, sich nebenbei mit der Kirche anzulegen?«

»Spar dir deinen Zynismus, wenn du mehr erfahren willst. Ronald MacClary ist zwar in den USA geboren und lebt auch dort, aber er gehört zu den ältesten Familien Irlands und ist selbst keltischen Ursprungs. Niemand verfügt über so viel Wissen wie er. Aber vor allem besitzt niemand so viele Hinweise, von denen die Kirche gerne hätte, sie wären nicht mehr nachvollziehbar – oder schlimmer: beweisbar.«

»Fast niemand«, warf Deborah ein.

»Ja, fast niemand, muss man genauer sagen. Abgesehen von der Kirche selbst.«

»Aber ehrlich gesagt, auch das ist doch schon lange bekannt.«

In diesem Augenblick spürte Shane, dass sich jemand von hinten näherte, und drehte sich um. In einem langen Lodenmantel, den Hut auf dem Kopf, kam MacClary auf sie zu. Shane blieb der Mund offen stehen, als der Richter sie begrüßte.

»Guten Abend, Thomas, hallo Debbie – und Sie sind?«

»Äh …«

»Das ist Adam Shane, Ronald. Ich habe dir von ihm und seinen bohrenden Fragen erzählt und dachte, es ist heute vielleicht ein guter Zeitpunkt, ihn dir nach deinem Vortrag vorzustellen.«

»Mr. Shane also, seien Sie mir willkommen. Es tut mir leid, dass wir uns unter diesen Umständen kennenlernen – aber vielleicht sind es auch genau die richtigen Umstände, wer weiß das schon. Kommen Sie, ich denke, wir haben uns alle einen guten Whiskey verdient«, lächelte MacClary, ging voran und pfiff ein Taxi herbei.

»Arbour Hill, bitte.«

Shane saß auf der Rückbank zwischen Deborah und Ryan und konnte MacClarys Augen gelegentlich durch den falsch eingestellten Rückspiegel sehen. Er sah einfach gut und gesund aus, dachte sich Shane. Kein Verrückter, kein durchgeknallter Fanatiker.

Es dauerte eine gute Viertelstunde, bis sie vor dem Haus von MacClary ankamen. Während der Fahrt hatten sie kein Wort gewechselt. Selbst Shane, dem tausend Fragen auf der Zunge brannten, wartete, bis sie im vertrauten Kreis sprechen konnten, und er freute sich, dass er so schnell dieses Vertrauen zu allen entwickelte.

Das Haus, im typisch georgianischen Stil gebaut, war MacClarys innerstes Zuhause. Als er das Licht im Arbeitszimmer einschaltete, blieb Shane respektvoll an der Tür stehen.

»Macht es euch bequem.«

»Was ist eigentlich vorhin wirklich geschehen?«, fragte Shane direkt.

»Nun, sagen wir mal so: Dem Direktor sind die Zuwendungen des Vatikans an das College so innig ans Herz gewachsen, dass die freie Wissenschaft zuweilen etwas eingeschränkt wird«, lächelte MacClary.

»Aber warum? Ich meine, was Sie vorgetragen haben, war bis zum Moment des Abbruchs doch nichts, was die Welt nicht ohnehin schon weiß.«

»Die Fachwelt, Mr. Shane, die Fachwelt, und Sie haben recht, leider bin ich nicht dazu gekommen, weiterzugehen.«

»Das habe ich ihm auch schon gesagt«, warf Ryan ein und ließ sich mit Schwung in einen der uralten Ledersessel vor dem Schreibtisch fallen.

»Thomas sagte, Sie hätten eine Menge Fragen hinsichtlich der Rolle der Christen bei der Vernichtung keltischer Kultur.

Nun, in diesem erlauchten Kreis kann ich Ihnen sicher ein paar Antworten geben. Sagt Ihnen der Name Porphyrius etwas?«

»Ehrlich gesagt, nein.«

»Porphyrius war ein umfassend gebildeter Universalgelehrter. Er war Heide und seiner Zeit weit voraus. Er lebte vor Beginn des 4. Jahrhunderts in Rom als Schüler Plotins und verfasste eine fünfzehn Bücher umfassende Schrift mit dem Titel ›Gegen die Christen‹, von der leider nur wenige Auszüge und Zitate erhalten sind, da sie ein knappes Jahrhundert später der Vernichtung durch die römischen Kaiser Theodosius und Valentinian zum Opfer fiel. Er leugnete entschieden und mit bestechender Logik die Göttlichkeit Jesu.«

»Sag es ruhig, wie es ist«, warf Ryan ein. »Er zermalmte mit seinem Intellekt Petrus und Paulus und ist bis heute das Schreckgespenst des Vatikans. Keine antikirchliche Abhandlung vor oder nach ihm war in vergleichbarer Weise detailliert, und selbst moderne Forscher können ohne weitere Erkenntnisse bis heute seinem Werk nur wiedererkennend zustimmen.«

»Aber was hat das mit dem Niedergang der Kelten zu tun? Meines Wissens hat Julius Cäsar hier bereits zwei Jahrhunderte zuvor ganze Arbeit geleistet«, warf Shane ein.

»Cäsar hat die Kelten militärisch geschlagen, aber längst nicht kulturell, und das hatte er auch gar nicht vor. Vielmehr waren die Kelten in Gallien und Britannien dabei, sich neu zu formieren. Im Übrigen waren sie ja kein Volk, wie wir es heute verstehen, sondern eine aus Hunderten von Stämmen bestehende Kultur, deren verbindendes Glied die Schamanen, Priester und nicht zuletzt die Druiden waren.« Ronald spazierte sichtlich vergnügt vor den überfüllten Bücherregalen hin und her.

»Wie Porphyrius – und übrigens auch der etwas weniger kundige Celsus – bemerkte, war Jesus neben Herakles, Asklepios und anderen Philosophen nichts Ungewöhnliches. Tatsächlich war er nicht mehr oder weniger hilfreich oder wunderbar als diese, und wie er mussten immer wieder sterbende und wiederauferstehende Gottheiten herhalten, um die leichtgläubige Menschheit zu bedienen …«

»Ja, aber …«

»Warten Sie, Adam, oder wollen Sie meinen Vortrag jetzt auch abbrechen? Wie die alten Philosophen hatten auch zahlreiche weniger bekannte Heiden, darunter auch die keltischen Schamanen und Druiden, erkannt, dass die Christen dabei waren, einen Gott fern der Schöpfung und abgekoppelt von den Naturgesetzen zu erschaffen. Dabei stellte Celsus ganz einfache Fragen, wie es das jedes Kind bis heute tut. Weshalb sollte ein Gott zu den Menschen auf die Erde herabkommen? Und wenn, warum so spät? Warum sollten alle anderen in Flammen aufgehen, und wie sollte ein zerstörter Körper in alter Frische wiederauferstehen? Für Gott sei alles möglich, war die etwas hilflos anmutende Antwort der Christen.«

»Also, wenn ich Sie richtig verstehe, haben bis auf die Christen selbst alle erkannt, dass hier eine künstliche Überhöhung, ein Fabelgeschichte genutzt wurde, um …«

»… um die nach spirituellem Halt suchende, ungebildete Masse mit einer von den Naturgesetzen entwurzelten Gottheit einzufangen. Gott, oder besser gesagt: das Göttliche, die Schöpfung, wurde in den heidnischen Religionen sinnbildlich oder metaphorisch verehrt. Was übrigens für fast alle anderen Naturvölker bis heute ebenso gilt. Sie verehren die Elemente, die Sonne und Planeten, Pflanzen und Tiere, aber eben als Sinnbild«, warf Ryan ein. »So beteten die Kelten zum Beispiel nicht die Eiche an, sondern verehrten sie, weil durch ihre Kraft und Schönheit das Göttliche zum Ausdruck kam.«

MacClary unterbrach Ryan. »Richtig, aber das ist ja genau der Kern des Problems. Solange die Christen selbst eine verfolgte Minderheit waren, wurden sie von den Intellektuellen ihrer Zeit belächelt und unterschätzt. Bis zu dem Zeitpunkt, als Kaiser Konstantin so um 314 erkannte, dass eine Stabilisierung seiner eigenen Macht nur über eine Stabilisierung des Glaubens herzustellen war. Und so suchte er sich aus dem reichen Angebot seiner Zeit einfach jene aufstrebende Religion aus, mit der sich dies am besten bewerkstelligen ließ. Pech für die ältesten Kulturen und spirituellen Lehren, dass er ausgerechnet die bis dahin verfolgten und unterschätzten Christen dafür benutzte. Von diesem Zeitpunkt an begann die Operation ›Einziger Gott‹, und das war der Ursprung der bis heute fortwirkenden Allianz zwischen Thron und Altar.«

Ronald legte eine Pause ein und schaute Shane an, der still in seinem Sessel kauerte.

»Verstehst du nun, warum bei diesem Thema hier und da das Licht ausgeht?«, bemerkte Deborah Walker.

»Ja, das erklärt so manches. Trotzdem fehlt mir etwas an dieser Geschichte. Was Sie da beschreiben, kann doch nicht der alleinige Grund für das Verschwinden der Kelten und Druiden und eigentlich aller europäischen Naturreligionen sein«, zweifelte Shane.

»Nein, da haben Sie vollkommen recht. Konstantin und die Bischöfe verband eine gemeinsame Angst. Die Bischöfe wussten, dass ihnen die Kraft, der starke Arm fehlte, um dieser Religion zum Durchbruch zu verhelfen, und so wurde die Kirche zwar mächtig, sie verlor aber jede Freiheit und wurde Teil des Römischen Reiches. Im Gegenzug erhielt sie dafür freie Hand, alles zu vernichten, was dieser jungen Religion im

Wege stand. Die Meister der alten Welt … oh, meine Lieben, ich muss kurz unterbrechen. Ich muss mich schnell bei einer Dame melden, die mich in die Hölle schickt, wenn ich sie versetze!«

MacClary griff zu seinem Handy und ging aus dem Zimmer. In der allgemeinen Verwirrung hatte er Jennifer vollkommen vergessen.

11

Rom – 14. März, 21.30 Uhr

Im Regierungsgebäude des Vatikanstaates leuchtete nur noch hinter einem Fenster Licht. Thomas Lambert las die letzten Hilfegesuche eines irischen Bischofs, der angesichts des öffentlichen Drucks vom Amt zurücktreten wollte. Das wäre dann der sechste, und es würden weitere folgen, seufzte Lambert. Er würde dem Papst die Annahme des Rücktritts nahelegen. Seit jeher bevorzugte er eine schnelle Reinigung gegenüber langwierigen inhaltlichen Debatten über die Ursachen.

Als es an der Tür klopfte, schrak Lambert kurz zusammen. Er war es nicht gewohnt, um diese Uhrzeit noch gestört zu werden.

»Herein!«

Ein junger, schmalgesichtiger Priester trat schüchtern ein. »Hochwürdigste Eminenz, ich dachte, das würde Sie interessieren. Ich habe es gerade im Internet gefunden.« Der junge Mann rückte langsam vor und übergab Lambert einen Computerausdruck.

Lambert bewahrte nur mühsam die Fassung. »Ich danke Ihnen – schlafen Sie gut«, sagte er sanft und signalisierte deutlich, dass das Gespräch damit beendet war.

»Nichts zu danken, Eminenz, gesegnete Nachtruhe.«

Kaum war die Tür wieder ins Schloss gefallen, schlug Lambert wütend mit der Faust auf den Tisch und griff dann zum Telefon.

»Salvoni«, meldete sich sein Gesprächspartner am anderen Ende der Leitung.

»Was in Gottes Namen ist in Sie gefahren? Ich hatte Ihnen doch befohlen, nichts zu unternehmen, was unnötiges Aufsehen erregt.«

Salvoni gab sich unschuldig. »Ich habe im richtigen Augenblick dafür gesorgt, dass dieser Frevler seine Stimme verliert.«

»Er hat sie aber nicht verloren, ganz im Gegenteil. Offensichtlich sind Sie nicht mehr Herr der Lage«, schnauzte Lambert und las Salvoni die Schlagzeile der Onlineausgabe des österreichischen *Standard* vor.

TRINITY COLLEGE WÜRGT
VATIKANKRITISCHE VORLESUNG AB

»Das ist immer noch besser als eine Veröffentlichung seiner haltlosen Vorwürfe. Wir können uns das nicht mehr leisten.«

»Was wir uns leisten, liebster Salvoni, bestimme immer noch ich. MacClarys Informationen stammen hauptsächlich von Kritikern, die wir längst entkräftet haben. Und genau das werden wir jetzt auch mit ihm tun, verstehen Sie?«

Zu seinem äußersten Missfallen hörte er ein leises Seufzen am anderen Ende. »Was schlagen Sie also vor?«

»Ich werde meine Kontakte in Washington nutzen. Es ist an der Zeit, dass wir dem Richter seine Grenzen aufzeigen. Und Sie werden Ihrer Arbeit nachgehen und sich gewissenhafter um Ronald MacClary kümmern, und zwar ohne Zwischenfall.«

»Eminenz, ich tue alles nur im Sinne der Kirche und wünsche mir, mit Gottes wissender Hand zu handeln. Wir sollten unsere kleinlichen Konflikte beilegen und mehr Vertrauen in unsere gemeinsame Arbeit setzen, die so wichtig für unser aller Zukunft ist.«

Das waren ungewohnte Töne, ausgerechnet von Salvoni. Lambert war überrascht von diesem plötzlichen Anflug von Solidarität. »An mir soll es nicht liegen. Sie haben recht, je klarer wir in dieser verwirrten Zeit sind, desto besser und ...«

»Eminenz, machen wir uns doch nichts vor. Wir sind es, die diese Kirche zusammenhalten und weiteren Schaden von ihr fernhalten müssen. Ich bin in dem, was ich tue, auch nur ein Zahnrad in einem Prozess, dessen Ausgang nie ungewisser war als heute«, fuhr Salvoni fort.

Lambert hörte den gedämpften Ton und war sofort alarmiert. »Verschweigen Sie mir etwas?«

»Nichts, was uns betrifft. Nur ein Gefühl, Eminenz, nur ein Gefühl, und es ist besser, ich mache das mit mir und Gott alleine aus.«

Lambert wollte eigentlich nachgeben, doch sein Instinkt für Macht und Kontrolle ließ nicht locker.

»Sie zweifeln an dem, was Sie tun?«

Salvoni verstummte kurz. »Zweifel, Eminenz, kann ich mir nun tatsächlich nicht leisten. Fragen aber schon.«

»Was für Fragen?«

»Sie wissen ganz sicher, was ich meine. Wir beide kennen unser Handwerk sehr genau, aber sind wir uns wirklich unserer Verantwortung bewusst? Lassen wir es gut sein, Eminenz, machen Sie sich keine Sorgen, ich bin vielleicht nur durch die Ereignisse der letzten Wochen etwas müde geworden.«

Lambert glaubte Salvoni. Auch ihm gingen die massiven Medienattacken wegen der Missbrauchsskandale und der

Verwicklungen der vatikanischen Bank in die Geldwäsche der Mafia an die Substanz.

»Salvoni, wir stehen zwischen Freund und Feind. Aber glauben Sie mir, diese Kirche hat schon ganz andere Krisen überstanden, und sie wird auch diese überstehen.«

»Ich weiß, Eminenz. Ich werde alles in Bewegung setzen und sofort Bericht erstatten, wenn wir uns sicher sind, dass MacClary irgendeine Gefahr darstellt.«

»Danke, Salvoni. Und danke für Ihre Offenheit, damit ist uns allen geholfen. Gott segne Sie.«

12

Dublin – 14. März, 22 Uhr

»Alles in Ordnung?«, fragte Ryan.

»Ja, jetzt schon. Schöne Frauen darf man nicht verärgern. Wo waren wir stehen geblieben? Genau: Die junge Kirche hatte wie auch der Kaiser Angst vor einer Rückkehr der mächtigen keltischen Gelehrten, also der Druiden. Diese Gelehrten hatten sich angeblich um 100 nach Christus weitgehend zurückgezogen. In Wirklichkeit gibt es heute zahlreiche Hinweise, dass sie Geheimschulen aufbauten, sich am Hof als romanisierte Gelehrte einschlichen und zum Schutz der Heiden in die Ereignisse am kaiserlichen Hof eingriffen. Das konnte natürlich nicht unbemerkt bleiben, und irgendwann wurde es Konstantin dann doch zu bunt, weil er seine Macht bedroht sah.«

»Sie meinen, die Druiden haben Cäsar überlebt? Ich meine, ganz ehrlich, wir wissen nur durch Cicero überhaupt von einem einzigen Druiden. ›Diviciacus‹ wird er genannt, der einzige, der namentlich bekannt ist. Überschätzen Sie da nicht etwas?«, fragte Shane vorsichtig.

»Nein, das sehe ich ganz und gar nicht so. Können Sie mir erklären, wie die geistigen Anführer einer Europa umspannenden Kultur einfach so mir nichts, dir nichts verschwinden sollten, ohne die geringsten Spuren zu hinterlassen?«, entgegnete MacClary.

»Rom hatte überall seine Spitzel und gut zweihundert Jahre Zeit, das zu erledigen. Und dann haben die Christen zweifellos den Rest vernichtet.«

Jetzt griff Ryan in das Gespräch ein. »Okay, Adam. Vielleicht müssen wir erst noch einen Schritt weiter zurückgehen. Nehmen wir einmal an, es gab eine Zeit, in der die Menschen in einem Zustand völliger Selbstbestimmung, Verantwortung und Freiheit lebten. Oder sie hatten zumindest die Chance, sich diesen Zustand mithilfe eines ursprünglichen Wissens zu erschaffen. Nehmen wir aber weiterhin an, dass eine gebildete und machtgierige Minderheit eine wunderbare Geschichte erfindet, die die Menschen in Zukunft genau daran hindern soll, aus dieser allumfassenden Quelle der Erkenntnis heraus zu leben. Stattdessen sollen sich die Menschen in die Abhängigkeit eines Glaubens begeben, eine Abhängigkeit, die in einer bis heute andauernden Sklaverei endet. Was müsste diese machtgierige Minderheit dafür tun?«

Shane schaute Ryan ungläubig an, dennoch war die Antwort bestechend einfach. »Sie müsste die Quelle vernichten.«

»Sehr richtig. Und die Druiden waren über Jahrtausende die Quelle und Leitlinie, wie die Medizinmänner bei den Indianern, die Schamanen bei den Beduinen und wie überall auf der Welt. Und dann, bumm!, tritt eine Kultur auf den Plan, die mit dem angeblich biblischen Motto ›Macht euch die Erde untertan‹ argumentiert und uns alle bis heute vom eigentlich Göttlichen entkoppelt. Die uns quasi mit der Geburt zu Schuldigen und Sündern abstempelt«, fügte Ryan hinzu. »Und es gibt Zeugen dafür.«

Ryan begann, in die Mitte des 4. Jahrhunderts abzuschweifen. Er beschrieb einen Tag, an dem eine kleine Gruppe von Gelehrten folgenschwere Entscheidungen zu treffen hatte. So bildhaft, dass Adam das Gefühl hatte, dabei zu sein – wie er es schon bei seinem Traum erlebt hatte.

* * *

Rom – 28. April 330 n. Chr.

Die Säulen des Palastes Kaiser Konstantins waren an diesem Morgen von Blut bespritzt. Wer den aufgebrachten Mob überlebt hatte, wurde bis zum Circus Maximus getrieben, um vor einigen Tausend aufgepeitschten Zuschauern endgültig ins Jenseits gestoßen zu werden.

Keuchend rannte Datanos durch die engen Gassen Roms. Er hatte Glück gehabt; nur durch Zufall war er dem plötzlichen Überfall auf Sopatros' Schule entgangen, weil er unter drei Toten versteckt gelegen hatte. Nur mühsam hatte er sich wieder befreien können.

Er wagte es nicht, sich umzudrehen, und als ihm zwei Männer, die aus einer Gasse kamen, plötzlich den Weg versperrten, dachte er, es wäre endgültig um ihn geschehen. Doch sie zogen ihn nur zur Seite, rissen ihn zu Boden und warfen eine Decke, einige Holzbretter und Unrat auf ihn. Sekunden später hörte er Pferdehufe und Geschrei. Sie hatten ihn versteckt. Durch ein kleines Loch konnte er die Horden vorbeireiten sehen.

»Komm weiter, Datanos, wir haben nicht viel Zeit«, sagte einer der Männer und zog ihn wieder hoch. Sie rannten noch einige Häuser weiter und verschwanden in einem Keller. Datanos zitterte am ganzen Leibe. Er wusste nicht, was schlimmer zu ertragen war – die undurchdringliche Dunkelheit und der modrige Gestank in dem Kellerraum oder seine Angst vor dem, was auf den Straßen geschah. Nach einer Weile öffnete sich eine Tür, und er konnte Aregetorix mit einigen anderen Druiden und einem Dutzend der Philosophen aus Sopatros' Schule sehen.

Der Raum war recht groß, in der Mitte stand ein massiver Holztisch, an dem ein Dutzend Männer Platz hatte. Die Wände waren vollgestellt mit Regalen, die mit Krügen, Werkzeugen und Vorratsgefäßen angefüllt waren. Durch Öffnungen im Fundament des Hauses drang etwas Sonnenlicht ein, sodass man alles in den hellen Sandfarben sehen konnte.

»Beim Jupiter, du lebst!«

»Ja, Mercanus, und ich kann es selbst kaum fassen. Aber ich habe keine guten Nachrichten«, erwiderte Datanos. »Sie haben Sopatros getötet.«

Ein Raunen ging durch den Raum, gefolgt von einer gespenstischen Stille. Schließlich ergriff einer der Druiden das Wort. »Außer dem Jungen hat keiner überlebt, und ich sage euch, es werden weitere Angriffe folgen. Der Kaiser hat den Intrigen des Ablabius Taten folgen lassen.«

Datanos sah in die verängstigten Gesichter der Männer. Selbst die Druiden, denen sonst nicht so schnell eine Gemütsregung anzusehen war, begriffen offenbar, was die Stunde geschlagen hatte.

»Wir müssen flüchten! Sie zerstören überall die Symbole unserer Götter. Die Christen verlangen, dass man alles beseitigt, was an uns erinnert, und zwar hier und im ganzen Reich«, betonte ein Greis. »Schon vor zwanzig Jahren habe ich doch unter Kaiser Konstantin beobachtet, wie die Christen an Macht und Einfluss gewonnen haben.«

»Sie wollen uns völlig vernichten. Was ist das für ein Gott, der nichts neben sich duldet, der die Menschen so verblendet, der seine Gläubigen zu solchen Taten anstachelt?«, fragte verzweifelt einer der jungen Philosophen.

»Das ist doch offensichtlich: Sie fürchten unser Wissen. Seit Konstantin die Christen bevorzugt, verraten sie ihre eigene Lehre. Alles, was ihre Apostel überliefert haben, ist entweder zerstört oder verfälscht worden«, sagte Datanos.

»Wir müssen alle Gelehrten warnen. Aber wir können doch nicht einfach gehen! Seht ihr denn nicht, was hier geschieht? Sie vernichten unsere Welt, ihre gesamte Schöpfungsgeschichte und ihre Meister – auf ewig«, sagte einer der jüngsten Druiden.

»Nein, junger Freund.« Eine ruhige, tiefe Stimme klang durch den Kellerraum. Alle blickten auf Rodanicas, der als Astronom im Ruf stand, Zeit und Raum bis ins Detail verstanden zu haben. Er war eine Legende, ein Mann, der mit vielen fremden Kulturen in Kontakt stand – niemand würde es wagen, ihm zu widersprechen. »Keine Wahrheit lässt sich ewig verbergen. Eine solche Lüge und ein solches Verbrechen gegen die Gesetze der Götter werden offenbar werden. Es ist nicht an uns, den Zeitpunkt dafür zu bestimmen, aber er wird kommen, dessen sei dir gewiss.« Rodanicas blickte in die Runde der Männer, die ihm wie gebannt zuhörten. »Am Ende der vierten Sonne wird unser Geist wiederkehren. Es gibt hier nichts mehr – nichts mehr, was sich zu schützen lohnt. Es ist alles entweiht …«

Datanos rang verzweifelt die Hände. »Und werden wir einen Weg finden, unser Wissen zu schützen?«

»Nein. Hört mir zu. Rodanicas hat recht. Unsere Zeit hier ist vorüber. Wenn unsere Körper überleben sollen, müssen wir uns anpassen und ihren Glauben annehmen. Wenn unser

Geist und unsere Kultur, unser Wissen überleben sollen, müssen wir die Verbannung wählen und fortgehen. Jeder muss für sich entscheiden. Für uns Druiden ist der Weg vorgezeichnet und eine Bestimmung. Wir ziehen uns zurück in das Land der Verheißung«, sagte Aregetorix, der mit seinen bald siebzig Jahren der älteste und ranghöchste Druide in Rom war. Wie die meisten Druiden gab auch er sich nicht mehr zu erkennen, sondern unterwies als Lehrer die Kinder am kaiserlichen Hof in Philosophie, Mathematik und Latein. Wie schon sein Vater war er ein geheimer Kundschafter, Ohr und Mund für die wenigen verbliebenen Druiden im Rest des Reiches. »Wir werden noch heute Nacht aufbrechen. Was sagt ihr, wer folgt uns?«

»Datanos, komm mit uns! Du siehst doch, dass sie nicht mehr nur die Druiden jagen, sondern alle Gelehrten, die nicht bereit sind, sich Konstantins Wahnsinn zu unterwerfen«, drängte einer der jüngeren Philosophen.

Datanos nickte. »Ihr habt recht«, sagte er leise. »Sie treiben die Menschen in die abscheulichste geistige Sklaverei.«

* * *

Shane war fasziniert und skeptisch zugleich, doch bevor er seine Zweifel formulieren konnte, nahm MacClary den Faden wieder auf. »Ist Ihnen eigentlich bewusst, was die Koalition zwischen Politik und Glauben, christlich verordnetem Glauben, bis heute bewirkt hat? Seit bald zweitausend Jahren ist der Mensch nicht mehr in der Lage, selbst über sich und sein Geschick zu bestimmen. Wodurch war es wirklich möglich, dass die Herrschenden mit der Exaktheit eines Uhrwerks immer wieder die Menschen in den Krieg treiben konnten?«

Shane spürte, wie ihm der Kopf schwirrte – gleichzeitig überraschte ihn die Klarheit seiner eigenen Gedanken: In einer unvergleichlichen Gehirnwäsche waren der Menschheit durch die Kirche und später den Vatikan – immer brav in Abstimmung mit den politischen Interessen – Haltungen implantiert worden, die bis heute alles Handeln durchdrangen. Doch wer waren diese Männer, von denen Ryan erzählte? Gab es tatsächlich Nachweise für das, was er sagte? Zeugen?

»Nennen Sie uns einen Grund, lieber Adam, warum die Minderheit, von der wir sprechen, dieses Wissen preisgeben sollte. Warum sie die Verantwortung für die Schuld auf sich nehmen sollte, die sie trägt.«

»Sie meinen, dass die Kirche ganz einfach Angst hat, ihre Verbrechen zuzugeben?«

»Nicht die Kirche mit all ihren Gläubigen. Der Vatikan, Mr. Shane, der Vatikan! Der christliche Segen, die verkörperte Umsetzung der Botschaft Jesu ging und geht stets von einzelnen Menschen aus. Und diese Menschen mussten und müssen bis heute das Gute, das sie tun, oft genug gegen den Widerstand des Vatikans durchsetzen. Diese Christen bezogen ihre Kraft ausgerechnet aus jenen Bibelstellen, die nicht christlicher, sondern jüdischer Herkunft sind. Wie zum Beispiel das Liebesgebot. Wie das Christentum selbst, ist auch die Erbsünde eine Erfindung von unserem guten Paulus. Und das dürften auch die bedrohten Heiden gewusst haben. Dahinter steckt nichts anderes als ein logischer Zirkelschluss: Wenn die Sünde den Tod zur Folge hat, muss dort, wo gestorben wird, auch Sünde sein. Sünde, für die der Tod die Strafe Gottes ist. Deshalb sind alle Nachkommen Adams schon deshalb als Sünder überführt, weil sie als Sterbliche geboren sind.«

Adam erinnerte sich, wie ihm ein Weihbischof in Österreich Aids als eine Strafe Gottes hatte verkaufen wollen, und er spürte immer mehr Wut und Verachtung für die gnadenlose Dummheit.

»Doch damit nicht genug. Menschenwürde und Menschenrechte existieren im Christentum nur für Glaubende, weil sie quasi von Gott begnadigt sind. ›Nulla salus extra ecclesiam‹ – es gibt kein Heil außerhalb der Kirche. Und wer drinnen oder draußen ist, wer dazugehört oder nicht, darüber entscheidet wiederum die Kirche. Es ist also kein historischer Unfall, dass die Christen die Heiden, die Ungetauften, nicht als Menschen betrachteten. Was natürlich zur Folge hatte, dass die Ungetauften auch nicht als Menschen behandelt werden mussten. Die Aufklärung hat die Menschenrechte gebracht. Und die Stoa, die Vorstellung eines Menschen, der aufrecht vor Gott steht, beruht auf jüdischem Erbe.«

»Und die Vorstellung, dass wir Menschen selbst göttlich sind und auch göttliches Schöpfungspotenzial besitzen, beruht auf dem Erbe der Heiden«, fügte Ryan hinzu, aber MacClary ließ sich nur kurz unterbrechen.

»Das alles hat schon meinen Vater zeit seines archäologischen Lebens so sehr beschäftigt, dass ich mich seinem Vermächtnis nicht entziehen kann. Und wie Sie selbst sagen, Adam, diese Frage beschäftigt immer mehr Menschen an allen Ecken und Enden unseres schönen Planeten. Und nun, meine Lieben … ich bin untröstlich, aber ich bin noch zum Essen verabredet. Ihr wisst schon, schöne Frauen … Nachdem ich euch hoffentlich nicht gelangweilt habe, freue ich mich, wenn ich euch morgen zum Dinner einladen darf, damit wir diese Runde fortsetzen können. Mr. Shane, ich hoffe, insbesondere Ihnen einen ersten Impuls gegeben zu haben, die Dinge in einem anderen Licht zu betrachten. Glauben Sie mir, zurzeit geschieht nichts mehr zufällig, und auch Sie werden bald mehr wissen, als Ihnen vielleicht lieb ist.«

Mit einem freundlichen Lächeln wandte sich Ronald ab und begann, seine Sachen zu packen.

»Ich danke Ihnen von Herzen für die Gastfreundschaft und freue mich auf morgen Abend.« Shane stand auf und schaute auf die Uhr. Er hatte noch eine Menge Fragen.

Wieder rasten Bilder wie bei einer Zeitreise an seinem inneren Auge vorbei. Er war sich sicher, da war noch mehr, was den Vatikan bis heute daran hinderte, sich zu seinen Taten zu bekennen. Aber reichte es nicht schon, dass sie in ihrem Wahnsinn nicht nur ihre eigenen Ideale verraten hatten und sich dabei bis heute als moralische Weltpolizei aufspielten? Reichte es nicht, dass sie niemals das selbst verkörpert hatten, was sie als Tugenden von den Gläubigen forderten, mit aller Gewalt? Waren das nicht schon Gründe genug, dem Vatikan ein Ende zu setzen? Adam fürchtete, er würde in den nächsten Tagen noch weit mehr erfahren.

»Gehst du noch mit in einen Pub?«, fragte Deborah und sah ihn durch ihre runde Brille auffordernd an.

13

Dublin – Haus von Ronald MacClary, 22.30 Uhr

Ronald machte sich auf den Weg ins College, um Jennifer zu einem späten Abendessen zu treffen. Shane, Deborah und Ryan suchten einen Pub auf, der nur zehn Minuten vom Haus des Richters entfernt lag und in dem man ungestört reden konnte.

Jedenfalls dachten sie das. Der dunkle Van vor MacClarys Haus war ihnen nicht aufgefallen. Drei Gestalten nahmen zielsicher MacClarys Wohnung ins Visier und drangen gut ausgerüstet in das Haus ein. Unter ihnen war George Cassidy, langjähriger Mitarbeiter der CIA. Nachdem er durch eine verpatzte Undercover-Aktion in Argentinien aufgeflogen war, hatte er im vatikanischen Geheimdienst ein neues Zuhause gefunden. Abgesehen von diesem Fehler, funktionierte der Mann wie ein Uhrwerk. Er warf einen Blick auf seinen Lageplan und gab präzise Anweisungen, um die wichtigsten Räume mit den neuesten Errungenschaften mikrokleiner Abhör- anlagen und Kameras zu versehen. Steckdosen, Fernseher und Bücherregale wurden nach dem Prinzip der höchsten Unwahrscheinlichkeit einer Entdeckung ausgewählt und mit den »Augen und Ohren Gottes«, wie es Cassidy gern nannte, versehen.

Gerade als er sich in Richtung des Bücherregals bewegte, machte er eine beunruhigende Entdeckung: Zwischen einem Bücherbord und dem Fenster stand eine Vitrine im Weg. Nicht die darin befindlichen Pergamentrollen an sich fanden seine besondere Aufmerksamkeit, sondern die Bedeutung der wenigen lateinischen Wörter, die er zu übersetzen im Stande war.

Doch andererseits – der Befehl war eindeutig und unmissverständlich gewesen: die Wohnung verwanzen, so schnell wie möglich verschwinden und auf keinen Fall irgendwelche Spuren hinterlassen.

Cassidy nahm eine Kamera aus der Tasche und lichtete die ersten Zeilen des eingerollten Pergaments ab. Unterdessen arbeiteten seine Männer weiter fleißig an der Installation von Mikrofonen und Kameras.

»Wir haben noch zwei Minuten«, bemerkte er kurz und begab sich in Richtung Ausgang. Ein kurzer Blick auf die Straße durch die millimeterweit geöffnete Tür, und schon lotste Cassidy seine Männer wieder in Richtung des Vans.

Er nahm sein Handy aus der Jackentasche und wählte das Büro von Thomas Lambert an. Als er nicht auf Anhieb durchkam, fluchte er kurz. Dann öffnete er die Tür des Vans, der, vollgepackt mit Bildschirmen und anderen Geräten, kaum genug Platz zum Sitzen bot.

Er übertrug das Foto vom Handy auf seinen Rechner, um das Alter der Schrift und des Pergaments mit anderen zu vergleichen und vor allem eine zuverlässige Übersetzung zu erhalten.

»Scott, können Sie mir eine sichere Verbindung zum Hauptrechner im Archiv herstellen?«, forderte Cassidy.

»Denke schon, aber geben Sie mir fünf Minuten.«

»Schon gut, schon gut, tun Sie einfach, was Sie können.«

Cassidy sah durch die Frontscheiben in den vollen Mond, der die gesamte Straße ungewöhnlich hell erleuchtete.

»Wie weit reicht die Signalübertragung?«

»Gute zwei Kilometer.«

»Dann bringen Sie uns weg, so weit es geht.«

Der Van fuhr fast geräuschlos ab, als Cassidy die Verbindung zum Rechner in Rom erhielt. Seine Abfragen ergaben zunächst nichts Besonderes, bis die Übersetzung der zweiten Zeile ihm den Schweiß auf die blasse Stirn trieb.

»Das tödliche Zeugnis Konstantins … Verdammt, ich brauche Salvoni!«

14

Dublin, 23 Uhr

Adam Shane saß erschöpft zwischen Deborah und Ryan. »Als ich ankündigte, ich könnte dir vielleicht etwas mehr über die Bedeutung deiner Träume sagen, habe ich eine große Verbundenheit und viel Vertrauen zu dir gespürt«, sagte Ryan gerade. »Beides speist sich lediglich aus einem Instinkt, mein Lieber. Oder nenn es Intuition. Intuition ist Wissen, Adam, und zwar ein Wissen, das dir, wenn du dir seiner wirklich gewahr bist, eine unerschöpfliche Quelle sein kann. Übrigens auch eine Quelle der Macht. Und diese Quelle der Macht und Selbstbestimmung haben Christen und Römer mit allen Mitteln bekämpft. Genau diese Quelle wollten sie durch die größte jemals angelegte Manipulation stilllegen. Und es ist ihnen gelungen, bis in unsere Zeit.«

Im Hintergrund sah Deborah, wie der Wirt den Fernseher lauter drehte. Die US-Präsidentin trat vor die Kameras.

Wenige Menschen hätten prophezeien können, dass jemand wie ich eines Tages diese Rede halten wird. Viele Menschen werden als Träumerei deuten, was ich Ihnen heute ankündige. Frieden, meine Damen und Herren, hat eine Ursache und eine Wirkung.

Krieg hat ebenfalls seine Ursachen, und eine der wichtigsten Ursachen ist die ungerechte Verteilung des irdischen Reichtums. Unseres gemeinsamen Reichtums. Wir müssen um unser selbst willen den Ursachen für den Krieg gegen Mensch und Natur ein Ende setzen. Deshalb haben wir nach – und das können Sie mir glauben – intensiven Auseinandersetzungen innerhalb meiner eigenen Partei beschlossen, dass die Vereinigten Staaten den Entwicklungsländern sämtliche Schulden erlassen. Darüber hinaus werden die Vereinigten Staaten dafür sorgen, dass diese Länder nicht mehr gezwungen sind, ihre eigenen Rohstoffe zu den Preisen zu verkaufen, die an den internationalen Börsen gehandelt werden …

Shane konnte kaum glauben, was er da hörte, und er sah, dass Ryan und Deborah ebenso staunten wie er. Im ganzen Pub lauschte man gebannt den Worten dieser Frau, die offensichtlich dabei war, eine bedeutsame Wende in der amerikanischen Wirtschaftspolitik zu verkünden. Eine Wende, die das weltweite Finanzsystem nachhaltig erschüttern würde.

Meine Damen und Herren, ich bin mir bewusst, welche Auswirkungen diese Entscheidung für unser Wirtschaftssystem und die Wachstumsdoktrin haben wird. Aber ich bin mir auch sicher, dass dieses Signal im Stande ist, die negativen Auswirkungen zu begrenzen – wenn andere Nationen bereit sind, uns zu folgen …

Selbst der sonst so abgeklärte Ryan schaute ungläubig in den Fernseher, doch er gewann schnell die Fassung wieder. »Siehst du, Adam, das meine ich. Das Bewusstsein ist kein isoliertes Etwas, sondern eine kollektive Energie, die am Ende schlicht und ergreifend dem Überleben dienen wird, im faktischen wie im spirituellen Sinne. Das Universum, in dem du lebst, ist nicht nur ein materielles Faktum, sondern ein hoch spirituelles.«

»Ich weiß«, unterbrach Shane seine Rede. »Aber …«

»Die Kelten und andere Naturvölker waren sich dessen sehr bewusst. Es war eine Kultur der wechselseitigen Abhängigkeit von drei Faktoren: Gott, Mensch und Natur. Die Druiden kannten und verkörperten die Gewissheit, dass die von göttlichen Kräften durchtränkte Erde in jedem Blatt und jedem Stein erfahrbar war. Das meinte ich mit dem, was ich spüre, wenn ich in den Wald gehe, Adam, und ich sehe, wie immer mehr Menschen spüren, dass wir an einem Wendepunkt angelangt sind.«

Unvermittelt ließ Shane den Kopf auf seine Arme sinken. Er war erschöpft und musste noch immer an Ryans Geschichte über die geflüchteten Druiden denken.

»Adam, wenn du wirklich das kannst und weißt, was ich glaube, dann hast du eine hohe Verantwortung – und zwar nicht nur dir selbst gegenüber.«

Zum ersten Mal nach langer Zeit spürte Shane tief in seinem Innern wieder ein Gefühl der Wärme und Freude. Es war fast eine Art Euphorie, die Rückkehr seines unbezähmbaren Lebenswillens, diese Lust, zu gestalten und Freude zu empfinden. »Adam?«

»Äh ja, entschuldige, ich höre dir ganz genau zu. Was ich mich tatsächlich frage, ist Folgendes: Was unterscheidet nun eigentlich wirklich die, nennen wir es Philosophie und den Glauben der Christen von dem der Kelten oder Druiden? Am Ende sind doch alle nur auf der Suche nach Gott, oder nicht?«

»Der große Unterschied liegt in der Gestalt und im Charakter der heidnischen Götter. Von Teilen Asiens bis nach Südspanien, über den Balkan und hinauf in den hohen Norden manifestierte sich die Lebensweise der alten Kultur in ihrer Naturverehrung und nicht in einem unlebendigen Objekt, einem Gott, wie ihn die Christen entworfen hatten. In der alten Kultur waren Hingabe, Demut und Magie selbstverständliche Teile des Lebens. Es sind die mystischen Metaphern, mit denen die heidnischen Menschen Zugang zum allumfassenden und alles durchdringenden Universum und seinen Informationen hatten. Das gilt insbesondere für die keltischen Druiden, aber auch für die nord- und südamerikanischen und die afrikanischen Stämme. Und sie ehrten und nutzten es im Sinne aller.«

»Eines ist sicher: Wenn die Christen mehr Toleranz gezeigt hätten, nicht mit brutalster psychischer und physischer Gewalt gegen Andersgläubige vorgegangen wären, hätten nicht nur die Kelten und Druiden überlebt, sondern auch die Kultur der Indianer, der Stämme Afrikas und Australiens«, ergänzte Deborah.

Ja, da hatte sie leider recht, dachte Shane. Das Ausmaß dieser falschen Lehre war gigantisch, und diese Tatsache wurde wahrscheinlich erst jetzt immer mehr Menschen bewusst. Die Zeitenwende, die auch er in sich spürte, griff verstärkt um sich.

Shane wischte sich Tränen aus den Augen. »Ja, Thomas, ich weiß, was du meinst. Aber wie können wir dafür sorgen, dass wir uns alle dessen wieder bewusst werden, nach dieser viele Jahrhunderte andauernden manipulativen Lehre von Schuld und Trennung?«

»Nun, mit Sicherheit nicht mit einem künstlichen, vermeintlich einzig wahren Gott und auch nicht mit einem der uns bekannten Propheten, deren Überlieferungen ohnehin nur zweckmäßige Fälschungen sind«, grinste Ryan. »Was die Naturvölker beherrschten, war das willentliche Herbeiführen von Ergebnissen in dieser Welt mithilfe von – sagen wir zunächst einmal: anderweltlichen Mitteln.«

»Ja, aber, wenn diese scheinbar weltumspannende Erkenntnis so breite Akzeptanz fand, wie konnte dann das Christentum diese Weltanschauung so einfach vernichten? Und woher weißt du von diesen Gelehrten oder Zeugen?«, fragte Shane und schaute Ryan mit seinem typisch verzweifelten Blick fragend an.

Deborah wippte nervös auf ihrem Stuhl hin und her, ein großes Glas Guinness in der rechten Hand. »Vernichten konnten sie sie mit einem Rechtssystem, das die Kaiser prägten. Mit unendlicher Machtbefugnis und einer Armee, die für die Heiden nicht mehr zu besiegen war. Mit einem künstlichen Glauben und irdischen Wohlstandsversprechen für alle, die die Heiden bekämpften.«

Ryan schüttelte entschieden den Kopf. »Das allein war nicht ausreichend, Deb. Und glaub mir, Adam, es ist viel mehr übrig, als dir im Moment bewusst ist. Lass dir noch etwas Zeit. Du erfährst schon bald mehr. Das Wissen der Druiden liegt jenseits von Zeit und Raum, es ist also nicht so leicht zu zerstören. Und das heißt für uns, es gibt keinen Grund zur Verzweiflung. Nur eines ist klar: Wenn wir die Menschen dafür gewinnen wollen, sich wieder auf die Verbundenheit mit der Natur und dem Potenzial eines jeden Geistes einzulassen, dann müssen wir zunächst an den Punkt zurückkehren, an dem alles angefangen hat. Und du weißt ja offenbar, wann und wo dieser Punkt in der Vergangenheit zu finden ist«, grinste Ryan und klopfte Shane auf die Schulter.

Shane sah ihn ratlos an. »Weiß ich das?«

15

Vatikanstadt, spät in der Nacht

Victor Salvoni schritt durch sein Büro und sah durch die weit geöffneten Balkontüren auf die Sixtinische Kapelle. Es war ein warmer Abend mit einem schönen, sternenklaren Himmel.

»Und Sie sind sicher, dass er Mitglied des Engelwerks war?«, fragte Salvoni einen seiner Mitarbeiter, der ihm gerade von einem Selbstmord eines Priesters berichtete.

»Ja, das ist sicher, und er hat angegeben, die Umstände seiner Entlassung nicht zu ertragen, und drohte deshalb, an die Öffentlichkeit zu gehen«, erklärte der junge Mann.

Salvoni setzte sich auf eine kleine Bank vor der Tür und seufzte leise. In Dublin müssten seine Truppen längst die Arbeit beendet haben. In Gedanken an das Gespräch mit Lambert wurde ihm klar, dass es nicht ewig so weitergehen konnte. »Eines Tages, mein Guter, werden dieser Kirche Fehler passieren, die sich angesichts unseres Bedeutungsverlustes nicht mehr mit den alten Methoden vertuschen lassen.«

Salvoni wusste, wovon er sprach.

»Ich stimme Ihnen zu. Die Zahl der Kirchenaustritte steigt bedrohlich an, und viele Menschen haben längst den inneren Rückzug aus der Kirche angetreten.«

»Der Papst hätte sich nicht dazu hinreißen lassen dürfen, nach den Piusbrüdern nun auch noch die Statuten des Engelwerks zuzulassen«, sagte Salvoni verbittert.

Was sich im *Opus Angelorum* abspielte, war für Salvoni nicht mehr und nicht weniger als ein gigantischer Rückschritt, der die Kirche quasi ins Mittelalter zurückbombte. Auf der einen Seite standen in der Lehre dieser Sekte die Gläubigen, auf der anderen Seite konnte nur der Teufel mit seinen Dämonen stehen. Etwas Halbes duldete das Engelwerk nicht, alles, was auch nur im Funken den Glauben hinterfragte, galt als Teufelswerk. Salvoni war in den letzten Monaten mehr als genug damit beschäftigt gewesen, die Recherchen der Medien abzuwehren, die versuchten, die Opfer geistlichen Missbrauchs zu interviewen oder der Sekte die Verantwortung für etliche Selbstmorde zuzuschreiben.

»Gut, danke für die Information. Ich werde mich darum kümmern.«

»Sehr wohl, Padre.«

In den Monaten, wenn nicht Jahren davor hatte Salvoni unter anderem in Deutschland und Irland Missbrauchsopfer aus katholischen Schulen und Priesterseminaren zum Schweigen bringen müssen – entweder mit Geld oder mit anderen Mitteln. Das war allerdings angesichts der schieren Masse an Opfern ein aussichtsloser Kampf. Nur die Spuren, die der Papst selbst hinterlassen hatte, waren in einer groß angelegten Geheimaktion vernichtet worden – wenigstens das war ihm gelungen.

»Noch ein Jahr, Victor, nur noch ein einziges, letztes Jahr – und dann hörst du auf«, schwor er sich mit einem schwermütigen Blick in den Vollmond, der sein müdes Gesicht erleuchtete.

Das Klingeln des Handys unterbrach seine Gedanken.

»Salvoni.«

»Hier ist Cassidy. Wir haben alles wie besprochen erledigt, aber ich habe etwas entdeckt, das solltet ihr euch ansehen. Wir müssen das in der Vergangenheit immer wieder übersehen haben, aber es bestätigt, was Padre Morati befürchtet hat: MacClary hat Zugang zu brisanten Dokumenten.«

»Was genau haben Sie gefunden?«

»Ich habe Ihnen ein Foto geschickt, das wird Ihnen alles sagen, glaube ich. Außerdem beobachten wir drei Bekannte von MacClary, die sich mit ihm vorhin lange in seiner Wohnung unterhalten haben, bevor wir hineinkonnten. Zwei Männer und eine Frau.«

»In Ordnung. Aber seien Sie um Himmels willen vorsichtig und bewahren Sie Ruhe. Ich kann mir nicht vorstellen, dass es so schlimm ist«, versuchte Salvoni den nervös klingenden Cassidy zu beruhigen.

»Alles klar, ich höre dann wieder von Ihnen. Gute Nacht.«

Salvoni ging erneut hinein und rief seine Mails ab. Was er sah, ließ ihn fast zur Salzsäule erstarren. Das Dokument sah so aus, als könnte es wirklich aus jener Höhle stammen, die Sean MacClary vor vielen Jahrzehnten gefunden hatte. Er hatte den Inhalt der Höhle weder komplett sichten noch die Höhle räumen können, aber einige Stücke waren eben doch nach England und später nach Irland gebracht worden. Wenn das, was Cassidy da gefunden hatte, tatsächlich aus diesem Fund stammte, dann … ja, dann war tatsächlich zu befürchten, wovor Padre Morati immer gewarnt hatte. Nun würde es sich möglicherweise rächen, dass den Alten niemand so ganz für voll genommen hatte.

Jetzt kam es vor allem darauf an, herauszufinden, was Sean MacClarys Sohn und seine Freunde sonst noch wussten. Unter allen Umständen musste das geklärt werden, und zwar so schnell wie möglich. Aber Salvoni wusste, dass er sich auf Cassidy verlassen konnte. Die nächsten Tage würden ihm Klarheit darüber verschaffen, ob Moratis Warnungen womöglich doch begründet gewesen waren. Bis dahin blieb ihm nur eines: abwarten und nicht verrückt dabei werden.

16

Lasst die Flamme eurer Schmelzöfen diese Götter rösten! Macht euch all die Tempelgaben zu Dienste und überführt sie in eure Kontrolle. Mit der Zerstörung der Tempel werdet ihr weitere Fortschritte in der göttlichen Tugend gemacht haben.

Iulius Firmicus Maternus, römischer Senator und Kirchenvater

Dublin, Arbour Hill – 15. März, am frühen Abend

Ronald las gerade konzentriert in einem Dokument, das er für die nächste Sitzung des Supreme Court brauchte, als es an der Tür läutete. Deborah, Ryan und Shane standen im typischen Dubliner Regen vor der Tür.

»Wenn ich es nicht besser wüsste, würde ich sagen, ihr seht aus wie gealterte Salutisten der Heilsarmee«, grinste Ronald und bat die drei nassen Gestalten mit großer Geste in sein Haus.

Shane fühlte sich weitaus besser als in den vergangenen Tagen. Eigentlich musste er sogar zugeben, dass es ihm ausgezeichnet ging. Nach Jahren der Durststrecke war er endlich wieder mit Menschen zusammen, die seine Interessen und

Fragen teilten – und denen er sich vorbehaltlos mitteilen und anvertrauen konnte. Erst jetzt wurde ihm klar, wie sehr er sich eingekapselt hatte. Doch auch diese schwierige Zeit hatte offenbar einen Sinn gehabt. Ohne all das Grübeln und Zweifeln, ohne all das Kämpfen und Verzweifeln – ohne all das wäre er jetzt wohl nicht hier.

Ronald führte seine Gäste in das Esszimmer, wo gerade die zierliche Ms. Copendale, bereits seit ihrer Jugend treue Haushälterin der MacClarys, die letzten Vorbereitungen für das Dinner traf. 1944, kurz vor dem Tod ihres Mannes, hatte Mutter Lisa MacClary die damals fünfzehnjährige Waise engagiert, damit sich jemand um ihren Sohn – den sie Ron, manchmal auch Ronnie nannte – kümmerte, wenn sie auswärtige Termine oder Besuch hatte. Nach Seans Tod waren sie zu dritt für einige Zeit zurück nach Boston gegangen. Erst als Lisa MacClary dann in der Blüte ihrer Jahre an einer damals unbekannten Immunschwäche erkrankt war, hatte Ruth Copendale Aufgaben übernommen, die weit über den Beruf einer Haushälterin hinausgingen. Nach dem Tod der Mutter war sie auf Wunsch von Ronald nach Dublin zurückgekehrt und war seitdem die Seele des Hauses. Ronald hatte sein Studium in Boston aufgenommen, und Ruth Copendale hatte ihn aus der Ferne durch alle Höhen und Tiefen seines Lebens begleitet. Sooft Ronald konnte, kehrte er zurück in das Haus seines Vaters.

Das Esszimmer war für Shanes Geschmack zwar viel zu konservativ eingerichtet, aber andererseits – es zeugte nicht nur von großem Reichtum, sondern auch von Geborgenheit. Um den Tisch konnten sich mühelos zwölf Personen versammeln, und rundherum standen gediegene Kolonialmöbel aus Teakholz, die wohl noch aus der Zeit der vorletzten Jahrhundertwende stammten. Die Wandflächen waren mit Edelholz getäfelt, und kleine, verzierte Wandleuchten tauchten den Raum in ein gelbliches Licht. Zahlreiche Bilder zierten die Wände, darunter das signierte Foto von Ronalds Vaters in Uniform.

»Ich hoffe, Thomas hat Sie gestern Abend nicht allzu sehr mit seinen Theorien über die frühkommunistischen Druiden belästigt«, bemerkte MacClary mit einem Lächeln in Richtung Shane. Ryan schaute den Richter mit zusammengezogenen Augenbrauen an. Shane hatte gestern schon das Gefühl gehabt, dass die beiden eine Art Hassliebe verband; jedenfalls waren sie nicht immer einer Meinung, und ihre Biografien konnten wohl auch kaum unterschiedlicher sein.

MacClary hatte den irritierten Blick bemerkt. »Schon gut, Thomas, aber du kannst nicht leugnen, dass es vielleicht einen weitaus pragmatischeren Grund gegeben hat, die Druiden zu vernichten«, sagte er mit einer gewissen Schärfe in der Stimme.

»Mag sein. Fakt ist, dass die keltische Gesellschaft auf einer freien Übereinkunft und einer über Jahrtausende gewachsenen moralischen Ordnung beruhte. Die keltischen Völker brauchten keine zentralistische Regierung, um zusammenzuhalten. Die Druiden sahen zum Beispiel Eigentum immer als etwas Kollektives. Rom hingegen war materialistisch und basierte auf privatem Eigentum …«

»Und wir wollen auch auf keinen Fall vergessen, dass die Römer Frauen nur als Lustobjekte, Dienerinnen und Gebärmaschinen ansahen, während die Kelten sie als die Quelle Gottes verehrten«, unterbrach Deborah den sichtlich aufgewühlten Ryan, der sich nur kurz das Wort nehmen ließ.

»Genau, und beides konnten die Römer mit ihren neuen, sagen wir mal göttlichen Geschäftspartnern kontrollieren. Die Kaiser waren nicht mehr abhängig vom Wohlwollen vieler Religionsführer, sondern nur noch von Kirchenführern, die sich so leicht kaufen ließen wie eine Wanderhure ...«

»Aber die Druiden wären gemeinsam mit den wenigen kritischen Denkern in Rom in der Lage gewesen, die Lügen der Christen zu enttarnen. Deshalb mussten sie sterben«, fasste MacClary in seiner typisch allwissenden Art zusammen.

Shane überkam angesichts der wenigen Stunden, die er geschlafen hatte, eine abgrundtiefe Müdigkeit. Er konnte der Debatte kaum noch folgen.

»Mr. MacClary, kann ich mich kurz irgendwo hinlegen?«

»Sicher, kommen Sie mit nach nebenan. Und nenn mich endlich Ronald.« Der Richter warf ihm einen ebenso scharfen wie freundschaftlichen Blick zu.

Neben der Bibliothek gab es ein kleines Gästezimmer, das gemütlich eingerichtet war, wenn auch weitaus bescheidender als die anderen Zimmer, die er bisher gesehen hatte. MacClary machte das Licht an und legte die Hand auf Shanes Schulter.

»Das war sicher ein anstrengender Abend gestern. Ich weiß schon, mit Thomas kannst du endlos über das Thema diskutieren. Er ist besessen von dem verlorenen Wissen der Druiden. Aber es ist nun einmal verloren, damit müssen wir uns abfinden. Ruh dich aus, wir sind sicher in der Bibliothek zu finden, wenn du wieder zu uns stoßen willst.«

Shane legte sich auf das schmale Gästebett. Die Gedanken rasten durch seinen Kopf. Nein, er konnte dem Richter nicht zustimmen. Das Wissen war nicht verloren, das spürte er mit großer Sicherheit, wenn er auch nicht sagen konnte, woher diese Sicherheit kam. Es war nicht verloren, nur der Zugang zu diesem Wissen war vielleicht blockiert durch die Jahrhunderte der Entfremdung.

Als er sich hinlegte, glitt er langsam in einen tranceartigen Zustand zwischen Wachen und Schlafen. Während sein Körper sich immer mehr entspannte, schien eine ganz besondere Energie jede Zelle zu durchströmen, wie eine elektrische Kraft. Durch die geistige Verwandtschaft mit seinen neu gewonnenen Freunden, die irgendwo ein paar Zimmer weiter beieinandersaßen, fühlte er sich zum ersten Mal seit Jahren wieder zu Hause in seiner Welt. Vielleicht wartete doch noch eine Aufgabe auf ihn? Eine Aufgabe, die ihn aus dem Schneckenhaus befreite, in das er sich zurückgezogen hatte?

Als er wieder zu sich kam, hörte er wie von ferne, dass die anderen in der Bibliothek noch immer diskutierten.

»Da hast du recht. Je mehr die wirtschaftliche Macht der Priester wuchs, desto mehr Raum mussten die Kelten hergeben und sich zuletzt bis in unser schönes Irland zurückziehen«, sagte MacClary gerade, als Shane an der Tür zur Bibliothek angekommen war.

An den Türrahmen gelehnt, blieb Shane stehen. »Ich verstehe jetzt den Deal, der den Verrat an Jesu Vision perfekt machte. Das war seine wirkliche Kreuzigung, danach war sein Tod tatsächlich vollkommen sinnlos geworden«, warf er ein.

Die anderen bemerkten seine Anwesenheit. »Ah, Adam weilt wieder unter den Lebenden. Soll dir Ms. Copendale das Essen aufwärmen?«

»Nein, vielen Dank. Ich bin eigentlich gar nicht hungrig.«

»Nun, Thomas, ich bleibe dabei: Wenn wir ergründen wollten, was aus den Druiden und ihrem Wissen geworden ist und aus welcher Quelle sie ihre Macht bezogen haben, dann müssten wir die Kirche dazu zwingen, ihre Archive zu öffnen. Das ist aber, wie du ebenso gut weißt wie ich, praktisch unmöglich. Jedenfalls zum jetzigen Zeitpunkt und unter den jetzigen Umständen«, sagte MacClary energisch, als ob er die Diskussion beenden wollte.

Shane blickte hinüber zu der Vitrine, die ihm schon beim ersten Besuch im Haus des Professors aufgefallen war. Irgendetwas daran übte eine geradezu magische Anziehung auf ihn aus.

17

Dublin, 21 Uhr

Jennifer packte ihre letzten Sachen, obwohl sie noch unsicher war, ob sie den frühen Flug nach Brüssel tatsächlich nehmen sollte.

»Ich glaube, ich bin wirklich urlaubsreif«, seufzte sie vor sich hin. Das Essen mit Ronald hatte bis spät in die Nacht gedauert, und sie hatte mehr getrunken, als sie vertrug. Aber vor allem sein Vortrag über die Ereignisse des Abends und seine Wut über den Rektor der Universität hatten sie müde gemacht. Und dann hatte er ihr noch von diesem Adam Shane erzählt, den Ryan quasi wie einen Erlöser ankündigte. Er hatte gemeint, sie müsse diesen Shane unbedingt kennenlernen, und so war er vom Hundertsten ins Tausendste geraten. Keine Sekunde war Raum für ihre eigenen Sorgen gewesen; wenn man es genau nahm, war sie eigentlich kaum richtig zu Wort gekommen.

Ursprünglich hatte sie mit Ronald über ihren Ausstieg aus seinem nebulösen Jahrhundertprojekt sprechen wollen. Nein, sie wollte nichts mehr hören von seiner Obsession, die Christen vom Vatikan zu befreien. Sie wollte sich auch keine Gedanken mehr darüber machen, wie man diesen Plan mit juristischen Spitzfindigkeiten in die Tat umsetzen könnte. Nach wie vor teilte sie seine Meinung, aber der Weg, auf dem er sein Ziel erreichen wollte, wurde ihr von Tag zu Tag fremder.

Seit gut fünfzehn Jahren war sie ständig weltweit unterwegs. Ihr kleines Haus in Boston unweit von ihrem Elternhaus sah sie alle paar Monate für ein paar kostbare Tage; ansonsten hauste sie in Hotels. Ein Hotel nach dem anderem, sei es in New York oder London, Brüssel oder Genf, Den Haag oder anderen Teilen der Welt. Sie war überall dort, wo gerade ihre Expertise als Völkerrechtlerin gefragt war. Sie wollte ihre Arbeit zu Ende bringen, aber mit einem Ergebnis, das die selbstausbeuterischen letzten Jahre nicht völlig belanglos machte. Im Moment war sie vor allem unsagbar müde.

Natürlich war sie auch stolz darauf, dass sie einen nicht unerheblichen Einfluss auf die Definition des Selbstbestimmungsrechts der Völker und seiner Grenzen gehabt hatte, nicht zuletzt nach dem Desaster im ehemaligen Jugoslawien. Aber das gemeinsame Ziel, mit Ronald den Status des Vatikanstaats anzugreifen, rückte für sie immer mehr in weite Ferne. Ronalds Vision war eine neue Definition der Völkerrechtssubjekte. Es ging ihm um die Frage, wer als Subjekt des Völkerrechts anerkannt wurde: einzelne Völker oder die Gesamtheit der Menschen? Wenn nämlich die gesamte Menschheit zum Subjekt des Völkerrechts wurde, hätte das unweigerlich zur Folge, dass dieses Subjekt auch Anspruch auf das kulturelle Erbe geltend machen konnte. Und wenn sich diese Sicht durchsetzte, konnte sich der Vatikan seine Immunität in Sachen Kulturgüter an die Mitra stecken. So dachte Ronald, und er suchte verzweifelt nach einem rechtlichen Kniff, der ihm half, sich durchzusetzen. Und dafür, so betonte er immer wieder, brauchte er ihren juristischen Sachverstand.

»Ach, Ronald«, seufzte sie. »Du bist ein verdammter Idealist, und es ist Zeit, dass ich neue Wege gehe.«

Genau in diesem Augenblick meldete sich ihr Handy mit einer SMS: »Wir freuen uns über einen Besuch, bevor du fliegst. Alles Liebe, Ronald.«

Unwillkürlich musste Jennifer laut lachen. Sie setzte sich auf ihr Bett zurück, ließ sich hintenüberfallen und entspannte sich. Auf einen Tag mehr oder weniger kam es jetzt auch schon nicht mehr an. Außerdem war es in der Arbour Hill sicher immer noch lustiger als allein in einem Hotelzimmer in Brüssel.

18

Shane war noch in Gedanken bei der Vitrine, als MacClary ihm ein Glas Jameson vor die Nase hielt.

»Oh, danke. Sag mir, was ist das für ein Pergament in der Vitrine dort drüben?«

MacClary schaute Ryan an, der ungewohnt sanftmütig Zustimmung signalisierte.

»Oh, das. Ja, das ist sozusagen der Heilige Gral der Familie MacClary, und genau wie der Heilige Gral verhält es sich auch«, grinste MacClary. »Mein Vater hat dieses Pergament irgendwann gegen Ende des Zweiten Weltkriegs aus einer Höhle geborgen, und wenn ich ehrlich bin, suche ich bis heute nach einem Hinweis auf den genauen Fundort.«

»Wieso hat er es dir nicht gesagt?«

Shane ahnte langsam, was hier alle miteinander verband.

»Er hat es auf dem Sterbebett versucht, als ich sechs Jahre alt war.«

MacClary setzte sich hin, schwenkte nachdenklich seinen Whiskey im Glas und blickte in die Runde.

Shane stand auf, ging hinüber und betrachtete das Pergament, auf dem kaum leserlich etwas in lateinischer Sprache stand. »Oh, schade, in Latein war ich so gut wie im Kochen«, scherzte er. »Konstantins falsches Zeugnis?«

»Nicht ganz. Konstantins tödliches Zeugnis.«

»Ah, dann verstehe ich jetzt allmählich, warum ihr alle so auf diese Zeit fixiert seid und scheinbar viele Abende darüber kauert.«

Ryan grinste vor sich hin, als hätte er eine Ahnung, was gleich geschehen würde.

»Was gibt die Pergamentrolle sonst noch her?«, fragte Shane. Die versammelte Gruppe erschien ihm plötzlich grotesk. Ein weltweit angesehener Richter, eine blitzgescheite Sprachwissenschaftlerin, die aussah wie ein kleine Hexe, und ein Heiler mit druidischen Wurzeln und rätselhafter, düsterer Ausstrahlung. Und er mittendrin. Alle vereint in dem Wunsch, die Christen von einem Gott zu befreien, dessen Ursprung eine Lüge war, und den Millionen Menschen Gerechtigkeit zu erweisen, die die Kraft einer ursprünglichen Verbindung zum Göttlichen anders dachten, fühlten und glaubten.

»Diese Pergamentrolle? Leider gibt sie gar nichts mehr her. Die restliche Tinte ist dem Kupferfraß zum Opfer gefallen. Aber in der Tat kannst du dir vorstellen, was angesichts des Titels der Rolle noch in der Höhle zu erwarten ist, also an ihrem ursprünglichen Fundort«, erklärte MacClary mit leiser Bitterkeit in der Stimme.

»Ähm, Ronald, dein Vater war doch Archäologe?«

»Allerdings, und nicht irgendeiner, sondern einer der Besten«, gab MacClary mit Stolz zurück, der aber schnell wieder aus seinem Gesicht wich. Zu sehr waren der Schmerz seines frühen Verlustes und die Erinnerung an einen allzu fernen Vater in diesem Moment zu spüren. »Wieso fragst du?«

»Nun, wenn er keinen Hinweis auf den ursprünglichen Fundort hinterlassen hat, wie du sagst, kann das doch auch heißen, dass der Hinweis einfach nur verborgen oder eben nicht sichtbar ist.«

»Glaub mir, Adam, ich habe jedes Buch in dieser Bibliothek und auch die Tagebücher meines Vaters untersucht. Nichts, keine Zeile, keine Geheimschrift, kein Kryptus, nichts«, versicherte MacClary und hob resigniert die Schultern.

»Worauf liegt die Rolle eigentlich?«

»Das ist gewöhnliches Papier, Büttenpapier.«

»Und seit wann liegt sie darauf?« Shane schien blind einer inneren Eingebung zu folgen.

»Seit sie in das Heliumvakuum gepackt wurde. Auf dem Papier lag sie vermutlich auch schon vorher.«

»Und das Papier wurde auch untersucht?«

MacClary sah ihn eindringlich an. Er spürte ein tiefes Unbehagen im Magen. So, als ob er gerade eine große Menge Geld verloren hätte – oder seinen Ehering. Ein abgründiges und peinliches Gefühl, irgendwo zwischen Übelkeit und Schwindel.

Er erhob sich langsam zu seiner vollen Größe. »Also wirklich, Adam, du verstehst es, mir Adrenalin ins Blut zu schicken. Wenn ich die Vitrine jetzt öffne, ist die Rolle so gut wie verloren«, sagte er. Doch sein Gesichtsausdruck ließ alle Anwesenden klar erkennen, dass er gleich genau das tun würde.

»Willst du den Rest deines Lebens auf ein paar verblichene Buchstaben starren? Oder baust du auf die winzige Chance, den Hauptgewinn zu ergattern?« Ryan grinste so breit, dass man fast fürchten musste, ihm würde das Gesicht platzen. Die Sicherheit, mit der Adam auf eine mögliche Lösung zusteuerte, ließ ihn regelrecht Feuer fangen. Auch er hatte sich jahrelang die Verzweiflung des Richters mit anhören müssen, der alles getan hatte, um den Hinweis seines Vaters zu finden, und immer wieder ins Leere gegriffen hatte. Lieber würde er die Rolle zu Staub zerfallen sehen, als diese vielleicht letzte Chance nicht zu nutzen.

Ronald MacClary atmete tief durch, dann lächelte er, was ihn Jahre jünger aussehen ließ. »Also dann. Thomas, geh bitte in meine Dunkelkammer. Ich brauche Ammoniak und Wasser, Watte und Zitrone. Ich hole einen Föhn. Wir müssen wohl Ms. Copendale noch einen späten Besuch in der Küche abstatten«, sagte er und setzte sich auch schon in Bewegung.

Ms. Copendale stellte gerade die letzten Teller in die Schränke der riesigen Küche. Shane blieb staunend auf der Schwelle stehen. Diese Küche war nicht nur mit allem ausgerüstet, was in einem Haushalt gebraucht wurde, sie war auch unglaublich schön. Die blau-weiß gemusterten Kacheln mussten gut zweihundert Jahre alt sein, dazu die Holzanrichten und Schränke aus edelstem Holz, alles dezent mit Lampen der Kolonialzeit ausgestattet. Was für eine Wärme, was für eine Liebe zur Tradition wurde hier spürbar!

»Liebe Ruth, bitte verzeih die Störung, aber wir müssen noch ein wenig Forschung betreiben. Du kannst dich ruhig zurückziehen«, sagte Ronald sanft.

Die bald achtzigjährige Dame schenkte den vieren ein wohlwollendes Lächeln, schlug aber entsetzt die Hände über dem Kopf zusammen, als sie sah, dass Ryan die Vitrine im Arm hielt.

»O mein Gott, Ronnie ... äh, Ronald, du willst doch nicht ...«

Ronald, der es hasste, wenn sie ihn in Gegenwart anderer mit seinem jugendlichen Kosenamen ansprach, sah aus, als hätte er in eine Zitrone gebissen.

»Bitte, Ruth, ich weiß, was ich tue. Oder sagen wir lieber, unser junger Freund hier weiß, was er tut. Nun, ich hoffe es jedenfalls ...« MacClarys Versuch, die alte Dame zu beruhigen, verlief ein wenig hilflos im Sande.

»Oh, unbedingt weiß er das«, schmunzelte Ryan und stellte die Vitrine auf den Küchentisch. Bevor irgendwelche Zweifel an der Tat aufkommen konnten, die sie sich vorgenommen hatten, ließ er auch schon das schützende Heliumgas aus dem Behältnis entweichen.

»Vier erwachsene Menschen, zusammen über zweihundert Jahre alt, und immer noch wie die Kinder«, kommentierte Ms. Copendale trocken und verließ kopfschüttelnd die Küche, um sich schlafen zu legen.

»So, Adam, du kannst jetzt die Hälfte der Flüssigkeit in einen Topf tun und das Ganze auf kleinster Flamme erhitzen«, ordnete Ryan bedächtig an. »Aber sei bitte vorsichtig, es ist Ammoniak, und wir brauchen nur den Dampf, keine Explosion.« Vorsichtig zog er das Büttenpapier unter der Rolle hervor, was das Pergament, wie Ronald schon befürchtet hatte, zerfallen ließ. Nur noch der Name Konstantin übte sich in Beharrlichkeit, so wie das jahrhundertelang wirkende Schreckgespenst, das er hinterlassen hatte.

»Einerseits schätze ich meinen Vater so ein, dass er keine gewöhnliche Geheimtinte verwendet hat, wenn er überhaupt zu so einem Mittel gegriffen hat. Andererseits hatte er seinerzeit auch nicht viel Auswahl«, erklärte MacClary. »Deshalb tippe ich auf Kupfersulfat. Wenn ich damit richtig liege, haben wir Glück. Wenn ich falsch liege – dann haben wir eine lange Nacht vor uns.«

Shane konnte nicht fassen, in was für eine Räuberpistole er hier geraten war. Wie versteinert stand er vor dem Küchentisch. Mit Handschuhen und Pinzetten trug Ryan das Papier in Richtung Herd und hielt es über den Topf, aus dem langsam der beißende Dampf des Ammoniaks emporstieg. Shane blickte MacClary ins Gesicht. Was mochte der Richter jetzt denken?

Als Ryan das Blatt einige Sekunden über den Dampf gehalten hatte, sah Shane, wie MacClarys Gesichtszüge zusammenfielen. Er folgte dem Blick des Richters und starrte wie er auf das unscheinbare Blatt Papier.

Wie aus dem Nichts tauchten erste Zahlen in einer bräunlichen Farbe auf. Erst eine 46, dann 43, die 29 und ein N, bis schließlich alles hervorschien.

46 43 29 N, 14 25 47 O – 150 m NW vom Virinum runter am Hang – in Liebe, Sean

Ronald MacClary stand in der Küche seiner Vorfahren, die Ärmel hochgekrempelt, und mit einem Lächeln im Gesicht, das den kleinen Jungen erahnen ließ, der er einmal gewesen war. »Also, Adam, ich halte ja sonst nichts von Ryans Behauptungen über die spirituellen Seherkräfte der Druiden, aber in diesem Fall kann ich mich nur ehrfürchtig verneigen. Ihr alle nehmt einem alten Mann gerade die größte Last seines sonst so erfüllten Lebens von den Schultern«, sagte er.

Deborah hatte bereits ihren Laptop hochgefahren und die Koordinaten eingegeben. »Das ist es, der Magdalensberg in Österreich. Dort waren Teile der 8. britischen Armee abkommandiert zur Besetzung Österreichs, nachdem sie eigentlich schon aufgelöst war«, erklärte sie und strahlte Ryan an.

Der gab das Lächeln zurück. Sie hatte die vielen langweiligen Stunden in der Bibliothek genutzt und sich ein beträchtliches Wissen quer durch alle Disziplinen angeeignet. Wie oft hatte MacClary dieses Wissen genutzt, wenn es darum ging, Ryan in irgendwelchen historischen Fehlannahmen zu korrigieren. Doch jetzt war etwas vollkommen Neues entstanden: eine Gruppe von Menschen, die sich in jeder Hinsicht ergänzten. Er selbst hatte seinen Platz darin, ebenso wie Deborah. Aber erst durch die Ankunft von Shane war diese Gruppe wirklich vollständig geworden.

MacClary erhob sich und sah Ryan erleichtert an. Er wusste, jetzt war unverhofft und überraschend der Augenblick gekommen, auf den er fast ein Leben lang gewartet hatte. Doch der innere Kampf und Schmerz waren damit noch längst nicht zu Ende. Er konnte die Expedition in seiner Position nicht selbst unternehmen, und die gesamte Altertumswissenschaft würde ihn steinigen, wenn herauskam, dass er die Entdeckung geheim hielt und die Bergung des Fundes wissenschaftlichen Laien überließ.

Ryan war der Einzige, der über die notwendigen mentalen wie technischen Fähigkeiten verfügte. Und er vertraute ihm bedingungslos. Das wusste auch Ryan, der MacClary jetzt fragend ansah.

»Nun, meine Lieben, ich denke es ist an der Zeit, alte Rätsel zu lösen und Unerwartetes zu entdecken. Im Augenblick des Triumphes, den ich dir, Adam, zu verdanken habe, wäre es falsch, euch den Schmerz zu verschweigen, der darin mitschwingt. Ihr werdet ohne mich aufbrechen müssen. Aber wie du weißt, Thomas, habe ich für diesen Fall vorgesorgt.« Feierlich zog MacClary einen Umschlag aus einer kleinen Schublade unter der Vitrine und reichte ihn Ryan.

»Ich habe in den letzten Jahren viel Zeit mit euch beiden verbracht, um euch für diesen Fall zu rüsten, an den ich selbst kaum noch geglaubt habe. Ihr habt viel gelernt, und ich weiß, ich kann euch das Vermächtnis meines Vaters bedenkenlos anvertrauen. In diesem Umschlag findet ihr alles, was notwendig ist, um einige – und ich betone: nur die für uns interessanten – Artefakte zu bergen«, sagte er.

An Deborah schien der feierliche Moment fast abzuperlen. Wie ein aufgeregtes Kind wippte sie auf ihrem Stuhl hin und her und forschte weiter nach historischen Fakten rund um den Magdalensberg. Zwischendurch fuhr sie sich immer wieder mit beiden Händen durch ihre roten Locken. Jetzt sah sie MacClary fragend an. »Und so ein kleines Andenken, ich meine, je nachdem, worum es sich handelt – könnte ich nicht für den privaten Gebrauch …«

»Deborah Walker! Ich habe Thomas angewiesen, dass er dir bei jedem Versuch einen Finger abschneidet!«, rief MacClary und verdrehte die Augen zur Decke. »Ihr bergt die Stücke, die für uns von Bedeutung sind, und sorgt dafür, dass sie zunächst verschwinden. Alles andere, den gesamten Rest, geben wir sofort nach der Bergung in professionelle Hände.«

19

George Cassidy rutschte nervös auf seinem Sitz im Van hin und her. Er konnte kaum fassen, was er gerade aufgezeichnet hatte. Seit Minuten versuchte er, Salvoni zu erreichen, bisher ohne Erfolg.

»Verdammt, wir hätten die Küche besser ausrüsten müssen«, fluchte Cassidy. »Wir brauchen vermutlich zu lange, um die Qualität zu verbessern, oder?«, fragte er den hektisch an einem Computer hantierenden Jean Tamber, mit dem er schon seit vielen Jahren ähnlich fragwürdige Aufträge erledigte.

»Sicher ein paar Stunden. Ich muss die einzelnen Stimmerkennungsprogramme drüberlaufen lassen. Tut mir leid, wenn's ein bisschen dauert; andererseits verfügen wir hier über den neuesten Stand der Technik. Davon träumt selbst die CIA«, gab Tamber zu verstehen.

»Gut, machen Sie weiter.«

Der Magdalensberg in Österreich … Cassidy bemühte sich, über das Internet mehr herauszufinden. Und in der Tat konnte hier etwas sein, was zumindest in Archäologenkreisen Aufsehen erregte. Hoffentlich war es nicht mehr – aber wenn Salvoni sich so sicher war, würde es schon stimmen.

Seit 1948 wurde am Südhang eine Siedlung aus spätkeltischer und frührömischer Zeit ausgegraben. Doch das war die falsche Zeit, so viel hatte er inzwischen auch mitbekommen. Hier war einst das keltische Königreich Noricum besiegt worden und einer der wichtigsten römischen Handelsplätze für Eisen entstanden. Die Kelten hatten außerdem immer wieder römische Gebiete zurückerobert, und die Druiden hatten selbst unter Lebensgefahr verlorene Orte wieder aufgesucht, einfach weil sie an die Kraft dieser Orte glaubten. Es waren oft heilige Plätze gewesen, die die Römer entweiht und überbaut hatten.

Der Berg selbst bestand überwiegend aus vulkanischem Gestein. Diese Basalte wiesen durchaus auch Verwerfungen auf, die für das sonst so feuchte Klima erstaunlich trocken sein konnten und so die Lagerung von Artefakten möglich machten.

»Na gut, das Gebiet ist überschaubar, das schaffe ich mit wenigen Männern«, brummte Cassidy vor sich hin.

Endlich meldete sich Salvoni.

»Padre, es kommt ziemlich viel Arbeit auf uns zu. Abgesehen von den ketzerischen Lügen, die sie unentwegt diskutieren, hatte ihr Padre Morati offenbar doch all die Jahre recht.«

»Wie meinen Sie das?«

»Sie haben in der Nähe der Schriftrolle irgendwelche Koordinaten gefunden. Offenbar der Fundort der Rolle.«

»Ja und, haben Sie die Koordinaten?«, unterbrach Salvoni nervös.

»Warten Sie, Padre, das ist noch nicht alles. Sie planen eine Expedition; der Richter hat einige Freunde, die gerade alles vorbereiten. Irgendjemand in Österreich wird ihnen mit einer Ausrüstung helfen. Sie brauchen nur noch den nächsten Flug zu nehmen. Das heißt, wir haben nicht mehr viel Zeit. Und um Ihre Frage zu beantworten: Nein, wir haben noch nicht alle Koordinaten, aber wir wissen, dass es sich um einen Punkt in der Nähe des Magdalensberges handelt, in Kärnten, nicht weit von der italienischen Grenze … Padre, sind Sie noch dran?« Die Nervosität wuchs auch bei Cassidy, der sich insgeheim ärgerte, dass sie die Küche nicht besser verwanzt hatten.

Salvoni stand am Fenster, ohne das Sonnenlicht auf der Ewigen Stadt wahrzunehmen. Er hatte die Hand mit dem Telefonhörer sinken lassen. Seine Gedanken überschlugen sich. Cassidy brauchte eine Antwort, so schnell wie möglich. Aber die Situation war kniffliger, als der Agent ahnen konnte. Wenn er den offiziellen Weg ging und den Richter anklagte, einen archäologischen Fund auf eigene Faust zu bergen, dann geriet der Fall an die Öffentlichkeit, und er war von allen Informationen über den Fund abgeschnitten. Außerdem würde dann ziemlich schnell ans Licht kommen, dass seine Leute einen Richter am amerikanischen Supreme Court in seinem eigenen Haus abgehört hatten, und das würde die Amerikaner gegen den Vatikan aufbringen. Nicht gut. Der offizielle Weg war wie fast immer gar nicht gut.

Es gab also nur eine Möglichkeit: Er musste mit seinen Leuten am Fundort sein, bevor die Mannschaft des Richters dort eintraf. Dazu jedoch brauchte er nicht nur die genauen Koordinaten, sondern auch die Hilfe der Österreicher. Wen konnte er beim österreichischen Geheimdienst anzapfen?

Er hob das Telefon wieder ans Ohr. »Gut, Cassidy. Sie bleiben an den Freunden von MacClary dran und verfolgen sie nach Österreich. Von MacClary selbst haben wir alles, was wir brauchen. Ihr Auftrag dort ist beendet, Sie können abbrechen.«

»Geht in Ordnung, Padre, aber wie sollen wir in Österreich vorgehen? Ich meine …«

»Ich melde mich wieder bei Ihnen, sobald ich alles geklärt habe. Einstweilen erwarte ich von Ihnen allerhöchste Vorsicht! Ich kann jetzt absolut keinen Zwischenfall gebrauchen, zumal wir immer noch nicht wissen, ob der Fund für uns irgendeinen Wert hat oder gar eine Bedrohung ist.« Salvoni war inzwischen so laut, dass Cassidy sein Telefon ein Stück vom Ohr wegnahm.

»Sicher, Padre, Sie können sich auf mich verlassen«, erwiderte er gereizt.

20

Ms. Copendale kam mit der Wäsche aus dem Keller, als MacClary gerade allein in die Bibliothek gehen wollte. Er blieb vor ihr stehen und legte ihr die Hände auf die Schultern. »Danke, Ruth, aber ich mach das schon. Leg dich doch hin«, sagte er sanft und leise.

»Ihr törichten Kinder, glaubt ihr wirklich, dass ich jetzt auch nur eine Sekunde schlafen kann? Ich weiß doch, was da vor sich geht! Als hätte dieses Zeug nicht schon genug Unheil angerichtet! Ich kann das nicht gutheißen. Ich habe deiner Mutter versprochen … Ach, ihr macht ja doch, was ihr wollt.« Mit einem für ihr Alter erstaunlich zielstrebigen Schritt marschierte Ms. Copendale die Treppen zu ihrem Zimmer hinauf.

»Ruth, was hast du meiner Mutter versprochen? Davon hast du mir nie etwas erzählt.« Ronald stand betroffen an der untersten Schwelle der Treppe, ahnungslos und überrascht.

»Ich habe ihr versprochen, dass ich dafür Sorge trage, dass du nicht dem Wahnsinn deines Vaters verfällst, der alles zerstört hat und Lisa so krank gemacht hat. Hast du überhaupt eine Ahnung, wie sehr sie unter der Obsession deines Vaters gelitten hat?« Die alte Dame hatte sich schon wieder gefasst.

Ronald hob hilflos die Hände. »Ja, ich glaube, das weiß ich sehr gut. Ich habe selbst mehr als genug darunter gelitten, aber das heißt eben auch, ich möchte wissen, ob es das wert war. Mehr will ich gar nicht, Ruth, verstehst du? Wir beide, wir haben unser Leben fast hinter uns, aber viele verblendete Menschen haben es noch vor sich, und wenn ich auch nur einen Funken dazu beitragen kann, dass dieser Wahnsinn aufhört, dann hat das alles vielleicht doch einen Sinn gehabt.«

Ruth Copendale trat einen Schritt in ihr Zimmer und sah ihren Schützling grimmig an. »Du bist wie dein Vater, Ronnie, wie dein Vater, und das hat mir immer Angst gemacht.« Die Tür fiel hinter ihr ins Schloss.

In diesem Augenblick erklang die Hausglocke. Das musste Jennifer sein.

»Wir reden morgen darüber«, sagte MacClary leise in Richtung der geschlossenen Zimmertür, bevor er in die Diele ging, um zu öffnen.

Jennifer stand vor der Haustür und las ein paar letzte Nachrichten auf ihrem Handy, als MacClary ihr öffnete.

»Ronald geht es dir gut? Du siehst aus, als …«

»Ich sehe aus wie jemand, der gerade den spannendsten Augenblick seines Lebens erleben darf.«

»O nein, lass mich raten, du wirst UN-Generalsekretär oder … nein, Vizepräsident. So wie du nach deiner Ernennung zum Vorsitzenden Richter mit der Präsidentin geflirtet hast, du alter Charmeur …« Ein boshaftes Lächeln im Gesicht, ging Jennifer den Flur entlang und ließ ihren Mantel und ihre Tasche achtlos auf einen Stuhl fallen.

»Jennifer, du weißt doch, wie sehr Ruth das hasst.« Er nahm die Sachen auf und hängte sie an die Garderobe, während Jennifer ungezwungen wie in ihrem eigenen Zuhause in die Bibliothek schlenderte.

»Jetzt noch mal.« Sie sah MacClary forschend an. »Hast du ein Gespenst gesehen? Sind deine Druidenbrüder in Rauch aufgegangen? Was ist los?«

»Nichts dergleichen. Und auch kein Karrieresprung auf meine alten Tage, wie du draußen vermutetest. Nein, du magst es glauben oder nicht, wir haben vor ein paar Minuten den Hinweis meines Vaters auf den Fundort entdeckt. Es gibt eine Höhle, und sie liegt auf dem Magdalensberg in Österreich. Wir haben sogar die genauen Koordinaten.«

»Das darf nicht wahr sein!« Jennifer ließ sich in einen Sessel fallen.

In diesem Augenblick kamen Ryan und Shane aus der Küche.

»Jennifer, darf ich vorstellen, Adam Shane. Adam, das ist Jennifer Wilson, meine begabteste Schülerin und langjährige Kollegin am Bundesgericht in Boston.«

Shane stand da und war von Jennifers Anblick so beeindruckt, dass er zuerst kein Wort herausbrachte. Jennifer hingegen stand auf und reichte ihm die Hand. »Guten Abend, Mr. Shane, Ronald hat mir schon von Ihnen erzählt. Wie schön, noch einer im Bund der verschworenen Druiden.« Shane schaute etwas hilflos zu Ryan, der resigniert die Schultern hochzog. »Keine Sorge, Adam, sie ist nicht immer so, nur wenn ich dabei bin«, frotzelte er.

Shane setzte sich in einen freien Sessel. »Thomas, ich denke, ich habe ein Recht, allmählich zu erfahren, was du noch alles über diese Druiden und Gelehrten weißt.«

Mit gespielter Verzweiflung schlug Jennifer die Hände vors Gesicht. »Es hätte so ein netter Abend werden können!«

»Nun, Adam, mit der Flucht aus Rom war die Geschichte der Druiden und Philosophen noch lange nicht beendet. Ihre erste Station war nämlich das heutige Österreich …

* * *

Virunum – 19. August 330 n. Chr. (heutiger Magdalensberg)

Bei ihrer Flucht hatten die Druiden, ihre Schüler und die jungen Philosophen einige Symbole und Schätze ihrer Kultur mitgenommen. Die Reise zu Fuß und mit Packpferden war beschwerlich gewesen. Das geheime Höhlensystem lag auf der einen Seite des Berges, die römische Verwaltungsstadt Virunum auf der anderen. Es war ein gewagtes Spiel, hier ein- und auszugehen, doch die Druiden bestanden auf diesen für sie heiligen Ort, um die Bibliothek anzulegen.

»Rodanicas, diese Höhle ist nicht nur geeignet, sie ist hervorragend!«, strahlte Datanos.

Nun war es an der Zeit, dachte er sich. Er musste die Druiden überzeugen, etwas zu tun, was gegen eines ihrer heiligsten Gebote verstieß.

Nachdem die jungen Druiden und drei römische Schüler des Sopatros in den vergangenen Nächten ausreichend Pergamente und Werkzeuge aus der Verwaltung in Virunum hatten stehlen können, hatten die Philosophen begonnen, eine Chronik der Ereignisse in Rom und der christlichen Machtergreifung niederzuschreiben. Wo die eigene Erinnerung als Quelle nicht ausreichte, stützten sie sich auf die Erzählungen der Gelehrten, die nach dem Verrat des Ablabius in Rom ein grausiges Ende gefunden hatten. Am meisten konnten ihnen freilich die Druiden erzählen, doch die heiligen Männer weigerten sich immer noch, sich selbst der Schrift zu bedienen.

»Rodanicas, was bleibt von euch, wenn alle Druiden gestorben sind oder wenn es keiner von euch auf die Inseln schafft?«, fragte Datanos drängend.

»Nun, du magst glauben, dass nichts von uns bleiben wird, aber dem ist nicht so. Unser Geist kann zu jeder Zeit ...«

»Rodanicas, bitte, nimm doch Vernunft an! Ihr wisst nicht, ob ihr es überhaupt bis zu den Inseln schafft. Du und Aregetorix, ihr seid die Bewahrer des alten Wissens und könnt die Schriften der Christen widerlegen.«

Sie gingen in einen weiteren Raum, in dem seit Tagen einer der Schüler die Spirale des Lebens in einen mächtigen Stein gravierte. Andere hatten bereits Kammern in die Wände geschlagen, die die Pergamente zusätzlich schützen sollten. Sobald alles fertig war, sollten diese Kammern versiegelt werden.

»Hast du denn immer noch nicht verstanden, warum wir unser Wissen nicht aufzeichnen? Wir wissen, dass kein Urteil, keine Rechnung unendlich richtig sein kann. Wahrheit ist erfahrbar: im Moment, im Hier und Jetzt. Was auch immer wir jetzt aufschreiben, würde versteinern und zu einem Fluch werden. Genauso ist es mit der Lehre des Jesus von Nazareth geschehen. Sie haben seine Worte aufgeschrieben – fixiert, verstehst du? Als hätten sie ihn gefesselt oder in einen Kerker aus Stein eingesperrt. Festgenagelt, so wie ihn damals die Römer am Kreuz festgenagelt haben. Und damit bringen sie das größte Unheil über die Welt. Die Demut, die in der Gewissheit der Ungewissheit liegt – diese Demut ist das Herzstück unserer Lehre. Ich verbringe Tage damit, meinen Schülern dies begreiflich zu machen«, sagte Rodanicas ernst. »Und deshalb, mein lieber Datanos, vermitteln wir unser Wissen nur durch die mündliche Weitergabe vom Wissenden zum Schüler.«

»Aber wenn ihr seht, was der Kaiser und die Christen tun, hinterlasst doch wenigstens der Welt das Wissen um ihre Taten ...«

»Datanos, wir glauben, dass sich in Rom bald alles verändern wird. Es ist eine kurze kulturelle Verwirrung und ein politisches Spiel, das mit dem Tod des Kaisers sein Ende finden wird. Du wirst sehen …«

»Nein, du hast doch selbst gehört, was Aregetorix gesagt hat!«

»Deswegen bleibt Aregetorix auch hier.«

»Wie meinst du das?«, fragte Datanos. Hatte man seinem Drängen endlich nachgegeben?

»Wir werden morgen aufbrechen. Aregetorix aber ist zu alt für die lange Reise, und er hat sich entschlossen, hierzubleiben.«

»Allein?« Datanos sah Rodanicas verzweifelt an.

»Allein. So hat er es entschieden. Er wird das aufzeichnen, was dein Herz so sehr begehrt, aber wir müssen gehen. Ein Bote wird Aregetorix mit Nachrichten aus dem Reich versorgen, solange er am Leben ist. Und er allein entscheidet, wann diese Kammern und sein Geist darin verschlossen werden und was er hinterlässt. Keiner von uns …«

»Aber damit wählt er den sicheren Tod!«

Rodanicas lachte plötzlich. »Siehst du dort Uratorix, seinen Sohn? Er hat bereits das Leben gewählt, Datanos. Wir kennen den Übergang. Sag den anderen Bescheid, sie sollen alles für die Abreise vorbereiten. Und mach dir keine Sorgen.«

Bis zum Abend hatten alle ihre Sachen gepackt. In der Dunkelheit vor Tagesanbruch würden sie aufbrechen, geschützt vor den römischen Spähern. Datanos stand vor dem Eingang der Kammern und lauschte den Beschwörungsformeln der Druiden. Ihm wurde kalt ums Herz. Was würde aus ihnen werden und was aus dieser Welt, in der es fortan nur noch einen Gott geben sollte?

Nach einer Weile kamen alle heraus und verabschiedeten sich.

»Hier, nehmt das mit«, sagte Aregetorix zu Rodanicas. »Es wird euch helfen, auf der Insel die Schulen neu aufzubauen. Gebt alles weiter, was ihr wisst, und schützt diesen Ort, indem das Wissen nur vom Vater zum Sohn, von der Mutter zur Tochter weitergegeben wird. Sie werden wissen, wann es Zeit ist, meinen Geist hier zu befreien.«

Die kleine Gruppe machte sich auf den Weg. Als Datanos sich noch einmal umdrehte, sah er, wie Aregetorix in die Höhle ging. Er war der letzte Meister der alten Zeit, den das Festland je gesehen hatte. Doch er glaubte fest daran, dass eines Tages Menschen hierher zurückkehren würden, die die Wahrheit erkannten.

* * *

MacClary unterbrach Ryan: »Im Grunde genommen ist es ganz einfach, Adam. Diese Geschichte und der Wunsch, alles darüber herauszufinden, verbindet uns. Es ist sicher, dass mein Vater genau diese Höhle gefunden hat. Na ja, jedenfalls so gut wie sicher. Und Jennifer – sei fair, dir ist es, wenn auch aus anderen Gründen, ebenfalls ein ernstes Anliegen, dass die Wahrheit endlich akzeptiert wird«, sagte er und zog die Augenbrauen hoch, als er zu Jennifer schaute.

»Und ich will, dass wir als Kultur endlich zurückbekommen, was man uns geraubt hat«, ergänzte Ryan. »Alles, was wir heute über die Kelten wissen, ist …«

»… ist barbarische Propaganda«, spottete Deborah, die in diesem Moment die Bibliothek betrat. Als sie Jennifer erblickte, stieß sie einen kleinen Schrei aus und lief auf sie zu, um sie kurz zu umarmen. »Sei mir gegrüßt, Schönste aller Frauen! Also, meine Damen und Herren, der nächste Flug nach Wien geht morgen früh um sieben, wie viele Tickets hätten wir denn gern?«

»Adam, ich gehe davon aus, dass du mit uns kommst.« Ryan sah erst Shane an, dann Jennifer, die ihrerseits einen auffällig neugierigen Blick auf Shane warf.

Shane dachte an seine Angst beim Hinflug, schluckte kräftig und sah MacClary fragend an. Der Richter schien keine Einwände zu erheben. »Ja, sicher, ich kann es kaum abwarten!«, hörte er sich zu seinem eigenen Erstaunen begeistert sagen. »Das klingt nach einer abenteuerlichen Reise mitten in den Ursprung des Wahnsinns.«

»So sieht es aus. Gut, dann ist das abgemacht, alles klar. Wenn ich dich richtig verstanden habe, Professor, werden wir morgen in Adams zweiter Heimat noch jemandem einen Besuch abstatten, der uns ausrüstet.«

»Richtig. Und wie ich ihn kenne, wird er alles vorbereitet haben.«

21

Shane stand in der Küche und wartete darauf, dass sein Kaffeewasser kochte. Ryan hatte gerade am Tisch Platz genommen. Er sah entsetzlich müde aus.

»Adam, da ist noch etwas, worüber wir sprechen sollten. Deine Vision oder Eingebung oder wie auch immer du das nennen willst, ist nichts, wovor du dich fürchten musst«, sagte er schließlich. »Die Gabe zu sehen erscheint uns heute so fremd, weil wir verlernt haben, sie als Teil unseres natürlichen Potenzials zu erkennen. Aber erstaunlicherweise kommen immer mehr Menschen fast wie von selbst wieder an diesen Ort, auch ohne dass sie die Hintergründe verstehen. Hier, das solltest du lesen.«

»Was ist das?«

»Fünftausend Kinder, die die gleiche Geschichte erzählen wie du. Die Ergebnisse werden von der herrschenden Wissenschaft als reines *Phänomen* abgetan.« Er legte ein Buch auf den Tisch.

Shane überflog die Einleitung, während Ryan versuchte, das Buch zusammenzufassen. »Die Autoren wollen erklären, weshalb Kinder, die gerade erst sprechen gelernt haben, von Erfahrungen aus einem früheren Leben erzählen können. Das Erklärungsmuster nennen sie ›Akashic Field‹. Einstein, Nikola Tesla und so weit ich weiß auch Wilhelm Reich nannten es Ether oder auch Morphogenetisches Feld. Sozusagen der Ursprung aller Dinge, in dem alle Phänomene potenziell bereits angelegt sind. Das Universum enthält demnach jenseits von Raum und Zeit alle Erfahrungen der lebendigen Dinge, wie in einer universalen Quantenspeicherbank.«

Shane hatte bereits davon gehört. »Das ist jetzt aber keine neue Idee. Hellsichtige wie Edgar Cayce haben sich schon vor längerer Zeit auf etwas bezogen, das sie als Akasha-Chronik bezeichneten – was nichts anderes ist als der metaphysische Name für eine Art Weltgedächtnis von allem, was je geschehen ist.«

»Kann schon sein«, nickte Ryan. »Sicher haben in irgendwelchen Nischen Reste von Ideen und Wissen überlebt. Aber du siehst doch selbst, wie wenige Menschen sich damit beschäftigen. Du und ich, wir sind doch nicht der Maßstab. Ich wollte dir nur einen Hinweis geben, um dem, was du erlebst, die Dramatik zu nehmen. Andererseits handelt es sich um eine Gabe, die du nicht unterschätzen solltest.«

Ryans eher harte Ausstrahlung war einer Wärme gewichen, die Shane erstaunte.

»Ach, Thomas, ich muss dich wirklich um Verzeihung bitten. Ich weiß, wie gut du es mit mir meinst, und ich bin unendlich dankbar, dass du mir das alles hier ermöglichst.«

Ryan atmete erleichtert auf und fuhr fort. »Die irischen und walisischen Märchen, Sagen und Erzählungen kleiden diese Theorie eines Informationsfeldes oder auch Erinnerungsfeldes in ihre metaphorische Sprache. Das geschieht aber ausschließlich, um das Wissen darüber für die antiken Zeitgenossen verständlich zu machen. Heute sucht die Wissenschaft über viele Umwege das Gleiche zu erklären«, sagte er mit Bedauern in der Stimme. Er glaubte fest daran, dass die Zerstörung der keltischen und heidnischen Kulturen der Menschheit weitaus mehr genommen hatte, als den meisten bewusst war.

Shane spürte die Besessenheit, mit der Ryan an der Überführung der Täter arbeitete. Er glaubte fest daran, dass im Vatikan ausreichend Belege dafür lagen. »Weißt du, Thomas, eine Sache ist wirklich erstaunlich. War es nicht die Kirche selbst, die die Wissenschaft erst zu dem gemacht hat, was sie heute ist? Ich meine diese rein rationale Sicht der empirischen Beweisführung ohne metaphysischen Rückhalt. Und dann plötzlich, seit etwa zwanzig Jahren, findest du mehr Wissenschaftler als je zuvor, die auf die Frage, ob sie an Gott glauben, eine überraschende Antwort geben. Zum Beispiel: *Sicher, ich bin doch Physiker.*«

Ryan musste schallend lachen. Als er sich wieder beruhigt hatte, sagte er: »Ja, und es ist kein Wunder, dass gerade die Physiker darauf kommen. Sie hantieren schließlich tagtäglich mit Gottes Materie. Aber mit all ihrem irrwitzigen Aufwand kommen sie nur bis zu einem bestimmten Punkt. Als gäbe es da eine Grenze, von der die Druiden und alle anderen Schamanen schon immer wussten. Und zwar über alle Kulturen hinweg.«

»Welche Grenze?« Shane spürte eine brennende Ungeduld in sich. Er konnte sich kaum bremsen, da ihm plötzlich klar wurde, dass er diese Grenze nur allzu gut kannte. Es war die gleiche Grenze, an die er immer wieder gestoßen war, wenn es darum ging, den Irrsinn der modernen Zivilisation zu erklären.

»Nun … ich sage es mal so, und ich würde dich bitten, es für den Augenblick damit genug sein zu lassen: Die Frage nach dem Warum, Wozu und Wieso ist sicher berechtigt und birgt Potenzial für unendlich viele Ideen. Aber die Materie und ihre Funktionen sind uns nicht mal im Funken wirklich erklärbar. Deshalb haben die alten Gelehrten der Naturvölker sich in ihren Lehren auf das Wesentliche und für ihre Zeit Machbare beschränkt. Sie kannten zwar, wie es scheint, alle Zusammenhänge, auch im universellen Sinne. Aber sie hatten eben auch erkannt, dass es zunächst darum ging, das Leben und Überleben zu sichern. Und die unabdingbare Voraussetzung dafür war der Respekt vor der Schöpfung, vor der gemeinsamen Mutter Erde. Alle anderen Fragen waren den Schamanen, Druiden oder wie immer du sie nennen willst vorbehalten. Davon wurden bestenfalls die Häuptlinge und Könige in Kenntnis gesetzt – und jene Schüler, die von den Druiden als reif erkannt wurden. Natürlich diente dieses exklusive Wissen – oder nenn es Herrschaftswissen – auch dazu, sich den nötigen Respekt und damit letztlich die eigene Position zu sichern. Wie auch immer, so hat jedenfalls über Jahrtausende unser Überleben funktioniert. Und dann kommen die Römer und die Christen, zerstören diese Kulturen und sorgen dafür, dass alles aus dem Gleichgewicht gerät.«

Shane hatte gespannt den Atem angehalten. Jetzt platzte er heraus: »Und genau zu dieser Zeit wurden die Weichen für die kulturelle Entwicklung und die Zukunft der Menschheit gestellt. Und auch die Zukunft der Tiere und der Umwelt. Bis heute, da wir an unsere Grenzen stoßen.«

Ryan lachte kurz auf. Er klang fast zufrieden, als er sagte: »Genau. Und jetzt komm, du alter Kelte, ich lege mich noch ein wenig in Ronalds Gästezimmer schlafen, bevor wir vielleicht in den Nabel unserer Vergangenheit schauen.« Dann nahm er Shane kurz in den Arm und klopfte ihm auf die Schulter. Er war sich sicher, dass Shane noch nicht annähernd sein Potenzial erkannt hatte. Irgendwann würde er zu den Menschen gehören, die dabei halfen, ein neues Kapitel in der Geschichte aufzuschlagen.

22

Shane sah aus dem Fenster in den Garten der MacClarys, der von vielen kleinen Lampen beleuchtet war. Ganz zufrieden war er mit Ryans Erklärungen noch nicht, schließlich war noch offen, woher die Geschichte dieser geflohenen Druiden überhaupt kam.

»Hallo, Mr. Shane. Sie haben ja eine ausgeprägte Begabung, für Bewegung zu sorgen.«

Jennifer hatte sich von hinten genähert und stellte sich neben das Fenster. Davor stand ein kleiner runder Tisch, an dem zuweilen auch Ruth gerne die Vögel beobachtete. Ein Fernglas lag bereit.

»Oh, danke, aber das alles war eigentlich nur Zufall, wenngleich ein wunderbarer Zufall. Ich bin selbst noch ziemlich nervös, muss ich gestehen. Ich meine, ich kenne die meisten hier gerade mal ein paar Tage, und dann das alles …«

»Ja, ich weiß, es kann unter Umständen ziemlich anstrengend sein, wenn man Ronald MacClary begegnet. Aber wie kommen Sie überhaupt hierher?«

»Oh, na ja, sehen Sie, ich interessiere mich einerseits für die Kunst, mit Kräutern zu heilen. Und auf der anderen Seite verbringe ich, seit ich denken kann, ziemlich viel Zeit damit, zu ergründen, was wir Menschen auf diesem schönen Planeten anrichten. Und wozu das alles gut sein soll. Und noch mehr von diesen elenden Fragen, mit denen man sich so wunderbar das Leben zur Hölle machen kann.« Shane sah Jennifer mit einem einladenden Lächeln an.

»Ach, und ich dachte immer, das mit der Hölle besorgt die Kirche«, grinste Jennifer.

»Nein, wenn man die Zeit mit zu viel Denken statt Fühlen verbringt, dann schafft man das mühelos auch selbst.« Adam spürte eine erstaunliche Wärme in seinem Bauch hochsteigen. Jennifer war ihm nicht nur vom ersten Augenblick an sympathisch gewesen, ihre Gegenwart verunsicherte ihn auch. »Und was machen Sie, wenn ich fragen darf?«

»Du kannst mich Jennifer nennen, Adam.« Sie setzte sich ihm gegenüber an den kleinen Tisch. »Ich bin wie du durch Interesse an den Richter geraten. Als ich meine Karriere als Anwältin begann, habe ich mir von ihm in erster Linie Unterstützung versprochen, um mein Fortkommen zu beschleunigen. Aber irgendwann habe ich selbst begriffen, dass ich tatsächlich Talent hatte und auf seine Protektion gar nicht so sehr angewiesen war, und dann hat sich komischerweise eine echte Freundschaft daraus ergeben.«

»Ja, aber was ist mit dem Rest? Ich meine, ihr scheint hier seit Jahren etwas auszubrüten, was mich selbst schon lange beschäftigt, nur hatte ich bisher einen anderen Blickwinkel«, erklärte Shane und sah in Jennifers wunderschönes Gesicht. Noch nie hatte er so viel Weiblichkeit, Schönheit, Selbstsicherheit und Intelligenz zur gleichen Zeit vor sich gehabt und glaubte sich beherrschen zu müssen, um seine Gefühle nicht preiszugeben. Das letzte Mal hatte er sich vor mehr als zehn Jahren so gefühlt, als er Victoria begegnet war. Das schien jetzt eine Ewigkeit her zu sein. Und doch – etwas war anders. Jennifer zeigte durchaus auch eine gewisse Härte.

»Sagen wir mal so: Ich teile Ronalds Meinung über die bedenkliche Geschichte des Vatikans. Und es ist mir vollkommen gleichgültig, ob ein Verbrechen ein Jahr, hundert oder tausend Jahre alt ist, erst recht, wenn es sich um Mord und Folter handelt. Und was ich so ganz nebenbei als Frau von der katholischen Kirche halte, brauche ich dir wohl kaum zu erklären«, sagte Jennifer mit sehr viel Klarheit, aber auch Verbitterung.

»Aber es klappt wohl nicht so gut mit der Verfolgung alter Straftaten«, bohrte Shane weiter.

»Nein, natürlich nicht, dazu wäre eine komplette kulturelle Wende nötig. Historische Taten müssten strafbar sein. Und … aber vergiss es, das ist nur die übliche traurige Mischung aus Philosophie und Wunschdenken.«

Plötzlich wirkte Jennifer müde und abgespannt.

23

Dublin, 5 Uhr morgens

Shane tappte durch sein Hotelzimmer und packte seine letzten Sachen. Gerade drei Stunden hatte er geschlafen. Allmählich fragte er sich, warum er für dieses Hotelzimmer überhaupt Geld ausgab. Noch bis in die Nacht hatte er mit Jennifer zusammengesessen und etwas mehr hinter die Fassade der Karrierefrau – oder Ms. Eisenherz, wie Ryan sie spöttisch genannt hatte – blicken können. Er sah immer noch ihr Gesicht vor sich, spürte ihrem Bild in seinem Inneren nach. Aber jetzt musste er sie wenigstens für ein paar Stunden aus seinen Gedanken verbannen, so gut es ging, und sich auf seine Aufgabe konzentrieren. Er trank noch den letzten Schluck Kaffee, als sein Handy klingelte.

Deborah und Ryan warteten bereits vor dem Hotel in einem Taxi, das sie gemeinsam zum Flughafen bringen würde.

»Guten Morgen, ihr zwei. Ich hoffe, ihr habt besser geschlafen als ich«, spottete Shane, der in zwei bleiche Gesichter mit verschwollenen Augen blickte und ganz genau wusste, dass dem nicht so war.

Als das Taxi angefahren war, hob Ryan kurz die Hand. »Bevor wir ins Flugzeug steigen, habe ich hier etwas, was unseren Geist stärken soll. Es soll uns helfen, unter dem Schutz unserer Ahnen diese Reise zum Erfolg zu bringen.« Ryan zog drei kleine Stoffsäckchen aus der Tasche, wie er sie für einen kleinen Laden in der Dubliner Altstadt herstellte.

Shane schnupperte an dem Säckchen. Mädesüß erkannte er sofort, dann Eschenblätter, Bartflechte, Alant, Efeu und Mistel. Es war ein süßlich herber Geruch, und er freute sich still über dieses Geschenk, zeigte es doch zum ersten Mal eine Seite von Ryan, die er bisher vermisst hatte: den Druiden in ihm.

»Das ist aber noch nichts alles. Deborah hat dir eine irische Weisheit dazugelegt, die, glaube ich, sehr gut zur dir passt, Adam.«

Shane öffnete behutsam den Beutel und nahm einen Zettel heraus.

Handle, ehe es da ist.
Lenke, ehe es wirr ist.
Der Weise geht zurück den Weg, den die Menschen gingen.
Um den Dingen zurückzuhelfen zu ihrer wahren Natur.
Und wagt nur eines nicht: wider die Natur und die Einheit allen Lebens zu handeln.

»Danke, Thomas, und vielen Dank auch dir, Deborah. Ja, genau das ist es.« Shane nahm Ryans und Deborahs Hände. »Ich möchte euch beiden wirklich von Herzen danken. Das ist doch ein guter Augenblick, um einen neuen Bund zu schmieden. Den Bund der neuen Druiden.«

Ryan und Deborah lächelten, ohne Shanes Worten damit das Gewicht zu nehmen.

»Noch eines, Adam. Wir haben keine Ahnung, was wir auf dem Kontinent erleben oder finden werden, aber ich bitte dich um dein Vertrauen, egal, was passiert«, gab Ryan nicht weniger beschwörend zurück.

Shane nickte. »Wie sehen jetzt ganz praktisch unsere nächsten Pläne aus?«

»Wir fahren zuerst nach Klagenfurt. Dort bekommen wir von einem Freund von Ronald unsere Ausrüstung. Er hat eine Menge Geld investiert für uns drei Hobbyarchäologen. Und für den Fall, dass wir nichts bergen können, haben wir mit Deborah und ihren profunden Sprachkenntnissen zumindest eine kleine Versicherung, dass wir vor Ort verstehen, was wir finden.«

Deborah lächelte zufrieden.

»Und dann? Ich meine, wir können doch nicht einfach überall rumlaufen und buddeln«, fragte Shane weiter.

»Keine Sorge, Adam, Thomas ist nicht das erste Mal in Dinge verwickelt, die eine besondere Mischung aus Mut und guter Planung erfordern«, versicherte Deborah.

Shane dachte kurz nach, dann wurde ihm klar, was damit gemeint war. Ryan hatte schließlich nicht nur seine frühe Kindheit in Nordirland verbracht.

24

Jennifer hatte am frühen Morgen ihre Termine verschoben, nachdem MacClary sie darum gebeten hatte. Jetzt saß sie in seiner Küche beim Frühstück, noch etwas lädiert von den nächtlichen Gesprächen mit Shane. Neben ihr werkelte Ms. Copendale herum und schimpfte leise vor sich hin.

»Ich habe immer schon gewusst, dass diese verflixte Rolle nur weiteres Unglück bringen wird«, bemerkte sie gerade zum wiederholten Male. »Ich hätte die Vitrine beim Putzen einfach umwerfen sollen.«

»Aber Ruth, nun beruhigen Sie sich doch. Erstens ist Thomas Ryan jemand, der weiß, wie man mit so etwas umgeht. Zweitens haben wir dafür gesorgt, dass niemand Ronald mit der Sache in Verbindung bringen kann. Und drittens glaube ich, ehrlich gesagt, nicht, dass sie überhaupt etwas finden. Die Chancen sind doch mehr als gering«, versuchte Jennifer Ruth zu beruhigen.

In dem Augenblick kam MacClary herein. Die letzten Worte hatte er offenbar gehört.

»Jennifer würdest du mich auf einem Spaziergang begleiten?« Geradezu zaghaft kam die Frage über MacClarys Lippen. Es sah ein wenig so aus, als wollte er Ruth ausweichen.

»Ja, gern, etwas frische Luft wird mir guttun.«

In der Diele half Ronald Jennifer in den Mantel. Draußen spiegelte sich nach einem morgendlichen Regen der strahlende Sonnenschein so stark auf der Straße, dass Jennifer es vorzog, ihre Sonnenbrille zu tragen.

»Sag mal, Ronald, was ist denn mit Ruth los? So aufgebracht habe ich sie ja noch nie erlebt.«

»Du darfst nicht vergessen, dass es zu ihrer und meines Vaters Zeit weitaus riskanter war, die Kirche anzugreifen, als wir es heute befürchten müssen. Aber du hast schon recht, ich habe auch nicht gewusst, dass ihr unsere Familiengeschichte so nahe geht«, sagte MacClary mit leisem Bedauern.

»Ach, das verstehst du nicht. Mein Gott, was Frauen angeht, bist du noch blinder, als ich dachte. Aber lass uns das Thema wechseln. Was glaubst du eigentlich, was nun als Nächstes passiert? Ich meine, Jesu Grab werdet ihr dort nicht finden«, provozierte Jennifer nicht ohne Hintergedanken. Sie hatte sich lange genug MacClarys Tiraden über die Verbrechen der Kirche angehört, und so begeistert sie von der Fülle an Wissen war, die sein Haus und er selbst beherbergten, fehlte ihr der tiefere Sinn hinter seiner Obsession.

»Was ich glaube? Ganz einfach. Mein Vater hat mir kurz vor seinem Tod nicht alles, aber doch einiges sagen können. Er hat entscheidende Dinge, die er in der Höhle gesehen hat, aber nicht bergen konnte, in einen Zusammenhang gestellt, der mich als Anwalt und Richter immer fasziniert hat.« MacClary gestikulierte nervös mit einem Bündel von Papieren in den Händen. »Hier, bitte, lies dir das durch. Darin beschreibt er die Folgen des kirchlichen Handelns in Kultur, Wirtschaft und Politik in der ganzen Breite unserer Gesellschaft.« Zögernd gab er das Manuskript in Jennifers Hände.

Jennifer stöhnte, kannte sie doch mittlerweile die ganze Geschichte des Christentums: eine Geschichte von Krieg und

Folter und von Verrat und Missbrauch an den eigenen Idealen. Und sie kannte MacClarys Versuche, gegen die Kirche juristisch aktiv zu werden. 1984 war er als leitender Staatsanwalt an der Verurteilung des Jesuiten und Mafioso Michele Sindona beteiligt gewesen. Dieser Mann war bestens bekannt mit Papst Paul VI. gewesen, befreundet mit dem damaligen Leiter der Vatikanbank und mit der Neuordnung der Finanzen der Vatikanbank beauftragt. Er wurde zwar für den bis dahin größten Bankenzusammenbruch in der Geschichte der USA verurteilt. Doch bevor MacClary zusätzlich die Anklage wegen der Verstrickungen der Vatikanbank in die Geldwäsche der Mafia durchbringen konnte, war Sindona nach Italien ausgeliefert worden. Und dort war er trotz strengster Bewachung nach kurzer Zeit mit Zyankali vergiftet aufgefunden worden.

»Jennifer, die aktuellen Missbrauchsskandale, die Informationen über die Verstrickungen der Vatikanbank in internationale Geldwäsche und die schiere Masse an international tätigen Historikern, die eine fast lückenlose Kirchengeschichte des reinen Verbrechens aufzeigen, bieten uns vielleicht doch noch eine ungeahnte Chance, dem ganzen Spuk ein Ende zu setzen.«

»Und du glaubst, deine drei Druiden finden in der Höhle etwas, das dir dabei helfen könnte? Du spinnst doch komplett, Ronald MacClary!«

»Warte, Jennifer. Mein Vater sagte mir, dass schon die Gründung der Kirche ein krimineller Akt war und dass es noch vieles zu entdecken gibt, von dem selbst die kritischsten Historiker nichts ahnen.« MacClary deutete noch einmal mit der Hand auf die Unterlagen seines Vaters. »Außerdem hatte ich letzte Woche einen Termin bei Bob Chaney. Er ist einer der Richter am internationalen Strafgerichtshof. Du kannst mir glauben, nach dem, was wir inzwischen wissen, kann sich der Vatikan seiner Immunität nicht mehr so sicher sein, wie viele glauben.«

»Tja, fehlt nur noch die UNO«, sagte Jennifer halb im Scherz. Sie konnte nicht wirklich glauben, was MacClary da von sich gab.

»Spar dir deinen Spott. Tatsächlich gibt es nur ein Land, dessen Rechtssystem uns vielleicht eine Angriffsmöglichkeit bietet, und das sind die USA. Möglicherweise kann uns Ryan mit seiner doppelten Staatsbürgerschaft und seiner Geschichte helfen. Allerdings natürlich nur, wenn du bereit bist, ihn zu vertreten. So könnten wir zumindest für die nötige Aufmerksamkeit sorgen und die Medien nutzen, um das Thema in die öffentliche Diskussion zu rücken. Also sag mir, kann ich auf dich zählen? Rein theoretisch?« MacClary strahlte sie an wie ein Schuljunge.

»Ja, sicher, und danach werde ich dann deine Altenpflegerin, oder wie stellst du dir das vor? Dir muss doch klar sein, dass wir beide unseren Job verlieren, noch bevor auch nur eine Anhörung oder Klageschrift verfasst wäre.«

Jennifer blieb wie angewurzelt neben ihm stehen. Die ganze Geschichte war blühender Unsinn, riskant und ohne jede Erfolgschance. Andererseits – eine gute Freundin von ihr, Louis Baker in Boston, hatte es als Staatsanwältin fertiggebracht, eine Klage der Schwarzfußindianer auf Herausgabe alter Kulturgüter so geschickt zu lancieren, dass der Richter den Fall zuließ und Jennifer ihn tatsächlich gewinnen konnte. Das verklagte Museum hatte die Artefakte schließlich zurückgeben müssen. Aber im Vergleich zu dem, was MacClary vorschwebte, waren das doch alles Peanuts! Sie hatte in letzter Zeit ein paarmal darüber nachgedacht, ihren Job hinzuwerfen und an etwas Größeres zu denken –

aber so eilig war es dann doch nicht, und MacClarys Hirngespinste … Andererseits …

Sie gab sich einen Ruck. »Keine Angst, Ronald, du kannst dich auf mich verlassen. Ich bin, was meinen Job angeht, reichlich müde.«

Ohne ein weiteres Wort drehte sie sich um und ging wieder Richtung Arbour Hill. Ihre Miene war hart geworden.

25

Lambert spazierte scheinbar ziellos durch die Sixtinische Kapelle, als Salvoni sich nervös von hinten heranpirschte. »Ah, Salvoni, ich habe bereits von den Vorgängen in Dublin gehört. Was unsere österreichische Expedition angeht, haben Sie, denke ich, alles im Griff?«

Salvoni war überrascht von Lamberts Ruhe. »Ja, wir werden versuchen, bis zur Nacht vor Ort zu sein. Leider kennen wir die genauen Koordinaten nicht, aber ich habe einige Leute auf MacClarys Freunde angesetzt«, brachte er nervös hervor. Er wurde das Gefühl nicht los, dass die Sache außer Kontrolle geraten könnte, da ihm seine Verbindungsleute beim österreichischen Geheimdienst immer noch keine Unterstützung zugesagt hatten.

»Sagen Sie, was ist unsere größte Sorge in dieser Angelegenheit?«

Salvoni sah Lambert ratlos an. Eigentlich hatte er mit Vorwürfen wegen der schlampigen Arbeit in Dublin gerechnet, nicht mit kryptischen Fragen. »Warum gehen wir nicht den inoffiziellen Weg und geben bekannt, was wir wirklich wissen? Wir könnten es als eine Entdeckung kundtun, die wir durch eigene Forschung aufgefunden haben.«

Lambert antwortete mit ungewöhnlicher Gleichgültigkeit.

»Ach, Salvoni. Man muss die Geschichte kennen, um sie verachten zu können, und wer kennt schon unsere Geschichte? Die, die es tun, tummeln sich in einer atheistischen und orientierungslosen Welt der Wissenschaft. Von den Gläubigen wird das alles gar nicht wahrgenommen.«

»Aber hochwürdigste Eminenz, Sie wissen, dass MacClary uns schon einmal sehr dicht auf den Fersen war. Zu nahe, um es genau zu sagen. Und wir können zwar nicht mit Sicherheit einschätzen, was sein Vater seinerzeit entdeckt hat, aber wir können es ahnen. Es muss Ihnen doch klar sein, dass es noch möglich ist, Zeugnisse aus unserer Gründungszeit zu finden.« Jetzt befand sich Salvoni wieder auf sicherem Grund, hier kannte er sich aus.

»Ach, Salvoni, und selbst wenn … Ich habe immer schon damit argumentiert, dass man an das Handeln der Bischöfe in konstantinischer Zeit nicht die heutigen ethisch-moralischen Maßstäbe anlegen kann. Das würde bedeuten, den geistigen Horizont von damals aus unserem heutigen Blickwinkel zu betrachten und in die Wertesysteme unserer Zeit zu zwängen«, sagte Lambert und schaute Salvoni fragend an. »In der Ruhe liegt die Kraft, mein lieber Salvoni. Tun Sie Ihre Arbeit, aber gehen Sie dabei kein Risiko ein. Es lohnt sich einfach nicht. Soll MacClary doch finden, was er will. Nehmen Sie sich ein paar Männer und kommen Sie ihm zuvor, aber bleiben Sie zunächst in der zweiten Reihe und greifen Sie erst dann ein, wenn es Sinn macht. Ich möchte nicht, dass MacClary denkt, wir sind an ihm und seinem Treiben noch weiter interessiert.« Jetzt war Lambert wieder zu seinem gewohnten Befehlston zurückgekehrt.

Salvoni hatte seine Zweifel angesichts der vielen Skandale, die einer breiten Öffentlichkeit bekannt waren, aber er war klug genug, sie nicht zu äußern. »Gut, Eminenz. Es ist Ihre

Verantwortung, und wir werden behutsam vorgehen«, sagte er verbittert.

»Wohl wahr, Salvoni, es ist meine Verantwortung. Danke – und unterrichten Sie mich laufend, damit ich im Bilde bin.«

»Wann werden Sie den Heiligen Vater von den Vorgängen in Kenntnis setzen?«

»Von welchen Vorgängen? Ich bitte Sie, Salvoni, der Heilige Vater hat zurzeit wirklich andere Dinge im Kopf als ein paar Schatzsucher und ketzerische Frevler wie MacClary. Machen Sie sich darüber keine Gedanken«, sagte Lambert eindringlich.

Salvoni hatte den Rüffel verstanden. »Sehr wohl, Eminenz.«

In Dublin saß Padre Morati vor seinem Schreibtisch. Fast regungslos blickte er in den Raum, sein Mund und seine Hände zitterten, teils aus Gebrechlichkeit, teils, weil die Zweifel wieder einmal schmerzlich an seinem Gewissen nagten. Was hat er all die Jahre getan? Wie konnte er es verantworten, einer Kirche zu dienen, die seit ihrer Gründung eine solche brutale, menschenverachtende Blutspur durch die Geschichte gezogen hatte? Wie konnte ein Mensch von seiner Intelligenz an einen Gott glauben, dessen Blutzoll so hoch war?

»Würde uns Jesus morgen auf dem Petersplatz erscheinen, mit der gleichen Botschaft wie damals, wir würden ihn wieder töten, ihn wieder verraten und missbrauchen«, stammelte Morati und blätterte weiter in einem Buch über die Landnahme und die wahre Herkunft seiner so lange geliebten Religion. »Neunzig Prozent der Gebräuche, der Gebote, Offenbarungen und Zeremonien fanden sich schon im Judentum. Das Christentum ist nichts als ein Bastard und schämt sich nicht einmal seiner mangelnden Originalität und seines Diebstahls. Darüber hinaus schmähten und verfolgten sie auch noch die Beraubten und alle anderen Christen, die versuchten, nach der wahren Offenbarung Jesu zu leben und zu handeln. Wir würden heute vor weitaus weniger Problemen stehen, wenn wir diesen Geboten und nicht der verfälschten Bibel gefolgt wären. Was sie nicht den Juden gestohlen hatten, raubten sie bei den Heiden.«

Morati legte das Buch beiseite. Er hatte endlich einen Entschluss gefasst.

26

16. März, 13 Uhr

Shane fühlte sich durch die schicksalhaften Begegnungen der letzten Tage von einer neuen Energie beflügelt, die jeden Bereich seines Lebens erfasste. Seine Flugangst hatte er völlig vergessen; während des Fluges hatte er sich mit Ryans Kräutersäckchen fit gehalten.

Nach gut drei Stunden Fahrt vom Wiener Flughafen hatten sie Klagenfurt erreicht. Markus Steinberger, ein alter Freund von MacClary, der mit Ronald bereits 1970 versucht hatte, den Fundort auch ohne die Koordinaten aufzuspüren, hatte über Jahrzehnte geschwiegen und mit Geldern von MacClary immer wieder die neuesten archäologischen Geräte angeschafft.

»Hast du die Augen von Markus gesehen? Es geht ihm wie Ronald. Eine Schande, dass die beiden nicht in der Lage sind, mit uns zu kommen, schließlich ist es eigentlich ihre Geschichte«, sagte Ryan, aber er strahlte förmlich vor Begeisterung, während der unauffällige dunkelblaue Transporter die Serpentinen zum Gipfel des Magdalensberges hinauffuhr.

Nun, da es nur noch ein paar Stunden dauern konnte, bis das Abenteuer richtig begann, wurden alle nervös. Ryan dachte hauptsächlich an die Ausgrabungen, die vor ihnen lagen. Hoffentlich lag die Höhle nicht mitten auf dem Berg. Sie würden sicher in der Nacht graben müssen. Es war noch längst keine ausgemachte Sache, ob sie die Höhle wirklich öffnen konnten, ohne Aufsehen zu erregen. Ryan spürte zum ersten Mal so etwas wie Angst. Würden sie womöglich aufgeben und den sensationellen Fund den Archäologen überlassen müssen?

Er hatte keine Ahnung, dass Cassidy ihnen schon dicht auf den Fersen war. Der Amerikaner saß unterhalb des Magdalensberges und musste zu seinem äußersten Missfallen auf Verstärkung aus Italien warten.

Shane war mit seinen Gedanken weit weg. Er musste an den Abend mit Jennifer denken. Diese Frau gab ihm jede Menge Rätsel auf. Er hatte selten eine Frau erlebt, die sich trotz ihrer modernen, professionell-toughen Art so warm und offen gab. Zumindest hatte er sie an diesem Abend so erlebt.

Als sie den Gipfel des Magdalensberges erreichten, bot sich ein schauriges Bild. Eine Kirche, vermutlich aus dem 11. oder 12. Jahrhundert, mit einem ziemlich hohen Turm aus eintönigem gelblich grauem Stein gab im Zusammenspiel mit dem nebligen und nasskalten Wetter die perfekte Kulisse für einen Mittelalterkrimi ab. Vor der Kirche war ein großzügiger Parkplatz angelegt, der das altertümliche Bild grausam zerstörte, aber auf der rechten Seite lag ein großes Gasthaus, das ausgesprochen einladend aussah. Zu dieser Jahreszeit zog es wohl kaum einen Ausflügler hierher. Lediglich ein alter Wagen stand dort, und weit und breit war keine Menschenseele zu sehen.

Als sie ausstiegen, zog sich Shane die Kapuze seiner Jacke über den Kopf, da ihm ein eiskalter Wind ins Gesicht blies.

»Und hier sollen wir etwas finden?«, fragte er leise. »Obwohl – das mag jetzt merkwürdig klingen, aber ich habe das Gefühl, schon mal hier gewesen zu sein.«

»Na dann«, grinste Ryan und nahm die Ausrüstung für sich und Deborah aus dem Wagen.

»Was ist eigentlich dein wirklicher Antrieb, Thomas? Ich meine, wir wissen ja nicht mal, ob das alles hier die Mühe wert ist«, fragte Shane unruhig.

»Ich will eine Brücke schlagen zwischen unserer einstigen Kultur – oder jedenfalls dem, was davon übrig ist – und unserer Zukunft. Ich glaube nämlich fest daran, dass wir die Vergangenheit nutzen können, um unsere Zukunft zu gestalten. Und wenn Ronald MacClary recht hat, dann finden wir hier mehr als ein paar nichtssagende Goldmünzen«, sagte Ryan und schüttelte den Kopf, als wollte er etwas abwehren. Dann ging er mit großen Schritten in Richtung des steilen Abhangs unterhalb des Parkplatzes. Ja, es war möglich, dachte er mit leiser Bitterkeit. Auch jetzt noch, nach über siebzehnhundert Jahren, war es möglich, eine Kultur zurück ins Leben zu rufen, deren göttliche Gaben weitaus authentischer, glaubwürdiger und erfüllender waren und deren Bezug zur Schöpfung tiefer war, als es die christlichen Kirchen von der Antike bis heute erreicht hatten.

Shane folgte ihm, ohne weiter zu fragen. Allmählich fing er an zu verstehen, was Ryan von den esoterischen Neodruiden in Dublin unterschied. Er wollte kein Plagiat leben, er wollte etwas Echtes. Er wusste viel zu viel, als dass er sich noch mit halben Sachen zufriedengegeben hätte; er wollte authentische Zeugnisse der Druiden. Aber das allein konnte es nicht sein. Irgendetwas verschwieg Ryan ihm immer noch.

Schweigend gingen sie rund zehn Minuten durch den bewaldeten Hang, als Shane plötzlich stehen blieb, ohne dass er hätte sagen können, warum. »Thomas, wie weit sind wir noch vom Zielpunkt entfernt?«, fragte er nervös.

»Eigentlich sind wir fast dort, es müsste im Umkreis von fünfzig, vielleicht hundert Metern sein.« Ryan drehte sich um und balancierte auf dem steilen Abhang auf Shane zu, die Magnetfeldsonde in der Hand. MacClary hatte ihm gesagt, er solle nach einer Art Trichter oder Auswölbung suchen, einem Krater, der durch eine Sprengung entstanden sein könnte. Als er jetzt über Shanes Schulter blickte, sah er unterhalb dreier recht junger Bäume am Hang eine Vertiefung, die der Beschreibung entsprach. »Also ehrlich, Adam, ich weiß nicht, wie du das machst, aber du scheinst einen sehr starken Instinkt zu haben«, sagte Ryan mit Euphorie in seiner Stimme. Deborah sah es auch und konnte ihre Begeisterung kaum verbergen.

»Volltreffer, Adam! Da unten ist ein ziemlich großer Hohlraum, aber wir müssen gute drei bis vier Meter graben. Ich fange vorsichtig an. Ihr beiden treibt euch unauffällig in der Gegend herum und gebt mir eine Signal, wenn sich jemand nähern sollte. Egal, was passiert – wir gehen erst im Schutz der Nacht rein«, sagte Ryan. Shane und Deborah liefen in unterschiedliche Richtungen auseinander.

27

16. März, 15 Uhr

Jennifer hatte beschlossen, bei MacClary zu bleiben und auf ein erstes Signal von Ryan zu warten. Sie dachte an Adam Shanes letzte Worte während ihres nächtlichen Gesprächs. Er war der festen Überzeugung, eine Kultur sei verloren, wenn man den Menschen ihre ursprüngliche Spiritualität nahm. Um diese wieder aufzubauen, hatte er argumentiert, brauche es lange Zeit und vor allem Zeugnisse, Wissen und die alten traditionellen Zeremonien. Jennifer konnte ihm nur wenig entgegensetzen. Sie kannte das Schicksal der Indianer in den USA nur zu gut. Auch hier waren es Christen gewesen, die einst das Land im Wahn ihrer eigenen göttlichen Erwählung besetzt und alle Andersgläubigen wie Vieh behandelt hatten. Vielleicht hatte MacClary recht und gerade in diesem Land, das sich der Freiheit und der Wahrheit so sehr verschrieben hatte, konnte man heute die Verantwortlichen für diese Taten zur Rechenschaft ziehen.

Langsam wurde sie selbst ungeduldig. Was würden die drei Kundschafter in der Höhle finden? Immer wieder hatte sie aufs Telefon gestarrt, aber bisher gab es kein Lebenszeichen vom Kontinent.

MacClary schien hingegen fast unbeeindruckt. Entweder war er wirklich so ruhig, oder er war ein noch besserer Schauspieler, als sie bisher gedacht hatte. Soeben beendete er in der Bibliothek ein Telefonat mit seinem Kollegen in Washington. Ms. Copendale hatte Tee bereitgestellt, und MacClary setzte sich zu Jennifer, die sein Gespräch kaum verfolgt hatte. Jetzt, aus der Nähe, sah sie, dass er doch nicht so gelassen war. Er wirkte nervös – nervös und gleichzeitig ungeheuer müde.

»Warum rufst du ihn nicht an?«, fragte Jennifer.

»Weil wir vereinbart haben, dass er sich meldet. Und weil ich ihm die Genugtuung nicht nehmen will, die mit Sicherheit in diesem Anruf steckt. Schließlich bin ich fast sicher, dass er Erfolg hat«, sagte MacClary. »Ich weiß, dass du Ryan nicht magst, weil er dir zu roh und schroff vorkommt, aber ich kenne ihn besser als du. Er blickt wie ich auf eine sehr, sehr alte Familiengeschichte zurück. Und er weiß als Nordire sehr gut, wohin ein fanatischer Glaube führen kann. Denn das ist es doch, was du mir unterstellst – Fanatismus, oder nicht?«

»Ich unterstelle dir gar nichts. Aber du legst nicht alle Karten auf den Tisch, Ronald. Ich kenne dich zu gut, um das nicht zu merken. Was ist, wenn ihnen etwas passiert? Wenn die Höhle einstürzt? Oder wenn sie erwischt werden? Und du sitzt hier in aller Seelenruhe …«

»Genau. Ich sitze hier in aller Seelenruhe und habe eine bezaubernde und hochintelligente Rechtsanwältin mit internationaler Erfahrung an meiner Seite, um die drei notfalls da rauszupauken. Mach dir keine Sorgen«, versuchte MacClary sie zu beruhigen. Manchmal hasste Jennifer seine selbstsichere Haltung.

»Und Adam? Ich meine, er hat doch keine Ahnung, was ihr wirklich im Schilde führt.«

»Doch, ich glaube, inzwischen hat er eine gewisse Ahnung, worum es geht. Außerdem sind die drei nun wirklich erwachsene Menschen. Sie haben ausreichend Erfahrung, um für sich selbst Verantwortung zu übernehmen. Und was Adam angeht, so nehme ich ihn als einen durch und durch intelligenten und umsichtigen Menschen wahr. Außerdem versteht er sich mit Ryan sehr gut – was äußerst selten ist, wie du weißt.«

»Du hast sensibel vergessen.«

»Was sagst du?«

»Adam ist ausgesprochen sensibel und intuitiv, abgesehen von seiner hohen Intelligenz.«

»Ja, umso besser«, entgegnete MacClary, aber sie merkte, dass er mit den Gedanken schon wieder irgendwo anders war.

»Ach, du verstehst mich nicht.«

»Doch, doch, ich verstehe dich sogar sehr gut. Es war kaum zu übersehen, dass er dir gefällt«, grinste MacClary und stand auf. »Was ich von Adam in der kurzen Zeit mitbekommen habe, ist, dass er die spirituellen Folgen der christlichen Dominanz sehr ähnlich beurteilt wie ich. Er will genauso …«

»… die Christen auf den Scheiterhaufen bringen? Nein, ich glaube kaum, dass das Adams Wunsch ist«, unterbrach ihn Jennifer.

MacClary reagierte sofort. Er wurde so wütend, wie sie ihn noch nie erlebt hatte. »Jennifer, davon kann doch keine Rede sein! Der Vatikan ist nicht das Christentum. Der Vatikan ist aber der Ursprung einer unglaublichen Serie von Verbrechen gegen die Menschlichkeit. Ich dachte, wir hätten, was die rechtliche Ethik angeht, eine gemeinsame Überzeugung. Wir wissen beide, dass unser Beruf selten etwas mit Gerechtigkeit zu tun hat, aber hier will ich etwas bewegen, wenn ich es kann.«

MacClary war so aufgebracht, dass Jennifer sich bemühte, ihn ein wenig zu beruhigen. »Begreifst du denn nicht, Ronald? Was Adam sucht, ist eine neue Balance, die er in der verlorenen Stammeskultur der Kelten genauso entdeckt hat wie bei anderen Naturvölkern. Eine Balance, wie sie die Menschen ihr Eigen nannten, bevor sie sich in diesem Wahnsinn des ewigen Wachstums verloren haben. Erst ging der innere Halt der Stämme verloren und dann mit dem Einzug des Superkapitalismus auch noch der Halt der Familien. Darin sieht er vor allem das Drama …«

»Aber er sieht auch, dass dieses Drama seinen Ursprung in einer Natur und Mensch ausbeutenden Kultur hat«, unterbrach MacClary. »Und Adam ist kein …«

»Keine Ahnung, was er ist oder nicht ist. Ich weiß nur eines, er ist kein rachsüchtiger und egoistischer Patriarch wie du. Du hast nichts von ihm begriffen, dir geht es nur um dich, um deine Besessenheit …« Jennifer stand auf und marschierte mit großen Schritten aus dem Zimmer. Einige Sekunden später knallte die Haustür.

Ms. Copendale ging an der offenen Bibliothekstür vorbei. »Ich habe es doch gesagt, Ronnie: Die Rolle bringt nur noch mehr Unglück.« Nicht ohne eine gewisse Genugtuung ging Ruth in die Küche. Sie wusste, Jennifer würde bald wiederkommen.

MacClary sah aus dem Fenster und spielte nachdenklich mit seinem Teeglas. Was er von seinem Platz aus nicht sehen konnte, war der unauffällige Transporter, der schräg gegenüber geparkt war.

28

Magdalensberg – 16. März, 17.30 Uhr

Cassidy zündete sich eine Zigarette an – die wievielte eigentlich? Irgendwann hatte er aufgehört zu zählen – und schmiss wütend das Feuerzeug gegen die Windschutzscheibe des kleinen Vans. Seit Stunden wartete er nicht nur auf die Verstärkung durch Kräfte der vatikanischen Polizei und archäologische Spezialisten aus Rom; auch die von Salvoni in Aussicht gestellte Unterstützung durch den österreichischen Geheimdienst blieb aus. Nun, immerhin waren zwei Busse in Rom bestens ausgestattet worden, um eine schnelle Bergung der Artefakte zu ermöglichen. Und zusammen mit Diplomaten des Vatikans würde er problemlos auch ohne fremde Hilfe zurechtkommen.

Cassidy griff zum Handy und versuchte, Salvoni zu erreichen, der sich persönlich vor Ort um die Bergung kümmern wollte.

»Cassidy? Bewahren Sie Ruhe, wir brauchen noch etwa zwei Stunden. Es war kein Kinderspiel, das alles hier zu organisieren. Haben Sie MacClarys Freunde verfolgen können?«

»Ja, allerdings, und ich kann Ihnen jetzt schon sagen, wir kommen zu spät. Sie haben die Höhle bereits gefunden und sind vermutlich schon drin. Und ich sitze hier und habe nur zwei Männer. Was soll ich tun?«

»Ja, das ist alles sehr bedauerlich, aber der Kardinalstaatssekretär schätzt die Lage nun mal anders ein als wir. Bleiben Sie im Hintergrund, versuchen Sie, sich vorsichtig zu nähern, aber greifen Sie nicht ein, bevor ich da bin«, befahl Salvoni mit verbitterter Stimme. Er war offenbar auch nicht glücklich über die Art und Weise, wie sein Anliegen in Rom gehandhabt wurde.

»Geht in Ordnung, ich bleibe im Hintergrund und halte mich zurück.« Cassidy war ein linientreuer Befehlsempfänger. Er hatte es sich schon lange abgewöhnt, irgendeinem Vorgesetzten zu widersprechen.

29

Magdalensberg, 21 Uhr

Ryan schaufelte nun seit fast drei Stunden. Inzwischen war es dunkel geworden, und die Bäume, die vor dem Eingang der Höhle standen, wirkten im wattigen Nebel wie uralte Wächter. Shane und Deborah konnten nichts Verdächtiges entdecken, und nach einer Weile kehrten sie beide zu Ryan zurück.

Gerade als Shane helfen wollte, krachte es unter der Erde, und der Boden gab nach. Shane stützte sich an einem Baum ab und reichte in letzter Sekunde Ryan die Hand, sonst wäre er mit in die Tiefe gerissen worden. Nachdem Ryan sich mit den Füßen und durch Shanes Hilfe wieder gefangen hatte, herrschte für einen Augenblick absolute Stille. Deborah kam hinzu und schüttelte frustriert den Kopf.

»Das war's dann wohl. Da kommen wir doch heute Nacht nicht mehr durch.« Resigniert setzte sie sich in die feuchte Erde und putzte mit einem Taschentuch ihre beschlagene Brille.

»Blödsinn«, lachte Ryan und ließ sich langsam in das eingestürzte Loch gleiten. »Gib mir die Schaufel und eine Taschenlampe.«

Shane traute seinen Augen nicht. Ryan leuchtete rund drei Meter unter ihnen tatsächlich in ein Loch, das etwa einen

Meter Durchmesser hatte. Das Licht wurde von der Dunkelheit aufgesaugt, als hätte der Raum dahinter nur darauf gewartet, endlich seine Geheimnisse preiszugeben. Das Erdreich rutschte etwas nach, und Ryan schaufelte wie besessen so viel frei, dass er hineinschlüpfen konnte.

Deborah sah Shane fragend an. »Was ist, wollen wir jetzt Geschichte schreiben oder nicht?«

»Wir wäre es, wenn wir erst mal Geschichte finden?«, lachte Shane, während er Deborah half, nach unten zu kommen.

Ryan war inzwischen einige Schritte in die untere Kammer gerutscht, konnte aber zunächst kaum etwas erkennen, da der Einsturz immer noch Sand herunterrieseln ließ. Er warf einen skeptischen Blick zur Höhlendecke, aber dann nahmen die ersten Fundstücke ihn vollständig gefangen. Einen Augenblick später war er den Tränen nahe. Vor ihm strahlte ein Bronzeschild, mit wunderschönen Linien und Gravierungen verziert und eindeutig mit keltischen Zeichen versehen.

Über dem Schild hatten die Erbauer das Rad des Seins in das Gestein geschlagen. Es symbolisierte die vier Himmelsrichtungen, die durch einen zentralen Kreis vereint wurden. Gleichzeitig stand es für das Universum, bestehend aus den vier Elementen – Erde, Luft, Wasser und Feuer – und einem fünften, jenem Element, das alles zusammenhielt.

Ryan kniete sich nieder wie zu einem stillen Gebet. Ronald MacClary hatte wirklich nicht zu viel versprochen. Er fühlte Ehrfurcht bei dem Gedanken, vielleicht vor den letzten Hinterlassenschaften seiner Ahnen zu stehen. Seine Mutter hatte ihm erzählt, dass seine Familie kurz vor der Flucht nach Irland großen Einfluss am römischen Kaiserhof gehabt hatte. Was würde wohl hier auf ihn warten?

Er ließ den Lichtstrahl seiner Taschenlampe noch ein wenig rundum leuchten, bis er einen Durchbruch fünf oder sechs Meter weiter hinten entdeckte. Shane, der ihn schweigend beobachtet hatte, schritt voran und ging alleine hindurch.

Für ein paar Augenblicke war es totenstill in der Höhle, dann hörten sie ihn atemlos rufen. »Thomas, Debbie, es ist einfach unglaublich.«

Ryan stellte eine größere Lampe auf, sodass sie den Fund in seiner ganzen Tragweite bei hellem Licht betrachten konnten.

Sie standen vor rund hundert Kisten, die mit einer Schicht überzogen waren, wahrscheinlich Wachs. Daneben waren weitere Schilde aus Edelmetall zu sehen, einige Steintafeln, bei denen Deborah sofort erkannte, dass sie keltischen Ursprungs waren, dazu Schwerter und dann noch weiter hinten ein zweiter Durchgang. Shane stand wie gelähmt davor. Ryan hatte inzwischen eine Plane vor den Eingang gespannt, damit weder Licht nach außen noch weitere Feuchtigkeit nach innen dringen konnte.

Ryan war es auch, der als Erster die Sprache wiederfand. »Los, Deb, wir öffnen vorsichtig einige Kisten. Dann wird sich zeigen, ob sich der ganze Aufwand wirklich gelohnt hat.«

Shane verstand nicht, was Ryan meinte. Jedes Kind konnte sehen, dass sie vor einer archäologischen Sensation standen. »Du meinst im Ernst, diese Steine, die Schilde, der ganze Schmuck und die Waffen haben eigentlich gar keinen Wert?«, fragte er leise.

»O doch, für die Museen Europas ist das alles sicher von unschätzbarem Wert. Aber nicht für mich.«

»Die Steintafeln enthalten keinerlei Informationen über den Zweck der Bibliothek«, sagte Deborah nervös.

»Was wir suchen, sind die Schriftrollen, die MacClarys Vater damals entdeckt hat«, erklärte Ryan. Er öffnete die ersten Kisten und sank frustriert und verzweifelt in die Knie. Alles war so gut wie zerstört, obwohl einige Pergamente sich vielleicht noch unter einer Computertomografie das ein oder andere Geheimnis entlocken lassen würden.

Shane riss unterdessen eine alte Plane weg, die mit Zeichen der britischen Truppen versehen war, und ging in den nächsten Raum. Tief beeindruckt blieb er stehen.

Der annähernd kreisrunde Raum war gut achtzig Quadratmeter groß, und in die Wände aus Vulkangestein waren Kammern geschlagen worden, etwa halb so groß wie ein Sarg. In diesen Kammern lagen Pergamentrollen, viele auf den ersten Schein noch gut erhalten, dazu unzählige weitere Schmuckstücke, Armreife und kleinere Steine mit eingravierten Symbolen. In der Mitte des Raumes lag ein runder, geschliffener Stein, gute drei Meter im Durchmesser, sicher dreißig Zentimeter dick und mit einer eingravierten Spirale. Shane kannte das Symbol: die Spirale des Lebens.

Unwiderstehlich zog es ihn in die Mitte des Steins. Dort setzte er sich und sah sich verwirrt um. Die Eindrücke, die auf ihn einströmten, waren fast zu heftig. Er spürte, was sich hier einst zugetragen haben musste. So viel Zeit hatte er damit verbracht, über den Zustand der Welt nachzudenken. Jahre seines Lebens waren darüber vergangen. Und nun war er an einen Ort gekommen, an dem sich die ganze Energie einer alten Kultur konzentrierte und spürbar wurde. Ein Hauch aus der Vergangenheit? Nein, es fühlte sich nicht vergangen an. Ein Hauch der Kultur, nach der er sich sehnte. Konnte es wirklich sein, dass sich hier der Untergang der Druiden und ihr Vermächtnis manifestierte?. Mit dem Öffnen dieser Bibliothek – anders konnte man das angesichts der Masse an Hinterlassenschaften nicht nennen – würde etwas Größeres ausgelöst werden, als sie sich im Moment überhaupt vorstellen konnten, dessen war er sich gewiss.

Er schaute sich wieder um. Der Raum hatte eine archaisch anmutende Ästhetik und Klarheit, die für ihn atemberaubend war. Er vergaß vor lauter Begeisterung Ryan und Deborah und ging weiter, unwiderstehlich angezogen von einem weiteren Durchgang. Als er sich durch den engen Gang zwängte, musste er rund fünf Meter gehen, bis sich ein noch größerer Raum auftat, der ihm endgültig den Atem raubte.

»Thomas, Debbie, kommt schnell her, ich glaube, hier ist alles, was ihr sucht«, brachte er schließlich heraus.

Der Raum war weitaus chaotischer als die beiden anderen; überall lagen Holzbalken, leere Pergamente, Kisten, Kerzen, einige Waffen, Krüge … Dann sah Shane etwas, das ihm das Blut gefrieren ließ. In einer weiteren Auswölbung der Höhle stand ein riesiger Tisch. Darunter waren Fächer zu sehen, angefüllt mit weiteren Pergamenten. Auf dem Tisch fanden sich unzählige Becher und Stäbe, die wie Schreibfedern aussahen. Ein Stuhl stand vor dem Tisch, und unter zerfressenen Stoffresten sah er ein Skelett, dessen Schädel auf dem Tisch und einem weiteren Pergament gelandet war.

»Adam?«

»Hier hinten! Ihr müsst durch den nächsten Durchgang«, rief Shane mit tränenerstickter Stimme.

Ryans Frustration wich einer Welle der Euphorie, als er die Pergamente in dem zweiten Raum sah. Deborah entdeckte den nächsten Durchgang und ging weiter in den dritten Raum, wo Shane immer noch völlig fassungslos stand.

»Thomas?«

»Wartet, ich komme gleich, ich muss mir das hier erst ansehen«, sagte Ryan, der allmählich schon nicht mehr wusste, wo er anfangen sollte. Es war tatsächlich alles so wie in den Überlieferungen, dachte er. War er jetzt wirklich am Ziel seiner Träume angekommen?

Ohne lange nachzudenken, ging er auf eine der Kammern zu und hob vorsichtig einige Pergamentrollen heraus.

Sie waren wirklich erstaunlich gut erhalten. Ob es ohne allzu großes Risiko möglich war, sie zu öffnen und gleich in einer seiner Spezialboxen verschwinden zu lassen?

Als er die erste Rolle in die Hand nahm, spürte er, dass dies ein heiliger Augenblick war. Hier standen drei Iren mit keltischen Wurzeln, dachte er. Und in diesem Moment übernahmen sie die Verantwortung dafür, ihrer angestammten Kultur den Platz in der Welt zurückzuerobern. Ob sie diese Verantwortung nun tragen wollten oder nicht.

Schon der Anblick der Schrift ließ ihn nervös werden. »Deborah, ich brauche dich hier«, rief er leise.

»Ich komme, Thomas.« Deborah zwängte sich wieder zurück in die Kammer zu Ryan.

»Kannst du das übersetzen?«

»Wahnsinn, die sind ja vollkommen erhalten! Bist du verrückt, die hier auszurollen?«, sagte Deborah halb staunend, halb entsetzt.

»Vertrau mir einfach. Wir haben nicht viel Zeit, und wir müssen diese Chance nutzen«, sagte Ryan in diesem bestimmenden Ton, den sie so gar nicht leiden konnte.

»Das ist ja nicht zu fassen! Es ist – da … siehst du die Zahlen? Es ist bereits 315 geschrieben worden von einem … einem Druiden, der …« Deborah zögerte ungläubig, aber sie sah es ja vor sich, mit dunkelbrauner Tinte auf dem Pergament, in lateinischer Sprache war es geschrieben! »… der einen Abend beschreibt, an dem vielleicht er selbst, vielleicht aber auch ein anderer Druide am Hof Konstantins als Wahrsager zugegen war. Er beschreibt ein Gespräch, das er belauscht hat, ein Gespräch zwischen Konstantin und einem Bischof. Konstantin erklärte, er sei bereit, den Christen zu helfen, da er in ihrem Gott eine wichtige Offenbarung erkenne. Doch ihre Schriften seien nicht überzeugend genug, um seine Armeen zu führen. Um die Menschen von diesem Glauben zu überzeugen, brauche es mehr … den Rest kann ich nicht entziffern, dafür brauche ich eine Vergrößerungsmöglichkeit. Und Zeit, Thomas, ich brauche einfach mehr Zeit.« Deborah war so angespannt, dass sie an einem Fingernagel kaute.

Aber Ryan hatte vorerst genug gehört. »Deb, das ist es! Dieses Zeugnis ist mehr wert als alles Gold in dieser Höhle. Wenn das anerkannt wird, stellt es den Beginn einer neuen Zeit dar, verstehst du? Auch wenn diese Geschichte vielleicht schon bekannt war – hier haben wir den unumstößlichen Beweis für Konstantins wahre Motive. Also, diese Rolle nehmen wir auf jeden Fall mit. Und was ist mit dieser hier?«

Shane war inzwischen in den Raum mit dem gravierten Stein zurückgekehrt. »He, was ist los mit euch?«, fragte er aufgeregt, blieb aber stehen, als er die Rollen sah, die Ryan auf dem Stein ausgebreitet hatte.

»Äh, Thomas, ich denke auch, du solltest dir das da drüben zuerst ansehen«, grinste Deborah, und Ryan verstand sofort, was sie meinte.

»Okay, Freunde, jetzt haben wir ein Problem. Wir haben schon viel zu viel gefunden, mehr, als ich in meinen kühnsten Träumen erhofft hatte, aber das bedeutet auch, wir müssen jetzt sehr genau überlegen, was wir mitnehmen.« Ryan stand auf und folgte Shane in den letzten Teil der Höhle.

Am Eingang zum dritten Raum blieb er stehen und nickte schwer, als hätte er mit nichts anderem gerechnet. »Das war's dann wohl. Ich meine ... ja, jetzt haben wir es wirklich gefunden.« Sein Blick war nicht zu deuten.

»Was haben wir gefunden?«, fragte Shane und sah die beiden ratlos an. Deborah gab keine Antwort und schaute auf Ryan – mit einem Blick, der Shane noch mehr verunsicherte. »Sag es ihm endlich, Thomas«, seufzte sie und setzte sich vor den Tisch, an dem das Skelett lag. »Und du solltest dich auch besser setzen, Adam.«

Ryan gab sich einen sichtbaren Ruck. »Also gut, wahrscheinlich ist jetzt wirklich der richtige Moment dafür. Adam ... ich bin ein direkter Nachfahre dieser letzten keltischen Druiden und verfüge über schriftliche Aufzeichnungen mit einem Stammbaum, der bis in das vierte Jahrhundert zurückgeht, Abgesehen von diesem Stammbaum, gibt es aber auch mündliche Überlieferungen, die in meiner Familie über viele Generationen weitergegeben wurden. Danach kam im Frühjahr 331 eine Gruppe von Druiden, darunter Rodanicas, der Römer Datanos und sechs Schüler in Britannien, im heutigen Dover an, um sich auf den Weg nach Irland zu machen.

* * *

»Die Götter waren mit uns«, sagte Datanos.

»Ich kann nur ahnen, wie viele von unseren Stämmen sie noch überfallen haben«, murmelte Rodanicas. Auf ihrer Flucht hatten sie Fürchterliches gesehen. Viele seiner Schüler und andere Führer der geheimen Schulen hatten ihr Leben verloren. Er setzte sich auf einen Stein. Die Reise war mühsam und voller Gefahren gewesen; beinahe hätte ein Sturm ihr Schiff kurz vor der Ankunft noch zum Kentern gebracht. Hustend schaute er auf Datanos, der nun die Tasche mit den Pergamenten öffnete, die ihm Aregetorix anvertraut hatte. Auf einem der ersten Pergamente fand er Anweisungen für Rodanicas.

»Was ist das?«, fragte Datanos erstaunt.

Rodanicas stand mühsam auf und schaute auf das Pergament.

»Das sind Aufzeichnungen über die Ahnen eines jeden von uns. Aregetorix ist der einzige Druide, den auch die Inselkelten kennen und respektieren. Die Ehre, die man ihm erweist, wird es uns ermöglichen, hier Fuß zu fassen und neu anzufangen«, sagte er. »Nur du, Datanos, du bist Römer und musst deinen Weg selbst gehen. Aber ich biete dir an, mit mir zu kommen. Ich werde dir den gleichen Schutz gewähren, wie er mir widerfährt.«

»Du weißt, dass ich dir folgen werde, wohin du auch gehst.«

Datanos zog die anderen Pergamente heraus und gab sie Rodanicas.

Der stand auf und wandte sich an die jungen Druiden. »Ich gebe jedem von euch nun seine Ahnentafel. Ihr wisst, was zu tun ist: Jeder von euch sucht sich einen Ort, an dem er leben und im Verborgenen alles weitergeben kann, was wir euch gelehrt haben. So werden wir die Zeit der Finsternis überdauern. Nur zwei von uns werden das Wissen über den Ort weitergeben, an dem Aregetorix das wahre Zeugnis bewahrt. So wird es sein – bis die Menschen eines Tages nach ihrer wahren Herkunft suchen.«

Feierlich übergab er die Pergamente, dann wandte er sich an einen der Männer. »Du, Uratorix, bist der Zweite, der den Ort bewahrt, an dem dein Vater Aregetorix verweilt.« Er gab dem Druiden das letzte Pergament. »Wir gehen am Abgrund dieser Zeit und kehren am Abgrund einer anderen Zeit wieder. Und nun geht.«

Mit ernsten Mienen umarmten sich die Männer und gingen auseinander, ohne noch einmal zurückzuschauen.

* * *

Shane begann zu verstehen. Hatte er in seinem Traum die Zerstörung eines der Dörfer erlebt, die Rodanicas erwähnte?

»Der Mann, den du hier vor dir siehst, ist Aregetorix.« Ryan setzte sich erschöpft auf den Boden.

Shane spürte, wie sich die grausame Geschichte bleischwer auf seine Schultern legte. Allmählich begriff er, wo sie gerade standen.

»Und du glaubst, hier liegen die Beweise für die verfälschte Geschichte der Kirche?«, fragte er.

Unbemerkt von den beiden hatte Deborah ein weiteres Pergament geglättet und aufmerksam studiert. Jetzt richtete sie sich auf und sah sie eindringlich an. »Ehrlich gesagt, die Frage hat sich, glaube ich, schon geklärt.«

»Was hast du gefunden?« Ryan drehte sich um.

»Hier schreibt ein weiterer Druide namens Cetanorad eine

Warnung an alle Druiden und Kelten. Es ist schwer zu übersetzen, ein grauenhaft schlechtes Latein, aber ich verstehe doch immerhin so viel: Ein Teil der Druiden wusste, was in Rom vor sich ging. Es ist von Fälschungen die Rede und davon, dass ihr Wissen sie das Leben kostet, wenn sie nicht fliehen. Und hier, o nein …« Deborah verstummte.

»Was denn, sag schon!«, forderte Ryan.

»Er schreibt einem Bischof, dessen Namen ich nicht entziffern kann, eine Aussage zu, die dem Kaiser mitgeteilt wurde, wie eine Bedingung zu einem Vertrag: ›Wer die Heiden besiegen will, muss die Druiden vernichten.‹«

»Und weiter?«

Shane hatte ein merkwürdiges Gefühl im Bauch, als ob er das alles schon wusste und bereits früher an diesem Ort gewesen war. Aber das spielte jetzt eigentlich keine Rolle.

»Der Bischof fordert vom Kaiser … Moment mal, das Pergament ist aber nicht aus der Zeit Konstantins … das verstehe ich nicht …«, murmelte Deborah.

»Oh, das hat nichts zu bedeuten. Alle Kaiser nach Konstantin unterstützten die Kirche mit ihren Heerscharen in dem Bemühen, alles Heidnische auszumerzen. Erst unter Theodosius wurde das Christentum endgültig zur Staatsreligion, auch wenn das oft Konstantin angedichtet wird. Theodosius ist eine wichtige Figur in unserer Geschichte«, erklärte Ryan. »Die vollständige Vernichtung aller Andersgläubigen war von Anfang an das erklärte Ziel seiner Regentschaft.«

»Aber das heißt auch, dass diese Bibliothek tatsächlich nicht mal eben in kurzer Zeit angelegt wurde«, folgerte Deborah.

»Sollten wir uns nicht langsam bei MacClary melden?«, fragte Shane, der sich vorstellen konnte, wie nervös man allmählich in Dublin wurde.

»Später, Adam, das muss warten. Erst sollten wir uns noch ein wenig umsehen, damit wir vernünftig entscheiden können, was wir mitnehmen und was wir leider hierlassen müssen.« Ryan drehte sich einmal um die eigene Achse und deutete mit der Hand ein wenig hilflos auf die Menge an Fundstücken.

30

Magdalensberg, 22 Uhr

Cassidy wartete immer noch auf Salvoni und begnügte sich angesichts der letzten Befehle schlicht mit der Analyse der Aufzeichnungen, die einer seiner Mitarbeiter noch hatte auffangen können, kurz nachdem die drei Iren in die Höhle eingedrungen waren. Inzwischen hatten die Erdmassen den Empfang unmöglich gemacht. Gerade als er sich seinem mitgebrachten Proviant widmen wollte, klingelte sein Handy. »Salvoni«, war auf dem Display zu lesen.

»Ja.«

»Cassidy, wir sind in zehn Minuten bei Ihnen, wie ist die Lage?«, fragte Salvoni nervös.

»Hier tut sich gar nichts. Sie sind immer noch in der Höhle, aber was wir hören konnten, spricht nicht von einem großen Fund«, sagte Cassidy fast gelangweilt. Er konnte die ganze Aufregung nicht wirklich verstehen. Außerdem, selbst wenn die drei in der Höhle etwas gefunden hatten: Mit dem kleinen Bus, der auf dem Parkplatz stand, konnten sie doch ohnehin nicht viel transportieren. Es reichte vollkommen aus, in aller Ruhe abzuwarten und dann selbst zuzuschlagen.

»Gut gemacht, Cassidy, bis gleich.«

Salvoni ließ seine Männer unterhalb des Magdalensberges die Busse parken und fuhr hinauf, um sich selbst ein Bild zu machen. Ein gutes Dutzend schwarz gekleideter Männer, zum Teil bewaffnet und mit modernsten Geräten für die Bergung der vermuteten Fundstücke in der Höhle ausgestattet, bereiteten sich auf ihren Einsatz vor. Sie hatten klare Anweisung von Salvoni bekommen: Die Aktion musste schnell und so unspektakulär wie möglich ablaufen. Keinesfalls durfte es zu einer direkten Auseinandersetzung kommen oder womöglich zu einem Schusswechsel, da sie nicht über die Rückendeckung der österreichischen Polizei verfügten.

»Was für ein Wahnsinn«, murmelte Salvoni vor sich hin und versuchte, Lambert zu erreichen.

»Sì.«

»Salvoni hier. Wir kommen zu spät, sie sind bereits drin. Aber offenbar haben sie nichts Bedeutsames gefunden, wenn ich meinen Männern glauben darf. Dennoch sollten wir uns vergewissern.«

»Warten Sie ab, bis sie wieder rauskommen, und dann wissen Sie, was Sie zu tun haben.«

»Aber Eminenz, wir müssen den Schutz der Dunkelheit nutzen! Was ist, wenn sie bis zum Morgengrauen nicht herauskommen?«

»Dann haben Sie freie Hand zu tun, was Sie für angemessen halten.«

Salvoni unterdrückte mühsam ein erleichtertes Seufzen. Freie Hand, darauf hatte er die ganze Zeit gewartet. Er war ohnehin mit seiner Geduld am Ende, weil Lambert sich ständig in seine Arbeit einmischte. Eine solche Operation war sein Spezialgebiet, und er wusste sehr genau, wie er sie durchführen musste.

31

Magdalensberg, 23 Uhr

Gemeinsam mit Deborah versuchte Shane, weitere Rollen zu identifizieren. »Mein Gott, wenn ich mir überlege, was wir hier gefunden haben! Diese ganzen Aufzeichnungen widersprechen doch in jeder Hinsicht dem Bild, das uns bis heute von den Druiden und Kelten überliefert wurde!«

»Du darfst nicht vergessen, wer diese Geschichte bisher geschrieben hat. Die wahre Geschichte der Druiden konnte bisher nicht erzählt werden, da wir sie kaum kennen. Aber eines ist sicher: Alles hier deutet darauf hin, dass sie der Schlussstein und die Architekten der gesamten keltischen Gesellschaft waren«, erklärte Deborah, während sie vorsichtig eine weitere Rolle in der dafür vorgesehenen Box verschwinden ließ. »Wir wissen in Bezug auf Irland, dass es immer ein Gleichgewicht zwischen weltlicher und spiritueller Macht gab, die sich Könige und Druiden teilten. Die Vorstellung eines Imperiums war ihnen völlig unbekannt, für so etwas gibt es in keiner keltischen Sprache eine treffende Bezeichnung. Kein Wunder, dass sich diese Kultur im Dunstkreis der sogenannten ›pax romana‹ nicht halten konnte.« Deborah fühlte sich sichtlich wohl bei der Gelegenheit, ihr

Wissen loszuwerden. Sonst fuhr ihr Ryan immer gern dazwischen, wenn es um diese Themen ging. »Was der heilige Patrick nicht durch seine Intrigen christianisierte, unterwarf sich am Ende freiwillig. Viele Druiden konvertierten und zogen Adel und Könige mit. Aber hier finden wir den Ursprung und … oh, sieh dir das an, eine vollständige Liste von Heilkräutern und ihren Anwendungsgebieten. Das muss doch ein Vermögen wert sein!«

Als Shane eine weitere Rolle hervorzog, runzelte Deborah kurz die Stirn und scannte hastig den Text.

»Nimm das auch mit, das ist eine Beschreibung der Fähigkeit, telepathisch zu kommunizieren und Einfluss auf das Wetter, Tiere und Menschen zu nehmen. Selbst wenn das alles nur Mythen sind – interessant ist es allemal«, sagte Deborah, die sich angesichts der schieren Menge an Wissen, das hier aufbewahrt wurde, kaum mehr beherrschen konnte.

»Nein, Debbie, ich glaube, das sind nicht nur Mythen. Was, wenn sie wirklich über diese Fähigkeiten und über dieses Wissen verfügten? Das wäre doch ein weiterer Grund gewesen, sie zu verfolgen. Ich meine, vor so viel geballtem Wissen und derartigen Fähigkeiten mussten die Römer doch ebenso viel Angst haben wie die Christen. Deshalb haben sie diesen Supergott, den einzig wahren Gott gebraucht. Nur so konnten sie ihre Armeen mit der nötigen Kraft ausstatten, um das Imperium zu erhalten. Ich für meinen Teil glaube, die Druiden hatten wirklich Zugang zu einem universellen Wissen, zu einer Gabe, die Anziehung ausübte und …«

Ryan war in den Raum zurückgekehrt. Er hörte einen Augenblick zu, verdrehte dann die Augen zur Höhlendecke und seufzte tief. »Adam, Deborah, wäre es euch wohl möglich, eure gelehrten Spekulationen für ein paar Stunden unterbrechen? Dafür ist jetzt wirklich keine Zeit. Sobald alle Boxen und Kisten voll sind, die wir mitnehmen können, will ich hier raus. Und in einer halben Stunde rufe ich MacClary an und sage ihm, dass wir das hier unmöglich alleine bergen können«, sagte er fast im Befehlston, drehte sich um und ging zurück in die Kammer, in der der große Stein sich wie ein Altar offenbarte.

»Und was dann?«, fragte Shane.

»Das war es dann für uns. So sieht der Deal mit Ronald aus. Ryan darf so viel bergen, wie er kann, und nach Spuren suchen, die belegen, dass seine Vorfahren hier etwas hinterlassen haben«, erklärte Deborah mit ernster Miene und auch ein wenig frustriert, da Ryan bisher nichts Derartiges gefunden zu haben schien. »Der Rest ist dann Sache der Archäologen. Hier, schau dir das an!« Deborah übersetzte aus einer weiteren Rolle. Auch dieser Text war von einem Druiden geschrieben, ließ sich aber nur noch in Bruchstücken entziffern. »›Unsere Zeit ist vorüber. Sie foltern uns, um unsere Macht zu brechen und an ihre Quelle zu gelangen, doch sie werden scheitern. Wir kennen ihre Lügen …‹ schade, mehr kriege ich jetzt nicht raus.«

Shane hatte sich erhoben und wollte gerade ein gutes Dutzend der Rollen in eine der Kisten packen, die sie am Eingang gelassen hatten. Da sah er Ryan, der dastand und sich an die Stirn fasste. Von oben rieselten Staub und Sand auf seinen Kopf und auf ein weiteres Pergament, dessen Inhalt ihn offensichtlich sehr beschäftigte. Er nahm eine Plastikhülle, die im Inneren eine Spirale aufwies, sodass man vorsichtig ein Pergament darin verstauen konnte, ohne dass sich die Haut beim erneuten Einrollen berührte und so zusammenklebte. Er hatte Glück, die Rolle passte genau hinein. So konzentriert war er bei dieser Arbeit, dass er Shane gar nicht bemerkt hatte.

»Was machst du da, Thomas?«

»Das ist etwas Spezielles, ich erkläre es euch später.« Shane spürte Ryans Nervosität, aber auch den Schwall der Erleichterung, der von ihm ausging. Er wurde einfach nicht schlau aus diesem Mann, der ihm offensichtlich immer noch etwas verheimlichte. Er hatte schon die ganze Zeit bei aller Offenheit das Gefühl, dass Ryan etwas Dunkles umgab. Nach wie vor spielte er nicht mit offenen Karten, genau wie der Professor.

Doch im gleichen Augenblick ergriff Ryan noch einmal das Wort. »Dieses Pergament enthält Aufzeichnungen von Rodanicas, meinem Ahnen. Du musst bitte verstehen, dass ich diese Rolle nicht mehr aus der Hand gebe.« Ryan klang müde und erschöpft.

Shane spürte angesichts seines Misstrauens plötzlich ein tiefes Schamgefühl und setzte sich zu Ryan nieder. »Aber das ist noch nicht alles, oder?«, fragte er, einer plötzlichen Eingebung folgend.

»Nein, Adam, das ist bei Weitem noch nicht alles. Es gibt ja nicht nur mich oder meine Familie. Was hier liegt, gehört im Grunde genommen acht irischen Familien, deren Vorfahren sich Anfang des vierten Jahrhunderts bis nach Irland retten konnten. Eine der Geheimschulen, von denen wir schon gesprochen haben, eine dieser Schulen hat sozusagen bis in unsere Zeit überlebt. Und auch wenn das Ausmaß des Wissens und der Macht der Druiden nur noch in den irischen Sagen lebendig ist, so waren wir uns doch immer sicher, dass es diesen Ort wirklich gibt und dass wir ihn finden müssen, um mehr über unsere Geschichte zu erfahren.« Ryan hatte sich jetzt in Fahrt geredet, und Shane hörte ihm fasziniert zu.

»Dann ist es also tatsächlich wahr«, erklang es von hinten. Deborah war mit einigen Rollen auf dem Weg zum Ausgang. Sie strahlte übers ganze Gesicht, teils vor Freude darüber, dass Ryan endlich Erfolg gehabt hatte, teils aus Vorfreude auf die

Arbeit mit den Pergamentrollen. In Dublin würde sie sich sofort an die Arbeit machen, um alle Texte genauer zu übersetzen. Sie konnte es kaum erwarten.

»Was verspricht sich eigentlich MacClary von dem Ganzen hier?«, fragte Shane. Er dachte schon länger über die Verbindung zwischen Ryan und MacClary nach. Ihre Beziehung schien mehr einem Zweck zu dienen, als dass sie sich durch große Freundschaft auszeichnete, doch dieser Zweck war ihm immer noch nicht ganz klar.

»Oh, eine Menge. Wie du ja weißt, hat ihm sein Vater mit diesem jetzt gelösten Rätsel eine schwere Bürde auferlegt, und außerdem teilt er die Obsession seines Vaters für die Frühzeit der Kirche. Du darfst nicht vergessen, der Mann ist zwar katholisch getauft, aber im Grunde genommen hat er nur eine Religion: Er ist Jurist bis in die Knochen. Und die Entstehungsgeschichte der Kirche ist für ihn eher so etwas wie die Gründungsgeschichte einer kriminellen Vereinigung. Diese Tatsache und alle Argumente dafür will er so unwiderlegbar dokumentieren, dass es die Öffentlichkeit endlich akzeptiert und der Vatikan seinen Einfluss verliert.«

Shane musste innerlich lachen. Wie naiv waren diese Leute? Glaubte Ryan tatsächlich, was er da sagte? Und der Richter? Den Einfluss des Vatikans eindämmen – dazu waren die Menschen einfach nicht bereit. Sie hatten immer schon über die Verbrechen hinweggesehen, die im Namen des Glaubens – jedes Glaubens – begangen worden waren. Und sie waren nach wie vor bereit, solche Verbrechen zu begehen. Die Geschichte, auch die jüngste Geschichte, war voll davon.

»Hinzu kommt, dass es die britische Regierung vor wenigen Monaten tatsächlich fertiggebracht hat, das Druidentum als Staatsreligion anzuerkennen. Ich bin mir sicher, wir werden hier auch Beweise finden, dass der Vatikan tatsächlich beträchtliche Teile unserer Kulturgüter beiseitegeschafft hat und irgendwo hortet. Aber lassen wir das jetzt, und sehen wir zu, dass wir hier rauskommen.« Ryan war sichtlich bemüht, nicht alles zu sagen.

»Aber Thomas, was soll daraus denn werden? Wer sollte schon in die geheimen Archive des Vatikans kommen, um das zu prüfen?« Shane schüttelte verständnislos den Kopf.

»Adam, es gibt im Vatikan keine geheimen Archive. Das ist lediglich eine Verschwörungstheorie, eine wenig hilfreiche noch dazu«, wandte Ryan ein.

»Das musst du mir erklären«, forderte Shane. Es gab doch genug Veröffentlichungen, die das Gegenteil besagten.

Jetzt mischte sich Deborah in das Gespräch ein. »Das Archivio Segreto Vaticano ist, wie das Adjektiv Segreto schon sagt, sowohl privat als auch geheim. Nur der Papst entscheidet darüber, welche Bestände für die Wissenschaft freigegeben werden. Aber dieses Archiv hat nichts mit dem Archiv der Glaubenskongregation zu tun. Und das Archiv des Papstes ist sicher nicht der Ort, an dem solche Dinge aufbewahrt werden«, konterte sie.

»Aber wo sonst?«, fragte Shane skeptisch.

»Weiß der Teufel, Adam. Und das sage ich nicht nur so dahin.«

32

Dublin – 17. März, 0.15 Uhr

MacClary konnte seine Nervosität nicht mehr zügeln. »Mein Gott, Thomas, jetzt ruf schon an!«, rief er in Richtung Telefon. Allmählich begann er sich Sorgen zu machen, und zum ersten Mal bekam er Angst, dass sich Ruths Warnung als echte Vorahnung erweisen könnte. Jennifer hatte es sich vor dem knisternden Kamin in der Bibliothek in einem Ledersessel und mit einer Decke gemütlich gemacht. Sie hatte sich wieder beruhigt und MacClary für ihre heftige Reaktion um Verzeihung gebeten.

»Du willst aussteigen, habe ich das richtig verstanden?« MacClary lehnte sich am Eingang zur Bibliothek an die Tür.

»Was? Ach so, ja, Ronald. Ich habe die letzten Jahre erkannt, wie wenig mich dieser Beruf noch erfüllt. Die Fortschritte, die wir im internationalen Recht erzielen können, sind verschwindend gering, gemessen an den Aufgaben, die eigentlich vor uns liegen. Ich bin einfach müde und ertrage es nicht mehr, in Hotels zu schlafen und selbst zu Hause immer in ein kaltes, leeres Bett zu kriechen.« Jennifer hob die Hände in einer hilflosen Geste.

Er zögerte kurz, dann setzte er sich zu ihr an den Kamin.

Für eine Weile waren nur das Knacken und Knistern der Flammen zu hören, dann sprach er leise weiter. »Es ist nicht so, dass ich gern zusehe, wenn jemand seine Karriere in den Sand setzt, aber in diesem Fall bin ich als dein Freund, der immer auch für einen väterlichen Rat gut war, geneigt, keinen Versuch zu wagen, dich davon abzuhalten«, seufzte er und fügte dann mit einem Lachen hinzu: »Was für ein Satz. Aber du weißt wohl ungefähr, was ich meine.«

Jennifer war so überrascht, dass ihr das Buch über druidisches Recht aus der Hand fiel, in dem sie gelesen hatte. »Ah, wie ich sehe, hast du dir aber noch immer die Neugier erhalten«, lächelte MacClary.

»Du lässt mich einfach so ziehen?«, fragte Jennifer.

»Glaubst du, ich sehe nicht, wie es dir geht? Seit dem Scheitern der UN-Reform hast du keinen Tag mehr mit der alten Freude von deiner Berufung gesprochen. Was wäre ich für ein Freund, wenn ich versuchen würde, mit kalter Vernunft an dich zu appellieren?« MacClary stand auf, um sich einen Whiskey zu holen.

In diesem Moment klingelte das Telefon. Beide zuckten erschrocken zusammen, und Ruth, die zufällig vorbeilief, eilte sofort zum Apparat, um den Anruf entgegenzunehmen.

»Schon gut, ich gehe selbst ran. Keine Angst, ich bin sicher, dass alles in Ordnung ist«, versuchte MacClary zu beruhigen, wohl wissend, dass Ruth nur zu gerne selbst abgenommen hätte, um sich zu vergewissern. Die Hand auf dem Hörer, hielt er noch einmal kurz inne, als könnte er schon ahnen, was Ryan ihm in den nächsten Sekunden berichten würde. Er schloss die Augen, öffnete sie wieder.

»Thomas, geht es euch gut?«

»Ronald, ich weiß nicht, wie ich es in der Kürze sagen soll, aber was wir gefunden haben, übertrifft alle Erwartungen –

und vor allem hat es meine erfüllt.« Ryans Euphorie war nicht zu überhören, er klang atemlos und sprach so schnell, dass man ihn kaum verstehen konnte.

»O mein Gott! Ich bin wirklich überwältigt, ich kann dir gar nicht sagen, wie sehr. Habt ihr wirklich die Schriftrollen gefunden? Und was noch?«

»Dein Vater hatte mit allem recht, Ronald. Ich kann jetzt nur so viel sagen: Ich habe jede Menge von den Hinweisen gefunden, über die wir die letzten Jahre spekuliert haben.«

»Das heißt, du hast endlich die Spuren deiner Familie gefunden. Ich habe es immer gewusst, ich habe …«

»Warte, Ronald, die gute Nachricht hat leider auch eine Kehrseite. Es ist zu viel, wir können unmöglich alles bergen. Ich würde sagen, ich schicke Adam und Deborah mit den wichtigsten Rollen nach Dublin, aber auch der Rest muss so schnell wie möglich konserviert werden, sonst …«

»Verstehe, Thomas. Aber dafür gibt es nur eine Möglichkeit: Ich werde meine Kontakte ins österreichische Außenministerium nutzen, um sofort eine Bergung organisieren zu lassen. Das heißt dann aber ganz klar, ihr müsst so schnell wie möglich dort weg.«

»Kommt überhaupt nicht infrage. Ich bleibe so lange hier, bis ich sicher weiß, dass hier niemand Unbefugtes einfach so reinläuft«, sagte Ryan. Und ohne dass MacClary auch nur den Versuch unternehmen konnte, ihn vom Gegenteil zu überzeugen, hatte er aufgelegt.

»Verdammter Sturkopf«, sagte MacClary freudestrahlend.

33

Jennifer saß aufrecht auf der vordersten Kante ihres Sessels und sah MacClary erwartungsvoll an. »Erzähl schon, was haben sie gefunden?«

»Mein liebes, schönes Kind, was würdest du sagen, wenn ich dir eine Möglichkeit bieten würde, deine Karriere mit einem der ältesten Kriminalfälle der Geschichte zu krönen?« MacClary hatte dieses Grinsen im Gesicht, das er nur zeigte, wenn er felsenfest von etwas überzeugt war.

Jennifer wusste, was jetzt kam. Sie kannte jede Einzelheit. So oft hatten sie gemeinsam die verschiedensten rechtshistorischen und rechtstheoretischen Möglichkeiten hin und her gewälzt. Was wäre, wenn man der Kirche nachweisen könnte, dass sie im Besitz von Kulturgütern der Kelten oder der Druiden war? Was wäre weiterhin, wenn sich diese oder ihre Nachkommen auf das Völkerrecht berufen könnten und die Herausgabe verlangten? Tatsächlich hatte es in den letzten Jahren neue Ansätze im Völkerrecht gegeben. Waren bisher nur Staaten, aber nicht die darin lebenden Personen als Völkerrechtssubjekt anerkannt worden, so forderten inzwischen immer mehr Juristen weltweit, die gesamte Menschheit als ein einziges Völkerrechtssubjekt anzuerkennen. Würde die internationale Gemeinschaft sich darauf einlassen – die Folgen wären unabsehbar. Der brasilianische Regenwald, dessen Abholzung das Klima bedrohte, könnte dann nicht mehr ohne Zustimmung der Staatengemeinschaft weiter zerstört werden. Und das war nur ein Beispiel unter vielen. Auch der Anspruch auf Kulturgüter war betroffen – beispielsweise die Pyramiden oder die Buddhastatuen in Afghanistan, für die es leider schon zu spät war. Und letztlich auch der Anspruch auf historische Wahrheit.

»Du spielst auf die Bemühungen von Jackson O'Connor an?« Jennifer kannte den irischen Außenminister aus ihrer Zeit in Brüssel. Durchaus ein honoriger Mann mit einem modernen Verständnis von internationalem Recht, wenn auch ebenso ein Träumer wie MacClary.

»Na ja, auch. Immerhin hat er angedeutet, dass die irische Regierung bereit ist, alle keltischen Kulturgüter im eigenen Land den Nachfahren zu übergeben. Und so wie für die Juden Israel das Land der Verheißung ist, so ist es für die Kelten Irland«, spekulierte MacClary.

»Ja, das ist mir klar, aber was hat der Fund damit zu tun? Was ist daran so überwältigend, dass du auch nur im Traum wagst, daran irgendwelche hochtrabenden Pläne zu knüpfen? Wie in aller Welt willst du den Vatikan dazu nötigen, seine Archive zu öffnen? Und selbst wenn – sie hätten doch in jedem Fall genug Zeit, alles zu räumen oder woanders zu verstecken! Ich meine, was willst du machen, einen Durchsuchungsbefehl vor der UNO erwirken?«, spottete Jennifer.

»Ich will ein Signal, Jennifer. Ein Fanal, könnte ich auch sagen. Man muss einen Prozess nicht immer gewinnen, um recht zu bekommen oder auch nur Gerechtigkeit walten zu lassen.«

»Mit anderen Worten, du willst sie vorführen. In Wirklichkeit geht es dir gar nicht um Recht und Gerechtigkeit, du willst sie einfach nur vorführen«, konterte Jennifer.

»Warte ab, bis du siehst, worum es geht. Ich vertraue Thomas und Deborah unbedingt. Wenn Thomas sagt, er hat etwas Entscheidendes gefunden, dann ist das so.«

MacClary versuchte sich zu beruhigen. Als er zum Telefonhörer griff, um durch die österreichischen Behörden ohne großes Aufsehen den Fundort sichern zu lassen, erinnerte er sich an die Worte seines Vaters. Sean MacClary hatte einmal gesagt, es gebe einen eindeutigen Grund dafür, warum man in Rom seine Arbeit so fürchtete: Weil er Wissenschaft und Vernunft mit einer bestechenden Logik zu kombinieren wusste. Es hatte ihm nie Vergnügen bereitet, den Glauben eines Menschen zu zerstören, aber die Religion, die die katholische Kirche predigte, war für ihn inhaltlich absurd und primitiv. Und die Taten dieser Kirche empfand er als ebenso verachtenswert wie gefährlich.

Er konnte nicht ahnen, auf welch brisante Art und Weise ihm die Kurie schon bald zu Hilfe eilen würde.

34

Magdalensberg, 1.30 Uhr

Ryan und Deborah waren am Eingang damit beschäftigt, alles luftdicht für den Transport zu verpacken, als es Shane noch einmal in den Raum mit dem Stein zog.

In der Literatur hatte man der Spirale keine eindeutige Bedeutung zuschreiben können, aber es wurde immer wieder behauptet, sie sei ein Symbol für das Streben der Seele nach einem Wachstum in höhere Sphären. In Irland handelte es sich sehr häufig nur um ein Symbol für die Sonne.

Shane hatte eine andere Theorie. Auch wenn er nicht genau sagen konnte, wie sie entstanden war, fühlte er sich sehr sicher damit. Die Spirale stand für die Zeit und den Raum. Für die Druiden war die Zeit nicht linear gewesen. Sie hatte zwar Anfang und Ende, war aber dennoch unendlich. Und dazwischen konnte der Geist auf alles zugreifen, was geschehen war und geschehen würde. War es das, was Ryan gemeint hatte, als er ihm die Theorie des morphogenetischen Feldes erklärt hatte?

Shane setzte sich auf den Stein, um noch ein wenig zu sich zu kommen, bevor sie die Höhle wieder verlassen mussten. Er war tief ergriffen von den Zeugnissen der Druiden und ihren

Gaben. Wie konnte man die Träger dieser Kultur nur als Barbaren bezeichnen? Je länger er darüber nachdachte, desto größer wurde sein Respekt für ihre Liebe zur Schöpfung und zu den wahren göttlichen Wundern.

Er legte sich auf den Rücken und sah plötzlich an der Decke, wie sich die Spirale des Steins an der Decke in Licht manifestierte, wie eine lebendige Galaxie. Er versank in Trance, konnte wieder seinen Körper mit fast jeder Zelle spüren, es kribbelte überall, und er sah die Bilder aus der Geschichte wieder vor seinem inneren Auge. Er konnte die Völker erkennen und fühlen, die in den vergangenen siebzehnhundert Jahren so sehr unter der Vorherrschaft der Christen und der Menschenverachtung der Kirche gelitten hatten. Er sah Indianer, die von den Truppen der Briten niedergeschossen wurden, sah die australischen Aborigines, die wie Vieh von ihrem eigenen Land vertrieben wurden. Er sah die Versklavung der arabischen und afrikanischen Stämme, die Frauen, die in Europa als Hexen verbrannt worden waren – Schrecken, immer mehr Schrecken, bis er es einfach nicht mehr ertrug und völlig in Tränen aufgelöst war. Irgendwann atmete er tief durch. Er hatte angefangen zu verstehen, dass auch er Verantwortung dafür trug, diesem Wahnsinn ein Ende zu bereiten. Damit die Menschen, alle Menschen heil werden, verstehen und vergeben konnten, musste der Beginn dieser Geschichte allen bewusst werden. Sonst würde es niemals wahre Gerechtigkeit und Verantwortung geben.

Er stand auf und sah sich noch einmal in der Höhle um. Wie schwer musste es Ryan fallen, diesen Ort zu verlassen, ohne alles in Augenschein nehmen zu können. In dieser Höhlenbibliothek war das Vermächtnis seiner Familie aufbewahrt. Was wussten sie denn, was hier noch an Geheimnissen zu finden war? Er konnte der Versuchung nicht widerstehen, ein weiteres Pergament aus einer der unteren Kammern zu ziehen. Die Rolle war etwas feucht, ließ sich aber ganz leicht ausrollen.

»Adam, verdammt, wir hatten doch vereinbart, dass du nichts alleine anrührst! Was machst du da?«, raunte Deborah, die zurückgekommen war, weil sie noch etwas vergessen hatte, und kniete sich zu Shane. Erst jetzt sah sie Shanes Tränen.

»He, was ist los?«

»Debbie, dieser Ort trägt eine sehr, sehr große Last. Die historische Wahrheit ist unerträglich schwer, und ich habe Zweifel, ob die Menschen bereit sein werden, sie zu akzeptieren. Denn wenn sie sie akzeptieren, fordert das Konsequenzen. Ich meine, der ganze Irrweg, den wir gegangen sind, hat doch hier seinen Anfang genommen«, fasste Shane seine Gedanken zusammen, ohne zu erzählen, was er soeben gesehen hatte.

»Du hast echt eine Begabung, Adam. So gesehen, ist das Pergament da wohl wirklich für dich bestimmt«, grinste Deborah.

»Was meinst du?«

»Wie du siehst, ist nicht mehr alles vorhanden, aber ist von der Rückkehr der Druiden die Rede. Es heißt, sie werden wiederkommen, wenn die Menschen bereit sind, sich zu erinnern und das dunkle Zeitalter abzuschließen. Und weiter spricht er von einer Sage, die muss ich in Dublin versuchen zu übersetzen, das kann ich hier nicht machen, aber hier … hier heißt es, sie werden wiederkommen und der Welt ein neues Gleichgewicht bringen. Und es werden einige wenige Frauen und Männer sein, die einen Anfang machen, und aus der Not der Seelen werden viele ihrem Vorbild folgen … der Rest ist leider nicht mehr zu entziffern, aber hier … der Name des

Druiden ist Dubdrean.« Deborah lächelte; sie war offenbar ausgesprochen zufrieden mit sich.

»Na, da haben wir doch in ein paar Stunden mehr Druiden gefunden als die Archäologen in mehr als tausend Jahren.« Shane klopfte ihr auf die Schulter. »Können wir die Rolle noch mitnehmen?«

»Wir müssen sie sogar mitnehmen, denn sonst geht sie verloren. Ich schaue, ob ich noch eine Box finde. Wir beide fahren dann mit den ganzen Sachen so schnell wie möglich zurück nach Dublin«, sagte Deborah.

Shane sah sie verwirrt an. »Fahren? Ich dachte, wir fliegen. Und wieso nur wir beide?«

»Thomas bleibt hier und bewacht alles, bis die Archäologen aus Wien den Rest der Arbeit übernehmen. Und wir können mit dieser brisanten Fracht wohl kaum in ein Flugzeug steigen. Wir fahren über Frankreich, dann mit der Autofähre, weiter durch England, und setzen dann über Holyhead mit der Fähre nach Dun Laoghaire über. Von dort aus geht es sofort weiter in einen vorbereiteten Raum, den Ronald organisiert hat, um die Pergamente bestmöglich zu konservieren«, erklärte Deborah ausführlich. Shane nahm es einfach hin. Was sollte er auch sonst tun? Der Gedanke, Ryan hier allein zurückzulassen, gefiel ihm ganz und gar nicht, aber er schob das ungute Gefühl sofort wieder zur Seite. Viel zu sehr war er mit dem beschäftigt, was er gerade erlebt hatte und was auf dem Pergament stand, das Deborah ihm übersetzt hatte.

Konnte das alles wahr sein? Er hatte gelernt, dass man keltische Sagen niemals wörtlich nehmen durfte. Die Druiden waren Heiler, Juristen, wissbegierige Gelehrte mit großem Erinnerungsvermögen gewesen, trainiert durch das Verbot der Schrift, aber sie hatten auch einen Hang zu übertriebener Heldenverehrung. Doch andererseits … Shane kombinierte seine eigenen Erlebnisse mit seinem spärlichen Wissen und dachte an die Spirale. Wenn Zeit nicht linear war und Seelen auch ohne Form und Körper in dieser nicht linearen Zeit existieren oder in einem kosmischen Speicher ewiger Erinnerung verweilen konnten, dann bedeuteten alle Theorien über Reinkarnation letztlich vielleicht nichts weiter als eine einzige große Erinnerung. Eine Erinnerung, die sich in einer Form, einem Menschen oder einem anderen Lebewesen manifestierte. Konnte es sein, dass sich immer mehr Menschen erinnerten? Dass sie auf diese Weise Zugang zu tieferen Erkenntnissen bekamen und dass das dunkle Kapitel der »pax romana« für immer zu Ende ging?

Ryans Stimme riss ihn aus seinen Gedanken. »Adam, wir sind so weit, kannst du Deborah bitte helfen, die Kisten hochzutragen und im Wagen zu verstauen? Ich werde die Kammern so gut wie möglich verschließen«, bat er und ging mit einem Schulterklopfen an Shane vorbei.

»Und du willst wirklich hierbleiben?«

»Zumindest so lange, bis ich Gewissheit habe, dass echte Profis hier das Weitere übernehmen«, versicherte Ryan.

Du wirst schon wissen, was du tust, dachte Shane und ging zu Deborah, die bereits vor der Höhle stand und die ersten Kisten hochzog.

Gut fünf Minuten später sah der Gastwirt Georg Winter von seinem Bürofenster im nahe gelegenen Gasthaus zwei Gestalten, die mit Kisten beladen durch die Nacht wanderten. Er holte seinen Sohn hinzu, der gerade die Bestellungen für den nächsten Tag fertigstellte. Sie beobachteten das Treiben, wussten aber nicht, ob sie die Polizei rufen sollten, und schauten unschlüssig zu, während Shane und Deborah die letzten Kisten verstauten.

35

Magdalensberg, 1.40 Uhr

Im Gebüsch unterhalb des Parkplatzes beobachteten auch Cassidy und Salvoni mit einem Mitarbeiter der vatikanischen Polizei nervös die letzten Minuten und sahen am Fenster des Gasthauses die Silhouette der Besitzer. Zeugen konnten sie jetzt wirklich nicht gebrauchen. So konnten sie unmöglich Shane und Deborah an der Abfahrt hindern, obwohl hier der ideale Platz dafür war. Sie im Auto irgendwo zu stoppen wäre weitaus auffälliger.

»Sorgen Sie dafür, dass ihnen jemand folgt, bis wir abschätzen können, was sie dort gefunden haben. Und sobald sie weg sind, gehen wir rein«, befahl Salvoni. Cassidy zog sich langsam zurück, um den Berg hinunterzulaufen.

Shane und Deborah gingen ein letztes Mal zurück, um sich von Ryan zu verabschieden. »Nun, offensichtlich bin ich auserwählt, für kurze Zeit den Job meines druidischen Verwandten zu übernehmen«, grinste Ryan, und irgendwie mussten alle kurz lachen. Als sie sich zum Abschied umarmten, empfand Shane tiefe Dankbarkeit für alles, spürte aber auch eine neue Verantwortung.

»Adam, ich vertraue euch das alles an. Ronald und Jennifer werden dir alles Weitere erklären, aber ihr müsst mir versprechen, dass ihr unseren Fund sicher nach Dublin bringt. Ich komme nach, sobald es geht. Und dann werden wir sehen, was das alles wert ist.«

Shane und Deborah umarmten Ryan noch einmal und verschwanden dann in der Dunkelheit. Als sie zum Auto zurückkehrten, fiel Shane der dunkle Reisebus auf, der ein wenig abseits neben der Kirche stand. Er zeigte mit dem Finger darauf. »Sag mal, Debbie, stand der auch schon da, als wir gekommen sind?«

»Äh, ehrlich gesagt, ich weiß es nicht. Aber das ist ein beliebter Wallfahrtsort; kann gut sein, dass hier auch in der Nacht Busse ankommen«, erklärte Deborah.

Im Gasthaus brannte noch Licht, und Shane beschloss, nicht länger Gespenster zu sehen. Wahrscheinlich waren wirklich nur ein paar Gäste zu später Stunde angekommen. Sie stiegen ein und fuhren los.

Salvoni rief Cassidy an, der im Bus mit seinen Männern auf den Einsatzbefehl wartete. »Waren sie zu zweit oder zu dritt?«, fragte Salvoni nervös.

»Zu dritt, wieso?«

»Weil nur zwei in das Auto eingestiegen sind.«

»Dann hat es der Herr wohl nicht anders gewollt. Wir sollten jetzt reingehen und tun, was nötig ist«, forderte Cassidy.

36

Dublin, 1.30 Uhr

MacClary hatte unterdessen beim Journaldienst des österreichischen Außenministeriums den Fund gemeldet. Man würde ihm am Morgen Bescheid geben, hieß es, aber damit wollte er sich nicht zufriedengeben, schon weil er kein gutes Gefühl dabei hatte, Ryan so lange allein in der Höhle warten zu lassen.

Nachdem er eine Weile ruhelos durchs Haus getigert war, gab er sich einen Ruck, bat Jennifer, mit Ruth die Stellung am Telefon zu halten, und fuhr mit dem Taxi in die amerikanische Botschaft in der Elgin Road. Ein beeindruckend schönes Gebäude, dachte er zum wiederholten Mal, als er dort vorfuhr. Schön wie fast alle Botschaften der USA in Europa, die sich in historischen Bauten befanden.

MacClary besaß das Privileg, jederzeit ein Büro in der Botschaft nutzen zu können, was er gelegentlich in Anspruch nahm, wenn er völlig ungestört sein wollte, einfach nur einen Tapetenwechsel brauchte oder amtliche, vertrauliche Telefongespräche über die abhörsicheren Leitungen der Botschaft führen musste. Kaum angekommen, nahm er eines der Telefone in Beschlag und versuchte, den amerikanischen Botschafter in Wien zu erreichen.

Dave Atkinson war auch noch zu später Nachtstunde aktiv. Als sein Telefon klingelte, wunderte er sich und nahm ein wenig widerstrebend ab. »Amerikanische Botschaft, Atkinson«, hallte es streng durch das Büro.

»Hallo, Dave, hier ist Ronald MacClary.«

»Ronald! Was verschafft mir denn diese Ehre zu dieser nachtschlafenden Zeit?«, wunderte sich Atkinson, der Ronald aus seiner Zeit in Washington kannte, als sie gemeinsam bei der UNO in einer Kommission zur Aufarbeitung des Jugoslawienkrieges gearbeitet hatten.

»Dave, ich muss dich um einen Gefallen bitten, ohne dass du mir zu viele Fragen stellst. Du kannst dir zu hundert Prozent sicher sein, es ist von äußerster Wichtigkeit für einen internationalen Rechtsfall, in den ein amerikanischer Staatsbürger verwickelt ist«, bat MacClary eindringlich.

»Okay, das hört sich so an, als bliebe wenig Zeit für Fragen. Was kann ich also für dich tun?«

»In zwei bis drei Stunden werden zwei junge Leute bei dir vorsprechen, ein Österreicher und eine Irin. Die beiden haben Dokumente bei sich, mit denen sie nicht durch die normalen Kontrollen kommen. Deshalb möchte ich, dass du sie mit Diplomatenpässen ausstattest, vor allem aber mit der Möglichkeit, Diplomatengepäck mitzunehmen. Reiseziel ist die amerikanische Botschaft in Dublin.« MacClary hielt sich nicht mit langen Vorreden auf, er war sicher, dass Atkinson ihm unbürokratisch helfen würde.

»Geht in Ordnung. Wie schnell, sagst du, brauchst du die Pässe?«

»Innerhalb der nächsten zwei bis drei Stunden. Bis dahin sollten sie bei dir vor der Botschaft stehen. Ihre Namen sind Deborah Walker und Adam Shane. Walker ist Irin, Shane ist Österreicher mit irischer Herkunft.«

»Kein Problem, Ronald. Ich gehe davon aus, dass du weißt, was du tust. Ich bereite alles vor. Die beiden sollen sich beim Wachdienst melden«, erklärte Atkinson und gähnte plötzlich.

»Danke, Dave, ich weiß das wirklich zu schätzen.«

37

Landstraße Richtung Klagenfurt / Südautobahn

Shane und Deborah waren auf dem Weg nach Klagenfurt, um dort auf die Autobahn zu gelangen, als Deborahs Handy klingelte.

»Professor?«

»Deborah, wir haben nicht genügend Zeit, um euch mit dem Bus und diesen Dingen durch halb Europa fahren zu lassen. Ich habe meinen Freund in Klagenfurt gebeten, dass er euch mit seinen Söhnen nach Wien zur amerikanischen Botschaft begleitet. Dort bekommt ihr Diplomatenpässe und könnt alles, was ihr bei euch habt, ohne Kontrolle ins Flugzeug mitnehmen. Ich erwarte euch am Flughafen in Dublin, und dann fahren wir direkt in die Botschaft«, erklärte MacClary. Er sprach so schnell, dass Deborah kaum folgen konnte.

»Gut, Ronald. Ich denke aber, wir können erst in zwei, drei Stunden in Wien sein.«

»Kein Problem, ihr meldet euch einfach beim Wachdienst der Botschaft, dort werdet ihr erwartet. Und ich warte hier auf euch. Ihr könnt euch ja denken, wie sehr ich mich freue – auf euch und auf den Schatz, den ihr bei euch habt.« Mac

Clary versuchte, ruhig zu klingen, um sich seine Aufregung nicht anmerken zu lassen, aber das gelang ihm nicht besonders gut.

»Und was ist mit Thomas, wie lange muss er in der Höhle warten?«, wollte Deborah wissen. Sie machte sich Sorgen, auch wenn sie nicht genau wusste, was ihr so sehr auf der Seele lag.

Auch Shane fing an, nervös zu werden, als fühlte er, dass irgendetwas nicht in Ordnung war. »Sag ihm, er soll dafür sorgen, dass Thomas die Höhle verlässt. Ich habe ein ganz merkwürdiges Gefühl. Vielleicht sind wir doch gesehen worden, oder … ach, ich weiß auch nicht …«, forderte er, ohne damit durchzudringen, da Deborah zu sehr damit beschäftigt war, MacClary zuzuhören.

»Ich kümmere mich darum, Deborah. Macht euch keine Sorgen, es kann nicht mehr lange dauern«, versuchte Mac Clary zu beruhigen.

Kaum hatte er aufgelegt und war einmal um den Besprechungstisch in seinem Botschaftsbüro herumgegangen, als Jennifer anrief.

»Jennifer, alles in Ordnung?«

»Ja, ich wollte dir nur sagen, dass Professor Reinisch vom Archäologischen Institut in Wien angerufen hat.«

MacClary atmete erleichtert auf und setzte sich in einen der edlen Stoffsessel.

»Er lässt ausrichten, dass sie in knapp drei Stunden vor Ort sein werden. Ich denke, du solltest Thomas das sagen, damit er rechtzeitig das Weite sucht«, forderte Jennifer, die sich jetzt ebenfalls Sorgen machte angesichts der noch immer eisigen Temperaturen in der Nacht.

»Ich werde gleich versuchen, ihn zu erreichen. Es ist nur

fraglich, ob er da drinnen ein Netz hat«, erwiderte MacClary ein wenig ratlos. »Versuch du es bitte auch. Ich muss mich noch um ein paar andere Sachen kümmern.«

38

Magdalensberg, 2.45 Uhr

Ryan hatte sich gerade auf einem Felsvorsprung in der zweiten Kammer niedergelassen, als ihn ein Geräusch aufschreckte. Zuerst dachte er, es wäre nur wieder irgendwo Erde nachgerutscht, aber das Geräusch wiederholte sich – und es klang so, als bewegte sich etwas Lebendiges draußen vor dem Höhleneingang. Als er aufstand, um nachzusehen, wurde es plötzlich von einer Sekunde zur anderen stockdunkel um ihn. Die Akkulampen hatten auf einen Schlag den Geist aufgegeben. Oder … Wieder hörte er etwas, es wurde lauter und schien tatsächlich vom Eingang zu kommen.

Ryan griff in die Jackentasche und zog eine Waffe heraus. In diesem Augenblick traf ihn aus der Dunkelheit ein dumpfer Schlag auf die Stirn, und er fiel zurück gegen die Höhlenwand. Das Licht ging wieder an, und ein vermummter Mann mit schwarzer Kleidung stürzte sich auf ihn.

Doch Ryan hatte den Schlag besser weggesteckt, als der Angreifer vermutete, er stand schon wieder aufrecht. »Wer zum Teufel seid ihr?«, schrie er laut, bevor ihn ein zweiter Schlag traf. Im Fallen riss er dem Angreifer die Maske vom Kopf – ein Büschel Haare folgte, sodass der Mann wütend aufschrie. Bevor Ryan von einem scheußlichen Tritt in die Rippen getroffen wurde, konnte er gerade noch das Gesicht des Angreifers erkennen. Dann hörte er nur noch ein dumpfes Dröhnen, und es wurde ihm schwarz vor Augen.

»Lasst ihn liegen, der wird hier ohnehin nicht mehr rauskommen«, sagte Salvoni kalt und signalisierte seinen Männern nachzukommen, um ihre Arbeit zu beginnen. Schon beim ersten Rundblick durch die Höhle ärgerte er sich maßlos. Von wegen unbedeutend, dachte er an Lamberts Worte und schnaubte verächtlich über die Verharmlosungen, die er sich in den letzten Tagen angehört hatte.

Die Männer begannen hastig, so viel wie möglich in eigens präparierten Kisten zu verstauen, doch Salvoni war klar, dass die beiden Flüchtigen mit Sicherheit die wichtigsten Artefakte und Pergamente bei sich hatten.

Ryan kam allmählich wieder zu sich. Sein Kopf dröhnte, und der Schmerz in seinem Brustkorb war bei jedem Atemzug so heftig, dass er am liebsten laut aufgeschrien hätte. Es kostete ihn unsägliche Mühe, einfach still liegen zu bleiben, aber er wusste, das war seine einzige Hoffnung. Vielleicht würden sie ihn einfach liegen lassen, wenn er sich nicht mehr rührte. Die wertvolle Pergamentrolle in ihrer Spezialverpackung hatte er sich unter seiner Jacke auf den Rücken geschnürt, sodass es keine Möglichkeit gab, sie irgendwo unter dem Geröll verschwinden zu lassen. Umgeben von den unbekannten Schergen, lag er da, und erst als er den Ring an der Hand eines der Männer sah, fuhr er unwillkürlich zusammen. Die Piusbruderschaft! Eine der dunkelsten Sekten innerhalb der katholischen Kirche hatte offensichtlich bei dieser Aktion ihre schmutzigen Finger im Spiel. Unter diesen Umständen konnte er tatsächlich nur hoffen, dass sie ihn nicht weiter beachteten.

Salvoni trieb seine Männer an. Er wusste, dass ihnen nicht viel Zeit blieb. Vom nahe gelegenen Gasthaus aus konnte man das Treiben beobachten, und es war durchaus möglich, dass dort jemand die Polizei benachrichtigte. Außerdem hatten seine Männer zu schnell und zu heftig zugeschlagen, sodass sie den Iren, wie er ihn bei sich nannte, nicht über eventuelle Hintermänner oder Verstärkung befragen konnten.

Währenddessen stritten im Gasthaus Georg Winter und sein Sohn immer noch um die Frage, ob man die Polizei anrufen sollte oder nicht. Winter hatte schon die Hand am Telefon gehabt, als sein Sohn, der am Fenster stand und alles beobachtete, ihn anfuhr: »Lass das bloß sein, da sollten wir uns wirklich raushalten. Für mich sieht das aus wie eine Aktion der Cobra-Spezialkräfte – wir machen uns ja lächerlich, wenn wir jetzt anrufen wie ein spießiger Nachbar, der jemandem beim Falschparken erwischt.« Resigniert ließ Winter die Hand sinken. Er hatte kein gutes Gefühl bei der Sache – aber wahrscheinlich hatte der Junge wieder einmal recht. Es war meistens keine gute Idee, sich in solche Angelegenheiten ungebeten einzumischen.

Während seine Männer die letzten Artefakte in dem Bus verstauten, warf Salvoni einen Blick auf den reglosen Ryan und bekreuzigte sich.

»Was machen wir mit ihm?«, fragte einer der Männer, die mit den restlichen Kisten auf dem Weg zum Ausgang waren.

»Lasst ihn hier liegen, zündet den Rest an und schließt die Höhle anschließend so, dass es keinem auffällt«, befahl Salvoni. Vielleicht war es doch ganz gut, dass das österreichische Spezialkommando, das er angefordert hatte, nicht gekommen war. So würde sich vermutlich nie wieder jemand um diesen Abhang kümmern. Der Regen, der jetzt einsetzte und von Minute zu Minute heftiger wurde, würde alle Spuren verwischen. Und er würde auch die Schuld an diesem Ort wegspülen.

39

Südautobahn

Shane und Deborah hatten inzwischen Markus Steinberger in Klagenfurt getroffen und waren auf der nächtlich leeren Autobahn Richtung Wien unterwegs. Steinberger fuhr, begleitet von seinen Söhnen, in seinem Kleinwagen gut hundert Meter hinter ihnen.

Shane machte sich immer noch Sorgen um Ryan. »Gib mir doch bitte noch mal das Handy, ich muss rauskriegen, ob mit Thomas alles in Ordnung ist.«

»Du wirst ihn nicht erreichen, wenn er noch in der Höhle ist, da hat er keinen Empfang«, winkte Deborah ab, reichte ihm aber trotzdem das Handy. Sie beobachtete schon eine ganze Weile, wie Shane immer nervöser wurde, und seine Stimmung wurde nicht besser, als er jetzt tatsächlich niemanden erreichte. Hektisch wählte Shane stattdessen MacClary an.

»Deborah, geht es euch gut? Ich wollte euch gerade anrufen.«

»Hier ist Adam. Ronald, ich habe kein gutes Gefühl wegen Thomas. Warum haben wir ihn überhaupt in der Höhle zurückgelassen, kannst du mir das sagen? Außerdem hätten wir die Artefakte doch in Klagenfurt bei deinem Freund lagern und dort auf ihn warten können. Ich meine – auf ein paar Stunden kommt es doch wohl nicht an.«

»Es kommt sogar auf jede Minute an, Adam. Die Pergamente haben vielleicht noch ein paar Stunden Überlebenszeit, wenn sie nicht schnellstens konserviert werden. Du musst Ryans Entscheidung respektieren. Glaub mir einfach, Ryan und ich, wir beide wissen ganz genau, was wir tun und warum wir es tun.«

»Aber …«, setzte Adam an.

Doch MacClary duldete keinen Widerspruch. »Glaub mir, es ist alles in Ordnung. Der Rest der Fundstücke wird von Wiener Archäologen geborgen. Wir versuchen Thomas zu erreichen, damit er rechtzeitig den Ort verlässt, aber ich habe für den Notfall dem Leiter des Instituts gesagt, dass er dort ist. Es wird schon alles gut gehen, macht euch keine Sorgen.«

»In Ordnung. Danke, Ronald, und bitte versteh mich, ich möchte einfach, dass Thomas so schnell wie möglich nach Dublin zurückkommt. Er hat es mehr als verdient, dabei zu sein, wenn wir die Funde richtig auswerten und ihre ganze Tragweite erkennen«, sagte Shane. Wirklich beruhigt war er immer noch nicht.

»Wo seid ihr jetzt?«

»Wir brauchen noch gute zwei Stunden, bis wir in Wien sind, denke ich.«

»Hervorragend. Ruft mich an, wenn ihr am Flughafen seid. Die Frühmaschine solltet ihr bekommen«, sagte Mac Clary, und seine Vorfreude war deutlich zu spüren.

»Wir geben uns Mühe. Bis später.«

Shane beendete das Gespräch und wollte Deborah das Handy zurückgeben, als er den seltsamen Ausdruck auf dem Gesicht seiner Beifahrerin sah, die wie gebannt in den rechten Seitenspiegel starrte.

»Was ist los, Debbie?«

»Ach, ich weiß nicht. Vielleicht bilde ich mir das ja nur ein, aber es ist schon komisch. Außer Steinberger folgt uns seit unserer Abfahrt auch noch der Wagen hinter ihm«, sagte Deborah, die bisher in keiner Weise irgendein Anzeichen von Angst gezeigt hatte.

Cassidy wurde von Minute zu Minute wütender. Es ergab sich einfach keine Gelegenheit zum Zugriff, ohne Zeugen auf sich aufmerksam zu machen. Und er konnte Salvoni nicht erreichen, um eine neue Vorgehensweise mit ihm abzustimmen. So fuhr er einfach weiter und ließ sich langsam etwas zurückfallen. Vielleicht würde der zweite Wagen ja doch irgendwann eine Ausfahrt nehmen und verschwinden.

40

Magdalensberg, 3 Uhr

Hilflos musste Ryan mit ansehen, wie Salvonis Männer in der gesamten Höhle Benzin verschütteten, um den Rest der Fundstücke zu zerstören. Ihn selbst wollten sie offenbar gnadenlos den Flammen überlassen. Unwillkürlich erinnerte er sich an jenen Tag in seiner Jugend, als seine Mutter völlig verzweifelt zusammengebrochen war, nachdem sie vom Tod seines Bruders erfahren hatte. Matthew war bei einem Anschlag der IRA ums Leben gekommen. Damals hatten sie beschlossen, Belfast den Rücken zu kehren, um in Dublin ein neues Leben anzufangen. Er hatte nur ein Ziel gehabt: überleben. Er wollte nicht der zweite Sohn sein, den sie in einem grausamen Glaubenskrieg verlieren musste.

Er stellte sich weiterhin tot und spürte die Box mit der Pergamentrolle an seinem Rücken. Einer der letzten Männer, die an ihm vorbeigingen, trat ihm gegen den Kopf, sodass er fast noch einmal das Bewusstsein verlor. Nur zu gern hätte er sich den Kerl gegriffen, doch dafür war er schon zu schwach. Sein Peiniger zog eine Nebelkerze aus der Tasche, zündete sie und warf sie in die Kammer mit dem Stein. Die andere Kammer mit den Überresten des Druiden schien bereits zu brennen. Nun stand alles in Flammen, was sie nicht mitgenommen hatten.

Was sie hier und jetzt mit ihm und den brennenden Überresten seiner Kultur machten, war sinnbildlich für die letzten Jahrhunderte.

»Ich muss hier raus!« Der Gedanke drehte sich wie eine Mühle in seinem Kopf. Während er sah, wie von oben Erde in den Eingang geschüttet wurde, versuchte er, sich mit seinem Pullover vor dem beißenden Rauch zu schützen.

Salvoni ging in Richtung des Busses. Äußerlich wirkte er vollkommen ruhig, aber in seinem Innern überstürzten sich die Gedanken. Welche Folgen würde diese Aktion haben? Und was bedeutete das alles für seine Zukunft? Soeben hatte er von Cassidy erfahren, dass die beiden anderen, offensichtlich beschützt von Freunden, unbehelligt Richtung Wien fuhren, vermutlich zu Archäologen oder gar in die Botschaft, um ihre Funde in Sicherheit zu bringen. Lambert würde ausrasten, wenn er das erfuhr. Und dann? Salvoni wusste, ein ungeheurer Zornausbruch würde ihn treffen, gleichgültig, ob der Fehler bei ihm lag oder nicht.

Ryan kam an die Oberfläche und rang heftig nach Luft. Er hatte jede Menge Glück gehabt, dass es ihm gelungen war, sich in so kurzer Zeit durch den Schlamm nach oben zu wühlen. Waren die Kerle schon weg? Würden sie irgendwo warten, ob er doch noch auftauchte, und dann kurzen Prozess mit ihm machen? Was sollte er tun? Wie lange sollte er hier liegen bleiben? Er konnte nicht lange hier liegen bleiben! Draußen regnete es, es war bitterkalt, und hinter ihm in der Höhle schwelte das stümperhaft gelegte Feuer. Und er hatte höllische Schmerzen am ganzen Körper.

Er versuchte, einen klaren Kopf zu bekommen. Schließlich nahm er die letzten Kräfte zusammen und grub sich durch das enge Loch weiter nach oben. Sein geschundener Körper war jedoch so geschwächt, dass er bei dem Versuch, sich die drei Meter hochzuziehen, immer wieder an dem steilen Abhang abrutschte. Er krümmte sich vor Schmerzen. Es fühlte sich an, als wäre mindestens ein halbes Dutzend Rippen gebrochen. Er blutete aus mehreren Kopfwunden, und nur der Regen vermochte den Dreck aus seinen Wunden zu spülen. Doch getrieben durch seinen eisernen Willen, bohrten sich seine Hände in das Erdreich, und er zog sich Stück für Stück nach oben, bis er sich an einem Ast endgültig aus dem Loch befreien konnte.

»Verdammt, Ryan, das hast du nun davon«, röchelte er und versuchte, sich langsam aufzurichten und den Abhang hinaufzugehen. Als er den Waldrand in der Nähe des Parkplatzes erreichte, bog gerade ein Bus um die Kurve und blendete ihn. Er ließ sich sofort wieder auf den matschigen Boden fallen und suchte Deckung im Gebüsch. Sie durften ihn jetzt auf keinen Fall sehen!

Adriano Paltini putzte gerade seine Waffe, als er zufällig aus dem Rückfenster schaute. War das eine Bewegung im Unterholz gewesen, die er da wahrgenommen hatte? Erst wollte er den Gedanken als Hirngespinst verwerfen, aber dann siegten doch Gewohnheit und Disziplin, und er suchte Salvoni auf, um seine Beobachtung zu melden.

Ryan lag hinter einem Busch und stöhnte laut auf. Nicht nur, dass er jeden einzelnen Knochen spürte, jetzt hatten ihn die Scheinwerfer des Busses auch noch so sehr geblendet, dass er nur noch helle Flecken sah.

»Ich kann nicht mehr, verdammt, wo ist mein Handy?«, fluchte er. Bei dem Versuch, in seiner Jackentasche zu suchen, krümmte er sich abermals vor Schmerzen. Das Erste, was er wieder sah, waren die Lichter in den Fenstern des Gasthauses. Offenbar war dort immer noch jemand wach, obwohl es mittlerweile nach drei Uhr in der Nacht sein musste. Was, wenn er dort Hilfe suchte? »Du hast nichts mehr zu verlieren, Thomas«, sprach er sich selbst Mut zu. Jetzt kam es vor allen Dingen darauf an, nicht noch einmal das Bewusstsein zu verlieren. Er durfte hier nicht hilflos liegen bleiben, nicht solange diese Typen in der Nähe waren. Hoffentlich war wenigstens Shane und Deborah nichts passiert. Wenn alles gut gegangen war, konnten die beiden schon fast in Wien sein. »Das alles ist viel zu wertvoll, als dass wir es aufgeben dürften. Aber wie sind diese Typen hierhergekommen? Wer zum Teufel hat uns verraten?«

Schließlich gab er sich einen Ruck und schleppte sich mit letzter Kraft über den Parkplatz Richtung Gasthaus. Eine Gestalt kam auf ihn zu. Dann wurde es schwarz um ihn, und er verlor abermals das Bewusstsein.

41

»Hallo? Kann ich Ihnen helfen? Was ist denn hier passiert?« Ryan konnte Roman Winter, den Sohn des Wirtes, gerade noch hören, aber das Rauschen in seinen Ohren übertönte fast alles. »Vater!«, schrie der junge Mann jetzt aus voller Lunge. »Komm runter und hilf mir, den Mann ins Haus zu tragen. Er braucht Hilfe, ich glaube, er ist verletzt.«

»Jetzt aber mal langsam, ich komme ja schon!« Der alte Wirt quälte sich im strömenden Regen aus dem Haus. »Junge, wir sollten jetzt aber wirklich die Polizei rufen«, sagte er besorgt.

»Wenn überhaupt, rufen wir zuerst einen Krankenwagen. Und jetzt hilf mir gefälligst, ihn reinzutragen, du siehst doch, dass er kaum laufen kann. Geschweige denn weglaufen. Los jetzt, so gemütlich ist es hier draußen auch wieder nicht.«

Beeindruckt von dem Befehlston seines Sohnes, hakte der Ältere Ryan von rechts unter; sein Sohn übernahm die linke Seite, und sie schleppten ihn vorsichtig über den Platz, hinauf zum Wirtshaus. Dort wartete bereits eine junge Bedienung und öffnete die Türen, bis sie schließlich in einem der unteren Gästezimmer den immer noch halb Bewusstlosen in ein Bett hievten.

Die junge Frau erschrak zu Tode, als sie Ryan jetzt bei

Licht betrachtete. »Mein Gott, wir brauchen sofort die Rettung«, sagte sie. Doch im selben Augenblick kam der Patient langsam zu sich.

»Warten Sie! Das ist hoffentlich nicht nötig. Wo bin ich?«, klaubte er seine eingerosteten Deutschkenntnisse aus dem Hinterkopf. Er hatte keine Ahnung, wie lange er hier gelegen hatte.

»Moment mal, ich hätte da auch ein paar Fragen«, gab der junge Wirt zurück. »Was ist hier eigentlich los? Wir haben Sie gefunden, nachdem hier ziemlich viele Gestalten ihr Unwesen getrieben und eine Menge Kisten …«

»Das kann ich Ihnen erklären«, erwiderte Ryan in dem Versuch, seine Stimme wiederzufinden. Was auch immer er diesen hilfsbereiten Leuten jetzt erzählte, es musste ausreichen, um sie vorerst zu beruhigen. Alles konnte er jetzt gebrauchen, nur keine Polizei. Und er musste so schnell wie möglich allein sein, um telefonieren zu können. Mit MacClary, mit Deborah, mit Shane … »Diese Gestalten waren keine Polizisten. Ich habe keine Ahnung, wer die Typen sind, aber ich weiß, sie haben das Gleiche gesucht wie … ahhh … ich.«

»Sympathisch sahen die wirklich nicht aus«, brummte der Vater, und die junge Frau reichte Ryan ein Glas Wasser.

»Hören Sie, ich muss so schnell wie möglich weiter, und ich versichere Ihnen, dass ich Ihnen keine Schwierigkeiten mache«, sagte Ryan beschwörend.

Seine Worte blieben nicht ohne Wirkung, aber seine Zuhörer waren trotzdem nicht restlos überzeugt von seinen Plänen. »Sie sollten noch hierbleiben«, widersprach ihm der Jüngere der beiden Männer. »Erstens sehen Sie nicht so aus, als ob es Ihnen schon richtig gutgeht, und zweitens habe ich gesehen, dass einige von den Männern aus dem Bus nur wenige Hundert Meter von hier entfernt wieder ausgestiegen sind«, erklärte er und zeigte zum Fenster, von dem sich die Serpentinen, die den Berg hinabführten, bestens beobachten ließen.

»Dann haben Sie mich also doch gesehen, verdammter Mist! In Ordnung, vermutlich haben Sie recht«, stammelte Ryan und tastete wieder verzweifelt nach seinem Handy.

»Wir sind gerne bereit, Ihnen zu helfen, aber Sie müssen uns schon mehr sagen«, forderte der alte Herr.

»Es geht, um eine Art Schatz, der hier im Zweiten Weltkrieg gefunden wurde und den Freunde von mir jetzt bergen wollten. Anscheinend hatten die Herren mit dem Bus etwas dagegen einzuwenden«, erklärte Ryan. Das war nicht einmal gelogen, fand er.

»Italiener.«

»Was?«

»Es waren Italiener, ich habe das Kennzeichen gesehen«, sagte der ältere Mann.

Ryan richtete sich kerzengerade im Bett auf. Wenn es stimmte, was er vermutete, wenn die Räuber mit dem Bus tatsächlich vom Vatikan gesteuert waren, dann schwebten Shane und Deborah in höchster Gefahr. Und nicht nur sie, sondern auch MacClary.

42

Autobahn Richtung Rom, 4 Uhr

Salvoni saß wutschnaubend neben dem Fahrer des Busses. Er hatte einige Männer am Magdalensberg gelassen, um herauszufinden, ob Paltini nur ein Gespenst gesehen hatte oder ob es tatsächlich Ryan gewesen war, der es wider Erwarten geschafft hatte, aus der Höhle zu entkommen.

Sein Handy in der Rechten, dachte er nach, was er als Nächstes unternehmen sollte. Der Klingelton hallte nur kurz.

»Habt ihr ihn gefunden?«

»Die Leute aus dem Gasthaus haben ihn gefunden und ins Haus mitgenommen, Padre.«

»Nicht zu fassen! Wie konnte uns das nur passieren? Hatte er irgendetwas bei sich?«

»Nein, zumindest haben wir nichts gesehen«, versicherte einer der Männer, die rund zweihundert Meter unterhalb des Gasthauses in einem Gebüsch hockten, wenig glücklich über ihren nassen, kalten Standort.

Salvoni kochte vor Wut. Die ganze Operation drohte ihm aus den Händen zu gleiten. Erst hatte man ihn zum Warten verdonnert, dann war die zugesagte Verstärkung nicht aufgetaucht, und jetzt waren zwei von den Verbrechern seelenruhig auf der Autobahn Richtung Wien unterwegs, und der dritte, von dem er sicher angenommen hatte, er würde nie wieder das Tageslicht zu sehen bekommen, lag in einem warmen Bett im Gasthaus. Schon seit Längerem hatte er befürchtet, dass irgendwann so etwas passieren würde. Es konnte nicht ewig gut gehen, dieses elende Geschäft. Und egal, was jetzt noch alles schiefging, Lambert würde die Verantwortung bedenkenlos auf ihn, Salvoni, abwälzen. Es war immer das gleiche alte Spiel: Sobald etwas offiziell bekannt wurde, distanzierte man sich und sprach von den Fehlern einzelner untergeordneter Mitarbeiter. Auf diese Weise gelang es nun schon seit Jahrhunderten, den Vatikan und den Heiligen Vater vor jedweden Untersuchungen und vor Schaden zu schützen.

Andererseits … Ryan hatte ihn nur kurz gesehen und würde ihn kaum wiedererkennen. Und alle anderen Spuren hatten die Flammen vernichtet.

Wieder klingelte Salvonis Handy.

»Ja, Salvoni.«

»Padre, was wir hier mitschneiden, ist ziemlich beunruhigend. Der Richter erhofft sich von den Funden offensichtlich die Möglichkeit, juristisch gegen den Vatikan vorzugehen. Ich verstehe zwar die Zusammenhänge nicht, aber er ist jetzt in der amerikanischen Botschaft«, erklärte ihm einer seiner Mitarbeiter, die seit kurzer Zeit wieder in der Nähe von MacClarys Haus die Vorgänge verfolgten.

»Wer ist jetzt noch in dem Haus?«, fragte Salvoni, der langsam die Fassung verlor.

»Die Haushälterin und eine befreundete Anwältin. Jennifer Wilson.«

»Gut. Sehe ich das richtig, dass Sie im Moment keine Möglichkeit haben, die Wanzen aus der Wohnung zu holen?«

»Nur mit äußersten Mitteln, Padre.«

»Nein, auf keinen Fall! Brechen Sie ab und verschwinden Sie dort. Ich melde mich wieder«, sagte Salvoni. Wenn der Richter etwas fand und die richtigen Schlüsse zog, wurde es wirklich kritisch. Aber ihm blieb im Moment keine andere Wahl.

In Rom bereitete sich unterdessen der Leiter der Glaubenskongregation Vincent Contas auf den Empfang der sagenumwobenen »Bibliothek der Druiden« vor. Er würde es sich nicht entgehen lassen, den Fund höchstpersönlich unter Verschluss zu nehmen und die Erforschung einzuleiten. Selten war er so früh im Archiv. Eine unheimliche Ruhe durchzog die Räume, in denen die historischen Schätze der ehemals römischen Inquisition aufbewahrt wurden. Unmittelbar im Anschluss an die Räumlichkeiten der »Kongregation für die Glaubenslehre«, wie die vollständige Bezeichnung offiziell lautete, waren diese Bestände sicher untergebracht. Darunter waren viele Bücher und ganze Bibliotheken. Nirgendwo auf der Welt hat eine Institution über Jahrhunderte hinweg so intensiv versucht, das neben der Bibel gefährlichste Medium zu kontrollieren: das Buch.

Contas war durchaus neugierig, wofür die heidnischen Druiden bereit gewesen waren, ihr Schriftverbot aufzuheben. So neugierig wie Lambert war er freilich nicht, und er teilte schon gar nicht die gleichzeitige Sorge und Begeisterung des Kardinalstaatssekretärs, der vermutet hatte, hier würde sich irgendetwas Weltbewegendes ergeben. Als er sich umsah, konnte er Padre Econo sehen, der einen Raum für die Sichtung und Konservierung der Pergamente einrichtete. Er war einer der besten Restauratoren und ein ausgewiesener Kenner der keltischen Kulturgeschichte.

»Wie geht es Ihnen, Padre?«, rief Contas ihm aus gut zwanzig Meter Entfernung entgegen.

»Oh, danke, Eminenz, es geht mir hervorragend. Wie ich sehe, treibt auch Sie die Spannung zu früher Stunde hierher?«

»Nicht so sehr, wie Sie vielleicht glauben mögen. Ist es nicht eine alte Geschichte? Seit der Frühzeit bis in unsere Tage konnten wir nicht verhindern, dass sich da draußen immer wieder verlorene Seelen, von der Kirche abwandten und in unendlichen Projektionen auf die Legenden der Druiden stürzten. Und immer wieder tun sie es in dem vergeblichen Versuch, ihre heidnischen Ideale zur Not auch mit geschönten, angeblich historischen Quellen zu belegen«, wiegelte Contas ab.

»Nun, Eminenz, soviel über die Druiden geschrieben wurde, so viele Irrtümer gibt es auch. Das ist in der Tat wahr.« Econo hatte nie einen Hehl daraus gemacht, dass er die Kunstfertigkeit der Kelten und auch ihre alten Sagen und Mythen anziehend fand. »Dennoch wissen wir doch, dass mehr dahintersteckt und …«

»Sparen Sie sich Ihren Eifer, Padre. Sie wissen genau, dass ich Ihre Begeisterung für diesen Aberglauben nicht teile. Die Zeit für diese seelenlosen Bekenntnisse ist vorbei, und sie wird auch nicht wiederkommen«, würgte Contas den eifrigen Padre ab und bekreuzigte sich. »Der ganze Aufstand wird ja nicht wegen der tatsächlichen Bedeutung der möglichen Funde gemacht. Sie sollen nur nicht in Hände geraten, die uns nicht wohlgesinnt sind.«

43

Gasthaus am Magdalensberg, 4.30 Uhr

Ryan lag immer noch im Bett des Gästezimmers. Er hatte zwar das schlammdurchtränkte Handy gefunden, jedoch fehlte sein Geldbeutel mit sämtlichen Papieren, was seine Situation nicht gerade erleichterte. Immerhin hatte er seine Retter davon überzeugt, nicht die Polizei zu holen. Er hatte wirklich unverschämtes Glück gehabt, diesen Menschen zu begegnen, und mehr als einmal hatte er ihnen versichert, dass er sich für die Gastfreundschaft und Hilfe erkenntlich zeigen würde.

»Oh, ich danke Ihnen«, sagte Ryan jetzt zu Irena, der Bedienung, die seine Wunden versorgt hatte und gerade noch einen Satz frische Kleidung auf den Stuhl legte. Er nahm den Föhn und hoffte, das Handy damit so weit zu trocknen, dass es wieder funktionierte. Er musste unbedingt MacClary benachrichtigen! »Wirst du verdammtes Ding endlich wieder anspringen!«, fluchte Ryan, während er aus dem Flur das Lachen von Irena hörte, die offensichtlich Gefallen an dem ungewohnten Gast zur Morgenstunde hatte. Frustriert stellte er den Föhn ab und lehnte sich zurück ins Bett, um sich zu beruhigen.

Sein Blick fiel auf die Box mit dem Pergament; er konnte es immer noch nicht ganz glauben. Wie viel Glück hatte er gehabt, dass sie bei seinem Sturz nach hinten nicht auf einen Stein geschlagen war, sondern sich in eine Mulde gefügt hatte! Genau 1625 Jahre nachdem einer seiner druidischen Vorfahren diese Schrift verfasst hatte, lag sie nun neben ihm. Er hatte mit seinen mageren Lateinkenntnissen gerade so viel übersetzen können, dass er wusste, welche Brisanz genau dieses Zeugnis besaß. Immer noch glaubten die meisten Menschen, der Sieg des Christentums hätte zu einer Humanisierung der grobschlächtigen und wilden Heiden geführt. Doch Ryan wusste nur allzu gut, dass das ein Märchen war. Ein Märchen, das nicht zuletzt zur Rechtfertigung für die Ausrottung der Indianer und all der anderen sogenannten Barbaren hatte herhalten müssen. Die Darstellung des Gekreuzigten, die Passionsgeschichte und all die Märtyrerlegenden wurden offensichtlich für die Vorbereitung und Rechtfertigung der eigenen Gräueltaten gegenüber Ketzern und Heiden benutzt. Vielleicht würden sein Fund und die Dinge, die Deborah und Shane nach Dublin brachten, am Ende dazu führen, dass die Christen zu ihrer historischen Wahrheit stehen mussten. Viel würde dann aber nicht mehr von ihnen bleiben. Was würden die Pergamente noch hervorbringen?

Ihm wurde wieder schwarz vor Augen, doch diesmal war es der Schlaf, der endlich über seine Gedanken siegte.

44

Dublin, 18. März, 8 Uhr

Knappe zwei Stunden konnten Deborah und Shane im Flugzeug schlafen, bevor sie in Dublin landeten. Statt eines Linienflugzeugs hatte schließlich ein von MacClary eigens gecharterter Jet in Wien auf sie gewartet. Auch sonst hatte in Wien alles reibungslos geklappt, und Shane war von dem, was er erlebt hatte, vollkommen überwältigt. Nie hätte er sich träumen lassen, dass er dieses Abenteuer erleben dürfte, und er empfand es als riesige Ehre, dabei zu sein.

Allmählich wurde ihm klar, dass er mehr gefunden hatte als nur eine Erklärung für die Entwurzelung der Menschen. Er war dabei, die Ursache und den Zeitpunkt zu entdecken, an dem die Entscheidungen gefällt worden waren. Er sah buchstäblich die Wegkreuzung vor sich, wo die Menschheit falsch abgebogen war. Es würde spannend sein, zu sehen, welche Wahrheiten Deborah den Pergamenten noch würde entlocken können.

»Debbie, Debbie … wir sind gelandet«, Shane rüttelte sanft an Deborahs Schulter. Sie hatte sich in ihrem Sitz fast wie ein Embryo eingenistet und sah ihn jetzt bleich und hohläugig an.

»Was? Ach so … hat MacClary schon angerufen?«

Shane deutete aus dem Cockpitfenster. Am Rande des Rollfelds war MacClary zu sehen, und Jennifer stand gleich neben ihm.

»Bin ich froh, dass wir wieder hier sind! Hoffentlich haben die Pergamente das alles gut überstanden«, sagte Deborah und gähnte noch einmal kräftig, bevor sie sich mühsam aus dem Sitz stemmte.

Die Maschine rollte langsam aus und kam vor einem Hangar zum Stehen. Dort standen bereits ein Lieferwagen und MacClarys Limousine. Deborah packte ihre Sachen und ging zu den Kisten, die auf den Sitzen verteilt waren. Die Fundstücke sollten sofort an einen bereits vorbereiteten Ort gebracht werden. »Ich bin gespannt, was da noch auf uns zukommt«, sagte sie und öffnete die Tür.

Shane sah als Erstes Jennifers besorgtes Gesicht. Das konnte nur einen Grund haben, schoss es ihm durch den Kopf.

»Mein Gott … hat sich Thomas immer noch nicht gemeldet?«

»Es wird ihm schon nichts passiert sein«, versuchte Deborah zu beruhigen. Doch selbst sie spulte diesen Satz nur noch mechanisch herunter, und ihre Überzeugungskraft schwand mit jeder Minute. Shane konnte ihren Optimismus ohnehin nicht teilen.

MacClary ging einige Schritte auf die beiden zu. »Adam, Deborah, ich bin unendlich froh, euch zu sehen. Lasst uns gleich beginnen, die Kisten umzuladen«, sagte er ein wenig außer Atem.

»Was ist mit Thomas?«, fragte Deborah.

»Wir haben ihn bisher nicht erreicht«, sagte Jennifer besorgt und begrüßte Shane und Deborah mit einer herzlichen Umarmung.

In diesem Augenblick klingelte MacClarys Handy, und er ging kurz beiseite, um ungestört zu sprechen. Doch im gleichen Moment drehte er sich wieder um und strahlte übers ganze Gesicht. »Thomas! Wo zum Teufel hast du gesteckt? Inzwischen müsste längst ein Archäologenteam aus Wien bei dir sein und …«

Shane atmete erleichtert durch, doch dann sah er, wie das Gesicht des Richters wieder den Ausdruck wechselte. Als er die fragenden Blicke der anderen sah, schaltete MacClary den Lautsprecher seines Telefons ein, sodass sie mithören konnten. Aber der Wind riss die Hälfte der Worte gleich davon.

»Ronald, um ein Haar wäre ich umgebracht worden. Offensichtlich war unsere Mission alles andere als ein Geheimnis. Mit wem hast du noch darüber gesprochen?«

MacClary schüttelte ratlos den Kopf.

»Mit niemandem! Ich verstehe das nicht. Hast du eine Ahnung, woher die Leute kamen? Und was ist eigentlich genau geschehen?«

»Ich kann nicht genau sagen, wer diese Typen waren, aber ich kann natürlich einige Schlüsse ziehen. Sie waren ziemlich professionell, und sie hatten keine Skrupel, mich in der brennenden Höhle zurückzulassen. Es grenzt an ein Wunder, dass ich da lebend rausgekommen bin. Die Familie, die mich versorgt hat, konnte das Kennzeichen des Busses sehen, mit dem sie wieder verschwunden sind. Er kam aus Italien, Ronald!«

»Woher?« MacClary konnte es nicht fassen. Wie konnte man in Rom von ihren Plänen erfahren haben? Wer hatte die kirchlichen Stellen informiert? Für ihn stand plötzlich alles infrage, was er getan hatte. In welche Gefahr hatte er Ryan und alle anderen gebracht? Und sich selbst?

»Wo bist du jetzt?«

»Ich bin noch in dem Gasthaus und warte, bis die Luft rein

ist. Ich fürchte nämlich, dass ich gesehen wurde, als ich aus der Höhle geflüchtet bin. Ronald, wir können jetzt nicht weiterreden, wer weiß, ob wir nicht sogar abgehört werden und …«

»Thomas, bitte hör mir zu …« MacClary war der Verzweiflung nahe, aber Ryan ließ ihn nicht ausreden.

»Nein, Ronald, jetzt hörst du mir zu, bevor ich das Handy wegschmeiße. Ich habe gefunden, was ich gesucht habe. Der Kreis schließt sich, und ich werde kein Risiko eingehen. Ich bin in eurer Umgebung im Moment nicht sicher. Tatsächlich könnte das, was du mit Jennifer schon einmal rein theoretisch diskutiert hast, jetzt wohl funktionieren.«

»Was meinst du damit? Bitte, bleib, wo du bist. Ich lasse dich abholen und sicher nach Dublin …«

»Nein, pass auf, wir machen es anders. Plan B. Ich denke, du weißt, wohin ich am besten komme. Außerdem werde ich ein bisschen Zeit brauchen, um mich zu erholen. Wenn etwas Gras über die Sache gewachsen ist, melde ich mich wieder. Ich habe gute Freunde, die mir helfen. Ronald, vertrau mir, ich weiß, was ich tue.« Ryans Stimme wurde mit jeder Sekunde eindringlicher.

»Letzte Frage, Thomas, was ist mit dem Rest der Artefakte?«, fragte MacClary, der immer noch um Fassung rang.

»Alles zerstört oder geraubt. Gib mir bitte Deborah.«

MacClary reichte Deborah das Handy. Dann drehte er sich in den Wind und hob ratlos die Hände.

Deborah griff eifrig nach dem Telefon. »Thomas, verdammt, was ist passiert, du …«

»Das erklärt dir Ronald. Wir haben wenig Zeit. Bitte passt auf euch auf. Du musst die Pergamente so schnell wie möglich übersetzen. Und ihr müsst sie an einem absolut sicheren Ort aufbewahren!«

»Ja, aber was machst du in der Zwischenzeit?«

»Hast du mich verstanden, Deb? Mach dir keine Sorgen um mich, ich werde mit der anderen Rolle zu euch stoßen. Ich muss jetzt Schluss machen, grüß mir Adam und Jennifer … bis bald.«

»Thomas … Thomas! Aufgelegt … Mist, warum muss der Blödmann immer seinen Dickschädel durchsetzen«, schimpfte Deborah und nahm das Handy vom Ohr.

»Was ist denn nun eigentlich passiert?«, fragte Jennifer mit ungeduldiger Miene.

MacClary wusste angesichts der Verantwortung, die er auf seinen Schultern spürte, kaum, was er sagen sollte. »Thomas wurde überfallen und offensichtlich verletzt. Höchstwahrscheinlich hat man in Rom von unseren Bemühungen Wind bekommen. Er will auf keinen Fall, dass wir ihn abholen, und er sagt, er meldet sich, wenn er wieder auf den Beinen ist. Außerdem befürchtet er, dass man ihn noch verfolgt. Er hat das etwas kryptisch formuliert, aber ich denke, er will nach Washington kommen. Ich verstehe allerdings nicht …«

»Was verstehst du nicht, Ronald? Es ist doch wohl klar, was er in Washington will. *Du* hast ihm doch diese verrückten Ideen in den Kopf gesetzt. Jetzt glaubt er offenbar, tatsächlich etwas in der Hand zu haben«, unterbrach Jennifer und schaute Shane an, der sich auf eine der Kisten gesetzt hatte und nachdachte.

»Er *hat* tatsächlich etwas in der Hand«, sagte Deborah, überzeugt von dem, was sie bereits gesehen hatte.

»Moment, jetzt mal ganz in Ruhe. Wir haben hier Dutzende von Pergamenten. Wir haben Ryan mit einer weiteren anscheinend brisanten Rolle, und wir haben offensichtlich irgendwelche Schergen aus dem Vatikan, die vermutlich gerade die verbliebenen Rollen sichten und konservieren«, fasste Shane zusammen, der ungewöhnlich gelassen wirkte.

»Woher willst du das wissen? Vielleicht haben sie auch alles zerstört. Und selbst wenn sie die Fundstücke nach Rom bringen, was hilft uns das?«, fragte Deborah leicht resigniert.

»Ich weiß, worauf du hinauswillst, Adam«, warf Jennifer ein. »Dafür müssten wir allerdings beweisen können, wer die Höhle ausgeraubt und Thomas verletzt hat, aber …«

»Können wir das später klären? Wir sollten sehen, dass wir hier wegkommen«, unterbrach MacClary, der nur ungern weitere Aufmerksamkeit am Flughafen auf sich ziehen wollte.

»Wohin fahren wir?«, fragte Shane, der immer noch sehr ruhig wirkte. Jennifer sah ihn fasziniert an. Er strahlte ein Urvertrauen aus, das selbst ihr ein Gefühl von Geborgenheit vermittelte. Verglichen mit dem ersten Abend, an dem sie sich kennengelernt hatten, wirkte er wie ausgewechselt.

»Ich habe Glück gehabt. Meine zahlreichen Einladungen an den umtriebigen Botschafter in Dublin haben mir die Türen für einen Keller geöffnet, in dem vor allem du, Deborah, geschützt und ungestört arbeiten kannst«, versicherte MacClary.

»Und was macht ihr?«, fragte Shane erstaunt.

»Wir fahren erst mal nach Hause. Aber bitte kein Wort zu Ms. Copendale. Sie dreht mir den Hals um, wenn sie etwas von euren Abenteuern und vor allem von Thomas erfährt, und ich möchte ihr altes Herz nicht über Gebühr belasten. Jennifer und ich werden so schnell wie möglich nach Washington fliegen. Ich denke, es wird Zeit für einige Sondierungen«, lächelte MacClary.

»Ach, tun wir das?«, frotzelte Jennifer. Jetzt würde Mac Clary also ernsthaft ihre Hilfe erwarten. Doch je länger sie über die Sache nachdachte, desto rätselhafter war ihr, wie er das Ganze zu einem Erfolg führen wollte.

45

Rom – 18. März, 9 Uhr

Kardinal Lambert wartete immer noch auf einen Anruf von Salvoni. Seit gestern hatte er nicht mehr mit ihm gesprochen, und allmählich schwante ihm, dass hier etwas nicht mit rechten Dingen zugehen konnte. Auf dem Weg in den Palazzo del Sant'Ufficio überfielen ihn Zweifel an seiner eigenen Sorglosigkeit. Vielleicht war er mit den Warnungen des alten Morati und mit Salvonis Ratschlägen doch zu leichtfertig umgegangen.

Als er um die Ecke bog, sah er zu seiner Überraschung und Erleichterung den Bus der vatikanischen Polizei vor dem Eingang parken. Salvonis Männer hatten bereits fast alle Artefakte in das Archiv bringen lassen, und erste neugierige Blicke machten klar, dass Morati mit seinen Warnungen in der Tat nicht übertrieben hatte.

Lambert betrat das Archiv und traute seinen Augen nicht. So viel Geschäftigkeit hatte er hier selten gesehen. Der Raum stand voll mit Kisten, und ein gutes Dutzend Männer arbeiteten hektisch an den Vorbereitungen für die Einlagerung und Sichtung der Fundstücke. In einem der hinteren Räume saß Salvoni und telefonierte. Er winkte Lambert kurz zu.

»Gut, warten Sie weiter ab, er muss ja irgendwann da rauskommen. Und dann verfolgen Sie ihn. Sie bekommen noch weitere Unterstützung. Aber Sie greifen nur zu, wenn er etwas Verdächtiges bei sich trägt, haben Sie mich verstanden?«, bellte Salvoni in den Hörer, als wollte er demonstrieren, dass er noch Herr der Lage war.

Mit wenigen Schritten war Lambert bei ihm. »Warum haben Sie sich nicht bei mir gemeldet?«, herrschte er Salvoni an.

»Entschuldigen Sie, Eminenz, aber Ihre letzten Bemerkungen haben bei mir den Eindruck hinterlassen, Padre Morati und ich würden unsere Zeit damit vertun, einer alten und unwichtigen Legende hinterherzujagen. Entsprechend habe ich mich verhalten«, entgegnete Salvoni selbstbewusst.

»Nun gut, der Herr wird wissen, was hier die Wahrheit ist. Sie hingegen scheinen immer noch nach Genugtuung zu suchen. Waren Sie es nicht, der mehr Vertrauen zwischen uns gefordert hat? Wenn ich mich nicht sehr irre, sind Sie immer noch Gott und dem Heiligen Stuhl und nicht Ihrer eigenen verletzten Eitelkeit verpflichtet«, sagte Lambert.

Salvoni ging nicht weiter auf die Bemerkung ein. »Warum haben wir eigentlich in der Nacht keine Unterstützung bekommen?«, fragte er stattdessen skeptisch. »Es wäre ein Leichtes gewesen, die Expedition zu beenden.«

»Nun, es ist leider so, dass man sich auch in Österreich seit den letzten Ereignissen nicht mehr allzu gern für uns in die Nesseln setzt, zumindest nicht auf diese Art und Weise. Aber wie ich gerade hören konnte, haben Sie doch jetzt Hilfe in Aussicht gestellt bekommen. Außerdem hat man sich mit dem Eintreffen des Archäologenteams aus Wien reichlich Zeit für Sie gelassen. Das immerhin konnte ich erreichen.«

»Wieso? Das verstehe ich nicht.«

»Ihr umtriebiger Richter hat einfach den Fund offiziell gemacht, nachdem er sich ausreichend bedient hat«, sagte Lambert vorwurfsvoll. »Nur durch einen Kontakt im Außenministerium habe ich überhaupt davon erfahren und für die nötige Verzögerung sorgen können.«

Salvoni hatte größtes Interesse daran, dem Gespräch eine andere Richtung zu geben. »Nun, vielleicht machen Sie sich jetzt erst einmal selbst ein Bild und fällen dann ein Urteil, Eminenz«, sagte er besonnen.

Die geborgenen Pergamente hinterließen schon beim ersten Sichten einen bleibenden Eindruck. Lambert schritt zwischen den Restauratoren und den Kisten umher, bis sein Blick an einem Pergament wie versteinert hängenblieb. Nur wenige Zeilen ließen sich noch erkennen, aber die Worte »Genesis« und »Pharao« beunruhigten ihn sofort. Nur ein paar Tische weiter übersetzte ein junger Mitarbeiter ein gegen die Christen gerichtetes Traktat eines Druiden, der erschreckend genau die Praktiken schilderte, mit denen man die Heiden Europas erst denunziert und dann verfolgt, gefoltert und getötet hatte. In einer anderen Handschrift wurde von der religiösen Toleranz der Christen berichtet – bis zu dem Moment, als Konstantin die Macht ergriff und selbst die Urchristen plötzlich verfolgt wurden. Der Bericht endete mit der Flucht vieler Christen in die Wüsten des Nahen Ostens oder sogar bis nach Indien.

Lambert setzte sich und versuchte alles einzuordnen, was er sah. Niemals hatte er sich vorstellen können, dass so ein Fund möglich wäre, aber inzwischen war er sich sicher: Was hier vor ihm lag, kam den Qumranrollen in seiner Bedeutung gleich. Völlig gleichgültig, was noch alles darin zu finden wäre: Wenn diese Schriften bekannt wurden, wären sie Öl ins Feuer der Atheisten, der Kirchenkritiker und jener Wissenschaftler, die alle möglichen Theorien über eine Schöpfung ohne Gott verbreiteten. Dieser sträfliche Unsinn beflügelte ja ohnehin schon die Fantasie der Gläubigen wie Ungläubigen weltweit; selbst in der päpstlichen Akademie häuften sich die Stimmen, die diesen Frevel diskutierten – und das völlig ungestraft.

Auf einer weiteren Rolle waren Abbildungen von Hirschen, Bullen, Ebern und Hasen zu sehen: die Götzenbilder der Kelten. Die Druiden hatten sich vor allem mit diesen Tieren identifiziert. Sie verkörperten Schutzgeister, dies war tief im keltischen Bewusstsein verankert. Lambert wusste durch eigene Forschung durchaus, dass die antike Religion diese Bilder nicht mit Göttern identifizierte, sondern nur als stellvertretende Symbole verwendete; dennoch waren die Kulte rund um diese sogenannte Götzenanbetung seit alters her als Beweis für die animalische und gottlose Gestalt der heidnischen Religion herangezogen worden. Letztlich war es nur darum gegangen, das vernichtende Feuer des antiheidnischen Feldzuges richtig anzufachen. Egal, ob Ambrosius oder ein Gregor von Nyssa zum Kronzeugen aufgerufen wurde: Die Ausrottung der Heiden war von Anbeginn ein heiliger Auftrag der Kirche gewesen. Nicht einmal Lambert konnte diesen alten Fehltritten der frühen Kirche etwas abgewinnen. Dennoch waren diese Funde in ihrer Fülle besorgniserregend.

»Salvoni, ich muss Sie und wohl ganz besonders Padre Morati um Verzeihung bitten, aber wir haben es hier tatsächlich mit Dokumenten aus einer Zeit zu tun, in der sich die junge Kirche Jesu Christi einer unfassbaren Masse an Lügen und Ketzerei erwehren musste. Wir können nicht zulassen, dass diese Dinge erneut in falsche Hände geraten«, sagte Lambert. Er würde den Heiligen Vater von den Vorgängen unterrichten müssen. Diese Geschichte würde sich nicht mehr unter den Teppich kehren lassen. Das war nicht gut. Das war gar nicht gut.

»Was hat MacClary wirklich in der Hand?«, fragte Lambert und sah Salvoni nervös an.

»Das kann ich Ihnen nicht sagen, aber einer meiner Männer hat vor unserer Ankunft gesehen, wie einige Kisten abtransportiert wurden. Und dann ist da noch ein gewisser Thomas Ryan, der mich in der Höhle angegriffen hat. Er konnte zwar fliehen, aber er hatte nichts bei sich, und wir haben seine Papiere«, versuchte Salvoni zu versichern.

»Deswegen sind Sie so nervös! Gut, geben Sie sie mir, ich werde dafür sorgen, dass er verhaftet wird. Ich werde alle Kanäle nutzen, damit wir seiner habhaft werden, und Ihre Leute bleiben ebenfalls vor Ort. Vielleicht ist MacClary so zur Räson zu bringen. Wir werden versuchen, ihm das anzuhängen. Und in der Zwischenzeit versuchen Sie rauszubekommen, was er plant und was er in der Hand hat.«

»Eminenz, ich fürchte, das wird schwierig. Wir mussten unsere Leute aus Dublin abziehen; ich kann einfach nicht garantieren, dass wir nicht auffliegen«, stammelte Salvoni vor sich hin.

»Das verstehe ich nicht. Sie sind doch in Österreich nicht etwa erkannt worden?«

»Nein, aber Sie haben ja selbst gesagt, dass MacClary den Fund offiziell gemeldet hat. Und diese Leute standen natürlich vor einer zerstörten Höhle. Wir wurden darüber nicht informiert, sonst hätten wir … ach, ich weiß auch nicht, aber die Spuren … möglicherweise kann sich MacClary ausrechnen, wer da wem zuvorgekommen ist. Und dann ist da wie gesagt noch dieser Ire, den wir überrascht haben …«

»Mein Gott, Salvoni! Ist Ihnen eigentlich klar, was Sie da reden?«

»Ja, sicher! Ich versuche Ihnen die ganze Zeit klarzumachen, dass wir ein hundertprozentig wasserdichtes Dementi brauchen. Ihr Job, Eminenz«, erwiderte Salvoni selbstbewusst. »Es gibt keinen einzigen Beweis dafür, dass wir vor Ort waren, und Vermutungen sind wohl kaum etwas, das uns je geschadet hat. Abgesehen davon, gibt es Dutzende Geheimdienste, die sich für einen Vorsitzenden Richter beim Supreme Court interessieren.«

Lambert war erstaunt über Salvonis Härte und Gelassenheit, aber er spürte, dass sein eigenes Selbstvertrauen davon profitierte.

»Gut, dann wird es wohl Zeit, dass wir in Washington gewisse Vorbereitungen treffen, um dem Richter seine Grenzen aufzuzeigen. Sie gehen vor, wie besprochen, und ich kümmere mich um den Rest.«

Salvoni ließ sich erleichtert in seinen Sessel fallen. Vielleicht konnte man den Erdrutsch doch noch aufhalten, den Skandal verhindern. Nun ging es vor allem darum, diesen Thomas Ryan zu fassen.

»Ja, Eminenz. Der Herr sei mit Ihnen, und danke für Ihr Vertrauen.«

»Wir werden sehen, Salvoni.«

46

Dublin – 18. März, 11.30 Uhr

Jennifer und Shane waren von der US-Botschaft mit dem Taxi zu MacClarys Haus gefahren. Shane wachte zu seiner Überraschung an Jennifers Schulter gelehnt auf, als sie ihn sanft weckte und das Taxi zahlte.

»Tut mir leid, aber wir haben kaum geschlafen«, entschuldigte sich Shane und spürte einen Moment lang dem angenehmen Duft nach, der in Jennifers Schal hing.

»Schon gut, Adam, du weißt ja, wo das Gästezimmer ist«, lachte sie und öffnete die Haustür. Ms. Copendale eilte ihnen entgegen, platzend vor Neugier.

»Hallo, Ruth, wie geht es Ihnen?«, begrüßte Jennifer sie bewusst in sehr gelassenem Ton, um keinen Zweifel daran zu lassen, dass alles in bester Ordnung war.

»Gut, danke der Nachfrage, Jennifer. Oh, da sieht aber jemand aus, als ob er dringend frische Kleidung und ein Bad bräuchte«, bemerkte Ms. Copendale in ihrer mütterlichen Art.

»Danke, Ms. Copendale, aber ein Frühstück und eine Mütze voll Schlaf wären mir im Augenblick das Wichtigste«, antwortete Shane.

»Geht in Ordnung, wo darf ich servieren?«

»Ruth, wir kommen gerne zu Ihnen in die warme Küche. Sie wissen doch, dass ich es nicht so feudal brauche wie der Herr des Hauses. Und du, Adam?«

»Was? Äh ja, sicher, gerne«, sagte Shane und nickte eifrig. Jennifers Nähe zog ihn gleichzeitig an und verwirrte ihn. Mit seinen Gedanken war er immer noch bei den Auswirkungen der Funde, doch er war sich ihrer Gegenwart auf eine unerklärlich intensive Weise bewusst. So seltsam es klang, am liebsten hätte er sie auf der Stelle in die Arme geschlossen, um sich an ihrer Wärme zu nähren. Unbegreiflich, warum Ryan sie als Ms. Eisenherz bezeichnet hatte.

»Und? Haben die Kinder auf dem Spielplatz gefunden, was sie gesucht haben?«, fragte Ms. Copendale eigentlich mehr im Scherz. Weder Jennifer noch Shane gelang es, darüber zu lachen. Für Ms. Copendale war diese Reaktion allzu verräterisch.

»Wo sind Ronald, Deborah und Thomas?«, fragte sie nervös und stellte die Kaffeekanne wieder hin, bevor sie einschenken konnte.

Da Jennifer offenbar nicht wusste, was sie eigentlich sagen sollte, übernahm Shane die Initiative. »Debbie und Ronald sind in der Botschaft, um die Funde an einem sicheren Ort zu sichten, und Thomas ist noch in Österreich, da er den Rest unbedingt bewachen wollte.« Er brachte es nicht übers Herz, die Sache zu beschönigen. »Tja, und dann wurde er leicht verletzt, als ihn jemand überfallen hat, aber es geht ihm gut, denke ich.« Ms. Copendale setzte sich ruhig an den Tisch, wirkte aber sehr niedergeschlagen. »So, denken Sie das. Ich habe es immer kommen sehen, aber auf mich hört ja keiner.«

»Was haben Sie immer schon kommen sehen?«, fragte Jennifer nach, da sie das Gefühl hatte, hinter dieser Sorge steckte mehr als mütterlicher Schutzinstinkt.

»Na, jetzt spielt es ja eh keine Rolle mehr.« Ruth atmete tief ein, bevor sie weitersprach. »Ronalds Vater ist kurz nach dem Krieg nicht an den Folgen seiner Verletzung gestorben. Ein Arzt hat nach seinem Tod eine Giftkapsel in seinem Mund gefunden.«

Jennifer bedeckte das Gesicht mit beiden Händen. Shane starrte seine Kaffeetasse an. All die Jahre hatte Ms. Copendale mit diesem Geheimnis gelebt, hatte niemals darüber sprechen können und mit der Angst leben müssen, dass irgendwann alles wieder von vorn begann. Nun verstand Jennifer die Heftigkeit, mit der Ms. Copendale reagiert hatte, wenn es um das Erbe des alten MacClary ging.

»Sein Lebenswille war ungebrochen, und er sprach ständig von einer Expedition und einer sagenhaften Entdeckung, die er gemacht hatte.«

»Er wurde ermordet?« Shane war leichenblass geworden. Langsam wurde ihm klar, wie brisant die Funde waren. Es war eben doch ein Unterschied, ob die Verbrechen der Kirche aus unvollständigen oder dubiosen Schriften hergeleitet wurden oder mit Originalzeugnissen belegt werden konnten, deren Echtheit außer Frage stand. Und was war mit der Pergamentrolle, die Ryan an sich genommen hatte? Ihren wahren Stellenwert hatte er verschwiegen – und vielleicht sogar noch mehr.

»Lisa hatte zeit ihres kurzen Lebens Angst, dass Ronald Gleiches widerfahren könnte. Deshalb hat sie alle Hinweise vernichtet, die ihn auf die Spur bringen konnten, ohne ihn aber mit der Wahrheit über den Tod seines Vaters zu belasten. Doch dann tauchte irgendwann dieser Thomas Ryan auf mit seiner Obsession, Anspruch auf das Erbe der Druiden zu haben – und seitdem …«

»Tja, und dann komme ich und finde auch noch auf Anhieb den Hinweis auf den Fundort. Wirklich merkwürdig –

aber vielleicht war auch einfach nur die Zeit dafür reif«, versuchte Shane sie zu beruhigen.

Ms. Copendale stand auf und ging zur Tür.

Shane wollte sie aufhalten. »Ich weiß nicht, was mir der Richter und besonders Thomas vielleicht verschwiegen haben, aber ich bitte Sie, machen Sie den beiden keine Vorwürfe«, fuhr er fort.

»Schon gut, ihr müsst das am Ende selbst verantworten. Aber vergesst nicht, wie viele Menschen davon betroffen sein werden«, sagte Ms. Copendale. »Eineinhalb Milliarden Christen leben auf dieser Erde. Und die meisten sind einfach nur Menschen: mehr oder weniger gute Menschen, die eine Hoffnung brauchen. Vergesst einfach nicht, dass alle diese Menschen von dem betroffen sein werden, was ihr tut.« Dann verließ sie die Küche und ging die Treppe hinauf.

»Ich vergesse aber auch nicht, wie viele Menschen schon davon betroffen waren«, rief Shane ihr nach.

»Adam, lass sie. Du hast keine Ahnung, was sie durchmacht. Sie kommt aus einer Zeit, in der die katholische Kirche noch eine ganz andere Autorität hatte.«

»Das ist relativ wenig angesichts von fast zweitausend Jahren Schrecken und Vertreibung, findest du nicht auch?«, entgegnete Shane. »Manchmal ist mir nicht so ganz klar, auf welcher Seite du eigentlich stehst.«

»Ich glaube, du hast einfach noch nicht wirklich verstanden, worum es geht, Adam.«

»O doch, ich kann es dir sogar sehr detailliert beschreiben.« Shane spürte wieder diesen Schmerz aus der Nacht seiner Vision. Es sah wieder die Hingerichteten, die verzweifelten, durch bestialische Folterungen erpressten Menschen. Schon der Versuch, davon zu sprechen, trieb ihm unweigerlich die Tränen in die Augen. Nur mühsam konnte er seine

Stimme halten. »Ich habe es gesehen, und vor allem fühle ich, was über die Jahrhunderte weg passiert ist. Gerade deshalb möchte ich euch ermutigen, diesen Weg weiterzugehen. Es geht ja nicht nur darum, der Kirche Grenzen zu setzen. Wir haben auch eine einmalige Chance, vielleicht sogar eine Verpflichtung, diese historische Wahrheit und ihre unermesslichen Folgen aufzuklären. Ich kann es nicht mehr ertragen, nur zu wissen, dass man alle spirituellen Erben der alten Kulturen fast ausgerottet hat. Verstehst du, selbst die letzten Aborigines haben vor zehn Jahren gesagt, dass sie gehen und die Welt den veränderten Menschen überlassen und …«

Jetzt brach er wirklich in Tränen aus und konnte nicht mehr weiterreden. Jennifer wusste, wovon er zuletzt gesprochen hatte: In Australien hatten die Mitglieder des letzten frei lebenden Stammes dieser ältesten Kultur der Welt, der »wahren Menschen«, wie sie sich nannten, sich einer Amerikanerin offenbart. Sie sahen keine Grundlage mehr für ihr Leben, vor allem durch die Entweihung ihrer spirituellen Orte und Gebräuche sowie durch den Entzug ihres Lebensraums. Und deshalb hatten sie beschlossen, sich nicht mehr fortzupflanzen und die Erde zu verlassen.

Jennifer hatte das Gefühl, dass die Zeit gerade stehen blieb. Sie konnte Shanes Mitgefühl und Mitleiden in sich aufnehmen wie die Luft, die sie atmete. Zum ersten Mal seit Jahren fing sie an, für einen Mann tiefe Zuneigung zu empfinden.

Sie setzte sich zu Shane, legte ihm den Arm um die Schultern und versuchte, ihn zu trösten. »Ich weiß …« Jetzt kamen auch ihr die Tränen. Sie musste an ihre Arbeit für die Schwarzfußindianer denken. Die gebrochene Würde dieses stolzen Volkes hatte auch ihr Herz schon immer zutiefst berührt, und mit heißem Zorn hatte sie miterlebt, wie die letzten Vertreter dieses Volkes vor einem Gericht um den kläglichen Rest ihrer

Kultur hatten kämpfen müssen. Vor einem Gericht jenes Landes, das sie vernichtet hatte. Shanes Gefühlsausbruch erinnerte sie an einen Traum, den sie als Kind oft gehabt hatte: Ein alter Indianer in traditioneller Kleidung und Schmuck hockte auf einem Felsen in den Rocky Mountains und schaute weinend ins Tal seiner verlorenen Heimat und Götter. Sie hatte nie verstanden, warum sie das träumte, aber sie hatte immer einen tiefen, uralten Schmerz gespürt, eine quälende Erinnerung, die sie als Kind vollkommen verwirrte.

»Wir müssen alle anfangen, endlich die Verantwortung dafür zu übernehmen. Ich werde mit Ronald reden«, sagte Jennifer, gab Shane einen zärtlichen Kuss auf die Wange und stand auf. Was für seltsame Gefühle waren das? Sie hatte noch nie einen Mann kennengelernt, der einerseits so unsicher und schüchtern sein konnte, andererseits aber auch so stabil, selbstbewusst und klar, wenn es darauf ankam. Und dabei so hochsensibel war.

»Wir werden noch viel Mut brauchen, Adam. Vor Gericht lernt man irgendwann eine bittere Lektion: Wenn die Schuld zu groß erscheint und die Opfer zu zahlreich sind, stellen sich die Täter gerne als Opfer dar und finden die irrwitzigsten Erklärungen für ihre Taten. Oder sie entwickeln eine unglaubliche Fantasie, um die Last der Verantwortung von sich zu weisen«, erklärte Jennifer im Hinausgehen.

»Es geht mir nicht um die Opfer allein, sondern darum, wofür und weshalb so viele sterben mussten. Das Wofür wird mir nun aber immer klarer … hey, wohin gehst du?«

»Ich muss nachdenken, Adam Shane, ich muss einfach ein bisschen nachdenken, und dafür brauche ich Abstand von dir. Aber bitte bleib, ich brauche nicht lange.«

Er seufzte und schenkte sich noch eine Tasse Kaffee ein. »Wohin sollte ich schon gehen?«

47

Amerikanische Botschaft – Dublin, 10.30 Uhr

Deborah Walker war vollkommen hingerissen. Was sie in der letzten Stunde hatte übersetzen können, zeigte erst das Ausmaß und die Fülle des Wissens, das in dieser geheimen Bibliothek aufbewahrt wurde. Es war weitaus mehr als eine gewöhnliche Bibliothek aus der Antike. Das Ganze war wie eine Offenbarung und eine Anklage zugleich.

»Mein Gott, diese Skizzen sind Baupläne, die sich der Lehre des Pythagoras bedienten. Es stimmt also doch: Die Druiden hatten Zugang zu diesem Wissen.«

Sie erinnerte sich, dass erst vor Kurzem auf dem Mont Beuvray, gut zwanzig Kilometer westlich von Autun, in der Konstruktion eines Wasserbeckens im gallischen Oppidum Bibracte die Anwendung des Satzes von Pythagoras nachgewiesen worden war.

Stolz und voller Ehrfurcht zugleich saß sie inmitten des Botschaftskellers in einem eigens hergerichteten Klimazelt und konservierte die Pergamente, indem sie sie zunächst bei hohen Temperaturen und hoher Luftfeuchtigkeit ausrollte, um sie zu fotografieren und dann unter Glas zu sichern. Vor lauter Staunen redete sie ständig mit sich selbst.

Auf einem anderen Pergament waren zahlreiche Symbole zu sehen, darunter eines, das sie an das bohrsche Atommodell erinnerte. »Kann das wirklich sein?«

»Nun, Deborah, wie kommst du voran?« Unerwartet war MacClary in den Kellerraum gekommen und spazierte jetzt wie ein kleiner König zwischen den ausgebreiteten Rollen umher.

»Mein lieber Richter«, scherzte Deborah, »wir haben es hier mit ziemlich harten Fakten zu tun – und mit einer Menge Mythen. Aber schau dir das hier mal an.« Sie deutete auf die Zeichnungen und Skizzen, die sie gerade entdeckt hatte.

»Unglaublich, das erinnert mich an die Geschichte der Allwissenden, die mir mein Onkel einmal versucht hat weiszumachen«, sagte MacClary und setzte sich zu Deborah an den Tisch.

»Die Allwissenden?«

»Ja, so nannte er die Eingeweihten, und sie waren der Legende nach die Überlieferer einer alten Hochkultur, die die Schöpfungsgeschichte der Menschen kannte. Sie müssen auch technisch sehr weit entwickelt gewesen sein.«

»Du kommst mir jetzt nicht mit Atlantis oder Mu oder so …«

»Nein, nein, das wären ohnehin nur wieder mystische Umschreibungen für etwas, wovor die neu aufstrebenden Machtzentren im Osten und Rom Angst bekommen hatten.«

»Ich verstehe kein einziges Wort.«

MacClary erinnerte sich an die wenigen Seiten, die er als Junge aus den Aufzeichnungen seines Vaters hatte lesen können, bevor seine Mutter ihm mit einer schallenden Ohrfeige verboten hatte, noch einmal die Bibliothek seines Vaters zu durchstöbern. Das Manuskript war danach verschwunden.

»Die sogenannten Eingeweihten, meine liebe Deborah, repräsentierten zu allen Zeiten die Kräfte, die mit Geduld und Weisheit gegen Verschwörung und Verwirrung kämpften. Sie versuchten, die vielfältigen Versuche zu vereiteln, mit denen die Menschen in eine subtile geistige und materielle Abhängigkeit getrieben werden sollten. Sie waren bestrebt, die Dinge im Rahmen der wahrnehmbaren Welt zu erklären und die Frage nach unserem Woher und Wohin, die Genesis, zu erklären – und zwar fern von dem künstlichen Versuch, sich eines Gottes zu bedienen. Im Gegensatz zu den Glaubensgelehrten, die schon immer im Dienste der Macht standen, teilten die Eingeweihten, bis auf wenige Ausnahmen, wissbegierigen Schülern ihr gesamtes Wissen mit, damit es ins Allgemeingut überging.« MacClary hatte sich regelrecht in Fahrt geredet; seine Augen blitzten, als er Deborah jetzt beschwörend ansah.

Sie schüttelte den Kopf. »Wahnsinn! Ich verstehe zwar immer noch nur die Hälfte, aber …«

»Ich bin fest davon überzeugt, dass uns in einem Jahrhunderte dauernden Kampf Wahrheiten verschwiegen wurden, die ein Schlüssel waren, um die Schöpfung fern der uns suggerierten Gottheiten zu erklären. Es wäre nicht so schwierig, die Geschichte der Menschheit zu erklären, wäre sie nicht in Sagen versteckt oder durch Eingriffe der herrschenden Kasten zerstört worden.«

»Und die Druiden waren …«

»Die letzten dieser Eingeweihten, meine Liebe. Eingeweihte, die den heutigen Metaphysikern, Theologen und Philosophen zur Klärung der Frage nach der Schöpfung – mit oder ohne Gott – einen unglaublichen Beitrag hätten liefern können.«

»Und deshalb wurden sie gejagt und mussten sterben.«

»Ganz genau, meine Liebe, und daran hat vor allem der Vatikan einen großen Anteil. Und was wir hier vor uns liegen haben, ist zwar bedeutend, aber nicht zu vergleichen mit den Dingen, die uns wahrscheinlich in den Archiven des Vatikans erwarten würden, sofern man dort nicht schon alles zerstört hat«, sagte MacClary. Sein Entschluss stand fest. Ein Entschluss, der die Welt in Atem halten würde.

»Tja, da bekommt doch der Apfel, in den Adam gebissen hat, eine ganz andere Bedeutung«, grinste Deborah und machte sich daran, die nächste Rolle zu öffnen.

MacClary verließ das Klimazelt mit schallendem Gelächter. »Sehr schön, meine Liebe, sehr schön, dass du auch diese Botschaft des Alten Testaments begriffen hast. Vor allem als Nachfahrin einer gewissen Eva.«

Doch sein Lachen wich schnell wieder ernsteren Gedanken. Eines war klar: Wenn die Menschen ihre Entstehung tatsächlich erklären könnten, wären die gesellschaftlichen und kulturellen Folgen unabsehbar. Möglicherweise würden sie sogar Gott finden, diesen Gott, der vielleicht nur ein Wort, ein Gedanke, ein Bündel aus Lichtwellen war oder überhaupt vollkommen formlos existierte. Herrschaft, wie die Menschheit sie bisher gekannt hatte, wäre dann nicht mehr denkbar. Es würde alles zusammenfallen, woran die Menschen seit Jahrhunderten glaubten. Und die christlichen Werte hätten keine Bedeutung mehr. In ihren aktuellen Debatten stritten sich die modernen Metaphysiker und Religionsphilosophen ja ohnehin schon darüber, ob die Schöpfung überhaupt diesen Namen verdient hatte. Ob tatsächlich ein willentlicher Schöpfungsakt dahinterstehen müsse.

»Jennifer hat es einmal wunderschön gesagt: Gott ist kein Objekt. Vielleicht würden die Menschen wieder zu Gott in ihrem Innern finden. Gott als etwas, was nie fassbar, nur erfahrbar ist. Als etwas, was sich am besten in der Liebe erfahren lässt – und in der Erkenntnis, dass alles miteinander verbunden ist«, erklärte MacClary zur Überraschung seiner Zuhörerin, die noch nie ein so sanftes Glaubensbekenntnis von ihm gehört hatte, nicht einmal als Zitat. »Es muss früher ein unglaubliches Wissen darüber geherrscht haben …«

»Und was ist die Zerstörung dieses Wissens wert gewesen?«, rief Deborah MacClary nach.

»Alles, Deborah, einfach alles. Wenn es einen Ort gibt, an dem wir vielleicht noch mehr finden, dann ist das der Vatikan. Wir müssen dort rein, koste es, was es wolle!«

Damit war er ans andere Ende des Kellers verschwunden. Deborah hörte nur ein paar Worte eines Telefonats.

»Mr. Langster, ich ordne für morgen eine Sondersitzung der Richter an, und zwar um zwölf Uhr. Inoffiziell, haben Sie mich verstanden?«

Bis vor wenigen Sekunden hatte Deborah die Rede des Richters nicht wirklich ernst genommen. Jetzt jedoch begann sie unruhig zu werden und schaute auf eines der letzten Pergamente, die sie gerade ausgebreitet hatte. Auch diese Rolle gab ihr einige Rätsel auf. Sie war nicht von einem Druiden, auch nicht von einem Heiden, dafür war das Latein zu perfekt und in einem Sprachduktus geschrieben, der eher einem christlichen Mönch entsprach. Aber die Analyse, die dieser Text lieferte, war interessant: Die Anführer der Kelten standen, so der Autor, der ursprünglichen Überlieferung der Schöpfungsgeschichte näher als alle anderen Völker Europas. So wie die Wikinger gute vierhundert Jahre vor Kolumbus Amerika bereist hatten, so waren die Druiden weit vor der Entstehung Roms in Asien gewesen, besonders in Indien und im Nahen Osten. Wenn sie Kontakt zu den Pharaonen hatten, wäre das eine Erklärung für vieles, dachte sich Deborah. Aber dafür gab es keine Beweise, und die Schrift wurde weiter unten so verschwommen, dass sie dem Pergament mit bloßem Auge nichts mehr entlocken konnte.

»Ronald?«, rief Deborah nochmals laut. »Ich bin hier erst mal fertig.«

»Dann komm gleich mit, wir fahren zurück. Wir haben genug zu tun und müssen schauen, was wir für deinen verrückten Freund Thomas Ryan tun können«, sagte MacClary und fuhr fort: »Vor allem müssen wir herausbekommen, wer ihn überfallen hat und wie man ihm so zusetzen konnte.«

Deborah ging durch den langen Kellerflur, immer noch tief in Gedanken, und stolperte über eine Türschwelle. »Autsch, verdammt!«

»Brauchst du Hilfe, Deborah?«

»Nein, nein, geht schon, ich war zu sehr in Gedanken.«

»Was beschäftigt dich denn so sehr?«

»Eines ist mir nicht klar. Wenn die Druiden geistig so überlegen waren, wie konnten sie so leicht aufgeben und verschwinden?«, fragte Deborah. Mit dieser Frage wurde sie nicht so mühelos fertig. Auch das Pergament, in dem ein Druide vom Ende ihres Zeitalters und von ihrer Wiederkunft sprach, erschien ihr eher als eine Sage denn als wirklich ernst zu nehmende Botschaft.

»Oh, Vorsicht, Deborah, ich habe nie gesagt, dass die Druiden eine homogene und geschlossene Gruppe waren. Es gab auch unter ihnen zu allen Zeiten Schwächlinge und Feiglinge, mindestens so viele wie jene Helden, deren Hinterlassenschaft wir in der Höhle gefunden haben. Und der Rest wurde, wie du weißt, dem Christentum unterworfen. Komm jetzt, wir fahren zurück.«

48

Ihr solltet euch mehr vor dem Urteil fürchten, das ihr aussprecht, als ich, der es empfängt.

Giordano Bruno

MacClarys Haus – 18. März, 12.15 Uhr

Das Taxi bog in die Arbour Hill ein und bremste ungestüm, sodass MacClary unsanft nach hinten gegen die Kopfstütze schlug.

»Passen Sie doch auf!«

»Entschuldigen Sie, aber der Herr da vor uns hat wohl keine Augen im Kopf«, gab der Fahrer schnell zurück.

Ein ziemlich klapprig wirkender Mann ging ohne zu schauen über die Straße, und MacClary sah, dass sich das eiserne Eingangstor zu seinem Haus gerade schloss. Ms. Copendale hatte ihm erst gestern erzählt, dass in letzter Zeit öfter ein alter Herr mehrmals die Straße auf und ab gegangen war. Er schien das Haus zu beobachten, und einmal hatte er sich sogar an die Tür von MacClary verirrt. Nach dem, was zuletzt geschehen war, hatte MacClary ein mulmiges Gefühl.

»Deborah, geh schon mal vor, ich komme gleich nach.«

»Äh, was hast du vor?«, fragte Deborah erstaunt.

»Ich mache noch einen kleinen Spaziergang, und zwar allein«, sagte MacClary in einem Ton, der keinen Widerspruch duldete.

»Ist ja schon gut!«, verteidigte sich Deborah und ging, ohne sich noch einmal umzuschauen, in Richtung Tür. Aber die Ereignisse der letzten Tage und Stunden hatten sie misstrauisch gemacht, und der Gedanke, dass MacClary spontane Alleingänge unternahm, gefiel ihr gar nicht. An der Haustür angekommen, kniete sie sich hin, als müsste sie einen Schnürsenkel neu binden, und beobachtete aus dem Augenwinkel, wie MacClary dem alten Herrn, der zuvor das Taxi geschnitten hatte, in den gegenüberliegenden Park folgte. Kopfschüttelnd ging sie ins Haus. Von der Garderobe aus beobachtete sie die Straße weiter. Tatsächlich, jetzt hatte MacClary den seltsamen Besucher erreicht und sprach ihn an. Für einen Moment ging das Gespräch scheinbar ruhig weiter, dann wurden die Gesten heftiger, und schließlich sah MacClary so aus, als wollte er seinem Gegenüber gleich an den Hals springen. Schließlich setzten sich beide auf eine nahe gelegene Parkbank. Deborah sah, dass sich beide kurz sprachlos gegenübersaßen. Wer war dieser Mann? Schließlich ging sie hinein und betrat die Küche.

Während Shane im Gästezimmer schlief, hatte Jennifer es sich wieder vor dem Kamin in der Bibliothek gemütlich gemacht. Dieser Sessel war schon seit ihrem ersten Besuch vor fünfzehn Jahren ihr Lieblingsplatz.

»Ah, die Schatzsucherin«, hörte Deborah, als sie ihre Jacke auf einem der Sessel ablegte, und zuckte nervös zusammen.

»Ach, du bist es, Jennifer … wo ist Adam?«

»Der schläft nebenan. Ich habe ihm geraten, sich hinzulegen, er war vollkommen fertig.«

Deborah gähnte und rieb sich die geröteten Augen. »Keine schlechte Idee.«

In diesem Augenblick knallte die Haustür ins Schloss, und MacClary schimpfte bereits auf dem Weg ins Zimmer.

»Du lieber Himmel, Ronald, was ist denn in dich gefahren?«, fragte Jennifer. So wütend hatte sie ihn selten erlebt.

MacClary antwortete nicht, ging aber zielstrebig zu seinem Schreibtisch und schrieb etwas auf einen Zettel, groß genug, dass sie es alle beide lesen konnten, als er es ihnen hinhielt.

WIR WERDEN ABGEHÖRT.
WIR FAHREN IN DIE BOTSCHAFT.

Jennifer saß fassungslos da und sagte kein Wort.

»Wo ist Adam?«, fragte MacClary fast lautlos.

»Er schläft, aber ich gehe und wecke ihn.«

Jennifer stand auf. MacClary sah ihr nach, als sie das Zimmer verließ. Was für ein Glück, dass Ms. Copendale sich mit alten Freundinnen zu ihrem wöchentlichen Kaffeeklatsch in die Innenstadt aufgemacht hatte. So würden die Experten der Botschaft sicher ohne großes Aufsehen seine Wohnung säubern können.

»Wer war dieser Mann da draußen, Ronald?«, fragte Deborah nun völlig verwirrt. Ronald nahm sie an seine Seite und sprach leise in ihr Ohr.

»Das ist jetzt nicht von Bedeutung. Er hat nichts damit zu tun, es ist doch offensichtlich, dass die Täter nur so an die Information gekommen sein können.«

Deborah zuckte mit den Schultern und nahm ihre Jacke vom Kleiderhaken. »Dann halt nicht.«

Jennifer öffnete vorsichtig die Tür zum Gästezimmer. Shane lag auf dem Bauch und schlief tief und fest.

»Adam, bitte wach auf.« Sanft legte Jennifer ihre Hand an seine Stirn. So hatte ihre Mutter sie immer geweckt, weil sie als Kind furchtbar schreckhaft gewesen war, wenn sie plötzlich aus dem Schlaf gerissen wurde.

Shane drehte sich auf den Rücken und öffnete vorsichtig ein Auge. »Was … oh, Jennifer muss das sein? Was ist denn passiert?« Er klang noch ganz benommen.

Jennifer beugte sich über ihn, und was sie ihm ins Ohr flüsterte, reichte, um ihn vollständig zu wecken. Wenn es stimmte, was sie da sagte … es wäre ihm lieber gewesen, es nicht zu glauben, aber es war die beste Erklärung für das, was in Österreich passiert war. Aber wer steckte dahinter, und warum kam die Information darüber gerade jetzt?

Mühsam setzte sich Shane auf. Mit langsamen Bewegungen zog er sich an und versuchte, seine rasenden Gedanken zu ordnen. Wie weit würde das alles jetzt noch gehen? Während der letzten Tage hatte er keinen Augenblick Angst gespürt, aber jetzt kroch ihm ein kaltes Gefühl über den Rücken. Vor allem machte er sich Sorgen um Ryan. Was, wenn Thomas sich überschätzte? Was, wenn die unbekannten Angreifer ihn doch noch aufspürten? Andererseits hatte Ryan offenbar einige Erfahrung mit solchen Dingen, wenn er Deborahs Schilderungen über Ryans Vergangenheit in Nordirland Glauben schenken sollte. Sicher ein gutes Trainingsfeld für Undercover-Aktionen.

Gerade als Shane das Zimmer verließ, klingelte es an der Tür. Jennifer und MacClary standen bereits im Flur und warteten mit ernster Miene auf ihn, nur Jennifer schenkte ihm ein kurzes Lächeln.

MacClary öffnete die Tür, und drei junge Männer, unauffällig gekleidet und mit Taschen bepackt, begrüßten ihn. »Wir sind so schnell gekommen, wie es ging«, sagte einer der Männer etwas außer Atem. »Das kann man wohl sagen«, lobte MacClary und deutete auf Deborah Walker, die gerade aus der Bibliothek kam. »Die junge Frau dort ist für Sie da, wenn Sie etwas brauchen. Ich bin in etwa zwei Stunden wieder zurück.« MacClary bedankte sich mit einem Augenzwinkern und ging hinaus. Jennifer und Shane folgten ihm zu seiner Limousine, die er selten benutzte, da er es meistens vorzog, sich fahren zu lassen. »Steigt ein, Kinder. Wir reden, wenn wir in der Botschaft sind, in Ordnung?«

Der Wagen würde in der Botschaft auf Wanzen überprüft werden. MacClary hielt es zwar für sehr unwahrscheinlich, dass jemand an die Limousine gedacht hatte, aber er wollte kein Risiko mehr eingehen.

Jennifer schaute während der Fahrt starr aus dem Fenster. Was für eine Erklärung würde MacClary ihnen präsentieren? Woher wusste er so plötzlich, dass sie abgehört wurden? Natürlich lag der Verdacht nahe, zumal nach dem, was Ryan passiert war, aber die Information kam so plötzlich ... und er wirkte so angespannt, dass sie sicher war, er hatte noch mehr schlechte Nachrichten für sie.

Die stählernen Tore zum Botschaftsgelände öffneten sich nach einer Überprüfung nur langsam. Vor dem Eingang wartete bereits der Botschafter, John Baxter. »Guten Abend, Mr. MacClary, ich hoffe, wir konnten alles zu Ihrer Zufriedenheit erledigen. Haben Sie bereits mit Washington gesprochen?«

»Nein, nein, ich muss erst noch ein paar Dinge klären, bevor ich die Präsidentin verrückt mache«, erwiderte MacClary.

»Verstehe«, erwiderte der Botschafter mit musterhafter diplomatischer Zurückhaltung und geleitete alle zum Büro von MacClary.

Sobald sich die Tür schloss, platzte der Richter heraus, wütend, frustriert und fast verzweifelt.

»Adam, ich weiß gar nicht, wie ich es sagen soll. Ich muss dich wirklich in aller Form um Entschuldigung bitten. Und dich auch, Jennifer. Dass das alles so weit gehen würde, habe ich weder gewollt noch erwartet. Ich denke, es ist an der Zeit, loszulassen«, sagte MacClary verbittert. »Dieser Wahnsinn muss sofort aufhören.«

»Du willst aufgeben? Jetzt, wo du endlich alles in der Hand hast, was du brauchst? So kurz vor dem Ziel?«, fragte Jennifer entsetzt.

»Ich kann das nicht weiter verantworten. Die Nachricht, dass meine Wohnung verwanzt war, wird sich in Washington wie ein Lauffeuer verbreiten, das kann der Botschafter nicht geheim halten, ohne seinen eigenen Kopf zu riskieren. Und dann noch der Überfall auf Thomas … Was hab ich nur angerichtet!«

Shane stand hilflos da. War das jetzt tatsächlich das Ende der Geschichte? Er konnte überhaupt nicht einschätzen, wie ernst man den Ausbruch des Richters nehmen musste.

»Ich werde die Funde umgehend an das zuständige archäologische Institut in London übergeben, die können das am besten verwerten, und dort sind auch Leute, die sich der Bedeutung bewusst sind. Aber wir sind raus aus der Sache«, erklärte MacClary, ohne auch nur den Anschein zu erwecken, es gäbe eine Alternative zu diesem Vorgehen. Er setzte sich in einen Stuhl vor dem Schreibtisch, und das erste Mal nahm Jennifer bewusst wahr, wie alt MacClary geworden war. Hier schien ein Mann gerade in sich zusammenzubrechen.

»Ronald, ganz ehrlich, ich verstehe das nicht. Du kannst doch …«

»Gar nichts kann ich, Adam. Ich trage auch eine Verantwortung für mein Amt, und ich habe einen Eid geleistet, der mich verpflichtet, nicht durch private Ambitionen Inhalte und Prozesse des Amtes selbst zu gefährden«, unterbrach ihn der Richter.

Jennifer stand schweigend ein paar Schritte abseits. Das Gespräch mit Ruth Copendale ging ihr wieder durch den Kopf. Ruth hatte gesagt, es würde jetzt alles nichts mehr ausmachen. Wusste MacClary nicht, was wirklich mit seinem Vater geschehen war?

»Sag mir nur eines, Ronald: Hat Ruth dir jemals etwas über das Schicksal deines Vaters erzählt?«

»Nein, was hätte sie mir darüber erzählen sollen, was ich nicht ohnehin schon wusste? Ich habe kurz vor seinem Tod an seinem Bett gestanden, das weißt du doch. Außerdem gehört das jetzt wirklich nicht hierher.«

»Da wäre ich mir nicht so sicher. Dein Vater war bereit, sein Leben für seine Arbeit zu riskieren. Er hat sich der Erforschung der Kirchengeschichte verschrieben, der Aufklärung der – wie hast du es immer genannt? – dunkelsten Machenschaften der Menschheitsgeschichte. Und er hat mit seinem Leben dafür bezahlt.«

»Was?« MacClary wurde weiß wie die Wand. Mit der rechten Faust schlug er auf den Schreibtisch. »Wie kannst du so etwas sagen?«

»Das heißt, du hattest die ganze Zeit keine Ahnung.«

»Ahnung wovon?«

»Ruth hat uns in ihrer Verzweiflung gestanden, dass dein Vater vergiftet wurde. Er ist nicht an den Folgen seiner Kriegsverletzung gestorben, sondern er wurde kaltblütig ermordet. Deine Mutter und Ruth haben sich geschworen, dass du nie davon erfahren solltest. Und sie haben ein Leben lang versucht, dich davon abzuhalten, sein Vermächtnis anzutreten. Aus Angst, wenn du den Spuren folgen und die Machenschaften der Weltkirche weiter hinterfragen würdest, könnte dich ein ähnliches Schicksal treffen wie ihn.« Jennifer hatte mit sehr lauter Stimme angefangen, aber während sie sprach, wurde sie immer leiser. Tränen liefen ihr übers Gesicht. Während sie die letzten Worte aussprach, wurde ihr klar, dass diese Enthüllung alles ändern würde, auch ihr eigenes Leben. Noch vor Kurzem war sie drauf und dran gewesen, auszusteigen und die seit Jahren diskutierten Pläne als Hirngespinste abzutun. Jetzt war sie fest entschlossen, den Weg zu Ende zu gehen. Gerade jetzt.

49

»Aber … warum hat Ruth mir das nie gesagt? Ich meine …«

»Weil die Dinge geschehen, wenn die Zeit dafür reif ist«, warf Shane unvermittelt ein.

Der Widerstand kam prompt. »Bitte, Adam, bei allem Respekt, aber wie willst du das beurteilen?«, wies MacClary ihn ziemlich schroff ab.

Shane ließ sich nicht beirren. »Weil ich in der Höhle, in den Texten und überhaupt in den letzten Tagen Dinge gesehen und erkannt habe, für die es sich lohnt, sogar Irrwege zu gehen. Ronald, du kannst jetzt nicht einfach den Schwanz einziehen und kleinlaut davonlaufen, nur weil dein Ruf als Richter auf dem Spiel steht.«

»Du hast doch überhaupt keine Ahnung! Es geht nicht um mich, sondern um den möglichen Schaden, den ich damit in Washington anrichte«, versuchte MacClary, sich zu rechtfertigen.

Eine Minute lang herrschte Schweigen, dann ergriff Jennifer das Wort. »Ronald, du hättest wissen müssen, dass dieser Weg kein Spaziergang wird. Und nach allem, was passiert ist, bist du es auch Thomas schuldig, weiterzumachen. Ich habe die Vollmacht, ihn auch vor Gericht zu vertreten, und ich werde nicht tatenlos mit ansehen, wie du …«

MacClary stand auf und ging zum Fenster. Nach diesem Gespräch fiel es ihm nicht leicht, sich zu sammeln und seinen altgewohnten professionellen Fokus wiederzufinden. Zu viel stürzte in zu kurzer Zeit auf ihn ein. Einerseits war er tief verletzt, dass seine Mutter und auch Ruth ihm all die Jahre die Wahrheit verschwiegen hatten. Andererseits klang das, was Jennifer ihm berichtet hatte, vollkommen schlüssig und passte zu seinen eigenen Erinnerungen. Sein Vater war noch wenige Tage vor seinem Tod voller Zuversicht gewesen, das Lazarett bald verlassen zu können. Er hatte noch viele Pläne gehabt, und sie hatten sogar ein paar Scherze gemacht. Und dann war er ohne ersichtlichen Grund gestorben – einfach so. Ronald sah wieder die Bilder vor seinem inneren Auge. Er sah sich als Junge vor dem Bett seines Vaters stehen. Vollkommen verzweifelt und hilflos hatte er mit ansehen müssen, wie sein Vater dahinschwand. Diese Ohnmacht würde er nie vergessen.

Jennifer hatte recht. Er würde es sich nie verzeihen, wenn er jetzt aufgab.

Er drehte sich weg vom Fenster, sah die beiden an und straffte für einen Augenblick die Schultern.

»Was schlagt ihr also vor?«, fragte er.

50

Gasthaus am Magdalensberg – 18. März, 15 Uhr

Ryan hatte lange geschlafen. Seine Rippen schmerzten immer noch bei jedem Atemzug, aber immerhin hatten sich seine Kopfschmerzen von den harten Schlägen gelegt, und er konnte wieder klar denken. Das war auch bitter nötig. Er hatte nicht viele Möglichkeiten, um sich aus dieser Lage zu befreien und ungehindert nach Washington zu kommen. Ohne Papiere war es genau genommen fast unmöglich.

»Nun gut, mein lieber Brian, ich denke, jetzt kannst du deine Schulden bei mir bezahlen«, murmelte er vor sich hin. Brian Langster war ein alter Freund aus seiner Jugend. Er hatte ihm bei einer Schießerei in Belfast das Leben gerettet, und sie waren lange Zeit gut befreundet gewesen. Aus Sicherheitsgründen hatte Langster Irland vor knapp zehn Jahren verlassen. Dass er nun ausgerechnet in Italien lebte, empfand Ryan als tragikomische Laune des Schicksals, aber vielleicht würde man ihn genau dort gerade nicht vermuten.

Er nahm sein Handy und suchte die Nummer heraus, benutzte dann aber das Telefon neben seinem Bett.

Es dauerte eine Weile, bis am anderen Ende die vertraute Stimme erklang. »Brian, verdammt, es ist gut, dich zu hören.

Ich … ich brauche deine Hilfe, und ich fürchte, es wird ziemlich schwierig«, sagte Ryan, zwischen Sorge und Hoffnung hin- und hergerissen.

»Thomas Ryan«, erwiderte sein Gesprächspartner am anderen Ende der Leitung bedächtig. »Das ist allerdings eine Überraschung. Was kann ich für dich tun?«

»Ich sitze in Österreich fest, genauer gesagt in Kärnten, nahe der Grenze zu Italien, bin ziemlich ramponiert und muss in den nächsten Tagen unbedingt nach Washington. Allerdings habe ich keine Papiere mehr, die Situation ist also ziemlich schwierig.«

»Ziemlich«, bestätigte Langster. »Und du wirst gesucht, nehme ich an.«

»Ja, aber nicht so, wie du es dir vielleicht vorstellst. Ich erkläre dir das, wenn wir uns sehen. Ich werde …«

»Wo bist du?«

»Ich denke, es wird einfacher, wenn du mir sagst, wo ich hinkommen soll. Ich bin in der Nähe der Südautobahn.«

»Nun gut. Wenn du die Südautobahn nimmst, kannst du kurz hinter der Grenze auf eine Landstraße fahren, die Via Frulli. Du fährst gute fünf Minuten bis zu einem alten Landhaus, das etwas oberhalb der Straße liegt. Dort steht ein alter roter Campingwagen, und da warte ich auf dich, am besten am frühen Morgen kurz vor Sonnenaufgang, dann sind weniger Menschen dort unterwegs. Sagen wir, morgen früh um sechs. Und Thomas, ich warte eine Stunde, nicht länger. In Ordnung?«

Da war sie wieder, die alte Angst. Beide hatten sie ihr halbes Leben damit zugebracht, zu flüchten. Vor der Polizei, vor den Terroristen der IRA – und manchmal einfach nur vor sich selbst. Der Preis für ein Leben im Widerstand gegen den irischen Wahnsinn war hoch, und Ryan hatte reichlich Wunden davongetragen, seelische wie körperliche. Seine ganze Familie hatte unter diesem Konflikt gelitten, hatte Glück und Lebensfreude verloren. Mit dem Wunsch, seine wahre Identität und Herkunft wiederzubeleben, hatte er geglaubt, diese Verletzungen heilen zu können. Und nun steckte er wieder genau da, wo er nicht mehr sein wollte: Er war auf der Flucht und zwischen Paranoia und Wut gefangen.

»In Ordnung, Brian, ich danke dir, und ich hoffe, du kannst mich ein paar Tage irgendwo unterbringen. Ich muss mich erst mal ein bisschen erholen«, sagte Ryan, und die Bitterkeit schnürte ihm fast die Kehle zu.

»Mach dir keine Sorgen, Thomas, das ist doch selbstverständlich. Glaubst du, ich habe vergessen, was du für mich getan hast? Also, bis morgen früh.«

»Danke, ja, bis morgen.« Ryan legte auf, lehnte sich zurück und dachte nach.

Nach wenigen Minuten klopfte es an der Tür.

»Ja, kommen Sie rein«, sagte Ryan ruhig.

Es war der Sohn des Gastwirts. »Hören Sie, ich habe mich noch mal umgesehen. Ich kenne hier alle Leute, und auch die typischen Touristen sind leicht zu erkennen. Im Moment laufen hier einige Gestalten herum, die gehören eindeutig nicht hierher. Und es ist für meinen Geschmack auch relativ viel Polizei unterwegs. Ich glaube Ihnen zwar, aber wir wollen hier keinen Ärger, verstehen Sie?«

Ryan unterbrach ihn. »Ist schon gut, natürlich verstehe ich Sie. Sie wollen mit fremden Schwierigkeiten nichts zu tun haben, und das kann Ihnen niemand verdenken. Ich danke Ihnen ohnehin vielmals für das Vertrauen und die Hilfe. Morgen früh bin ich weg. Ich muss schauen, wie ich zur Grenze nach Italien komme, aber …«

»Sie brauchen ein Fahrzeug, oder?«

»Äh, ja …«

»Ich habe ein Motorrad, das ich seit einem Unfall nicht mehr nutze. Eine alte Enduro, die können Sie haben. Und …«

Ryan hatte in einer seiner Jackentaschen einen ziemlichen Batzen Geld dabei. Eine Angewohnheit aus alten Zeiten: Nie alles an einem Ort aufbewahren und immer genug bei sich haben, um eine Weile zu überleben, notfalls im Untergrund. Er griff zur Jacke und zog das Bündel Geldscheine heraus.

»Nein, lassen Sie, das ist nicht …«

»Doch, ehrlich, mir ist das ein Anliegen. Sie haben mir wirklich sehr geholfen, und Sie sollen nicht auch noch einen finanziellen Schaden davon haben.« Er drückte dem jungen Mann ein paar Scheine in die Hand und klopfte ihm auf den Arm.

Winter schüttelte den Kopf, dann nahm er das Geld und wandte sich zum Gehen. »Okay, danke. Ich hoffe, Sie kommen an Ihr Ziel.«

Ryan sah ihm nach, bis die Tür sich schloss. Das Ziel. Ja, was war eigentlich das Ziel?, dachte er und legte sich wieder aufs Bett.

51

Amerikanische Botschaft – Dublin, 16 Uhr

Jennifer und MacClary sahen sich gemeinsam mit Shane im Keller der Botschaft die Pergamente an und diskutierten, wie sie in Washington vorgehen könnten. In einer guten Stunde würde das Flugzeug starten, doch sie waren sich alles andere als einig.

»Eines ist klar, Ronald: In Rom hatte man immer schon Angst davor, dass irgendwann Dokumente wie diese auftauchen. Diese Texte untermauern die Argumente aller Kirchenkritiker. Und was passiert ist, passt in das Bild eines verletzten Tigers. Er ist gefährlich und handelt irrational«, sagte Jennifer auch in Sorge darum, zu welchen Taten sich der Vatikan noch würde hinreißen lassen.

»Moment, lass uns noch mal sehen, was wir haben. Wir haben hier erstens einige Zeugnisse, die als Indiz ausreichend sind. Jeder begreift, dass der Vatikan ein lebhaftes Interesse daran haben muss, diese Dokumente vom Licht der Öffentlichkeit fernzuhalten. Wir haben zweitens einen Zeugen, der mit einer weiteren Rolle untergetaucht ist und vermutlich verfolgt wird. Bis jetzt gibt es keine Beweise dafür, dass der Vatikan direkt darin verwickelt ist, aber Thomas könnte das eventuell bezeugen. Wir haben Wanzen in meiner Wohnung, deren Herkunft noch unbekannt ist. Das ist alles, wenn auch nicht wenig«, resümierte MacClary.

»Woher wusstest du eigentlich so plötzlich, dass die Wohnung verwanzt ist?«, fragte Shane. »Ich meine, nach dem Anschlag auf Ryan lag es nahe, so was zu vermuten, aber ...«

»Ich hätte sicher selbst darauf kommen können, aber ich habe es nicht wahrhaben wollen. Dann habe ich, nun, einen Hinweis bekommen. Das muss euch im Augenblick reichen, aber vielleicht kann uns diese Quelle auch noch mehr nützen«, sagte MacClary etwas kryptisch.

»Wenn Thomas es wirklich schafft, unbehelligt nach Washington zu kommen, können wir auf jeden Fall Klage in Boston einreichen«, sagte Jennifer überzeugt.

»Wie soll das funktionieren? Der Vatikan genießt doch Immunität«, fragte Shane verwundert.

»Das ist relativ, Adam. Was wir wollen, ist ja zunächst einmal Aufmerksamkeit. Du hast schon recht, wir können eventuell kein Urteil gegen den Vatikan erwirken, aber gegen die konkreten Täter, die ja wohl Mitglied einer der Organisationen des Vatikans sind, können wir schon etwas unternehmen.« MacClary schaute nervös auf die Uhr. »Die Frage ist, ob Thomas es rechtzeitig nach Washington schafft und wie weit man in Rom zu gehen bereit ist. Bei allen Rückzugsgefechten, der Vatikan verfügt über unendliche Seilschaften weltweit. Der beste Schutz, den wir Thomas bieten können, ist eine schnelle Klage – und wenn das nicht reicht, ausreichend Öffentlichkeit.«

Jennifer nickte. »Eines ist sicher: Diese Machenschaften sind nicht mit dem Wirken einer Religionsgemeinschaft vereinbar, und in diesem Fall werden Richter wie auch Bürger in den USA sehr hellhörig. Auch und gerade wenn sie selber

Christen sind. Schließlich geht es um Freiheit, Demokratie und die Unversehrtheit amerikanischer Bürger«, sagte sie mit großer Überzeugung.

»Na ja, ich erinnere dich an den Fall in Mississippi, Jennifer«, bemerkte MacClary skeptisch. »Die Richter haben den Fall abgelehnt, da nicht nachgewiesen werden konnte, dass der Heilige Stuhl und nicht nur Einzelpersonen darin verwickelt waren. Aber es …«

»Moment mal, bitte. Wir vergessen die Inhalte der Dokumente. Wir halten hier Zeugnisse in der Hand, die belegen, dass schon die Gründung der Kirche einen Massenmord nach sich zog: an den Heiden, den Wurzelkulturen Europas, mindestens genauso dramatisch wie ein geplanter Völkermord! Das ist eine direkte Folge dieser Gründung.«

»Nein, nein, Adam, so wird das nichts. Davon träumt auch unser Freund Thomas, aber wir dürfen nicht so naiv sein. Die Verbrechen der Vergangenheit werden wir nicht strafrechtlich, sondern allenfalls moralisch verurteilen können. Die Reaktion der Kirche in der Gegenwart ist dafür allerdings Gold wert, da sie nur einem Zweck dient: der Vertuschung der Vergangenheit. Hinzu kommt, dass diese Zeugnisse zu den Gemeinschaftsgütern der Menschheit gehören. Es sind übernationale Kulturgüter wie beispielsweise die Pyramiden. Auch der Anspruch auf historische Wahrheit und auf Information ist ein Gut, das allen gehört.«

Jennifer nickte begeistert und durchschritt den Raum. »Wenn man das als Recht durchsetzen könnte und wenn es darüber keine völkerrechtlichen Verträge gibt – und es gibt keine, das ist klar –, dann kann Thomas Anspruch auf diese Dokumente erheben. Und zwar als direkter Nachfahre der Druiden, die von Christen im Auftrag des damaligen Papstes umgebracht wurden. Ganz einfach.« Dann blieb sie plötzlich wie angewurzelt stehen und sah MacClary ernst an. »Dazu hätte man die Bergung der Fundstücke allerdings von vornherein offiziell durchführen lassen müssen. Und das hast du nicht getan, weil du den Zwischenfall provozieren wolltest. Öffentlichkeit. Ja, du hast die ganze Zeit einkalkuliert, dass etwas passieren würde, und Thomas war von Anfang an mit von der Partie.« Wütend boxte sie sich mit einer Faust in die Handfläche.

MacClary blickte für einen Moment verlegen zu Boden, dann hob er den Blick wieder und sah ihr offen ins Gesicht. »Einen Zwischenfall – vielleicht, aber sicher nicht so etwas. Das hatten Thomas und ich uns anders vorgestellt.«

»Ich habe geahnt, dass ihr irgendwelche Kindereien vorhabt. Aber gut, machen wir das Beste draus«, sagte Jennifer.

MacClary beobachtete Shane, der Jennifer fragend ansah. »Wir haben jetzt nicht die Zeit, alles zu erklären, wir müssen zum Flughafen. Und ich verspreche euch beiden, dass ich noch einen Trumpf in der Hand habe für den Fall, dass es schwierig wird. Aber fragt mich jetzt nicht danach«, sagte er energisch, während Jennifer auf Shane zuging und ihn zum Abschied umarmte. Der Richter hatte ihre Veränderung in den letzten Tagen bemerkt und freute sich über ihre offensichtliche Zuneigung zu Shane. »Ja, Adam, und wenn du jetzt immer noch nicht genug von unserem Abenteuer hast, bist du herzlich willkommen, mit Deborah hier die Stellung zu halten«, sagte er, während er sich den Mantel anzog.

»Das Angebot nehme ich dankend an, was denken Sie denn? Ich lasse mir doch den Rest dieser Geschichte nicht entgehen!«

»Hervorragend! Ich denke, wir werden euch beide auch noch in Washington benötigen, dich und Deborah. Ein Fahrer der Botschaft bringt dich in die Arbour Hill. Dort sollte inzwischen wieder alles in Ordnung sein, hoffe ich.«

Noch bevor Jennifer und MacClary ihre letzten Unterlagen zusammengepackt hatten, verließ Shane die Botschaft. Während die Limousine durch Dublin glitt, sah er aus dem Fenster. Immer noch dieselben alten Häuser, und doch waren in den letzten Stunden Dinge passiert, die möglicherweise die Welt verändern würden. Wie hoch würde der Preis für diese Veränderung sein? Und vor allem – wer würde ihn bezahlen?

52

Dubliner Innenstadt – 17 Uhr

Shane hatte sich statt nach Hause in den Pub fahren lassen, in dem er Ryan und Deborah kennengelernt hatte. Als er aus dem Wagen stieg, schlug er den Kragen hoch. Ihm war kalt, und er wusste, das lag nicht nur an dem scharfen Märzwind.

Noch vor wenigen Tagen war er in Österreich in eine sinnlose Frustration voller Weltschmerz versunken, und binnen Tagen hatte er das Gefühl, eine Antwort auf all seine brennenden Fragen gefunden zu haben. Allerdings bereitete ihm diese Antwort auch Angst, denn sie forderte in der Konsequenz von Milliarden Menschen ein Umdenken, und er konnte sich nicht vorstellen, dass die Menschheit dazu bereit war. Doch was würde ihnen bleiben? Der Glaube an Jesus Christus hatte nichts mit dem Vatikan zu tun.

Er musste lachen, als er plötzlich und unerwartet in Deborahs Gesicht sah. Der Pub war Deborahs und Ryans zweites Zuhause; kaum ein Ire hält es lange ohne einen Pubbesuch aus, dachte er sich.

»Was machst du denn hier, Adam? Ich habe bei Ronald auf dich gewartet; er sagte, du würdest in Dublin bleiben.«

»Das stimmt ja auch, aber jetzt hatte ich erst mal das Gefühl, ich brauche eine Pause und ein schönes großes Bier. Außerdem kann ich eh nicht aufhören nachzudenken.« Shane deutete einladend auf einen Stuhl, und Deborah setzte sich. Sie war sichtlich aufgeregt und sprach schnell und leise, fast ein wenig heiser.

»Ich habe noch ein Pergament übersetzen können. Darin schreibt ein Chronist, kein Druide übrigens, dass die aufsteigenden Bischöfe kein Interesse mehr an Menschen hatten, die sich in Freiheit entwickeln konnten. Alle Prediger, die weiterhin den wichtigsten Teil der Lehre Jesu verbreiteten und den Gläubigen sagten, dass jeder Mensch Gott in seiner Seele finden kann, wurde vertrieben oder getötet. Denn diese Botschaft untergrub den Herrschaftsanspruch der Bischöfe und das neue Glaubensbekenntnis.«

»Alles sehr beeindruckend, aber …«

»Warte, das ist noch nicht alles. Die offene, empfängliche Natur von uns Frauen und unsere Sexualität sollte von allen Würdenträgern der Kirche gemieden werden. Der Chronist schildert dies als das größte Verbrechen, denn er sagt, ursprünglich hätten die Frauen die Mehrheit der Priester gestellt. Und nun hieß es plötzlich, sie seien von teuflischen Dämonen umgeben und deshalb zu gefährlich, als dass sie Gottes Willen auf Erden umsetzen könnten. Abartiges Geschwätz! Ich finde das absolut überwältigend, wie präzise sich das mit dem deckt, was Kirchenkritiker, na ja, eigentlich erst seit Mitte des letzten Jahrhunderts, verbreiten können, ohne dafür als Ketzer verbrannt zu werden.« Die Begeisterung über ihren Fund war ihr deutlich anzusehen.

»Im Prinzip hast du natürlich recht, Debbie. Aber wir sollten nicht vergessen, dass diese Wahrheit schon seit Jahrhunderten hinter verschlossenen Türen gewusst und ausgesprochen worden ist. Nur kommt man heute dafür nicht mehr auf den Scheiterhaufen … außer Thomas, der schafft selbst das noch, wenn er so weitermacht«, sagte Shane mit sarkastischem Lachen und in Anspielung darauf, was Ryan in der Höhle widerfahren war. »Durch die Gewalt der eigenen Lügen, die der Vatikan seit Gründung der Kirche angehäuft hat, ist er wie gelähmt, vollkommen ohnmächtig. Von dieser Kirche geht nichts Göttliches mehr aus. Trotzdem habe ich meine Zweifel, ob wir einen Kampf gegen sie führen sollten«, gab er zu bedenken. Was er zuletzt von MacClary gehört hatte, machte ihn unsicher.

»Wieso Kampf? Wir haben doch gar keinen Kampf gewollt. Wenn man im Vatikan aus der historischen Wahrheit nicht bald die Konsequenzen zieht, wird die Geschichte den ganzen Spuk ohnehin hinwegblasen. Keine Wahrheit und keine Kultur lassen sich ewig unterdrücken«, sagte Debbie und setzte zu einem kräftigen Schluck Guiness an.

»Das versuch mal den fast ausgerotteten Indianern zu erklären. Die werden dir eine neue Frisur verpassen! Aber vielleicht ist das, was Ronald und Jennifer vorhaben, eine späte Art, auf dem Weg über das Recht auch Gerechtigkeit zu schaffen. Ich mache mir nur Sorgen um unsere Sicherheit – vielmehr um unser aller Sicherheit. So ein Prozess wird doch unabsehbare Folgen haben!«

»Ich glaube, Thomas hat noch keine Gelegenheit gehabt, dir von seiner Vision zu erzählen. Er hat mir in den letzten Jahren alles über die Gaben der Druiden und auch anderer Naturvölker erklärt. Und er ist sicher, es wird eine Zeit kommen, in der die Menschen den Irrweg erkennen, den wir hier auf der Erde eingeschlagen haben. Die Reste dieser Gaben und das Wissen der alten Kulturen werden uns dann helfen, uns zu erinnern, damit sich endgültig ein neues Bewusstsein seinen Weg bahnt. Jedenfalls glaubt er das.«

»Und weißt du was, ich glaube das auch. Wenngleich dieses ethische Bewusstsein und das Wissen der Naturvölker in der neuen Zeit sicher einen ganz anderen Ausdruck finden werden. Als du die Pergamentrolle über die Wiederkehr der Druiden übersetzt hast, ist mir fast schwindelig geworden. Für Thomas muss dieser Text ja eine noch größere Bestätigung gewesen sein. Doch eines ist auch klar: Ronald und Jennifer schlagen mit einer Anklage einen Weg ein, der alte Wunden aufreißt und einen Glaubenskrieg auslösen kann. Und es ist durchaus denkbar, dass wir die Folgen dieses Vorgehens unterschätzen.« Shane hatte wieder seine alten Sorgenfalten auf der Stirn und trank sein Bier in einem Zug aus.

»Nein, Adam, das glaube ich nicht mehr. Es wird Widerstand aus dem Vatikan geben, das ja. Wir dürfen nicht erwarten, dass dieses vergreiste Vehikel einen tief greifenden Umbruch einfach so lautlos hinnimmt. Aber die meisten Christen wissen doch längst, dass die wahre Botschaft nicht hinter diesen machtgierigen Mauern zu finden ist«, entgegnete Deborah.

»Nein, Debbie, spiel das nicht herunter, ich habe da ein ganz ungutes Gefühl. Ronald hat noch etwas in der Hinterhand«, erwiderte Shane. »Ich habe immer noch keine Ahnung, was er wirklich plant. Selbst Jennifer ist vielleicht nur eine Marionette in seinem Spiel. Ach, weißt du was, lass uns aufhören, ich denke, wir haben für heute genug gegrübelt und geredet. Ich würde vorschlagen, wir trinken noch ein Bier und gehen dann zurück.« Shane rieb sich die müden Augen.

»Oh, ich fürchte, dafür bleibt uns gar nicht die Zeit. Ronald hat mich vor seinem Abflug angerufen. Morgen früh geht eine Sondermaschine mit den Pergamenten nach Washington. Dort sollen Experten ihre Entstehung genau datieren, und er bittet uns, den Flug zu begleiten.«

Schon wieder fliegen, dachte Shane mit einem Schaudern. Andererseits würde er auf diese Weise vielleicht auch Jennifer wiedersehen. »Gut, dann haben wir noch einen Grund mehr, ausgeschlafen zu sein«, grinste er Deborah an.

53

Washington, Apartment von MacClary – 15 Uhr

MacClary hatte Jennifer noch ins Hotel Monaco begleitet; jetzt saß er in seinem Apartment, nicht weit vom Sitz des Supreme Court, und blickte nachdenklich aus dem Fenster. Diese Wohnung hatte er nach seiner Ernennung durch die US-Präsidentin gemietet; gemessen an seinem Amt, war sie bescheiden in Größe und Einrichtung, aber genau das wusste man in Washington in Zeiten knapper Kassen durchaus zu schätzen.

Als er sich gerade aus seinem Sessel erheben wollte, klingelte das Telefon. Verwundert schüttelte er den Kopf und ging in sein kleines Arbeitszimmer, das im Gegensatz zu seinem altehrwürdigen Elternhaus sehr schlicht und formell eingerichtet war, voll von Ordnern und juristischen Büchern.

»Ronald MacClary.«

»Ah, Mr. MacClary. Gut, dass ich Sie gleich erreiche, hier ist Bill Axton. Ich soll Ihnen ausrichten, dass die Präsidentin Sie gerne morgen um siebzehn Uhr zu einem Gespräch treffen möchte.« Axton war einer der engsten Berater der Präsidentin, und er sprach seine freundliche Einladung in einem Ton aus, der keinen Zweifel daran ließ, dass es sich eigentlich um einen Befehl handelte.

MacClary wurde unruhig. Hatte der Botschafter entgegen seiner Zusage das Weiße Haus doch schon über die Ereignisse in Dublin unterrichtet?

»Darf ich Sie fragen, in welcher Angelegenheit? Ich habe morgen eine Sitzung mit den Richtern.« Auch MacClary beherrschte das Spiel des autoritären Tonfalls.

»Das kann ich Ihnen nicht sagen, aber die Sache ist dringlich.«

»Gut, ich werde pünktlich sein. Bis morgen, Mr. Axton.«

»Danke sehr und bis morgen.«

MacClary legte den Hörer erst gar nicht aus der Hand und wählte sofort die Nummer der Botschaft in Dublin.

»Amerikanische Botschaft in Dublin.«

»Hier ist der Vorsitzende Richter Ronald MacClary, verbinden Sie mich bitte umgehend mit dem Botschafter.«

»Tut mir leid, Sir, aber der Botschafter ist noch in einer Sitzung mit ...«

»Dann muss ich Sie bitten, ihn für einen Augenblick aus der Sitzung zu holen. Ich denke, Sie haben verstanden, mit wem Sie hier sprechen.« MacClary sprach jetzt überdeutlich.

»Sicher, Sir, entschuldigen Sie, einen Moment bitte.«

MacClary tippte nervös mit seinen Fingern auf den Tisch. Es dauerte keine Minute, dann hörte er Schritte.

»Mr. MacClary, was kann ich für Sie tun, ist etwas passiert?«, fragte der Botschafter überrascht.

»Ich hatte Sie doch gebeten, Stillschweigen wegen der Wanzen zu bewahren!« MacClary konnte seine Verärgerung nur mühsam verbergen.

»Was denken Sie denn? Wie kommen Sie darauf, dass ich mich nicht an mein Versprechen halte?«, erwiderte der Botschafter ein wenig pikiert.

»Sie haben die Information nicht weitergegeben?«

»Nein, und für meine Leute verbürge ich mich ebenfalls. Es ist vollkommen unmöglich, dass über diese Abhöraktion etwas nach draußen gelangt ist, jedenfalls nicht von hier.«

MacClary hörte die unausgesprochene Frage hinter den höflichen Worten und war peinlich berührt wegen seines harten Tonfalls. »O Gott, anscheinend sehe ich schon weiße Mäuse. Entschuldigen Sie mein vorschnelles Urteil, aber ich habe da wohl etwas verwechselt. Ich suche Sie auf, sobald ich wieder in Dublin bin«, sagte er zerknirscht.

»Kein Problem, ist schon vergessen. Ich kann verstehen, dass Ihnen diese Sache Sorgen bereitet. Viel Glück in Washington, und ich hoffe, es klärt sich alles schnell auf. Gute Nacht.«

»Danke, Herr Botschafter. Ihnen auch eine gute Nacht.«

Verwirrt legte MacClary das Telefon zurück. Was konnte die Präsidentin sonst von ihm wollen? Noch nie in seiner gesamten Amtszeit war er ins Weiße Haus zitiert worden. Er musste den Vormittag nutzen und mit jedem einzelnen Richter am Supreme Court vertraulich über das sprechen, was Jennifer gerade vorbereitete. Und das alles, ohne einen Hinweis darauf zu geben, was er selbst plante. Doch die neue Rechtsauffassung der Vereinten Nationen in Sachen Kulturgüter und Recht auf historische Wahrheit war sehr umstritten. War es das alles wert? Konnten diese Dokumente wirklich seinem Ziel dienen, die Verbrechen der Kirche ein für alle Mal so öffentlich zu machen, dass damit die Macht des Vatikans gebrochen wurde? Seinem Ziel und dem Ziel seines Vaters?

An Schlaf war jetzt nicht zu denken. MacClary schaltete den Fernseher ein, und als ob die Nachrichten auf ihn gewartet hätten, berichtete CNN gerade aus Irland.

Wie heute bekannt wurde, hat der Vatikan über Jahrzehnte hinweg systematisch vertuscht, wie viele katholische Würdenträger in Irland und den USA in Vergewaltigungen und Misshandlungen von Minderjährigen verwickelt waren. Zudem wurden erneut auch in Deutschland und anderen Ländern zahlreiche Fälle von sexuellem Missbrauch von Kindern durch katholische Geistliche bekannt. Papst Johannes Paul III. entschuldigte sich mehrfach für den Missbrauch. Für den 4. April hat er das gesamte Kardinalskollegium, rund zweihundert Kardinäle, nach Rom eingeladen. Bei dem Treffen soll über den Umgang der katholischen Kirche mit den erneuten Missbrauchsfällen beraten werden.

Unterdessen wurde am Freitag die vorübergehende Festnahme eines deutschen Bischofs wegen der Vertuschung von rund dreihundert Misshandlungsfällen im Raum München bekannt. Er sei am Mittwoch festgenommen worden, verlautete es in diesem Zusammenhang, ist aber inzwischen nach Zahlung einer Kaution von fünfzigtausend Euro wieder frei. Um welchen Bischof es sich handelt, wurde nicht bekannt gegeben, jedoch habe man in Rom signalisiert, in den nächsten Tagen den Namen öffentlich zu machen, sollten sich die Vorwürfe erhärten. Man habe den Bischof vorübergehend vom Dienst suspendiert.

MacClary saß regungslos in seinem Sessel und fühlte wieder die vertraute Selbstsicherheit angesichts dieser Nachrichten. Was immer morgen im Supreme Court oder im Weißen Haus geschehen würde, an diesen Fakten kam niemand mehr vorbei. »Es gibt kein Zurück mehr, und ich werde dafür sorgen, dass ihr vor der Welt und vielleicht sogar vor eurem Gott endlich die Verantwortung für eure Taten übernehmt«, schwor er und schlug mit der Hand auf den Tisch.

54

Magdalensberg – 19. März, 4.30 Uhr

Ryan hatte sich noch am Abend von den freundlichen Wirtsleuten verabschiedet. Er musste sich einfach darauf verlassen, dass die Familie nichts unternehmen würde, zumindest nicht bis zum Mittag, bis er hoffentlich, gemeinsam mit Brian Langster, im wahrsten Sinne des Wortes über die Berge in Sicherheit war. Nur der Sohn war mit ihm aufgestanden und hatte hinter dem Haus sein Motorrad bereitgestellt; sogar der Helm passte. »Ich danke Ihnen nochmals, und wenn die Sache ausgestanden ist, verspreche ich Ihnen, hier mit meinen Freunden zu feiern. Wir werden einige Gründe dafür haben.«

Als er die Maschine startete und losfuhr, sah er im Rückspiegel, wie der junge Mann sich bekreuzigte. Nun gut, die Sache mit der Feier würde er sich noch überlegen müssen.

Bis zur Grenze waren es rund fünfzig Kilometer, sobald er den Weg den Berg hinunter hinter sich gebracht hatte. Noch war es stockdunkel, und er hoffte, dass man ihn weder gesehen hatte noch später erkennen würde. Doch als er fast am Fuß des Berges angekommen war, blendeten ihn plötzlich Lichter aus einem Seitenweg, und ein Wagen steuerte ohne

Zögern direkt auf ihn zu. Geistesgegenwärtig riss er die Maschine herum, geriet dabei aber so sehr ins Schlingern, dass er fast gestürzt wäre. Nun machte sich das geländegängige Motorrad bezahlt. Er konnte einen Abhang querfeldein hinunterfahren und seine Verfolger für den Moment abhängen.

Selbst Ryan wurde langsam unheimlich, dass sie so hartnäckig waren. Er schaltete das Licht aus und fuhr fast blind im Dunkeln durch das Unterholz, bis er wieder auf eine Straße kam. Von oben sah er seine Verfolger näher kommen, und er holte alles aus der Maschine heraus, was möglich war. Röhrend legte sich das Motorrad in die engen Kurven.

Während er verzweifelt versuchte, die Autobahn Richtung Italien zu erreichen, schossen ihm Erinnerungen an die vielen Gespräche durch den Kopf, die er in den letzten Jahren mit Deborah und MacClary geführt hatte. Sie hatten lange über diesen Moment spekuliert, immer wieder darüber gestritten, welche Bedeutung die Kelten und Druiden wirklich hatten, ja sogar über die Frage, ob es sie überhaupt wirklich gegeben hatte.

Selbst das renommierte Britische Museum hatte die kulturelle und soziale Bedeutung der Kelten in letzter Zeit auf die Ausstellung von Schmuck und Waffen reduziert, ohne zu fragen, was aus ihrem Reichtum und ihrem geistigen Erbe geworden war. MacClarys wissenschaftliches Herangehen an die vorchristliche europäische Kulturgeschichte, mit seinem besonderen Augenmerk auf die Lebensweise der Menschen, ihre Technik, ihre soziale Organisation und ihren spirituellen Reichtum war der Kirche schon lange ein Dorn im Auge. Doch erst aus diesem Blickwinkel wurde die Verantwortung der Kirche für die Vernichtung seiner Vorfahren offenbar. Was für Mächte waren hier im Spiel? Warum verschlossen so viele Menschen die Augen vor der historischen Wahrheit?

Warum ließen so viele Menschen zu – oder waren gar aktiv daran beteiligt –, dass die Wahrheit unterdrückt wurde?

Er war gute vierzig Kilometer wie von fremder Hand geschützt über die Autobahn gerast. Seine Verletzungen schmerzten immer noch sehr, aber der brennende Wunsch, es bis nach Washington zu schaffen und seine Rolle in diesem Spiel zu Ende zu spielen, verlieh ihm fast übermenschliche Kräfte. Die Morgendämmerung leuchtete das Gebirge orangegelb aus, während er näher kam, und er konnte bereits erkennen, wo er die Autobahn verlassen würde, um hinter der Grenze die verabredete Landstraße zu erreichen.

Als er die freie Grenze nach Italien überquert hatte und gerade anfing, sich ein wenig zu entspannen, stieg plötzlich unter der Autobahnbrücke ein schwarzer Hubschrauber auf. Sekunden später sah er gut einen Kilometer voraus eine Straßensperre der Polizei. Aus dem Hubschrauber dröhnte auf Italienisch eine Durchsage, von der Ryan zwar kein Wort verstand, deren Sinn aber unmissverständlich war.

Im nächsten Moment öffnete sich die Tür an der Seite des Hubschraubers, und aus dem Augenwinkel konnte Ryan erkennen, dass zwei Scharfschützen ihre Waffen in Anschlag brachten. Er begann in Schlangenlinien zu fahren, um ihnen das Zielen so schwer wie möglich zu machen, begriff aber schnell, dass dieses Vorgehen nicht nur gefährlich war, sondern auch keine Dauerlösung darstellte. Irgendwann würden sich die Schützen darauf einstellen. Wie sollte er ihnen entkommen, ohne zurückzufahren? Außerdem, korrigierte er sich nach einem Blick in den Rückspiegel, war auch das nicht mehr möglich, denn inzwischen näherten sich auch von hinten die ersten Polizeifahrzeuge.

Er musste von der Brücke runter! Unter ihm strömte ein breiter Gebirgsfluss dahin, gesäumt von Sandbecken, deren

Wasser türkisblau im Morgenlicht strahlte. Ein Stück weiter den Fluss hinunter waren einige verstreute Bauernhöfe zu sehen. Keine Chance, das Wasser war zu flach, um aus gut zwanzig Meter Höhe von der Brücke springen zu können. In einer Kurve bemerkte er, dass jeder Brückenpfeiler an der Innenseite mit einer Stahlleiter versehen war, doch bevor er einen Entschluss fassen konnte, hörte er einen lauten Knall und spürte gleichzeitig, wie das Motorrad hinten ausbrach.

Sie hatten ihn tatsächlich erwischt! Der Hinterreifen hatte einen Treffer abbekommen. Er rutschte auf die Seite und hatte Glück, dass sein Sturz abermals von der gut verpackten Pergamentrolle abgefangen wurde. Insgeheim schickte er seinen Ahnen einen innigen Dank, aber der Sturz war immer noch heftig genug, und er rutschte mit den Füßen vorweg Richtung Leitplanke, die seine Rutschpartie unsanft stoppte.

»Verdammte Scheiße!« Ryan biss die Zähne zusammen, rappelte sich mit einem Stöhnen auf und rannte zu einem der Pfeiler. Vorsichtig stieg er über die Befestigung und landete mit einem waghalsigen Sprung auf einer Plattform, über die er die Leiter erreichte. Seine Verfolger blieben hartnäckig; der Hubschrauber flog unter die Brücke, und die nächsten Schüsse prallten am Beton ab, aber der Pfeiler, an dem er jetzt mit ebenso viel Eile wie Vorsicht hinunterstieg, war für die Schützen nicht zu erreichen. Wieder ertönte eine Durchsage aus dem Lautsprecher, und weitere Schüsse folgten im Sekundentakt, doch dann hörte er, dass der Hubschrauber abdrehte. Mit steigender Temperatur war eine leichte Thermik aufgekommen, die den Flug unter der Brücke möglicherweise zu gefährlich machte, dachte Ryan, während er die letzten Leitersprossen nahm. Unten angekommen, war er allein. Seine Verfolger schienen verschwunden, und selbst von der Brücke schaute nur ein einzelner Polizist hinunter, als er den Talboden erreicht hatte und davonlief.

»Verdammt, was in aller Welt habt ihr denn davon, wenn ihr mich umbringt?«, schimpfte Ryan verzweifelt vor sich hin und rannte mit schmerzverzerrtem Gesicht durch den Fluss zu einem nahe gelegenen Hof, als der Hubschrauber wieder auftauchte. Doch da war er schon am anderen Ufer angekommen und konnte sich hinter dem Bauernhof im Dickicht verstecken.

»Ich muss hier weg, aber wie?« Ryan wusste, ihm blieben vielleicht nur noch wenige Minuten, bis seine Verfolger die Spur wieder aufnahmen. Nicht weit von seinem Versteck konnte er die Landstraße entdecken, auf die er gelangen musste, aber aus eigener Kraft würde er das bei der Anzahl und der Ausrüstung seiner Verfolger niemals schaffen.

Verzweifelt sah er sich um, sein Blick schweifte über den Fluss und die Wiesen, die den Hof umgaben. Das einzige lebende Wesen weit und breit war ein schwarzes Pferd, das neben einem Schuppen graste. Ein starkes Pferd und zudem unglaublich schön. Nur auf der Brust zierte ein kleiner weißer Fleck das pechschwarze Fell. Ryan dachte nur wenige Sekunden nach, dann lief er los in Richtung Schuppen, wobei wieder aus irgendeiner Richtung ein Schuss seinen Weg kreuzte. Für Sattel und Stricke blieb keine Zeit. Als Kind hatte er fast jedes Pferd für sich gewinnen können. Instinktiv hatte er schon früh den Weg erkannt, wie man sich mit einem Pferd verband, wie man es ohne Sattel und Zaumzeug sicher reiten konnte und vor allem, wie man Vertrauen aufbaut: indem man den Geist befreit und sich nur auf den Weg konzentriert und eins mit diesen wunderbaren Wesen wird.

Er näherte sich vorsichtig der Koppel und dem Pferd, das durch die Schüsse und den Hubschrauber unruhig geworden war. Er legte seine Hand auf die Stirn des Wallachs. »Ich brauche deine Kraft und deine Hilfe, bitte nimm meine Führung an«, sagte Ryan mit beschwörendem Unterton, und schon war er auf dem Rücken des Pferdes und gab die Richtung vor. Der Rappe machte tatsächlich keine Schwierigkeiten und galoppierte los. Selbst der herannahende Hubschrauber verunsicherte ihn nicht. Ryan hörte, wie die Hufe mit gleichmäßigem Rhythmus auf das Gestein schlugen, die Mähne wehte ihm ins Gesicht, und er spürte, dass das Pferd bereit war, alles zu geben, um seinen Reiter sicher ans Ziel zu bringen. Das Tempo war atemberaubend, und im Flussbett angekommen, hörte Ryan, wie sich der Hubschrauber wieder von hinten näherte und erste Schüsse ihn nur knapp verfehlten. Die Schützen versuchten, auf gleicher Höhe in sichere Schussweite zu gelangen. »Schneller!«, schrie Ryan und schöpfte Hoffnung, als der Wald und das aufsteigende Gebirge näher kamen. Vor ihm war noch ein Graben zu überwinden, doch ein weiterer Schuss knapp unter die Hufe ließ das Pferd vor Schreck mit einem gewaltigen Satz hinübersetzen, sodass Ryan beinahe den Halt verlor. Aber jetzt waren sie fast am Ziel, und der Hubschrauber musste wegen des sich nähernden Abhangs endlich die Verfolgung abbrechen. Unter dem Schutz der Bäume ging es über Felsbrocken und Fichtengestrüpp den Berg hinauf.

Ryan klopfte dem Rappen mit der Hand freundlich auf den schweißnassen Hals. »Du bist ja ein echter Teufelskerl«, sagte er, ehrlich überrascht, was für ein Pferd er da einfach so am Wegesrand gefunden hatte. Sie verlangsamten ihr Tempo ein wenig, und in gut hundert Meter Entfernung konnte Ryan das alte Landhaus und den roten Campingwagen sehen, den Brian Langster ihm als Erkennungszeichen genannt hatte – näher als vermutet. Erleichtert trieb er den Rappen wieder zum Galopp an und ritt in den Seitenweg, wo sein Freund bereits stand und auf ihn wartete. Langster sprang nervös zu seinem Wagen, als das fremde Pferd wie eine schwarze Rakete auf ihn zugaloppiert kam. Ryan stoppte unmittelbar vor dem kleinen schwarzen Fiat und sprang mit einem Satz ab, sodass er direkt vor Langster auf die Füße kam.

Dankbar schlang er einen Arm um den Hals des schwer atmenden Pferdes und schloss die Augen. »Danke, einfach nur danke«, sagte er leise und gab dem Rappen einen Klapps auf das Hinterteil, damit er seinen Weg nach Hause antrat. Dann öffnete er die Beifahrertür und sah in das ungläubige Gesicht von Langster. »Na ja, manchmal reicht auch ein PS … fahr los, wir müssen schnellstens weg hier.«

Langster ließ sich nicht lange bitten. »Ich bringe dich zu einem befreundeten Arzt«, sagte er nach ein paar Metern. »Von dort wirst du auch deine Reise in die Staaten aufnehmen. Aber es herrscht Funkstille dort, wir können kein Risiko eingehen. Sobald du in der Luft bist, kannst du Kontakt mit deinen Freunden aufnehmen, aber nicht vorher. Hast du mich verstanden?«

»Hab ich dich jemals enttäuscht?«

Langsters Blick sagte alles. Für die anderen würde es eine harte Geduldsprobe sein, tagelang ohne Nachricht von ihm warten zu müssen, aber sein geschundener Körper brauchte sicher ein paar Tage, um überhaupt irgendwo hingehen zu können.

55

Supreme Court, Washington, D. C. – 19. März, 11 Uhr

Ronald MacClary ging die Treppe hinauf in den ersten Stock des Supreme Court, wo sich der Konferenzraum der Richter befand. Hier wurden Entscheidungen getroffen, Urteile verfasst und unter Ausschluss der Öffentlichkeit Abstimmungen geprobt, bevor klar war, ob sich der Court mit einem Fall beschäftigte oder nicht.

Und genau darum würde es jetzt gehen.

Ronald war nervös. Er hatte keine Vorstellung, wie viel seine Richterkollegen schon wussten und wie sie reagieren würden, wenn er sie einweihte. Noch bis vor wenigen Tagen war sein Engagement in Sachen Kirchengeschichte eine Privatangelegenheit gewesen. Nun stand er als höchster Richter im Scheinwerferlicht. Er würde sich erklären müssen, denn er musste jeden Versuch abwenden, ihn anzugreifen und seine Autorität zu untergraben. Dennoch – einen Fall vorzubringen, der noch nicht einmal vor einem Bezirksgericht verhandelt, abgelehnt oder gegen den Berufung eingelegt worden war, blieb ein riskantes Unternehmen. Letztlich konnte er die Sache den Kollegen nur anvertrauen und die Reaktion abwarten. Die Mehrheit der unter den letzten vier Präsidenten ernannten Richter waren zwar Katholiken, aber sie waren dem Recht, der Verfassung und nicht dem Vatikan verpflichtet, dachte sich MacClary.

Als er den Konferenzraum betrat, stand dort nur ein einzelner Kollege. »Guten Morgen, Ronald«, sprach er den erstaunten MacClary an. »Ich habe gerade erfahren, dass Richterin Courtney erkrankt ist. Die Sitzung ist abgesagt. Hat man dich nicht unterrichtet?« Bob Johnson war ein kleiner, sehr schlanker Mann mit grau melierten Haaren und einem schmalen Oberlippenbart. Mit seinen knapp fünfundsiebzig Jahren war er einer der ältesten Richter am Supreme Court.

Ratlos sah MacClary den Kollegen an. »Nein, aber das habe ich mir zu einem Gutteil selbst zuzuschreiben; ich war sehr früh unterwegs und hatte mein Handy vergessen«, antwortete er. »Abgesagt – das ist aber gar nicht gut.« Für ein paar Sekunden starrte er den großen, leeren Konferenztisch an, dann fasste er einen Entschluss. Die Situation war zwar ausgesprochen unangenehm, aber andererseits ergab sich auf diese Weise eine Gelegenheit, mit einem der liberalsten Richter unter vier Augen zu sprechen.

»Die Sache ist die, Bob, ich bin für heute Nachmittag ins Weiße Haus zitiert worden. Ich weiß nicht genau, was mich dort erwartet, aber es könnte mit gewissen Vorgängen in Dublin zu tun haben, die …«

»Ich kann mir schon denken, worum es geht«, unterbrach ihn Johnson. »Hast du geglaubt, dass deine private Fehde mit der katholischen Kirche völlig ohne Folgen bleibt?«

MacClary setzte sich erstaunt an den großen Tisch. Was war geschehen?

»Ja, schau mich nicht so fragend an! Hier, du hast Glück, dass das bisher von keiner unserer großen Zeitungen aufgegriffen wurde«, sagte Johnson und legte ihm den Bericht einer österreichischen Zeitung vor, die sich mit dem obskuren Abbruch seiner Vorlesung beschäftigte.

MacClary atmete erleichtert auf. »Ach, das! Nein, Bob, diese Geschichte ist zwar irgendwie ärgerlich, aber kaum ein Grund, mir etwas vorzuwerfen. Die Welt hat bei diesem Vortrag nichts erfahren, was nicht schon andere versucht haben zu erklären. Nein, es gibt ein anderes Problem. Ich habe durch Zufall entdeckt, dass meine Wohnung in Dublin verwanzt war.«

»Was? Wer in Gottes Namen ...«

MacClary atmete tief durch. So unangenehm es ihm war, aber jetzt musste er einen seiner besten Freunde im Court anlügen. »Ich weiß es nicht, aber ich kann versichern, dass ich dort in den letzten Wochen kein Gespräch über unsere Angelegenheiten geführt habe. Wenn ich dort bin, lebe ich in der Tat, wie du weißt, in einer anderen Welt und gehe oft nicht mal ans Telefon. Nur die Guantanamo-Geschichte war einmal Thema, aber da waren die Wanzen noch nicht installiert, wenn wir den Experten glauben dürfen«, sagte MacClary.

»Gut, das ist immerhin etwas. Trotzdem, die Sache ist auf jeden Fall äußerst beunruhigend. Gibt es keine Spur zu den Tätern?«

»Leider nein, wenn wir einmal von den üblichen Verdächtigen absehen. Ich weiß auch nicht, ob jemals festzustellen sein wird, woher dieser Lauschangriff kam. Aber wenn wir gerade dabei sind: Ich wollte mit dir noch über etwas anderes reden, sozusagen außerhalb des Protokolls. Wir bekommen vermutlich bald einen ziemlichen Brocken vorgesetzt. Ich habe von einer befreundeten Anwältin erfahren, dass die Staatsanwaltschaft von Boston in den nächsten Tagen Anklage gegen den Vatikan erheben will. Ich weiß noch nicht einmal, worum es sich handelt. Sie hat aber angekündigt, bei einer Ablehnung den Supreme Court anzurufen.«

»Also wirklich, Ronald, ich fasse es nicht. Was willst du mir denn jetzt wieder verkaufen? Du wirst in ziemliche Schwierigkeiten geraten, wenn du so weitermachst, erst recht nach dieser letzten Sache. Man kann dir eventuell wegen deiner privaten Querelen Befangenheit vorwerfen …«

»Nein, das glaube ich nicht. Wir wissen ja noch nicht einmal, worum es konkret geht. Mich beschäftigt nur die Frage, wie die Richter sich insgesamt verhalten würden, wenn eine christliche Institution vor Gericht stünde. Sind dann nicht ohnehin alle befangen?«, konterte MacClary.

»Das ist eine berechtigte und intelligente Frage, und damit kannst du vordergründig punkten. Andererseits ist es völlig egal. Ich kann dir versichern, dass du keine Mehrheit zusammenbekommen wirst, selbst wenn …«

»Selbst wenn es sich um versuchten Mord, Raub von Kulturgütern und die Vernichtung von Beweismitteln in einem, Fall von historischem Völkermord handelt? Wohlgemerkt, das ist alles vollkommen hypothetisch.«

»Was? Woher weißt du das? Gerade eben hast du noch gesagt, du weißt nicht, worum es sich handelt. Wie soll ich dir vertrauen, wenn …«

»Warte, Bob, ich weiß es wirklich noch nicht genau, aber es kann in diese Richtung gehen. Die Frage ist, ob die Mehrheit der Richter nicht doch bei einem solchen Ausmaß der Vorwürfe, sofern sie wirklich bewiesen werden könnten, gegen den Vatikan sprechen würde. Und ich betone: gegen den Vatikan oder einzelne Mitglieder des Vatikans, nicht gegen den christlichen Glauben.« MacClary war wieder aufgestanden. Allmählich wurde er nervös, er wusste nicht, ob er Johnson mit dieser Sache nicht grenzenlos überforderte.

»Nun, eines ist doch klar: Wir haben unseren Amtseid auf die Bibel geleistet, nicht auf den Vatikan. In dieser Hinsicht halte ich unsere Kollegen für absolut integer. Aber selbst wenn ich in diesem Punkt recht habe, was will die Anklage gegen einen Staat ausrichten, dessen Amtsträger fast alle Immunität genießen?«, fragte Johnson. »Ich verstehe ehrlich gesagt wirklich nicht, wohin dieser Unsinn führen soll, außer dass du deinen guten Ruf ruinierst und Gefahr läufst, dein Amt zu verlieren.«

»Nun, Bob, wir werden sehen. Zunächst einmal bin ich schon dankbar, wenn du mir nicht das Vertrauen entziehst. Ich weiß selbst noch nicht, wohin diese Reise geht. Aber eines ist klar: Auch wenn ich viel über die Geschichte der frühen Kirche und über die Verbrechen des Vatikans weiß, macht mich das noch lange nicht zu einem Richter, der befangen ist.«

»Ronald, verstehst du, mich musst du davon nicht überzeugen. Ich bin selbst kein großer Freund des Vatikans und halte seinen Anspruch auf Allwissenheit und Unfehlbarkeit für mehr als zweifelhaft. Aber hier gibt es noch sieben weitere Richter, und ich habe keine Ahnung, wie die mehrheitlich denken. Wenn die Beweise hart genug sind, werden sie sich auf eine solche Konfrontation einlassen«, versicherte Johnson überraschend, um seine Aussage gleich wieder einzuschränken. »Aber genau da liegt das Problem, denn bei der Prüfung und Anerkennung der Beweise wird die Anklage scheitern. Darüber solltest du dir keine Illusionen machen, und ich kann dir nur empfehlen, schon die Anhörung dieses Falls mit deiner Stimme abzulehnen, und zwar hier in diesem Zimmer. Sonst ist deine Karriere möglicherweise sehr schnell beendet.« Johnson stand auf, nahm seine Tasche und ging Richtung Tür. »Lass dich nicht von deiner Besessenheit leiten,

Ronald, die Kirche verliert auch ohne unser Zutun ständig an Bedeutung. Siehst du denn keine Nachrichten mehr?«

»O doch, das tue ich. Wahrscheinlich hast du recht. Warten wir es ab, Bob.«

Ohne ein weiteres Wort verließ Johnson den Konferenzraum. MacClary hörte, wie sich seine Schritte auf dem Marmorboden entfernten. Er setzte sich an den Konferenztisch und stützte den Kopf schwer in beide Hände. Das Gespräch hatte einige wichtige Punkte für ihn geklärt. Jennifer und ihre Staatsanwältin würden tatsächlich alle Unterstützung brauchen, die er organisieren konnte. Shane und Deborah waren wertvolle Zeugen, aber ihre Aussagen würden wirkungslos verpuffen, wenn Ryan nicht in die Staaten kam. Ohne ihn und die Beweismittel, die er bei sich führte, würde das ganze Unternehmen eine lächerliche Farce. Doch eine Schachfigur musste er noch zurückhalten, falls der Prozess wirklich platzen würde. Und diese Figur musste jetzt schleunigst und unerkannt nach Washington gelangen.

56

Washington, D. C. – 19. März, 13 Uhr

Deborah und Shane waren kurz nach der Landung in Washington mitsamt den Pergamenten zu einem privaten Institut gebracht worden, das einem Archäologen gehörte, einem alten Freund von MacClary. Das Gebäude lag gut getarnt in der Walter Street, mitten in einer netten, harmlosen Wohngegend mit gepflegter Baumallee und niedrigen Häusern ganz in der Nähe des Kapitols.

Nachdem die Sitzung im Court ausgefallen war, hatte sich MacClary sofort auf den Weg gemacht und Jennifer gebeten, ebenfalls dort hinzukommen. Er wusste, jetzt zählte jeder Tag, wenn nicht jede Stunde.

Während sie im Flur des Labors warteten, versuchte Shane, sich etwas auszuruhen. Er war fest entschlossen, dafür zu sorgen, dass Ryans Vision Wirklichkeit wurde, komme, was da wolle. Stärker als je zuvor spürte er, welche Symbolkraft die wirkliche Geschichte Europas haben konnte. Nichts von alledem, was ihm in den letzten Tagen passiert war, konnte noch als Zufall gelten, und er fühlte eine große Verantwortung und Verpflichtung Ryan gegenüber.

»Adam?«

Als Shane sich umdrehte, sah er in das verwunderte, aber hocherfreute Gesicht von Jennifer, die sich von hinten angeschlichen hatte und sich jetzt neben ihn setzte. »Wie kommst du hierher?«

»Ronald hat uns gebeten zu kommen. Er wirkt insgesamt ziemlich nervös, finde ich. Und was führt dich hierher?«

»Ich habe Ronald vorhin angerufen, nachdem ich erfahren habe, dass es an der italienischen Grenze einen Zwischenfall gab. Und dann kam noch das hier.« Jennifer gab Shane einen Ausdruck mit einer Meldung der Nachrichtenagentur Reuters.

IRISCHER TOPTERRORIST NACH JAHREN
IN ITALIEN AUFGETAUCHT.
WILDE VERFOLGUNGSJAGD ERGEBNISLOS
ABGEBROCHEN.

Erschrocken sah Shane Jennifer an. »O verdammt, meinst du, damit ist Thomas gemeint? Aber ich dachte, er war ein Gegner der IRA!«

»Du kannst dir doch wohl vorstellen, wer diese Meldung lanciert hat. Jetzt verstehe ich auch, warum er sich nicht abholen lassen wollte. Aber wenn er entkommen konnte, wird er es auch bis hierher schaffen. Er war weder für noch gegen etwas, er war nur gefangen in seinem Schmerz über den Tod seines Bruders, und das ist schon eine Ewigkeit her«, sagte Jennifer mit einer Gelassenheit, die ihn erstaunte.

»Wieso bist du dir da so sicher?«

»Die alten Freunde von Thomas sind es gewohnt, im Untergrund zu überleben. Und sie sind mit allen Wassern gewaschen. Aber wir müssen jetzt handeln.«

Das war es, dachte Shane. Die ganze Zeit hatte er bei Ryan das Gefühl gehabt, dass etwas störte. Und allmählich kam er der Ursache für dieses Gefühl auf die Spur. Ryans Vergangenheit passte nicht zu dem Geist, mit dem sich nach Shanes Vorstellung eine Zukunft gestalten ließ. Und in Ryans Ausstrahlung gab es massive Störfaktoren, die Shane deutlich spürte und von denen er sich eigentlich eher fernhalten wollte: zu verbittert, zu hart, zu gewalttätig. Ryans Ausstrahlung hatte regelrechte Bruchstellen, seine Energie war an manchen Stellen spürbar, fast sichtbar blockiert. Kein Wunder, wenn sich die Identität durch so tiefe Verletzungen entwickelt hatte, wie es bei Ryan zu vermuten war.

»Ich hoffe, dass er es schafft, Jennifer, ich hoffe es wirklich. Und ich hoffe auch, er wird auf irgendeine Weise seinen inneren Frieden finden.«

»Jennifer, Adam, Deborah, hier entlang, bitte.« MacClary, vom heftigen Regen vollkommen durchnässt, betrat das Haus und warf gleich am Eingang seinen Mantel auf einen Stuhl. Er war sichtlich aufgeregt, öffnete eine Bürotür und bat alle hinein. Ziemlich laut knallte er die Tür zu.

»Jennifer, hast du deine Staatsanwältin erreicht?«

»Nein, sie kommt erst in zwei Tagen aus Europa zurück, aber ich bin mit ihr verabredet.«

»In Ordnung, diese Zeit werden wir ohnehin noch brauchen. Ich habe hier drei unabhängige Gutachter beauftragt, zusammen mit Deborah die Pergamente genau zu datieren. Das Gleiche wird mit dem Pergament geschehen, das Thomas bei sich trägt. Zusammen mit seiner Aussage haben wir zumindest ein starkes Motiv. Und angesichts der kulturhistorischen Dimension dieses Fundes sollten wir wohl auch die Aufmerksamkeit der Weltöffentlichkeit haben.« MacClary wirkte schon wieder selbstsicher und schaute zu Jennifer, die sich einige Notizen machte.

»Hat sich Thomas bei einem von euch gemeldet?«

Alle sahen sich an und zogen kopfschüttelnd die Schultern hoch. Jennifer gab MacClary die Agenturmeldung und ließ sich seufzend zurück auf ihren Stuhl fallen.

»Verflucht! Die wollen Thomas mit aller Gewalt daran hindern, zu uns zu kommen. Was, um alles in der Welt, hat er mitgenommen, dass sie sogar bereit sind, ihn zu töten?« MacClary blickte wütend in die Runde.

»Ronald! Er hat vermutlich erkannt, wer sie waren. Das wäre doch wohl Grund genug«, sagte Jennifer und schaute MacClary verwundert an, dass er nicht selbst darauf gekommen war.

MacClary schüttelte verwirrt den Kopf. »Ja, ich fürchte, du hast recht.«

»Tja, das war's dann wohl«, sagte Jennifer und legte beide Hände auf den Tisch. »Ich denke wir sollten ...«

»Nein, hör mir zu, Jennifer, du musst jetzt die Nerven behalten. Thomas ist entkommen, das ist erst mal das Wichtigste ...«

»Mr. MacClary, Sir, ich denke, das hier wird Sie interessieren.« Ein älterer Mann im Laborkittel stand plötzlich in der Tür, mehrere Computerausdrucke in der Hand. »Schießen Sie los, wir haben in diesem Kreis keine Geheimnisse«, sagte MacClary gespannt.

»Der Stammbaum der Ryans ist nicht nur mit hundertprozentiger Sicherheit aus der gleichen Zeit wie die Pergamente aus der Höhle. Wobei das ja schon ein gutes Ergebnis wäre. Aber jetzt kommt's: Wir können daran sogar Spuren der Erde finden, die wir auch auf den Pergamenten aus der Höhle haben. Das Pergament ist in der gleichen Gegend geschrieben und gelagert worden.«

»Sie wollen uns auf den Arm nehmen, oder?«, fragte Shane ungläubig.

»Nein, nein, das ist absolut sicher«, versicherte der Laborleiter vergnügt.

Ryan hatte Shane zwar davon erzählt, aber Shane hatte es als Wunschdenken und Mythos abgetan, wie so viele Sagen und Mythen, die sich um die Kelten und Druiden drehten. Gegen diese Ergebnisse war aber nichts mehr einzuwenden.

»Das ist aber noch immer nicht alles. Auch die anderen Stammbäume sind aus dieser Zeit und stammen aus der gleichen Feder, als hätte jemand sicherstellen wollen, dass die Herkunft dieser Familien auf jeden Fall dokumentiert ist.«

»Das macht Sinn, absolut Sinn«, folgerte Jennifer. »Die Druiden sind auf die Insel geflüchtet, und vorher haben sie ihre Stammbäume schriftlich festgehalten: um ihre Herkunft, aber auch ihre Stellung zu dokumentieren und um in Irland im Geheimen weiterarbeiten zu können. Und um in ihren Familien die Überlieferung aufrechtzuerhalten.«

»Damit ist tatsächlich belegt, dass Thomas und die anderen Familien von jenen Festlanddruiden abstammen, die vor den Schergen des Papstes geflüchtet sind. Und das heißt, sie haben Anspruch auf ihr Erbe, wo auch immer es sich auf der Welt befindet.« MacClary fasste sichtlich wieder Mut, obwohl ihm neben der Ungewissheit über Ryans Schicksal auch noch der Termin bei der Präsidentin im Magen lag. »Deborah hat alle Kontaktdaten der Familien. Ich denke, wir sollten sie über diese neueste Entwicklung informieren, und ich werde außerdem den irischen Außenminister in Kenntnis setzen. Auf diese Weise bekommen wir jede Menge Unterstützung. Schließlich hat er sich auch am vehementesten dafür eingesetzt, dass Großbritannien die Religion der Druiden als Staatsreligion anerkennt«, fuhr er fort und malte sich aus, was für ein Anblick es sein würde, wenn die genannten Personen allesamt vor Gericht erschienen.

»Aber Ronald, das hilft uns doch alles nicht. Wir haben keine ausreichenden Beweise dafür, dass der Vatikan dahintersteckt, das muss dir doch klar sein«, sagte Jennifer und schaute MacClary fragend an. »Du hast noch etwas in der Hinterhand, von dem du uns nichts erzählst, sonst würdest du …«

»Gebt mir Zeit, bis ich bei der Präsidentin war. Ich muss noch einige Fragen klären, bevor …«

»Bevor was? Ich denke, es ist an der Zeit, dass wir hier alle mit offenen Karten spielen«, forderte Shane. Bisher hatte er ohne langes Fragen akzeptiert, dass MacClary aus taktischen Gründen irgendwelche Informationen zurückhielt, aber allmählich verlor auch er die Geduld.

»Ich sagte doch, gebt mir bitte bis heute Abend Zeit. Ich weiß, was ich tue und …«

»Ist schon gut, Ronald, fahr du ins Weiße Haus. Wir halten hier die Stellung, und ich arbeite weiter an der Anklageschrift«, sagte Jennifer und nahm Shanes Hand, um zu signalisieren, dass alles in Ordnung war. Sie wusste, wann man Ronald MacClary vertrauen musste, auch wenn er nicht alles sagte.

»Gut, wir treffen uns heute Abend in meinem Apartment.« MacClary drehte sich um und verließ eilig das Büro. Er hatte noch einige Telefongespräche zu führen, und wenn er rechtzeitig ins Weiße Haus kommen wollte, musste er sich beeilen.

57

Rom – 19. März, 14.30 Uhr

Thomas Lambert stand vor dem Spiegel zum Eingang der päpstlichen Privatgemächer und rückte seine Kleidung zurecht. Er sah blass und übernächtigt aus, und die Nachricht von der fehlgeschlagenen Verhaftung Ryans machte seine Stimmung nicht besser. Er konnte Salvoni nicht trauen, dessen war er sich inzwischen gewiss. Er hob seine Aktentasche auf, die er zwischen den Füßen gehalten hatte, und klopfte zweimal an die Tür.

Wie üblich öffnete ihm einer der Wachleute der Schweizer Garde.

»Guten Morgen, Eminenz.«

»Guten Morgen, ist der Heilige Vater bereits in seinem Büro?«, fragte Lambert zögernd.

»Sicher, Eminenz.« Der Schweizergardist machte den Weg frei.

Im Vergleich zu dem monströsen Reichtum an Fresken, antiken Gemälden, Möbeln, Figuren und anderen Symbolen, die die Räume des Vatikans schmückten, hatte Papst Johannes Paul III. seine Gemächer bescheiden eingerichtet, ja sogar zahlreiche Dinge entfernen lassen, die ihm zu viel gewesen waren. Durch das Hauptzimmer geleitet, öffnete Lambert die Tür zum Büro des Papstes, der am Schreibtisch saß und einige Papiere studierte.

»Bruder Lambert, Gottes Segen, setzen Sie sich. Mögen Sie einen Tee?«

Lambert schüttelte leicht den Kopf. »Heiliger Vater, ich habe leider weniger gute Nachrichten«, kam er ohne Umschweife zur Sache und machte eine Pause, als ob er dem achtzigjährigen Greis Zeit geben wollte, sich auf das Folgende einzustellen. Das Gesicht Johannes Pauls III. zeigte trotz seines hohen Alters wenig Falten und eine gesunde rosige Farbe. Er war, für einen Italiener ungewöhnlich, fast so groß wie Lambert, nur sein Rückenleiden ließ ihn mitunter gebeugt gehen. Sein schneeweißes Haar war voll, und seine kräftigen Augenbrauen verliehen den dunklen Augen eine charismatische Ausstrahlung.

»Sie sehen sehr besorgt aus. Was in Gottes Namen stürzt denn jetzt schon wieder auf uns herein?«, sagte der Papst mit tiefen Sorgenfalten. Er hatte in den letzten Wochen fast keine Nacht richtig geschlafen. Zu sehr belasteten ihn die weltweiten Klagen über die Missbrauchsfälle seiner Priester und die direkten Angriffe auf seine Person, bei denen ihm unterstellt wurde, lange Jahre untätig geblieben zu sein und Missstände vertuscht zu haben, während er auf breiter Front einen Krieg gegen die Moderne führte. Tatsächlich hatte er immer wieder gegen Homosexualität und Empfängnisverhütung gewettert, gegen eine Gleichberechtigung der Geschlechter und gegen den Liberalismus demokratischer Staaten. Irgendwann hatte er sich sogar dazu verstiegen, die liberale demokratische Gesellschaft als Kultur des Todes zu beschimpfen.

»Erinnern Sie sich an Padre Morati? Er hat fast vierzig Jahre lang als Restaurator die Geschicke unserer Archive aus der

Antike, der Gründungszeit unserer Kirche geleitet. Unter anderem war er zuständig für die Aufarbeitung der Pergamente aus der Zeit des ersten Konzils.«

»Ja, selbstverständlich erinnere ich mich an ihn. Allerdings wusste ich nicht, dass er noch unter uns weilt.«

»Der Herr hat ihn mit einem biblischen Alter gesegnet. Ja, er hat die neunzig überschritten. Aber warum ich Ihnen das erzähle, hat einen anderen Grund. Er hat 1945 von einem fanatischen Ketzer, einem Archäologen namens Sean MacClary, eine Einladung erhalten, er möge sich ein Pergament ansehen, das der Mann in Österreich gefunden hatte.«

»Nur weiter, Sie machen es spannend …«

»Er war von dem Inhalt des Pergaments offensichtlich tief schockiert, hat sich aber stets geweigert, uns zu sagen, worum es ging. Und dann muss er etwas getan haben, was er offensichtlich zeit seines Lebens bereut hat. Aber auch darüber schweigt er hartnäckig. Auf jeden Fall war er davon überzeugt, dass es einen Ort geben müsse, an dem weitaus mehr von diesen Pergamenten existierten. Und er war ebenso davon überzeugt, dass diese Handschriften in der Lage sein würden, die Mauern unserer Kirche zum Einsturz zu bringen. Nach seiner Zeit als Restaurator hat er sich sogar nach Dublin entsenden lassen, um darauf zu achten, dass nichts mehr davon auftaucht. Er hat immer darauf bestanden, man müsse rechtzeitig eingreifen, wenn doch etwas passiert.«

»Warten Sie – wie hieß der Mann gleich wieder?«

»Padre Morati?«

»Nein, nein, der andere. Dieser Archäologe.«

»Sean MacClary, Heiliger Vater.«

»Das ist doch …«

»Genau, er war der Vater von Ronald MacClary, heute Vorsitzender Richter am amerikanischen Supreme Court.«

»Sie brauchen mir den Rest nicht weiter zu erklären. Ich kenne die Sorte. Leute wie er sind geradezu besessen von der Idee, uns ein historisches Verbrechen nachzuweisen, das unsere Existenz infrage stellen soll. Ein irrwitziger Gedanke und ein hoffnungsloses Unterfangen, zweifellos. Niemand bestreitet die Schwächen der jungen Kirche, und diese Pergamente …«

Lambert musste den Papst auf seiner Seite wissen, bevor er ihm offenbarte, welche Fehler Salvoni und er in den vergangenen Tagen begangen hatten. Gleichzeitig wollte er vermeiden, dass der alte Mann, wie er ihn bei sich meistens nannte, zu viel von der Dramatik der Funde erfuhr. Dieser Papst war zu unberechenbar, um ihn in alles einzuweihen.

»Diese Pergamente enthalten Dinge, Heiliger Vater, die wir gerade jetzt nicht in der öffentlichen Diskussion gebrauchen können …«

»Dinge … was für Dinge? Allmählich irritiert mich Ihre Heimlichtuerei, Cardinale. Vergessen Sie nicht, mit wem Sie sprechen!«

»Bei allem Respekt, Heiliger Vater, aber die Kurie ist dafür zuständig, Schaden vom Heiligen Stuhl abzuwenden, und dahinter hat auch Ihre Person zurückzustehen«, sagte Lambert. Ihm war klar, dass er mit solchen Worten eine Grenze überschritt, aber er musste sich Spielraum verschaffen, um weiter ohne Einmischung agieren zu können.

»Was erlauben Sie sich!«

»Ich bin wie Sie nur ein Diener Gottes. Ich handle im Auftrag des Herrn und im Einklang mit der Heiligen Schrift und kämpfe wie Sie gegen bösartige Fälschungen, Verleumdungen und Angriffe, die uns schaden könnten. Und es ist besser, wenn Sie nicht direkt in diese Auseinandersetzung verwickelt sind.« Lambert konnte nur hoffen, dass der alte Mann sich auf diese Argumentation einließ. Bisher hatte es immer funktioniert. Er fuhr fort: »Einige eifrige Mitglieder der vatikanischen Polizei haben durch einen Hinweis in Österreich den Ort entdeckt, dessen Existenz Padre Morati immer befürchtet hat. Er war es auch, der dafür gesorgt hat, dass wir dort eingreifen konnten, doch wir waren leider zu spät vor Ort und konnten nur noch wenige Reste bergen. Zwei Männer und eine Frau, die offenbar mit dem Richter befreundet sind, waren schneller als unsere Leute, und wir konnten nicht verhindern, dass sich einige Schriften nun in ihrem Besitz befinden.«

Der Papst senkte den Kopf und bekreuzigte sich. »Mein Gott, Cardinale, wollen Sie mir etwa sagen, wir haben auf österreichischem Boden ohne Genehmigung der dortigen Regierung gehandelt?«

»Heiliger Vater, ich habe mir die Pergamente angesehen. Machen Sie sich selbst ein Bild davon, dann werden Sie mir zustimmen, es war tatsächlich Gefahr im Verzug. Ich fürchte, MacClary will den ganzen Vorgang veröffentlichen und gegen uns einsetzen …«

»Gut, ich sehe mir die Pergamente an, Cardinale, aber ich glaube kaum, dass wir von dieser Seite etwas zu befürchten haben. Gerade die neueren Forschungen und Anfeindungen, was unsere Gründungszeit betrifft, können uns doch nichts anhaben. Schon Johannes Paul II. hat mehrfach für den Übereifer und die zweifellos brutalen Methoden der frühen Kirche und auch der Inquisition um Vergebung gebeten und unsere Kirche in die Gegenwart geführt. Wovor sollen wir uns also fürchten? Oder verschweigen Sie mir noch etwas?«, unterbrach der Papst. Er sprach jetzt sachlich und fast ein wenig heiter, als habe er es mit einem Menschen zu tun, der Wirklichkeit und Schreckensfantasien nicht mehr unterscheiden konnte.

»Heiliger Vater, es mag sein, dass uns bei der Bergung der Funde und bei der Beobachtung von MacClary Fehler unterlaufen sind, aber viel schlimmer ist die Tatsache, dass wir keine Ahnung haben, was er plant. Er hat eine Menge Unterstützung, aber Sie könnten Einfluss auf die amerikanische Präsidentin nehmen, damit er sein Amt und seine Privilegien nicht ausnutzt, um uns zu schaden.« Lambert hatte bemerkt, dass der Papst sich beruhigte, und versuchte seine Chance zu nutzen.

»Sie stellen meine Autorität infrage, wollen sie aber nutzen, um Ihre Fehler zu vertuschen?«, konterte der Papst.

»Nicht ich stelle Ihre Autorität infrage, Heiliger Vater, die Funde könnten es tun. Unsere Chroniken und Aufzeichnungen haben immer davon gesprochen, dass die Zeugnisse der heidnischen Eliten eine Gefahr für uns darstellen«, sagte Lambert. Er würde den alten Mann nur dann in seine wirklichen Befürchtungen einweihen, wenn er keine andere Möglichkeit mehr sah.

»Und was, glauben Sie, soll ich jetzt tun? Die amerikanische Präsidentin, die uns ohnehin nicht wohlgesinnt ist, anrufen und mich beschweren, dass einer ihrer höchsten Richter schlecht über uns redet?«

»Genau das, Heiliger Vater.« Lambert reichte dem Papst mehrere Berichte über die Vorgänge in Dublin. Der Papst setzte sich, begann zu lesen und verzog schon nach kurzer Zeit wütend das Gesicht. »Das ist allerdings nicht hinnehmbar. Er versucht, unsere schwierige Lage auf niederträchtigste Weise auszunutzen. Gut, Cardinale. Ich werde ein Schreiben aufsetzen, und zwar noch heute. Sie halten mich auf dem Laufenden. Ich werde mir überlegen, wie ich die Präsidentin aufkläre.«

»Sehr wohl, Heiliger Vater. Ich habe meinerseits bereits dem US-Botschafter eine Beschwerdenote übergeben, aber

Ihr Eingreifen wird der Sache zusätzlichen Nachdruck verleihen. Vielleicht kommt man so in Washington zur Besinnung, schließlich will man auch dort die nächsten Wahlen gewinnen«, sagte Lambert, stand auf und beugte sich über die rechte Hand des Papstes, um den Fischerring zu küssen. Vielleicht würde er den ganzen Spuk doch noch in den Griff bekommen. Vermutlich musste man den Richter nur ausreichend unter Druck setzen.

»So, mein lieber Salvoni, nun sind Sie an der Reihe«, murmelte er beim Verlassen des Vorzimmers. »Sie werden unserer Herde einen außergewöhnlichen Dienst erweisen müssen.«

58

Weißes Haus, Oval Office – 19. März, 16.30 Uhr

Die schwarze Limousine fuhr zum Hintereingang des Weißen Hauses, wo bereits Bill Axton auf MacClary wartete. MacClary wusste, dass er jetzt jedes Wort genau überlegen musste. Es widerstrebte ihm außerordentlich, die Präsidentin anlügen zu müssen, schließlich waren sie seit vielen Jahren gut befreundet. Kurz sah er Adam Shane vor seinem inneren Auge, diesen jungen Mann, den er erst seit ein paar Tagen kannte und der so sehr gewachsen zu sein schien. Ein interessanter Bursche, dieser Shane, dachte er, und mehr als das, ein Mann mit einer untrüglichen Intuition, dem man Verantwortung übertragen konnte. »Vielleicht sollte ich auf meine alten Tage auch ein bisschen mehr auf meine Intuition bauen als auf meinen Verstand«, murmelte er vor sich hin, bevor der Chauffeur die Wagentür öffnete.

»Mr. MacClary, ich bin Ihnen sehr dankbar, dass Sie so rechtzeitig erscheinen, die Präsidentin hat einen Termin vorverlegen müssen«, sagte Axton zur Begrüßung, und sein Ton war so freundlich, dass MacClary Hoffnung schöpfte. Vielleicht würde die ganze Angelegenheit doch nicht ganz so schlimm werden.

Sie gingen durch die verwinkelten Flure bis zum Oval Office. »Ms. President, Richter Ronald MacClary«, kündigte Axton den Besuch an.

»Lassen Sie es gut sein, der Richter und ich kennen uns eine Ewigkeit. Ich brauche Sie für heute nicht mehr. Sorgen Sie bitte dafür, dass alle Türen geschlossen sind. Für die nächste halbe Stunde bin ich nur im äußersten Notfall zu sprechen«, sagte Diana Branks sehr bestimmt.

»Sehr wohl.«

Die US-Präsidentin war seit gut einem Jahr im Amt. Sie hatte sich überraschend gegen ihren republikanischen Gegner durchgesetzt, nicht zuletzt, weil sie wortgewandter und moderner auftrat als er. Vor allem aber verstand sie es seit Langem, Politik so zu vermitteln, dass die Ängste der amerikanischen Bevölkerung sich allmählich wieder in Mut zur Veränderung verwandelten. Und sie war bereit, ein hohes Risiko einzugehen. Sie wusste, dass ihr höchstwahrscheinlich nur eine Amtszeit blieb, um ihre Pläne in die Tat umzusetzen. Ihre unkonventionelle Art und die Radikalität, mit der sie dem wirtschaftlichen und ökologischen Niedergang begegnete, brachten ihr nicht nur Freunde ein und stärkten ihre Gegner. Aber auch eine Amtszeit war eine lange Zeit, wenn man sie richtig nutzte. Eine lange Zeit, in der man endlich aussprechen konnte, was notwendig war, um die Realität zu beschreiben und nicht wie so viele zuvor an dem Märchen vom ewigen Wachstum weiterzuspinnen.

Diana Branks war mit ihren achtundvierzig Jahren ungewöhnlich jung für das Amt – und sie war ausgesprochen attraktiv. Ihr leicht gebräuntes Gesicht konnte die mexikanischen Vorfahren nicht verleugnen, ihre dunklen Augen hatten einen eindringlichen, klaren Blick, und ihre schwarzen Haare trug sie stets offen. »Ronald, setz dich und mach es dir bequem. Was wir zu besprechen haben, ist allerdings weniger angenehm.«

MacClarys leise Hoffnung auf einen glimpflichen Verlauf des Gesprächs fand mit diesem Satz ein abruptes Ende. Was konnte er sagen, was tun? »Bringen wir's hinter uns«, erwiderte er und versuchte, seine Stimme ruhig zu halten.

Diana Branks sah ihr Gegenüber mit einer Mischung aus freundschaftlicher Wärme und großem Ernst an. »Ich habe hier eine Depesche von unserem Botschafter im Vatikan. Daraus geht hervor, dass sich der Heilige Stuhl über einen nicht unbedeutenden Richter unserer Nation beschwert, der in Dublin mit haltlosen Unterstellungen die Kirche angreift, so sehr, dass sich der Direktor des Trinity College genötigt sah, einen seiner Vorträge zu unterbinden. Ronald, ich weiß, dass du kein großer Freund der Kirche bist, aber das geht zu weit. Ich kann es nicht hinnehmen, dass unser höchster Richter für eine solche Publicity sorgt«, sagte sie, und ihr Ton ließ keinen Zweifel daran, dass sie jetzt als seine Vorgesetzte sprach und nicht als eine langjährige Vertraute.

»Diana, mir ist klar, dass der Glaube an Gott zu den wichtigsten Säulen unserer Verfassung gehört, aber …«

»Kein Aber. Du musst mir als Frau nun wirklich nicht erklären, was ich von der römischen Kirche zu halten habe, aber was glaubst du, was ich jetzt tun soll? Wenn das weiter in die Öffentlichkeit dringt, droht dir unter Umständen ein Amtsenthebungsverfahren!« Sie sah ihn fragend an und wartete auf eine Antwort.

»Es scheint, als hätte ich die Lage falsch eingeschätzt. Das Verrückte an der Sache ist nur, der Vortrag war bei Weitem nicht so brisant, wie es hier dargestellt wird. Ich kann die heftige Reaktion nur auf die Lage der Kirche in Irland zurückführen«, sagte MacClary. »Im Moment stehen sie da mit dem

Rücken zur Wand, und das macht aggressiv, wie jeder weiß.« Seine Gedanken rasten, während er sprach. Er musste Zeit gewinnen. Es hatte keinen Sinn, jetzt alles auf den Tisch zu legen, auch wenn es ihn schmerzte, gerade an dieser Stelle zu taktieren. Aber er brauchte einfach noch ein bisschen Zeit. Erst wenn Jennifer in Boston offiziell Anklage erhob, konnte er die Präsidentin vollkommen einweihen, sonst würde sie ihn auf der Stelle zum Rücktritt auffordern.

»Gut. Was schlägst du also vor?«

»Ich werde offiziell beim Vatikan um Entschuldigung bitten und die Verantwortung dafür übernehmen, dass ich meine Quellen nicht genau genug hinterfragt habe. Des Weiteren werde ich mein Bedauern darüber zum Ausdruck bringen, dass eine private Veranstaltung an die Öffentlichkeit geraten ist«, sagte MacClary mit angemessen zerknirschtem Gesicht.

»Gut, Ronald, ich hoffe, dass sich die Wogen damit glätten lassen. Ich werde unserem Botschafter in Rom genau dies mitteilen, und ich erwarte von dir, dass dein Entschuldigungsschreiben noch heute seinen Weg nach Rom findet. Es tut mir leid, wenn das hier alles ein wenig eilig abläuft, aber ich muss jetzt zu meinem nächsten Termin. Danke – und wir sprechen uns, sobald es wieder eine Reaktion aus Rom gibt«, sagte die Präsidentin. Die Strenge der letzten Minuten war bereits wieder der gewohnten Vertrautheit gewichen.

Ronald stand auf und wollte gerade die Tür öffnen, als er stehen blieb und nachdachte. Ein ganzes Leben lang hatte er mit Taktik und Lügen zu tun gehabt – jetzt musste damit endlich Schluss sein. Dafür waren zu viele Menschen involviert, die Sache war zu brisant, und zu viele seiner Mitstreiter hatten sich bereits in Gefahr begeben. Jetzt ging es darum, die Menschen mit der Wahrheit und dem Herzen zu überzeugen. Alles andere war zweitrangig.

»Ist noch was, Ronald?« Diana Branks sah ihn fragend an.

Er gab sich einen Ruck und straffte die Schultern. »Diana, wie dringend ist dein Termin?«

»Du lieber Himmel, so kenne ich dich ja gar nicht! Es steckt also doch mehr dahinter, oder?«, fragte die Präsidentin eindringlich.

MacClary stand vor ihr und sah ihr gerade in die Augen. »Das kann man wohl sagen!«

59

Washington, archäologisches Labor – 19. März, 17.30 Uhr

Shane, Deborah und Jennifer hatten den restlichen Nachmittag damit verbracht, sich die Übersetzungen anzusehen.

»Es ist schon erstaunlich, dass wir hier nach so langer Zeit vor diesen Dingen stehen. Für Thomas müsste das ein unglaubliches Gefühl sein, zu sehen, wie sich der Kreis schließt. Verdammt, ich hoffe, er meldet sich bald«, sagte Shane, der am hinteren Ende des Labors saß, während Deborah und Jennifer vor den Pergamenten standen.

»Das wird er schon, verlass dich drauf, Adam. Der Kerl ist so leicht nicht aufzuhalten«, sagte Deborah mit einem verhaltenen Lächeln.

»Ronald hat sich gerade gemeldet, er wird gleich kommen, aber er klang sehr nervös«, sagte Jennifer.

Deborah nahm die Brille ab und begann sie umständlich zu putzen. »Ich habe zwischendurch immer wieder das Gefühl, dass unser Vorhaben eigentlich scheitern muss. Ich meine, wenn man Thomas mal eben so zu einem Terroristen abstempeln und von der Polizei verfolgen lassen kann, wozu sind die dann noch fähig?«, sagte sie in aller Ruhe.

»Aber wir dürfen nicht scheitern! Dafür sind wir schon

viel zu weit gekommen, und außerdem können wir das Thomas nicht antun«, warf Shane ungläubig ein.

»Du hast recht, wenn ein Zug wie dieser hier erst mal rollt, ist er ohnehin nur noch schwer zu stoppen. Ronald und Thomas haben sich das sicher anders vorgestellt, und ich war nie wirklich begeistert von der Art, wie sie das angehen. Was mich vor allem ärgert, ist die Sturheit von Thomas. In seiner paranoiden Art hat er Ronald davon überzeugt, dass der Fund nicht von offizieller Stelle geborgen werden dürfe, da die Fundstücke dann in den Laboren der Wissenschaftler verschwinden würden. Er hatte natürlich Angst, dass er dann keinen Zugang mehr dazu hätte und sich der Vatikan der brisantesten Dinge bemächtigen könnte«, erklärte Jennifer und klopfte nervös mit den Fingern auf den Tisch.

»Andererseits kann ich Thomas durchaus verstehen, wenn ich sehe, was wir hier vor uns haben. Wir müssen jetzt nach vorne schauen. Ich meine, du siehst doch an den Reaktionen aus Rom, dass er recht hat«, warf Shane ein, der immer mehr Gefallen daran fand, die Dinge positiv voranzutreiben.

»Schon gut. Ich zieh das jetzt schon mit euch durch. Morgen treffe ich Louis Jackson. Sie ist eine Frau, eine Schwarze zudem, und alles andere als katholisch. Zuletzt hat sie sich mit der Anklage gegen die Vatikanbank beschäftigt. Ich bin mir sicher, dass sie uns hilft, dafür haben wir dann doch genug in der Hand und …« Jennifer unterbrach sich, sah aus dem Fenster und klopfte dann leicht mit der flachen Hand auf den Tisch. »Hey, da ist Ronald, aber ehrlich gesagt, ich kann gar nicht einschätzen, was er uns mitbringt«, bemerkte sie. »Im Moment steht er da draußen und telefoniert.«

Sekunden später hörten sie die Tür, und dann war er auch schon im Labor und knallte seine Aktentasche auf den ersten Tisch, knapp neben eines der Pergamente. Als er aufblickte, strahlte er übers ganze Gesicht. Seine drei Mitstreiter sahen sich ungläubig an.

»So, meine Lieben, jetzt haben wir eine Menge Arbeit«, sprudelte MacClary los. »Es ist vollkommen anders gelaufen, als ich geplant hatte, aber ich glaube, das ist der einzig richtige Weg. Ich konnte der Präsidentin einfach nicht ins Gesicht lügen. Sie ist informiert, und sie hat mir freie Hand gegeben. Das heißt, es ist ganz allein meine Verantwortung, wie es weitergeht. Wenn es zu brisant wird, muss ich allerdings von meinem Amt zurücktreten. Jennifer, jetzt kommt es auf dich, deine Staatsanwältin und Thomas an.«

Jennifer schüttelte den Kopf. »Aber Ronald, die Aussagen von Thomas, Deborah und Adam allein werden nicht reichen. Wir wissen nicht, wie es dem Vatikan gelungen ist, das Gerücht in die Welt zu setzen, dass es sich bei Thomas um einen Terroristen handelt, aber ehrlich gesagt, die Geschichte bereitet mir ziemliche Kopfschmerzen. Wir brauchen handfeste Beweise dafür, dass sie ihn überfallen haben.« Sie sah ziemlich verzweifelt aus.

»Hey, hey, Moment mal«, unterbrach Deborah. »Es gibt im Moment drei Aufbewahrungsorte für diese Pergamente. Bei uns, bei Thomas und vermutlich, sofern diese Wahnsinnigen nicht alles zerstört haben, irgendwo im Vatikan. Wenn die Archäologen mit ihren Analysen bestätigen könnten, dass alle erhaltenen Dokumente aus der gleichen Quelle stammen, dann wäre das schon ein starkes Argument. Wir müssen also lediglich die anderen Rollen finden und offiziell beschlagnahmen lassen. Wobei ›lediglich‹ natürlich ein relativer Begriff ist. Außerdem habe ich entdeckt, dass fast alle Rollen ein kleines Zeichen tragen. Es ist ein keltisches Schutzzeichen, ein von zwei Strichen durchzogener Kreis. Hier, seht ihr? Und …«

»Nicht im Vatikan«, warf MacClary unvermittelt ein.

»Was?« Deborah fuhr herum und sah MacClary fragend an.

»Diese Pergamente sind nicht im Vatikan«, sagte der Richter und kratzte sich an der rechten Wange. »Es gibt ein Archiv außerhalb von Rom, verborgen unter einer Kirche. Dort werden schon seit gut hundert Jahren die brisantesten Dokumente nicht nur gelagert, sondern auch restauriert und für die Konservierung vorbereitet. Nach einer ersten Sichtung durch die Glaubenskongregation werden sie zumindest in der Regel dort hingebracht. Aber da kommen wir nie rein. Kein Richter stellt uns dafür einen Durchsuchungsbefehl aus.«

»Das übernehmen wir!«

Alle sahen Shane an, der so leise gesprochen hatte, dass sie nicht einmal sicher waren, ob sie richtig gehört hatten. Jennifer blickte verwirrt von einem zum anderen.

»Was übernimmst du?«

»Lieber Ronald, es geht hier um mehr als um bloßes formales Recht. Es geht um Gerechtigkeit, und wie du selbst am Abend unseres Kennenlernens gesagt hast, geht es um die historische Wahrheit. Und dafür muss man auch mal was riskieren, oder nicht?« Shane lächelte, als hätte er ganz plötzlich eine großartige Vision. Dabei saß er vollkommen ruhig auf seinem Platz. »Es wird Zeit, dass ein irdisches Gericht diesem himmlischen Verbrechen in Rom ein Ende bereitet.«

»Worauf willst du hinaus, Adam?«, fragte Jennifer besorgt, als ob sie ahnte, was er sich gerade ausdachte. Auch Deborah sah Shane erstaunt an.

MacClary schüttelte entschieden den Kopf. »Nein, auf keinen Fall, das kann ich nicht …«

»O doch, selbstverständlich kannst du. Was mich betrifft, wenn es der Sache hilft, habe ich keine Angst, dieses Wagnis einzugehen. Sag mir einfach, wo dieses Archiv zu finden ist.

Ich bin mir sicher, dass auch Debbie unserem Freund Thomas in jeder erdenklichen Hinsicht helfen wird. Ohne sie und ihr Wissen geht es sowieso nicht weiter. Und je schneller wir die Sache zu Ende bringen, desto besser für uns alle.«

Shanes Worte hatten eine solche Überzeugungskraft, dass Jennifer nicht wusste, ob sie noch etwas sagen sollte, aber sie konnte seinen Plan auch nicht einfach so stillschweigend gutheißen. »Du willst in ein Archiv des Vatikans einfach mal eben so reinmarschieren und kistenweise Pergamente klauen, die du dann durch den Zoll nach Washington bringst? Du bist völlig verrückt«, sagte sie, obwohl sie sofort spürte, dass ihr Protest vollkommen ins Leere lief.

»Nicht kistenweise, dann fällt es sicher auf, aber ein oder zwei Pergamente, damit wir wissen, wo sich der Rest befindet. Alles andere fotografieren wir und haben so zusätzliche Beweise, dass wir es eben nicht mit fehlgeleiteten Einzeltätern zu tun haben, sondern dass der Vatikan dahintersteht. Außerdem hätten wir die Möglichkeit, zu sehen, welche Fundstücke es für den Vatikan rechtfertigen, dass man derartige Risiken eingeht. Schließlich haben wir selbst kaum genug Zeit gehabt, zu sehen, was die anderen Pergamente noch hergeben.«

MacClary und Jennifer sahen sich kurz an, dann nickten sie gleichzeitig. Noch nie war die Kirche international so unter Druck geraten. Die angeschlagene Raubkatze begann Fehler zu machen. MacClary dachte an seinen letzten Joker, der im Notfall, aber nur dann, das Lügengebäude zum Einsturz bringen würde.

»In Ordnung, aber wenn ihr erwischt werdet, kann ich nichts mehr für euch tun«, sagte MacClary, nachdem er einige Sekunden vor sich hin gestarrt hatte. Es gab kein Zurück mehr, und er wusste, dass die Grenze nicht erst in diesem Moment überschritten worden war. »Wir müssen uns darüber im

Klaren sein, dass wir uns selbst immer mehr abseits der Legalität bewegen, um recht zu bekommen. Und das war schon immer ein sehr, sehr riskantes Spiel.«

»Mein Gott, Adam, bist du dir wirklich sicher? Und du, Debbie ...«, fragte Jennifer und sah in Deborahs fröhliches Gesicht, das scheinbar völlig sorglos war.

»Ja, Adam hat recht. Außerdem bin ich in diesen Dingen in den letzten Jahren durch Thomas ziemlich gut vorbereitet worden«, grinste sie.

»Wie meinst du das, du hast doch nicht ...«

»Nein, nein, auch Thomas ist seit Jahren aus den alten Geschichten raus, aber wir haben uns viel darüber unterhalten, wie man gewisse Operationen durchführt.«

Das überraschte selbst Shane, der nicht ernsthaft damit gerechnet hatte, dass Deborah wirklich ohne Weiteres bereit sein würde, ein solches Wagnis einzugehen. Doch ein Blick überzeugte ihn, dass er bei diesem Abenteuer nicht allein sein würde.

»Nun denn.« MacClary schrieb die Adresse in Italien auf einen Zettel, nahm ihn mit spitzen Fingern in beide Hände und überreichte ihn Shane. Die Geste wirkte fast so feierlich wie das ostasiatische Ritual beim Überreichen von Visitenkarten.

Während Shane die Angaben auf dem Zettel überflog, wandte sich MacClary an Jennifer. »Meine Liebe, ich werde morgen nach Den Haag und dann zurück nach Dublin fliegen. Wenn du dich mit Ms. Jackson getroffen hast, sollten wir uns schleunigst zusammensetzen und alles noch mal durchdenken«, bat er ungewohnt sanft.

»Ich habe im Prinzip schon alles fertig, Ronald, auch die Unterlagen für einen Widerspruch im Supreme Court«, sagte Jennifer etwas unkonzentriert.

»Gut, Jennifer, ich danke dir.«

»Und Ronald, vergiss nicht, es geht vor allem um die Frage, ob Thomas als Opfer Ansprüche gegen die Kirchenspitze erheben kann oder nur gegen Einzeltäter. Wenn der Vatikan wie bei dem Verfahren in Mississippi behauptet, der Täter gehöre nicht zum Vatikan, haben wir ein ernsthaftes Problem. Mit der gleichen Strategie versuchen die Anwälte aus Rom gerade, die Klagen in den Missbrauchsfällen in Kentucky zu verhindern. Die Kläger mussten alles zurückziehen, da sie nicht beweisen konnten ...«

»Ja, ich weiß, Jennifer – deshalb hat Adam ja auch recht. Können wir nachweisen, dass sich die Pergamente im Vatikan oder einer ihm zugehörigen Institution befinden, dann kann ich die Klage auf Herausgabe gestohlener Kulturgüter in jedem Fall auch vor meinen Kollegen durchsetzen. Vielleicht sogar nur dann.«

MacClary drehte sich um und ging hinaus. Deborah stöhnte einmal tief, als ob sie wüsste, was in den nächsten Tagen und Wochen auf sie alle zukommen würde.

60

Washington, Hotel Monaco – 20. März, 21 Uhr

Deborah Walker hatte sich den ganzen Abend über die Umgebung von Orvieto informiert. Unmittelbar in der Nähe des von Lorenzo Maitani erbauten gotischen Doms befand sich ein Hotel mit dem Namen *Duomo Orvieto.* Sie konnte sich nicht vorstellen, wo genau im oder um den Dom herum ein Archiv liegen sollte, das solch eine Bedeutung hätte, aber wenn MacClary sich dessen so sicher war, dann musste es dort irgendwo sein. Also machte sie sich daran, alle Einzelheiten noch einmal zu überprüfen.

Nach einer halben Stunde, die sie fast regungslos auf ihren Bildschirm gestarrt hatte, stieß sie einen leisen Pfiff aus. Kein Wunder, dass sie das die ganze Zeit übersehen hatte: ein kleines, scheinbar unbedeutendes Detail in den Bauplänen des Doms …

Im Nebenzimmer des großen Apartments im Hotel Monaco, wo MacClary sie alle gemeinsam untergebracht hatte, redeten Shane und Jennifer so laut, dass Deborah sich kaum konzentrieren konnte. Sie versuchte, sich gegen den Streit abzuschotten, aber einige Gesprächsfetzen drangen doch bis zu ihr durch.

»Adam …«

« … doch nicht so schwer zu verstehen …«

»… ich kann doch nicht weiter …«

»Adam!«, schrie Jennifer nun so laut, das Deborah sich genötigt sah, aufzustehen und hinüberzugehen. In der Türöffnung blieb sie stehen.

»Es ist schon gut. Ich habe es begriffen. Ich mache mir nur Sorgen, dass euch etwas passiert«, beruhigte sich Jennifer gerade wieder.

»Hey, braucht ihr Hilfe? Ich hab an der Uni auch mal ein Seminar über Beziehungsmediation belegt«, scherzte Deborah und ging vor einer Kugel Papier in Deckung, die Jennifer nach ihr warf.

»Warum bist du bereit, ein so großes Risiko einzugehen, Adam?«, sprach Jennifer weiter auf Shane ein. »Ich meine, du kannst nach Hause fahren und hast mit der Sache nichts mehr zu tun. Und überhaupt …«

»Äh …«

»Halt den Mund, Debbie«, sagte Jennifer und wollte gerade zum nächsten Angriff ausholen.

»Und warum folgst du Ronald?«, fragte Shane schlicht, aber entwaffnend.

»Weil …«, einen Moment war Totenstille, und Jennifer schaute in Shanes Gesicht. Dann schloss sie die Augen und atmete langsam ein und wieder aus. »… vielleicht einfach nur, weil ich es immer getan habe. Immer wenn Ronald sagte, hier ist der nächste Schritt, habe ich ihm vertraut. Und glaub mir, ich war gerade dabei, auszusteigen und meinen eigenen Weg zu gehen. Nur – bei dieser Sache kann ich ihn nicht hängen lassen. Aber es geht jetzt nicht um mich, sondern um dich. Und du hast keine Verpflichtung …«

Shane stand vor ihr, die Fäuste geballt. »O doch, ich habe

eine Verpflichtung. Ich habe eine verdammte Verpflichtung mir selbst gegenüber: Ich will keinen Tag länger wie ein dummes Schaf alles hinnehmen und passiv rumhängen. Stattdessen will ich endlich anfangen, etwas aktiv zu gestalten, etwas zu bewegen, und zwar in einer ganz bestimmten Richtung. Ich will, dass endlich mit den vielen Lügen aufgeräumt wird, und hier vielleicht sogar mit einer der größten Lügen unserer Zivilisation. Das ist meine Chance, in meinem Leben doch noch etwas zu tun, wovon ich immer geträumt habe. Etwas Sinnvolles, Anständiges. Du und Ronald, ihr wollt den Vatikan vor Gericht bringen und verurteilt sehen. Das akzeptiere ich, und es ist wohl ein Teil dieser Geschichte. Der andere Teil ist aber Thomas', Debbies und meine Vision, dass die Menschen endlich die Wahrheit erfahren sollen. Dass sie erfahren sollen, wo ihnen von den Herrschenden eine Religion aufgezwungen wurde, mit deren Werten und Glaubenssätzen ihre Selbstbestimmung systematisch untergraben wurde.« Shane hatte gesprochen, ohne einmal abzusetzen oder auch nur zu atmen.

Jennifer blieb ruhig. »Das habe ich schon verstanden, Adam. Ich habe in den letzten Tagen gesehen, wie du immer mehr in deine Kraft gehst. Ja, ich klage an. Das ist mein Beruf, das habe ich gelernt – das ist halt mein Weg, die Dinge in die Balance zu bringen und …«

Shane lachte leise. »Ja, das ist mir klar, und es ist auch vollkommen richtig. Aber es ist eben nicht alles. Die Pergamente belegen, was das Ziel der Druiden war, und mir geht es darum, der Welt dieses Ziel zu zeigen. Eine Kultur der Menschenwürde, der Freiheit und des Respekts vor der Erde, die uns trägt. Das ist mein Weg, und es ist für mich letztlich wichtiger als das Bestreben, jene zu verurteilen, die uns um unsere ursprüngliche Kultur betrogen haben. Am Ende sind ihre

Verantwortung und ihre Schuld ohnehin so groß, dass uns nur Vergebung vor einer weiteren Spirale der Verwirrung und Rache bewahrt. Siehst du, und *das*, meine liebe Jennifer, nehme *ich* in die Hand. Sagen wir mal so: Wir machen hier eine faire Aufgabenverteilung.« Jetzt strahlte er wirklich übers ganze Gesicht.

»Schon merkwürdig. Ich grenze ab, und du stehst für Versöhnung? Ich muss dringend an meiner weiblichen Seite arbeiten«, stimmte Jennifer in sein Lachen ein.

»Ich finde deine weibliche Seite außerordentlich gut entwickelt«, grinste Shane mit einem provozierenden Blick.

Deborah verdrehte die Augen zur Zimmerdecke. Lange würde das nicht mehr dauern, dachte sie amüsiert. »Ähm, darf ich die Herrschaften vielleicht darauf aufmerksam machen, dass wir bis morgen Nacht noch einen kleinen, unbedeutenden Einbruch planen müssen?«, bemerkte sie.

Jennifer trat einen Schritt zurück. »Das höre ich mir lieber nicht an. Ich gehe schlafen. Wann fliegt ihr nach Rom?«

»Um zehn Uhr, und wenn alles klappt, sind wir am nächsten Morgen wieder zurück in Washington«, sagte Deborah.

»Wir werden pünktlich wieder hier sein, das verspreche ich dir. Und auch Thomas wird schon irgendwie durchkommen. Ich bin mir sicher, dass er lebt. Tu mir nur bitte einen Gefallen und melde dich, wenn du irgendetwas von ihm hörst«, bat Shane und gab Jennifer einen Abschiedskuss auf die Wange.

»Versprochen. Passt auf euch auf und viel Glück. Gute Nacht.«

»Gute Nacht.«

Shane sah Jennifer noch einen Augenblick nach, seufzte dann tief und folgte Deborah ins Nebenzimmer, wo alle Unterlagen und Pläne bereitlagen. Shane sah die Baupläne des Doms und alle wichtigen Karten, um die Fluchtwege zu planen.

»Nicht schlecht, du hast, wie es scheint, an alles gedacht. Nur wo ist das Archiv?«, fragte Shane und starrte ratlos auf die Fülle an Papieren, die Deborah vor sich ausgebreitet hatte.

»Jedenfalls nicht direkt im Dom, so viel steht fest. Aber auf den älteren Plänen ist neben den Dom noch eine unterkellerte Kapelle zu sehen. Ich kann sie zwar nicht mehr finden, aber ich bin mir sicher, dass es irgendwelche Reste gibt und dass wir dort hinuntermüssen«, entgegnete Deborah vergnügt. Ihr Forscherdrang hatte offenbar schon wieder ganz und gar die Oberhand gewonnen, und sie verschwendete keinen Gedanken an das, was sie dort möglicherweise erwartete.

»Hast du eine Ahnung, welche Alarmanlagen es dort gibt oder mit wie viel Wachpersonal wir rechnen müssen?«, fragte Shane, dem ihre naive Abenteuerlust etwas zu weit ging.

»Nein, keine Ahnung, und das werden wir auch erst vor Ort herausfinden. Wir müssen uns sowieso erstmal tagsüber umsehen. Ich nehme meinen MacGyver-Koffer mit und alles, was ich heute an Technik auftreiben konnte. Und dann werden wir sehen.«

Shane stützte sich mit beiden Händen schwer auf den Tisch und nickte. »Ja, dann werden wir sehen, das ist jedenfalls sicher.«

61

Den Haag, Internationaler Strafgerichtshof – 21. März, 13 Uhr

MacClary hatte schlecht geschlafen. Er war zwar persönlich mit dem Briten Dave Foxter befreundet, aber die politischen Realitäten machten sein Ansinnen eher schwierig. Schließlich hatten die USA den Internationalen Strafgerichtshof mit allen Mitteln blockiert und eine Auslieferung von US-Kriegsverbrechern an das Tribunal kategorisch abgelehnt. Genau wie der Vatikan, hatte auch die US-Regierung keine völkerrechtlich bindende Mitgliedschaft in dem Strafgericht.

Im Aufzug überlegte MacClary, wie er sein Anliegen am geschicktesten vorbringen könnte. Der Flur zu Foxters Büro war mit historischen Fotografien aus der Rechtsgeschichte geschmückt und ansonsten kühl und nüchtern.

»Guten Morgen, Ronald, mein Gott, was treibt dich denn hierher? Ich habe erst heute Morgen erfahren, dass du kommst.« Foxter stand erfreut auf, als er MacClary durch die halb geöffnete Tür sah. Hatte er ihn erwartet?

»Guten Morgen, Dave, wie geht es dir? Mein Gott, wann haben wir uns das letzte Mal gesehen?«, fragte MacClary.

»Oh, ich weiß es ehrlich gesagt nicht mehr, aber ich habe mit Freude deine Ernennung zum Vorsitzenden des Supreme

Court zur Kenntnis genommen. Tja, damit sind wir nun nicht gerade kompatibel, aber das spielt hoffentlich keine Rolle bei deinem Besuch«, spielte Foxter direkt auf die heikle internationale Lage an.

»Nein, kompatibel sind wir nicht. Aber ich bin auch nicht offiziell hier. Mein Besuch hat mit einem Fall zu tun, der uns alle im Moment beschäftigt. Es geht nicht um unsere Beziehungen zum internationalen Strafgerichtshof, sondern um den Vatikan.«

Foxter zuckte etwas zusammen und sah MacClary fragend an. »Was hast du denn mit dem Vatikan zu schaffen?«

»Nun, eigentlich schon lange sehr viel, aber bisher war das so eine Art Privatvergnügen. Es ging um die rechtshistorische Aufarbeitung der Verbrechen, die von Rom ausgingen und ausgehen. Inzwischen wächst sich das aber in Washington zu einem ziemlich brisanten Fall aus, an dem ich nicht ganz unbeteiligt bin«, sagte MacClary, der ahnte, dass Foxter nun hellhörig werden würde.

»Ach du meine Güte! Geht es um die Geschichte mit deinem Vater und seine Thesen von den Verbrechen gegen die Menschlichkeit? Wirst du auf deine alten Tage auch von dieser Familienkrankheit heimgesucht? Ich sag's dir gleich, es gibt da nichts für uns zu tun, obgleich uns die aktuellen Missbrauchsfälle schon bald beschäftigen könnten«, wehrte Foxter vorsorglich ab.

»Ja, das ist eine interessante Sache, ich habe von diesem Staranwalt aus deiner Heimat gelesen. Für mich klang das aber eher wie eine Zeitungsente. Gibt es da wirklich einen ernsthaften Versuch, den Papst auf die Anklagebank zu setzen?«, fragte MacClary nach.

»Ronald, George Caven ist einer der bekanntesten Menschenrechtsanwälte der Welt. Wenn jemand wie er sich so weit aus dem Fenster hängt, dann hat das Gewicht. Wir reden hier vielleicht über eine weltweite Zäsur. Bisher ist der Papst vor jeglicher Strafverfolgung geschützt wie jedes andere Staatsoberhaupt …«

»Ist schon klar, und da er Inhaber des Heiligen Stuhls und Oberhaupt des Vatikanstaats ist, kann man nicht erwarten, dass sich daran etwas ändert. Aber am Ende hängt das doch alles nur von der völkerrechtlichen Anerkennung ab, und um die geht es mir, Dave. Es ist eine moralische und ethische Entscheidung der Weltgemeinschaft, ob wir weiterhin tatenlos zusehen oder endlich aus den aktuellen wie auch historischen Verbrechen Konsequenzen ziehen.« MacClary war unwillkürlich lauter geworden.

»Ja, Ronald, der Status Roms … der ist ein geradezu groteskes Relikt einer alten Zeit, und glaub mir, es ist mir auch ein Dorn im Auge, welchen Einfluss und welche Macht dieser Zwergstaat hat, der gerade mal den Petersdom einnimmt und fünfhundert Priester zu seinen Bürgern zählt. Für nichts, aber auch gar nichts kann man diese Brüder zur Rechenschaft ziehen«, sagte Foxter, als hielte er jede weitere Diskussion für überflüssig.

»Moment mal, Dave. Caven sieht in der Duldung und Förderung des Kindesmissbrauchs ein Verbrechen gegen die Menschlichkeit gemäß dem heute geltenden Völkerrecht, und diese Ansicht teilen immer mehr Kollegen weltweit!«

»Mag sein, Ronald, aber das Problem ist, es traut sich trotzdem keiner, weder die UNO noch irgendein Staat, diese Erkenntnis wirklich umzusetzen. Auch bei euch bleibt es bisher bei Klagen, die entweder abgelehnt oder mangels Beweisen zurückgezogen werden. Worauf willst du eigentlich hinaus?«

»Auf einen anderen Fall. Es geht um versuchten Mord,

Raub von internationalen Kulturgütern und um das Recht auf historische Wahrheit.« Jetzt fühlte sich MacClary wieder auf sicherem Terrain.

»Mein Gott, Ronald, das sind schwere Anschuldigungen, und du weißt, wie man das in Rom immer gehandhabt hat. Man schiebt die Schurkereien einem Einzelnen in die Schuhe und sagt, der gehört nicht mehr zu uns. Im schlimmsten Fall liefern sie ihn aus, oder die italienische Polizei findet ihn irgendwann unter irgendeiner Brücke«, sagte Foxter. Wartend sah er MacClary an, in dem sicheren Gefühl, dass der alte Weggefährte ihm noch mehr berichten würde.

»Nun, wie dem auch sei, Dave. Nehmen wir mal an, wir hätten ausreichend Beweise, Motive und Zeugen. Gäbe es dann theoretisch einen Weg, wie der Fall bei euch verhandelt werden könnte?«

»Ach, Ronald … Ich fürchte, die Sache wird wie immer im Keim erstickt werden. Du siehst doch, dass selbst die Klagen wegen dieser widerwärtigen Fälle von Kindesmissbrauch abgeschmettert werden. Die Immunität des Papstes und anderer Amtsträger würde bei einer Anklage vor diesem Gericht zwar fallen, dazu müsste aber der Sicherheitsrat die Sache an uns verweisen«, sagte Foxter bedauernd. »Was meint eigentlich deine Präsidentin dazu?«

»Oh, die ist hocherfreut, hat ihre Wiederwahl ohnehin schon abgeschrieben und steht voll hinter mir«, scherzte Ronald mehr oder weniger. »Nein, im Ernst. Sie ist sich der Lage bewusst …«

»Wenn sie wirklich hinter der Sache steht, kann sie im Sicherheitsrat das entscheidende Zünglein an der Waage sein. Aber es hilft alles nichts, Ronald, wenn wir hier weiterreden wollen, musst du mir schon sagen, was sich da abspielt.«

Ronald sah für ein paar lange Sekunden nachdenklich aus

dem Fenster. Foxter war immer zuverlässig gewesen, wenn es darum ging, Dinge geheim zu halten. Es wäre unklug, ihn nicht ins Vertrauen zu ziehen.

»Freunde von mir haben Pergamente aus dem vierten Jahrhundert gefunden, die historisch nachweisen, mit welch krimineller Energie und mit welchem Machthunger die Kirche ihre eigenen Ideale verraten hat und bis heute Millionen Menschen betrogen, belogen und umgebracht hat. Sie haben fast die gesamte Wurzelkultur Europas von Anfang an mit Gewalt vernichtet und …«

»Du brauchst nicht weiterzureden, Ronald, ich weiß, wovon du sprichst. Ich habe mir schon so etwas gedacht, und wie du weißt, bin ich auf diesem Gebiet auch nicht völlig ahnungslos.« Foxter zeigte in sein Bücherregal.

»Dann stimmst du mir zu: Es wird Zeit, dass wir die Christen damit weltweit konfrontieren und die Religion an ihren historischen Platz verweisen«, hakte MacClary, jetzt mutiger geworden, nach.

»Keine Frage, Ronald, aber gib acht darauf, dass du nicht das Kind mit dem Bade ausschüttest. Es ist von vitaler Bedeutung, dass du nicht die vielen authentischen Christen angreifst, die im Alltag, fern von dieser Organisation von Verbrechern und Lügnern, ihren Glauben leben. Viele, ach, was sage ich, die meisten haben mit den Verbrechen der Kirche nicht das Geringste zu tun«, sagte Foxter ernst.

»Nein, Dave, das ist sicher nicht mein Anliegen, und ich weiß ganz genau, welche Gratwanderung wir da gehen müssen. Aber die historische Wahrheit und die aktuellen Ereignisse könnten auch sehr heilsam für die Christen sein. Wenden sie sich endlich vom Vatikan ab, dann kann der ursprüngliche Gedanke des Christentums von dem Schmutz und der Schuld der Jahrhunderte befreit werden. Aber ich habe mit meinen keltischen Freunden eine Umgebung, in der viel mehr von Vergebung als von Rache die Rede ist«, sagte MacClary mit dem gleichen Ernst. »Ich kenne meine Rolle und weiß, dass ich bald in den Hintergrund treten werde. Die Zukunft gehört denen, die auch in die Zukunft hinein denken. Und da gibt es in meinem Umfeld einige. Vielleicht lernst du sie demnächst kennen. Sie wünschen sich ganz einfach eine andere Welt. Wenn man das einfach nennen kann.«

Foxter zog eine Akte aus einem seiner unübersichtlichen Stapel.

»Du kannst das immer noch?«

»Was kann ich?«

»Ich habe nie wieder jemanden kennengelernt, der unter so vielen Akten immer das fand, was er gerade finden wollte«, sagte MacClary mit einem bewundernden Lächeln und ließ den Blick über die schier unendlichen Aktenberge schweifen.

»Gelernt ist gelernt. Hier, das habe ich vor nicht allzu langer Zeit ausgearbeitet. Es ist mittlerweile Common Sense in New York, aber noch nicht offiziell anerkannt. Der Vatikan hat seinen völkerrechtlichen Status längst verspielt – und seine Rolle als Weltgewissen ohnehin. Ich werde dich unterstützen, wo ich kann, Ronald, die Zeit ist ganz einfach reif dafür. Wenn man das einfach nennen kann«, nahm Foxter MacClarys Bemerkung auf.

MacClary seufzte ein wenig bitter. »Dann wäre ein Anruf bei der Präsidentin in dieser Sache äußerst hilfreich. Die weiß im Moment nicht, ob sie mich auf den Mond oder in den Ruhestand schicken soll«, sagte er. Langsam wurde ihm klar, dass es kaum möglich sein würde, den Vatikan als Ganzes zur Rechenschaft zu ziehen. Es sei denn, sein letzter Trumpf würde halten, was er versprach.

Er stand auf. »Dave, ich danke dir. Wenn diese Sache vorbei ist, sollten wir mal wieder ausgiebig Schach spielen. Ich glaube, ich habe bald sehr viel mehr Zeit dafür.«

»Ich wünsch dir viel Erfolg, Ronald.«

»Danke, Dave. Im Moment fühlt es sich so an, als könnte ich jeden guten Wunsch dringend brauchen.«

MacClary schloss leise die Tür, atmete einmal tief durch und ging den Flur entlang zum Aufzug zurück. An einem der Bilder blieb er stehen. Es war eine Aufnahme von den Nürnberger Prozessen. Damals hatte die Welt in Sachen Menschenrechte den Schritt in eine neue Dimension getan. MacClary knöpfte seinen Mantel zu und murmelte: »Es ist Zeit für den nächsten Schritt, für uns alle.«

62

Washington, D. C., Belga Café – 21. März, 14 Uhr

Shane und Deborah waren am Morgen nach Italien geflogen. Hätte Ryan sich zwischenzeitlich gemeldet, hätten sie ihn mit den nötigen Papieren ausstatten und auf dem Rückweg sicher nach Washington begleiten können. Jennifer konnte ihre Wut kaum zügeln. Wie sollte sie die Staatsanwältin überzeugen, ohne den Kläger an ihrer Seite zu haben?

Sie war spät dran. Sicher wartete Louis Jackson schon im Belga Café in der achten Straße, wo sie sich öfter trafen. Beide hatten sich in Belgien bei einem Praktikum in einer Anwaltskanzlei kennengelernt. Das Café mit seiner authentischen Atmosphäre und der verführerischen belgischen Schokolade weckte Erinnerungen und diente auf eine besondere Weise der Pflege ihrer Freundschaft. Louis Jackson war eine junge, schlanke und ziemlich angriffslustige Frau mit Vorfahren aus Südafrika. Sie hatte eine steile Karriere in Boston gemacht und war seit zwei Jahren als Staatsanwältin am Bezirksgericht beschäftigt.

Jennifer betrat das Café, ordnete ihre Haare und sah Louis weit hinten im Café sitzen, wie immer mit einem Buch vor der Nase.

Mit ein paar Schritten hatte sie den Raum durchquert. »Louis?«

Louis sprang auf, ließ das Buch fallen und umarmte Jennifer freundschaftlich. »Jennifer, mein Schatz, wie schön, dich zu sehen. Ich habe mir Sorgen gemacht, als ich deine Nachricht gehört habe, setz dich doch«, sagte sie mit einer einladenden Handbewegung.

»Du siehst blendend aus, wie geht es dir?«

»Danke der Nachfrage, ich bin immer noch sehr verliebt und obendrein schwanger, wie soll es mir da gehen?«, grinste Louis.

Jennifer spürte plötzlich einen Stich im Bauch.

»Was machst du denn für ein Gesicht? Hab ich was Falsches gesagt? Ah, lass mich raten, du bist …«

»Weißt du, ich glaube, du hast mir gerade etwas klargemacht«, sagte Jennifer und lächelte verlegen.

»Wie heißt er?«

»Wer?«

»Wie er heißt, will ich wissen!«

»Adam, Adam Shane. Er ist … aber … ich bin mir noch nicht sicher und …«

»Mein Gott, Jennifer, wie lange willst du noch versuchen, alles zu kontrollieren?«

Jennifer konnte sich ein lautes Lachen, gefolgt von einer Träne, nicht verkneifen.

»Ich werde mich der Sache stellen, Louis, keine Sorge, ich kann eh nicht mehr anders. Mein Wunsch, dich zu sehen, hat sogar indirekt etwas mit ihm zu tun, wenn ich gleich zur Sache kommen kann. Ich habe eine Klage gegen den Vatikan vorbereitet, die ziemliche Brisanz hat«, sagte Jennifer fast schüchtern, da sie keine Ahnung hatte, wie Louis Jackson darauf reagieren würde.

»Das ist nicht wahr.«

»Doch, es ist wahr. Ich habe befürchtet, dass du so reagieren würdest, ich …«

»Nein, das meine ich nicht. Das Zusammentreffen ist … Ich musste gestern Anklage erheben. Ein Schüler aus einem katholischen Internat in Boston hat sich bei uns mit drei weiteren Opfern gemeldet und behauptet, dass ein Bischof, der heute im Vatikan lebt, den Missbrauch an ihnen seinerzeit vertuscht hat und …«

»Das darf nicht wahr sein! Schon wieder so ein Fall? Mir wird einfach nur übel bei dem Gedanken an die Kinder. Aber mein Fall ist etwas anders gelagert. Es geht um die historische Aufarbeitung der Verfolgung der europäischen Heiden und um die Frage, zu welchen Taten die Kirche bereit war und offensichtlich noch immer ist, um die historische Wahrheit über ihre Gründung zu vertuschen – und zwar bis in unsere Zeit.«

»Wie bitte?«

»Ich denke, wir sollten besser zu mir gehen«, sagte Jennifer. Sie wollte auf keinen Fall auch nur im Ansatz in der Öffentlichkeit über ihre und MacClarys Pläne sprechen, zumal die ersten Informationen darüber bereits bis ins Weiße Haus vorgedrungen waren. Aber sie musste es irgendwie schaffen, Louis auf ihre Seite zu bekommen.

63

Dublin – 22. März, 15 Uhr

»Ruth? Bist du zu Hause?« MacClary hatte ein schlechtes Gewissen, da er nicht nur versäumt hatte, sich zu verabschieden und die Unordnung zu erklären, sondern auch – entgegen seiner Gewohnheit – keinen Hinweis darauf hinterlassen hatte, wann er zurückkam.

»Ronnie? Ja, um Himmels willen, was ist denn hier geschehen? Da gehe ich einmal in der Woche zu meinen Freundinnen, und bei meiner Rückkehr finde ich hier lauter fremde Männer vor. Wenigstens die liebe Deborah war noch da und konnte alles erklären. Sonst hätte ich mich ja zu Tode erschreckt! Wobei ich immer noch nicht verstehe, warum die alle Leitungen prüfen mussten, nur weil hier einmal der Strom ausgefallen war. Als ob das nicht ständig passieren würde! Die haben alles durcheinandergebracht …«

»Ach Ruth, ich bin wirklich untröstlich. Ich war zu sehr beschäftigt und musste sofort nach Washington, es tut mir wirklich sehr leid!«

»Jaja, ist ja schon gut. Ist ja wieder alles in Ordnung. Deborah hat mir geholfen, alles wieder an den rechten Platz zu bringen«, sagte Ruth und setzte sich erschöpft an den Küchentisch.

»Ruth, warum hast du es mir nie gesagt?«

»Was gesagt? Ach, hat Jennifer es dir also erzählt?«, fragte Ms. Copendale und blickte an ihm vorbei aus dem Fenster. »Mein Gott, Ronnie, ist das denn wirklich so schwer zu verstehen?«

MacClary setzte sich und schaute sich um. »So viele Jahre, Ruth, so viele Jahre habe ich geforscht und nach einer Möglichkeit gesucht, die Suche meines Vaters zu einem guten Ende zu bringen. Wer weiß, ob ich das getan hätte, wäre mir bewusst gewesen, dass es Sean das Leben gekostet hat …«

»Dann sollte es dir jetzt eine Warnung sein, Ronald. Kannst du mich denn nicht verstehen? Ich konnte deiner Mutter diesen Wunsch doch nicht abschlagen! Du warst ja alles, was sie nach Seans Tod noch hatte! Und sie hat jeden Abend gebetet, dass dir nichts geschieht und dass du in Frieden deinen Weg gehen kannst.«

MacClary wusste, dass dieses Gespräch sich stundenlang im Kreis drehen würde, wenn er es nicht beendete. »Dafür ist es jetzt zu spät, und das ist auch gut so«, sagte er abschließend. Während er sich auf den Weg in die Bibliothek machte, griff er sich an sein linkes Auge, das zu zucken begonnen hatte.

Ms. Copendale nahm ihre Arbeit wieder auf und schüttelte kurz den Kopf. Er wird seinem Vater immer ähnlicher, dachte sie.

MacClary machte es sich in seiner Bibliothek bequem. Es war eine lieb gewonnene Tradition, dass er sich nach seinen Reisen bei einer seiner Lieblingssinfonien von Mozart erholte. Heute legte er die CD mit der Prager Sinfonie in die Anlage und setzte sich in einen der alten Ledersessel.

Einige Minuten später war er so versunken, dass er das alte Haustelefon, das schrill und unangenehm laut klingelte, nicht mehr hörte.

»Ronnie … Ronald!« Ms. Copendale musste ihn anstupsen, damit er endlich reagierte.

»Was?«

»Das Telefon!«

»Oh, äh, ja – danke, Ruth.«

MacClary stand auf, drehte die Musik leiser und nahm den Hörer von Ms. Copendale entgegen.

»Hallo, Ronald MacClary.«

»Ronald, hier ist Jennifer. Ich hab's geschafft! Louis Jackson hat gerade eben die Klage am Bezirksgericht in Boston eingereicht, und zwar mit einem Eilantrag«, sagte Jennifer. Die Erleichterung war ihr deutlich anzumerken.

»Hervorragend, Jennifer, hervorragend! Das ist genau das, was wir brauchen. Wir machen es wie besprochen, und ich bereite meine Kollegen schonend darauf vor«, sagte MacClary, gestärkt durch das Gespräch mit Foxter und das Wissen um den Wandel, der sich auch im Denken der Juristen vollzog.

»Okay, Ronald, das musst du verantworten.«

»Ich werde noch heute meinen Freund Alan Montgomery damit beauftragen, eine Pressekonferenz vorzubereiten. Sollten wir in Boston nicht weiterkommen, wirst du alles der Fachwelt präsentieren und die Gutachterergebnisse veröffentlichen. Wir dürfen nicht zulassen, dass uns die Medien zuvorkommen und uns die Führung aus der Hand nehmen. Deborah hat alles übersetzt, und in den Pergamenten warten offensichtlich noch einige Überraschungen auf uns. Morgen stimmen wir das Timing ab. Was glaubst du, wann Rom die Anklageschrift erhält?«

»Bei dem Tempo, das Louis an den Tag legt, sicher schon morgen. Und so wie ich Rom kenne, haben die schon eine Strategie entwickelt, dazu Stellung zu nehmen, dann kann ich …«, sagte Jennifer hastig.

»Ist schon in Ordnung, Jennifer, dann können wir im Augenblick nur noch hoffen, dass Thomas sein Versprechen hält und dass unsere beiden tapferen Schatzsucher in Orvieto nicht auf die Nase fallen.«

»Gut, Ronald. Sehen wir uns morgen in Washington?«

»Ja, auf jeden Fall.«

Jennifer legte auf, und MacClary drehte die Musik wieder lauter, bevor er sich zurück in seinen Sessel setzte. Jetzt ließ sich nichts mehr aufhalten; sein Ziel rückte näher. Sein Traum würde endlich wahr werden – und der Traum seines Vaters.

Er schloss die Augen, überließ sich ganz der Musik, und wenige Minuten später schlief er fest.

64

Orvieto – 22.30 Uhr

Deborah Walker hatte den ganzen Tag mit Shane den Dom und seine Umgebung erkundet. Tatsächlich hatten sie einige Anhaltspunkte finden können, dass sich unter dem Dom mehr befinden musste als nur alte Gräber von Priestern oder gar von den Etruskern, den ursprünglichen Bewohnern dieser uralten Stadt.

»Ich frage mich die ganze Zeit, woher Ronald von diesem Archiv wusste. Selbst die abstrusesten Verschwörungstheorien im Internet haben nie was davon erwähnt«, sagte Shane misstrauisch.

»Keine Sorge, Adam, ich habe da vollstes Vertrauen. Dieser Dom ist nicht irgendein beliebiger Kirchenbau, weißt du. Die ganze Stadt wurde einst von den Etruskern auf diesem Felsplateau errichtet. Sie ist durchzogen von einem Labyrinth von Kellern, geheimen Gängen und riesigen Zisternen. Nicht umsonst spricht man von der Stadt unter der Stadt«, sagte Deborah vergnügt, als ob sie nur auf einem kulturhistorischen Spaziergang wären.

»Du meinst, das Archiv ist nicht im Dom, sondern unter den Felsen?«

»Der Dombau beruht auf einer Legende, aus der das Fronleichnamsfest hervorgegangen ist. In Bolsena, einem nahe gelegenen Städtchen, soll der Legende nach im Jahr 1263 Blut aus einer Hostie geflossen sein. Es gibt aber noch einen anderen Punkt, der mich sicher macht, dass wir hier fündig werden: Im Mittelalter haben sich hier mehrere Päpste verschanzt, darunter Clemens VII.«

»Wie bitte ...?«

»Ist doch ganz klar, Adam, die ungewöhnliche Architektur aus geheimen Fluchtwegen und Kellern ist ideal für ein solches Versteck. Vielleicht existiert es schon ewig lange.«

Äußerlich sahen Deborah und Shane wie ein Rucksacktouristen-Pärchen aus, das zu später Stunde noch ein Hotel suchte. Niemand nahm Notiz von ihnen, und in den Straßen rund um den Dom wurde es immer stiller.

»Warte mal!« Deborah hielt Shane am Arm fest, und im gleichen Moment sah Shane auch schon den Wagen, der sich dem Dom näherte. Sie versteckten sich hinter einer Mauerecke und beobachteten, wie drei Priester eilig auf eine Seitentür zugingen und im Gebäude verschwanden.

»Was machen die denn um diese Uhrzeit hier?«

»Auch ein später Christ ist ein guter Christ«, grinste Deborah, aber Shane hörte ihr gar nicht mehr zu, sondern starrte wie gebannt auf die Gitter über den Lüftungsschächten, auf denen sie standen.

»Debbie, siehst du die Abzugsgitter? Die sind nicht besonders alt«, sagte er. »Die sind nachträglich hier eingebaut worden. Und irgendwo da unten ist sogar Licht.«

Sie sahen sich schweigend an, dann überzog ein breites Kinderlächeln Deborahs Gesicht. »Treffer, Adam, ich denke, das ist es«, flüsterte sie. »Jetzt müssen wir nur noch rauskriegen, wohin unsere späten Beter gegangen sind.«

Eine Viertelstunde verging, während sie still in der Dunkelheit standen und den parkenden Wagen beobachteten. Dann kam einer der Priester wieder heraus und fuhr weg.

»Mist, wir sind nicht mehr allein«, fluchte Deborah, doch im gleichen Moment standen sie in vollkommener Dunkelheit. Das Licht aus dem Lüftungsschacht war erloschen.

»Wir haben nur eine Möglichkeit, denke ich« sagte Shane und machte sich daran, mit einem Stemmeisen das Gitter aus seiner Verankerung zu lösen.

»Halt, bist du wahnsinnig?«

Deborah nahm mehrere Geräte aus ihrer Tasche und leuchtete den Schacht ab.

»Da ist nichts. Anscheinend sind wir hier doch nicht richtig«, sagte sie resigniert. »Denn wenn sie hier keine Sicherungen einbauen … Oder warte mal, da ist doch was …«

Shane lief der Schweiß von der Stirn.

Aus einer kleinen Dose ließ Deborah feine Asche in den Schacht rieseln, was zwei sich bewegende Laserstrahlen sichtbar machte. Sie leuchtete den Schacht ab, bis sie hinter einer Verschalung den Stromkreis fand.

»Ist es das?«, fragte Shane.

»Jedenfalls finde ich nichts anderes. Im Grunde genommen wäre es viel zu einfach, aber ich teste es trotzdem.« Aus ihrer Tasche zog sie ein kleines Netbook und setzte mehrere feste Klemmen an die Kabel. »Ah ja, keine Hürde für Thomas' Programm«, grinste sie.

»Thomas?«

»Ja, sicher, glaubst du vielleicht, dass ich mir das neben meinem Studium an der Uni programmiert habe? Trotzdem scheint mir die Sicherung zu leicht, wir sollten vorsichtig sein …«

»Nein, Debbie, ich kann es sehen. Vertrau mir, wir müssen

da runter, ich bin mir sicher«, sagte Shane beschwörend. Deborah schloss für einen Moment die Augen, dann nickte sie. Die Szene erinnerte sie an den Augenblick bei MacClary, als sie vor der Vitrine gestanden hatten. Ohne Shanes unheimliche Eingebung, die zu den Koordinaten der Höhle geführt hatte, wäre die gesamte Entwicklung der letzten Tage undenkbar gewesen. Sie stemmte ein Eisen in den Boden und befestigte ein Seil daran.

»Ich gehe voran«, sagte sie und war auch schon dabei, sich vorsichtig hinunterzulassen.

Shane sah, wie sie unten ankam; dann hörte er die vertraute Stimme, die vor Begeisterung zitterte. »Adam, ich glaube … ich glaube, wir sind tatsächlich am Ziel, aber … ach, komm runter und sieh dir das selbst an.«

Shane schlang sich das zweite Seil um die Brust und verknotete es nach Art der Kletterer. Es kam ihm fast unwirklich vor, dass die Aktion so einfach vonstatten gehen sollte.

Unten angekommen, passte er in dem engen Schacht gerade noch neben Deborahs kleine, kräftige Gestalt. Für einen Moment wurde er sich ihrer Gegenwart auf verwirrende Weise bewusst. Ihr Blick verriet ihm, dass sie es ebenso spürte wie er, aber das alles dauerte nur den Bruchteil einer Sekunde, dann war es vorbei, und sie taten beide so, als wäre nichts geschehen. Shane leuchtete mit seiner Taschenlampe durch die Gitterstäbe. Er sah Bücherregale mit alten, beschrifteten Ordnern. An der gegenüberliegenden Tür konnte er durch eine Glasscheibe einen anderen Eingang erkennen. Auf einem Schild war von Konservierung und Restaurierung die Rede, darunter sah man das Siegel des Vatikans. Shane tippte Deborah auf die Schulter, die bereits begonnen hatte, mit einem Meißel und einem Gummihammer die Stäbe zu lockern, was unerwartet leicht ging.

»Die müssen sich aber ziemlich sicher sein, dass hier niemand herkommt«, sagte sie. »Irgendwie kann ich mir immer noch nicht vorstellen, dass wie hier fündig werden. Die müssten hier doch jede Menge Sicherungen …«

»Wir werden sehen, Debbie. Ehrlich gesagt, mir reicht dieser Krimi auch so schon. Ich kann auf jedes weitere Hindernis gut verzichten«, erwiderte Shane nur halb im Scherz.

»Verdammt«, raunte sie genau in diesem Moment in ihren Rollkragenpullover. Der letzte Gitterstab entglitt ihr und fiel mit lautem Knall auf den Boden. Beide duckten sich und lauschten mit angehaltenem Atem in die Dunkelheit. Aber nachdem der Lärm verklungen war, herrschte wieder vollkommene Stille.

»Muss ich jetzt beten oder so?«, scherzte Shane bei allem Ernst der Lage.

»Hörst du was?

»Nein, keinen Ton.«

»Gut. Trotzdem werden wir nicht viel Zeit haben, es kann gar nicht sein, dass das niemand gehört hat. Ich gehe zuerst«, sagte Deborah. Shane sah, wie ihre Hände zitterten.

»Hey, warte. Gib mir deine Hände.«

»Was?«

»Gib mir deine Hände!«

Sie warf ihm einen skeptischen Blick zu, streckte dann aber gehorsam beide Hände aus. Shane nahm sie fest in die seinen. Zwei kleine Hände, umschlossen von seinen großen. Bratpfannen, hatte mal jemand gesagt.

»Ruhig … hab Vertrauen … okay?«

Zu ihrem Erstaunen spürte Deborah tatsächlich, wie sie sich unter Shanes warmen Händen entspannte.

»Das tut gut – danke …«

»Nun los.«

Deborah stemmte sich mit dem Oberkörper voraus durch die Fensteröffnung und ließ sich lautlos hinunter. Shane folgte ihr sofort. Erst jetzt konnten sie erkennen, wie riesig der Raum war, in den sie eingedrungen waren. Überall an den Wänden standen Regale voll mit alten Schriften.

»Ich glaube es nicht. Das ist eine Sammlung der verbotenen Bücher der Inquisition. Hier, schau …«

»Dafür haben wir keine Zeit, Debbie, komm jetzt!«, drängte Shane und öffnete vorsichtig die Schwingtür zu einem Flur. Es war stockdunkel und still. Konnte es sein, dass Deborahs Missgeschick unbemerkt geblieben war? Konnten sie tatsächlich so viel Glück haben?

Gerade als Shane hinaus auf den Flur gehen wollte, schlug ihm die Tür wieder entgegen und traf seine Stirn. Obwohl der Schmerz scharf und heftig war, gelang es ihm, sich mit aller Kraft gegen die Tür zu werfen. Er traf seinen unbekannten Gegner mit solcher Wucht, dass er im Halbdunkel sah, wie der Mann gegenüber an die Wand prallte und zu Boden sank.

Deborah rannte weiter und suchte mit ihrer Taschenlampe den Flur nach beiden Seiten ab. Sie sah, wie eine dunkle Gestalt weglief, viel zu weit entfernt, um sie noch aufzuhalten. Wenn dieser Gegner jetzt Hilfe holte, hatten sie vielleicht nur noch Sekunden, um unerkannt zu flüchten.

»Adam, komm raus hier!« Deborah war heiser, und die Angst stand ihr ins Gesicht geschrieben.

»Auf keinen Fall! Los, mach die Fotos.«

Wie ferngesteuert holte sie ihre Kamera aus der Tasche und fotografierte, was sie konnte. Sie fluchte leise, als ihr klar wurde, dass das Blitzlicht überall zu sehen sein würde, selbst auf der Straße draußen vor den Lüftungsschächten.

»Komm, hier rein!«, gestikulierte Shane wild mit beiden Händen. Mit einem Stemmeisen brach er die verschlossene

Tür zum Konservierungsraum auf und schaltete das Licht an.

»Bist du wahnsinnig, mach das Licht aus!«

»Das spielt doch jetzt keine Rolle mehr«, sagte Shane und deutete auf einen der hinteren Tische, wo einige Pergamente ausgebreitet lagen.

»Schnell, gib mir eine Box.«

In Windeseile nahm Deborah eine der Boxen von der Schulter, wie sie sie auch schon in Österreich zum Transport der kostbaren Pergamente benutzt hatten.

Shane rollte ohne Rücksicht auf Verluste das Pergament in die Box. Deborah konnte flüchtig erkennen, was darauf geschrieben stand.

»Warte kurz, das ist ja … eine Schrift über Sopatros … er war …«

»Dafür ist jetzt wohl kaum der richtige Augenblick.« Shane drängte Deborah beiseite, verschloss die Box und rannte in Richtung des Luftschachtes.

»Komm schon, Debbie! Hast du alles im Kasten?«, fragte er außer Atem.

»Ja, soll ich noch ein Porträt von dir schießen?«

»Ja, von meinem Hintern im Schacht! Los jetzt, raus hier, du Scherzkeks.«

Beide zogen sich, so schnell sie konnten, aus dem Lichtschacht. Shane beäugte misstrauisch die Umgebung, bevor er hinausstieg. Er konnte nichts und niemanden sehen, nur ein Fahrradfahrer fuhr seelenruhig am Dom vorbei. Doch aus der Entfernung war schon der Widerschein mehrerer Blaulichter zu erkennen. Er zog Deborah hastig aus dem Schacht und sprintete in Richtung einer der engen Gassen unmittelbar in der Nähe des Doms.

»Schnell, Debbie, mach schon!«, schrie Shane, als er sah, wie ein bewaffneter Mann aus dem Dom in ihre Richtung rannte. Er hatte nicht das Gefühl, dass er dem Mann schon begegnet war, weder bei dem Zusammentreffen im Flur des Archivs noch war es einer von den Priestern, die sie früher beobachtet hatten.

Plötzlich fiel ein Schuss, der Deborah nur knapp verfehlte und in eine Mauer einschlug. Während die Steinsplitter überall herumspritzten, lief Deborah los und konnte sich gerade rechtzeitig in die Seitengasse retten, bevor der nächste Schuss fiel. Eine Gasse nach links, dann wieder nach rechts – beide rannten keuchend um die nächste Ecke und hatten Glück. Die Gassen waren zu eng, als dass man ihnen mit einem Wagen hätte folgen können. Ein wenig erleichtert, aber ständig mit einem hektischen Blick über die Schulter flüchteten sie weiter, bis einer der vielen labyrinthischen Hinterhöfe sie in den Schutz seiner Dunkelheit aufnahm.

65

Rom, Vatikanstadt – 23. März, 8.30 Uhr

Die Tür knallte so laut, dass Salvoni vor Schreck zusammenzuckte. »Salvoni, wo haben Sie die Pergamente gelagert?«

»Wir haben sie nach Orvieto bringen lassen, nachdem der Heilige Vater sie gesichtet hatte. Er war ziemlich schockiert, und dann …«

»Wer hat das veranlasst?«

»Was veranlasst, Eminenz?«

»Den Transport der Pergamente nach Orvieto. Wovon reden wir denn sonst hier?«

»Verzeihen Sie, ich bin verwirrt. Veranlasst … veranlasst hat das Contas, Eminenz.«

»Verdammt, ich kann es nicht fassen! Macht in dieser Organisation eigentlich mittlerweile jeder, was er will? Oder gibt es hier noch irgendeine Spur von Koordination? Ich hatte doch deutlich gesagt, dass das Material auf keinen Fall den Vatikan verlassen darf, bevor die Sache ausgestanden ist …«

»Was ist denn geschehen? Orvieto ist doch der sicherste Ort, an den …«

»In Ihrem sicheren Orvieto wurde eingebrochen!«, brüllte Lambert. »Nur das beherzte Eingreifen von Priestern und

Wachleuten hat Schlimmeres verhindert. Anscheinend fehlt nichts, ich kann nur sagen, Gott sei Dank.« Er bekreuzigte sich drei Mal, dann zog er mit zitternder Hand ein Taschentuch hervor und tupfte sich den Schweiß von der Stirn.

»Ich kann mir schon denken, wer dahintersteckt«, murmelte Salvoni kleinlaut.

»Ja, ich auch, das ist jetzt aber wohl auch keine große Leistung mehr.« Lambert war immer noch außer sich vor Wut. »Salvoni, es ist an der Zeit, dass wir Konsequenzen ziehen. Ich kann Sie vielleicht nicht mehr halten und muss Sie bitten, uns einen letzten Dienst zu erweisen«, sagte er mit Nachdruck.

Salvoni wusste, was gemeint war. Er hatte geahnt, dass dieser Augenblick eines Tages kommen würde. Wie ein Schatten hatte dieses Schicksal jahrelang über ihm geschwebt. Seine innere Müdigkeit war so groß geworden und brütete so bleischwer in seinem Kopf, dass er bereit war, sich allem zu fügen. Hauptsache, diese elende Quälerei hatte bald ein Ende für ihn.

»Zunächst einmal stellen Sie sicher, dass alles in Orvieto zerstört wird. Das alte Archiv wird aufgelöst und hierhergebracht. Und die Pergamente aus Österreich werden vollständig zerstört, und zwar ohne Ausnahme.«

Salvoni konnte nicht fassen, was Lambert da verlangte. Hier war von Zeugnissen der Antike die Rede, von Dokumenten mit unschätzbarem Wert und großer Bedeutung für die Altertumskunde. Aufzeichnungen über die Heilkunde der Druiden waren darunter, aber auch Handelsverträge mit Rom, die bezeugten, wie weit sich die Metallverarbeitung der Kelten entwickelt hatte. Und natürlich gab es etliche Schriften der alten Philosophen, die die Druiden in ihrem Durst nach Wissen erfasst und verarbeitet hatten.

»Aber Eminenz, das ist doch … Verstehen Sie, nur ein

Bruchteil unserer Funde beschäftigt sich mit den fragwürdigen Ereignissen unserer Gründungszeit. Können wir den Rest denn nicht im Vatikan sichern? Ich meine ... was immer passiert, wenn wir diese unschätzbaren Werte jetzt zerstören, wird man uns doch noch mehr verteufeln. Es ist nicht unproblematisch, die Bibliothek der Druiden vor der Öffentlichkeit zu verbergen, aber die Zerstörung ...« Salvoni hatte nichts mehr zu verlieren, und er spürte zu seinem eigenen Erstaunen, wie ruhig ihn das machte. »Wir wissen doch beide, dass die wirklich brisanten Dokumente ohnehin nicht in Orvieto lagern.«

Lambert nickte. »Sie haben recht, Salvoni, das wissen wir beide. Die Helfer von Ronald MacClary haben vermutlich genau die Pergamente in der Höhle gefunden, die man besonders gut gegen uns verwenden kann.«

Die beiden Männer schwiegen eine Minute, dann sprach Lambert ruhig weiter. »Wissen Sie, Salvoni, ich habe gerade das Buch von einem unserer schärfsten Kritiker gelesen. Der Titel lautet: *Der Vatikan geht in den Schuhen des Teufels.* Reißerisch, aber aus der Sicht des Autors natürlich sehr treffend. Wie schon so oft, geht es auch hier um die Kluft zwischen der ursprünglichen Botschaft, dem Leben der Menschen, und dem, was *die Kirche* in ihrer Lehre daraus gemacht hat und macht. Über Jahrhunderte hinweg ist es uns immer wieder gelungen, diese fundamentale Kritik im kleinen, überschaubaren Rahmen der wissenschaftlichen Fachwelt zu halten und die Gläubigen davor zu schützen. Jedenfalls haben wir das immer so formuliert: schützen. Aber wie lange wird das noch gelingen? Wie lange noch, Salvoni?« Lambert setzte sich. »Die Missbrauchsfälle haben die Kritik noch angeheizt. Letztlich haben wir ja immer damit argumentiert, dass Menschen nun einmal Schwächen haben und Fehler machen, auch in der

Kirche. Aber die Bibliothek der Druiden, wie Sie es nennen, könnte diese Argumentation zum Scheitern bringen. Und was dann?« Lambert verschränkte die Hände hinter dem Kopf. Er sah fast entspannt aus, aber Salvoni wusste, der Schein trog.

»Was dann? Ich weiß es nicht, Eminenz, aber ich weiß, dass es ein Fehler ist, diese neuen Funde zu zerstören. Wohl möglich, dass sie uns am Ende helfen können, etwas wiedergutzumachen.«

Lambert nickte langsam. »In Ordnung, Salvoni, vielleicht haben Sie recht. Zerstören Sie nur die brisantesten Pergamente, und bringen Sie den Rest ins Archiv des Heiligen Vaters. Aber hören Sie, das muss heute noch geschehen. Und eines noch: Wenn meine Quellen zuverlässig sind, versucht eine Staatsanwältin in den USA, den Vatikan für die Aktion in Österreich zur Verantwortung zu ziehen. Die Frau muss irgendwie zu dem Kreis um MacClary gehören, aber darüber habe ich keine näheren Informationen. Es spielt allerdings auch keine Rolle. Sollte das eintreten, sollte diese Klage tatsächlich zum Tragen kommen, dann wissen Sie, was zu tun ist.« Lambert sah Salvoni scharf an.

»Sie werden sich erinnern, Eminenz, es war mein eigener Vorschlag. Wir brauchen ein hundertprozentiges Dementi, und ich bin bereit, die Verantwortung zu übernehmen.« Salvoni sprach mit großem Ernst. Die Fehler, die er in Dublin begangen hatte, waren nicht mehr rückgängig zu machen. »Und der Heilige Vater?«

»Ist über alles informiert, was für ihn wichtig ist. Ich denke, er wird sich entsprechend zu verhalten wissen und sein Gewicht in Washington einsetzen …«

»Was heißt das?«

»Unsere Anwälte bereiten alles vor – zu unserem und auch zu Ihrem Schutz, soweit möglich. Sollte das reichen, haben

Sie – haben wir alle noch einmal Glück gehabt. Sie sehen, Salvoni, der Heilige Vater setzt sich für uns alle ein.«

Salvoni zog die Schultern hoch. Zum ersten Mal erlebte er es, dass Lambert sich um das Schicksal einzelner Menschen kümmerte. Bisher hatte er immer nur vom großen Ganzen gesprochen, beseelt von dem Glauben, Gottes Werk schützen zu müssen. Irgendetwas hatte sich in den letzten Tagen und Wochen verändert.

Lamberts Stimme riss ihn aus seinen Gedanken. »Ich erwarte, dass Sie sofort aus Orvieto zurückkehren, wenn alles erledigt ist.«

»Und dann?«

»Dann setzen Sie alle Ressourcen ein, damit wir diesen Thomas Ryan in die Finger bekommen«, sagte Lambert.

Salvoni straffte sich. Innerlich riss der den kleinen Hoffnungskeim, den er gerade gespürt hatte, wieder aus. Es würde sich nichts ändern, solange Menschen wie Lambert die Geschicke der Kirche lenkten. »Ich verstehe, Eminenz.«

»Und Salvoni, falls Sie scheitern: Hier haben Sie ein Schweizer Nummernkonto und eine Adresse in Rom. Ich besorge Ihnen noch die Entlassungspapiere, die auf den Dezember zurückdatiert sind«, sagte Lambert und drückte Salvoni eine Kreditkarte, einen Schlüssel und eine Adresse in der Nähe des Kolosseums in die Hand. »Ich hoffe, Sie werden das nicht brauchen.«

Salvoni schaute auf die Kreditkarte, und eine Träne bahnte sich den Weg über seine Nase.

66

Religionen, die der Individualität des Menschen ihre volle Berechtigung zugestehen, werden automatisch zu Förderern der Humanität. Solche aber, die den Anspruch erheben, im alleinigen Besitze der Wahrheit zu sein, oder die den Wert des Individuums und individueller Überzeugungen gering schätzen, können zu Feinden der Humanität werden, und dies umso mehr, wenn Religion zu einer politischen oder gesellschaftlichen Machtfrage wird.

Lama Anagarika Govinda

Orvieto – Washington, D. C. – 23. März, 13.30 Uhr

Deborah und Shane hatten fast bis zum Morgengrauen gewartet und sich Stück für Stück durch die Gassen Orvietos bis zu ihrem Leihwagen geschlichen. Niemand war zu sehen; sowohl die Polizei als auch die Verfolger aus dem Dom hatten wohl irgendwann aufgegeben. Erleichtert ließen sie sich in den Wagen fallen und machten sich auf den Weg zum Flughafen. Was würden MacClary und Jennifer in Washington sagen?

Im Anflug auf Washington suchten sie nach ihren irischen

Diplomatenpässen, die sich auch auf dieser Reise bezahlt gemacht hatten. »Ich kann es immer noch nicht fassen, dass wir da heil rausgekommen sind«, lachte Deborah, leicht hysterisch vor Übermüdung. Die Erinnerung an die Schüsse, die in Orvieto auf sie abgegeben worden waren, hatte sie kaum schlafen lassen.

»Na ja, ich muss zugeben, dass ich die großen Sicherheitsvorkehrungen immer für ein Filmmärchen gehalten habe. Offenbar hatten wir riesiges Glück, eine Schwachstelle gefunden zu haben«, sagte Shane und atmete einmal tief durch, als die Maschine zur Landung ansetzte. Er wusste, dass sie nur haarscharf an der Katastrophe vorbeigeschrammt waren. »Und ich hatte früher mal Angst vorm Fliegen«, lachte er.

Vom Flughafen fuhren sie direkt ins Labor in die Walter Street und übergaben das Pergament zur Radiocarbonanalyse. MacClary war bereits in der Nacht wieder nach Washington geflogen. Jennifer hatte es im Hotel nicht ausgehalten. Seit Stunden brütete sie im Labor über Deborahs Übersetzungen.

»Ihr beiden Satansbraten habt es echt geschafft!«, freute sich Jennifer, als Deborah und Shane die Pausenküche des Labors betraten.

»Ja, und nicht nur das! Wir haben eine ziemlich spannende Abschrift mitgenommen und alles andere wie besprochen fotografiert.«

»Sag mal, wer war eigentlich dieser Sopatros?«, fragte Shane, der zwischendurch völlig vergessen hatte, dass dieses Pergament während des gesamten Rückflugs Deborahs Aufmerksamkeit auf sich gezogen hatte.

»Er war der wichtigste Kopf der neuplatonischen Schule in Rom und hat wohl einige Schüler aufgenommen, die zuvor von Druiden ausgebildet worden waren. Er war ein sehr angesehener Berater Konstantins, bis er wegen seiner heidnischen

Einstellung und seiner intelligenten Kritik am Christentum 330 auf Befehl des Kaisers hingerichtet wurde. Nicht zuletzt, da er sich weigerte, seine antichristlichen Schriften einzustellen«, spulte Deborah mit der für sie typischen Begeisterung sämtliche Informationen herunter.

»Noch ein Opfer, das ich nicht kannte. Allmählich könnte ich eine Liste führen«, stöhnte Shane. Es gab wirklich viele gute Gründe für MacClarys Feldzug gegen die Kirche. Aber er wollte mehr, er wollte in die Höhle des Löwen, er wollte ihnen gegenüberstehen. Konnte man dort denn niemanden mit dem Herzen erreichen? »Ich kann ihre Angst spüren«, sagte er. »Je mehr ich mich mit dem Gedankengut Roms verbinde, desto kleiner erscheinen sie mir in ihren großen, herrschaftlichen Roben. Je mehr ich erfahre, desto weniger kann ich begreifen, warum sie sich nicht eingestehen, was sie angerichtet haben. Im Gegenteil: Sie sehen sich immer noch als die großen religiösen Führer.« Nachdenklich spielte er mit einem Bleistift.

»Sie sind dogmatisch, weltfremd und ohne Empathie, und sie glauben sich immer noch im exklusiven Besitz des Heils und der letzten Wahrheit. Kurz gesagt, es ist zum Kotzen«, erwiderte Jennifer. »Aber egal, mit dieser Bibliothek können wir ihren absoluten Wahrheitsanspruch endlich brechen. Und ich sage euch, ich werde alle Register ziehen, um das zu schaffen.«

»Jennifer, bei allem Verständnis, ich sag es dir ganz ehrlich: Ich habe eine größere Vision, als lediglich diese Kirche zu zerstören, ganz egal, ob sie es verdient hat oder nicht. Wenn wir das Ganze in Frieden bewältigen wollen, müssen wir bei aller Wut die nächsten Schritte in unserem Bewusstsein gehen. Der erste Schritt ist Vergebung und Mitgefühl, und dann müssen wir uns fragen, was wir bewirken, welche Gesellschaft wir erschaffen wollen. Nur dann …«

»Ich weiß, was du meinst. Vielleicht würde es tatsächlich reichen, wenn wir einfach alles veröffentlichen, was wir haben, und dann sehen, was passiert. Aber mir geht es auch um mehr, Adam. Es geht darum, dass die wenigen Nachfahren der Druiden und die ganze Welt Anspruch auf die historische Wahrheit haben. Wenn ich eines im Leben verstanden habe, dann das: Je mehr ich gegen etwas kämpfe, desto stärker erschaffe ich es in der Realität«, sagte Jennifer, schaute durch ein Fenster und sah, wie die Wissenschaftler gerade eines der Pergamente bearbeiteten. Shane fragte sich, ob sie eigentlich niemals an sich zweifelte.

»Wo ist eigentlich Ronald?«, fragte er. Er war etwas verwundert und auch enttäuscht, dass MacClary nicht vor Ort war, um seinen beiden Helden einen gebührenden Empfang zu bereiten. Schließlich hatten sie nun fast alle Beweise.

»Er trifft sich heute den ganzen Tag mit den Richtern und sondiert, welche Optionen wir haben.«

67

Rom – Washington, D. C. – 24. März, 13 Uhr

Papst Johannes Paul III. stand vor dem Fenster seiner privaten Räume und blickte auf den Petersplatz. Seine Hände stützten sich schwer auf das Fensterbrett.

Damit hatte er nicht gerechnet. Die Anklage aus Boston war die vierte innerhalb eines Jahres, und es würde vermutlich nicht die letzte sein. »Warum muss das alles ausgerechnet in meinem Pontifikat passieren?«, stöhnte Johannes Paul III.

»Heiliger Vater?«

Der Papst drehte sich langsam um; er wirkte müde und war dennoch zornig, dass Lambert ihm nur die halbe Wahrheit gesagt hatte.

»Kardinal Lambert bittet, Sie kurz sprechen zu dürfen.«

»Ja, gut, er soll reinkommen.«

Langsamen Schrittes kam Lambert herein und verneigte sich. »Heiliger Vater, ich habe …«

»Cardinale«, fiel ihm der Papst ernst ins Wort und nahm die Papiere in die Hand, die ihm die Anwälte des Vatikans am Morgen übergeben hatten. Lambert war so verblüfft, dass er tatsächlich schwieg.

Er hatte nicht damit gerechnet, dass es so schnell gehen

würde. »Ich erwarte jetzt eine ehrliche Antwort. Wer ist dafür verantwortlich?«

»Heiliger Vater, ich bitte Sie! Es ist besser, Sie wissen so wenig wie möglich davon, es ist von …«

»Vor dem Angesicht Gottes, sagen Sie mir jetzt die Wahrheit!«, befahl der Papst. »Sie haben mir verschwiegen, dass es dort zu gewalttätigen Übergriffen gekommen ist. Ich muss dafür …«

»Ich habe den Verantwortlichen in unserer Polizei, Victor Salvoni, bereits entlassen. Er war es, der ohne Rücksprache eigenmächtig gehandelt hat. Nicht einmal ich kann Ihnen genau sagen, was in Österreich passiert ist«, unterbrach ihn Lambert. Er sah keinen anderen Ausweg. Er musste jetzt klug taktieren, damit ihm nicht alles aus den Händen glitt.

»Nun gut, das heißt, Padre … er ist doch Padre, oder?«

»Ja, Heiliger Vater.«

»Dann wird also Padre Salvoni offiziell die Verantwortung übernehmen, für den Fall, dass unsere Verteidigung scheitert?«

»Ja, das wird er. Ich habe mit ihm bereits alles besprochen, und er ist einverstanden«, sagte Lambert, der langsam wieder die Fassung gewann und sich merklich wohler in seiner Haut fühlte.

»Wissen wir, welchen Inhalt die Pergamente haben, die sich nun vermutlich in Irland oder den USA befinden?«

»Nein, leider nicht, Heiliger Vater.«

»Nun, Cardinale, eines ist klar: Das Wenige, was ich gesehen habe, ist ohne Zweifel sehr bedrohlich angesichts der Gesamtlage, in der wir uns befinden.«

Er hatte sein halbes Leben mit dem Studium der Antike verbracht, es jedoch wie fast alle seine Vorgänger nicht für nötig gehalten, aus der blutigen Geschichte Konsequenzen zu ziehen. Jetzt schauderte es ihn selbst, wenn er bedachte, welche Folgen die Kriege hatten, die unter dem Kommando der Kirche gegen die keltische Kultur geführt worden waren. Doch gegenüber Lambert durfte er sich keine Zweifel, keine Schwäche anmerken lassen.

»Ich hoffe, Ihnen ist klar, welchen Eindruck es hinterlässt, wenn wir nun auch noch offiziell bezichtigt werden, die Entdeckung dieser Bibliothek der Druiden, wie es Contas nannte, mit Gewalt verhindert zu haben. Ich werde jetzt versuchen, in Washington meinen Einfluss ins Spiel zu bringen. Beten Sie, dass mir das gelingt.«

Schweigen und Vertuschen. Es gibt so viele Gründe, uns zu verachten, dachte der Papst. Und das alles nur aus Angst, Verantwortung zu übernehmen. Eines Tages wird diese Haltung der Kirche mehr als nur das Rückgrat brechen.

»Ja, Heiliger Vater, ich kümmere mich um das weitere Vorgehen«, erwiderte Lambert, doch seine Gedanken gingen weiter. Würde dieser Papst dem Druck standhalten? Er musste an die Zukunft denken und notfalls dafür sorgen, dass alles weiter im Interesse der Kirche verlief.

»Unterrichten Sie mich laufend. Guten Tag, Cardinale«, sagte der Papst und signalisierte seinen Wunsch, allein gelassen zu werden.

Lambert schloss die Tür, blieb aber kurz stehen, bis ihn ein Wachtposten ansprach.

»Cardinale?«

»Ja, äh, ist schon gut, ich dachte nur, ich hätte etwas vergessen.« Lambert verließ den Vorraum. Er hatte gehört, was er hören wollte.

»Büro der Präsidentin, Heiliger Vater, ich verbinde Sie nun mit der Präsidentin.«

Vor der Tür des Büros der Präsidentin sortierte Axton minutenlang die Rede der Präsidentin, die ihm aus der Hand gefallen war. Er setzte sich, wartete noch eine Weile, doch irgendwann konnte er nicht länger warten, sonst würde die Präsidentin ihren nächsten Termin verpassen. Als er die Tür öffnete, telefonierte sie noch immer, winkte ihn aber herein. Axton sah, dass sie stinkwütend war.

»Eines kann ich jedoch nicht, Heiliger Vater. Ich kann und werde nicht in unsere Justiz eingreifen. Sollten Ihre Anwälte keine Einstellung des Verfahrens erreichen, sind mir die Hände gebunden. Ich kann dafür sorgen, dass der Fall nicht an die Öffentlichkeit gerät, und dafür verbürge ich mich, aber das ist auch schon alles«, erklärte die Präsidentin mit hochrotem Kopf.

Axton schlug innerlich die Hände über dem Kopf zusammen. Alles konnte die Präsidentin jetzt gebrauchen, nur keinen Streit mit dem Vatikan, der öffentlich ausgetragen wurde und vor den Kongresswahlen einen großen Teil der Bevölkerung gegen die Demokraten in Stimmung brachte. Das wären Tonnen von Öl in das Feuer, das die Republikaner ihr legen wollten.

»Ja, Heiliger Vater, ich versichere Ihnen, dass ich mich persönlich um die Sache kümmern werde«, sagte die Präsidentin jetzt. »Danke, Heiliger Vater.« Sie legte auf, und ihre Berater, die das Gespräch zwangsläufig mitverfolgt hatten, schauten sie fragend an.

»Alle Mann raus. Bill, Sie bleiben hier. Bestellen Sie mir sofort den Richter her, und kriegen Sie raus, vor welchem Gericht die Anklage erhoben wurde. Ich will bis siebzehn Uhr alles auf meinem Tisch haben.«

»Ja, Ms. President, ich kümmere mich darum. Was ist mit dem Termin im Kabinett?«

»Absagen, und sagen Sie MacClary, dass er bis achtzehn Uhr Zeit hat, hier aufzutauchen. Ach so, noch etwas: Die Rede für morgen brauche ich bis zwanzig Uhr. Ich muss da noch einige Änderungen vornehmen.« Langsam fand Diana Branks ihre gewohnte Form wieder.

68

Apartment von MacClary – 24. März, 15.30 Uhr

MacClary legte den Hörer auf und schaute resigniert aus dem Fenster auf die Kuppel des Kapitols. Boston hatte die Klage zwar wie erhofft aus Mangel an Beweisen abgelehnt. Der Anruf, der ihn gerade aus dem Weißen Haus erreicht hatte, war aber ein Hinweis, dass der Richter in Boston auch deshalb so schnell handelte, weil man aus Washington nachgeholfen hatte.

»Das dürfte es dann wohl gewesen sein.« War die erste Einladung ins Weiße Haus noch relativ freundlich ausgesprochen worden, klang diese nun eher wie ein Befehl zum Rapport. Was zum Teufel war in die Präsidentin gefahren? Er hatte sie ehrlich eingeweiht.

Würde sie am Ende doch noch umfallen, aus Angst vor den Reaktionen der Öffentlichkeit? Als er die Klingel an seiner Wohnungstür hörte, stand er sehr langsam auf und ging ruhigen Schrittes zur Tür.

»Adam, Deborah, Jennifer – kommt rein.«

»Stell dir vor, Ronald, der Leiter des Instituts bestätigt in seinem Gutachten, dass das Pergament sich auf die gleiche Zeit datieren lässt wie unsere Funde aus Österreich. Genau, wie wir gehofft haben. Es ist erwiesen, dass es aus der Höhle stammt«, sprudelte Shane freudestrahlend los.

MacClary sah ihn verwirrt an, dann schüttelte er den Kopf, wie um sich in die Gegenwart zurückzuholen. »Entschuldigung, ich war gerade ganz woanders. Erst einmal meinen herzlichen Glückwunsch, ihr beiden. Ich muss schon sagen, ihr habt sehr viel Mut bewiesen.«

»Den haben wir auch gebraucht. Es wurde auf uns geschossen, aber ich denke, wir haben keine Spuren hinterlassen und …«

MacClary erschrak und unterbrach sie. »Warum habt ihr mir das gestern nicht gesagt? Das heißt, man weiß, dass ihr dort wart, verflucht noch mal!« MacClary schlug mit der Faust gegen die Wand.

»Unwahrscheinlich, da wir nur Sekunden drin waren. Wir hatten gerade die Zeit, eines der Pergamente mitzunehmen. Wenn wir Glück haben, denken sie, dass nichts fehlt«, versuchte Deborah, MacClary zu beruhigen.

»Gut, es nützt alles nichts. Wir dürfen keine Zeit verlieren.«

Jennifer spürte seine Unruhe und trat an den Tisch, auf dem ein Fax des Bezirksgerichts aus Boston lag.

»Wann hast du das bekommen?«

»Vor wenigen Minuten. Ich hätte dich gleich angerufen …«

»Aber das ist doch das, was du wolltest«, sagte Jennifer erstaunt, nachdem sie das Fax überflogen hatte. »Ich reiche noch heute Abend alles an den Supreme Court weiter, und dann …«

»Warte, Jennifer. Ich habe gerade einen ziemlich unerfreulichen Anruf aus dem Weißen Haus bekommen, und ich kann dir versichern, das war alles andere als eine beiläufige Einladung zum Tee. Irgendwas stimmt da nicht«, sagte MacClary. »Ich brauche jetzt eure Hilfe, damit ich weitermachen kann.

Deshalb würde ich euch gern bitten, mich ins Weiße Haus zu begleiten.«

Während der Fahrt erklärte MacClary, was geschehen war. Shane sah aus dem Wagen in die Abendsonne, die Washington in die Nacht begleitete. Nun saß er in einer Limousine auf dem Weg ins Weiße Haus. Was ihn daran am meisten überraschte, war die Ruhe, mit der er das alles zur Kenntnis nahm. Innerhalb weniger Tage war er aus seinen einfachen Verhältnissen gerissen worden und verbrachte nun seine Zeit in Villen, Limousinen und großen Hotels. Für Ronald und Jennifer ging es schon lange nicht mehr ums Überleben, sie konnten große Spiele spielen. Und doch blieben die beiden Ausnahmepersönlichkeiten. Wie würde eine Welt aussehen, in der alle Menschen ihr Ego überwanden und ihre Gabe zum Wohle aller einsetzten? Die Limousine hielt vor dem Hintereingang, und der Berater der Präsidentin kam ihnen ein paar Schritte entgegen. Er war es auch, der sie in den abhörsicheren Besprechungsraum begleitete.

»Ich hoffe, die Präsidentin weiß, dass Sie in Begleitung kommen«, sagte Axton höflich.

»Nein, aber sie wird es gleich erfahren«, antwortete Mac Clary lächelnd.

»Wie Sie wollen.«

Als wenig später die Präsidentin vor ihnen stand, spürte Shane, dass er nun doch feuchte Hände bekam.

»Ronald, was hat das zu bedeuten?«, fragte die Präsidentin scharf.

»Diana, darf ich dir Adam Shane und Deborah Walker vorstellen, zwei von den dreien, die an der Bergung der Artefakte in Österreich beteiligt waren«, sagte MacClary selbstsicher. »Und Jennifer Wilson, eine befreundete Anwältin, die neben der Staatsanwaltschaft in Boston die Anklage im Namen von Thomas Ryan übernommen hat. Er ist seit der Bergung vermisst und wird in Italien als angeblicher Terrorist gejagt – vermutlich eine gezielte Fehlinformation aus dem Vatikan. Er ist …«

»Stopp! Ronald, das kann doch alles nicht gar wahr sein! Ich habe heute mit dem Papst persönlich telefoniert und …«

»… und er wird dir wissentlich oder unwissentlich nicht die volle Wahrheit gesagt haben«, versuchte MacClary einer Anschuldigung zuvorzukommen.

»Der Vatikan verwahrt sich dagegen, mit den Vorkommnissen in Österreich in Verbindung gebracht zu werden. Der sogenannte Überfall geht auf das Konto eines ehemaligen Mitarbeiters der vatikanischen Polizei, der bereits im vergangenen Jahr gekündigt wurde und …«

»Entschuldigen Sie bitte, Ms. President, aber das kann nicht sein.« Shane hörte seine eigene Stimme unnatürlich laut im Raum, bevor ihm überhaupt bewusst wurde, dass er sprach. »Wir konnten Beweise dafür sichern, dass einige Artefakte aus der Höhle am Magdalensberg in einem Archiv des Vatikans aufbewahrt werden. Artefakte, die für die Bewertung der Kirchengeschichte sehr brisant sind.«

»Stimmt das, Ronald?«

MacClary zögerte einen Moment. Sollte er hier bereits preisgeben, wer ihn mit all den Informationen versorgt hatte?

»Ja, Diana, und das bedeutet, dass der Vatikan durchaus dahintersteckt. In Boston lagen noch nicht alle Fakten vor, und offensichtlich hat man sich dort auch nicht mit den Motiven beschäftigt …«

»Woher willst du wissen, dass man sich in Rom aller Fakten bewusst ist? Glaubst du denn, ich weiß immer, welche Fehden meine Minister, meine Partei oder die CIA hinter meinem Rücken ausfechten? Was denkst du, wie oft ich Entscheidungen mittragen muss, von denen ich keine Ahnung habe und denen ich mich trotzdem unterordnen muss? So viel zur Macht meines Amtes, Ronald.«

Ronald war sich über die exponierte und schwierige Position Dianas durchaus bewusst, und es tat ihm fast leid, dass er ausgerechnet sie mit dieser problematischen Situation konfrontieren musste. Andererseits hatte sie den nötigen Kampfgeist, um diese Sache durchzustehen.

»Diana, da ist noch einiges mehr, weshalb ich dich um dein Vertrauen bitte. Bitte sei so gut und lass dir von uns alles in Ruhe erklären.«

Die Präsidentin ballte die Fäuste, dann ging sie zu ihrem Schreibtisch und drückte auf die Freisprechanlage ihres Telefons. »Bill? Die nächste halbe Stunde bin ich nicht zu sprechen«, sagte sie, bevor sie sich mit einem Seufzen wieder ihren Besuchern zuwandte.

69

Landhaus Nizzani, Italien – 24. März, 12.30 Uhr

Ryan saß auf der Terrasse, eine Tasse Cappuccino in der Hand, und blickte auf die wunderschönen italienischen Alpen, die im Mittagsdunst wie riesige Wächter wirkten, Jahrmillionen alt. Wie klein und unbedeutend sind dagegen die paar Tausend Jahre, die wir Menschen hier leben, dachte er. Und wir glauben in unserer egozentrischen Art, diesen Planeten beherrschen zu können – statt unser wahres göttliches Potenzial im natürlichen Einklang mit der Erde zu leben.

Andererseits sah er auch, wie viele Menschen sich dessen immer mehr bewusst wurden. Er spürte, dass schon bald die kritische Masse erreicht sein würde, die die Menschheit in ein neues Zeitalter führte. Kurzfristig hatte er allerdings wesentlich schlichtere Wünsche: Er wollte so schnell wie möglich zurück an die Seite von Deborah, Shane und seinen irischen Familien, die durch die Funde auf eine sehr späte, aber doch auf eine neue Chance hoffen konnten.

Brian Langster hatte ihn zu einem befreundeten, sehr wohlhabenden Arzt gebracht, damit seine Verletzungen versorgt wurden und er sich wenigstens etwas erholen konnte.

Die ganze Zeit über quälten ihn die Gedanken an das, was

geschehen war. Wie sollte er den anderen erklären, warum man ihn als Terroristen abgestempelt hatte? Langster hatte ihm eigentlich verboten, auch nur einmal ein Telefon in die Hand zu nehmen, aber er konnte nicht mehr länger warten.

»Na, wie fühlt man sich als Mitglied einer der ältesten Familien der Welt?«, scherzte Langster, der ihm gegenübersaß und ihn aufmerksam beobachtete.

»Oh, besser, viel besser. Nur scheint es anderen damit nicht sonderlich gut zu gehen«, grinste Ryan in Anspielung auf die Jagd durch das Tal.

»Ich brauche leider noch ein paar Tage, um dich sicher nach Washington zu bringen. Noch bist du auf der Fahndungsliste der italienischen Polizei, aber der Doktor hat sich bereit erklärt, dich so bald wie möglich mit seinem Privatjet nach Washington zu transportieren, und dann …«

»Brian, ich kann nicht mehr so lange warten, es steht zu viel auf dem Spiel! Ich muss zumindest ein Lebenszeichen von mir geben …«

»Ist schon klar. Hier, nimm das Handy. Und versuch, unter einer Minute zu bleiben. Wird schon gut gehen«, sagte Langster, der schon in Irland immer als einer der Vorsichtigsten gegolten hatte. Und sein Erfolg hatte ihm recht gegeben: Niemand hatte je seine Spuren verfolgen können.

»Danke, Brian, ich fasse mich kurz …«

70

Washington, D.C., Weißes Haus – 24. März, 18.30 Uhr

Nach gut einer Stunde verließen Shane, Deborah, Jennifer und MacClary das Büro der Präsidentin. Alle strahlten, und selbst MacClary war die riesige Erleichterung anzusehen.

»Ronald, du kannst dich auf meine Leute verlassen. Wir werden Thomas Ryan in Sicherheit bringen, sobald er den Flughafen erreicht hat«, sagte die Präsidentin und verabschiedete sich mit einer herzlichen Umarmung von MacClary.

»Warum hast du uns nicht früher davon erzählt?«, fragte Jennifer auf dem Korridor. Sie war immer noch völlig verwirrt von den Fakten, die Ronald bisher verschwiegen hatte.

»Ganz einfach: Ich habe es versprochen. Und bitte, Jennifer, kein Wort zu Ms. Copendale. Sie kennt ihn und hat keine Ahnung von seiner Vergangenheit. Das gilt auch für euch beide.«

Deborah nickte artig, und Shane war ohnehin nicht mehr ansprechbar. In der letzten Stunde hatte die Präsidentin ehrlich und schonungslos zugegeben, wie begrenzt ihre Möglichkeiten in Wirklichkeit aussahen und wie stark der Einfluss Roms auch heute noch war. In den Vereinigten Staaten ließen sich mit dem Glauben immer noch Wahlen gewinnen. Die Regierung Bush war nur ein Beispiel dafür.

Was Shane aber am meisten beeindruckt hatte, waren die Vorstellungen der Präsidentin von einer Wende in der Wirtschaftspolitik. Sie hatte mehrere Bücher der renommiertesten Wissenschaftsphilosophen und alternativen Wirtschaftstheoretiker ausgebreitet. Letzten Endes lief es auf eine totale Abkehr vom alten Wachstumswahnsinn hinaus. Die Gedanken der Präsidentin über eine neue planetare Ethik waren für Shane wie eine Offenbarung, an die er nicht mehr geglaubt hatte.

MacClary und Shane hatten sie überzeugen können, das Spiel mitzuspielen, doch noch war nichts gewonnen. Ryan war noch immer verschollen, vielleicht sogar tot. Sie hatten keine Ahnung, was man in Rom noch ausbrütete, um nach außen eine weiße Weste zu zeigen, und so blieb ihnen nur noch MacClarys geheimnisvoller Joker. Doch selbst der war unberechenbar.

Jetzt standen sie zu dritt vor dem Weißen Haus und schauten sich ungläubig an. Hatte die Präsidentin gerade den Vatikan fallen lassen?

»Wenn sie diese Rede vor den Vereinten Nationen hält, ist sie weg vom Fenster«, kommentierte MacClary nüchtern und für Shanes Geschmack etwas zu kalt.

»Du aber auch, Ronald«, gab Shane zu bedenken.

»Was? Ja, mag sein. Ich gehe aber davon aus, dass die Präsidentin sich einen Richter nach dem anderen vorknöpft und darauf besteht, dass sie ihren juristischen Verpflichtungen und nicht ihren kirchlichen Bindungen folgen. Was hast du eigentlich der Präsidentin für einen Text gegeben? Der hat sie ja schwer beeindruckt«, hakte MacClary nach.

Sie spazierten entlang gepflegter Blumenbeete. Die Präsidentin hatte ihnen erlaubt, noch eine Weile im Garten zu bleiben, nachdem Shane sie darum gebeten hatte. Er fand, es wäre ein guter Platz, um das Gespräch zu verarbeiten.

»Ich habe mich in den letzen Tagen von den ganzen Ereignissen vollkommen überrollt gefühlt, und nachdem das erste Mal in meinem Leben auf mich geschossen wurde, habe ich plötzlich Ryan gespürt. Ja, schaut mich nicht so an, ich habe ihn wirklich gespürt, als wäre er direkt neben mir. Das war unheimlich, aber ich stapfte wohl kurz in seine Vergangenheit …«

»Und?«

»Pssst, Debbie, lass ihn ausreden«, sagte Jennifer und legte kurz eine Hand auf den Arm ihrer Nachbarin.

»… und die ist alt, sehr alt. Ich habe noch mal über das Symbol in der Kammer nachgedacht, die Spirale des Lebens, und darüber, was Ryan mir über dieses Feld der Erinnerungen erzählt hat, in dem alles, was je geschehen ist, wie in einer riesigen Datenbank gespeichert wird.«

»Ich verstehe kein Wort, Adam«, sagte Jennifer.

»Wenn ich das Pergament von dem Druiden, der sich mit Raum und Zeit beschäftigt hat, richtig verstanden habe, sprach er davon, dass die Zeit nicht linear ist und dass jeder von uns in dieser Zeitspirale reisen kann. Die Erfahrungen, die wir machen, können wir nutzen, wenn wir auf die Informationen zugreifen und wenn wir offen sind, Geschichte nicht als linearen Verlauf, sondern als Summe von Erfahrungen zu begreifen. Und je mehr Menschen dies tun, desto mehr spitzt sich diese Erfahrung zu, bis eine kritische Masse erreicht wird, die bereit ist, aus dieser Summe von Erfahrungen ein neues Bewusstsein zu entwickeln.«

»Das Ende der ganzen Verwirrung«, ergänzte Deborah.

»Genau, Debbie, und es würde ein Augenblick entstehen, in dem ein Würdenträger, ein idealer Herrscher alles auf sich konzentriert, indem er die Vollendung einer großzügigen und wohltätigen Regierung mitbringt«, sagte Adam und sah

MacClary an, der ihn fassungslos anstarrte. »Was ist los, warum siehst du mich an wie ein Gespenst?«

»Davon redet Thomas schon seit Jahren«, erwiderte Mac Clary.

»Aber was hat das mit der Präsidentin zu tun?«, fragte Deborah, neugierig wie immer.

»Sie steht genau an diesem Punkt. Ihre Bereitschaft zu handeln, ohne Rücksicht auf ihr Ego, zum Wohle allen Lebens, ist das, was die Druiden den Weltenkönig nennen.«

»… und die Christen den Messias«, fügte Deborah lapidar hinzu.

»Ganz genau, Debbie, nur dass die Kirche dieses Bild vollkommen verzerrt und die Ankunft des Messias dadurch geradezu verhindert hat. Wir reden nämlich nicht von einer Person oder irgendeiner Form, sondern von der Ankunft eines neuen Bewusstseins, das in jedem von uns seine Vollendung finden kann. Egal, welche Religion du betrachtest, der Messias, der Erlöser oder der gute Herrscher ist in Wirklichkeit immer nur ein Synonym für die Sehnsucht des Menschen nach einem höheren Bewusstsein«, sagte Shane und schaute in Jennifers Gesicht. Das war es – er hatte das Gefühl, plötzlich alles zu verstehen. Das war also mit der Wiederkehr der Druiden gemeint. Die Menschen mussten für ihre Erlösung selbst die Verantwortung übernehmen.

»Sie wird die Rede halten, da bin ich mir sicher. Jetzt verstehe ich, warum sie den drohenden Konflikt mit Rom vielleicht sogar nützlich findet«, sagte MacClary.

»Aber Adam, wie kommst du darauf, dass die Präsidentin diese Person ist?«, fragte Jennifer.

Shane zuckte mit den Schultern. »Ich weiß es ganz einfach, anders kann ich es nicht sagen. Das ist genau die Vision, die ich hatte. Und um auf deine Frage von vorhin zurückzukommen: Deshalb habe ich ihr den kleinen, inspirierenden Gruß unserer Vorfahren gegeben.«

»Du bist wunderbar, Adam … Was ist, Ronald? Hast du geglaubt, dass wieder ein Mann die Welt verändert? Ihr hattet eure Chance«, grinste Jennifer und nahm Shane in den Arm. Sie musste wieder an ihr Gespräch mit Louis denken.

»Hört zu, ich will zurück ins Institut. Ich möchte die anderen Texte weiter studieren, vielleicht finde ich noch mehr«, sagte Shane, als MacClarys Handy klingelte.

»MacClary.«

»Ronald, hier ist Thomas.«

»Mein Gott, Thomas!«

Shane, Deborah und Jennifer hatten für einen Augenblick den Atem angehalten. Jetzt fielen sie sich erleichtert in die Arme.

»Wo zum Teufel bist du? Hast du eine Ahnung, was wir uns für Sorgen gemacht haben? Ich meine, die letzten Nachrichten waren ein Schock für uns alle und …«

»Ronald, es tut mir leid, mit so einem Schlag habe ich auch nicht gerechnet und …«

»Wie konnte man dich als Terrorist der IRA abstempeln?«, fragte MacClary. »So einfach kann man doch die italienische Polizei nicht manipulieren!«

»Ich erkläre dir das, wenn ich in Washington bin, aber ich brauche noch ein paar Tage, weil ich immer noch auf der Fahndungsliste stehe. Aber ich kriege Papiere und werde mit einem Privatjet nach Washington geflogen.«

»Pass auf dich auf, Thomas! Und denk dran, du musst dich unbedingt vorher bei mir melden. Du kannst dir ja vorstellen, dass hier schon einiges ins Rollen gekommen ist. Ich stehe gerade mit den anderen vor dem Weißen Haus. Du bekommst jede erdenkliche Hilfe, sobald du gelandet bist, und dann stehst du bald vor dem Supreme Court, hoffe ich.« Normalerweise wurden in einem Verfahren vor dem Court keine Zeugen gehört, doch in diesem Fall würden die Richter dem kaum widersprechen können. Dafür hatte man in Boston zu viele Fehler gemacht.

»Alles klar, ich melde mich auf jeden Fall, sobald ich Näheres weiß. Wie geht es Adam und Deborah? Konnten sie alles in Sicherheit bringen?«

»Nicht nur das, Thomas. Adam hat sich zu einem echten Iren gemausert. Wenn du wüsstest, was die beiden alles angestellt haben, um …«

»Klingt gut, aber im Grunde habe ich nichts anderes erwartet. Ich täusche mich selten in Menschen, Ronald. Ich muss Schluss machen, ich melde mich morgen wieder. Danke Ronald, danke für alles.«

»Ich kümmere mich …«, versprach MacClary noch, doch Ryan hatte schon aufgelegt.

Erleichtert blickte der Richter in die Runde. »Nun können die alten Männer in Rom Spiele spielen, wie sie wollen. Wir gehen jetzt genauso vor, wie wir es mit der Präsidentin besprochen haben. Jennifer, hast du die Unterlagen fertig?«

»Aber sicher, die Sachen liegen schon im Court. Du musst nur noch eine Anhörung ansetzen«, sagte Jennifer, und in ihrer Stimme waren Freude und neue Kraft zu hören.

71

Washington, D. C., Supreme Court – 26. März

Ronald hatte noch Zeit. Den ganzen Morgen hatte er darüber nachgedacht, wie er in Rom für eine gewisse Verwirrung sorgen könnte. Was wusste man dort und was nicht? Wovor fürchtete man sich, und welchen Schachzug würde man in Rom als Nächstes planen?

Plötzlich sprang er auf und suchte in seinem Notizbuch nach einer Telefonnummer. Edoardo Vasaci, Journalist in einer Nachrichtenagentur in Rom! Er war genau der Mann, nach dem er sein Gedächtnis durchforstet hatte.

Es dauerte eine Weile, bis in der Nachrichtenagentur jemand abhob.

»Vasaci.«

»Hallo, Signor Vasaci, ich hoffe, Sie können sich noch an mich erinnern?«

»Ehrenwerter Richter! Diese Stimme würde ich selbst auf dem Totenbett noch wiedererkennen. Jetzt sagen Sie bloß, Sie haben wieder eine Story für mich. Ich schulde Ihnen ohnehin schon …«

»Nein, nein, diesmal könnten Sie sich tatsächlich für die alte Sache revanchieren«, lächelte MacClary. Er hatte Vasaci vor vielen Jahren mit brisanten Informationen über die Regierung Andreotti versorgt, und es hatte noch keine Gelegenheit gegeben, den Gefallen zu erwidern.

Vor MacClarys Apartment ertönte ein Staubsauger. Der wöchentliche Putzdienst machte seine Runde. Das waren die Augenblicke, in denen sich MacClary nach Dublin wünschte, er hatte den Lärm dieser Stadt satt, sie kam nie zur Ruhe.

»Ich bin Ihnen wirklich sehr dankbar, wenn Sie das für mich lancieren. Es wird nicht lange dauern. Ich rufe Sie an, sobald Sie die Sache wieder zurücknehmen können. Mit höchstem Bedauern, selbstverständlich.«

»Selbstverständlich. In Ordnung, Richter, für die Story tue ich alles, dafür pfeif ich notfalls auch auf den Job hier.«

»Danke, vielen Dank.«

Zufrieden legte MacClary auf. Vasaci war ein verlässlicher Partner, das hatte er immer wieder gehört und auch selbst erlebt. Nun war es Zeit, sich mit den Richtern zu treffen. Die Präsidentin würde ihre Autorität bereits ins Spiel gebracht haben. Er griff wieder zum Hörer.

»Mr. Carrington, holen Sie mich bitte in zwanzig Minuten ab.«

»Sehr wohl, Sir.« Ronalds Fahrer war einer der wenigen, die es fast immer schafften, sich pünktlich durch den Stadtverkehr zu schlängeln.

Die Richter würden sich gegen Jennifers Einspruch wehren, doch zwei oder drei hatte er sicher auf seiner Seite. Hinzu kam, dass das Gericht in Boston den Fall tatsächlich viel zu schnell abgelehnt hatte; schon die formalen Mängel waren also gravierend genug. Ronald wusste, dass es jetzt zur Sache gehen würde. Sein politisches Überleben und das der Präsidentin hingen von Jennifers nahtloser Beweisführung und seinen geschickten Täuschungsmanövern ab, die alle Eventualitäten berücksichtigen mussten.

Das Telefon klingelte.

»MacClary.«

»Ronald, hier ist Jennifer. Ich habe eben von dem demokratischen Senator Jeff Bukake erfahren, dass einer der Richter im Court versucht, gegen dich mobil zu machen. Es gibt Gerüchte, dass ein Republikaner im Repräsentantenhaus ein Amtsenthebungsverfahren gegen dich anstrengen will, solltest du mit deiner Stimme meinen Einspruch annehmen.«

MacClary war hin- und hergerissen. Einerseits fragte er sich, auf welcher Grundlage man ein solches Verfahren einleiten wollte. Sein öffentlich gewordener Vortrag in Dublin konnte doch niemals ausreichen, um ihn so zu diskreditieren! Oder hatte Rom sich etwas Perfideres einfallen lassen? Andererseits hatte er fast mit einem solchen Sperrfeuer gerechnet.

»Nun, dann muss ich die Richter zahlenmäßig so auf meine Seite bekommen, dass meine Stimme nicht notwendig ist, Jennifer«, sagte er, selbst ein wenig überrascht, wie ruhig und gelassen seine Stimme klang.

»Ronald, wenn es stimmt, was ich gehört habe, sind diese Leuten schon erbost genug, dass du überhaupt Mitglied im Court bist, von deinem Amt als Vorsitzender ganz zu schweigen. Sollte der Fall angenommen werden, wird das Verfahren nicht mehr aufzuhalten sein.«

»Jennifer, bis zu den Kongresswahlen sind es noch drei Monate. Die Präsidentin hat eine respektable Mehrheit, und bis ein Verfahren gegen mich überhaupt zur Abstimmung kommt, sind wir längst am Ziel«, sagte MacClary. Er wusste, dass es ohnehin eine sehr knappe Angelegenheit werden würde, die Richter mehrheitlich für die Annahme zu gewinnen.

»Nicht zwingend. Du weißt genau, dass eine Anhörung so

lange verschoben werden könnte, bis das Verfahren gegen dich auf die eine oder andere Weise abgeschlossen wäre.«

»Jennifer, ich bitte dich! Sind wir wirklich noch so rückständig, dass wir versuchen, Mord, Raub und Vertuschung einfach durchgehen zu lassen?«, fragte MacClary, als ob er mit dieser Frage das Gegenteil beschwören wollte.

»Ronald, schau ehrlich hin. Wie viele Richter hast du hinter dir?«

»Auf jeden Fall Bob Johnson, Ian Copter und Barbara Andrews, das habe ich schon heute Morgen geklärt. Ich glaube nicht, dass einer der Richter das Risiko eingeht, mich derartig zu hintergehen. Sollte das herauskommen, geht es ihm selbst an den Kragen. Aber wer weiß. Ich werde in einer Stunde im Court sein und mit Alex Winster sprechen. Ich hoffe, ich kann ihn überzeugen.«

»Na dann, viel Spaß …«

»Ich muss meine Trümpfe vielleicht früher ausspielen als geplant. Ich werde mit Ryan alles besprechen, und dann sehen wir weiter.«

»Ronald, ich kann nicht vergessen, was Adam gestern gesagt hat. Seit er in der Höhle war und die Pergamente gelesen hat, ist er wie ausgewechselt. Es ist wie ein heiliger Moment für ihn. Es kommt mir so vor, als würde er hinter die Dinge sehen und die tieferen Zusammenhänge erkennen. Ich glaube, dass er in dem ganzen Spiel noch eine sehr bedeutende Rolle übernehmen wird.« Jennifers Begeisterung war deutlich zu hören, und MacClary fragte sich lächelnd, wie lange es wohl noch dauern würde, bis aus den beiden ein Paar wurde. Zu schade, dass ihnen in diesen dramatischen Tagen so gar keine Zeit blieb, die Gegenwart des anderen zu genießen und sich wirklich aufeinander einzulassen.

Dann erinnerte er sich an den Anlass ihres Telefongesprächs und riss sich zusammen. »Weißt du, die Kirche hat sich unter hohem gesellschaftlichem Druck immer an die Entwicklungen angepasst. Oft hat sie es dann sogar noch geschafft, zivilisatorische Fortschritte als eigenes Verdienst zu verbuchen, denk nur an die Menschenrechte. Wir müssen dafür sorgen, dass ihnen das nicht noch einmal gelingt. Und wir werden dafür sorgen! Adam verkörpert die Seite der Vergebung und des Gleichgewichts, und vermutlich hat er recht. In Wirklichkeit müssen wir nicht einmal siegen, das sollten wir beide vielleicht überhaupt als Lehre begreifen. Es reicht vielleicht schon die Anklage, der Prozess im wahrsten Sinne. Sorgen wir für einen Erkenntnisprozess, ist das Urteil weniger von Bedeutung als die moralische und ethische Konsequenz, die sich daraus unweigerlich ergibt«, sagte MacClary und entspannte sich, trotz der vielen Ungewissheiten, die das Ganze umgaben.

»Das aus deinem Mund … das ist ja wie eine weitere Offenbarung. Danke, Ronald«, sagte Jennifer erleichtert.

»Da fällt mir übrigens noch etwas ein. Ich habe gestern Abend mit einigen Abgeordneten des irischen Parlaments gesprochen und sie über die Funde informiert. Das irische Außenministerium hat sich ganz klar zu unserem Ziel bekannt und will dies auch völkerrechtlich deutlich machen. Sie sind sogar zu mehr bereit.«

»Wann kommen die anderen Familien in Washington an?«, fragte Jennifer, die es kaum erwarten konnte, diese Menschen kennenzulernen, die geheimnisvollen Nachfahren der letzten Druiden.

»Das ist noch zu früh, aber sie kommen sicher zur letzten Anhörung, so sie denn stattfindet.«

»In Ordnung, Ronald. Viel Glück im Court.«

»Danke. Ich fürchte, das kann ich brauchen.«

72

Rom, Vatikanstadt – 26. März

Salvoni hatte seine Siesta beendet und lag noch auf dem Bett, als er die Nachrichten im Radio hörte. Eine davon machte jeden Kaffee überflüssig. Konnte er doch noch so viel Glück haben?

Eilig stand er auf, zog sich Hose und Hemd an, stürmte wie von der Tarantel gestochen aus seinem Zimmer und rannte glatt einen Priester um, der ihm im Flur entgegengekommen war und sich nun schimpfend wieder aufrappelte. In der Presseabteilung angekommen, stürzte er sich auf die aktuellen italienischen Agenturmeldungen.

»Ist es denn zu fassen! Danke, Herr, ich danke dir!« Salvoni zog sein Handy aus der Tasche und versuchte, Lambert zu erreichen. Vergeblich, das Telefon klingelte lange, aber niemand nahm ab. Er rannte durch die Gärten der Vatikanstadt zum Regierungspalast, die Treppen hinauf und stürmte in Lamberts Büro.

Lambert saß in einem Nebenraum und telefonierte auf Englisch. Er warf Salvoni einen grimmigen Blick zu, doch die glückliche Miene seines Gegenübers ließ ihn den Hörer vom Ohr nehmen.

»Was ist denn los?«, flüsterte Lambert.

Salvoni ging schnellen Schrittes auf Lambert zu und gab ihm, während Lambert seinen Gesprächspartner kurz um Geduld bat, die Meldung in die Hand. Als er die Nachricht las, ließ er fast den Hörer fallen. »Mr. Carrington, ich muss unser Gespräch kurz unterbrechen. Ich glaube, unsere Lage hat sich gerade dramatisch verändert. Ich melde mich bald wieder bei Ihnen«, sagte Lambert und setzte sich mit einer unglaublichen Erleichterung im Gesicht in einen der mit rotem Samtstoff bezogenen Sessel.

»Ist das bestätigt, Victor?«

Das war das erste Mal in fast dreißig Jahren, dass Lambert ihn mit dem Vornamen ansprach.

»Ja, ich denke schon. Er wurde in Österreich gefunden.«

Lamberts tiefes Stöhnen klang durch den Raum. Er fühlte sich wieder sicher. Nun konnte er die Anwälte in den USA mit einer ganz anderen Strategie beauftragen.

»Ist Ihnen eigentlich klar, dass das alles ändert, Salvoni? Halten Sie sich bereit für eine Reise nach Washington. Diese Gelegenheit, dem Richter seinen erhofften Triumph gegen die Heilige Kirche aus den Händen zu schlagen, sollten wir uns nicht entgehen lassen«, sagte Lambert und klopfte Salvoni auf die Schulter. »Haben Sie in Orvieto alles erledigen lassen, sind die restlichen Pergamente hier?«

»Ja, sie liegen im Archiv des Heiligen Vaters.« Salvoni plagten plötzlich Zweifel – an der Zuverlässigkeit der Nachricht, an den Möglichkeiten der Gegner. »Bei aller Freude, ist das nicht doch zu riskant, jetzt einfach so nach Washington zu fliegen?«

»Nein, machen Sie sich keine Sorgen. Wir haben nicht nur diplomatische Immunität, sondern auch die volle Unterstützung des Heiligen Vaters.«

Salvoni wusste, dass Lambert ein schlauer Fuchs war. Er war immer wieder überrascht gewesen, wie Lambert es verstand, den Vatikan vor jeglicher Kritik oder gar Strafverfolgung zu schützen. Das war es, was ihm seine fast unantastbare Position verlieh, und Salvoni war sich nicht zum ersten Mal sicher, vor dem nächsten Papst zu stehen.

»Ich werde den Heiligen Vater davon in Kenntnis setzen. Sie können mich gerne begleiten. Ich denke, Sie haben sich das verdient«, sagte Lambert.

Sie hatten beide keine Ahnung, welche fatale Fehlentscheidung er gerade getroffen hatte.

73

Washington, D.C., Supreme Court – 26. März, 15 Uhr

Ronald konnte trotz der Einsicht, die er in dem Gespräch mit Jennifer gewonnen hatte, seine Wut kaum noch zügeln. Seit einer guten Viertelstunde wartete er im ehrwürdigen Konferenzraum der Richter. Das war jedoch im Moment nicht sein größtes Problem. Stattdessen lag ihm eine Sache im Magen, die Jennifer ihm noch anvertraut hatte: Ruth Copendale hatte nicht nur all die Jahre mit dem schrecklichen Wissen um den Tod seines Vaters gelebt – sie hatte am Abend vor der Abreise von Ryan, Shane und Deborah Walker nach Österreich am Kamin inständig für die drei gebetet. Nie zuvor hatte er sie beten, geschweige denn in eine Kirche gehen sehen.

»Ronald!«

»Elora, gut das du zuerst kommst, ich …«

»Du brauchst mir nichts mehr zu erklären, Ronald. Es wird dich überraschen, aber ich werde diesem Antrag meine Zustimmung geben, wenn mich die Anwälte und die Fakten überzeugen. Die Präsidentin hat mich gestern angerufen. Ich habe sie nicht gewählt, sie gehört nicht meiner Partei an, aber in diesem Fall … sie konnte mich überzeugen, dass ich mich nicht vom Respekt vor dem Vatikan leiten lasse, und das werde ich auch nicht tun. Aber du bist für das Ganze trotzdem ein Problem«, sagte Elora Spencer mit ihrer charakteristischen nüchternen, direkten Art. Mit allem hatte MacClary gerechnet, nur nicht mit ihr, denn diese graue Eminenz der amerikanischen Rechtsprechung war weithin als strenggläubige Katholikin bekannt.

»Wie soll ich das verstehen?«

»Wie konntest du dir nur diese Sache in Dublin einhandeln? Es gibt zwei Wege, denke ich: Du trittst heute noch zurück, oder du riskierst, aus dem Amt gejagt zu werden. Aber unabhängig davon, wir werden die Anhörung nicht blockieren. Ich habe mit den anderen Richtern gesprochen, und wenn wir deine Stimme mitzählen, haben wir wohl eine Mehrheit dafür …«

»Ja, das gefällt euch! Diese Kirche hat unsere Zivilisation begründet, mit all ihren Schwächen und Stärken, und ihr tretet sie mit Füßen«, unterbrach John Faster das Gespräch, der jetzt den Konferenzraum betrat. Er war wie immer in Angriffslaune, ein kleiner, dicker, kahlköpfiger und machthungriger Richter, der nur durch Beziehungen zum letzten republikanischen Präsidenten seinen Stuhl im Court bekommen hatte. Jetzt knallte er sichtlich wütend seine Aktentasche auf den blank polierten Konferenztisch. Er war eine dieser typischen Bulldoggen, die die Republikaner als Scharfmacher einsetzten, sobald es um die angeblichen Werte Amerikas ging.

Elora Spencer beugte sich ein wenig vor und legte beide Hände auf die Tischplatte. »John, kannst du bitte an deinen Blutdruck denken und dich wieder etwas beruhigen? Keiner hier hat ein Interesse daran, leichtfertig der Kirche zu schaden. Wir haben doch alles besprochen. Du bekommst ausreichend Gelegenheit, die Anwälte auseinanderzunehmen«, versuchte sie, den zornschnaubenden Richter in seine Schranken zu weisen. Er beruhigte sich widerwillig und setzte sich mit hochrotem Kopf ans andere Ende des Konferenztisches.

Nach und nach kamen alle Richter in den Konferenzraum, dessen Wände mit Teakholz geschmückt waren. Ein riesiger Perserteppich verlieh dem Raum zusätzliche Wärme.

Ronald eröffnete die Sitzung wie gewohnt.

»Meine Damen, meine Herren. Wir sprechen heute über die dringliche Eingabe der Staatsanwaltschaft in Boston und der Anwältin des Bürgers Thomas Ryan. Eines möchte ich angesichts der letzten Ereignisse kurz und unmissverständlich klarstellen: Meine privaten Forschungen und Vorträge haben keinen Einfluss auf meine professionelle Integrität, auch wenn einer der hier anwesenden Richter versucht hat, mich damit zu diskreditieren.«

Ein Raunen ging durch die Runde.

»Gut, dass wir nicht dreizehn sind und Sie, Faster, nicht Judas, sonst würden wir in Verdacht geraten, das letzte Abendmahl zu feiern. Aber wahrscheinlich hat Sie Senator Bukake gestern einfach nur verwechselt«, setzte MacClary hinzu.

Faster stand auf und knallte die Verfassung der Vereinigten Staaten auf den Tisch. »Herr Vorsitzender, das ist unsere Verfassung. Wollen Sie nicht auch die Vereinigten Staaten verklagen, weil wir uns nicht immer an unsere eigenen Regeln gehalten haben?«

»Oh, das können wir gerne nach der Sitzung besprechen«, konterte MacClary, und einige der Richter konnten sich ein Lachen über Fasters Ausraster nicht verkneifen. »Setzen Sie sich wieder, lieber Kollege.«

Der Angesprochene kam der Aufforderung frustriert nach.

Die Richterin Barbara Andrews ergriff das Wort, eine Kollegin, für die MacClary schon seit langer Zeit große Sympathie hegte: »Liebe Kollegen, unser Problem ist doch nicht allein, was die Öffentlichkeit über die Vorgänge denkt, sondern zunächst einmal der völkerrechtliche Status des Vatikans. Hier sollten wir vielleicht der Auffassung des Internationalen Gerichtshofs und der Mehrheit der Staaten folgen, die …«

»Was soll das heißen?«, unterbrach Ian Copter ihre Ausführungen.

»Aufgrund der aktuellen Entwicklungen kann es gut sein, dass die nächste UN-Vollversammlung beschließt, dem Vatikan die Anerkennung als Völkerrechtsubjekt zu entziehen.«

»Das ist doch völliger Blödsinn!«

Das Thema heizte die Gemüter auf, aber Andrews ließ sich nicht beirren.

»Wie gesagt, Richter Copter, das ist die neue Auffassung der Staatengemeinschaft. Nach den klassischen Regeln des Völkerrechts fehlt diesem Gebilde von ein paar Hektar mindestens ein wesentliches Merkmal eines Staates, nämlich ein Staatsvolk. Das Besondere des kleinen Volkes ist nämlich, dass die Zugehörigkeit nur auf Zeit verliehen wird und …«

»Das spielt keine Rolle, bis auf Weiteres ist der Heilige Stuhl eine Person des Völkerrechts, und insofern genießen seine Mitglieder auch die damit verbundenen Privilegien. Aber was soll die ganze Diskussion überhaupt?«, fragte Adrienne Windsor, eine eher stille, aber sehr kluge Juristin, die sich nicht so schnell politisch vereinnahmen ließ.

»Ich bin noch nicht fertig. Allmählich setzt sich die Erkenntnis durch, dass die Diplomaten des Heiligen Stuhls nur noch ein fahler Abglanz einstiger Größe sind. Sie sind ein Vehikel aus einer Zeit, als der Papst mit den Kaisern und Königen Europas aufs Engste verbunden war …«

»Und was hat das alles mit diesem Fall zu tun?«, schnauzte Faster.

»Eine Menge. Vor allem sollte es uns vor Augen führen, dass wir keine Hemmungen haben müssen, diesen Fall wie jeden anderen zu behandeln, werter Kollege. Sollte sich herausstellen, dass der Fall in Boston vorschnell abgelehnt wurde …«

»Meine Damen und Herren, ich bitte Sie, kommen Sie zur Ruhe«, versuchte MacClary alle zu beruhigen. »Richterin Andrews hat völlig recht. Ich war erst vor wenigen Tagen in Den Haag. Auch dort erfährt das Völkerrecht derzeit einen gewissen Strukturwandel. Trotzdem würde ich vorschlagen, dass wir uns jetzt und hier auf den konkreten Fall konzentrieren und sehen, was in Boston schiefgelaufen ist.« Andrews hatte ihm mit der Debatte um das Völkerrecht und die internationale Bedeutung einen großen Gefallen getan, aber er bemühte sich, seine Dankbarkeit nicht allzu deutlich zu zeigen.

»Ausgezeichnete Idee«, bemerkte nun Elora Spencer trocken und fuhr fort: »Liebe Kollegen, ich habe mich bereits ausgiebig mit dem Fall beschäftigt und stimme für die Annahme der Eingabe.« Sie übersah großzügig die erstaunten Gesichter der anderen. »Hören wir uns an, was die Anwälte vorzubringen haben. Und Faster, eines möchte ich Ihnen sagen: Ich habe jahrelang die Opfer sexueller Gewalt in psychiatrischen Kliniken erlebt. Und darunter waren nicht wenige, die mit kirchlichen Würdenträgern zu tun bekommen hatten. Diese Menschen sitzen unsichtbar hier bei uns am Tisch, wenn wir darüber nachdenken, ob es möglich ist, den Vatikan oder auch nur Angehörige des Vatikans vor Gericht zu stellen. Gerade Sie als Christ sollten endlich Ihre Doppelmoral beiseitelegen und Mitgefühl für die Opfer entwickeln. Auch für die Millionen Opfer, die durch den wahnwitzigen Machtanspruch des Vatikans über Jahrhunderte ums Leben gekommen sind«, sagte Spencer mit einer solchen gestochenen Klarheit, dass sogar Faster betroffen in seinem Stuhl versank und schwieg. »Ich habe dem nichts mehr hinzuzufügen«, sagte Spencer mit Nachdruck in die Stille. »Sie entschuldigen mich bitte.« Damit verließ sie den Raum und schloss die Tür hinter sich.

74

Hotel Monaco, Washington, D. C. – 28. März, 11 Uhr

Zwei Tage waren vergangen. Entgegen Jennifers Befürchtung war aus dem Repräsentantenhaus nichts zu hören. Spencers Standpauke hatte Faster offensichtlich zur Räson gebracht. Sie war sich sicher, dass er hinter dem Versuch stand, MacClary aus dem Amt zu entfernen.

Am Morgen hatte sie alle zum Frühstück ins Hotel Monaco eingeladen, um die letzten Schritte abzustimmen.

Während sich Deborah und MacClary noch über den besten Zeitpunkt für die Pressekonferenz der Wissenschaftler stritten und Jennifer sich ein paar letzte Notizen machte, starrte Shane müde in den Fernseher, der in der Bar des Hotels nahezu Tag und Nacht lief.

Als der Barkeeper auf einen anderen Sender umschaltete, wurde Shane mit einem Schlag wach. CNN berichtete aus Europa. »Hey, machen Sie das bitte mal lauter?«, bat Deborah den Mann hinter der Bar.

Wie erst heute bekannt wurde, ist in Boston Anklage gegen den Vatikan erhoben worden. Nach bisher nicht bestätigten Berichten handelt es sich dabei nicht um einen der zurzeit verhandel-

ten Missbrauchsfälle, sondern um einen international relevanten Kulturraub, bei dem ein amerikanischer Bürger schwer verletzt worden sein soll. Dabei wurden nach Angaben der Anklage einem privaten Archäologenteam aus Irland von Mitgliedern der vatikanischen Polizei äußerst brisante Dokumente aus der Gründungszeit der katholischen Kirche entwendet. Ein Großteil der Pergamente soll sich nun widerrechtlich im Vatikan befinden. Ein Team von Gutachtern und Wissenschaftlern hat einen anderen Teil der Funde in Washington bereits datiert und versucht, erste Übersetzungen einzuordnen.

Demnach wurden die gefundenen Pergamente auf die Gründungszeit der Kirche, also auf das vierte Jahrhundert datiert und sollen brisante Details über die Umstände der Kirchengründung preisgeben. Nach Angaben des Institutsleiters werden diese Details der Fachwelt in den nächsten Tagen bekannt gegeben.

Die Vorwürfe werden von den amerikanischen Anwälten des Vatikans vehement bestritten. Nachdem der Fall in Boston bereits abgewiesen wurde, wird die Berufung, auch aufgrund der internationalen Bedeutung, bereits ab morgen vor dem Supreme Court in Washington verhandelt. Nach Bekanntwerden der ersten Details haben sich bereits am Vormittag einige Hundert Menschen vor dem Weißen Haus versammelt und gegen jede pauschale Vorverurteilung des Vatikans protestiert. Weiteren Gerüchten zufolge ist Kardinalstaatssekretär Thomas Lambert persönlich nach Washington gereist und wird morgen zu den Vorwürfen Stellung nehmen.

Wir schalten nun nach Rom zu unserem Korrespondenten Tom Leaver, der auf dem Petersplatz steht und uns von dort erste Eindrücke übermittelt.

MacClary starrte sprachlos in den Fernseher.

»Ronald, das war doch klar, dass das nicht lange geheim bleibt.« Jennifer rüttelte an seinem Jackett.

»Ja, sicher, das macht mir auch keine Sorge, aber die Demonstrationen dürfen nicht eskalieren, wir müssen morgen sehr geschickt die Medien im Zaum halten«, sagte MacClary beunruhigt. »Jennifer, du weißt, dass wir im Gerichtssaal nicht miteinander sprechen können. Bitte – egal, was passiert, lass dich nicht dazu hinreißen, in der ersten Anhörung mehr preiszugeben als nötig. Bei der zweiten hast du freie Hand. Ich kann dazu jetzt nicht mehr sagen. Die denken wirklich, sie kommen da unbeschadet raus.« Kopfschüttelnd hörte er weiter zu.

Tom, was können Sie uns noch berichten?

Nun, hier in Rom reagiert man relativ gelassen auf die Vorwürfe, und hinter vorgehaltener Hand erfährt man, dass man versucht, die ganze Sache als einen Irrtum herunterzuspielen, bei dem es sich eher um Fehler einzelner Beteiligter handelt. Man werde aber alles Erdenkliche tun, um den Sachverhalt schnellstmöglich aufzuklären.

Danke, Tom, ich denke, das wird uns in den nächsten Tagen noch beschäftigen. Wie unser Reporter aus dem Weißen Haus erfahren hat, wurden auch von mehreren Botschaften der USA, darunter in Deutschland, Italien und Frankreich, erste Demonstrationen gemeldet.

Und nun die Nachrichten aus Europa im Überblick …

Jennifer schaute in Shanes Gesicht und spürte, dass ihm die Sache ganz und gar nicht behagte.

»Adam, was quält dich?«

»Das Gleiche wie Ronald, aber es war klar, dass die Menschen jetzt in Aufruhr geraten. Dafür ist in den vergangenen Jahren zu viel Schmutz den Kanal emporgekrochen«, sagte Shane und sah noch immer gebannt auf den Bildschirm. Erste Stellungnahmen aus Kirchenkreisen zeigten, wie viel Aggression das Ganze schon jetzt auslöste, doch zu seiner Überraschung gab es auch Stimmen wie die des amerikanischen Bischofs Ellington, der Reformen im Vatikan und mehr Mut zur historischen Wahrheit anmahnte. Shane kam das alles immer mehr vor wie ein Theater, nur war er mittendrin. »Jennifer, siehst du nicht, was da droht? Dass die Menschen so überreagieren, bevor auch nur ein Detail über die eigentlichen Inhalte bekannt geworden ist, macht mir Kummer. Ich möchte das …«

»Adam, ich verstehe deine Angst, aber dafür werden wir schon sorgen«, versuchte Jennifer zu beruhigen.

»Ich hoffe, Jennifer, oder möchtest du die Verantwortung dafür übernehmen, wenn es zu Gewalt kommt?«

Jennifer sah ihn an, als hätte sie sich diese Frage noch nie gestellt. »Nein, Adam, nein, das möchte ich nicht«, sagte sie leise und nahm Shanes Hand.

»Dann behalte das Gefühl, das du jetzt in deinem Herzen hast, wenn du morgen vor dem Supreme Court sprichst«, sagte Shane mit sanfter Stimme. »Wir müssen lernen, mit der Rechthaberei aufzuhören, Jennifer. Packen wir einfach die historischen Fakten auf den Tisch, lass uns der Welt zeigen, wie das Vermächtnis der Ureinwohner Europas aussieht. Freiheit, Menschenwürde, Achtung vor der Natur – darum geht es, um nichts anderes. Auch wenn es der Kirche gefährlich wird – gerade dann. Dann wird uns vielleicht die Entfremdung von unserer wahren Natur und unserem freien Geist bewusst. Von diesem Geist, der so viel Wunderbares hervorbringen kann, aber leider auch zu so viel Bosheit fähig ist.«

»Wenn ich mir die Welt ansehe, habe ich meine Zweifel an deiner Vision«, sagte Jennifer und klappte ihren Ordner mit den Unterlagen für den morgigen Tag zu.

»Es ist doch einfach beschämend, zu sehen, welchen Entwurf Kulturen weit vor uns als Alternative hatten. Noch mal, Jennifer, ich glaube an das, was ich gestern entdeckt habe: Wir können die Ursache für alles erkennen und dann mit neuen Entscheidungen einer göttlich inspirierten Kultur wieder zum Leben verhelfen. Aber dazu müssen in der Tat die alten, widernatürlichen Glaubenssätze aus dem Schädel, die unsere Freiheit beschneiden«, sagte Shane. Er schlug sich mit der Faust gegen den Kopf und zog eine so komische Grimasse, dass Jennifer lauthals lachen musste.

Sie dachte an ein Gespräch, das sie vor einiger Zeit mit Ryan geführt hatte. Über seine Erfahrungen mit Religion und Rache in Nordirland. Über diese verdammte Gruppenmoral. Ohne die Intoleranz der Kirchen, hatte Ryan gesagt, gäbe es kein Merkmal, an dem man das nächste Opfer erkennen konnte. Wie lange sollte dieser Wahnsinn noch weitergehen? Wie lange sollten Menschen den Glauben noch nutzen können, um Mord, Vergewaltigung und Versklavung zu rechtfertigen?

»Ich muss dir auch noch was sagen, Adam.« Shane wollte gerade aufstehen, aber Jennifer zog ihn an seinem Pullover wieder zurück, sodass er unsanft knapp neben ihr zum Sitzen kam. Dann nahm sie sein Gesicht zwischen ihre Hände und zog ihn sanft zu sich heran. Sie gab ihm einen ausgiebigen, zärtlichen Kuss auf die Lippen, als ob sie allein und unbeobachtet wären, so voller Hingabe, dass Shane immer mehr von der Bank rutschte. Deborah Walker schaute erst hinüber, dann wieder weg, wieder hinüber und schließlich nur noch starr in ihren Laptop. MacClary stand mit einem milden Lächeln auf und ging sich an der Bar eine Zigarre holen.

Nachdem eine Minute vergangen war, die allen Anwesenden wie eine Ewigkeit vorkam, nahm Jennifer ihre Lippen von Shanes Mund, blickte ihm in die Augen und sagte seelenruhig: »Was ich dir sagen will, ist Folgendes: Ich liebe dich, Adam Shane. Danke, dass du in mein Leben gekommen bist.«

Dann stand sie ebenso ruhig auf, nahm ihren Mantel und ging mit ihren gewohnten schnellen Schritten Richtung Ausgang, wo sie sich noch einmal umdrehte. »Wir sehen uns alle morgen zum Frühstück, ich erwarte euch pünktlich.«

Shane sah ihr fassungslos nach. Als er sich nach einer Weile zu Deborah Walker umdrehte, begegnete ihm ein freches Grinsen.

»Wurde aber auch Zeit«, war alles, was sie sagte.

75

Washington, D.C., Supreme Court – Tag der ersten Anhörung – 29. März, 12 Uhr

Salvoni und Lambert waren früh in Washington gelandet und trafen sich mit dem Erzbischof von Washington, Kardinal John Jasper, der bis zuletzt erfolglos versucht hatte, Einfluss auf den Supreme Court zu nehmen. Mit einem guten Dutzend Bischöfen aus dem ganzen Land machten sie sich anschließend auf den Weg zum Gericht.

»Nur die Ruhe, Salvoni, wir kommen da mit Gottes Hilfe schon raus.«

Aber Salvoni hatte kein gutes Gefühl. Seine Zweifel an Ryans Tod hatten sich in der Nacht erhärtet.

Nachdem die Zeitungen am Morgen das erste Mal von den Übersetzungen der Pergamente berichtet hatten, waren die Gemüter völlig außer Kontrolle geraten. Es war klar, dass die wenigsten Medien sanft mit dem Thema umgehen würden. Seit den frühen Morgenstunden berichtete CNN fast ununterbrochen vom Petersplatz und den amerikanischen Botschaften in aller Welt. Die Zahl der Demonstranten nahm bedrohliche Ausmaße an, und erste Regierungen machten ihrem Unmut über die Anhörung in Washington unmissverständlich Luft.

Doch die von Shane befürchtete Gewalt blieb bisher aus. Fast niemand kam auf die Idee, von einem Angriff auf den Glauben zu sprechen, wenngleich mit Attacken auf den Vatikan nicht gespart wurde. In den europäischen Medien und insbesondere in Irland stand nicht der Konflikt um die historischen Verbrechen und Lügen der Kirche im Mittelpunkt, sondern, wie Shane es sich erhofft hatte, der sagenhafte Fund: die Bibliothek der Druiden.

»Guten Morgen, Adam«, sagte Jennifer mit dem unvermeidlichen Becher Kaffee in der Hand. »Konntest du schlafen?«

»Sieht so jemand aus, der geschlafen hat?« Shane rieb sich die Augen und setzte sich langsam hin. »Ich mache mir immer noch Sorgen, dass du vor Gericht zu sehr die historische Keule ziehst. Überlass das den Historikern und Wissenschaftlern, sonst gerät vielleicht wirklich alles außer Kontrolle«, sagte Adam und nahm Jennifer in den Arm.

»Adam, ich verspreche dir bei allem, was mir heilig ist, dass ich keine Keule ziehen werde. Wir haben genug Fakten, die ganz einfach für sich sprechen.«

Jennifer packte ihre Sachen zusammen und rief ein Taxi. Vielleicht war der Spuk in ein oder zwei Stunden vorbei. Oder es ging dann erst richtig los.

Es dauerte fast eine halbe Stunde, bis sie angekommen waren. Vor dem Gebäude des Supreme Court standen an diesem Morgen Hunderte Demonstranten. Jennifer fuhr zusammen mit Louis Jackson durch die Menge, Deborah und Shane folgten in einem anderen Taxi. Sie sah auf die unzähligen Transparente, die ein Ende der Anhörung forderten, andere schrieben *Frieden für den Papst* oder *Gott wird diese Schande nicht vergessen* und viele andere Spruchbänder, die deutlich zeigten, was man von den Vorgängen hielt. Als Jennifer in der großen Halle ankam, sah sie, dass vor dem Eingang des großen Saales Reporter auf sie warteten. Auch Louis war offensichtlich mulmig zumute; beide versuchten, ohne einen Kommentar abgeben zu müssen, durch die Meute zu kommen, und hatten Glück. Erst im letzten Augenblick, bevor der Saaldiener die Tür wieder schloss, schrien einige Journalisten auf, drängten sich wie eine wild gewordene Meute in ihre Richtung und feuerten ein wahres Blitzlichtgewitter auf sie ab. Zu spät.

Jennifer setzte sich in die erste Reihe, den Blick fest auf die neun Sessel der Richter geheftet. In diesem Raum war schon so viel Geschichte gemacht worden; obwohl das Gebäude erst seit 1935 stand, sah es aus, als wäre es schon in der Gründungszeit der USA entstanden. Die weißen Marmorsäulen, hinter denen der rote Stoff wie ein Wasserfall hinabfloss, gaben dem ganzen Saal eine besondere Mischung aus Wärme und Macht.

Der Saal war voll mit Menschen, darunter zahlreiche Bischöfe in ihren rot-weißen Roben. Ganz vorne erkannte sie den Kardinalstaatssekretär Thomas Lambert. Wie sicher sich diese Männer fühlten! Und wie unwohl ihr selbst war!

Am Morgen hatte sie einen Anruf von Ms. Copendale erhalten, die sich Sorgen machte, nachdem jemand einen roten Farbbeutel gegen die Fassade von Ronalds Haus geworfen hatte. Zur Sicherheit hatte Jennifer bei der Polizei in Dublin angerufen, die sofort versprach, regelmäßig eine Patrouille zu schicken und notfalls auf Dauer einen Polizisten zum Schutz des Hauses abzustellen.

Erst am Morgen hatte MacClary alle informiert, dass Ryan

durch europäische Medien in einer kurzen Meldung für tot erklärt worden war, was im Vatikan zu heftigen Reaktionen geführt hatte. Eine Finte, die zu MacClary passte.

Während ihr diese und andere Gedankenfetzen durch den Kopf schossen, nahmen einer nach dem anderen die Richter ihre Plätze ein. MacClary betrat den Saal als Letzter. Er würdigte Jennifer wie verabredet keines Blickes. Bis alles vorbei war, würden sie jeden öffentlichen Kontakt vermeiden, so gut es ging. Dann begann mit zwei Hammerschlägen auf dem Tisch der Marshall mit der Standardprozedur.

»Die Ehrenwerten, der Vorsitzende Richter und die Beigeordneten Richter des Obersten Gerichtshofes der Vereinigten Staaten. Höret, höret, höret! Alle Personen, die vor dem Ehrenwerten, dem Obersten Gerichtshof eine Sache zu verhandeln haben, sind aufgefordert, vorzutreten und ihre Aufmerksamkeit dem Gerichtshof zuzuwenden, denn seine Sitzung ist nun eröffnet. Gott schütze die Vereinigten Staaten und dieses Ehrenwerte Gericht.«

Jennifer trat an ihr Pult. Sie spürte, wie ihr das Herz bis zum Hals hinauf schlug und es ihr fast unmöglich machte, zu sprechen. Gott schütze die Vereinigten Staaten, ja, aber bitte nicht den Vatikan, dachte sie.

MacClary sah das erste Mal den Kardinalstaatssekretär leibhaftig vor sich. Kurz kreuzten sich ihre Blicke, bevor MacClary das Wort ergriff.

»Wir verhandeln heute die eilige Eingabe der Bostoner Staatsanwaltschaft und der Anwältin Jennifer Wilson im Fall des Bürgers der Vereinigten Staaten Thomas Ryan gegen den Vatikan. Ich erteile der Anwältin Jennifer Wilson das Wort.«

Jennifer holte noch einmal tief Luft. Sie würde einen kühlen Kopf brauchen, denn eine Anhörung vor dem Supreme Court glich eher einem Kreuzverhör, und in diesem Fall musste sie mit allem rechnen, was sie aus dem Konzept bringen konnte. Alle warteten gespannt auf ihre ersten Worte, nur das Rascheln von Papier war zu hören.

»Hohes Gericht, wir beantragen die Wiederaufnahme des Falles vor dem Bezirksgericht in Boston, da wir beweisen können, dass Mitglieder des Vatikans nicht nur international relevante Kulturgüter gestohlen haben …«

Richter Copter: »Hat der Kläger nicht selbst ohne Genehmigung und zudem als Ausländer sich dieser Güter zu bemächtigen versucht?«

»Der Fund wurde noch am Abend vor dem Überfall von zwei weiteren Beteiligten dem österreichischen Außenministerium bekannt gegeben. Die Meldung ist dokumentiert. Die beiden Zeugen bestätigen, dass sie die Höhle zusammen mit Thomas Ryan gefunden und als Erste geöffnet haben.«

Jennifer legte den Richtern die Bestätigung aus Österreich vor, drehte sich elegant um und fuhr mit etwas mehr Sicherheit fort. »Zudem wurde von dem Kommando versucht, den Kläger Thomas Ryan vorsätzlich zu töten. Nachdem man ihn niedergeschlagen hatte, …«

Richter Faster: »Wie wollen Sie …«

»… wurde die Höhle in Brand gesteckt. Der Kläger wurde in der brennenden Höhle zurückgelassen und konnte sich nur mit viel Glück und mithilfe zufällig anwesender Zeugen retten.«

»Ich habe Sie gefragt, wie Sie das ohne den Kläger beweisen wollen.«

»Der Kläger befindet sich in einer Privatklinik und wird innerhalb der nächsten drei Tage in die USA gebracht. Er hat sich unmittelbar nach seiner Rettung bei den hier anwesenden Zeugen und Beteiligten der Expedition gemeldet, die mit einem Teil der Artefakte auf dem Weg nach Wien waren.«

Der Anwalt des Vatikans lächelte siegessicher zu Salvoni hinüber; der jedoch ahnte längst, welchen Fehler er begangen hatte, der Meldung im italienischen Rundfunk vorschnell zu vertrauen.

Richter Faster: »Kann der Kläger den oder die Täter identifizieren?«

»Wir wissen nur, dass er bei einem der Täter ein eindeutiges Zeichen bemerkt hat, nämlich einen Ring der Piusbruderschaft. Die meisten Männer waren vermummt, einem konnte er jedoch die Mütze vom Kopf reißen, bevor er von ihm niedergeschlagen wurde …«

Salvoni sackte in sich zusammen. Das konnte sie sich nicht ausgedacht haben. Er war also wirklich zu langsam gewesen, als er Ryan niederschlug. Er sah in das schockierte Gesicht Lamberts, dem er dieses Detail aus gutem Grund verschwiegen hatte und der jetzt offensichtlich ebenfalls nervös wurde.

Vorsitzender Richter MacClary: »Wie kommen Sie zu der Aussage, dass der Vatikan der Auftraggeber sein könnte? Und wenn es so wäre, warum sollte er so drastisch vorgehen?«

Lambert schaute in MacClarys Gesicht. Das war also der Mann, vor dem so viele in Rom Angst hatten. Und nun tat er so, als würde er die Anwältin unter Druck setzen …

»Nun, das liegt in der Natur der Sache, verehrter Vorsitzender Richter. Wie Sie unlängst auch aus den Medien erfahren konnten, handelt es sich bei dem Fund nicht nur um die größte Sensation seit der Entdeckung der Qumranrollen, sondern um direkte Anklagen von Zeitzeugen, keltischen Druiden, die belegen, dass die Gründungsgeschichte der Kirche bis heute verfälscht und vertuscht wird.«

Richterin Windsor: »Die Gründungsgeschichte der römisch-katholischen Kirche ist nicht Gegenstand des Verfahrens.«

»Verehrte Richterin, ich versuche lediglich, eine Frage des Vorsitzenden zu beantworten. Die Aufzeichnungen der Pergamente decken sich zu fast hundert Prozent mit den Anklagen der renommiertesten Kirchenkritiker unserer Zeit. Es ist zudem international anerkannt, dass die Menschheit als Völkerrechtsubjekt Anspruch auf historische Wahrheit hat. Und der Vatikan oder zumindest Angehörige des Vatikans haben in diesem Fall versucht, die Aufdeckung der historischen Wahrheit mit Gewalt zu verhindern und …«

Richter Faster: »Wodurch können Sie das belegen?«

»Durch die Aussagen der hier anwesenden Zeugen und durch Belege, für die wir nur noch ein wenig Zeit brauchen. Zeit, die man in Boston offensichtlich nicht hatte.«

Richter Faster: »Meines Wissens sind die Druiden doch nichts als ein Mythos, ich bitte Sie!«

Jennifer spürte, wie sie zusehends in ihre Kraft kam. Sie hatte die Oberhand. Die meisten Richter waren offensichtlich beeindruckt, sonst wäre sie noch weitaus häufiger mit Zwischenfragen bombardiert worden. Als sie sich zur Seite drehte, sah sie in das blasse, kalte Gesicht von Lambert. Er wirkte schwach und hilflos; offensichtlich hatte er nicht mit dieser Härte gerechnet.

Richter Johnson: »Lagen die erwähnten Gutachten sowie die anderen Fakten auch dem Bostoner Gericht vor?«

»Ja, Euer Ehren. Hinzu kommt, dass eines der Pergamente erwiesenermaßen von einem direkten Vorfahr des Klägers stammt. Dies ist belegt durch eine kriminaltechnische Untersuchung eines Stammbaums, der seit Jahrhunderten im Besitz der Familie Ryan ist …«

Richter Johnson: »Das ist doch völlig unmöglich …«

»Nein, Euer Ehren, es ist wissenschaftlich gesichert, nicht zuletzt durch dieses unabhängige Gutachten.« Wieder reichte Jennifer den Richtern ein Dokument über den Tisch. »Thomas Ryan sowie acht weitere irische Familien sind Nachfahren jener Druiden, die diese Bibliothek angelegt haben, was ...«

Jennifer dachte an MacClarys Bitte, nicht alles preiszugeben. Sie würde heute nur so viel sagen, dass sie gerade die Hürde der ersten Anhörung nehmen konnten.

Richter Johnson: »Wo befindet sich dieses Pergament jetzt?«

»... den Anspruch des Klägers auf diese Kulturgüter untermauert. Thomas Ryan, verehrter Richter, trägt diese Rolle nach eigener Aussage bei sich und ...«

Vorsitzender Richter MacClary: »Das heißt, wir sind abhängig davon, dass der Kläger nach Washington kommt?«

Jennifer sah, dass MacClarys Plan zu funktionieren begann. Der Vatikan würde sich so lange in Sicherheit wiegen, bis Ryan und MacClarys Joker in Washington zum Showdown eintreffen würden.

Lambert kochte vor Wut. Wenn sich die Geschichte von Thomas Ryan bestätigte, wäre das ein Desaster. Aber wie sollte ihnen ein toter Kläger etwas anhaben können? Er schaute Salvoni von der Seite an. Nein, er würde wohl nichts mehr für den Mann tun können.

»Ja, Euer Ehren.«

Vorsitzender Richter MacClary: »Danke, Ms. Wilson. Ich erteile das Wort dem Anwalt Roy Watson.«

»Hohes Gericht, verehrte Richter. Ich bin mit der Verteidigung des Vatikans beauftragt, doch ehrlich gesagt, weiß ich nicht, was ich verteidigen soll. Die Vorwürfe sind nicht nur völlig haltlos, sondern ich halte sie angesichts dessen, was sie bereits für einen Schaden angerichtet haben, für geradezu verwerflich.«

Richter Brown: »Überlassen Sie die Bewertung dem Gericht, Mr. Watson, und fahren Sie fort.«

»Hohes Gericht, ich bin dennoch verwundert, dass die folgende Tatsache hier niemandem bekannt ist: Der Kläger wird beziehungsweise wurde in Europa nicht nur als Terrorist gesucht, sondern er wurde vor zwei Tagen in Österreich tot aufgefunden.«

Salvoni wippte mit seinem linken Bein so schnell auf und ab, dass Lambert ihm eine Hand auf den Oberschenkel presste, damit er aufhörte.

Richterin Morburg: »Wie bitte?«

»Das sagen zumindest diese Medienberichte, verehrte Richter. Hinzu kommt, dass die Piusbrüder keine Funktion innerhalb des Vatikans ausüben, sondern eigenverantwortlich handeln. Das heißt, selbst wenn sich der Überfall durch Mitglieder der Piusbruderschaft bestätigen sollte, handelten hier Privatpersonen. Deshalb könnte dafür weder der Vatikan noch der Heilige Stuhl zur Verantwortung gezogen werden. Wir beantragen, das Verfahren einzustellen.«

Richter MacClary: »Ms. Wilson, haben Sie irgendeine Erklärung für die soeben gehörte Behauptung, der Kläger sei nicht mehr am Leben?«

»Verehrtes Gericht, diese Behauptung ist offensichtlich falsch. Ich habe erst heute Morgen mit Thomas Ryan telefoniert. Wir sind sicher, die Sache umgehend aufklären zu können, ebenso wie den Verdacht, Thomas Ryan sei ein Terrorist«, sagte Jennifer. Das war der Punkt, auf den sie gehofft hatte. Nun musste die Anhörung unterbrochen werden, und wertvolle Zeit bis zu Ryans Ankunft war gewonnen.

MacClary schaute die anderen Richter an, die etwas ratlos wirkten. Er redete mit ihnen so leise, dass niemand etwas hören konnte. Dann wandte er sich wieder an die Zuhörer im Saal.

»Die Anhörung ist geschlossen. Die nächste Anhörung findet übermorgen ab zwölf Uhr statt.« Der Hammerschlag des Marshalls beendete das Schauspiel, alle schauten etwas überrascht, da niemand mit diesem plötzlichen Ende gerechnet hatte.

Jennifer atmete einmal tief durch. Die erste Runde war überstanden, aber das Eis, auf dem sie lief, war dünn, sehr dünn.

76

Washington, D. C. – 17 Uhr

Salvoni und Lambert ließen sich zurück ins Hotel fahren. Im Wagen herrschte absolute Stille, bis Lambert der Kragen platzte.

»Wieso haben Sie mir das nicht gesagt?«

»Was denn, wovon reden Sie?«

»Wessen Gesicht hat dieser Thomas Ryan gesehen, und wie kann jemand so unglaublich dumm sein und bei so einem Einsatz seine Identität durch einen Ring preisgeben?«, fragte Lambert. In seinem Gesicht mischten sich Verzweiflung und Verachtung.

Salvoni sank in sich zusammen. Er war ein Mann, der immer Verantwortung übernommen hatte, aber diese Verkettung peinlicher Fehler konnte selbst er nicht mehr rechtfertigen.

»Eminenz, ich werde bei der nächsten Anhörung die Verantwortung auf mich nehmen. Wir müssen dafür sorgen, dass der Heilige Stuhl …«

»Schon gut, Salvoni, ich hatte keine Zweifel daran, dass Sie das tun würden. Aber ich fürchte, es wird schwer, den Schaden einzudämmen. Man wird nicht locker lassen, die Kirchenkritiker, Atheisten und Nihilisten werden uns …«

Lamberts Handy unterbrach ihn.

»Ja?«

Lambert hörte einen Moment lang zu, dann verdrehte er die Augen und sah Salvoni mitleidig an.

»In Ordnung, lassen Sie das dem Botschafter der USA übergeben. Wir werden das hier zu Ende bringen. Ich bleibe bis zum Abschluss der Anhörung in Washington. Ja, ich werde es ihm ausrichten.«

Lambert legte auf und holte einmal tief Luft.

»Der Heilige Vater dankt Ihnen, dass Sie bereit sind, die volle Verantwortung für die Vorgänge zu übernehmen. Gut, Salvoni. Ich werde dafür sorgen, dass Sie vor ein italienisches Gericht gestellt werden. Wir werden uns darum kümmern, dass Sie so anständig wie möglich behandelt werden.«

»Danke, Cardinale. Ich hoffe, dass damit allen gedient ist. Aber was machen wir mit den Pergamenten?«

»Ihr Thomas Ryan ist zweifelsfrei am Leben. Der Richter hat sich am Ende wohl tatsächlich der gleichen Mittel bedient wie wir, Salvoni.«

»Ich hatte es geahnt, mich aber von dem Wunsch leiten lassen, dass mich Gott vor dieser Bürde schützt. Nun ist es wohl zu spät.«

»Der Heilige Stuhl bereitet eine Beschwerde bei den Vereinten Nationen vor.« Salvoni schaute verzweifelt aus dem Fenster, regungslos, während Lambert weitersprach. »Der Heilige Stuhl wird noch heute bei den Vereinten Nationen Beschwerde gegen die Anhörung einlegen, da hier internationale Verträge verletzt wurden.« Er war nach wie vor fest davon überzeugt, dass mit dem Geständnis von Salvoni der Fall abgeschlossen sei und sich die Öffentlichkeit wieder beruhigen würde.

Der Fahrer schaltete das Radio ein.

… wurde vertagt, nachdem die Anwältin glaubhaft machen konnte, dass der Fall in Boston schon aus formalen Gründen nicht vorschnell hätte eingestellt werden dürfen. Wie soeben bekannt wurde, kam es vor der Botschaft der Vereinigten Staaten in der Schweiz zu ersten gewaltsamen Auseinandersetzungen zwischen Demonstranten und der Polizei. Dabei wurde ein Botschaftsangehöriger von einem Steinwurf so schwer getroffen, dass er seinen Verletzungen erlag. Die Schweiz sowie acht weitere Staaten haben heute die Botschafter der Vereinigten Staaten einbestellt und ein Ende der Anhörung gefordert. Es verstoße gegen das Völkerrecht, wenn ein Staat versuche, gegen einen anderen Staat zu urteilen. Aus dem Weißen Haus hieß es dazu, dass man sich nicht in die Arbeit der Justiz einmische. Die Anhörung diene nur der Klärung, ob der Vatikan an sich oder Einzeltäter an den Vorgängen in Österreich beteiligt waren. Sollten sich die Vorwürfe nicht bestätigen, würde das Verfahren sicher umgehend eingestellt, sagte der Sprecher des Weißen Hauses, Steve Thomson.

»Schalten Sie das ab«, befahl Lambert dem Fahrer.

77

Washington, D. C. – Hotel Monaco – 29. März, 21 Uhr

Shane und Deborah waren nach dem Mittagessen zurück ins Hotel gefahren. Jennifer hatte sich etwas hingelegt, sie war fix und fertig. Doch von richtigem Schlaf konnte keine Rede sein; sie hatte nur ein bisschen vor sich hin gedämmert.

Sie fühlte sich zu abhängig von MacClarys Taktik. Was, wenn seine ominöse Quelle gar nicht existierte? Hatte er diesen sogenannten Joker nur erfunden, um sie alle bei der Stange zu halten, in der Hoffnung, die Beweise würden auch so ausreichen, wenn Ryan nur endlich hier wäre? Rastlos stand sie wieder auf und ging in das geräumige Wohnzimmer des Hotelapartments.

»… habe so etwas noch nie erlebt«, sagte Shane gerade. »Als die Richter die Sitzung beendet hatten, sah ich in die Gesichter von MacClary, diesem Lambert und allen anderen. Alles lief plötzlich wie in Zeitlupe ab, und ich konnte jeden fühlen. Es war, als ob ich die Dinge von weit weg beobachtete, und was ich sah, war nur grausam …«

»Was war grausam?«, fragte Jennifer.

»… die Rollen, Jennifer, die Rollen, die wir hier spielen. Ich meine, wenn ich irgendetwas in den letzten Tagen verstanden habe, dann dass die Druiden und auch andere Naturvölker diesen Gegensatz von Gut und Böse zwar kannten, aber sie hatten einen anderen Sinn dafür … ich weiß nicht, wie ich es erklären soll … sie wussten, dass alles, was ich tue oder denke, die Realität erschafft, die ich erlebe.«

»Ja, das weiß ich auch. Aber was hat das jetzt mit der Anhörung zu tun?«, fragte Jennifer leicht schlaftrunken.

»Ich konnte an einem Punkt keinen Unterschied mehr erkennen zwischen den Intrigen dieses eiskalten Kardinals und Ronalds Verhalten. Sie sind Kinder ihrer Zeit. Sie haben keine andere Lösung, als gegeneinander anzutreten. Und was passiert auf der Straße? Genau das Gleiche. Unversöhnliche Extreme treffen aufeinander und spielen Cowboy und Indianer. Verdammt noch mal, wann werden wir endlich erwachsen? Wann erkennen wir, dass diese ganzen Trennungen nur in unseren verblendeten Köpfen existieren? Hier, die aktuellen Meldungen, schau es dir an …«

»Aber Adam …«

»Verdammt, schau es dir an!«

Jennifer sah sich die Zeitungen aus Europa an. Bei Unruhen auf dem Petersplatz waren mehrere Menschen schwer verletzt worden.

»Ich habe euch im Garten der Präsidentin erklärt, was ich in den Pergamenten gefunden habe und was die Druiden unter einem Bewusstseinswandel verstanden haben. Und dir und MacClary fällt nichts Besseres ein als …«

»Hör auf, Adam! Du wusstest von Anfang an, was Thomas und Ronald planten. Ich gebe ja zu, es ist nicht alles so gelaufen, wie wir es uns vorgestellt haben, aber was, denkst du, sollen wir jetzt tun? Alles hinschmeißen?«

»Jedenfalls werde ich diesen Weg nicht mehr mitgehen. Selbst die Präsidentin hat das verstanden.«

»Aber Adam, es bleibt uns doch gar nichts anderes übrig, als dem Vatikan diesen Verrat an seinen eigentlichen Werten vor Augen zu führen! Ja, verdammt, ich messe Menschen an ihren Taten, woran denn sonst? Geschichte ist für mich eine Geschichte des Humanismus. Schritt für Schritt nähern wir uns einer besseren Welt …«

»Wer sagt, dass euer Rechtssystem das richtige ist? Ich erinnere mich, dass einer eurer Präsidenten fast die Welt damit in Brand gesetzt hat. Mit einem einzigen Satz.«

»Adam, ich brauche doch kein Strafgesetz …«

»Er hat von einem Kreuzzug gegen das Böse gesprochen. Und was machen wir gerade?«

»Das ist doch …«

Deborah Walker ging dazwischen: »Also ehrlich, Adam, siehst du denn die Unterschiede nicht mehr? Auf der einen Seite der Weg der Kirchenlehrer, durch die schriftliche Tradition der Erstarrung, dem Dogma und der stillen Manipulation Tür und Tor zu öffnen. Und das taten sie so gründlich, dass dem Vatikan heute der Arsch auf Grundeis geht, auch nur einen Funken davon zuzugeben. Auf der anderen Seite die Druiden, die mit ihrer mündlichen Überlieferung genau diese Manipulation zu verhindern suchten. Wir tun doch nichts anderes, als die Verhältnisse wieder gerade zu rücken!«

»Ja, aber genau wegen dieser Erstarrung hat der Vatikan doch sein Ende längst hinter sich, ohne es bemerkt zu haben! Mein Gott, Jennifer, die Fakten unseres Fundes reichen, da kommen sie so oder so nicht mehr raus. Wir brauchen diesen ganzen Showdown nicht!«

»Gut, mag sein. Aber hör auf, mir vorzuwerfen, ich hätte Rachegelüste. Ich habe nur eines: Mitgefühl mit den Opfern dieser Kirche. Ich will, dass diese Führung verschwindet, denn dann könnte sich der bald zweitausendjährige Fluch vielleicht doch noch in einen Segen verwandeln.«

»Ja, mag sein, ja, da gebe ich dir sogar Recht, aber es wäre für uns alle heilsamer, wenn der Vatikan, der Papst diesen Schritt selbst ginge, ohne dass wir ihn dazu mit einem Gerichtsurteil zwingen müssen. Und was ist mit Ronald? Willst du mir erzählen, er hätte keine Rachegefühle? Wer hat seinen Vater umgebracht und warum, kennst du die wahren Motive? War der Täter nicht auch nur ein Opfer seines eigenen Irrglaubens? Diese Welt wird keinen Wandel erfahren, wenn wir nicht lernen zu vergeben! Täter, Opfer … wie willst du das denn noch auseinanderhalten?«

»Adam, es reicht mir jetzt wirklich. Wenn das alles stimmt, was du da sagst, dann ist es besser, du fliegst zurück nach Österreich. Dann gibt es hier nämlich nichts mehr für dich zu tun«, sagte Jennifer ratlos und verzweifelt. Dann drehte sie sich um und ging zurück in ihr Zimmer.

»Puhhh.« Deborah Walker verschränkte die Hände hinter dem Kopf und sah Shane kritisch an. »Hohe Ansprüche, mein Lieber. Jede Revolution hat ihre Opfer, auf die eine oder andere Art, und …«

»Aber ich will keine Revolution! Es geht nicht einmal darum, was ich als Individuum will. Es geht um Wandel. Wir haben keine Zeit mehr für dieses kleinliche Aufrechnen …«

»Vielleicht braucht es dennoch einen klaren Schnitt, Adam«, sagte Deborah, der der Streit sichtlich auf den Magen schlug. »Weißt du, die Lehre der Druiden spricht auch von Wahrhaftigkeit. Und genau darum geht es vor diesem Gericht. Um die geschickte Rede und die Wahrhaftigkeit …« Beide hörten ein Schluchzen aus Jennifers Zimmer. »Und es ist auch keine Lösung, wenn es einem von uns ausgerechnet jetzt schlecht geht«, sagte Deborah und sah ihn auffordernd an. Dann vertiefte sie sich wieder in ihren Laptop und würdigte ihn keines weiteren Blickes mehr.

Shane stand auf und ging hinüber. Er klopfte vorsichtig an Jennifers Tür.

»Komm schon rein«, sagte Jennifer mit einem letzten Schluchzen und putzte sich die Nase.

»Es tut mir leid, ich bin offensichtlich …«

»Ist schon gut, Adam. Ich habe überreagiert. Seltsamerweise hatte ich kurz zuvor selbst darüber nachgedacht, was wir da machen und wohin es führt. Ich …«

»Nun, woher weiß ich schon, welches Spiel meine Identität hier spielt«, lächelte Shane verlegen. »Es tut mir leid.«

»Falls du die Antwort auf die Frage nach deiner Identität suchst, kann ich dir sagen, wo du sie findest, mein weiser Druide.«

»Hmm?«

»In dir«, sagte Jennifer sehr sanft.

Deborah klopfte an und steckte ohne abzuwarten den Kopf zur Tür herein. »Hey, die Präsidentin hat wegen des Supreme Court für elf Uhr morgen Vormittag eine Rede angekündigt«, sagte sie aufgeregt.

»Ich glaube, das ist nicht gerade das, was uns jetzt interessiert, Deborah.«

Deborah starrte die beiden an, dann wurde sie ein kleines bisschen rot. »Oh, äh, tut mir leid.« Sie war so schnell wieder aus dem Zimmer, wie sie hereingeschossen war.

Shane fühlte sich hilflos, die Spannung zwischen ihnen füllte die Luft so sehr, dass sie fast mit Händen zu greifen war. Ein wenig verloren stand er im Raum und sah Jennifer fragend an.

»Nun komm schon her.« Jennifer machte Platz auf dem Bett, und als er neben ihr stand, nahm sie seine Hand und zog ihn an ihre Seite. »Ich möchte endlich spüren, wie sich das anfühlt.«

Fast überrollt von Jennifers Direktheit, legte er sich neben sie und zog sie an sich. Er spürte ihre weibliche Wärme, die festen Schenkel und die Weichheit ihrer Rundungen und hatte das Gefühl, etwas unendlich Kostbares zu halten. Schützend legte er seine große Hand über ihren Kopf und spürte das erste Mal die Zartheit dieser im Berufsleben so toughen Anwältin. Ms. Eisenherz hatte Thomas Ryan sie einmal genannt. Wie viele Lichtjahre war das her?

»Verzeih mir«, sagte Shane.

»Verzeih du mir«, erwiderte Jennifer. Es war, als würde etwas von ihr abfallen. Der Druck, immer stark sein zu müssen, war in den letzten Tagen und Stunden unerträglich geworden. Sie schmiegte sich eng an ihn. Seine Brust bot ihr in diesem Moment ein Zuhause, und sie fühlte die Geborgenheit an seiner Seite. Es war etwas Neues für sie, dass es ein Mann bei ihr nicht nur auf Sex abgesehen hatte, zum ersten Mal seit Langem konnte sie etwas fühlen in dieser Intimität. Die Liebe zweier Menschen, von Herz zu Herz in einer fast erschreckenden Offenheit. Ihre Sinne öffneten sich, ihre Energie sank in seinen Körper, und sie war eins mit ihm, noch bevor ihre Körper sich vereinigten.

Adam spürte eine fast unerträgliche Spannung. Diese Frau hatte ihn vom ersten Augenblick an fasziniert und wie ein Magnet angezogen; nur die Aufregungen der letzten Tage hatten dazu geführt, dass er sich zurückgehalten hatte. Als er jetzt losließ, brach eine Leidenschaft aus ihm hervor, die alles andere auslöschte.

78

Washington, D. C. – Weißes Haus – 22 Uhr

Das Christentum ist das abwegigste System, das je auf Menschen herabschien.

Thomas Jefferson

Die Präsidentin saß in einem bequemen Sessel und blickte aus ihrem Schlafzimmer im Seitentrakt des Weißen Hauses hinaus auf die Straße. Letzte Demonstranten harrten vor dem Gitter das Weißen Hauses aus und hatten Kerzen angezündet.

Den ganzen Tag über hatte sie sich nicht mit einem einzigen öffentlichen Wort zu den weltweiten Protesten wegen der Anhörung geäußert. Am Nachmittag hatte sie erfahren, dass das irische Parlament beschlossen hatte, eine Sondersitzung der Vereinten Nationen zu beantragen. Angesichts der dramatischen Entwicklung und der Anhäufung von international relevanten Verbrechen durch den Vatikan und Mitglieder der katholischen Kirche hatten sich binnen Stunden sechsundachtzig Staaten für die außerordentliche Vollversammlung ausgesprochen. Auch der Sicherheitsrat würde wegen der weltweiten Zusammenstöße von Gegnern und Befürwortern des drohenden Prozesses zusammenkommen, nachdem radikale Christen vor mehreren Botschaften der USA Brandsätze geworfen hatten und weltweit zahlreiche Tote bei den Unruhen zu beklagen waren.

Alle fünf Vetomächte stimmten zu.

Diana Branks wusste, dass ihr politisches Schicksal von dieser einen Rede abhängen würde, die sie morgen hielt. Der historische Punkt, an dem die Kirche ihr kulturelles Ablaufdatum erreicht hatte, und die Herausforderungen in Wirtschaft, Politik und Gesellschaft schienen plötzlich auf magische Weise zusammenzuhängen.

Sie nahm den Hörer des Telefons auf dem kleinen antiken Tisch neben sich in die Hand.

»Bill, bitte bringen Sie mir noch mal den Entwurf für das Projekt ›Butterfly‹. Ich möchte noch daran arbeiten.«

»Aber Ms. President …«

»Bill, bitte, keine Diskussion jetzt …«, sagte die Präsidentin. Sie hatte es langsam satt, dass ihre Berater ständig ungefragt irgendwelche Zweifel anmeldeten.

Nach einer Weile klopfte es.

»Kommen Sie rein, Bill.«

»Madam, ich muss Sie darauf hinweisen, dass weder das Kabinett noch der Senat eine öffentliche Debatte zu diesem Projekt wünscht. Wir kommen …«

»Danke, Bill, das ist alles …«

»Sehr wohl … Gute Nacht, Ms. President.«

Das Projekt Butterfly war eines der vielen Schubladenkonzepte, die nach der letzten Finanzkrise von Wirtschaftswissenschaftlern ausgearbeitet worden waren. Es war radikal, zu radikal, das war ihr vollkommen bewusst. Doch noch bevor sie wirklich anfing zu lesen, wurde Branks zu müde, um konzentriert daran arbeiten zu können.

»Wann wird die Menschheit reif dafür sein?« Mit einem Seufzer legte sie es wieder auf den Tisch, stand auf und ging zu ihrem Bett. Sie ließ sich auf der Tagesdecke nieder, zog nur das Kissen hervor und wollte lediglich ein paar Minuten in sich gehen.

Doch sie glitt in einen Zustand zwischen Schlafen und Wachen, wie in einen Zwischenraum der Realitäten.

Sie sah sich selbst, wie sie am nächsten Tag vor dem Blitzlichtgewitter im Pressebüro des Weißen Hauses stehen würde und in die verdutzten Gesichter sah. Plötzlich kam ihre fünfjährige Tochter herein und hielt eines der Pergamente aus der Bibliothek der Druiden in der Hand. In der anderen hielt sie die Unabhängigkeitserklärung der Vereinigten Staaten. Sie gab ihr beide Texte in die Hand und fragte, ob es stimmte, dass die Erde ein lebendes Wesen war und dass sie krank war und bald sterben würde.

Dann kam dieser Adam Shane und brachte ihr einen Packen Papier, auf dem ein wunderschöner, sehr großer Schmetterling saß. Sie konnte noch in die Augen des Schmetterlings sehen, bevor er sich von dem Papier löste und durch den Raum flog. Die kleine Lisa jubelte ihm zu: »Flieg, flieg, Schmetterling, du machst die Erde wieder gesund!«

Langsam erwachte Branks wieder. Zu ihrer Überraschung war es bereits fünf Uhr morgens. Sie hatte für diesen kurzen Traum Stunden gebraucht.

»So viel zu Zeit und Raum«, murmelte sie und ließ sich noch einmal in die Kissen sinken. Sie erinnerte sich, dass ihre Tochter diese Frage tatsächlich vor ein paar Wochen gestellt hatte. Und was die Pergamente der Druiden anging, waren die Gedanken über Freiheit und Selbstbestimmung des Menschen dort doch um einiges weiter gefasst als in der heroischen Verfassung der Vereinigten Staaten. Vor allem dort, wo es um die Verantwortung des Einzelnen für das Ganze ging. Und das alles nur, weil man irgendwann damit angefangen hatte, die Kulturen zu verdrängen, die im Einklang mit der Natur lebten und leben konnten.

Der Untergang der Ureinwohner war kein natürliches Phänomen gewesen, sondern über Jahrhunderte politisch motiviert, mit Unterstützung und Rechtfertigung eines Glaubens, der von Anfang an nur eine Lüge war.

Sie verstand Adam Shanes Worte: Was bedeutet es schon, ein spirituelles Bewusstsein für die ursprüngliche Kultur der Kelten zu entwickeln, wenn man gleichzeitig tatenlos zusah, wie die letzten Stämme der Welt untergingen.

»Das ist die wirklich unbequeme Wahrheit«, sagte die Präsidentin entschlossen zu sich selbst. »Und dabei dachte ich immer, dass du früher in Rente gehst als ich, Ronald MacClary.«

79

Washington, D.C. – 30. März, 11 Uhr

Deborah Walker hatte ihre roten Haare zu einem Bündel zusammengeschnürt und schlang hektisch ihr Frühstücksmüsli hinunter, als Jennifer und Shane am Tisch erschienen, fröhlich, rosig und entspannt, als hätten sie gerade einen Strandurlaub hinter sich. Und rasend gespannt auf die Rede der Präsidentin.

»Hey, es geht los«, sagte Deborah mit vollem Mund. »Guten Morgen, ihr zwei.« Unter anderen Umständen wäre ihr Lächeln als geradezu mütterlich durchgegangen.

Jennifer und Shane drehten den Fernseher lauter.

Im Weißen Haus hatte sich wie üblich die Horde der Topmedien versammelt, doch so viele Reporter wie an diesem Tag hatte das Weiße Haus zuletzt bei der Kubakrise oder nach 9/11 erlebt.

»Meine Damen und Herren, die Präsidentin der Vereinigten Staaten.«

Guten Morgen, meine Damen und Herren. Ich möchte die aktuellen Ereignisse in Washington dafür nutzen, gleich mehrere Glaubensfragen zu erörtern. Meine Tochter hat mich vor ein paar Tagen gefragt, ob unsere Erde so krank ist, dass sie bald sterben muss. Lisa ist, wie Sie vielleicht wissen, fünf Jahre alt.

Meine Damen und Herren, was soll ich ihr antworten? Soll ich sie anlügen?

Tatsächlich sind wir an einem historischen Wendepunkt angekommen. Wir müssen unser Leben neu organisieren. Ein Leben, das friedvoll ist und imstande, unseren Kindern eine zukunftsfähige Welt zu hinterlassen. Die Wahl bleibt uns noch offen, aber sie ist abhängig von unseren Werten, Überzeugungen, Visionen und von einer gemeinsamen planetaren Ethik.

Sie werden vielleicht überrascht sein, wenn ich behaupte, dass es diese gemeinsame Ethik schon einmal gegeben hat. Sie war den Ureinwohnern dieses Landes genauso bewusst wie allen anderen Naturvölkern. Nimm nicht mehr, als du brauchst, *so lautete die einfache Leitlinie dieser Kulturen. Es war die Achtung vor dem eigentlichen Wunder der Schöpfung, unserer Erde, die den Naturvölkern selbstverständlich war. Das ist auch die Botschaft der sensationellen Funde der Kelten und Druiden, der Ureinwohner Europas, über die derzeit vor dem Supreme Court gestritten wird. Die daraus entstandene Unruhe in Rom zeugt von Ängsten, die ich hier unberührt lasse. Nur eines halte ich für gewiss: Von der Bewertung dieser Funde wie auch von der Bewertung der Kirchengeschichte wird unser gegenwärtiges Bewusstsein bis in alle Konsequenzen bestimmt. Gerade hier, gerade jetzt entscheidet sich, ob uns die Einheit der Menschheit konkret bewusst wird oder ob wir weiter zerfallen.*

Meine Damen und Herren. Keiner von uns kann in dieser Welt noch etwas tun, ohne dass es Auswirkungen auf alle anderen hat. Viele Dinge, von denen wir angenommen haben, sie seien umkehrbar, sind es in Wirklichkeit nicht mehr. Die Hierarchien unserer Gesellschaftsordnungen haben die Menschen größtenteils entmündigt. Wir brauchen aber selbstverantwort-

liche und selbstbestimmte Menschen. Unsere hochgelobte Effizienz, das materielle Wachstum ist ein Irrtum. Technologie ist nicht mehr die Antwort auf unsere Probleme und Neues nicht immer besser als Altbewährtes. Wir können nicht mehr so weiterleben, als würde die Zukunft uns nichts angehen.

Sie sehen, ich spreche über Glaubenssätze.

Zur aktuellen Anhörung gegen den Vatikan werde ich aus Respekt vor unserer Justiz keine Stellung nehmen. Nur so viel: Wir alle haben den Anspruch auf die historische Wahrheit, und wir sind sogar verpflichtet, diese zur Kenntnis zu nehmen. Wir haben eine Kultur auf Überzeugungen aufgebaut, deren Auswirkungen wir nun zu spüren bekommen und die unsere Vernichtung bedeuten können. Wenn wir nicht bereit sind, etwas zu erschaffen, das kompromisslos die Balance zwischen Natur, Technik und Glauben herstellt, ist es keine Frage des Glaubens mehr, wie lange wir noch überleben.

Es ist wohl kein Zufall, dass ausgerechnet die Zeugnisse jener Kultur uns jetzt erreichen, welche zuerst diesen brutalen Glaubenssätzen weichen musste.

Die Gesetze, die uns die Natur vorgegeben hat, erfordern jetzt von jedem, Verantwortung zu übernehmen in seinem alltäglichen Handeln. Dazu braucht es ein neues Bewusstsein. Die alten Völker können uns dabei eine wertvolle Hilfe sein. Lernen wir von dem, was übrig ist, und bitten wir um Verzeihung für die Folgen unserer Überheblichkeit und Ignoranz. Das gilt für jeden Menschen, unabhängig von seinem Glauben und seiner Nation.

Ich möchte Ihnen nun das Projekt »Butterfly« vorstellen, das einer Vision der weltweit besten Wissenschaftler folgt. Die Maßnahmen, die ich Ihnen jetzt erläutere, werden in den kommenden Jahren eine große Herausforderung für die Vereinigten Staaten werden. Wir können sie aber nur im globalen Kontext umsetzen. Daran werde ich in der mir verbleibenden Amtszeit arbeiten. Was ich Ihnen über die Glaubenssätze der Wachstumsideologie gesagt habe, gilt auch für die Religionen dieser Welt. Die Freiheit des Glaubens ist eine unserer wichtigsten Errungenschaften. Sie ist eine Bereicherung und erfordert Respekt, Toleranz und … Mut zur Wahrheit, auch von Rom.

Nun zu den einzelnen Maßnahmen …

»Na, du großer Druide, zufrieden?«, sagte Jennifer mit einem zufriedenen Lächeln. Deborah hatte aufgehört zu frühstücken und starrte weiter in den Fernseher, um der Präsidentin zu folgen.

»Ich bin überwältigt. Butterfly, was für ein schöner Name und was für ein hoher Anspruch.« Shane legte seine Wange an Jennifers Gesicht.

Doch der Frieden wurde durch Jennifers Handy gestört.

»Jennifer, hier ist Thomas.«

»Oh, Thomas, es ist verdammt schön, dich zu hören …«

»Kannst du mir sagen, wieso ich für tot erklärt wurde?«

Deborah stand auf und nahm Jennifer das Handy aus der Hand.

»Okay, du bist wieder auferstanden. Kannst du jetzt bitte irgendwie deinen sagenhaften Arsch hierherbewegen? Ich meine, kapierst du eigentlich, was hier passiert?«

Ryan lachte am anderen Ende. »Ist schon gut, kleine Hexe. Ich bin bald in Washington, und ich kann es ja selbst kaum abwarten, also beruhige dich, bitte gib mir Jennifer wieder.«

»Lazarus will heute nur mit dir sprechen.« Deborah reichte mit gespielter Entrüstung das Handy zurück, aber die Erleichterung war ihr deutlich anzusehen.

»Thomas …«

»Mach schnell, ich kann nicht lange telefonieren.«

»Okay, pass auf, du wirst vom Flughafen aus von Sicherheitsbeamten der Präsidentin in ein Hotel gebracht. Wann genau kommst du?«

»Nicht vor übermorgen. Landezeit ist gegen achtzehn Uhr.«

»Geht es nicht früher? Die nächste Anhörung ist morgen, und ich brauche dich hier. Gut, ich werde sehen, ob wir das noch einmal drehen können. Alles Gute, und pass auf dich auf. Thomas? Thomas! Mist«, schimpfte Jennifer und knallte das Handy auf den Tisch.

»Was ist jetzt?«

»Nichts. Wir werden das Gericht hinhalten müssen. Aber mir fällt schon was ein.«

Hoffentlich würde Ronald seine Versprechen halten.

80

Rom – 30. März, 17 Uhr

»Würden Sie Kardinal Catamo bitten, mich für ein paar Minuten aufzusuchen«, sagte der Papst in seiner sanftmütigen Art zu einem der Gardisten.

Die Erklärung des UN-Sicherheitsrates, dass der Vatikan schon in der Vergangenheit seinen Status missbraucht habe, um sich vor Strafverfolgung zu schützen, konnte der Papst nicht länger hinnehmen.

»Jawohl, Heiliger Vater.«

Eduard Catamo war der Leiter der Presseabteilung. Er war unter anderem dafür verantwortlich, dass man sich seit einiger Zeit in den Buchhandlungen ziemliche Mühe geben musste, neben den vielen Würdigungen des Papstes auch noch den einen oder anderen kritischen Titel zu finden. Damit nicht genug – Catamo war maßgeblich daran beteiligt, den Papst bei seinem Angriff auf die Moderne zu unterstützen.

Nachdem der Entwurf der europäischen Verfassung ohne Gottesbezug formuliert worden war, hatte er die Offensive verstärkt, mit der Europa wieder in einen christlichen Kontinent verwandelt werden sollte.

Doch dann waren alle Bemühungen auf einen Streich zunichtegemacht worden. Die Verstrickungen der Vatikan-Bank in Mafia-Geschäfte und vor allem die weltweit explodierende Diskussion um die Missbrauchsfälle entwaffneten schlagartig den neuen Kreuzzug Johannes Pauls III.

»Heiliger Vater?«

»Kommen Sie herein, Eduard. Ich muss Sie dringend etwas fragen: Was wissen Sie über die Verstrickung von Kardinal Lambert in diese unerträgliche Geschichte?« Der Papst hielt die neuesten Meldungen in den Händen.

»Ich kann mir nicht vorstellen, dass Padre Salvoni wirklich auf eigene Faust gehandelt hat, Heiliger Vater«, wich Catamo elegant aus.

»Hören Sie, ich weiß, dass der Kardinal alles tut, um mir auf den Stuhl Petri zu folgen. Und ich weiß auch, dass Sie unter seinem Einfluss stehen. Aber noch bin ich diese Kirche. Sollte der Kardinal mehr Verantwortung dafür tragen, als ich bisher weiß, will ich das jetzt von Ihnen erfahren. Sie sehen doch, welchen Schaden er schon angerichtet hat«, sagte der Papst deutlich autoritärer, als es Catamo gewohnt war.

»Aber Heiliger Vater, wenn ich mir ansehe, was vonseiten der Historiker, die die ersten Pergamente analysiert haben, nun auf uns zukommt, dann …«

»Dann was? Sehen Sie dort die Bücher? Alles, aber auch alles ist der Welt bekannt, wenn man es wissen will. Diese Kirche hat Kaiser und Könige gesehen, Diktatoren und Revolutionäre. Sie kommen und gehen. Wir haben das Mittelalter, die Reformation und die Revolutionen der Moderne überlebt, und wir werden auch die Schriften von ein paar Druiden oder heidnischen Philosophen überleben, die nun völlig falsch ausgelegt werden …«

»Aber Heiliger Vater! Ich denke, wir müssen jetzt nach

vorne blicken und uns zur Wehr setzen. Seit einer Stunde tagt man in New York und …«

»Catamo! Die antiken Religionen sind nicht von uns zerstört worden. Sie haben sich selbst zerstört, weil ihren vielen Göttern die Kraft fehlte. Weil ihnen die Frömmigkeit und jede einheitliche Morallehre fehlte. Und wenn wir nicht aufpassen, erfährt unsere Kirche bald das gleiche Schicksal. Wir müssen der Welt jetzt zeigen, welche Anziehungskraft unser Glaube hat.«

»Heiliger Vater, ich werde dafür Sorge tragen, dass Italiens Katholiken das sonntägliche Angelusgebet des Papstes für ein Bekenntnis zum Vatikan nutzen. Zeigen wir der Welt die Kraft des klaren Glaubens!«

»Wie viele Wellen des Widerstreits, wie viele ideologische Strömungen, wie viele Denkweisen haben das kleine Boot der Kirche schon ins Schwanken gebracht, aber so bedroht wie heute waren wir noch nie, Eduard.«

Catamo spürte eine ungewöhnliche Schwäche in der Stimme des Papstes. Hatte Lambert recht? War die Zeit dieses Papstes schon abgelaufen?

»Aber die Schriften belegen …«

»… einen Völkermord, sagen Sie es ruhig. Und ja, wahrscheinlich tun sie das und noch mehr, aber das ist Geschichte, Eduard! Eine Geschichte, die zeigt, dass die Welt und auch die handelnden Bischöfe und Kaiser eine Übergangszeit gebraucht haben, um wahre Christen zu werden. Hört diese unsinnige Diskussion denn nie auf?«

Das war es, was Kardinal Lambert meinte, dachte sich Catamo. Doch er war selbst verunsichert, da Lambert nicht zu seinen eigenen Fehlern stand. Er wusste nicht mehr, auf wessen Seite er sich schlagen sollte.

»Ich bitte Sie jetzt in Gottes Namen um einen Gefallen.

Wir müssen diese Kirche unter allen Umständen schützen. Hier, nehmen Sie das, und befolgen Sie die Anweisungen ganz genau. Es ist wichtig, dass dies rechtzeitig in Washington ankommt«, sagte der Papst eindringlich.

Catamo warf einen Blick auf die Papiere, und ihm stockte der Atem.

»Aber Heiliger Vater, sind Sie …«

»Eduard, ich muss mich auf Sie verlassen können.«

»Ja, Heiliger Vater. Ist in Ordnung, ich kümmere mich darum, Sie können sich auf mich verlassen.«

»Ich danke Ihnen. Und noch etwas: Ich möchte, dass Sie diese Anwältin kontaktieren. Ich denke, es macht Sinn, wenn ich mich mit einem der Menschen unterhalte, die hinter dieser Klage stehen. Wir müssen ihnen klarmachen, dass die Antike nicht die Gegenwart dieser Kirche ist.«

Catamo sah die Entschlossenheit des Papstes und wagte es nicht, zu widersprechen. Als er das Zimmer verließ, dachte er mit Schrecken an Kardinal Lambert und fragte sich, wie er ihm die neuesten Entwicklungen beibringen sollte.

81

Washington, D.C., Ronald Reagan Airport – 18 Uhr

MacClary fühlte eine große Nervosität. In den Nachrichten hatte man direkt nach der bewegenden Rede der Präsidentin die Bilder aus Rom gezeigt. Rund zweihunderttausend Menschen waren am Vormittag auf den Petersplatz geströmt, in den ersten Reihen führende Vertreter aller politischen Parteien, darunter auch der Anführer einer kleinen Partei, der bekanntermaßen Verbindungen zur Mafia hatte. Für den kommenden Sonntag rechnete man mit über einer Million Menschen, die dem Papst ihre Ergebenheit demonstrieren wollten. Wenn alles gut ging, wäre die Anhörung bis dahin längst vorbei. Dafür sollte nicht zuletzt dieser Mann sorgen, den MacClary so sehnsüchtig erwartete.

Die Limousine fuhr, gefolgt von einem halben Dutzend Fahrzeugen des Weißen Hauses, auf einen entlegenen Hangar zu, der sonst nur Diplomaten und Regierungspersonal vorbehalten war.

Noch war die Maschine nicht gelandet, als sein Handy klingelte.

»MacClary.«

»Ronald, hier ist Adam. Ich weiß, dass wir …«

»Ist schon gut, worum geht es?«

»Der Papst will mit uns reden.«

»Der Papst will was?«

»Jennifer hat einen Anruf aus der Nuntiatur in Washington bekommen. Der Papst bittet darum, mit einem, der bei der Bergung der Pergamente dabei war, zu sprechen, und zwar inoffiziell. Ronald, ich habe das Gefühl, dass der Papst entgegen deiner Auffassung nicht weiß, was in Österreich passiert ist«, sagte Shane. »Vielleicht ist er doch eine wichtige Schlüsselperson.«

»Mag sein, Adam, aber komm jetzt nicht auf die Idee, dass er deshalb keine Verantwortung trägt ...«

»Nein, das ganz sicher nicht, aber ich werde diese Einladung annehmen. Ich will wissen, was dahintersteckt. Und eines ist gewiss, wenn er einlenkt und sich von der Aktion distanziert, sollten wir ...«

»Adam, das ist doch völlig lächerlich! Gerade dieser Papst hat mehr konservative Rückschritte gemacht als seine Vorgänger, und mit welcher Heilsgeschichte er dir auch kommen wird, alles, was zuletzt auch aus seiner Feder stammt, ist ein Angriff auf die freie und offene Gesellschaft. Es hat sich dort ...«

»Mach dir keine Sorgen, Ronald, ich weiß, wem ich gegenüberstehe. Aber irgendetwas stimmt da nicht. Und schließlich, was soll mir passieren?«

»In Ordnung. Du musst das selbst entscheiden, aber vergiss nicht, du trittst quasi als Vertreter der Anklage auf, und der Vatikan beherrscht das Spiel der Intrigen seit Jahrhunderten und ... Wie auch immer, Adam, ich habe jetzt nicht die Zeit für lange Debatten. Pass auf dich auf, und halt mich auf dem Laufenden. Wir sehen uns übermorgen im Gericht.«

»Danke, und bis bald.«

Inzwischen war der Jet gelandet. Nachdem die Maschine vor dem Hangar ausgerollt war, ging die Tür auf. Man begleitete den dunkel gekleideten Mann langsam die Treppe hinunter und in eine der Limousinen. Das wäre geschafft, dachte sich MacClary. Doch gleichzeitig lief ihm ein kalter Schauer über den Rücken. Welches Geheimnis umgab diesen Mann? Würde er, Ronald MacClary, ertragen können, was er in den nächsten Tagen von diesem Mann erfahren würde?

82

> Es ist meine feste Überzeugung, dass das heutige Europa nicht den Geist Gottes und des Christentums verwirklicht, sondern den Geist Satans. Und Satan hat den größten Erfolg, wo er mit dem Namen Gottes auf den Lippen erscheint … Ich meine, dass das europäische Christentum eine Verleumdung des Christentums Jesu bedeutet.
>
> *Mahatma Gandhi, 8.9.1920*

Washington – Rom – 31. März

Früh am Morgen hatten Shane und Jennifer noch über die überraschende Einladung des Papstes gesprochen. Doch für lange Diskussionen war keine Zeit. Er wollte so schnell wie möglich wieder in Washington sein, um nicht die nächste Anhörung zu verpassen.

Einige irische Familien waren mittlerweile in Washington angekommen. Sie sollten helfen, Ryans Forderungen Nachdruck zu verleihen, solange dieser noch nicht in Washington war. Als man ihnen die Pergamente und ihre Übersetzungen zeigte, flossen viele Tränen angesichts des Verlustes und der Verbrechen, die sich vor so langer Zeit zugetragen hatten.

Deborah Walker hatte darauf bestanden, Shane nach Rom zu begleiten. Sie wollte einmal dem Mann gegenüberstehen, der immer noch lehrte, sie sei ein Mensch zweiter Klasse.

Nach ihrer Ankunft wurden sie von Diplomaten des Vatikans am Flughafen empfangen. Beide waren etwas irritiert, dass niemand ihnen mit Wut oder Argwohn entgegentrat. Es war auch nicht die aufgesetzte Freundlichkeit von Diplomaten, die Shane schon in seinem früheren Beruf als Journalist angeekelt hatte – irgendetwas war anders. Er sah allenfalls in ernsthaft besorgte Gesichter.

»Nun werden wir sehen, ob wir diesem Mann die Illusion nehmen können, dass er sich im Dienst einer angeblich so viel höheren Sache jeder Verantwortung entziehen kann«, sagte Shane.

»Das glaubst du doch nicht wirklich, oder?«, antwortete Deborah, die sich nervös die Haare zusammenband.

Shane schaute sie an. »Ich habe keine Ahnung, was uns erwartet, aber ich habe immer noch Hoffnung, Debbie.«

Sie fuhren eine gute halbe Stunde durch den wahnsinnigen römischen Straßenverkehr. Nachdem man sie durch die Massen gebracht hatte, die sich seit Tagen immer wieder auf den Petersplatz versammelten, standen sie nun vor dem Machtzentrum des Unfehlbaren.

Bei den Gemächern des Papstes angekommen, ging einer der Diplomaten auf Deborah zu.

»Es tut mir leid, aber der Heilige Vater möchte nur mit einer Person sprechen …«

»Warum überrascht mich das jetzt nicht? Schon gut, geh nur, Adam, ich warte hier«, reagierte sie erstaunlich gelassen.

Der Mann wandte sich an Shane. »Sie sind mit den Gepflogenheiten vertraut? Wie Sie den Heiligen Vater anzusprechen und zu begrüßen haben?«

»Ich werde die üblichen Regeln der Höflichkeit nicht außer Acht lassen«, antwortete Shane reserviert. »Ansonsten zolle ich jedem Menschen den gleichen Respekt. Wenn Sie etwas voraussetzen, was darüber hinausgeht, muss ich Sie enttäuschen.« Der Mann hob kurz die Schultern, dann öffnete er die Tür.

Was Shane sah, war ein gewöhnlicher Mensch, ein alter Mann in seinen weißen Gewändern und mit ruhigem Blick. »Lassen Sie uns allein«, wies der Papst den Gardisten an. Die Tür schloss sich, und sie standen sich zu zweit gegenüber.

»Sie spielen ein gefährliches Spiel, Mr. Shane«, sagte der Papst und zeigte auf die neuesten Nachrichten, die von immer mehr Gewalt bei den weltweiten Demonstrationen berichteten.

»Das ist wohl der Preis für Veränderung«, sagte Shane selbstbewusst.

»Glauben Sie an Gott, mein Sohn?«

»Ich bin nur der Sohn meines Vaters. Nein, ich glaube nicht an Ihren konstruierten Gott, der nur Schuld und Sühne kennt, da er angeblich seinen Sohn für die Menschen geopfert hat. Aber ich bin hoffentlich nicht hier, um mit Ihnen über Ihren Gott zu diskutieren.«

Der Papst setzte sich und sah ihn nachdenklich an. »Gut, dann sagen Sie mir bitte, was wirklich in Österreich passiert ist«, bat er nach einem kurzen Moment des Schweigens.

Deborah Walker saß im Vorraum und sah sich die prunkvolle Einrichtung an. Als sie in das Gesicht von einem der Schweizergardisten sah, musste sie einfach lachen. Das Kostüm aus dem Mittelalter erschien ihr vollkommen lächerlich, und die unnahbare Miene gab ihr das Gefühl, in einem Wachsfigurenkabinett zu sein. Zu ihrer Überraschung lächelte der Mann jedoch zurück. Er sah sympathisch aus, und überhaupt wirkte alles zwar sehr alt und konservativ, aber längst nicht so erdrückend, wie sie erwartet hatte. Für einen Augenblick musste sie an MacClarys Haus in Dublin denken.

Doch plötzlich hörte sie, wie die Stimmen hinter der Tür lauter wurden. Vor allem Shane konnte sie deutlich heraushören.

»Sagen Sie mir einen Punkt, an dem die Kirche unter Führung der Päpste sich wahrhaft christlich verhalten hat. Zur Zeit der Merowinger? Der fränkischen Raubzüge? Bei den Kreuzzügen, bei den Verbrennungen der Ketzer und Hexen, bei Katharern, Waldensern und Hussiten, bei der Ausrottung der Völker in Süd- und Nordamerika, der Judenverfolgung, im Dreißigjährigen Krieg, Im Ersten und Zweiten Weltkrieg, im Vietnamkrieg … einmal müsst ihr doch dem sanftmütigen Vorbild dieses Jesus gefolgt sein, der die Menschen ins Herz und in die Liebe führen wollte und …«

»Junger Mann, Sie vergessen, mit wem Sie reden!«

Der Wachmann wurde ebenfalls aufmerksam und wollte gerade die Tür öffnen, beruhigte sich aber wieder, als er hörte, dass der Ton sich wieder mäßigte.

»Ich habe nicht die Zeit, mit Ihnen theologische Debatten zu führen, aber eines kann ich Ihnen sagen«, fuhr Shane fort. »Ihr habt uns Heiden nicht erst mit der Inquisition gejagt. Je mehr Freiheit und Macht euch Konstantin und seine Nachfolger zugebilligt hatten, desto rücksichtsloser ging die Ausrottung der Ureinwohner Europas vor sich, die sogenannten Ungläubigen wurden von euch …«

»Das ist Ihre Interpretation der Geschichte.«

»Es ist die Wahrheit dieser Zeit. Und das alles hatte nichts mehr mit den Geboten eures Lehrers Jesus zu tun, dafür umso mehr mit weltlichen Machtgelüsten. Vor allem aber war es kein vereinzelter Sündenfall!«

»Wir haben die Menschen aus dem Sumpf der Barbarei befreit und ihnen Orientierung gegeben …«

»Zeigen Sie mir *einen* Punkt, an dem die Führung der Kirche, ihre Päpste, Bischöfe und Kardinäle, die christlichen Werte wirklich verkörpert hat. Mit dem Leugnen der historischen Wahrheit bringen Sie Ihre Kirche doch selbst an den Rand …«

»Wenn Sie die Kirche nur an ihren Kritikern messen, dann werden Sie genau das auslösen, was Sie nicht wollen. Die Schwächen des Menschen sagen nichts über die Kraft Gottes und seine Botschaft aus. Aber Leute wie Sie führen die Welt zurück in barbarische Finsternis.«

Shane seufzte resigniert. Er hatte keine Ahnung, wie diesem Mann beizukommen war. »Wenn ich Ihnen nur glauben könnte! Aber Ihnen fehlt einfach der Mut zuzugeben, wie sehr die Wucherungen das Bild der Kirche im Lauf ihrer Geschichte entstellt haben. Sie wissen ganz genau, dass da weder schnelle Reformen noch der Austausch von Personal helfen werden …«

»Glauben Sie denn, dass diese weltweit aufgeheizte Stimmung irgendetwas hilft? Ihre Moderne mit ihrer übersteigerten Verehrung der Vernunft und ihrer rücksichtslosen Abschaffung christlicher Werte …«

»Warum wollen Sie nicht wahrhaben, dass es da draußen massenweise Menschen gibt, die in einer großen Gottgewissheit leben und gerade deshalb aus Ihrer Kirche fliehen?« Shane war jetzt wirklich wütend. Hier gab es nichts für ihn zu tun. »Erklären Sie mir lieber endlich, warum all das vor wenigen Tagen in Österreich einen Mord wert gewesen ist!«

Der Papst zuckte zusammen. »Wenn es tatsächlich jemand von uns gewesen ist, dann gibt es keine Rechtfertigung dafür«, versuchte er auszuweichen.

»Nun, wenn Sie nicht von selbst darauf kommen, dann will ich es Ihnen gerne verraten. Es war die Angst, Beweise dafür zu finden, dass Ihre Kirche um des Machtgewinns und des Machterhalts willen bereit war, einen Massenmord an den Heiden zu begehen. Einen echten, kaltblütig geplanten und durchgeführten Völkermord.«

»Schweigen Sie! Das ist Blasphemie und …«

»Es ist die Wahrheit, und Sie sollten endlich anfangen, sich der Tragweite bewusst zu werden. Die Folgen der Vernichtung …«

»Halt!« Der Papst griff sich an die Brust und setzte sich wieder.

Shane fürchtete, dass er den alten Mann überforderte. »Brauchen Sie Hilfe?«

»Nein, nein, es geht schon wieder, aber ich bin nicht mehr so streitlustig wie in jüngeren Tagen. Sind Sie sich klar darüber, welche Verantwortung ich heute für eineinhalb Milliarden Christen habe? Glauben Sie mir, junger Mann, der Untergang dieser Kirche wäre ein Erdrutsch für die Welt, dann könnten Sie zuschauen, wie der Verfall der Werte und Sitten endgültig in die Dunkelheit und Verwirrung führt.«

Was sagte er da? Sprach der höchste Mann im Vatikan tatsächlich von seiner Sorge, dass seine Kirche vom Untergang bedroht war?

»Sie sprechen von Dunkelheit und Verwirrung? Ihr Versuch, sich gegen die Moderne zu stemmen, führt doch geradewegs dorthin! Die Einschränkung von Demokratie, die Unterdrückung der Frauen und der sexuellen Selbstbestimmung der Menschen … das alte Bestreben, die offene und freie Gesellschaft mit einem Glaubensmonopol in Haft zu nehmen. Das widerspricht für mich in jeder Hinsicht der Gabe des Menschen, sich kraft seiner Vernunft zu entwickeln. Moral und Ethik sind nicht Errungenschaften der Kirche, nicht einmal der Bibel«, sagte Shane mit Nachdruck, sodass der Papst nun sichtlich wütend wurde.

»Sie glauben tatsächlich, dass die Heiden eine andere, bessere Welt geschaffen hätten?«, fragte der Papst.

»Alles, was ich in den letzten Tagen gesehen und erfahren habe, zeigt mir, dass die Druiden wie alle anderen Naturvölker eines gemeinsam hatten: Sie hatten eine Balance zwischen Gott, Mensch und Natur als Ziel. Sie wären nie auf die Idee gekommen, eine Morallehre zu entwickeln, die den Menschen als Krönung der Schöpfung über die Natur und die Tiere stellt. Wollen oder können Sie nicht begreifen, dass diese Lehre dazu geführt hat, dass uns die Natur nun bald nicht mehr als Lebensgrundlage dienen wird? Weil wir den Respekt davor verloren haben?«, erwiderte Shane, aber er hatte nicht das Gefühl, verstanden zu werden.

»Und sehen Sie nicht, dass der moderne Mensch alles relativiert? Nichts mehr als definitiv anerkennt und als letztes Maß nur noch das Ich und seine Bedürfnisse sieht? Das hat nicht die Kirche zu verantworten«, versuchte der Papst sich der Anschuldigung entgegenzustellen.

»Das ist Ihre Weltsicht. Erst wenn wir akzeptieren, dass es mehr als ein Weltbild gibt, wird der Mensch erkennen, dass er für seines Verantwortung übernehmen muss. Wir sind nicht nur *vor* unserem Gewissen verantwortlich, wir tragen auch Verantwortung *für* unser Gewissen. Und ich sehe immer mehr Menschen, die klare Vorstellungen davon haben, was hinnehmbar und ethisch in Ordnung ist«, sagte Shane mit Bedauern. »Und ich hatte gehofft, wir könnten darüber miteinander ins Gespräch kommen. Aber jetzt denke ich, es ist besser, wenn ich gehe.«

»Möge Gott Ihnen beistehen auf Ihrem Irrweg, Mr. Shane«, sagte der Papst.

Shane war schon dabei gewesen, sich aus seinem Sessel zu erheben. Jetzt stand er vor dem Papst und schüttelte ratlos den Kopf. Jennifer hatte recht. Die Führung dieser Kirche würde nie etwas begreifen. Jedes weitere Wort war sinnlos.

»Es muss Ihnen doch klar sein, dass diese Kirche nicht nur wegen des Auftauchens der Pergamente vor diesem Tribunal steht«, versuchte er es dennoch ein letztes Mal. »Die Menschen spüren, dass eine neue Zeit anbricht.« Als er keine Antwort erhielt, ging er schweigend und ohne Abschied zur Tür und hatte seine Hand schon auf die Klinke gelegt, als er die Stimme des Papstes noch einmal hörte.

»Mr. Shane. Kein Urteil wird uns davon befreien, einander zu vergeben. Vor keinem Tribunal der Welt.«

Shane drehte sich um. »Das ist das erste Mal, dass ich Ihnen zustimmen kann, aber vertrauen kann ich Ihnen nicht. Geben Sie uns, was uns gehört.«

83

Washington, D. C. – 1. April, 9 Uhr

Am Morgen vor der zweiten Anhörung war Jennifer in Ruhe zum Gericht gefahren. Wenn MacClarys Plan funktionierte, würde sie die Richter mit den Belegen der italienischen Polizei über die tragische Verwechslung und mit dem Widerruf der italienischen Presseagentur hinsichtlich Ryans angeblichem Tod ausreichend beschäftigen. Und dann konnte sie noch Orvieto ausspielen. Selbst wenn Rom das Archiv vollkommen geräumt hatte, müsste die Anhörung bis zu einer Überprüfung vertagt werden.

Wieder füllte sich der Saal mit dem zugelassenen Publikum, nur die Presse hatte wie immer keinen Zugang. Zu ihrer Überraschung war diesmal weder der Kardinalstaatssekretär noch irgendein anderer ranghoher Vertreter der Kirche anwesend.

Shane und Deborah hatten ihren Flug gerade rechtzeitig erwischt.

»Was denkst du?«, fragte Deborah, die sah, wie Shane ziellos aus dem kleinen Fenster schaute.

»Ach, nur krauses Zeug. Aber weißt du, wenn ich die Dinge ohne das Drama betrachte, dann stellt sich mir eine ganz einfache Frage: Was würdest du machen, wenn du seit langer Zeit eine Lüge mit dir herumtragen würdest? Und was, wenn diese Lüge fast zweitausend Jahre alt wäre und dir Milliarden Menschen glauben würden?«

Statt einer Antwort reagierte Deborah mit einer Gegenfrage.

»Du willst sie weiter gewähren lassen?«

»Ach was, das liegt doch gar nicht in meiner oder unserer Macht. Die Verbrechen der Kirche haben aber eine Ursache, und der kommen wir nur teilweise auf den Grund.«

»Adam, ich habe gestern sehr viel Angst gespürt, nicht nur beim Papst, bei allen hier.«

»Ja, Angst hätte ich an ihrer Stelle auch. Was ist, wenn Sigmund Freud mit seiner These recht hätte, dass Mose ein Pharao war, der die Ein-Gott-Religion erfunden hat, aus der sich dann das Alte Testament entwickelt hat? Haben sie Angst, dass die Druiden das wussten?«

»Jetzt drehst du aber echt langsam durch. Das spielt doch keine Rolle mehr. Es geht ums Hier und Jetzt. Alles, was ihrer ohnehin schon angeschlagenen Glaubwürdigkeit im Wege steht, macht ihnen Angst, das ist doch logisch.« Deborah gähnte. »Nimmt dieser Flug eigentlich nie ein Ende?«

In der Kathedrale Saint Peter's auf dem Kapitol in Washington saß Victor Salvoni in einer der hinteren Bänke. In seiner Hand hielt er ein kleines goldenes Kreuz, mit dem er nervös herumspielte.

Salvoni reichte dem Mann, der vor ihm saß, ein Foto. »Und Sie sind sicher, dass Sie das hinbekommen?«

»Signore, ich habe so etwas schon unter wesentlich schwierigeren Bedingungen erledigt. Wichtig ist nur, dass ich ihn in der Masse vor dem Court erkenne, bevor er das Gebäude betreten kann.«

»Das dürfte nicht allzu schwierig sein, die Behörden haben uns zugesichert, dass die Umgebung wegen der Demonstrationen abgesperrt sein wird, selbst für Journalisten«, beruhigte Salvoni seinen dunklen Freund.

»Dann können Sie sich auf mich verlassen. So wahr uns Gott helfe, ist die Sache damit für Sie und die Kirche ausgestanden.«

Salvoni beugte sich vor und küsste den Mann auf beide Wangen. »Danke.«

»Schon in Ordnung. Sie haben mir einmal das Leben gerettet, jetzt bin ich dran.«

Salvonis Handy klingelte. Er suchte nervös in seinen Taschen, und schließlich fiel es ihm auf den Boden. Er musste sich unter eine der Bänke mühen, um es wieder aufzuheben.

»Salvoni. – Eminenz! Ich verstehe Sie ziemlich schlecht, wo sind Sie? – *Was* haben wir? – Oh, mein Gott. Sie haben echt Nerven. Das verändert natürlich alles …«

Salvoni versuchte, seinem Helfer nachzueilen, doch dieser hatte die Kathedrale schon verlassen.

»Ja, sicher, Eminenz. Ich werde pünktlich zur Anhörung erscheinen.«

»Danke, Eminenz, danke für alles.«

Salvoni zog seinen Rosenkranz aus der Jackentasche.

84

Tief ist der Brunnen der Vergangenheit. Sollte man ihn nicht unergründlich nennen? … Da denn nun gerade geschieht es, dass, je tiefer man schürft, je weiter hinab in die Unterwelt des Vergangenen man dringt und tastet, die Anfangsgründe des Menschlichen, seiner Geschichte, seiner Gesittung, sich als gänzlich unerlotbar erweisen …

Thomas Mann, Joseph und seine Brüder

Washington, D. C., 18 Uhr

»Und, wie war es in Rom?«, flüsterte Jennifer Shane ins Ohr und küsste ihn unauffällig.

»Frag nicht. Ich habe ein merkwürdiges Gefühl. Jedenfalls solltest du mit allem rechnen, was von der Schuld des Vatikans ablenken wird«, sagte Shane.

»Wir verhandeln weiter, Adam. Die italienische Polizei hat sich allerdings in Orvieto alles angeschaut, und du wirst es nicht glauben …«

»Sie haben nichts mehr gefunden, oder? War mir irgendwie klar. Es war naiv von uns, anzunehmen, dass wir damit durchkommen.«

»Moment, die Experten der CIA und ein weiteres Institut hatten doch bestätigt, dass die Fotos keine Fälschungen sind. Und Ryans Aussagen werden doch ausreichen, oder?«, fragte Deborah mit Entsetzen.

»Im Moment streiten sich die Gutachter noch darüber, Debbie. Was mir viel mehr Sorgen macht, ist, dass der Anwalt des Vatikans morgen einen Zeugen präsentieren will, der die Täter offenbaren soll. Und sie sind nicht Angehörige des Vatikans. Wenn ihnen das gelingt, ist die Sache gegessen.«

»Verdammt noch mal! Was ist mit den Wanzen in Ronalds Wohnung, damit fing doch alles an! Wer soll es denn sonst gewesen sein? Und wir haben doch noch Ronalds …«

»Adam, wenn in der Anhörung zur Sprache kommt, dass Ronald mit in den ganzen Schlamassel verwickelt ist, dann muss er nicht nur zurücktreten, es fehlt dann auch der Beweis, dass der Vatikan oder gar der Papst …«

»Jennifer, für dich!«

»Was?«

Deborah hielt ihr das Handy hin. »Es ist Louis!«

Hektisch nahm Jennifer das Handy.

»Ja?«

»Ich konnte dich nicht auf deinem Handy anrufen. Wir haben ein Problem.«

»Was ist passiert?«

»Der Vatikan hat gerade eben eine Genehmigung für die Ausgrabung in Österreich vorgelegt. Datiert auf den 3. Februar. Also lange bevor dein Thomas Ryan dort angekommen ist.«

»Oh, verdammt. Louis, das ist doch eine Fälschung.«

»Kann schon sein, aber das ist noch nicht alles. Sie behaupten, dass sie ein privates Archäologenteam mit der Grabung beauftragt haben, und zwar, jetzt halt dich fest, unter der Leitung eines ehemaligen führenden Mitarbeiters der vatikanischen Polizei«, sagte Louis und lachte bitter. »Die Grabungsgenehmigung ist vom österreichischen Außenministerium ausgestellt.«

»Ja, aber wie kann das sein? Dieser Fundort kann ihnen doch nur durch das Abhören von Ronalds Wohnung bekannt geworden sein. Wir müssen prüfen, wer diesen Beamten bestochen hat.«

»Ich glaube kaum, dass uns das so kurzfristig gelingen wird, und selbst wenn, dann bleibt immer noch …«

»Warte, Louis. Dann steht immer noch Aussage gegen Aussage. Schließlich war Ryan nicht alleine dort. Und was ist mit den Leuten aus dem Gasthaus, sind die bereit auszusagen?«

»Als sie erfahren haben, worum es geht, haben sie klar gesagt, dass sie nicht wissen, worum es sich handelt. Sie haben Ryan nie gesehen, geschweige denn ihm geholfen. Sagen sie jedenfalls.«

»Gut. Oder vielmehr, gar nicht gut. Wir müssen jetzt einen klaren Kopf behalten und einfach weitermachen wie geplant. Ich kann mir nicht vorstellen, dass Ronald diese ganzen Tricks nicht mitbedacht hat. Louis es tut mir leid, ich dachte, wir hätten mehr …«

»Ist schon gut, Baby, ich werde das schon irgendwie überleben, aber du?«

»Mir bleibt im Moment nichts anderes übrig, als Ronald zu vertrauen. Danke, Louis, und bis morgen.«

»Bye, Baby.«

Shane nahm Jennifer in den Arm. »Hey, bleib ruhig. Du hast doch selbst gehört, was Ronald gesagt hat.«

»Ja, gehört habe ich es schon. Aber was ist, wenn er übertrieben hat? Siehst du nicht, was da passiert? Sie versuchen, den Spieß umzudrehen, und es scheint ihnen zu gelingen.«

»Niemals!«

»Wie erklären wir das alles nur Thomas? Kommt, wir müssen los, er landet in einer Stunde«, sagte Jennifer und sah Deborah an, die sich die Haare raufte.

85

Italien – Washington, D. C.

Ryan hatte sich am Morgen von Brian Langster verabschiedet. Der Arzt hatte großartige Arbeit geleistet, es ging ihm wieder gut, und er konnte es kaum abwarten, in Washington zu landen. Er hatte kurz mit MacClary telefoniert und sich den Trick mit seinem vorgetäuschten Tod erklären lassen. Erst war ihm die Sache unheimlich gewesen, dann hatte er mit MacClary über das alte Sprichwort gelacht: Totgesagte leben länger.

Nun gut, jetzt würde wohl der große Showdown beginnen, und er und seine Familien würden endlich das bekommen, was ihnen zustand.

In Washington wehte ein böiger Wind, und das Flugzeug landete mit leichtem Schlingern auf der Piste. Aus der Entfernung sah er einige Wagen mit Blaulicht, offensichtlich seine Eskorte, was ihm überhaupt nicht gefiel.

Wenig später kam die Maschine zum Stillstand.

»Danke, Mr. Ellis. Ich werde Ihnen das nie vergessen.«

»Schon gut, Mr. Ryan, war mir ein Vergnügen. Sie wissen ja, Brians Freunde sind auch meine Freunde. Außerdem wünsche ich mir, dass Sie Ihr Ziel erreichen, es ist Zeit dafür«, sagte der Arzt und öffnete die Kabinentür.

Das Erste, was Ryan sah, war eine Wolke aus rotem Haar. Deborah Walker rannte die Treppe hinauf ihm entgegen.

»Danke, dass Sie mir diesen Verrückten zurückgebracht haben«, strahlte sie den Arzt an und nahm Ryan fest in die Arme.

»Gute Güte, ich hatte zwischendurch echt Angst, dass ich euch nicht wiedersehe«, sagte Ryan und legte seinen Arm um Deborah.

Jennifer und Shane beobachteten die Szene von unten.

»Kannst du mir vielleicht gelegentlich mal erklären, in welchem Verhältnis die beiden zueinander stehen?«, fragte Shane.

Jennifer hob abwehrend beide Hände. »Ich nicht und sonst auch niemand. Vermutlich könnten es nicht einmal die beiden selbst. Von allem ein bisschen, würde ich sagen. Bruder und Schwester, Liebespaar, keine Ahnung«, sagte sie und setzte sich in Bewegung Richtung Flugzeug.

»He, wie geht's? Hallo, Adam«, strahlte Ryan.

»Du musst mir unbedingt erzählen, wie es ist, wenn man wieder aufersteht, ich meine, die Erfahrung ist ja ziemlich selten«, grinste Shane.

»So selten nun auch wieder nicht. Diese Auferstehungsgeschichte kannten schon die Menschen zur Zeit der Pharaonen, und nun bin ich halt auch eine der vielen mythologischen Gestalten, die herhalten mussten, um die Anbetung der Menschen von der Sonne wegzulenken«, sagte Ryan und zwinkerte ihm zu.

»Halt doch einfach mal die Klappe, du Obermythologe«, lachte Deborah.

»Also, das meiste hat mir Ronald schon erklärt, was schaut ihr so bedrückt?«

»Hier, das weißt du noch nicht.« Jennifer reichte ihm einen

Computerausdruck. »Die Agenturmeldung kam vor ein paar Stunden. Die irische Regierung hat deine Forderungen und die der anderen Familien anerkannt …«

»… trotz massiver Proteste der katholischen Kirche«, ergänzte Ryan und überflog den Text. »Hey, das ist aber doch eine gute Nachricht!«

»Es gibt auch so noch genug Schwierigkeiten, wir erklären dir alles während der Fahrt«, musste Jennifer seine Freude gleich wieder dämpfen.

»Können die Jungs die Weihnachtsbeleuchtung abschalten, das macht mich nervös«, sagte Ryan genervt und stieg ins Auto. Die Kolonne machte sich auf den Weg zum Hotel.

Ryan spürte, dass er doch immer noch ziemlich geschwächt war.

Als sie im Wagen saßen, drückte er von hinten noch einmal Shanes Schulter, und dann legte er sich an Deborahs Seite und glitt in einen unruhigen Schlaf.

86

Cork – Landhaus der Ryans – 18. Juli 1978

Es war schon dunkel, und eigentlich wusste er, dass er nicht mehr aus seinem Zimmer kommen sollte. Doch er war viel zu neugierig, wer all diese Leute waren und was sie da redeten. Barfuß und im Schlafanzug, seinen Teddy im Arm, schlich er sich langsam über den Flur. Jeden Schritt überlegte er, damit ihn das Knacken des alten Holzfußbodens nicht verriet.

Er konnte von oben in den Raum schauen, in dem fast ein Dutzend Frauen und Männer saßen und heftig diskutierten.

»Mein Gott, Jane, glaubst du immer noch an diesen Mythos, ich meine …«

»Ron, du hast wie alle hier einen der Stammbäume, und sie ähneln dem Pergament von diesem MacClary sehr … und es kommt aus Österreich …«

»Ja, und? Es hilft uns ja nicht weiter, solange er die Koordinaten nicht hat.«

»Noch nicht, Ron, noch nicht, und es kann kein Zufall sein, dass Connor ihn kennengelernt hat. Wir sollten ihm vertrauen, er ist ein Gegner Roms und wird uns nicht verraten, und er nimmt uns ernst …«

»Jane hat recht. Wir sind nicht mehr weit von der Zeit entfernt, die Aregetorix für die Wiederkehr genannt haben soll.«

»Wobei dann immer noch die Frage bleibt, was oder wer da wiederkehren soll. Ihr wisst, dass mich das Ganze nicht aus religiösen Gründen interessiert«, führte sein Vater Connor das Gespräch weiter. »Aber die Aussicht, den verbleibenden Kelten einen Teil ihrer geraubten Identität zurückzugeben, ist zu verlockend, um dem nicht nachzugehen.«

In diesem Moment ertönte ein lautes Krachen. Er war aus der Hocke nach hinten gerutscht. Jetzt hatten sie ihn entdeckt.

»Thomas Ryan!«, ertönte die Stimme seiner Mutter. »Hatte ich nicht laut und deutlich gesagt, dass es Zeit ist zu schlafen?«

Thomas klammerte sich an seinen Teddy. »Aber ich will auch ein Kelte sein!«

Ein herzliches Lachen ging durch den Raum.

»Das bist du schon, mein Sohn.«

»Wirklich?«

»Wartet kurz, ich bring ihn wieder ins Bett.«

»Nein, lass ihn runterkommen, der schläft sowieso nicht mehr, bevor wir hier fertig sind«, sagte O'Brian.

Thomas hüpfte glücklich die Treppe hinunter ins Wohnzimmer. Es war warm am offenen Kamin, und das gelbliche Licht war so freundlich. Ryan kuschelte sich an Onkel O'Brian, den besten Freund seines Vaters, murmelte etwas vor sich hin und fühlte sich sehr wohl in der Mitte der Erwachsenen. Doch dann spürte er, dass sie ihn alle wachsam ansahen.

»Was sagst du da?«

»Wann kommen die Druiden denn nun wieder, Mami?«

»Hast du ihm doch von diesem Blödsinn erzählt?«, ärgerte sich sein Vater.

»Nein, sicher nicht.«

»Wer hat dir davon erzählt, Thomas, sei ehrlich«, fragte sein Vater.

»Niemand hat mir was erzählt! Ich hab es geträumt, schon vor ein paar Tagen. Ich habe Männer gesehen, in einem Boot am Meer, und ein paar hatten lange Kleider an, aber nicht alle. Und sie sind an Land gekommen und sind weggegangen in verschiedene Richtungen. Aber vorher haben sie sich die Hände gegeben und haben gesagt, dass sie wiederkommen. Und … nein, mehr war da nicht, aber dann habe ich euch über die Druiden reden gehört und gedacht …«

»Schon gut, Thomas, du hast uns schon mal belauscht, deine Fantasie hat dir einen Streich gespielt. Die Druiden, von denen wir sprechen, mein Sohn, die sind schon sehr, sehr lange tot.«

Plötzlich klopfte es an der Tür, und seine Mutter stand auf. Sekunden später hörte er sie schreien. »Oh, mein Gott, nein, Gott, nein, nein, nein …« Ihre Stimme wurde zu einem Wimmern.

Sein Vater rannte zur Tür und trug Thomas' älteren Bruder Matthew mit herein. Matthew war ganz bleich und rührte sich nicht. Aus seiner Brust und einem Bein floss Blut. Viel Blut.

»Mein Gott, hört das denn nie auf?«, schrie Thomas' Mutter.

Er stand wie versteinert neben Onkel O'Brian und klammerte sich an seiner Hand fest. »Was haben sie mit Matthew gemacht?«, fragte er.

»Sie haben auf ihn geschossen.«

»Aber warum?«

»Weil er nicht die richtige Religion hat, Thomas.«

»Das verstehe ich nicht.«

»Das versteht niemand, mein Kleiner.«

»Sind die Druiden auch eine Religion?«

»Nein, Thomas, sie sind die alten Meister, die Wissen und Glauben vereint hatten und aus dieser Erkenntnis unsere Zukunft gestalten wollten. Sie waren geistige Führer, aber keine Religion.«

»Ich glaube, das verstehe ich nicht, O'Brian. Ich will aber mehr darüber wissen.«

»Das wirst du, kleiner Thomas Ryan, das wirst du, ich verspreche es dir.«

87

Washington, D.C. – Hotel Monaco – 3. April, 10 Uhr

Ryan wachte stöhnend auf. Diese eine Szene aus seiner Kindheit fand mit bedrückender Regelmäßigkeit immer wieder ihren Weg in seine Träume. Er hatte den Tod seines Bruders Matthew, den Schmerz und die Verwirrung jener Nacht vor vielen Jahren, nie wirklich verarbeiten können.

»Thomas, guten Morgen«, sagte Jennifer und grinste durch die leicht geöffnete Tür in das Schlafzimmer. Deborah und Shane waren irgendwo im Hintergrund zu hören. Offenbar waren alle anderen schon hellwach.

»Wie spät ist es?«, fragte Ryan, immer noch schlaftrunken. Wie war er in dieses Apartment gekommen? Was war mit dem Gerichtstermin? Hatte er etwas verpasst?

»Keine Sorge, du bleibst heute noch hier. Ronald hat entschieden, dass du erst morgen um zwölf Uhr vor dem Court erscheinen sollst, du kannst also entspannt bleiben. Aber ich habe hier noch etwas für dich – eigentlich für euch alle. Komm, steh auf«, sagte Jennifer und holte Ryan mit ihrer überraschend guten Laune allmählich wieder ins Hier und Jetzt.

Ryan mühte sich in die Hose und sah noch ziemlich zerzaust aus, als er den Raum betrat.

Jennifer schmunzelte. »Es haben sich für morgen eine Menge der sogenannten kirchlichen Würdenträger angekündigt, und da habe ich darüber nachgedacht, wie wohl die Druiden sich zweitausend Jahre später gekleidet hätten.«

Sie ging kurz ins Nebenzimmer und kam dann mit Shane wieder heraus, den sie hinter sich herzog und der – offensichtlich nicht ganz freiwillig – in einem wallenden Gewand steckte, wie es der Sage nach den Druiden durch alle Wetter half. Allerdings war es aus edlerem Stoff gefertigt und modern geschnitten. Unter der hellgrauen Kutte mit der typischen Kapuze trug Shane schwarze, lockere Kleidung.

Ryan wusste nicht, ob er lachen oder sich ärgern sollte. Wie konnte Jennifer nur so gut gelaunt sein angesichts der Tatsache, dass man morgen versuchen würde, sie und ihn mit gefälschten Beweisen und Vertuschungen über den Tisch zu ziehen?

»Jennifer, ich bitte dich, das kann doch wohl nicht wahr sein! Ich meine, sollen wir aussehen wie die Jedi-Ritter?«, sagte er endlich und gluckste immer noch vor sich hin. Auch Shane sah aus, als hätte er erhebliche Zweifel an seinem Aufzug.

»Also ehrlich, ich verstehe euch nicht. Ist dieses Gewand denn nicht Ausdruck eurer Kultur und Position? Und ich finde, es grenzt euch auch sehr würdevoll von diesen Priestern mit ihren roten Roben und komischen Hüten ab«, entgegnete Jennifer. »Außerdem, was glaubst du, woher George Lucas die Idee mit den Jedi-Rittern hatte?«

»Äh, ich denke, wir sollten uns das vielleicht doch noch mal überlegen, Jennifer«, sagte Shane, der krampfhaft vermied, in Ryans Gesicht zu sehen, um nicht laut herauszuplatzen. Aber es war sinnlos, wenig später lachten sie alle schallend und wie befreit, als hätten sie gemeinsam einen albernen Jungenstreich ausgeheckt. Shane strich der kichernden Jennifer liebevoll übers Haar. Für einen kurzen Augenblick waren alle Anspannung und Bedrückung von ihnen abgefallen.

Deborah Walker hatte ihnen lächelnd zugesehen. Jetzt ging sie zur Tür des Apartments und sagte verheißungsvoll: »Na, vielleicht habe ich noch etwas viel Besseres, um euch in eurem Tun zu bestärken.«

Als sie die Tür öffnete, schrie Ryan begeistert auf. »Nein, das glaube ich nicht! Gute Güte, ist das schön, euch hier zu sehen. O'Brian, Jacky, Onkel Patrick und die kleine Paggy. Sarah, Ian und John Lord – meine Güte, sind noch mehr von euch da?«, fragte er völlig überrascht und verschwand dann für eine ganze Weile in ihren innigen Umarmungen.

»Nein, die anderen sind in der Stadt, aber du wirst sie alle im Gerichtssaal sehen. Lass dich anschauen. Die haben dir ja ganz schön übel mitgespielt, was man so hört«, sagte O'Brian und boxte ihm in die Rippen.

»Ja, das kann man wohl sagen, und ich habe auch eine ziemliche Odyssee hinter mir, bis ich endlich hier war. Aber das ist geschafft, und ich bin sicher, es wird einigen Leuten gar nicht gefallen«, erwiderte Ryan stolz.

»Weißt du noch, Thomas? Ich kann mich noch genau erinnern, wie begierig du als Kind darauf warst, alles über unsere Kultur und vor allem über das Geheimnis der Druiden zu erfahren. Und wir konnten dir nie mehr als ein paar zweifelhafte Sagen bieten. Und nun bist ausgerechnet du es, der das Geheimnis der Druiden immer weiter lüftet. Ich will dir einfach nur danken. Junge, ich wünschte, deine Eltern hätten diesen Moment erleben können«, sagte O'Brian.

»Vielleicht wissen sie es ja längst. Du weißt doch, Onkel O'Brian, es ist alles relativ mit der Zeit und dem Raum, und der Tod ist nur ein Übergang. Ich kann die beiden jeden Tag spüren, sie sind immer bei mir.« Ryan war wieder ernst geworden.

»Schluss jetzt, für eure metaphysischen Erörterungen ist auch später noch Zeit. Jetzt möchte dir Sarah etwas zeigen«, sagte Jennifer.

Sarah war die Jüngste im Clan der O'Brians und seit Jahren damit beschäftigt, die Mythen und Sagen der christianisierten Druiden in Dublin zu studieren. »Thomas, wie du weißt, war den Druiden das Kastensystem der Brahmanen ein Vorbild, jedoch mit einem feinen Unterschied: Jeder konnte Druide werden, egal, welcher Herkunft – wenn er geeignet war. Und wenn er lange und eingehende Studien hinter sich gebracht hatte, stand ihm der Zugang zu dieser Klasse offen.«

»Ja, kluge kleine Cousine, ich weiß. Druide ist man sowohl durch Berufung als auch durch eine ganz bestimmte Ausbildung. Aber worauf willst du hinaus?«

»Wir möchten, dass ihr beide, du und Debbie, das Studium der Pergamente in Zukunft leitet – und zwar hier.«

Sarah hielt dem völlig verblüfften Shane und dem eher skeptischen Ryan feierlich das Modell eines Baumplatzes vor Augen, der gerade in der Nähe von Glendalough in den Wicklow Mountains errichtet wurde. Dahinter war ein Gebäude in Planung, in dem sämtliche Artefakte der Kelten und Druiden eine neue Heimat finden sollten.

»Und, Sarah, hast du auch die Schwerter mitgebracht?«, scherzte Ryan.

»Wie jetzt?«

»Na ja, siehst du, eigentlich wurde der oberste Druide durch Abstimmung der anderen Druiden bestimmt. Aber wenn es zu keiner eindeutigen Entscheidung kam, fochten sie die Wahl auch schon mal mit dem Schwert aus«, sagte Ryan und holte mit einer symbolischen Bewegung gegen Deborah aus.

Die hatte aber keine Augen für ihn, sondern starrte nur begeistert auf das Modell und fuhr sich mit beiden Händen durch die rote Mähne. »Ich … ich bin sprachlos, das ist ja der absolute Wahnsinn! Woher kommt denn das Geld dafür?«, fragte sie und berührte vorsichtig mit einem Zeigefinger das Modell.

»Es gibt einige reiche Iren, die sich schon immer gewünscht haben, dass die Relikte unserer Kultur an einem zentralen Ort gesammelt werden. Und nun finanzieren sie dieses Projekt, übrigens auch mit Unterstützung der irischen Regierung«, erklärte Sarah ebenso begeistert.

Nur Shane wurde etwas unruhig. »Leute, ich kann das alles zwar verstehen, und es ist großartig und so weiter – aber ich denke auch an die anderen.«

»Was meinst du?«, fragte Jennifer erstaunt.

»Ach, versteht ihr, das ist eine so große Chance, und ich wünschte, dass auch die anderen Urvölker eine solche Chance bekommen würden und …«

»Adam, ich glaube, da habe ich etwas für dich, was ich dir schon lange zeigen wollte.«

Jennifer holte ihre Tasche und kramte eine alte Zeitungsmeldung hervor. Es war ein Bericht aus Bolivien, über die Amtseinführung des ersten indianischen Präsidenten Südamerikas nach der Kolonialisierung durch die spanischen Eroberer. Shane las die Worte des Präsidenten und war zutiefst gerührt.

Heute beginnt ein neues Zeitalter für die Urvölker, ein neues Leben, in dem wir nach Gleichheit und Gerechtigkeit streben, eine neue Ära, ein neues Jahrtausend für alle Völker …

»Na, wie wäre es mit einem Druiden als Präsident Irlands?«, fragte Shane halb im Scherz und reichte die Meldung weiter.

»Warum nicht? Eines Tages wird auch das möglich sein«, sagte O'Brian, nachdem er die Zeilen gelesen hatte.

Shane setzte sich und schaute sich noch einmal die ganze Runde an. Sie hatten recht – wenn er bedachte, was in den letzten Wochen geschehen war, dann war wirklich alles möglich. Was er erlebt hatte, raubte ihm den Atem; dazu gehörte der Plan der Präsidentin ebenso wie der Aufruhr gegen die Machenschaften des Vatikans. Und dazu gehörte auch der Aufbruch der vielen kleinen Gruppen, die weltweit nicht mehr mit den alten Glaubenssätzen weiterleben wollten und längst in ihrem Bewusstsein auf einen großen Wechsel hinarbeiteten. Konsequent im Kleinen wie im Großen.

Er sah in Ryans lachendes Gesicht, der Paggy im Arm hielt und sichtlich aufblühte im Kreis seiner Leute.

Es klingelte an der Tür, und Jennifer ließ zwei Pizzaboten herein.

»Ich hoffe, das bringt uns jetzt mal kurz auf andere Gedanken«, sagte sie, als das heiße Essen auf dem Tisch stand. »Setzt euch und esst!« Mit einer Handbewegung lud sie alle an den Tisch ein. Sie wollte in dieser bunt zusammengewürfelten fröhlichen Runde endlich vergessen, was ihnen allen bevorstand. Wenigstens für ein paar kostbare Stunden.

88

Leuchttürme sind nützlicher als Kirchen.

Benjamin Franklin

Washington – 3. April, 18.30 Uhr

Kardinal Lambert hatte es sich in seinem Hotel bequem gemacht, nachdem er mit den Anwälten alles für die vermutlich letzte Anhörung besprochen hatte. Salvoni hatte sich bereits hingelegt und wälzte sich von einer Seite auf die andere.

Trotz des Coups mit der Genehmigung für die Grabung plagten Lambert noch einige Sorgen. Zu viel war schon in Bewegung geraten. Nachdem Catamo ihm von der unerwarteten Audienz des Papstes für einen dieser gottlosen Heiden erzählt hatte, fragte er sich ernsthaft, was im Kopf des Heiligen Vaters vor sich ging. Wer konnte schon wissen, was der Pontifex als Nächstes plante?

Er nahm sein Handy und wählte nachdenklich und langsam eine Nummer.

»Hier ist Kardinal Lambert, Camerlengo. Was wissen Sie über den Inhalt des Gesprächs, das der Heilige Vater mit diesem Adam Shane geführt hat?«

»Äh, nur wenig. Es ging aber einigermaßen laut her. Jedenfalls wurde das Gespräch schneller beendet als erwartet, und beide gingen, soweit man das sehen konnte, in einer ziemlichen Enttäuschung auseinander«, sagte der Camerlengo. »Aber ehrlich gesagt, ich mache mir viel mehr Sorgen wegen des automatischen Rücktritts, den er Catamo anvertraut hat.«

Der argentinische Kardinal Rodrigez Perona war mit seinen achtundsechzig Jahren direkt nach der Wahl Johannes Pauls III. in die Vertrauensposition des Camerlengo erhoben worden, eine Tatsache, die Lambert nie verschmerzt hatte. Damit war zum ersten Mal ein lateinamerikanischer Kardinal ins innerste Machtzentrum der Kirche aufgerückt. Lambert hätte es sich nie anmerken lassen, schon um seine wichtigste Informationsquelle nicht zu verlieren, aber diese Konkurrenz irritierte ihn außerordentlich. Schließlich würde der Camerlengo qua Amtes beim Tod des Heiligen Vaters für kurze Zeit die Herrschaft im Vatikan übernehmen. Er sorgte für die Beisetzung des Papstes und organisierte die korrekte Wahl eines neuen Pontifex. Kein Wunder, dass ein Mann mit diesen Befugnissen auch zu Lebzeiten ein wichtiger persönlicher Berater war.

»Wie bitte?«

»Der Heilige Vater hat Catamo ein Schreiben mitgegeben, das seinen automatischen Rücktritt enthält, allerdings nur vorsorglich, falls die Vereinten Nationen dem Heiligen Stuhl tatsächlich den Sonderstatus aberkennen sollten«, sagte Perona.

»Ich verstehe das nicht. Wir haben alles getan, damit ihn niemand persönlich zur Verantwortung ziehen kann«, versuchte Lambert zu beschwichtigen.

»Ja, das mag sein, aber in den Ermittlungen wegen der …«

»O Gott, das hatte ich vergessen. Ja natürlich!«, sagte Lambert bestürzt. Nach Verlust der Immunität als Staatsoberhaupt würde sich der Papst den Ermittlungen wegen der Vertuschung von Missbrauchsfällen stellen müssen. Seit Monaten versuchten einige einflussreiche Anwälte, einen Haftbefehl gegen ihn zu erwirken, um ihn entweder vor einem nationalen Gericht oder vor dem internationalen Strafgerichtshof in Den Haag anzuklagen. Das Geringste wäre wohl, dass man ihn als Zeugen in einem der vielen Entschädigungsprozesse vernehmen würde.

»Aber das ist noch nicht alles, Cardinale. Er hat Catamo noch etwas mitgegeben, und Catamo schweigt sich darüber beharrlich aus«, sagte Perona zur weiteren Beunruhigung Lamberts.

»Gut, Cardinale. Sie wissen, dass ich immer auf Sie gesetzt habe, auch als einen möglichen Nachfolger auf dem Stuhl Petri. Wir müssen vorbereitet sein, notfalls binnen Stunden ein neues Konklave einzuberufen. Machen Sie Catamo klar, wo er steht, und finden Sie heraus, was er weiß. Und im Übrigen bitte ich Sie, dass Sie den Heiligen Vater ganz genau im Auge behalten und vor allem sein Ohr sind, verstehen Sie mich?«

»Ja, Cardinale, ich weiß, was zu tun sein wird.« Perona wusste leider allzu gut, was nun drohte.

»Sprechen Sie im Hintergrund mit den Kardinälen Contasiera und Huber, die beiden werden Sie im Notfall bei allem unterstützen.«

»Gut. Möge der Herr mit uns sein und die Hand Gottes uns schützen.«

»Ja, möge die Hand Gottes uns schützen. Und noch etwas, Perona: Halten Sie mich stündlich auf dem Laufenden, was in New York vor den Vereinten Nationen passiert. Ich werde morgen nach der Anhörung sofort zurückkehren.«

Lambert hatte es befürchtet. Dieser Papst war für ihn nicht mehr berechenbar. Von jetzt an konnte in der Ewigen Stadt wirklich alles passieren, und er hatte nur noch wenige Möglichkeiten, die Entwicklung aufzuhalten. Doch was verheimlichte Catamo?

89

Washington, 20 Uhr

Die Geschichte der europäischen Ureinwohner wie auch die Kirchengeschichte müsse neu geschrieben werden, titelten manche Zeitungen am Morgen vor der nächsten Anhörung. Die erste Pressekonferenz der amerikanischen Historiker hatte weltweites Interesse an den Funden geweckt. Die Schlagzeilen entsprachen freilich nur bedingt der Wahrheit. Andere Wissenschaftler sahen in den Pergamenten nur die Bestätigung dessen, was kirchenkritische Historiker schon lange veröffentlicht hatten. Allerdings würden diese Tatsachen wohl erst jetzt, durch die Funde, in der breiten Öffentlichkeit wahrgenommen.

MacClary hatte sich ins Institut fahren lassen, um sich ein Bild von den unabhängigen Bewertungen der Historiker zu machen. Jetzt saß er in dem Raum mit den Pergamenten und dachte über die vergangenen Tage nach. Die Emotionen kochten auf allen Seiten sehr hoch.

Im Grunde genommen konnte er nur noch von einem Tag zum anderen planen. Was würde man dem Gericht noch zumuten können? Morgen müsste alles ein Ende finden, und das würde es auch, auf die eine oder andere Weise.

»Guten Abend, Ronald«, sagte Joseph Pascal, einer der Wissenschaftler, der noch kurz vor der Pressekonferenz ein Pergament analysiert hatte, das die Archäologen als verkohlten Rest aus der Höhle am Magdalensberg geborgen hatten. Nicht nur das Pergament und die Schrift konnten eindeutig datiert werden – es trug auch das kleine Signum, das Schutzzeichen der Druiden, wie es auf jedem der Pergamente zu sehen war.

Jeder Versuch gegnerischer Gutachten, die Pergamente auf eine spätere Zeit zu datieren und ihre Herkunft aus der Höhle zu bezweifeln, konnte zur Zufriedenheit MacClarys widerlegt werden.

»Guten Abend, Joseph. Nun, was können Sie mir noch sagen?«

»Eigentlich nicht viel, außer dass es natürlich trotz der widrigen Umstände ein absolut atemberaubender Fund ist. Es ist ein bisschen, als hätten wir den ersten Pharao gefunden. Verstehen Sie – wir haben immer gewusst, dass es ihn gegeben haben muss, aber nun stehen wir quasi vor ihm. So ähnlich jedenfalls.«

»Und weiter?«, fragte MacClary ungeduldig.

»Nun, für den Vatikan geht es jetzt darum, sich endlich einer kritischen Untersuchung des Glaubens zu öffnen, mithilfe wissenschaftlicher Methoden und ihrer Resultate. Sie können sich einfach nicht länger gegen jede Kritik immun machen, verstehen Sie? Die Aufklärung war der erste logische Evolutionssprung. Jetzt kommen die Zeugnisse dieser alten Meister, und das ist schon ziemlich erstaunlich. Allein die Wirkung der Pergamente sollte eigentlich dafür sorgen, dass man sich auf Erkenntnis und Vernunft besinnt – auch und gerade in Rom.«

»Ich verstehe, was Sie meinen, aber Rom wird doch niemals ein kritisches Denken zulassen, das in der Konsequenz in den Atheismus führen könnte.«

»Natürlich werden sie das nicht tun, Ronald, aber das negative Bild des vergreisten Vatikans hat in letzter Zeit doch ohnehin den meisten Christen klargemacht, dass das Heil nicht in der Kirche liegt.«

»Also hatte mein Vater immer recht.«

»Womit?«

»Wenn die Philosophen – und dazu gehörten nun mal auch die Druiden – und nicht die Christen es geschafft hätten, sich in diesem kurzen Zeitfenster des vierten Jahrhunderts die Gunst des Kaisers zu sichern, wäre die Aufklärung vermutlich sehr viel früher gekommen. Die Christen haben durch die systematische Verfolgung der Gelehrten – übrigens der heidnischen genauso wie derjenigen in ihren eigenen Reihen – quasi den kulturellen Stoppknopf gedrückt.«

»Was wäre wenn, lieber Ronald, ist eine Frage, die sich ein Historiker niemals stellt«, bemerkte Pascal mit einem Zwinkern und schickte sich an, den Raum zu verlassen. »Jedenfalls nicht, wenn die Gefahr besteht, dass ihn jemand dabei erwischt. Auch wenn die Versuchung noch so groß ist. Außerdem, was für die christlichen Texte gilt, werden Sie auch in Bezug auf diese Pergamente annehmen müssen: Sie sind geschrieben für die Menschen ihrer Zeit.«

»Sie machen *Aussagen* über die Ereignisse ihrer Zeit, Joseph, aber das sagt uns nicht das Geringste über die Adressaten. Ich bin mir jedenfalls nicht sicher, für wen sie geschrieben sind. Vielleicht wussten die Schreiber viel mehr über das Thema Zeit und Raum, als wir uns vorstellen können. Vielleicht rechneten sie mit uns«, erwiderte MacClary. Dann nahm er seinen Mantel, warf einen letzten nachdenklichen Blick auf die Pergamente und machte sich auf den Weg in sein Apartment.

90

New York – Vereinte Nationen – 3. April, 8 Uhr

Es war kalt in New York. In der Nacht hatte es tatsächlich noch einmal geschneit. Vor dem Gebäude der Vereinten Nationen hatten sich Dutzende Journalisten versammelt, um die erste große Rede der jungen Präsidentin vor den Vereinten Nationen live zu verfolgen.

Dieser Tag würde die Welt verändern, oder sie wäre am Abend nicht mehr im Amt – oder beides, hatte sie ihren Beratern gesagt, die kopfschüttelnd den Raum verließen, nachdem sie erfuhren, was sie plante.

Eine außerordentliche Vollversammlung aller Staaten dieser einen Welt gab es nur äußerst selten. Dass parallel in zwei Tagen der UN-Sicherheitsrat zusammenkommen würde, machte die Dramatik noch deutlicher. Ein weiteres Zeichen war, dass die Diplomaten des Vatikans nicht mehr zur Versammlung zugelassen wurden.

Diana Branks fühlte sich wie ein Rennpferd kurz vor dem Start. So vielen Menschen war in den letzten Tagen bewusst geworden, dass bedeutsame Entwicklungen in der Luft lagen. Aber begriffen sie wirklich, dass dies der historische Moment war, nach dem nichts mehr bleiben konnte, wie es war? Würde sie deutlich machen können, dass sich jetzt und hier die Welt veränderte? Verändern musste?

Die Präsidentin warf einen letzten Blick auf ihre Armbanduhr. »Bill, hast du alles?«

»Ja, sicher, hier. Und das kam gerade noch aus Rom.«

»Aus Rom? Zeig her.«

»Der Papst bittet, das Ergebnis der Anhörung abzuwarten, bevor weitere für die Kirche und den Weltfrieden schädliche Schritte unternommen werden und …«

»Ah, gut, nichts Neues also. Wenn ihnen nichts mehr einfällt, setzen sie das Wohl der Kirche und den Weltfrieden in eins. Ich glaube, das kann ich auch noch später lesen, Bill. Trotzdem danke.«

»Alles klar, viel Glück, Ms. President«, sagte Bill. Selbst er, der im Weißen Haus schon viel erlebt hatte, wischte sich nervös die feuchten Hände an der Hosennaht ab.

»Was ist los, Bill, immer noch Angst um deinen Job?«, lächelte die Präsidentin ironisch. »Dann haben wir was gemeinsam. Aber das ist das Risiko, wenn man bereit ist, große Lügen und Illusionen zu beenden.«

Vor dem Gebäude der Vereinten Nationen hatten sich Zehntausende Demonstranten versammelt, und es kam zu heftigen Auseinandersetzungen zwischen aufgebrachten Christen und Gegnern des Vatikans. Gleichzeitig meldeten sich weltweit immer mehr einflussreiche Mitglieder der Kirche im gleichen Atemzug mit Atheisten und Muslimen und forderten tief greifende Reformen und den Verzicht auf jede Gewalt. Der Ökumenische Rat der Kirchen in Genf appellierte an Rom, sich der historischen Debatte zu stellen. Daran würde jetzt ohnehin nichts mehr vorbeiführen, auch ohne die neuesten Funde hätten Historiker ausreichend Beweise dafür, dass sowohl die Gründung der Kirche als auch das Zustandekommen des Neuen Testaments äußerst fragwürdige Hintergründe habe.

Die Präsidentin betrat den Saal mit den knapp dreihundert Staatschefs und Diplomaten aus aller Welt und ging an das Rednerpult.

Sehr geehrte Damen und Herren. Nationen dieser Welt.

Als ich gestern noch einmal über die jüngsten Ereignisse nachdachte und mir vor Augen führte, welche Position wir zu dem Antrag der Republik Irland einnehmen, erinnerte ich mich an eine Aussage eines unserer Senatoren während der Kubakrise. Er hat damals gesagt, es sei Gottes Entscheidung, wann unser Ende kommt, und nicht die des Präsidenten. Er wollte damit die Fähigkeit des Präsidenten infrage stellen, eine so große und sicher verhängnisvolle Entscheidung wie die eines Atomkrieges überhaupt treffen zu können.

Meine Damen und Herren, ich möchte nicht in einer Welt leben, in der ich tief greifende Entscheidungen nicht mehr selbst treffen kann oder darf, und zwar sowohl als Präsidentin der Vereinigten Staaten als auch in meiner Eigenschaft als ganz normaler Mensch. Ich möchte in einer Welt leben, in der jeder Mensch die Reife besitzt, für seine Entscheidungen Verantwortung zu übernehmen. Ich wünsche mir eine Welt, in der wir verstehen, dass es unser Wille und nicht göttliche Fügung ist, wenn wir uns gegenseitig im Krieg oder durch unser maßloses Verhalten auslöschen.

Wenn wir jetzt den Punkt verpassen, zentrale Entscheidungen darüber zu treffen, auf welchen gemeinsamen Werten und Visionen wir unsere Zukunft aufbauen wollen, dann haben wir und unsere Kinder keine friedliche und lebenswerte Zukunft mehr – und das ist sicherer als das Amen in der Kirche.

Ich kann und werde unser Schicksal nicht einem fatalistischen Gottesglauben überlassen. Wenn wir auf diesem niedrigen Bewusstsein stehen bleiben, das nur unsere jeweiligen egoistischen Interessen, unsere fragwürdigen Bedürfnisse bedient, dann ...

Vor den Fernsehern in aller Welt standen die Menschen und schauten gebannt den Vorgängen in New York zu. Nur wenige blieben gleichgültig bei dem, was hier ablief. Die Präsidentin der Vereinigten Staaten ließ gerade öffentlich den Vatikan fallen und forderte allen Ernstes eine neue Weltordnung.

In Israel saßen jüdische und christliche Jugendliche zusammen und beteten gemeinsam. In Jordanien blickten Muslime gebannt in den Fernseher und diskutierten über ihren eigenen Glauben. Und in Österreich fühlte sich der Sohn eines Gastwirts plötzlich nicht mehr wohl in seiner Haut, als er begriff, dass er, ohne es zu wissen, Teilnehmer dramatischer Ereignisse geworden war. Ja, sie hatten diesem Mann geholfen, der schwer verletzt aus der Höhle gekommen war. Sie hatten ihm vielleicht sogar das Leben gerettet, wer konnte das schon wissen? Aber als sie gemerkt hatten, dass kirchliche Stellen in den Fall verwickelt waren, hatten sie bei der Polizei jede Aussage verweigert. »Wir hätten alles erzählen sollen«, sagte er jetzt zu seinem Vater, der abwehrend die Hände hob. »Wir hätten diese Kirchentypen niemals decken dürfen, das sage ich dir.«

Im Plenum der Vereinten Nationen kam die Präsidentin zum Ende ihrer Rede.

Ich habe hier, wie Sie alle, die Ausarbeitung einer Reform des Völkerrechts vor mir liegen, über die wir in den nächsten Tagen entscheiden müssen. Die Experten kommen darin klar zu dem

Schluss, dass dem Vatikan der alte Status nicht mehr zusteht – und zwar auch unabhängig von den internationalen Verfahren, die derzeit gegen den Vatikan geführt werden. Dennoch sehe ich auch, welch wichtige Leistungen auf das Konto vieler Organisationen gehen, die dem Vatikan und anderen christlichen Kirchen unterstehen, beispielsweise im Bereich der Friedensmissionen und humanitären Hilfsleistungen.

Deshalb beantragen die Vereinigten Staaten, dem Vatikan die völkerrechtliche Anerkennung als Staat zu entziehen und den einzelnen Organisationen jeweils den Status zu verleihen, den bereits andere Hilfsorganisationen innerhalb der Strukturen der Vereinten Nationen besitzen. Das wird der Lage zukunftsweisend gerecht. Die Epoche, in der der Vatikan direkt politischen Einfluss hier und in anderen Staaten ausüben konnte, ist aus unserer Sicht ein Relikt der Vergangenheit. Aber es ist wichtig, dass christliche Hilfsorganisationen und Organe wie der Ökumenische Rat der Kirchen in Genf weiterwirken können – sie sollten als nicht staatliche Organisationen ungehindert arbeiten können.

Jegliche kirchliche Einflussnahme, die darüber hinausgeht, ist jedoch abzulehnen. Die Weltgemeinschaft sollte sich unmissverständlich darauf einigen, religiös motivierte Politik nicht länger zuzulassen, und die Vereinigten Staaten von Amerika werden eine solche Einigung unterstützen.

Im Anschluss an die Rede der Präsidentin hatte der Generalsekretär allerhand Mühe, die erhitzten Gemüter der provatikanischen Staatsvertreter unter Kontrolle zu bekommen, bevor er dem nächsten Redner das Wort erteilen konnte. Diana Branks setzte sich mit weichen Knien auf ihren Platz. Sie hatte hoch gepokert. Aber was auch immer in den nächsten Tagen geschehen würde, sie hatte gesagt, was zu sagen war.

An einer Hausecke ganz in der Nähe des Gebäudes der Vereinten Nationen stritten sich zwei Passanten über die Position des Vatikans. Auf einer Treppe saß eine verlorene Seele und bettelte.

Einer der Männer unterbrach das Streitgespräch und blieb an der Treppe stehen.

»Was machst du?«, fragte der andere.

Der Angesprochene zog einen Zehndollarschein aus seiner Geldbörse, ging zu dem Mann und legte ihn in seinen Hut.

»Gott vergelt's, Gott vergelt's, ich danke Ihnen.«

Der Obdachlose hatte seinen Tagesbedarf gedeckt.

»Was habe ich gemacht?«, wandte sich der Spender wieder an seinen Gesprächspartner.

»Ein gute Tat? Ja, klar, das ist Nächstenliebe und Mitgefühl, aber …«

»Brauchst du dafür den Papst, einen Lehrstuhl für Dogmatik, den Petersdom? Brauchst du dafür dicke Bücher, geldstrotzende Bischofspaläste? Brauchst du letzten Endes dafür die Bibel? Aber vor allen Dingen: Brauchst du dafür den Vatikan?«

Der andere Mann schaute auf den Obdachlosen, der sich immer noch freute und sich auf den Weg machte, um sich etwas zu essen und vermutlich auch einen Drink zu kaufen.

»Nein, natürlich nicht.«

»Siehst du, dann hast du die wichtigste Botschaft von Jesus verstanden.«

91

Wien – 3. April

Im österreichischen Außenministerium schaute der Staatssekretär Anton Schick von seinem Büro auf die Minoritenkirche. Seit Stunden standen die Telefone in seiner Dienststelle nicht mehr still, nachdem die US-Botschaft um Amtshilfe in einer ziemlich brisanten Angelegenheit gebeten hatte.

»Wer hat Sie angerufen?«, fragte er Josef Angerer, der die Gruppe österreichischer Archäologen am Magdalensberg geleitet hatte. Eine Expedition, die nur noch verkohlte Reste in einer verrußten Höhle vorgefunden hatte.

»Ein gewisser Herr Rudolf, Herr Staatssekretär.«

»Um welche Uhrzeit?«

»Es war ein Uhr in der Früh, und dann waren wir im Morgengrauen vor Ort«, erwiderte Angerer. Er wurde seit Stunden befragt, um zu klären, warum er mit seinen Leuten erst so spät am Magdalensberg eingetroffen war. Alle Indizien deuteten darauf hin, dass ein Beamter die nötigen Informationen bewusst verspätet weitergegeben hatte.

»Was haben Sie dort vorgefunden?«

»Wir konnten nur noch ein paar Artefakte bergen: Schilde, Schwerter, ein paar Schmuckstücke. Und ein Pergament.«

Der Staatssekretär überprüfte kurz, wer in der Nacht Dienst gehabt hatte.

»Gut, warten Sie hier, bitte.«

Der Staatsekretär signalisierte zwei Polizeibeamten, ihm zu folgen.

Im seinem Büro war Alfred Steiber fieberhaft damit beschäftigt, Dateien von seinem Rechner zu löschen, als sich plötzlich ohne Ankündigung die Tür öffnete und der Staatssekretär wütend den Raum betrat. Die Polizeibeamten blieben vor der Tür stehen.

»Warum haben Sie erst mit vier Stunden Verzögerung die Anweisung an das archäologische Institut weitergegeben, Leute zum Magdalensberg zu schicken?«, fragte der Staatssekretär und ballte die Fäuste. »Wissen Sie eigentlich, was Sie damit angerichtet haben?«

»Ich verstehe nicht …«

»Steiber, machen Sie die Sache nicht noch schlimmer, als sie eh schon ist! Ich weiß, dass Sie allerbeste Verbindungen zum Vatikan haben. Und jetzt möchte ich auf der Stelle erfahren, wer Ihnen die Anweisung gegeben hat, diese Meldung zu verzögern.«

»Herr Staatssekretär, ich verstehe überhaupt nicht, von welcher Anweisung Sie sprechen. Ich habe keinerlei Dringlichkeit in der Sache erkennen können. Erst nachdem ich ein zweites Mal aus Ihrem Büro angerufen wurde, verstand ich den Ernst der Lage …«

Spätestens jetzt wusste der Staatssekretär, dass er einem Lügner gegenüberstand.

»Ich frage Sie noch einmal: Wer hat Ihnen die Anweisung gegeben, die Meldung zu verzögern? Und wer hat Sie dafür bezahlt oder Ihnen eine Bezahlung angeboten? Ich warne Sie, entweder sagen Sie mir sofort, wer aus dem Vatikan Sie dazu bewogen hat, oder ich lasse Sie verhaften.«

Wie aufs Stichwort betraten die beiden Polizisten den Raum. Bei ihrem Anblick versuchte Steiber hektisch, noch einmal die Löschtaste an seinem Rechner zu betätigen, doch einer der Polizisten griff beherzt ein und riss ihm die Hände von der Tastatur.

»Lassen Sie mich los – Ihr Bastarde – ich habe ... ahh!«

Nachdem die Polizisten den um sich Schlagenden mit Handschellen gesichert hatten, setzte sich der Staatssekretär an Steibers Platz. »Dann wollen wir uns den Papierkorb mal etwas genauer ansehen.«

Minuten vergingen, während Schick wütend vor sich hin murmelte und gelegentlich ein »Das darf ja wohl nicht wahr sein!« hören ließ. Dann nickte er den Polizisten zu. »Sie können ihn abführen.«

Durch den Lärm aufmerksam geworden, war der Leiter der Pressestelle ins Zimmer gekommen.

»Was ist denn hier los?«

»Sie kommen gerade richtig. Los, weiter geht's, wir haben etwas zu tun.«

Völlig verwirrt folgte der Sprecher dem sichtlich entrüsteten Staatssekretär in sein Büro.

92

Rom – 3. April, 16 Uhr

Der Papst hatte gerade ausgiebig mit dem italienischen Präsidenten telefoniert, um herauszufinden, wie sich die italienischen Behörden im Fall einer Aberkennung des völkerrechtlichen Status verhalten würden. Im ganzen Vatikan war die Nervosität zu spüren, da halfen auch Lamberts Tricks nicht, die den Prozess in Boston vielleicht doch noch verhindern konnten. Auf dem Petersplatz hatten sich Tausende Menschen versammelt und bekundeten ihre Sympathie für den Papst.

Johannes Paul III. warf einen kurzen Blick aus dem Fenster und seufzte. Da draußen gab es Unterstützung, durchaus tröstlich, aber in den letzten Tagen war ihm schmerzlich bewusst geworden, dass es innerhalb der heiligen Mauern wesentlich schlechter bestellt war. Es gab nur wenige Menschen, auf die er sich wirklich verlassen konnte. Lambert hatte es im Laufe des vergangenen Jahres geschafft, die Befürchtung zu nähren, dieser Papst würde eine Reihe von Kardinälen austauschen. Nicht wenige unter den Platzhirschen, die schon seit Jahrzehnten hier ihr eigenes Revier verteidigten, fürchteten deshalb schlicht und einfach um ihre Machtposition.

»Heiliger Vater, Sie haben mich rufen lassen?«

»Ja, Perona, kommen Sie herein. Ich hoffe, Sie haben alles in die Wege geleitet?«, fragte der Papst.

»Ja, Heiliger Vater, ich habe eben mit unserem Sprecher in der UNO gesprochen, und es zeichnet sich bisher keine Mehrheit für den Antrag Irlands ab«, sagte Perona, der sich weiter bemühte, mehr über die Pläne des Papstes herauszufinden, wie Lambert ihn gebeten, ja geradezu beschworen hatte.

»Haben Sie mit Cardinale Lambert gesprochen?«

»Ja, Heiliger Vater, er ist trotz aller Widrigkeiten guter Dinge, dass der Spuk morgen ein Ende haben wird, sobald Victor Salvoni ausgesagt hat.«

»Dennoch – wenn ich die Lage richtig einschätze, sind wir widerrechtlich im Besitz von Pergamenten, die so oder so als Weltkulturerbe anzusehen sind. Ist das so?«, fragte der Papst.

»Ja, Heiliger Vater, aber offiziell haben wir die Bergung nur finanziell unterstützt, und offiziell sind die Pergamente auch gar nicht hier«, kommentierte Perona die prekäre Lage.

»Gut – lassen Sie alles an einen neutralen Ort bringen und sorgen Sie dafür, dass Lambert erfährt, dass wir den gesamten Fund an eine internationale Delegation übergeben werden«, forderte der Papst.

»Ja, aber wie erklären wir das?«

»Ganz einfach: Wir haben Einfluss auf das beauftragte Team genommen, diese für die Wissenschaft bedeutsamen Pergamente einer breiten Öffentlichkeit zugänglich zu machen«, erklärte der Papst und schaute Perona mit einem Schulterzucken an. Beide wussten, dass dies jetzt kein großer Verlust mehr war im Vergleich zu dem, was bereits veröffentlicht und diskutiert wurde.

Perona war immer noch hin- und hergerissen zwischen seiner Loyalität und den Warnungen Lamberts. Seine Nachforschungen hatten bis jetzt nicht viel ergeben; Catamo schwieg sich immer noch beharrlich darüber aus, was ihm der Papst neben der Rücktrittsnote anvertraut hatte. Doch auch Perona war klar, welche Interessen Lambert wirklich antrieben.

»Noch eine Bitte, Perona. Ich möchte, dass Sie mir die Liste aller Bischöfe zukommen lassen, die unter sechzig Jahre alt sind und die sich besonders durch ihr soziales Engagement ausgezeichnet haben«, forderte der Papst.

»Heiliger Vater, was …«

»Ich bitte Sie, Perona, selbst Sie müssen doch erkennen, dass wir in vielen Bereichen nicht mehr so weitermachen können wie bisher. Auch wenn die Situation in New York und Washington sich noch einmal zu unseren Gunsten beruhigen sollte. Ohne sicht- und spürbare Erneuerungen verlieren wir immer mehr …«

»Aber Heiliger Vater, unsere Kanzlei wird mit Briefen überschwemmt, die tiefe Zuneigung, Hoffnung und Verehrung für Sie zum Ausdruck bringen.«

»Ja, natürlich, Perona! Sie haben mich völlig falsch verstanden. Es geht nicht um meine Nachfolge, sondern um die Ernennung der nächsten Kardinäle. Wir müssen Akzente setzen, die weniger politisch als vielmehr für die Gläubigen erkennbare Signale sind, dass diese Kirche nicht nur aus internem Streit und Skandalen besteht. Das ändert gar nichts daran, dass unsere Welt eine geistige Reinigung durch den christlichen Glauben dringend nötig hat. Aber wir brauchen an der Spitze Menschen, die Gott wieder ins Zentrum des religiösen, philosophischen wissenschaftlichen und politischen Denkens bringen. Sehen Sie doch selbst, Ihre Arbeit für die päpstliche Akademie hat das Bewusstsein für die Todsünde einer Abtreibung erst wieder in die Öffentlichkeit gebracht, und wie viel Zustimmung haben wir dafür bekommen!«, sagte der Papst fast beschwörend.

»Danke, Heiliger Vater.«

»Also, machen Sie sich keine Sorgen. Und sagen Sie Cardinale Lambert nach seiner Rückkehr, dass Sie nicht mehr länger sein Spitzel sind«, sagte der Papst mit einem überlegenen väterlichen Lächeln.

»Wie bitte?«

»Glauben Sie, ich weiß nicht, wie Lambert seine Ziele im Hintergrund verfolgt? Lassen Sie sich nicht von ihm …«

»Aber Heiliger Vater, das würde ich nicht im Traum tun«, sagte Perona. Ihm wurde fast übel vor Schreck angesichts der Klarheit, mit der sich der Papst seiner Rolle bewusst war.

»Glauben Sie, ich wüsste nicht, wie viele Päpste hinter diesen Mauern oder irgendwo dort draußen eines höchst unnatürlichen Todes gestorben sind? Ich habe nicht die Absicht, der Nächste zu sein.«

93

Washington, D. C. – Supreme Court – 3. April, 11 Uhr

Der weiße Van parkte in der Nähe der East Capitol Street. Von hier konnte man den Seiteneingang des Supreme Court gut beobachten. Hier, fern vom Haupteingang, betraten in der Regel Zeugen und Richter den Court. Das Zielfernrohr hatte ein wenig geklemmt, doch inzwischen war die Waffe vorbereitet, und bei einer Reichweite von gut dreihundert Metern war genug Zeit, sich unauffällig vom Ort des Geschehens zu entfernen.

Shane und Jennifer hatten am Morgen im Café des Hotels mit MacClary das weitere Vorgehen besprochen. Erst jetzt hatte er die Tragweite seiner geheimen Quelle offenbart. Bei dem Treffen im Büro der Präsidentin hatte er immer noch nur die halbe Wahrheit gesagt. Seine Rücksicht gegenüber diesem Mann war Jennifer noch immer ein Rätsel.

Nun kam es darauf an, ob die Richter Ryans Aussagen und den Aufnahmen aus Orvieto Glauben schenkten. Sonst müsste MacClarys geheime Quelle doch herhalten, was er, wie er immer wieder betont hatte, nur als allerletzten Ausweg in Kauf nehmen würde. Es war klar, dass er sofort zurücktreten müsste, wenn er wirklich darauf zurückgriff. In einem Umschlag hatte er ihr alle Unterlagen für die heutige Anhörung vorbereitet.

»Wo ist Debbie?«, fragte Shane, als sie den Verhandlungssaal betraten.

»Sie kommt zusammen mit Thomas«, sagte Jennifer und schaute nervös auf die Uhr. »Okay, es geht los, denke ich.«

Shane fühlte sich merkwürdig, erfüllt von einer Mischung aus bleierner Schwere und fieberhafter Unruhe. Eine eiskalte Angst ließ sein Herz flattern. Er konnte die Spannung kaum noch ertragen. Dieser Tag würde sehr viel entscheiden, und vielleicht würde heute ein Zentrum der alten Macht einstürzen. Oder MacClarys und Ryans Vision würde wie eine Seifenblase platzen, alles würde wieder verdrängt und unterdrückt werden, die Inhalte der Pergamente in Zweifel gezogen und verworfen werden.

Vor dem Haupteingang des Supreme Court hatten die Behörden wegen der zahlreichen Demonstranten eine Bannmeile errichtet, und die ersten Bischöfe trafen ein. Außerhalb des Sperrgürtels lieferten sich Zehntausende Demonstranten zum Teil heftige Straßenschlachten mit der Polizei.

Im Saal herrschte eine gereizte Stimmung. Jennifer wusste, dass erst die gegnerische Seite zu Wort kommen würde, die sich im Moment vermutlich in Sicherheit wähnte.

Die irischen Familien waren ebenfalls seit einigen Minuten im Saal, und langsam wurde es ruhiger. Aber es war eine gespenstische Stimmung in diesen altehrwürdigen Räumen, gefüllt mit den vielen Bischöfen und Kardinälen, die in ihren aufwendigen traditionellen Roben und Hüten abgehoben und weltfremd wirkten wie Gestalten aus einer anderen Zeit.

Deborah und Ryan machten sich mit den Sicherheitsleuten auf den Weg zum Supreme Court.

»Ich kann es kaum erwarten, diesem Hund ins Gesicht zu sehen«, sagte Ryan und legte seinen Arm um Deborahs Schulter. Am Abend hatte Jennifer ihm noch die Bilder der meisten Mitarbeiter der vatikanischen Polizei gezeigt, und er hatte Salvoni mühelos identifizieren können.

Deborah schwieg und sah aus dem Fenster. »Ich muss dir noch etwas sagen, Thomas«, sagte sie schließlich und atmete tief durch, als fiele ihr der nächste Satz unendlich schwer. Als sie weitersprach, mischten sich Angst und ein leises, unsicheres Lachen in ihrer Stimme. »Ich bin schwanger.«

Ryans Gesicht, in dem eben noch Zorn und Abscheu zu sehen gewesen waren, strahlte plötzlich auf. Seine Augen waren riesengroß geworden. »Du meinst, schwanger? So richtig schwanger? Ich … äh … ich meine … und das sagst du mir erst jetzt? Seit wann weißt du das?«, stotterte er.

»Thomas, du kannst davon ausgehen, dass es dafür eindeutige Zeichen gibt. Außerdem habe ich inzwischen einen Test gemacht – streng wissenschaftlich«, lachte sie und kniff ihm in die Nase. »Wenn wir das hier hinter uns haben, zeige ich ihn dir. Eigentlich wollte ich es dir sowieso erst sagen, wenn wir wieder draußen sind, aber irgendwie …«

»Nein, es ist gut, dass du es mir jetzt sagst. Verdammt, ich bin überwältigt! Ich liebe dich, Deb, und ich freue mich wahnsinnig. Lass uns gleich morgen, wenn das hier vorbei ist, zurück nach Dublin fliegen. Und dann fängt ein ganz anderes Leben an, das verspreche ich dir.«

Die Richter hatten sich Zeit gelassen und versammelten sich schließlich an ihren Plätzen.

»Ich erteile das Wort dem Anwalt des Vatikans«, sagte MacClary und sah in das nervöse Gesicht von Salvoni.

»Hohes Gericht. Wir beantragen erneut, diese Anhörung umgehend zu beenden. Ich habe hier eine Genehmigung für die besagte Ausgrabung, die zwar von der päpstlichen Akademie in Auftrag gegeben wurde, jedoch von einer privaten Sicherheitsfirma begleitet wurde, und zwar durch den hier anwesenden ehemaligen Leiter der vatikanischen Polizei, Victor Salvoni.«

Richterin Andrews: »Was heißt in diesem Zusammenhang *ehemalig?*«

»Victor Salvoni ist seit über einem Jahr aus den Diensten des Vatikans ausgeschieden und arbeitet für eine private Sicherheitsfirma in Rom. Diese Firma war mit der Bewachung der Bergung in Österreich beauftragt.«

Richterin Andrews: »Offen gestanden, für mich klingt das eher wie der Versuch, den Vatikan durch die Vortäuschung irreführender Behauptungen zu schützen. Gerade Sie sollten doch wissen, dass die alten Mechanismen nicht mehr so leicht greifen. Der Vatikan kann sich der Verantwortung nicht mehr dadurch entziehen, dass er Kardinäle und Bischöfe oder Mitarbeiter nach Belieben zu seinem Staatsvolk zählt oder nicht. Die aktuellen Überlegungen der Vereinten Nationen sind auch an diesem Gericht nicht spurlos vorbeigegangen, werter Kollege.«

Richter Faster: »Wie erklären Sie sich außerdem die übereinstimmende Bestätigung sämtlicher Gutachten, dass die hier vorgelegten Fotos aus dem Archiv in Orvieto authentisches Material zeigen?«

»Die Leitung der Expedition hat die Räumlichkeiten vorübergehend zu einer ersten Sichtung genutzt. Ich weise darauf hin, dass der Dom von Orvieto ebenfalls nicht zum Hoheitsgebiet des Vatikans gehört. Es ist jedoch nachvollziehbar, dass der Auftraggeber dennoch seine Räumlichkeiten zur Verfügung stellt …«

MacClary legte beide Hände auf den Tisch, beugte sich weit vor und sah den Mann scharf an. Im Grunde genommen war es unfassbar, mit welcher Dreistigkeit der Vatikan versuchte, sich hier aus der Verantwortung zu stehlen, und mit welcher Kaltschnäuzigkeit dieser Anwalt das widerliche Spiel mitspielte. Der Vertreter des Vatikans sprach jedoch ungerührt weiter.

»Hohes Gericht, offensichtlich sind hier einfach zwei konkurrierende Gruppen aneinandergeraten, und ich betone, dass daran kein Angehöriger des Vatikans beteiligt war. Dennoch übernimmt Victor Salvoni die Verantwortung für den bedauerlichen Zwischenfall.«

Richter Copter: »Wollen Sie behaupten, der ganze Vorgang und die Eskalation vor Ort waren dem Vatikan bis zum Erhalt der Anklage nicht bekannt? Und warum taucht diese Grabungsgenehmigung erst jetzt auf?«

»In der Tat war der gesamte Vorgang im Vatikan unbekannt, und der Leiter der päpstlichen Akademie, der die Grabung in Auftrag gegeben hatte, konnte wegen eines Krankenhausaufenthalts nicht rechtzeitig für Aufklärung sorgen. Außerdem sagen die Mitglieder der Expedition übereinstimmend aus, sie hätten niemanden behindert, sondern seien vielmehr ihrerseits von drei unbekannten Männern überfallen worden.«

Jennifer war nahe daran, laut loszulachen. Obwohl diese Wendung auf den ersten Blick ziemlich brisant erschien, sah sie in MacClarys Gesicht aus irgendeinem Grund eine völlige Gelassenheit. Noch immer wartete sie auf sein Signal für den Kronzeugen, der alles zusammenbrechen lassen sollte.

Vorsitzender Richter MacClary: »Können Sie belegen, dass der – wie Sie sagen – ehemalige Leiter nicht mehr Mitglied der vatikanischen Polizei ist?«

»Selbstverständlich, Hohes Gericht. Die Entlassungsurkunde aus dem vergangenen Jahr liegt vor. Außerdem wurde uns heute Morgen mitgeteilt, dass die restlichen Fundstücke bereits in der Engelsburg außerhalb des Vatikans von staatlichen Archäologen untersucht werden. Von Geheimhaltung oder Unterschlagung kann hier also überhaupt keine Rede sein.«

Dieser Schachzug überraschte selbst Lambert. Gut gemacht, dachte er sich, wer auch immer diesen Entschluss in Rom gefasst hatte.

Der Anwalt stand auf, reichte MacClary die Urkunde und zog sich wieder zurück, wobei er Lambert einen beruhigenden Blick zuwarf. Dieser wiederum sah fragend Salvoni an, der sich nervös die Haare aus dem Gesicht strich und nur die Schultern hochzog.

MacClary blätterte unruhig in seinen Unterlagen. Das war raffiniert eingefädelt, zumindest für die Öffentlichkeit.

94

Seiteneingang zum Supreme Court, 11.45 Uhr

Trotz der zahlreichen Demonstranten war die Zufahrt zum Seiteneingang leicht zu erreichen. Deborah sah aus der Ferne die Demonstranten und machte sich Sorgen um die Leute, da viele von den Polizisten ziemlich unsanft verdrängt wurden. Ryan war still und in sich gekehrt, als würde er sich intensiv auf etwas konzentrieren. Die Box mit dem Pergament des Rodanicas hielt er mit seinen Händen fest umschlossen. Am Abend zuvor war auch dieses Pergament begutachtet und als authentisch bewertet worden. Zusammen mit den Stammbäumen der Familien war nun die Linie vom vierten Jahrhundert bis in die Gegenwart geschlossen. Er fühlte sich wie erlöst. Nun würde die Welt erfahren, wer die Druiden wirklich waren. Die jahrelange Suche, seine Suche, würde ein Ende finden. All die Jahre hatte er gegen viele Widerstände gekämpft, und manchmal hatten ihn selbst seine irischen Freunde belächelt. Aber er hatte immer daran geglaubt, dass die Geschichte seiner Ahnen keine Illusion war, sondern ein weiteres Zeugnis, das belegte, was in jener dunklen Zeit wirklich geschehen war. Und jetzt hielt er die Bestätigung in den Händen.

Die Wagenkolonne erreichte ihr Ziel. Ein Dutzend Sicherheitsbeamte stieg aus und kontrollierte die Umgebung. Die Tür des gepanzerten Fahrzeugs öffnete sich, und Deborah Walker stieg aus. Ryan legte sich den Tragegurt der Box um die Schulter.

Er stieg aus und schaute sich kurz um, bevor er, umringt von den Beamten, die Treppe hinaufging.

Der Schmerz kam schnell. Ein scheußlicher, brennender Schmerz. Ryans Atem stockte. Neben ihm stürzte einer der Beamten zu Boden. Aus dem Kopf des Mannes lief das Blut auf den hellen Beton der Treppe. Mehrere Männer stürzten sich auf Ryan und Deborah, um sie vor den Kugeln zu schützen.

Immer mehr lautlose Schüsse – wieder ging einer der Beamten schwer getroffen zu Boden. Weitere Schüsse zerfetzten den Beton neben Deborah und Ryan und den Personenschützern, die sich immer noch über die beiden gelegt hatten, um ihnen wenigstens notdürftig Deckung zu geben.

»Da hinten!«, schrie einer der Beamten. Drei von ihnen knieten im offenen Schussfeld. Ein weiterer wurde getroffen und fiel nach hinten um. Die Sicherheitsbeamten schossen mit allem, was sie hatten, auf den Van, bis sich die Fahrertür wie von selbst öffnete und ein Mann aus dem Wagen fiel. Er war sicher tot, aber niemand konnte wissen, ob er der einzige Schütze gewesen war.

Zwei weitere Beamte rannten zu dem Van und sicherten die Lage. Ryan sackte zusammen und versuchte, den Schmerz der brennenden Wunde in seiner Brust mit aller Gewalt zu unterdrücken.

Einer der Beamten kümmerte sich bereits um Ryan und warf einen besorgten schnellen Blick auf die Schussverletzung. Dann zog er sein Funkgerät hervor.

»Agent Rupert Cook, CIA, ich brauche eine Ambulanz am

Seiteneingang des Supreme Court, aber schnellstens! Und schicken Sie einen Helikopter!«, brüllte er in das Gerät. »Ja, mehrere Verletzte, einer lebensgefährlich, mindestens zwei Tote. Nein, mehr kann ich im Moment noch nicht sagen.«

Deborah kniete neben Ryan. »Thomas, Thomas, o nein, bitte nicht, bitte, bitte nicht! Verdammt noch mal, holt doch Hilfe, bitte, bitte helft uns!«, schrie sie aus aller Kraft. Ihre Jacke war rot getränkt von Ryans Blut.

»Gib mir deinen Schal, Deb«, sagte Ryan mit zittriger Stimme.

»Wieso? Was …«

Ryan zog sich die Jacke aus. Sein Gesicht war grau wie der Beton der Treppe; er verlor sehr viel Blut. »Du musst mir helfen, ich schaff das nicht allein. Bind den Schal um meine Brust und zieh, so fest du kannst. Richtig zuschnüren. Frag nicht lange, tu es einfach.«

»Was hast du vor? Du musst liegen bleiben, du musst sofort ins Krankenhaus, o Gott, Thomas!«

»Deb, ich muss und will da rein! Du musst mir dabei helfen, sonst verblute ich, bevor ich in diesen Saal komme.«

Deborah kniete verzweifelt und hilflos neben ihm, unfähig zu tun, was er von ihr verlangte. Endlich kam einer der Beamten dazu, der begriff, was Ryan vorhatte, und half ihm. Ein anderer stützte ihn.

»Und hol mir den Mantel aus dem Auto. Ich schaff das schon, Debbie«, versuchte Ryan sie zu beruhigen.

Voller Entsetzen begriff Deborah, dass sie ihn nicht daran hindern konnte, den Gerichtssaal zu betreten. Ihr liefen die Tränen übers Gesicht. Ihr Mund, ihr ganzer Körper zitterte, doch sie tat, was er sagte.

95

Supreme Court, 12 Uhr

Im Verhandlungssaal schaute Jennifer nervös auf ihre Uhr. Wo war Ryan? Er hätte längst hier sein müssen.

Der Anwalt des Vatikans hatte sämtliche Register gezogen, um alles wie eine unglückliche Verquickung von Zufällen aussehen zu lassen, und die Stimmung der Richter drohte schon zu kippen, als MacClary plötzlich das Wort ergriff.

»Hohes Gericht. Angesichts dessen, was jetzt zwangläufig folgen wird, muss ich den Vorsitz abgeben. Für diesen Fall wurde vorgesorgt. Die Präsidentin hat Richterin Barbara Andrews mit meiner Nachfolge betraut«, sagte er und setzte sich wieder.

Ein Raunen ging durch den Saal. Lambert schaute nervös den Anwalt an, doch auch der zog nur ratlos die Schultern hoch. Auch Salvoni schüttelte verwirrt den Kopf. Es gab keine Beweise, dass sie den Richter abgehört hatten, oder? Was also sollte dieser Schritt? Wollte der Richter etwa selbst aussagen?

Jennifer öffnete den Umschlag mit den Unterlagen, die MacClary ihr gegeben hatte und die ihr beim ersten Lesen schier die Sprache verschlagen hatten.

Die Stimmung beruhigte sich nur kurz wieder. Lambert nahm seinen Mantel in die Hand, als plante er zu gehen.

Die Vorsitzende Richterin Andrews: »Ruhe! Ich bitte um Ruhe. Ich erteile der Anwältin Jennifer Wilson das Wort.«

»Hohes Gericht. Uns liegt inzwischen eine Bestätigung des österreichischen Außenministeriums vor, dass die Genehmigung der archäologischen Ausgrabung widerrechtlich und im Nachhinein erteilt wurde. Der betreffende Beamte ist bereits in Wien verhaftet worden.«

Lambert saß fassungslos da, wie vom Donner gerührt. Nervös flüsterte er dem Anwalt etwas zu.

»Zum Zweiten kann ich dem Hohen Gericht mitteilen: Die Entlassungsurkunde von Victor Salvoni ist ebenso eine Fälschung wie die Ausgrabungsgenehmigung. Heute Morgen wurde uns durch den Vertreter des Heiligen Stuhls bei den Vereinten Nationen die tatsächliche Entlassungsurkunde für Victor Salvoni übermittelt. Sie ist auf den gestrigen Tag datiert und vom Papst persönlich ausgestellt. Es kann also überhaupt keine Rede davon sein, dass Victor Salvoni bereits vor einem Jahr aus dem Dienst des Vatikans ausgeschieden ist.«

Wieder ging ein Raunen durch die Menge. Im Zuschauerraum wurde heftig diskutiert, und auch von der Bank der Bischöfe und Kardinäle waren laute Stimmen und Protestrufe zu hören.

Die Vorsitzende Richterin Andrews: »Ruhe! Ich bitte um Ruhe. Fahren Sie bitte fort, Ms. Wilson.«

»Hohes Gericht, abgesehen von der Aussage des Klägers, der jede Minute hier eintreffen müsste, können wir durch einen Zeugen beweisen, dass der Vatikan im Zusammenhang mit den Ausgrabungen am Magdalensberg definitiv als Auftraggeber gehandelt hat. Und zwar in einer Weise, die grob gegen geltendes Recht verstößt. Außerdem können wir beweisen, dass dieser Mann, der Zeuge selbst, über Jahrzehnte die Familie MacClary ausspioniert hat, da die Kirche befürchtete …«

Die Vorsitzende Richterin Andrews: »Ist dieser Zeuge wenigstens hier, wenn schon der Kläger nicht vor Ort ist?«

»Allerdings, Hohes Gericht.«

Die Tür öffnete sich, und ein Mann betrat den Saal, die Gestalt komplett unter einer Mönchskutte verborgen. Seine gebeugte Haltung und sein Gang wirkten wie die eines Greises.

Im Saal herrschte erwartungsvolle Stille. Salvoni war beim Anblick des Mannes leichenblass geworden. Er hatte bereits bei der Ankündigung geahnt, wer dieser Zeuge sein würde, aber irgendwie hatte er immer noch gehofft, er würde sich irren. Jetzt jedoch wurde jede Zelle seines Körpers von Angst durchströmt, als er aus der Entfernung die ausgemergelten und von Altersflecken übersäten Hände des Mannes sah. Als dieser schließlich die Kapuze zurückschlug, bekreuzigte sich Salvoni, legte dann die Hände hinter den Kopf und atmete einmal tief durch. Jetzt würde alles zusammenbrechen, das war ihm vollkommen klar. »O Herr, verschone mich.«

Als Lambert den Greis erkannte, krampften sich seine Hände um den Rand seines Sitzes. »Dafür wirst du in der Hölle braten, du Bastard«, sagte er, als Morati an ihm vorbeiging.

Der alte Mann blieb kurz vor ihm stehen. »Ich brate schon fast mein ganzes Leben in der Hölle«, erwiderte er leise, aber sehr gefasst. Lambert schloss kurz die Augen. Kein Zweifel, dieser Mann war zum Äußersten bereit.

Jennifer ergriff wieder das Wort. »Hohes Gericht, der Zeuge Padre Luca Morati hat vor rund drei Wochen den hier anwesenden Victor Salvoni über eine mögliche Bedrohung …«

Richter Faster: »Was für eine Bedrohung?«

»… unterrichtet. Er vermutete, dass Ronald MacClary eventuell Zugang zu den hier vorliegenden Pergamenten der Druiden und einiger römischer Philosophen hätte.«

Richter Winston: »Wie wollen Sie das beweisen?«

»Dazu komme ich gleich, einen Moment. An die eigentliche Information über den Fundort der Pergamente kam die vatikanische Polizei erst durch eine Abhöraktion in der Dubliner Wohnung des Richters Ronald MacClary. Sowohl die Abhöraktion selbst als auch ihre Urheber wurden uns von Experten der amerikanischen Botschaft in Dublin bestätigt.«

»Woher wollen Sie wissen, dass diese Abhöraktion durch Mitarbeiter des Vatikans durchgeführt wurde?«

Shane spürte die Angst der Kardinäle und Priester. Er sah, wie Salvoni vor Wut kochte. Andere beschimpften weiter den alten Morati, der sich inzwischen neben ihn und O'Brian in die erste Reihe gesetzt hatte. Doch das schien dem Greis nichts mehr anhaben zu können. Er wusste, was er tat und warum er es tat. Er hatte nichts mehr zu verlieren, außer seiner Lebenslüge. Welche Abgründe würden sich noch auftun, wenn dieser Mann seine ganze Vergangenheit offenlegte?

»Ich habe hier ein Gutachten des FBI, welches die Herstellung und den Verbleib der verwendeten Wanzen dokumentiert. Sie wurden vor rund vier Jahren von der vatikanischen Polizei in den Vereinigten Staaten erworben.«

Die Protestrufe von der Bank der Kardinäle und Bischöfe wurden immer heftiger und lauter, sodass die Vorsitzende Richterin energisch mit dem Hammer auf den Tisch schlug.

»Entweder es kehrt hier umgehend Ruhe ein, oder ich lasse den Saal räumen. Fahren Sie fort, Ms. Wilson.«

»Der Padre hat zudem zu Protokoll gegeben, dass er auch mit Kardinalstaatssekretär Lambert über die Umstände seiner Entdeckung gesprochen hat«, fuhr Jennifer fort.

Richter Copter: »Was wollen Sie damit sagen?«

»Wie Sie wissen, ist Kardinalstaatssekretär Lambert die wichtigste leitende Persönlichkeit des Vatikanstaates, vom Papst einmal abgesehen. Wenn er in den ganzen Vorgang verwickelt war, rechtfertigt das umso mehr unsere Klage gegen den Vatikanstaat.«

Lambert diskutierte wieder mit dem Anwalt. Morati sah ihm für einige Sekunden zu, betrachtete das entsetzte, zornige Gesicht des Kardinals; dann straffte er sich und schien einen Entschluss gefasst zu haben. Mühsam stand er auf und signalisierte, etwas sagen zu wollen. Obwohl es nicht üblich war, in diesem Gericht Zeugen zu hören, gab die Richterin Andrews ihm mit einem Handzeichen die Erlaubnis zu sprechen. Diese Anhörung sprengte ohnehin schon alles, was in diesem Saal je verhandelt worden war.

O'Brian, der neben Morati gesessen hatte, stand auf und stützte den Greis, der sich kaum noch auf den Beinen halten konnte.

»Verehrte Richter. Ich bin zu schwach, um die ganze Geschichte zu erzählen, aber ich kann eines versichern: Im Vatikan, in allen höheren Rängen, bestand immer die Angst, dass eines Tages klar würde, mit welcher Menschenverachtung wir der Aufklärung und der Vernunft entgegenstanden und wie sehr wir von Anbeginn und bis in die Gegenwart hinein unsere Lehre zum unumstößlichen Gesetz machen wollten. Ich selbst …« Morati wankte; er drohte jetzt wirklich zusammenzubrechen. »Ich habe es zeit meines Lebens bereut, aber ich selbst …« Tränen liefen über sein Gesicht, und nur mit letzter Kraft brachte er den Satz zustande. »Ich selbst habe dafür einen Menschen getötet. Nachdem Sean MacClary, der Vater des hier anwesenden ehrenwerten Richters Ronald MacClary, sich geweigert hatte, uns den Ort seiner Entdeckungen bekannt zu geben, war ich mit dafür verantwortlich, dass er kurz vor seiner Entlassung aus dem Lazarett … vergiftet wurde.«

Seine Stimme zitterte bei jedem Wort, und er sank immer mehr zusammen. O'Brian wollte ihm auf den Stuhl helfen, aber ein letzter Satz kam noch über seine Lippen: »Ich kann nur noch um das bitten, was wir als Kirche wohl am wenigsten verkörpert haben: um Vergebung …«

MacClary saß wie gelähmt in seinem Stuhl. Morati hatte ihm gegenüber bisher nur zugegeben, dass er die Mörder kannte. Er sah in Jennifers tränenüberströmtes Gesicht, und dann war es auch mit seiner Fassung vorbei. Im Saal herrschte betroffene Stille.

Gerade als die Richterin wieder das Wort ergreifen wollte, öffnete sich die Tür zum Verhandlungssaal.

Shane drehte sich erwartungsvoll um, doch als er Deborahs verweintes Gesicht und ihre blutbefleckten Kleider bemerkte, gefror ihm das Blut in den Adern. Im nächsten Moment sah er Sicherheitsleute, die Ryan bei dem Versuch, den Saal zu betreten, stützten.

Jeder im Saal konnte sehen, dass Ryan etwas Fürchterliches zugestoßen sein musste. Er wirkte schwach, und dennoch strahlte er stolz und sah in die schockierten Gesichter. »Lasst mich, den Rest schaffe ich alleine«, sagte er zu seinen beiden Helfern und ging auf den Tisch der Richter zu. Sein Gesicht verzerrte sich, und seine verkrampften Hände zeigten die wahnsinnigen Schmerzen, die er weiter zu unterdrücken versuchte.

Salvoni wusste nicht mehr, wie er sich verhalten sollte. War das tatsächlich der Mann, den er in der Höhle niedergeschlagen hatte? Es war alles so schnell gegangen …

Ohne den Gepflogenheiten im Gerichtssaal die geringste Beachtung zu schenken, rannte Deborah wie in Panik zu Jennifer. »Irgendwer hat ihn angeschossen. Er verliert viel Blut. Jennifer, bitte, beeilt euch und bringt das hier zu Ende«, flehte sie unter Tränen.

»Was? O nein …«

Shane wurde übel. Gestern hatten alle noch so viel Hoffnung gehabt und waren vereint gewesen in dem Gefühl, dass für sie alle, vor allem aber für Ryan, eine lange Suche glücklich zu Ende gehen würde. Und nun das.

Er hatte das Gefühl, dass sich in diesem Elend, in diesem grauenhaften Moment, der Schmerz einer ganzen Epoche spiegelte. Glaubensfragen, Machtfragen … wann würde das endlich aufhören? Er wollte aufstehen, um Ryan zu helfen, doch Jennifer signalisierte ihm, sitzen zu bleiben und abzuwarten. Als sie weitersprach, hatte sie hörbar Mühe, ihre Stimme ruhig zu halten.

»Hohes Gericht, ich sehe mich leider gezwungen, die Würdigung der soeben gehörten Zeugenaussage zu unterbrechen. Dieser Mann ist der Kläger Thomas Ryan, und ich halte es für vordringlich, seine Aussage zu hören, und zwar unverzüglich, da er eben vor dem Eingang des Gerichts angeschossen wurde …«

»Reden Sie«, bedeutete ausgerechnet Richter Faster, der sich im Laufe der Verhandlung immer mehr von seiner ursprünglichen Ablehnung gegen diese Anhörung wegbewegt hatte.

»Hohes Gericht, ich bin Thomas Ryan, rechtmäßiger Erbe der Bibliothek der Druiden, Nachfahre des Druiden und Gelehrten Rodanicas, was dieses Pergament belegt.« Er spürte, wie die Kräfte ihn verließen, aber er öffnete die Box, zog das Pergament heraus und rollte es auf dem Tisch der Anwälte vor dem Podium der Richter aus.

»Und dieser Mann …« Ryan deutete mit dem Finger auf

Salvoni, der nur noch wie in Trance seinem Schicksal entgegensah »… dieser Mann hat am Magdalensberg versucht, mich zu töten.«

Ryan holte unter seinem Mantel die Mütze hervor, die Salvoni gehörte und in der noch das Bündel Haare zu sehen war, das er ihm im Kampf ausgerissen hatte. Im Saal herrschte Totenstille; selbst die kirchlichen Würdenträger saßen wie unter Schock auf ihren Plätzen.

»Ich bete darum, dass euch all das eines Tages …«

Mit einem Stöhnen sackte Ryan zusammen. Die Tür zum Saal öffnete sich, und Sanitäter stürmten herein. Deborah kniete sich auf den Boden und nahm Ryans Kopf auf ihren Schoß.

In Sekundenschnelle entlud sich die aufgestaute Spannung in tumultartigen Szenen. Während einige Bischöfe weiter Morati beschimpften, nahmen auf ein Signal von Richter Faster hin zwei Saalbeamte Salvoni in Gewahrsam, der regungslos auf Ryan starrte und sich ohne Widerstand die Handschellen anlegen ließ. Währenddessen versuchte Lambert, sich an der Seite aus dem Saal zu bewegen.

Als er die Tür erreichte, standen zwei Polizisten vor ihm, begleitet von Luciano Verosa, dem Gesandten des Heiligen Stuhls bei den Vereinten Nationen.

»Lassen Sie mich sofort durch! Ich muss dringend zurück nach Rom«, sagte Lambert in seiner üblichen autoritären Art. Doch die Handschellen, die einer der Polizisten gezückt hatte, waren unmissverständlich.

»Kardinal Thomas Lambert, ich bin beauftragt, Sie wegen der Beteiligung an einem in Österreich verübten Raub und Mordversuch festnehmen zu lassen«, sagte der zweite Polizist kühl und in aller Ruhe.

»Sind Sie verrückt? Außerdem wissen Sie, dass ich diplomatische Immunität genieße«, sagte Lambert und versuchte, sich einen Weg zu bahnen.

»Das ist leider ein Irrtum, Cardinale«, mischte sich nun Luciano Verosa ein. »Sie sind seit gestern Abend weder im Amt noch Bürger des Vatikanstaates. Hier ist Ihre Entlassungsurkunde.«

»Das ist doch völliger Wahnsinn, wer hat …«

Lambert durchzuckte es wie ein Blitz. Die Aussagen Moratis hatten ihn schwer belastet, und offensichtlich waren diese Aussagen in Rom bereits bekannt gewesen, bevor der Greis hier aufgetreten war. Nun schlug die alte Strategie, wie man sich in Rom verdächtiger Mitarbeiter entledigte, auf ihn selbst zurück.

»Der Heilige Vater persönlich hat Ihre Entlassung angeordnet, den Rest muss ich ausgerechnet Ihnen wohl kaum erklären. Sie werden zunächst hier in den USA in Haft genommen, ebenso wie Victor Salvoni. Sie haben selbstverständlich das Recht zu schweigen und einen Anwalt …«

Lambert spürte das kalte Metall der Handschellen und einen klaren Ruck von einem der Beamten.

Vor dem Richtertisch kämpften die Sanitäter immer noch um das Leben von Thomas Ryan. Deborah kniete neben ihm und sah in die Gesichter der Bischöfe. Nur einige hatten sich, angewidert von den Abgründen, die sich hier auftaten, ihre Roben ausgezogen und weggeworfen.

»Ist das eure Vorstellung von der Botschaft eures Propheten? Zu töten? Zu lügen und zu betrügen?«, schrie sie in die Menge. »Das ist der Vater meines Kindes, der einzige Mann, der mir je etwas bedeutet hat. Und ihr bringt ihn um, nur weil er seine Identität, unsere Identität finden wollte, weil er unsere Kultur wieder zum Leben erwecken wollte. Ich hasse euch, ich hasse euch …«

Shane kam von der Seite und nahm sie in die Arme, sodass ihr Schluchzen von seiner Jacke gedämpft wurde.

Ryan spürte, wie ihm das Blut durch die Speiseröhre nach oben kroch und aus dem Mund lief. »He, ihr Helden …«, versuchte er noch zu scherzen. Er griff nach den Händen des Sanitäters. »Lasst mich bitte einfach mit meinen Freunden alleine.«

Shane, Deborah und Jennifer und auch MacClary knieten sich neben Ryan auf den Boden.

»Hör auf, von Hass zu reden, Deb. Ihr alle – ihr müsst ihnen vergeben. Wie sagte ihr eigener Prophet angeblich: Sie wissen nicht, was sie tun. Ihr werdet mich immer finden. Hier drin.«

Ryan legte die Hand auf sein Herz.

»Deb, ich wäre so gerne ein stolzer Vater geworden. Aber du bist nicht allein, hörst du! Du hast diese Menschen hier, und du kannst sicher sein, sie werden dir helfen. Wir sind eine große Familie. Du wirst nie allein sein … ich … ich liebe euch alle. Und jetzt bringt mich nach Hause.«

Ryans Augen sahen an die Decke und erstarrten dann regungslos. Ein Rinnsal Blut lief aus seinem Mund.

Shane schloss mit einer sanften Handbewegung seine Augen, dann setzte er sich, umschlang seine Knie mit beiden Armen und weinte wie ein Kind. Jennifer hielt Deborah im Arm, die jetzt völlig zusammenbrach. Sie spürte den tiefen Schmerz der kleinen, rothaarigen Frau, und gleichzeitig wurde ihr klar, dass in diesem Augenblick auch ihr eigener Traum zerbrach.

Erst allmählich begriffen sie alle, wie sehr Thomas Ryan und Deborah Walker zusammengewachsen waren, ohne dass es einer von ihnen richtig ernst genommen hatte. Verborgen unter der rauen Schale einer robusten Freundschaft, war unentdeckt eine große Liebe herangewachsen: in den verrückten Jahren bei MacClary, bei den Vorträgen und den vielen Verschwörungstheorien, die sie zusammen ausgeheckt hatten. In den unzähligen Stunden in den Pubs ihrer Stadt Dublin, in denen sie beherzt mit allen um das wahre Erbe der Kelten gestritten hatten, um die ewige Frage, was denn nun davon übrig sei, was Mythos und was Realität war. Auf den Wiesen des kurzen Sommers in Cork, bei den Opfersteinen ihrer Vorfahren – und immer in dem Gefühl, dass es noch einen anderen Lebensentwurf geben müsse, einen, der dem Respekt vor der Natur nahekam, wie ihn die Naturvölker immer vor Augen gehabt hatten.

Die beiden waren in völliger Harmonie durch die Wälder gestreift und hatten das moderne Leben hinter sich gelassen. Und immer wieder hatten sie einfach nur davon geträumt, ein gutes Leben zu führen, so nah wie möglich an und mit der Natur.

Hoch über der ganzen Szenerie saßen die Richter des Supreme Court, immer noch schockiert und starr vor Entsetzen, und warteten ab. Im Saal herrschte plötzlich absolute Stille, nur Deborahs Schluchzen war zu hören. Sie schien meilenweit entfernt von allem, was sie umgab, und streichelte Ryans Haare aus seinem Gesicht. Mit einem Taschentuch wischte sie das Blut aus seinen Mundwinkeln. Die anderen Iren kauerten in ihrer Nähe.

Während Shane das alles beobachtete, überkam ihn plötzlich ein seltsames Gefühl, fast wie eine Vorahnung künftiger Ereignisse. Er stand auf und winkte Jennifer zur Seite. »Jennifer, die Entlassung von Salvoni und diesem Kardinal ist nicht nur ein Schachzug, es ist ein Verzweiflungsakt. Aber ich glaube nicht, dass es nur darum geht, die Kirche zu retten, wie man oberflächlich denken könnte. Ich glaube, im Vatikan tobt gerade jetzt, in diesen Minuten, ein erbitterter Machtkampf. Ein Papst wird auf Lebenszeit gewählt. Das heißt, er stirbt im Amt, so oder so, verstehst du? Ich muss dort hin, und zwar schnell.«

»Aber Adam … ich … ich meine … wir brauchen dich hier«, flehte Jennifer Shane an.

Shane sah sich um. Mitten im Saal scharten sich einige Menschen um den toten Ryan, während die Polizisten Salvoni und Lambert aus dem Saal führten.

»Ich weiß, und ich habe wirklich kein gutes Gefühl dabei, wegzugehen, aber glaub mir, ich muss dorthin!«

»Aber Debbie braucht dich. Und *ich* brauche dich! Ach, vielleicht habe ich auch nur Angst, dass dir auch noch etwas passiert«, sagte Jennifer. Sie wirkte schon wieder sehr gefasst, aber die Sorge stand ihr ins Gesicht geschrieben.

»Keine Angst, ich weiß, dass mir nichts passiert. Um mich geht es jetzt nicht. Vertrau mir. Vielleicht endet dieser ganze Wahnsinn schon bald.«

»Nimm mich bitte in die Arme«, sagte Jennifer leise.

Shane nickte und hielt sie für einige Augenblicke fest an sich gedrückt. Er spürte ihre Angst. »Wir sehen uns in Dublin, versprochen.«

Nachdem die Sanitäter Ryans Leichnam auf eine Trage gelegt hatten und dabei waren, ihn aus dem Saal zu bringen, schloss die Richterin die Sitzung bis zum nächsten Tag.

Morgen würde die Entscheidung fallen.

96

Rom – Vatikanstadt, 19.30 Uhr

Die internationalen Reaktionen auf die dramatischen Ereignisse in Washington ließen nicht lange auf sich warten. In der Vatikanstadt verfolgten die Kardinäle und Priester wie auch der Papst schockiert die Nachrichten an den Bildschirmen.

Drei lateinamerikanische Kardinäle erklärten ihren Rücktritt und mahnten Reformen an.

Papst Johannes Paul III. hatte gerade an seinem riesigen Schreibtisch die letzten Zeilen eines Briefes an den Generalsekretär der Vereinten Nationen geschrieben. Es war eine eindringliche Bitte um Entschuldigung für die Machenschaften seiner Untergebenen, die am Ende eben auch nur Menschen seien und Fehler begingen. Dieser Brief war dem Papst nicht leichtgefallen; zu lange hatte auch er mit der Vorstellung von Unantastbarkeit und Unfehlbarkeit gelebt.

Doch der Tod von Thomas Ryan hatte ihn alles andere als kalt gelassen. Insbesondere die Tatsache, dass Lambert und Salvoni direkt dafür verantwortlich waren und ihn darüber im Unklaren ließen, nagte an seinem Gewissen. Das erste Mal in seinem Leben stellte er vor sich selbst alles infrage; nur sein Glaube gab ihm noch Halt.

Auch auf dem Petersplatz kippte die Stimmung. In Sprechchören wurde der Papst zu einer Stellungnahme aufgefordert, die einhelligen Sympathiebekundungen gehörten offenbar der Vergangenheit an. Und die Informationen über Kirchenaustritte, die er aus vielen Teilen der Welt erhielt, waren mehr als alarmierend. In Europa hatte sich eine Initiative freier Christen gegründet, die erklärten, nur noch der Bergpredigt folgen zu wollen, und jede kirchliche Organisationsform ablehnten.

Für den Kardinalstaatssekretär Lambert hatte der Papst noch keinen Nachfolger benannt. Dieses Machtvakuum löste im gesamten Kardinalskollegium blanke Ratlosigkeit aus. Wie weit würde Lamberts Arm über sein Amt hinaus in die Geschicke des Vatikans hineinreichen? Und wie würden die nächsten Schritte des Pontifex aussehen?

»Heiliger Vater?« Kardinal Catamo stand in der Tür.

»Kommen Sie herein, Catamo, kommen Sie herein und setzen Sie sich. Aber bitte – nicht noch mehr schlechte Nachrichten«, sagte der Papst und winkte ihn zu sich. Er sah entsetzlich müde aus.

»Ich habe zumindest die vage Hoffnung, Heiliger Vater, dass in dieser Sache am Ende nur Lambert, Salvoni und natürlich auch Morati zur Rechenschaft gezogen werden. Aber wir müssen uns von den Ereignissen noch klarer distanzieren. Wir müssen Klartext reden und das Geschehene als das darstellen, was es war: eine Verschwörung innerhalb des Vatikans, die wir zutiefst bedauern, ja, verabscheuen. Euer zügiges Handeln, was die Pergamente betrifft, und die Entlassungen …«

»Seien Sie nicht naiv, Catamo. Sie haben den Finger doch am Puls der Öffentlichkeit. Die Feinde unserer Kirche wetzen jetzt die Messer, aber das ist weder neu noch überraschend.

Derlei haben wir über Jahrhunderte hinweg unterdrückt oder ausgesessen, das macht mir keine Angst. Aber wenn wir uns jetzt nicht um unsere Menschen kümmern … verstehen Sie, diejenigen, die in den Diözesen und Gemeinden leben … dann verlieren wir wirklich an Boden. Hier habe ich einen Brief, einen offenen Brief, der gestern in den wichtigsten Tageszeitungen Europas veröffentlicht wurde. Hunderttausende Unterstützer gibt es dafür inzwischen im Internet – es ist wie eine Flutwelle.« Der Papst hatte sich regelrecht in Fahrt geredet; jetzt reichte er Catamo die Zeitungsseite. Der Kardinal las nur flüchtig einige Zeilen, dann reichte er das Blatt zurück. Er hatte genug gesehen.

Der offene Brief fand in der Tat starke Worte. Wann würde sich die Kirche von ihren eigenen Lehren der Gewalttätigkeit verabschieden, wurde da gefragt, wie der des heiligen Augustinus, der die Folter als Kur für die Seele pries, oder des heiligen Thomas von Aquin, der die Ungläubigen den staatlichen Henkern empfahl? Vor allem aber war von Kaiser Konstantin die Rede, der die Bibel und die Geschichte Jesu Christi verfälscht habe. Und der Brief gipfelte in der Frage, wie viele Menschen noch sterben sollten, bevor die Kirche endlich ihre Scheiterhaufen löschte.

»Aber Heiliger Vater, das ist doch nicht mehr unsere Kirche, ich meine, das ist doch alles Jahrhunderte …«

»Ach, ist sie das nicht? Solange sich alle Christen indirekt für die Verbrechen der Kardinäle und auch der Päpste mitverantwortlich fühlen, solange sind *wir* diese alte Kirche. Die Menschen denken, dass wir unsere Scheiterhaufen nur unter dem Druck der Menschenrechtsbewegungen gelöscht haben, Catamo.«

Catamo warf einen besorgten Blick zur Tür. Zu gern hätte er gewusst, wer auf der anderen Seite stand und lauschte.

Jeder Gesprächsfetzen, den der Camerlengo aufschnappte, konnte gefährlich werden.

»Wir sind nicht allein, Heiliger Vater.«

»Ach, sei's drum. Im Katechismus meines Vorgängers heißt es, dass wir den Schaden, den unsere Sünden dem Nächsten zufügen, soweit möglich, wiedergutmachen müssen. Catamo, ich denke, wir müssen jetzt endlich etwas mehr Mut aufbringen!«, sagte der Papst energisch.

»Wie darf ich das verstehen?«

»Wir müssen die Angst vor Veränderung überwinden und uns auf den Geist unseres Glaubens und seine Grundwerte konzentrieren. Wir können nicht mehr an der Realität vorbeisehen, Catamo. Ich möchte übermorgen die Kardinäle in der Basilika versammeln. Wir sind genau in der richtigen Situation, ein drittes Vatikanisches Konzil einzuberufen. Wenn wir eine Zukunft haben wollen, müssen wir uns jetzt der Vergangenheit stellen, und darüber muss gesprochen werden«, sagte der Papst und gab Catamo einen Entwurf für eine Presseerklärung in die Hand.

Catamo sah sich die Erklärung an und setzte sich. Er las einige Zeilen, und so revolutionär und taktisch klug ihm das Ganze erschien, konnte er trotzdem nicht glauben, wie dieser Papst plötzlich dem äußeren Druck nachgab. Oder war es wirklich nicht mehr anders möglich, die Vergangenheit zu bewältigen?

»Nun schauen Sie nicht so, als wäre ein Konzil das Ende, Catamo.«

»Wann … wann soll ich das veröffentlichen, Heiliger Vater?«

»Erst mal behalten Sie es für sich. Lassen Sie die Wachen vor meinen Gemächern verstärken«, sagte der Papst. Sein Gesicht sah jetzt nicht mehr müde aus, sondern energisch, wenn auch voller Sorge und Mitgefühl mit seinem Gegenüber. Würde Catamo dem Druck standhalten und loyal bleiben? Andererseits – der Mann wusste ohnehin noch nicht annähernd alles, was er plante. »Und Sie werden das an die Presse geben, während ich mit den Kardinälen spreche – keine Minute früher.«

Catamo verstand die Eile nicht. »Aber in Washington ist doch noch gar nichts entschieden worden.«

»Doch, Catamo, das ist es, dessen bin ich mir sicher.«

»Heiliger Vater, ich habe hier noch eine Nachricht für Sie. Dieser Adam Shane möchte Sie noch einmal sprechen.«

Der Papst fuhr herum. »Adam Shane? Hat er Ihnen gesagt, worum es geht?«

»Er hat mich angerufen. Er folge da nur einem Instinkt, er hätte vieles erst in den letzten Tagen verstanden und wolle Sie vor irgendetwas warnen. Etwas kryptisch, aber so war es«, sagte Catamo, der langsam wieder seine Fassung fand und entschlossen war, diesem Papst nicht weiter in den Rücken zu fallen.

»Nun, Catamo, ich denke, dies könnte eine versöhnliche Geste sein, die uns allen nützt. In Gottes Namen – er soll jederzeit kommen. Gut, wenn das alles war, lassen Sie nun Perona hereinkommen, bevor seine Ohren durch das Schlüsselloch quellen. Und danke, Catamo, möge der Herr Sie beschützen«, sagte der Papst. Mit der rechten Hand segnete er Catamo, während dieser schon die Tür zum Vorraum öffnete.

Draußen waren nur noch die üblichen Gardisten zu sehen. Von Perona keine Spur.

»Heiliger Vater, der Camerlengo ist nicht mehr hier.«

»Nun, auch gut. Und denken Sie an die Wachen.«

Catamo machte sich auf den Weg in die nächste Kapelle.

Am Ende einer der langen Gänge sah er den Camerlengo aufgeregt mit einigen Kardinälen diskutieren. Er konnte nichts verstehen, fühlte aber, dass er der Bitte des Papstes nach Verstärkung der Wachen schnell nachkommen sollte.

97

Washington, 15 Uhr

Shane packte im Hotel ein paar Sachen zusammen, um am nächsten Morgen ohne Verzögerung aufbrechen zu können. Er wartete immer noch auf einen Rückruf aus dem Vatikan.

Deborah, Jennifer und Ronald MacClary waren nach den dramatischen Ereignissen in das gerichtsmedizinische Institut des FBI gefahren. Noch war nicht ganz eindeutig geklärt, wer der Schütze war, der nach seinem Attentat auf Thomas Ryan von den Sicherheitsleuten niedergestreckt worden war. Doch erste Anzeichen deuteten auf einen ehemaligen Agenten der CIA hin, der sich im Dunstkreis der sogenannten Legionäre Christi bewegt hatte.

Shane setzte sich aufs Bett. Sein Flug ging erst in ein paar Stunden; er hatte noch Zeit und versuchte noch einmal, Jennifer zu erreichen. Nach dem zweiten Klingeln hörte er ihre vertraute Stimme, und eine Mischung aus Erleichterung und Zärtlichkeit durchströmte ihn.

»Jennifer, ich bin es. Mein Flug geht erst am Morgen. Ich wollte bloß kurz noch mal deine Stimme hören«, sagte er und bemühte sich, ruhig zu klingen. »Wie geht es Deborah?«

»Sie ist fix und fertig, aber das ist ja auch kein Wunder. Wusstest du, dass sie schwanger ist?«

»Ich habe es auch erst gestern im Gerichtssaal mitgekriegt. Glaubst du vielleicht, wir hätten sie nach Österreich mitgenommen, wenn wir das gewusst hätten? Oder ich wäre mit ihr nach Orvieto gefahren? Wahnsinn, mir wird jetzt noch ganz schlecht, wenn ich daran denke. Aber wer konnte denn mit so was rechnen? Na ja, Thomas vielleicht, aber … Ich bin mir nicht mal sicher, ob wir die ganze Expedition überhaupt so unternommen hätten. Und das war ihr vermutlich auch klar, sie hätte sich wahrscheinlich lieber die Zunge abgebissen, als uns etwas zu verraten.«

»Hast du die Nachrichten gesehen?«

»Nein, wieso?«

»Es ist erstaunlich; ich hatte gedacht, dass die gewaltsamen Proteste zunehmen werden, wenn das bekannt wird, aber dem ist nicht so«, erklärte Jennifer, ohne zu sagen, worum es eigentlich ging.

»Was denn?«

»Es ist so gut wie sicher, dass die Mehrheit in den Vereinten Nationen dem Vatikan tatsächlich die Anerkennung als Staat entzieht. Die meisten fordern aber vor allem die Herausgabe aller Kulturgüter, die nicht dem Vatikan gehören. Adam, das betrifft nicht nur die Pergamente. Sie fordern, dass die Archive des Vatikans von einer UN-Kommission durchsucht werden dürfen und …

»Das ist doch hervorragend! Wann …«

»So schnell geht das nicht, Adam. Du darfst nicht vergessen, dass Italien noch dazwischensteht. Bis das alles formal durch ist, werden wahrscheinlich noch Wochen vergehen, optimistisch geschätzt.«

»Ja, ich verstehe schon, was du meinst, aber dennoch: Das

Signal ist vernichtend, und ich kann mir nach den Aussagen von Morati nicht mehr vorstellen, dass uns da noch jemand Schwierigkeiten macht.«

»Ja, vernichtend ist ein guter Ausdruck. Auf jeden Fall wird es zusätzlich Druck auf die Richter machen, das Ganze morgen nicht nur als Tat von diesem Salvoni und Lambert zu betrachten. Trotzdem, vergiss nicht, Morati hat den Papst gedeckt. Und deshalb, bitte, Adam, wenn du wirklich meinst, dass du dorthin musst, pass auf dich auf. Ich habe ein ganz ungutes Gefühl«, sagte Jennifer. Ihre Stimme klang dünn und angespannt vor Sorge.

»Wo seid ihr nach der Entscheidung im Court?«

»Wir werden morgen sofort nach Dublin fliegen. Ronald will mit Ms. Copendale sprechen, die sicher völlig außer sich ist.«

»Ich verstehe immer noch nicht, was sie damit zu tun hat.«

»Ich weiß es auch nicht, Adam, aber das ist wohl eine Sache, die nur Ronald und sie etwas angeht. Da mische ich mich nicht ein.«

»Ich liebe dich, Jennifer. Ich werde dann ebenfalls zu Ronald kommen – oder sehen wir uns heute noch?

»Ich weiß es nicht. Es wird hier eine Weile brauchen, aber vielleicht kann ich dir in der Nacht noch einen Kuss geben. Ich liebe dich auch, Adam Shane. Ist dir eigentlich klar, dass du gerade mein ganzes Leben umkrempelst?«

»Das tust du selbst, Jennifer. Wie wir alle. Bis morgen.«

Shane legte auf und lehnte sich zurück. Plötzlich konnte er wieder Ryans Gegenwart spüren. Sein Blick fiel auf das Pergament, das Deborah aus dem Labor hatte mitgehen lassen. Es war mit dem gleichen Symbol verziert wie der Stein, auf dem er seine letzte Vision gehabt hatte.

Wieder überrollte ihn das Gefühl von Klarheit und

Schmerz angesichts der vielen Generationen, die betrogen, ermordet und vertrieben worden waren. Doch die einstigen Gelehrten und die Druiden hatten ihr Schicksal offenbar mit stoischer Ruhe hingenommen. Er konnte sie fühlen, wie sie durch Europa irrten, gehetzt und gejagt, nirgendwo sesshaft wurden, wie sie immer weiter nach Westen zogen, um sich schließlich auf die Insel zu retten, auf der alle Wege endeten. Doch wie war es möglich, dass diese Stammbäume so lange weitervererbt worden waren? Warum kam erst jetzt ihre Entdeckung? Das alles konnte doch kein Zufall sein. Irgendetwas fehlte in dem ganzen Puzzle. Vielleicht würde er in Rom noch mehr erfahren oder verstehen. Diese Reise nach Rom war wichtig, das spürte er kristallklar.

98

Washington – 4. April, 11 Uhr

Das Erwachen war grausam an diesem Morgen. MacClary hatte kaum ein Auge zugetan und machte sich immer noch schwere Vorwürfe wegen Ryan. Auch wenn Deborah ihm noch am Abend gesagt hatte, dass Ryan ganz allein für seine Entscheidungen verantwortlich war und dass sie niemandem die Schuld an seinem Tod gab.

MacClary hatte sich nur langsam aus dem Bett gequält und hoffte, dass er rechtzeitig in Dublin sein würde, um Ruth Copendale seine Sicht der Dinge nahezubringen. Sie sah zwar so gut wie nie fern, aber sicher hatte sie die Zeitungen gelesen. Nicht nur aus diesem Grund musste er schnellstens nach dem Ende der Anhörung mit allen nach Dublin.

An diesem Tag waren die Straßen voll, und er fluchte laut, als er bemerkte, dass er auch noch zu spät zur letzten Besprechung kommen würde. Vor dem Supreme Court herrschte Totenstille. Nach dem Attentat vom Vortag war die Bannmeile weiter gezogen worden, die Kontrollen waren verstärkt worden, und bewaffnete Sicherheitsleute beherrschten das Bild. Als die ersten Busse mit den Kardinälen und Bischöfen ankamen, wurde der gespenstische Eindruck noch stärker. In ihren Roben gingen sie die Treppen hinauf bis zur Haupthalle. Sie konnten sich in Sicherheit wiegen, solange die Vereinten Nationen noch nicht endgültig den Stab des diplomatischen Schutzes über sie gebrochen hatten, aber wie lange würde das noch so sein?

Jennifer und Deborah wurden zusammen mit den meisten der irischen Familien ebenfalls in einem Bus vorgefahren.

O'Brian und Sarah hatten im Bus noch mit Jennifer diskutiert, warum der Court den Antrag eventuell doch ablehnen könnte. Zu hoch war der Druck, der auf den Richtern lastete, keiner wusste genau, ob sie den Fakten folgen oder doch noch politische Rücksichten nehmen würden. Und nachdem der Papst selbst durch die Entlassungen und die Freigabe der Pergamente gehandelt hatte, war die Ungewissheit eher größer geworden. Nicht einmal MacClary konnte wirklich sicher sein, dass seine Mehrheit halten würde.

Sarah stieg als Erste aus und öffnete Deborah die Tür. Sie warf ihr einen besorgten Blick zu.

»Meinst du, du stehst das durch?«

»Ich muss, Sarah, verstehst du, das bin ich ihm schuldig. Und mir. Ich hoffe, dass es schnell vorbeigeht, und dann möchte ich nur noch mit euch nach Hause«, sagte Deborah. »Aber ich will dabei sein und sehen, dass Thomas nicht umsonst für diesen Wahnsinn gestorben ist.«

Während Jennifer aus dem Bus stieg, spürte sie plötzlich ihre Angst um Shane. Sie schaute in den wolkenlosen Himmel. Es gab kein Zurück mehr – und es war noch längst nicht alles ausgestanden. Aber selbst wenn Shane in Gefahr war, wusste sie, dass er alles in vollem Bewusstsein und Selbstverantwortung tat. Sie gab sich dem Vertrauen hin, dass ihm nichts geschehen würde. Deborah blieb neben ihr stehen, sah ihr forschend in das besorgte Gesicht und nahm sie für einen kurzen Augenblick in den Arm.

Als MacClary den Court durch einen der Hintereingänge betrat, stand bereits die Vorsitzende Richterin Barbara Andrews vor dem Konferenzzimmer und erwartete ihn.

»Guten Morgen, Ronald.«

»Guten Morgen, Barbara. Ich hoffe, wenigstens du konntest schlafen.«

»Nicht wirklich. Aber wir haben zu einer Entscheidung gefunden. Und wir haben dem Antrag zugestimmt. Nur Faster war anfänglich dagegen, hat sich dann aber auch durchgerungen, nachdem wir ihm die Bedeutung einer einstimmigen Entscheidung klargemacht haben. Abgesehen von deiner Enthaltung, natürlich.«

MacClary sah sich den Beschluss an. In der Tat waren alle seinem Entwurf gefolgt. Das übertraf selbst seine kühnsten Erwartungen, aber in diesem Moment konnte er nur eine abgrundtiefe Erschöpfung in sich fühlen. Für Freude, Rührung oder andere Gefühle war einfach kein Platz.

»Gut, dann bringen wir es hinter uns«, sagte er und ging in das Konferenzzimmer, um sich seine Robe anzuziehen, wohl zum letzten Mal in seinem Leben.

»Ach, Ronald.« Die Vorsitzende sah ihm nachdenklich zu. »Wir möchten, dass du die Entscheidung verliest. Wir denken, das hast du dir mehr als verdient«, sagte sie.

Als MacClary den Vorraum des Saals betrat, sah er in die ernsten Gesichter der anderen Richter.

Vor dem Richtertisch saßen Jennifer und Deborah mit den irischen Familien und auf der anderen Seite der Anwalt des Vatikans und zahlreiche Bischöfe und Kardinäle. Aber die Stimmung hatte sich angesichts der gestrigen Ereignisse gewandelt, sie war nicht mehr gereizt, sondern von trauriger Ruhe durchzogen.

Der Marshall kündigte das letzte Mal in dieser Anhörung die Richter an.

MacClary schaute bedächtig in alle Gesichter, und die Vorsitzende Richterin kündigte an, dass die Entscheidung von ihm verlesen werden würde.

Die Spannung im Saal war mit Händen zu greifen

»Ich verlese nun die Entscheidung«, sagte MacClary. Plötzlich waren sie da, die Gefühle: die Trauer über den grauenhaften Verlust eines Freundes, die Erleichterung, dass die Anspannung bald hinter ihm liegen würde, die Freude über den Erfolg. Die Dankbarkeit für alles, was in den letzten Tagen und Wochen geschehen war. Und die tiefe Verbundenheit mit seinem Vater. Heute würde die Weltgeschichte verändert und eine Ära der Lügen und ungesühnten Taten im Namen eines Glaubens beendet werden.

MacClary richtete den Blick auf die hintere Wand des Saals und atmete tief durch, bevor er zu sprechen begann. »Meine Damen und Herren. Eine persönliche Bemerkung sei mir angesichts der Umstände erlaubt. Ich enthalte mich in der Entscheidung über den Antrag der Staatsanwaltschaft von Boston, um meiner persönlichen Betroffenheit gerecht zu werden.«

Im Saal wurde es wieder unruhig. Einer der Kardinäle konnte sich nicht zurückhalten und beschimpfte MacClary als Ketzer.

Die Vorsitzende Richterin wies zwei Saaldiener an, den Kardinal aus dem Saal zu begleiten, was seine Schimpftiraden nur noch lauter werden ließ.

MacClary blickte dem Mann nach und fuhr dann fort. »Der Supreme Court ist sich der besonderen Bedeutung dieses Falles mehr als bewusst. Dennoch müssen wir diesen Fall wie jeden anderen nüchtern betrachten.«

Deborah wippte nervös mit den Füßen und kaute an ihren Fingernägeln. O'Brian rieb mit der einen Hand seinen Bart, mit der anderen Hand massierte er sein Bein; er schaute in die gespannten Gesichter von Patrick und Sarah. Fast alle waren blass vor Spannung, nur die kleine Paggy saß auf Sarahs Schoß und spielte seelenruhig mit ihrem Teddy.

»Demnach ist die Anklage gegen den Vatikan wegen internationalen Kulturdiebstahls vor dem Bostoner Bezirksgericht zulässig und wird an dieses Gericht zur Wiederaufnahme zurückverwiesen.«

Kaum hatte Ronald den alles entscheidenden Satz verkündet, brach ein ohrenbetäubender Jubel unter den Iren aus. Deborah umarmte Jennifer, lachte und weinte zugleich und ging dann in den Umarmungen der irischen Familien unter.

Die Vorsitzende versuchte, den Tumult zu beruhigen. »Ich bitte um Ruhe!«, rief sie in die Menge.

Ronald sprach weiter. »Die vorliegenden Beweise und Zeugenaussagen lassen den Schluss zu, dass nicht nur Einzelpersonen, sondern leitende Persönlichkeiten des Vatikans in diese illegale Aktion involviert waren. Es ist zudem Auffassung des Gerichts, dass sich der Vatikan bereits in zurückliegenden Fällen geistigen und kulturellen Erbes der Menschheit bemächtigt hat. Dies geschah zum Zwecke der Unterdrückung von historischen Tatsachen und in verbrecherischer Art und Weise. Allerdings waren diese Fälle nicht Gegenstand der Anhörung.«

Wieder erhoben sich empörte Stimmen von der Bank der Bischöfe und Kardinäle. Der Anwalt des Vatikans blickte nur noch resigniert zur Decke.

»Zum letzten Mal: Ruhe im Saal!«, brüllte die Vorsitzende

Richterin, während durch zwei Seiteneingänge weitere Saaldiener den Raum betraten für den Fall, dass der Anordnung nicht Folge geleistet würde.

»Auf Beschluss des UN-Sicherheitsrates werden Victor Salvoni und Thomas Lambert noch in dieser Woche dem Internationalen Strafgerichtshof in Den Haag überstellt, wegen des Verdachts auf Mord beziehungsweise versuchten Mord. Sämtliche Akten werden dem Strafgerichtshof unverzüglich zur weiteren Ermittlung und Beweisaufnahme übermittelt.«

Jennifer lehnte sich für einen Moment erleichtert zurück. Das war es, dachte sie. Damit war der Weg frei; jetzt würde sich der Vatikan seiner Verantwortung nicht mehr entziehen können. Aber die Entscheidung bedeutete nur einen Tropfen auf den heißen Stein angesichts der Jahrhunderte, in denen sich diese Kirche, ohne jemals wirklich Reue gezeigt zu haben, moralisch wie ethisch über jedes Gesetz gestellt hatte. Wie würde man in Rom auf die Entscheidung reagieren?

Jennifer wurde das nagende Gefühl nicht los, dass die nächsten Tage noch dramatische Ereignisse mit sich bringen würden.

99

Es ist der *eigentliche Mensch*, der im Leibe gebunden und verschleiert, durch Triebe gefesselt, seiner selbst nur dunkel bewusst, nach Befreiung und Erlösung sich sehnt, und sie in der Welt schon erreichen kann …

Karl Jaspers

Rom – 5. April, 10 Uhr

Shane war am Abend zuvor in Rom angekommen. Bereits auf dem Flughafen hatte er von der Entscheidung in Washington erfahren. Nun war ihm doch wehmütig ums Herz, dass er bei der Verkündung der Entscheidung im Supreme Court nicht dabei gewesen war. Zu allem Überfluss hatte er in der Eile sein Handy in Washington vergessen und musste nun versuchen, Jennifer über das Hoteltelefon zu erreichen – vergeblich. Kein gutes Gefühl, dachte sich Shane und stand auf, um sich auf den Weg in den Vatikan zu machen.

Auf dem Petersplatz versammelten sich immer mehr Menschen, doch die Aggression und die lautstarken Proteste waren einer seltsamen Ruhe gewichen. Die Menschen sprachen miteinander, manche beteten einfach – und alle warteten angespannt darauf, welche Nachrichten die Welt als Nächstes in Atem halten würden.

Nachdem Papst Johannes Paul III. die schriftliche Meldung über die Entscheidung aus Washington erhalten hatte, fing er nicht das erste Mal an, innerlich zu verzweifeln. An seinem Tisch las er noch einmal den Beschluss. Was geschah da? »Herrgott, was haben wir getan? So kann es doch nicht weitergehen. Herr, bitte hilf mir in diesen schweren Stunden«, sprach er vor sich hin.

Als er sich umdrehte, stieß er einen Stab um, an dem ein großes vergoldetes Kreuz hing. Es kam ihm vor, als fiele es wie in Zeitlupe. Er wollte es noch aufhalten, für einen Augenblick hielt er unwillkürlich die Luft an, und seine Beine drohten den Halt zu verlieren. Wie gelähmt stand er da und konnte nur noch hilflos zuschauen, wie es unter ohrenbetäubendem Lärm in tausend Stücke zerbrach. Die Stille danach dröhnte förmlich in dem großen Raum. Einige Momente stand der Papst regungslos und schockiert vor den symbolträchtigen Scherben.

Nein, er wusste tatsächlich fast keinen Ausweg mehr. Der Druck auf sein Gewissen wurde immer stärker. Die Begegnung mit Adam Shane würde zu einer weiteren Nagelprobe werden – wie sollte er ihm gegenübertreten, ohne dass er noch weiter an Souveränität verlor? Wie sollte er seine Kirche in eine neue Zeit überführen? Er sah nur noch wenige Möglichkeiten, um die Kirche und damit die Welt, an die er zeit seines Lebens geglaubt hatte, zu verteidigen. Mit einem letzten ratlosen Blick auf die Scherben ließ er sich erschöpft in einen Sessel fallen.

Er sah auf das Pult an seinem Fenster und die darunter befindlichen Knöpfe, mit denen die Lautsprecher für den Petersplatz bedient wurden. Was in Washington passiert war, überraschte ihn nicht. Er hatte mit dieser Entscheidung gerechnet, auch wenn bis zuletzt ein Funke Hoffnung in ihm gelebt hatte, die Aussagen von Morati würden den Kelch noch einmal am Vatikan vorbeigehen lassen.

Auf jeden Fall bestärkten ihn die Nachrichten aus den USA in seiner Entscheidung. Ein drittes Vatikanisches Konzil war seit Jahren immer wieder gefordert worden. Schon das zweite Vaticanum, dieser verzweifelte Versuch, die kirchlichen Dogmen an die Realität der Zeit anzupassen, war letztlich gescheitert, und auch diesmal würden die vielen konservativen Strömungen versuchen, alles ins Leere laufen zu lassen. Die Kurienkardinäle, darunter insbesondere Lambert, hatten sich immer gegen ein weiteres Konzil gestemmt, das womöglich ihre Macht und ihren Einfluss bedrohen konnte. Doch jetzt, nach Lamberts Entmachtung, konnte das Vakuum vielleicht im Dienste einer positiven Entwicklung genutzt werden.

Gerade wollte der Papst sich wieder erheben, als es an der Tür klopfte.

»Heiliger Vater, Mr. Adam Shane ist nun hier.«

Shane hatte fast eine halbe Stunde vom Beginn des Petersplatzes bis zum Eingang gebraucht, trotz der Hilfe einiger Polizisten. Die italienische Polizei hatte den Platz abgesperrt und ließ die Menschen nur noch in kleinen Gruppen sowie nach Feststellung der Personalien und Durchsuchungen auf den Platz, sodass alle Zugangswege vollkommen verstopft waren. Es war ein merkwürdiges Bild. In ihren schwarzen Uniformen, mit Helmen, schwarzen Schutzpolstern und Waffen ausgestattet, in drei Reihen hintereinander aufgestellt, erinnerten die Polizisten an römische Legionäre, wie er sie in seinem Traum gesehen hatte.

Ein seltsames Gefühl von Bedrohung machte sich in ihm breit, als wäre er in der Zeit verrutscht. Was war tatsächlich geschehen, seitdem römische Legionäre über unbewaffnete Druiden hergefallen waren? Er kannte das Gefühl: Mit knapp zwanzig Jahren hatte er im Kolosseum gestanden, an der Stelle, an der die römischen Herrscher mit einer Bewegung des Daumens über Leben und Tod entschieden hatten, und er hatte das Grauen tagelang mit sich herumgetragen. Auch jetzt ging ihm die Frage nicht aus dem Kopf: Was war seither wirklich geschehen?

»Mr. Shane, ich muss Ihnen zugestehen, Sie haben Mut, hier zu erscheinen«, sagte der Papst, aber der Blick, mit dem er Shane ansah, war erstaunlich wohlwollend.

»Ich hatte das Gefühl, hierherkommen zu müssen, da ich nicht glaube, dass die Verhaftung Ihres Staatssekretärs nur eine taktische Entscheidung gewesen ist, sondern eine …«

»Sie machen sich Sorgen um uns?«, erwiderte der Papst verwundert.

Shane dachte kurz nach. »Warum erstaunt Sie das so sehr? Können Sie sich nicht vorstellen, dass man auch Menschen respektieren kann, die eine ganz andere Vorstellung vom Leben und … meinetwegen von Gott haben?«

Der Papst setzte sich und schaute Shane eine Weile nachdenklich an. »Sie können mir glauben, ich bin zutiefst erschüttert über das, was in dem Gerichtssaal in Washington geschehen ist. Und ich bin ebenso erschüttert über die Dinge, die sich offenbar schon seit Jahrzehnten in einem kleinen Zirkel dieser Kirche abgespielt haben, aus Angst …«

»Aus Angst vor der Wahrheit«, vollendete Shane den Satz. »Und unter Verachtung der eigenen Lehre. Sie wissen doch so gut wie ich, dass Ihre Bibel für die Menschen der Antike geschrieben wurde und nur in diesem Kontext einen Sinn ergab!«

»Und selbst wenn es so wäre: Sind Sie sich eigentlich darüber im Klaren, welche sozialen und kulturellen Folgen das alles haben wird, was Sie da angerichtet haben?«

»Ich denke schon. Und ich denke sogar, diese Folgen verantworten zu können«, sagte Shane und setzte sich neben den Papst auf einen der mit Samt bezogenen Sessel.

»Nun, was Ihre Sorge um unsere Kirche betrifft, kann ich Ihnen so viel sagen: Sie beschleunigen lediglich etwas, das in diesen Mauern seit Langem gärt. Ich werde den Kardinälen in wenigen Stunden mitteilen, dass wir ein Konzil abhalten werden. Und es wird Sie freuen, zu hören, dass dieses Konzil dazu dienen soll, einige Lehrmeinungen der Kirche zu überdenken und wo nötig anzupassen«, fuhr der Papst jetzt wieder selbstsicherer fort.

Ein paar Türen weiter saß der Camerlengo an einem Schreibtisch, der leer war bis auf einen einfachen Lautsprecher, aus dem krächzende Stimmen drangen. Jahrhundertelang, dachte er bei sich, hatten doppelte Wände, verborgene Türen und geheime Gänge leisten müssen, was heute ein paar schlichte elektronische Bauteile möglich machten: Er hörte die verzerrte Stimme seines Dienstherrn. Er schüttelte den Kopf. »Ich sage Ihnen doch, wir müssen handeln«, sagte er und blickte in die ernsten Gesichter der beiden Kardinäle, die ihm gegenübersaßen.

Jetzt war wieder dieser Adam Shane zu hören. »Ich denke nicht, dass das noch ausreicht. In diesen Mauern ebenso wie in Ihrer weltweiten Kirche ist nichts mehr heilig, solange Sie nicht nach außen den Wandel der Zeit und die Verbrechen der Vergangenheit anerkennen. Und der innere Wandel scheint Ihnen am schwersten zu fallen, was mich nicht besonders überrascht, denn dieser Wandel bedeutet den Verlust von Macht«, konterte Shane. Er spürte, dass der Papst seine wirkliche Nervosität unterdrückte. Der Mann verheimlichte ihm etwas, das war vollkommen klar.

»Was macht Sie eigentlich so sicher, dass es Ihnen gelingt, die Menschen von ihrem Glauben an Gott abzubringen?«

»Wie kommen Sie auf die Idee, dass ich irgendjemanden von seinem Glauben abbringen will?«, fragte Shane zurück. »Das kann ich nicht, und das war nie mein Ziel. Aber gestatten Sie mir eine Gegenfrage: Was macht Sie so sicher, dass die Schriften, auf die Sie sich beziehen, nicht eine Fälschung sind?« Seine Worte klangen naiver, als er war, aber er wollte sein Gegenüber nicht allzu sehr verärgern. Das Gespräch durfte jetzt noch nicht enden.

»Glauben Sie mir, wir wissen ganz genau, dass das traditionelle Christentum eine Krise seines absoluten Wahrheitsanspruchs erlebt, vor allem in Europa. Aber Sie können mir doch nicht ernsthaft die Schriften dieser Druiden und anderer sogenannter Gelehrten als Alternative verkaufen! Die Pergamente, die in Österreich gefunden wurden, sind nun wirklich keine Bedrohung für uns, auch wenn Sie das gern anders sehen wollen. Nur das törichte Vorgehen von Kardinal Lambert und Victor Salvoni hat für die große öffentliche Aufmerksamkeit gesorgt, und es wird nicht lange dauern, dann sind Ihre Druiden wieder in den Schubladen einiger Universitätsinstitute verschwunden.« Der Papst winkte verächtlich ab.

»Ich glaube, da irren Sie sich. Nur die Kraft des Glaubens stützt ja die christlichen Schriften, sie halten aber keiner vernünftigen Analyse stand. Genau das wussten die Philosophen schon zur Zeit der Kirchengründung, und ihre Schriften können wir jetzt zurate ziehen, wenigstens zu einem kleinen Teil. Eines habe ich in den letzten Wochen, auch durch das Studium der ersten Pergamente, verstanden: Die Urschriften des Christentums sind nicht glaubwürdiger als die des Druidentums. Niemand kann mit Recht behaupten, er sei im Besitz der alleinigen Wahrheit. Und ich muss kein Agnostiker sein, um das zu begreifen.«

»Die keltischen Texte sind nach der Christianisierung entstanden, Mr. Shane …«

»Mag sein, aber das haben sie mit den Texten Ihrer Religion gemeinsam. Aramäische Texte, die erst lange nach dem Tod von Jesus aufgeschrieben, ins Griechische und dann ins Lateinische übersetzt und dabei in einer gigantischen Aktion verfälscht wurden. Der erste christliche Text war ausgerechnet die Apokalypse des Johannes! Dann kommen die Briefe des Apostels Paulus. Die Evangelien wurden noch später geschrieben, zumindest in der Form, wie wir sie heute kennen. Die Pergamente der Zeitzeugen – eines Sopatros oder Porphyrios beispielsweise – sind authentisch. Sie wären schlecht beraten, wenn Sie den keltischen Texten nicht denselben Wert einräumen würden wie Ihren eigenen.«

»Wollen Sie etwa die Philosophie der Druiden als die höhere Religion etablieren?«, fragte der Papst mit einem provozierenden Lächeln.

»Nein! Was die Druiden lehrten, war, wie Sie gerade schon richtig gesagt haben, keine Religion, sondern eine philosophische Schule. Die Druiden vertraten einen sakralen Humanismus, keine Religion. Und selbst wenn es sich um eine Religion handeln würde: Sie ist so lange tot, wie Sie Ihre Lügen aufrechterhalten. Das ist ja der Punkt! Es geht mir nur um eines: Diese Lehre verdient denselben Respekt wie die Texte des Christentums.«

Shane wollte sich nicht weiter auf diese Debatte einlassen. Er spürte, dass der Papst längst seine Sicherheit verloren hatte, die er noch bei ihrem ersten Treffen ausgestrahlt hatte. Was er hier erlebte, war ein einziges Rückzugsgefecht.

»Haben Sie denn immer noch nicht begriffen, was in diesem Gerichtssaal in Washington passiert ist? Euer Eifer hat Millionen von Menschen das Leben gekostet und endlose Verwirrung in den Köpfen gestiftet. Über Jahrhunderte hinweg. Ich habe gestern einen sehr guten Freund verloren und eine werdende Mutter ihren Mann – und wofür? Können Sie mir das sagen?« Shane spürte neue Energie. Nein, er würde keine Rücksicht mehr nehmen, und vor allem würde er sich nicht von der Ausstrahlung dieses Mannes betören lassen.

»Eines ist jedenfalls sicher: Das Christentum beruht nicht nur auf mythischen Bildern und Ahnungen, deren Rechtfertigung …«

»Ich bin wirklich nicht hier, um mit Ihnen über Ihren Glauben zu diskutieren«, unterbrach Shane den Papst. »Mir geht es um etwas vollkommen anderes. Ich habe gesehen und gespürt, wie zerrissen Sie innerlich sind und welche unglaublichen Kräfte hier gegeneinander wirken. Und ich habe nur eine Bitte. Geben Sie uns, geben Sie der Menschheit freiwillig ein wichtiges Erbe zurück. Es gehört uns allen.«

»Ich verstehe Sie nicht, das ist doch längst … ich habe sofort alle Dokumente an das Institut für …«

»Sie verstehen mich sehr gut. Ich meine die Dinge, die noch in Ihren Archiven verborgen liegen.«

Der Papst massierte sich die Stirn mit den Fingerkuppen, seufzte tief und sah Shane dann mit einem Blick an, aus dem abgrundtiefe Traurigkeit sprach.

»Mein lieber junger Freund, ich hatte Sie wirklich für intelligenter gehalten. Sitzen Sie denn auch diesem ewigen Missverständnis auf? Ein für alle Mal, Mr. Shane: Es gibt keine Geheimarchive. Ich weiß, dass da draußen lauter wilde

Verschwörungstheorien umherschwirren, aber das ist nur ein weiterer Mythos. Seit Jahren haben wir unsere Archive geöffnet, wenn auch zunächst nur für uns wohlgesinnte Wissenschaftler, und …«

»Das … das glaube ich einfach nicht. Sie behaupten, dass in den Archiven der Heiligen Inquisition nichts mehr von den Druiden zu finden ist, dass Sie nichts über deren wissenschaftliche Genialität wissen, die Ihnen mindestens genauso viel Angst gemacht haben muss wie einst Kopernikus, Giordano Bruno oder die kritischen Schriften eines Porphyrios oder Sopatros? Dann kann es nur einen Grund dafür geben: Diese Zeugnisse sind systematisch zerstört worden.«

Der Gedanke war bestechend einfach – grauenhaft einfach. Wenn das stimmte, dann war das Druidentum für alle Zeiten tot und verloren.

»Ja, ich fürchte, das gehört in der Tat zu den Schatten, die über dieser Kirche liegen«, sagte der Papst und schaute resigniert aus dem Fenster. Er wurde immer nachdenklicher. Er hatte die Übersetzungen der Dokumente gelesen und fühlte sich gefangen zwischen seiner Einsicht, seinen Dogmen und den Ereignissen der letzten Tage.

Shane hatte sich von seinem Schrecken erholt. »Dann verstehe ich umso mehr, warum wir am Magdalensberg verfolgt und fast umgebracht wurden. Sie wollen diese Kirche nicht reformieren. Eine demütige Rolle der Kirche neben all den anderen religiösen Erfahrungen, ohne Anspruch auf letzte Wahrheit – das können und wollen Sie nicht zulassen. Doch damit vernichten Sie sich am Ende selbst. Sehen Sie doch hinaus!«

Der Papst blieb zu Shanes Verwunderung ruhig.

»Sie haben doch die Rede der US-Präsidentin gehört«, fuhr Shane beschwörend fort. »Der Planet rückt zusammen.

Eine planetare Ethik ist die logische Weiterentwicklung, um unser Überleben zu sichern. Diese Ethik ist keine Errungenschaft der Kirche, aber vielleicht ist sie wenigstens teilweise das Erbe der urchristlichen Lehre von Mitgefühl und Nächstenliebe. Aber es geht auch um den nötigen Respekt vor dem eigentlichen Wunder, vor der Natur und dem, was uns noch nähren kann. Wir können den inneren und äußeren Raubbau nur mit Menschen stoppen, die Verantwortung übernehmen, und zwar für das Ganze. Und dazu braucht es Selbstbestimmung. *Wir* sind die Schöpfer. Wir alle, jeder Einzelne von uns, tragen den göttlichen Funken in uns. Das Überleben der Menschheit wird von der Kraft des Menschen abhängen, die Schöpfung als das Wunder zu erkennen – und Gott in sich selbst. Die Heiden sahen Gott in der Natur und hatten deshalb den nötigen Respekt vor Natur, Tier und Mensch. Das ist durch den christlichen Glauben verloren gegangen, und damit wurden wir der wichtigsten ethischen Grundlage beraubt, die den Raubbau an unserer Erde verhindert hätte.«

Der Papst wurde immer stiller und schaute auf seinen Tisch mit den kritischen Büchern, die er angesichts der massiven öffentlichen Diskussion der vergangenen Wochen zusammengetragen hatte.

Doch Shane war noch nicht fertig.

»Sie halten Ihre Gläubigen und damit alle Menschen in geistiger Sklaverei. Die Religion hat große Macht, das muss ich Ihnen nicht sagen. Sie kann Menschen in den Krieg treiben, wie inzwischen jedes Kind weiß. Aber es geht noch weiter: Die Sehnsucht nach Erlösung, die Vorstellung, das Ende der Welt sei nahe, tötet jeden Gedanken daran, die Zukunft zu gestalten. Wir haben keine Zeit mehr, Menschen die Führung zu überlassen, die so denken. Hier, lesen Sie das bitte!«

Adam reichte dem Papst eine Übersetzung des Druiden Aregetorix, die er mitgebracht hatte.

Ein großes Kontinuum findet jetzt ein Ende, und die Welt wird ärmer werden. Sie haben tatenlos zugesehen, wie das Erbe unserer Ahnen vernichtet wurde. Sie haben unsere Wurzel zerschlagen, unsere Mutter missbraucht und unseren Glauben an die göttliche Inspiration verworfen. Sie haben das Vertrauen in jeden einzelnen Menschen verworfen, dass es nichts Unmögliches für ihn gibt. Wenn der Mensch vergisst, dass er selbst heilig ist, wird er zur Beute der dunklen Mächte: ein Sklave für die Ewigkeit …

Johannes Paul III. sackte immer weiter in seinem Stuhl zusammen, während er las. Als er Shane ansah, standen Tränen in seinen Augen. Das Schweigen lastete schwer in dem Raum, bis der Papst sich schließlich erhob. »Mr. Shane. Ich versichere Ihnen, dass mir mehr klar geworden ist, als Sie mir im Augenblick zutrauen mögen. Aber was glauben Sie, soll ich jetzt tun? Da rausgehen und sagen: Tut mir leid, wir haben uns zweitausend Jahre lang geirrt? Ich habe begriffen, dass Sie kein Feind der Kirche sind, nicht mein Feind und vielleicht nicht einmal irgendjemandes Feind. Sie hätten diesen Feldzug auch gegen jede andere Institution geführt, nehme ich an, und ich werde etwas tun, was Sie sicher besänftigen wird.«

Shane hörte nur die Hälfte von dem, was sein Gegenüber sagte. Zu laut war das Dröhnen in seinem Kopf: tot und verloren.

100

Dublin – 5. April, 12 Uhr

Am Morgen waren Ronald MacClary, Deborah Walker und Jennifer Wilson in Dublin angekommen. Nachdem die erste Freude über den Etappensieg in Washington verflogen war, hatte MacClary jetzt einen schweren Gang vor sich. Jennifer und auch Deborah spürten seine innere Unruhe und seinen Schmerz.

»Ronald, warum quälst du dich so?«, fragte Jennifer.

»Ich möchte endlich Klarheit über die Vergangenheit haben. Und ich möchte Ruth die Last der Verantwortung nehmen«, sagte MacClary leise.

»Ich verstehe.«

Das Taxi bog in die Arbour Hill. Als MacClary die Tür öffnete, waren Arbeiter damit beschäftigt, die letzten Farbreste zu entfernen, die die Beutel einiger der Gegner hinterlassen hatten. Immer noch war ein Polizist vor dem Eingang postiert, der alle freundlich begrüßte.

»Danke, Sie haben ein Juwel behütet«, sagte MacClary zu ihm, bevor er die Tür öffnete.

Alle gingen hinein.

»Ruth?«

»Wo ist sie bloß?«

»Ruth?«, rief auch Jennifer, bis sie aus der Küche ein Schluchzen vernahmen.

»Ich gehe schon, Ronald. Vielleicht wartest du besser noch einen Moment«, sagte Jennifer, die sich vorstellen konnte, dass Ms. Copendale völlig überfordert war.

»Danke, aber ich bin mir über die Situation im Klaren, Jennifer.« Mit schweren Schritten ging er Richtung Küche. Deborah und Jennifer wollten sich in die Bibliothek zurückziehen, als er leise hinter ihnen herrief. »Sie will euch dabeihaben.«

So hörten sie Ruths erschütternden Bericht vom Tod Sean MacClarys gemeinsam.

Nachdem Lisa MacClary Ronald zu einer Freundin hatte bringen lassen, fuhr sie gemeinsam mit Ms. Copendale zurück ins Lazarett. Als sie ankamen, bestätigte sich Lisas Befürchtung.

Striemen an Beinen und Armen zeigten, dass Sean gewaltsam umgebracht worden war. Offensichtlich hatte man ihn zunächst leicht betäubt und dann ans Bett gefesselt. Als man Ruth und Lisa sagte, er hätte kurz zuvor Besuch von einem Mönch bekommen, schüttelte sie nur den Kopf. Niemals hätte Sean um geistlichen Beistand gebeten. Tatsächlich war es auch, wie eine der Schwestern später hinter vorgehaltener Hand berichtete, gar nicht um geistlichen Beistand gegangen. Stattdessen war es zwischendurch ziemlich laut in dem Krankenzimmer geworden, und das Gespräch hatte sich um irgendwelche Dokumente gehandelt. Nur wenig später waren der kleine Ronald und seine Mutter dann zu Besuch gekommen und hatten den Täter nur knapp verpasst. Schließlich hatte man in Seans Mund eine Giftkapsel gefunden.

Ruth Copendale saß völlig aufgelöst am Küchentisch. Sie hatte ihren Bericht beendet. Der *Herald Tribune*, der vor ihr lag, war nass von ihren Tränen.

»So, jetzt wisst ihr alles. Und ich sage euch, *ich* trage die Schuld an Seans Tod. Ich habe diesem Morati alles anvertraut, alles, und damit den Teufel ins Haus geholt. Dieser Mann war mein Beichtvater«, sagte sie mit Tränen im Gesicht. »Oh, Ronnie, es tut mir so leid, das habe ich alles nicht gewollt! Ich wollte damals nur helfen. Ich hatte doch keine Ahnung … Ich war doch selbst fast noch ein Kind!«

»Ruth, bitte beruhige dich. Dich trifft keine Schuld. Ich erinnere mich, dass Sean diesen Morati schon kannte. Er hatte vorher schon mit ihm zu tun gehabt. Morati war Restaurator und kannte sich bestens mit der Antike aus. Sean hatte ihm einiges anvertraut, da Morati einen vernünftigen Eindruck machte. Und mein Gott, ich habe in Washington gesehen, wie sehr er selbst darunter gelitten hat, dass er die Information dann doch weitergegeben hat. Der Mann muss jahrelang durch die Hölle gegangen sein.«

Deborah legte Ms. Copendale eine Hand auf den Arm, aber die war so verzweifelt, dass sie kaum zugehört hatte.

»Und jetzt auch noch Ryan … mein Gott, ich kann mir das nicht verzeihen.«

»Doch, Ruth, das kannst du und das musst du. Du bist nicht schuldig, wenn jemand alle ethischen Regeln bricht«, sagte Jennifer betroffen.

»Ruth, hörst du mich? Das ist wichtig, was Jennifer da sagt. Du musst diese alte Last loswerden«, sagte MacClary. »Diese verdammte Umkehr von Tätern und Opfern muss endlich ein Ende haben!« Er hatte vor lauter Mitgefühl selbst die Fassung verloren, und erste Tränen liefen ihm übers Gesicht. »Ruth, du weißt, dass ich dich immer wie eine Mutter geliebt habe. Bitte hör uns zu. Es ist vorbei, Ruth, sie bekommen jetzt alle ihre gerechte Strafe, und wir finden unseren Frieden. Und wir haben einen großen Beitrag geleistet, dass vielleicht noch viel mehr Menschen Frieden finden können.«

»Aber wie soll es jetzt weitergehen?«

MacClary hatte sich langsam wieder gefasst. Es gab ja noch ein paar Dinge, die Ms. Copendale erfahren musste. »Nun, wir werden mehr Zeit miteinander verbringen, denke ich, nachdem ich in den Staaten keine wirkliche Aufgabe mehr habe. Vor allem aber: Ich kündige dir und biete dir gleichzeitig lebenslanges Wohnrecht in diesem ehrwürdigen Zuhause an.«

»Was, wie bitte?« Beim Anblick ihrer verwirrten Miene konnten die anderen wenigstens kurz lachen, wenn auch unter Tränen.

»Nun, ich denke, ich bin dieser Welt nichts mehr schuldig. Und du musst endlich aufhören, so viel zu arbeiten, das ist für einen Frührentner für mich ja nicht mit anzusehen!«, scherzte Ronald kurz weiter. »Außerdem werden wir hier nicht allein sein, Debbie wird vorerst bei uns wohnen.«

Deborah strich mit einer Hand über ihren Bauch, eine fast unmerkliche Bewegung, die Ruth Copendale aber nicht entging. Sie wagte ein winziges Lächeln und zog fragend die Augenbrauen hoch, und als Deborah ihr zunickte, verzog sich ihr Gesicht zu einem Strahlen. »Dann ist Thomas Ryan also doch noch ein bisschen bei uns«, sagte sie mehr zu sich selbst als zu den anderen.

»Daran habe ich nicht den geringsten Zweifel, Ruth«, erwiderte MacClary.

»Aber wo ist Adam, wollt ihr mir das nicht endlich sagen?«, fragte Ms. Copendale mit einem forschenden Blick in die Runde.

»Nun, das ist etwas schwierig zu erklären. Er ist sozusagen …«

»Er ist in der Höhle des Löwen«, sagte Jennifer mit einem Zwinkern. »Aber keine Sorge, Ruth, ich glaube, unser Druide in Ausbildung ist bald wieder bei uns, heil und gesund.«

101

Rom, 14 Uhr

»Ich kann Ihnen leider nicht versprechen, dass Sie in unseren Mauern noch Reste Ihrer Kultur finden. Aber ich kann Ihnen versprechen, dass sich diese Kirche und dieser Glaube bewähren werden«, sagte der Papst zur Überraschung Shanes.

»Wie meinen Sie das? Worin können Sie sich noch bewähren? Es gibt das Recht jedes Einzelnen auf seine eigene Realität, das ist der Kern der Erkenntnis. Und die Toleranz ergibt die Chance zu der Vielfalt, an der wir uns hätten erfreuen können. Sehen Sie denn wirklich nicht, dass schon der Anspruch auf den Besitz der alleinigen Wahrheit den Glauben in sich pervertiert?«

Der Papst holte aus seinem Schreibtisch einige Urkunden und verstaute sie in einer Ledertasche.

In diesem Augenblick wurde die Tür aufgerissen, und ein Mann stürmte ins Zimmer. Shane sah die Waffe in der Hand des Eindringlings, und Panik durchflutete ihn. Der Papst hatte mit dem Rücken zur Tür gestanden, jetzt drehte er sich mehr erstaunt als erschrocken um. Ohne auch nur eine Sekunde länger nachzudenken, stürzte sich Shane auf den unbekannten Mann.

»Nein …!« Er riss den Arm mit der Waffe verzweifelt und mit aller Kraft nach oben. Der Schuss verfehlte den Papst nur knapp und traf eine der Vasen auf dem Schreibtisch, die in tausend Splitter zersprang. Shane schlug dem Attentäter mit voller Kraft einen Ellbogen gegen die Schläfe, sodass der Mann mit einem Stöhnen zu Boden ging. Die völlig verwirrten Wachen eilten ins Zimmer und nahmen ihm die Waffe aus den Händen.

Einer der Gardisten sprach mit Schweizer Akzent peinlich berührt. »Wir hätten ihn nicht hereingelassen, Heiliger Vater, hätten wir das ahnen können. Aber dass ausgerechnet der Camerlengo …«

Der andere Gardist half Shane auf die Füße. »Danke, vielen Dank! Sie haben dem Heiligen Vater das Leben gerettet.«

Der Papst schaute völlig geschockt auf den am Boden liegenden Camerlengo. So weit war es jetzt also gekommen, dass sogar Menschen aus seinem engsten Umfeld bereit waren, ihn aus Angst vor Machtverlust zu töten. Es reichte nicht, dass man Thomas Ryan aus dem Weg geräumt hatte.

Er wusste selbst, dass er nicht der Erste war, dem dieses Schicksal drohte. Machtkämpfe, Intrigen und Angst vor Reformen hatten immer wieder dazu geführt, dass der eine oder andere Vorgänger ein schnelles Ende fand.

Zuletzt war es 1978 Johannes Paul I. gewesen, der nicht nur weitgehende Reformen einleiten wollte, sondern sogar gedroht hatte, die gesamte Kurie auszutauschen. Beweise für den Mord gab es natürlich nicht, die Indizien hingegen waren ein Tsunami.

Shane stand schwer atmend da und sah den Papst verzweifelt an. »Sehen Sie jetzt, was ich meine? Es geht hier nur um Macht und Gier. Wollen Sie ein Wunder erleben? Dann seien Sie selbst eines, und handeln Sie, Heiliger Vater«, sagte Shane.

»Sie glauben nicht an Gott, und Sie verachten die Kirche, deren Oberhaupt ich bin. Warum in aller Welt nennen Sie mich Heiliger Vater?«

»Weil Sie immer noch die Chance haben, etwas wirklich Heiliges, etwas Heilsames zu tun«, sagte Shane, der immer noch am ganzen Körper zitterte. So viel Gewalt wie in den letzten Wochen hatte er noch nie erlebt. »Sagen Sie der Welt die wahre Botschaft aller Religionen, befreien Sie uns, und erkennen Sie die Kelten und Druiden als das an, was sie waren. Darum bitte ich Sie nach all dem Leid, das uns und der gesamten Menschheit über so viele Generationen hinweg widerfahren ist. Handeln Sie, wie in der Geschichte, die ich Ihnen vorhin erzählt habe.«

Das war das erste Mal, dass Shane sich selbst als Kelte bezeichnete und auch innerlich so fühlte. Er fühlte Stolz und Würde angesichts der Leistungen, die diese Kultur der Welt hinterlassen hatte und die so oder so ein unauslöschlicher Teil der Menschheitsgeschichte war.

»Hören Sie, ich stehe der Geschichte nicht skrupellos gegenüber.« Der Papst setzte sich erschöpft nieder und sah zu, wie die Gardisten den bewusstlosen Camerlengo nach draußen trugen. »Ich habe nur große Angst, dass diese Welt endgültig aus den Fugen gerät, wenn die Kirche dem Zweifel die Türen öffnet.«

Das glaubt dieser Mann wirklich, dachte Shane. Musste er es denn noch einmal sagen? »Die Botschaft der Liebe kennt viele Formen. Lassen Sie die Menschen frei, sehen Sie die Welt mit den Augen aller religiösen Traditionen. Alle beziehen sich auf die Anfänge der Welt, der Götter, der Menschen und auf den Augenblick, wo ein auserwähltes Wesen begann, die Frohe Botschaft zu verkünden – und auf die Hoffnung, dass dieses Wesen wiederkehren wird.«

Der Papst schloss die Augen.

»Es war vielleicht immer nur eine einzige Botschaft, die ein neues Bewusstsein erschaffen sollte. In jedem von uns, lebendig und ohne dogmatische Fesseln. Erkennen Sie denn nicht, wie absurd der Streit um die wahre Offenbarung ist? Die meisten Druiden wie auch die antiken Philosophen hatten erkannt, dass dieser Messias sie selbst sind und dass die Befreiung aus dem Leid sich aus einem neuen Bewusstsein nähren wird. Letztendlich sind nur wir für unser Schicksal verantwortlich.«

»Und was, glauben Sie, soll ich jetzt tun? Mein Schicksal liegt in der Hand Gottes, mein Sohn, auch wenn Sie das nicht glauben wollen oder können.«

»Trotzdem haben Sie die Möglichkeit, selbst zu handeln.«

»Gut. Auch ich habe aus diesen dramatischen Tagen gelernt, Mr. Shane, und ich werde handeln. Aber Sie müssen jetzt gehen, und zwar schnell, denn Sie können mir einen letzten Dienst erweisen.«

Der Papst winkte eine der Wachen herein.

»Begleiten Sie Mr. Shane sicher aus dem Vatikan und bis zur US-Botschaft. Mr. Shane, dort wartet unser Nuntius bei den Vereinten Nationen auf Sie. Der Camerlengo, dem ich vertraute, kann diesen Gang ja nicht mehr übernehmen. Bringen Sie diese Tasche dem Nuntius. Er soll den Inhalt sofort der Öffentlichkeit mitteilen, dann werden Sie sehen, wozu ich bereit bin.«

Shane nickte und streckte die Hand aus. »Mr. Shane, ich zolle Ihnen mehr Respekt, als Sie glauben. Sie haben ein großes Herz, und ich hoffe, ich kann Sie unter anderen Umständen eines Tages wiedersehen«, sagte der Papst.

Was hatte der Mann vor? Shane machte sich in der Tat Sorgen, und er spürte, wie sehr die Ereignisse der letzten Tage ihn Kraft gekostet hatten. Er musste sich sehr anstrengen, um die Nerven zu behalten, und bevor er den Raum verließ, tat er etwas, das alle im Raum und wohl den Papst am meisten überraschte: Er umarmte den Papst.

»Danke, Heiliger Vater, ich vertraue Ihnen.«

»Gehen Sie jetzt. Sie haben nicht viel Zeit.«

Zwei Männer der Vatikanpolizei kamen herauf und signalisierten, dass alles bereit sei.

»Verriegeln Sie meine Räume«, befahl der Papst, »und lassen Sie niemanden mehr herein. Niemanden, unter keinen Umständen! Mr. Shane, nehmen Sie das.«

Der Papst stellte sich vor Shane, sodass niemand sehen konnte, was er Shane in die Hand drückte.

»Aber …«

»Nehmen Sie das und geben Sie acht darauf.«

Als Shane den Gegenstand in seiner Hand betrachtete, musste er einen Aufschrei unterdrücken. Er starrte den Papst ungläubig an, dann drehte er sich eilig um und ging in Begleitung der bewaffneten Polizisten hinaus.

102

Shane wurde von den beiden Gardisten in die Mitte genommen und durch die Räume und Treppenhäuser begleitet. Er sah einige Kardinäle und Priester, die ihn erkannten und voller Hass und Verzweiflung ansahen; er hörte, wie die Schweizergardisten als Verräter beschimpft und mit der ewigen Verdammnis bedroht wurden. Doch seltsamerweise hatte er keinen Augenblick lang Angst, dass ihm das gleiche Schicksal widerfahren würde wie Ryan.

Auf dem Petersplatz angekommen, spürte er, dass jetzt nichts mehr umkehrbar sein würde. Nur mit Mühe konnte er sich davon abhalten, den Inhalt der Tasche anzusehen. Was hatte der Papst ihm gegeben? Er sah auf die Massen von Menschen, spürte die unheimliche Mischung aus gespannter Ruhe, Angst und Hoffnung. Er sah Menschen dastehen und gebannt darauf warten, was als Nächstes geschehen würde.

»Kommen Sie, Mr. Shane, wir müssen uns beeilen. Sie müssen so schnell wie möglich das Hoheitsgebiet des Vatikans verlassen.« Der Gardist wirkte nervös und sah sich immer wieder nach allen Seiten um. »Haben Sie die Männer hinter uns nicht bemerkt? Und seien Sie so gut und drehen Sie die Tasche um, das päpstliche Siegel darauf macht Sie nämlich zu einer Art Zielscheibe.«

Einige Männer in Priesterkleidung folgten ihnen. Mindestens einer von ihnen war erkennbar bewaffnet.

»Wie kommen wir sicher durch die Stadt?«, fragte Shane den Gardisten und fing an, sich so schnell er konnte durch die Menschenmenge zu bewegen. »Und wieso haben wir keinen Hinterausgang genommen?«

»Wir werden an der Via della Conciliazione in einen Wagen steigen. Es sind nur noch ein paar Meter. Alles andere wäre zu gefährlich gewesen.«

»Ehrlich gesagt, ich finde das hier gefährlich genug«, sagte Shane und blickte sich über die Schulter nach den Verfolgern um, die im Moment jedoch zurückfielen. Es war für alle schwierig, sich einen Weg durch die Menge zu bahnen. Über dem gesamten Platz lag eine gespenstische Stimmung aus Angst und einer Spannung, die sich wie bei einem Gewitter jeden Augenblick zu entladen drohte. Oder kam das nur ihm so vor?

Die Via della Conciliazione war von Zehntausenden Menschen verstopft.

»Also mit dem Auto, ja? Das könnte aber ein Weilchen dauern«, scherzte Shane vor lauter Nervosität und Hilflosigkeit. Die Verfolger in der schwarzen Kleidung hatten wieder aufgeholt.

»Schätze, wir haben keine andere Wahl, als bis zur Engelsburg zu gehen, wo der nächste Wagen steht«, sagte einer der Männer. »Gehen Sie einfach weiter, ich bin gleich wieder bei Ihnen.«

»Was meinen Sie? Was haben Sie vor?«

Im gleichen Moment war der Mann in der Menge verschwunden. Shane drehte sich kurz um, aber sein zweiter Begleiter zog ihn eilig mit sich. Shane riss sich los und blieb stehen.

»Mr. Shane, kommen Sie bitte weiter, wir müssen so schnell wie möglich hier weg.«

In diesem Augenblick ging einer der Verfolger lautlos zu Boden.

Shane schlug die Hände vors Gesicht. »Mein Gott, warum?«, fragte er seinen Begleiter verzweifelt, doch der zog ihn wortlos weiter.

»Fragen Sie nicht, kommen Sie jetzt! Wir müssen uns beeilen.«

»Was ist in dieser Tasche, dass es wieder einen Mord lohnt?«, fragte Shane den Polizisten, doch der gab ihm keine Antwort mehr und zog stattdessen seinerseits eine Waffe.

»Wenn der Heilige Vater will, dass diese Botschaft die Welt erreicht, dann werde ich dafür sorgen, dass das geschieht. Und wenn Sie nicht kooperieren, dann geschieht es ohne Sie, auf die eine oder andere Weise. Ich mache keine Witze, Mr. Shane, dafür ist jetzt weder die Zeit noch der Ort. Sie haben ihr Ziel erreicht, mehr kann ich Ihnen nicht sagen.« Es war gleichzeitig eine Drohung und eine Bitte.

»Schon gut, ich komme ja«, sagte Shane, auch weil er inzwischen weitere Verfolger bemerkt hatte. Ohne den Schutz seines Begleiters wäre er ihnen hilflos ausgeliefert. »Wie weit ist es bis zur Botschaft?«

»Gute drei Kilometer, kommen Sie, folgen Sie mir einfach.«

»Haben Sie eine zweite Waffe?«

»Was?«

»Ich bin es langsam leid, ständig ohne eigene Verteidigung dazustehen.«

Er sah, wie einer der Verfolger einige Leute beiseiteschubste, um sich schneller bewegen zu können. Doch jetzt hatte auch der zweite Begleiter wieder zu ihnen aufgeschlossen. Er hatte Shanes Frage gehört.

»Hier, nehmen Sie die.«

Um ein Haar hätte Shane laut gelacht. Der Mann hatte die Waffe unter der Hose am Bein befestigt, wie in einem schlechten James-Bond-Film.

103

Während die Kardinäle in der Basilika warteten, öffnete der Papst die Fenster seiner Gemächer und schaltete die Lautsprecheranlage ein.

»Meine Brüder und Schwestern.« Er sah, wie die Gesichter der Menschen auf dem Platz sich ihm zuwandten. »Meine Brüder und Schwestern, viel Unheil ist in diesen Tagen von unserer Kirche ausgegangen. Menschen aus unserer Kirche sind verantwortlich für das Leid und den Tod von Unschuldigen. Wie weit haben wir uns von der friedlichen und menschenfreundlichen Botschaft unseres Herrn Jesus Christus entfernt. Fast dreihundert Jahre nach seinem Tod haben die Urchristen diese Botschaft unverfälscht verkündet. Sie wussten: Das Christentum beruht auf dem Gebot der Nächstenliebe, der Feindesliebe, dem Gebot, nicht zu stehlen und nicht zu töten – und doch müssen wir, muss ich nun mit Schrecken feststellen, dass die Kirche, die in ihr wirkenden Menschen, diese Gebote allzu oft schändlich verraten haben, ja, dass sie sogar heute noch zu den Waffen greifen. Vor wenigen Minuten ist es wieder geschehen, hier in meinen Räumen.«

Die Menge auf dem Petersplatz war totenstill. In der Basilika jedoch war erst ein Raunen, dann aufgeregte Rufe zu hören. Einige Kardinäle machten sich wütend auf den Weg zu den Gemächern des Papstes und nahmen diejenigen bewaffneten Wächter mit, die ihnen noch treu ergeben folgten. Doch der Vorraum war bereits von den anderen Wachen verbarrikadiert worden. Sie standen bereit, die Waffen gezogen, und schienen zu allem entschlossen. Zwei Warnschüsse wurden abgegeben, dann herrschte auch unter den Eindringlingen gespannte Ruhe.

Der Papst hatte kurz innegehalten, als der Tumult vor seiner Tür laut geworden war, sprach aber sofort weiter. »Ich musste erkennen, dass der Glaube an die Bergpredigt unseres geliebten Herrn Jesus Christus und seine wahre Botschaft nicht mehr von dieser Kirche ausgehen, wenn sie es denn je getan haben. Ich bitte die Völker dieser Erde um Verzeihung für das, was im Namen Gottes in verabscheuungswürdiger Form von dieser Kirche verbrochen wurde.«

Im Vorraum versuchten die Eindringlinge weiter verzweifelt, die Wachen zu überwältigen und ihn zum Schweigen zu bringen – ohne Erfolg. Einer der Kardinäle schrie hysterisch: »Er ist vom Teufel besessen, er zerstört Gottes Werk auf Erden, das ist die Ankunft des Antichrists, die Offenbarung des Johannes wird wahr, das Ende ist nahe!«

Shane und die beiden Gardisten hatten sich bis zum Castel Sant'Angelo weiter zu Fuß durch die Massen gekämpft. Endlich sah er ein Polizeifahrzeug vor sich, einer seiner Begleiter deutete hektisch darauf und hielt bereits den Schlüssel in der Hand, als Shane einen brennenden Schmerz in der rechten Hand spürte. Fassungslos blickte auf seinen Handrücken, der von einer Kugel glatt durchschossen worden war. Schmerz und Schock ließen ihn in die Knie gehen. Der Gardist neben ihm hatte den Schützen ins Visier genommen und traf ihn zielsicher mitten in die Stirn. Passanten schrien auf und rannten panisch in alle Richtungen davon.

»Sie müssen aufstehen, Mr. Shane!«

»Ah, verdammt, das tut ja wahnsinnig weh!«

»Zeigen Sie her.«

Etwas unsanft drehte der Gardist die Hand Shanes um, sodass er nochmals aufschrie. Dann zog sich der Mann das weiße Hemd aus der Hose und riss seitlich einen Streifen ab, um daraus einen provisorischen Verband zu machen.

»Es ist nur ein glatter Durchschuss.«

»Oh, danke, das ist wirklich sehr beruhigend.«

Von ferne sah Shane weitere Männer, die auf sie zuliefen. Inzwischen machte sich keiner ihrer Verfolger mehr die Mühe, seine Waffe verborgen zu halten.

»Los, steigen Sie ein, machen Sie schon!«

Mit schmerzverzogenem Gesicht setzte sich Shane auf den Beifahrersitz, während der Gardist in Windeseile den Wagen startete. Dann hielt er rückwärts mit vollem Tempo auf die Verfolger zu, die sich nur durch einen Hechtsprung retten konnten, aber offenbar gut genug ausgebildet waren, um noch ein Dutzend Schüsse auf den Wagen abzugeben, die die Scheiben mehrfach durchschlugen.

»Verdammt, wer sind diese Leute?«

»Die Leibwächter des ehrenwerten Kardinalstaatssekretärs Lambert, Mr. Shane, was haben Sie denn gedacht?«

Wie ein Wahnsinniger raste der Gardist über die Via Tomacelli, dann durch kleine Gassen und schließlich vor die US-Botschaft, wo sie von bewaffneten Mitarbeitern der CIA empfangen und sofort in das Gebäude gebracht wurden.

»Sind Sie Mr. Shane?«, fragte ein kleiner, etwa fünfzigjähriger, schlanker Italiener mit einer sonoren und angesichts der Umstände erstaunlich besonnenen Stimme.

»Ja, wieso?«

»Es wird Sie vielleicht erschrecken, vielleicht auch nicht, aber ich denke, Sie halten das Ende des Vatikans in den Händen. Kommen Sie in das Büro …«

»Was geschieht auf dem Petersplatz?« Shane wollte unbedingt wissen, was der Papst als Handeln bezeichnete. Im Büro lief die Liveübertragung.

»Brauchen Sie einen Arzt, Mr. Shane?«

»Nein, nein, das geht schon.«

»Würden Sie mir jetzt bitte die Tasche geben?« Der Mann hatte nicht einmal die Stimme gehoben.

»Ja … ja, natürlich.«

Alle standen vor dem Fernseher, der Nuntius öffnete die Tasche, blätterte kurz die Dokumente durch und bekreuzigte sich.

Doch Shane und der Gardist hatten ihn schon fast vergessen, denn sie hörten fassungslos den Worten des Papstes zu.

Auf dem Petersplatz standen die Menschen wie unter Schock.

Und dann kamen die Worte, die die Welt für immer verändern sollten.

»Ich möchte, dass ihr alle in Freiheit und Selbstbestimmung dem Glauben folgt, der euch ganz persönlich Gott näherbringt. Und da ich auf schmerzhafte Weise begreifen musste, dass der Weg dorthin für jeden Menschen anders aussieht, hat für mich jeder Anspruch auf eine absolute Wahrheit seinen Sinn verloren. Deshalb trete ich von meinem Amt zurück.«

Der Papst warf symbolisch seinen Pileolus, die typische kreisrunde Kopfbedeckung, aus dem Fenster, und das Raunen von Zehntausenden Menschen war zu hören.

»Es ist an der Zeit, dass wir gemeinsam wieder der wahren

Botschaft Jesu folgen, der Botschaft der Bergpredigt, und auch der Botschaft der vielen anderen Offenbarungen, aus denen in Wahrheit immer nur der eine Geist der göttlichen Schöpfungskraft spricht. Jener Kraft, die dem Menschen innewohnt. Dazu gehören auch die Überlieferungen der Druiden, von denen in den letzten Tagen so viel die Rede war. Ihre wenigen Nachfahren haben Anspruch darauf, dass man den historischen Leistungen dieser Gelehrten den gleichen Respekt zollt wie allen anderen Glaubensrichtungen.

Vor meinem Rücktritt habe ich eine grundlegende Reform der römisch-katholischen Kirche in die Wege geleitet. Alle Archive werden als Erbe der gesamten Menschheit geöffnet, und ich bekenne, dass der Anspruch dieser Kirche auf absolute Wahrheit und auf die Vertretung des einzigen Gottes ein Irrtum war. Mein Rücktritt ist nur ein Symbol. Er geschieht aus Liebe, Achtung und einem tief empfundenen Gefühl der Verantwortung. Es bedeutet aber nicht die Auflösung der Kirche. Vielmehr müssen wir zusammenrücken, um die Probleme dieser Welt in Frieden lösen zu helfen. Wir werden die Menschen nicht im Stich lassen, die unsere praktische oder seelsorgerliche Hilfe benötigen. Aber wir werden Abschied nehmen von dem fehlgeleiteten Anspruch, die alleinige Vertretung Gottes auf Erden zu sein. Euch aber, liebe Brüder und Schwestern, bitte ich von Herzen darum, dass ihr in Nächstenliebe und Toleranz für unser aller Schwächen betet, in welcher Form ihr es auch könnt und wollt. Ihr Völker der Erde, ich bitte euch in aller Demut um Vergebung und bete um Heilung für uns alle.«

Shane und der Nuntius schauten sich fassungslos an.

Der Gardist stand mit geballten Fäusten vor dem Fernseher. »Jetzt werden sie ihn für verrückt erklären, ihm eine Kugel durch den Kopf jagen oder ihn einfach aus dem Vatikan jagen. Und dann werden sie in einem Konklave einen neuen Papst wählen«, sagte er verbittert. »Sie sitzen ja schon alle beieinander. Und alles wird wieder sein, wie es immer war.«

»Das wird nicht mehr möglich sein«, sagte der Nuntius, der noch immer eine stoische Ruhe an den Tag legte, und stapelte die Dokumente ordentlich auf den Tisch. »Mr. Shane, hat Ihnen der Papst noch etwas gegeben?«

Shane wurde nervös. Sollte er das tatsächlich preisgeben? »Ja, das hat er in der Tat.« Shane zog mit seiner unverletzten Linken etwas umständlich den Fischerring, das Symbol der päpstlichen Macht, aus seiner Tasche und hielt ihn dem Nuntius auf der offenen Handfläche hin. »Darf ich unter diesen Umständen erfahren, was für Dokumente ich durch die Stadt getragen habe?«

Der Nuntius ignorierte Shane und zog hektisch das Handy aus seinem Jackett. »Ich muss den Zeremonienmeister erreichen. Er muss den Kardinälen die Nachricht überbringen, bevor noch weiteres Unheil geschieht.«

»Was sind das für Dokumente?«, fragte Shane abermals. »Um welche Nachricht handelt es sich?«

»Es sind die Entlassungsurkunden aller Kardinäle, und zwar weltweit – und zusammen mit dem Fischerring …« Plötzlich begann der Nuntius, der bisher keine Regung gezeigt hatte, zu zittern und brach in Tränen aus.

Der Gardist begriff schnell. Er sah Shane halb ehrfürchtig, halb amüsiert an. »Verstehen Sie, ohne im Amt befindliche Kardinäle kann es keine Neuwahl eines Papstes geben, und die Kardinäle können wiederum nur vom Papst ernannt werden. Und da Sie zudem den unzerbrochenen Fischerring bei sich tragen, sind Sie theoretisch der Inhaber des höchsten Amtes dieser Kirche«, erklärte er, als handele es sich um eine so offensichtliche Tatsache, dass Shane auch selbst hätte darauf kommen können. Er zuckte die Schultern. »Theoretisch.«

Shane wurde unruhig. Er wollte zurück. Aus irgendeinem Grund wollte er zurück und diesen Mann schützen, der soeben zu einem Helden geworden war.

Inzwischen hatte der Nuntius Kardinal Pertrosa, den Zeremonienmeister, erreicht. Als er ihm jedoch mitteilte, was er in Händen hielt, hörte er am anderen Ende der Leitung nur noch einen seltsamen Seufzer und einen dumpfen Aufprall.

»Eminenz? Eminenz …? Sind Sie noch dran, Eminenz?«

Gerade als Shane den Raum verlassen wollte, um in den Vatikan zurückzukehren, öffnete sich die Tür, und Catamo kam herein.

»Oh, dem Herrn sei Dank, Catamo, ich muss Sie sprechen«, sagte der Nuntius. »Sie müssen das so schnell wie möglich an die Öffentlichkeit geben. Aber halten Sie sich fest, das wird Ihre letzte Amtshandlung sein …«

»Ich weiß, ich bin seit Tagen eingeweiht«, sagte Catamo leise.

104

Weltweit hatten die Fernsehsender ihr Programm unterbrochen. Der Papst stand in Stille an seinem Fenster und betete. Die meisten Menschen hatten sich niedergekniet oder standen einfach still da und beteten mit ihm.

Für manche jedoch war dieser Augenblick nicht das Ende, sondern ein neuer Anfang und ein so befreiender Augenblick, dass sie sich unter Tränen in die Arme fielen. Vor den Fernsehgeräten saßen Menschen aller Glaubensrichtungen, ob Kopten in Ägypten, Juden in Jerusalem, Muslime in Tunesien, Buddhisten und viele mehr – alle sahen voller Ehrfurcht, was dieser Mann erkannt und vollbracht hatte. Es war das stärkste Signal für einen Frieden aller Religionen, das nur denkbar schien.

In einer ersten Stellungnahme würdigte die US-Präsidentin diesen Schritt als historisches Ereignis einer Zeitenwende, in der Fundamentalismus und Allmachtsansprüche ersetzt wurden durch Toleranz und Freiheit. Das gelte auch für die Politik, die sich in Zukunft an dem Potenzial und Wert allen Lebens zu orientieren habe und nicht an der Gier und Maßlosigkeit weniger, die die Lebensgrundlagen der Menschheit bedrohten. »Wir haben lange genug auf Knien vor dem Abgott Wirtschaftswachstum gelegen«, sagte sie wörtlich.

Shane und der Gardist fuhren mit ihrem Wagen so nah wie möglich an den Petersplatz heran. Als Shane die Waffe in seiner hinteren Hosentasche bemerkte, nahm er sie heraus und gab sie dem Gardisten zurück.

»Danke. Auch wenn sie mir nicht wirklich geholfen hat.«

Der Wagen hielt.

»Wollen Sie mir nicht endlich sagen, wie Sie heißen?«

»Peter.«

»Mein Name ist Adam. Peter, ich brauche jetzt noch einmal Ihre Hilfe, denn ich will nicht, dass dieser Mann getötet wird wie so viele vor ihm, die die Welt verändern wollten. Er am allerwenigsten, denn was er da fertiggebracht hat, ist wirklich ein Wunder.« Fast gleichzeitig öffneten sie die Autotüren und stiegen aus.

Im Vatikan herrschte blanke Panik. Als die Kardinäle von ihrer Entlassung und vom Tod des Zeremonienmeisters erfuhren, saßen einige fassungslos in der Basilika, andere standen ratlos vor den Gemächern des Papstes beieinander. Die Versuche, die Tür zu durchbrechen, hörten schlagartig auf. Irgendwann nahm der erste der kirchlichen Würdenträger seinen Hut ab und ging mit gesenktem Kopf hinaus. Einige andere folgten, während andere immer noch wie versteinert dastanden.

In den Räumen des Papstes entspannten sich die Wachen, als der Lärm nachließ. Der Papst hatte aus einem Schrank ein gewöhnliches schwarzes Priestergewand geholt und zog es an. Dann ließ er von zweien seiner Gardisten die Tür öffnen, und die Draußenstehenden sahen das Bild, das noch Stunden zuvor niemand auf der Welt für möglich gehalten hätte: Der Papst wollte den Vatikan als das verlassen, was er war: ein einfacher Mann, ein einfacher Priester.

Als Shane sich mit Peter durch die Menge bis zum Eingang

des Petersdoms geschlagen hatte, öffneten sich plötzlich die schweren Türen. Zuerst kamen zwei der traditionell gekleideten Gardisten mit ihren Lanzen heraus, dann einige Kardinäle, die die Treue zum Papst bewahrt hatten. Zum Zeichen der Solidarität hatten sich einige ebenfalls einfache Gewänder angezogen. Und dann kam er selbst: Giuseppe Mardi, der sich noch vor wenigen Stunden Johannes Paul III. genannt hatte. Der letzte Papst ging langsam die Treppen hinunter. Als er Shane sah, winkte er ihn an seine Seite.

105

In Dublin saßen alle vor dem Fernseher in MacClarys Bibliothek.

MacClary fuhr sich mit beiden Händen übers Gesicht. »Ich bin einfach nur überwältigt. Gott, schaut euch dieses Bild an.«

»Moment, das glaub ich nicht«, sagte Jennifer. Sie erkannte, wie Adam Shane, *ihr* Adam Shane, an der Seite des Papstes durch die Menge ging, ihn begleitete und stützte. Die Menschen machten respektvoll eine Gasse frei.

»Er ist verletzt«, sagte Jennifer mit einem besorgten Blick auf Shanes verbundene Hand. Was mochte in den letzten Stunden in Rom alles geschehen sein?

»Was soll jetzt bloß werden?«, fragte Ms. Copendale, die alles von ihrem Sessel aus verfolgt hatte.

»Er wird nach Irland kommen«, sagte Jennifer, ohne den Blick vom Bildschirm zu nehmen. »Der Papst, meine ich. Die irische Regierung hat gerade zugesagt, ihn aufzunehmen. Aber dieses Bild da … ist es nicht unglaublich, dass Aregetorix recht behält? Die Wiederkehr der Druiden ist in der Tat nicht wörtlich zu verstehen. Es geht einfach um die Wiederkehr des Bewusstseins, dass die Trennung unserer Seelen und unseres Glaubens eine Illusion ist. Dass sich das

Göttliche in unendlicher Vielfalt ausdrückt, aber nur eine Quelle hat. Ist euch eigentlich klar, dass wir das da gerade sehen?«

Der Papst wandte sich Shane zu und flüsterte ihm etwas zu. »Habe ich mein Versprechen gehalten?«

Shane liefen die Tränen übers Gesicht. Plötzlich überkam ihn eine nie erlebte Flut von Trauer und Freude, Achtung und Würde zur gleichen Zeit. Für einen kurzen Moment blieben die beiden Männer stehen und sahen sich in die Augen. Die Menge um sie herum wurde still und spürte etwas, was diesen Platz seit Langem nicht mehr so intensiv, vielleicht noch nie so überzogen hatte.

»Sie sind ein Held, Heiliger Vater, wissen Sie das?«

»Von jetzt an nennen Sie mich bitte Giuseppe, Adam.«

Langsam gingen sie weiter zu der bereitstehenden Limousine, deren Fahrer ihnen die Türen öffnete.

»Wollen Sie nach Dublin, mein lieber Adam? Dann begleiten Sie mich«, bat das ehemalige Oberhaupt der einst mächtigsten Kirche der Welt.

»Jennifer, was macht Adam da?«, fragte Deborah, die immer noch an ihren Fingernägeln kaute.

»Er steigt mit in das Auto. Warum geht der Irre nicht an sein Handy?«

»Entweder hat er es in Washington vergessen, oder er hat im Moment einfach kein Ohr dafür«, sagte MacClary. »Beides würde mich nicht wundern. Du wirst dich noch ein bisschen gedulden müssen.« Er stand auf und ging zur Tür, blieb dann aber in der Mitte des Zimmers stehen. »Allmählich fange ich selbst an zu glauben, dass es zu Ende ist. Dieser Tag wird nie vergessen werden, und ihr habt einen großen, wenn auch schmerzvollen Anteil daran. Am liebsten würde ich euch alle umarmen.«

Im Fernseher sah man, wie die Limousine im Schritttempo den Platz verließ.

Hätten die Menschen auf dem Petersplatz MacClarys kleine Rede gehört, sie hätten ihm vermutlich zugestimmt. Etwas war zu Ende. Aber es war auch der Beginn einer neuen Hoffnung auf eine Zukunft ohne Glaubenskämpfe.

106

Und plötzlich weißt du: Es ist die Zeit, etwas Neues zu beginnen und dem Zauber des Anfangs zu vertrauen.

Meister Eckhart – christlicher Mystiker

Glendalough – 8. April

Die Vereinten Nationen hatten die Forderungen der wenigen direkten Nachfahren der Druiden anerkannt, und nachdem internationale Experten sich in den Archiven umsehen durften, förderten sie durchaus noch einige wertvolle Hinterlassenschaften der christianisierten Druiden zutage: philosophische Schriften, Abhandlungen über Heilkunst und Architektur, Kunstgegenstände und vieles, was das Bild der angeblichen Barbaren endgültig vergessen ließ und sie in die Reihen der großen Kulturen einordnete.

Vor zwei Tagen hatte MacClary den gut drei Tonnen schweren Stein mit der Spirale des Lebens vom Magdalensberg nach Glendalough bringen lassen. Der Transport hatte ihn ein Vermögen gekostet, aber er bereute keinen Cent.

Glendalough, inmitten des Naturschutzgebiets Wicklow, einer der schönsten Schätze irischer Natur und eine bedeutende Stätte der irischen Geschichte, bot von seinen umliegenden Hügeln eine atemberaubend schöne Aussicht auf zwei Seen. Es gab Bäche, viel Wald und kleine Wasserfälle: ein mystischer Ort zum Träumen. Im nahe gelegenen Wald inmitten einer kreisrunden Lichtung lag nun der Stein und gab dem Ort fast etwas Weihevolles, wenn auch allen klar war, dass er nur das Symbol einer vergangenen Kultur war. Wer konnte schon wissen, wie das Neue aussehen würde, das aus den Resten entstand?

Shane hatte sich ein Stück von den anderen entfernt. Sein Handy hatte sich gemeldet, und als er die eingeblendete Nummer sah, wurde ihm gleichzeitig heiß und kalt.

»Victoria? Es … es tut mir leid, dass ich mich nicht gemeldet habe, aber du hast vielleicht ein bisschen mitbekommen, was in den letzten Tagen …«

»Du brauchst dich nicht zu entschuldigen, Adam. Aber ich habe hier jemanden, der endlich seinen Vater sehen will«, sagte Victoria ohne den Funken eines Vorwurfs. »Du hast hoffentlich endlich gefunden, wonach du gesuchst hast.«

»Ja, Victoria, ich denke schon. Wo ist Jarod?«

»Du solltest fragen, wo wir beide sind«, sagte sie mit einem leisen Lachen.

»Wie, wieso?«

»Wir sind in Dublin. Ich dachte mir, es ist höchste Zeit, dass Jarod mal sieht, woher sein Großvater kommt.«

»Victoria, ihr solltet nach …«

»Ich weiß, wo du bist, wir machen uns in einer Stunde auf den Weg.«

»Es gibt da noch etwas, das du wissen solltest …«, begann Shane, aber sie hatte schon aufgelegt. Kopfschüttelnd steckte er das Handy ein und ging weiter in den Wald. Irgendwo dort mussten Jennifer und Deborah sein.

Am Mittag war auch Ryans Reise hier zu Ende gegangen. Sein Leichnam war im Frachtraum eines Flugzeugs von Washington nach Dublin gebracht worden, dann hatte man ihn hierher überführt. O'Brian und Sarah hatten am Vormittag behutsam alles vorbereitet und seinen Körper auf einem fein geschichteten Haufen Holz aufgebahrt, der gut zwei Meter in die Höhe ragte.

Auf der anderen Seite hatte man einen zweiten Feuerplatz errichtet, der nur dem Zweck dienen würde, den Gästen Wärme zu spenden. Es würde eine lange Nacht werden.

Jennifer und Deborah sahen sich am Waldrand die untergehende Sonne an.

»Das hätte ihm gefallen«, sagte Jennifer und umarmte Deborah, die sich in der Mitte ihrer Freunde ein wenig von dem ersten Schock erholt und wieder etwas Mut gefasst hatte. In ihrem Leib bereitete sich ein Teil von Thomas Ryan auf das Leben vor.

Deborah streichelte ihren Bauch. »Ja, das hätte ihm gefallen. Ich kann einfach immer noch nicht glauben, dass er nicht mehr hier ist. Ständig höre ich irgendwo seine Stimme. Ständig denke ich, er kommt gleich um die nächste Ecke. Er war der Einzige, der mich Deb nennen durfte, wusstest du das? Jedem anderen hätte ich die Augen ausgekratzt. Es ist schwer, Jennifer. Auch wenn ich selbst spüre, dass sein Geist anwesend ist, du weißt schon, was ich meine. Das wird wohl noch eine ganze Weile so bleiben. Aber irgendwie geht es weiter, und ich bin euch allen unendlich dankbar, dass ich heute hier mit euch sein kann. Und wenn ich endlich anfangen kann, die Funde hier zu katalogisieren, wird es sowieso besser. Arbeit ist immer gut.« Sie lächelte Jennifer an, nahm die Brille ab und begann, sie umständlich zu putzen.

Shane kam von hinten aus dem Wald und setzte sich dazu.

»Und, ist alles vorbereitet?«, fragte Jennifer.

»Ja, wir sind fertig.«

Aus allen vier Himmelsrichtungen führten die Wege zur Lichtung, und im Wald waren einige Gebäude aus Holz errichtet worden. Hier sollten die Reste der keltischen Kultur wie versprochen ihren endgültigen Platz finden: an einem zentralen Ort im gelobten Land der Druiden.

»Es ist ein großartiger Ort«, sagte Shane mit einem Strahlen im Gesicht.

»Sag, wie hast du es eigentlich geschafft, den Papst zu diesem Schritt zu bewegen?«

»Ich? Ich habe das sicher nicht getan. Er war schon lange auf dem Weg, aber es brauchte den richtigen Moment. Vergiss nicht, der Mann wusste sehr genau, dass er in Lebensgefahr war. Wenn in der Kurie auch nur ansatzweise bekannt geworden wäre, wie viel er begriffen hatte …«

»Aber du hast ihm doch eine Geschichte erzählt?«

»Ja, eine irische Legende, die ich von Thomas gehört habe.«

»Muss ich dir erst die Nase abnehmen, oder sagst du es freiwillig?«

Shane lehnte sich zurück und verschränkte die Arme hinter dem Kopf. »In der Erzählung von der Meerfahrt des Arth, Sohn des Comn, wird ein junger Held nach einer verlorenen Partie Schach dazu gezwungen, sich auf die gefährliche Suche nach einem bestimmten Mädchen zu machen. Er hat keine Ahnung, wo und wie er diese junge Frau finden kann. Aber er hat keine Möglichkeit, sich der Suche zu entziehen, also reist er los, von Gefahr zu Gefahr. Viele Irrwege und Leiden muss er ertragen. Doch als er sie schließlich findet und nach Jahren wieder heimkehrt, begrüßt ihn das Volk mit Jubel und Seligkeit, weil sein Erfolg auch den Menschen guttut, zu denen er gehört. Das Glück des Einzelnen ist das Glück aller.«

»Das war Thomas' Lieblingsgeschichte », sagte Deborah gerührt.

»Der Papst hat die dahinterliegende Botschaft wohl verstanden, denn das unbekannte Mädchen war ein Bild für seine Suche nach Gott und nach sich selbst. Und dies ganz allein, ohne Einflussnahme durch eine allgemeingültige Heilslehre zu finden, bedeutet letztlich Glück für alle. Die sehenden Druiden wollten mit dieser Geschichte nur zum Ausdruck bringen, dass jeder Einzelne ein hohes Maß an innerer Einsicht erreichen kann, wenn man sein Potenzial fördert und ihn frei von Indoktrination hält. Und wir reden hier von Weisheit, nicht von irgendetwas Übernatürlichem. Sakraler Humanismus, könnte man auch sagen, wie bei Buddha, für den der Mensch heilig war.«

Jennifer schaute fasziniert ihren Adam Shane an, der noch vor ein paar Wochen ein resignierter und zynischer Mensch gewesen war. »Wie ist das alles bloß in deinen Kopf gekommen?«, lächelte sie.

»Das kann ich dir sagen. Ich habe es am eigenen Leib erfahren, in der Höhle, auf dem Stein, der jetzt in der Lichtung liegt. Thomas hatte die Theorie, dass es ein universelles Wissen gibt, das für immer wie eine Erinnerung gespeichert ist. Und ich habe genau das erlebt, als ich in der Höhle auf diesem Stein lag. Meine ureigene Erinnerung. Aber diese Art der Erfahrung steht jedem offen.«

Deborah stand auf und streckte sich. »Okay, genug Philosophie für heute. Kommt, es wird dunkel, und es sind schon fast alle da.«

Als Jennifer, Shane und Deborah auf die Lichtung kamen, verschlug es ihnen die Sprache. Aus allen Himmelsrichtungen strömten die Menschen auf den Kreis zu. Viele standen schon in der Mitte. Ruth Copendale, Ronald MacClary und die anderen irischen Familien standen ehrfürchtig in der ersten Reihe um den Stein mit der Spirale des Lebens.

Doch dann sah Shane durch die Massen einige Gestalten mit Fackeln kommen, darunter ein Mann in einfacher weißer Kleidung.

»Das glaube ich nicht.«

»Was ist, Adam?« Jennifer strengte ihren Blick an.

»Siehst du ihn denn nicht?«

Jennifers Augen wurden riesengroß, als sie den näher kommenden ehemaligen Papst erkannte. Als der alte Mann den inneren Kreis erreichte, nahmen ihn die Menschen in ihre Reihen auf. Shane ging auf den Papst zu und zog mit einem Lächeln den Fischerring aus seiner Hosentasche. »Ein schönes Stück, Giuseppe, und die Versuchung ist groß, ihn zu behalten. Doch ich denke, er ist bei Ihnen besser aufgehoben als bei mir«, sagte er und legte seinem Gegenüber den Ring in die Hand.

Deborah stellte sich neben Giuseppe Mardi, als sich alle im Kreis an den Händen fassten. Nun ergriff Adam Shane das erste Mal vor den letzten Nachfahren der Druiden das Wort. Seine Stimme war brüchig wie Herbstlaub, als er auf den Holzhaufen mit Ryans Leiche schaute.

»Ich bin heute hier, weil ich meinem Herzen gefolgt bin – und einer Vision, die mich an meine Wurzeln gebracht hat. Unsere Welt erscheint uns oft am Abgrund, weil wir uns voneinander getrennt und dadurch hilflos fühlen. Dabei sind wir alle miteinander verbunden, auch über den Tod hinweg. Ich, Sie, alle Menschen auf dieser Erde, jeder hier hat unendliches göttliches Potenzial. Und der Schlüssel zu unserer Freiheit liegt in der Selbstbestimmung und dem Abschied von falschen Schuldgefühlen. Das Wunder besteht einfach darin, dass wir es alle selbst in der Hand haben, wie wir unser Leben gestalten.«

Shane warf dem Papst einen eindringlichen Blick zu, dann sprach er weiter.

»Auch die vergangenen siebzehn Jahrhunderte waren notwendig, um an diesen Punkt der Vergebung zu kommen. Heute ist ein guter Tag, um alle Kulturen einzuladen, diesen Planeten mit unserer Erkenntnis und unserer Kraft neu zu erschaffen. Und ich sehe, dass wir das können. Ich verneige mich in Demut und Trauer vor dir, Thomas Ryan, Nachkomme des Rodanicas, und lasse dich frei in die Autre Monde, die andere Welt, in der du Ruhe und Frieden finden magst.«

Gemeinsam mit Deborah trat er an den Holzhaufen und entzündete ihn mit einer Fackel. Alle schauten gebannt in die Flammen, die Ryan umloderten, und jeder nahm auf seine Weise Abschied.

Dann begann eine lange Nacht. Aus allen Himmelsrichtungen strömten immer mehr Menschen in den Wald. Ihre Gesichter spiegelten eine Mischung aus Erlösung und Spannung, was diese Zeitenwende wohl bringen würde. Aus den Vereinigten Staaten hatte Shane vor der Zeremonie ein Brief erreicht. Die Präsidentin hatte nicht vergessen, was er ihr am Abend vor der Ankündigung ihres ehrgeizigen Wirtschaftsplans überlassen hatte.

Jennifer nahm Shane zur Seite. »Was denkst du, wirst du ihrer Einladung folgen?«

»Na ja, nach dieser kleinen kulturellen Verwirrung weiß ich auch nicht genau, wohin es mich zieht, aber warum nicht?«, sagte Shane halb im Scherz.

»Kleine kulturelle Verwirrung, wo hast du das denn her?«

»Keine Ahnung, das ging mir gerade so durch den Kopf, als hätte es mal jemand zu mir gesagt. Aber tatsächlich, was sind schon zweitausend Jahre, Jennifer? In den letzten Wochen ist mir klar geworden, wie der Geist unsere Realität erst erschafft. Wenn wir das nicht verstehen … *Wir* sind der Schöpfer, und wir tragen die Verantwortung dafür, ob wir die Hölle oder das Paradies auf dieser Erde erschaffen. Entweder werden wir jetzt erwachsen, oder wir gehen unter. Es ist unsere Entscheidung – und nur unsere!«

»Und so konnte mit diesem Papst aus einem Fluch doch noch ein Segen werden. Weil er sich entschieden hat«, sagte Deborah leise.

Gemeinsam starrten sie in die Flammen, die Ryans Leichnam immer mehr einhüllten. »Mir ist vollkommen klar, dass das Wissen der Druiden auch nicht weniger oder mehr wert war als die verlorenen Gaben der anderen Naturvölker. Und doch frage ich mich, was uns entgegangen ist«, sagte Shane mit leiser Bitterkeit.

»Aber ist diese Frage nicht müßig? Wie hast du selbst gesagt …«

»Ja, ich weiß. *Wir können uns erinnern*. Das ist nicht von mir, meine Liebe, das hat Thomas gesagt, und er hatte recht. Wenn sich unsere Kultur tatsächlich aus den Erfahrungen der gesamten Menschheit zusammensetzt, dann schulden wir den Druiden in der Tat etwas mehr Aufmerksamkeit. Ich glaube nämlich inzwischen, dass wir ihnen einige unserer höchsten Werte verdanken. Dazu gehört ihre Fähigkeit, in diesem Blatt das ganze Universum zu erkennen.«

EPILOG

Eine Welt muss ich erschaffen, um nicht Sklave anderer zu werden. Nicht denken und vergleichen – schaffen muss ich.

William Blake, irischer Dichter

Shane stand auf der Spirale des Lebens. Er sah in die Sterne. Tränen der Trauer und der Freude zugleich waren ihm in die Augen geschossen. Ein Stück weiter tanzten Kinder um das Feuer, darunter sein Sohn Jarod. Zu seiner Freude sah er, dass Jennifer und Victoria miteinander sprachen. Wenig später kamen sie auf ihn zu und setzten sich zu ihm auf den Stein.

Shane ließ die letzten Wochen noch einmal an sich vorbeiziehen. Irgendein Journalist hatte von Erfolg gesprochen, von einem Sieg sogar, von Triumph. Er konnte mit diesen Begriffen nicht das Geringste anfangen. Nicht er hatte die Kirche zum Einsturz gebracht, auch nicht die Gruppe von Menschen, mit denen er die letzten Wochen verbracht hatte. Und viele Geheimnisse der Druiden blieben weiter im Verborgenen, würden vielleicht nie an den Tag kommen.

Aber die Menschheit hatte eine Chance. Vielleicht können wir endlich die Möglichkeit akzeptieren, dass es keinen göttlichen Plan gibt und dass wir allein sind mit dem, was wir haben, dachte er. Und vielleicht können wir dann endlich wieder schätzen, was wir haben.

Nein, er spürte keinen Triumph. Die Druiden hatten sich ebenso wie die römischen und griechischen Philosophen mit der rationalen Erkenntnis beschäftigt. Andere einflussreiche Denker hatten sich aus Machtinteresse mit den politischen Führern ihrer Zeit verbündet und den Menschen gegeben, wonach sie in ihrer Angst und Hilflosigkeit verlangten: die Idee eines einzigen Gottes. Das war der Anfang einer ungeheuren Verwirrung gewesen, die in alle Richtungen gewirkt hatte. Ebenso wenig, wie die christlichen Schriften und die Praxis der katholischen Kirche etwas mit Jesus Christus gemein hatten, besaßen die unzähligen Bruderschaften und Logen, die an diesem Abend Abschied von Thomas Ryan nahmen, eine klare Vorstellung vom ursprünglichen Druidentum.

Es reicht eben nicht, sich ein wallendes Druidengewand zu schneidern und auf die Richtigkeit irgendwelcher Rituale zu pochen, dachte Shane. Aber es gab die Chance, hinter Legenden, melancholischen Liedern und Heldensagen nach geistigen und ethischen Prinzipien zu suchen. Es gab die Chance, sich zu erinnern, so, wie sich auf dem Petersplatz und überall auf der Welt die Christen in diesen Tagen an die wahre Botschaft erinnern mochten. Shane war sich sicher, dass der Respekt vor dem anderen Glauben, der anderen Erkenntnis genauso dazugehörte wie der Respekt vor der Erde, der Mutter allen Lebens.

Für einen Moment fühlte er eine tonnenschwere Verantwortung auf seinen Schultern. Aber dann schweifte sein Blick über die Lichtung, die Menschen, die fröhlichen Kinder und fand schließlich auf Jennifers Gesicht sein Ziel. Die Liebe, die aus ihren Augen strahlte, erinnerte ihn daran, dass es eine göttliche Quelle gibt, die nie versiegt.

DANKSAGUNGEN

Ich danke meinem Verleger Christian Strasser, der nicht nur das Herz am richtigen Fleck hat, sondern auch die Zeichen der Zeit erkannt hat. Einer Zeit, in der ein neues Bewusstsein auch nach historischen Wahrheiten sucht. Ich danke besonders meiner Lektorin Ulrike Strerath-Bolz, der ich sehr viele Impulse und eine tolle Zusammenarbeit verdanke. Und mein Dank geht an Wolfgang Ziegert, der mir lange Zeit immer wieder ein treuer Lehrer, Freund und Diskussionspartner war.

Ich danke Naomi L. Kucharsky, die sich intensiv für die Entstehung dieses Romans eingesetzt hat. Besonders dankbar bin ich Verena Strobl – eine unnachgiebige Leserin und Visionärin. Und schließlich danke ich meinen Eltern, die mich in allem, was ich tue, unterstützt haben.

Weiter danke ich zahlreichen Wissenschaftlern für alte Geschichte und Rechtswissenschaft für ihre großzügige Beratung sowie zahlreichen engagierten Kirchenkritikern, von deren Erkenntnissen ich profitieren durfte.

PERSONENLISTE

Sean MacClary · *Vater von Ronald Mac Clary, Offizier und Archäologe*
Ronald Mac Clary · *Vorsitzender Richter am Supreme Court – Washington*
Adam Shane · *Naturheiler aus Österreich*
Thomas Ryan · *Naturheiler aus Irland, Nachfahre des Druiden Rodanicas*
Jennifer Wilson · *Staranwältin in Boston – Vertraute von Ronald MacClary*
Deborah Walker · *Sprachwissenschaftlerin und Lebensgefährtin von Thomas Ryan*
Ruth Copendale · *Haushälterin von Ronald MacClary*
Lisa MacClary · *Mutter von Ronald MacClary*
Padre Luca Morati · *Ehemaliger Beichtvater von Ruth Copendale und Leiter eines geheimen Archivs des Vatikans*
Kardinal Thomas Lambert · *Kardinalstaatssekretär*
Victor Salvoni · *Leiter der vatikanischen Polizei*
Kardinal Rodrigez Perona · *Camerlengo*
Johannes Paul III. · *Papst*
Padre Vincent Contas · *Leiter der Glaubenskongregation*
Padre Econo · *Restaurator im Archiv der Glaubenskongregation*

Eduard Catamo · *Leiter der Presseabteilung des Vatikans*
Diana Branks · *Präsidentin der USA*
Bill Axton · *Persönlicher Berater der amerikanischen Präsidentin*
Bob Johnson, Alex Winster, Ian Copter, Barbara Andrews, Elora Spencer, John Faster, Adrienne Windsor und Tom Brown · *Richter am Supreme Court – Washington*
Dave Foxter · *Richter am Internationalen Strafgerichtshof, Den Haag*
Louis Jackson · *Staatsanwältin in Boston*
George Cassidy · *Mitarbeiter der vatikanischen Polizei*
Peter Müller · *Mitarbeiter der vatikanischen Polizei*
Jack Willington · *Leiter des Trinity College in Dublin*
Georg Winter · *Besitzer des Gasthauses am Magdalensberg*
Roman Winter · *Sein Sohn*
Markus Steinberger · *Freund von Ronald MacClary in Österreich*
Eric Fink · *Redakteur des österreichischen »Standards«*
Dave Atkinson · *US-Botschafter in Wien*
John Baxter · *US-Botschafter in Dublin*
Brian Langster · *Freund von Thomas Ryan*
Joseph Pascal · *Leiter eines privaten Instituts für Archäologie in Washington*
Anton Schick · *Staatssekretär im Auswärtigen Amt in Wien*
Josef Angerer · *Expeditionsleiter des Instituts für Archäologie in Wien*
Alfred Steiber · *Mitarbeiter im Auswärtigen Amt in Wien*
Aregetorix · *Druide – Wächter der Bibliothek*
Uratorix · *Druidenschüler – Sohn des Aregetorix*
Dubdrean · *Druide*
Datanos · *Schüler der neuplatonischen Schule in Rom*
Mercanus · *Schüler der neuplatonischen Schule in Rom*

Rodanicas · *Druide*
Connor Ryan · *Vater von Thomas Ryan*
Jane Ryan · *Mutter von Thomas Ryan*
Ron O'Brian · *Nachfahre des Druiden Aregetorix, bester Freund von Connor Ryan*
Matthew Ryan · *Verstorbener Bruder von Thomas Ryan*
Sarah und Patrick Connor, Ian Cooper, John Lord · *Weitere Nachfahren der Druiden*
Victoria Shane · *Exfrau von Adam Shane*
Jarod Shane · *Sohn von Adam Shane*

Wie der Zweite Weltkrieg bis heute emotional in den Deutschen nachwirkt

Wie kaum ein anderes Volk haben wir Deutschen Schwierigkeiten, uns selbst anzunehmen. Hinter der Last, deutsch zu sein, steckt mehr als eine kollektive Befindlichkeitsstörung: Die Familientherapeutin Gabriele Baring sieht die Ursachen in geerbten und übernommenen Anteilen unserer Seele. Weil wir uns unbewusst mit den Schicksalen unserer Vorfahren verbinden, prägen uns die Schrecken des vergangenen Jahrhunderts bis heute. Doch wir können uns befreien, wenn wir auf die tiefere Dynamik in der eigenen Familie eingehen und selbstzerstörerische Muster und Konflikte erkennen. Ein Plädoyer für die offensive Auseinandersetzung mit der Vergangenheit – damit es uns gelingt, uns selbst und unsere traumatisierte Nation wieder zu lieben.

250 Seiten, gebunden mit Schutzumschlag
19,95 € (D) / 20,60 € (A) / 30,50 sFr
ISBN 978-3-942166-46-1

»Alles geht, alles kommt zurück; ewig rollt das Rad des Seins. Alles stirbt, alles blüht wieder auf, ewig läuft das Jahr des Seins.«

Friedrich Nietzsche, *Also sprach Zarathustra*

In unserer abendländischen Kultur verfügen wir über ein reiches Erbe an Symbolen. Es sind die großen Bilder unserer Religionen. Bis heute prägen sie unser Denken und unser Weltbild, sie bestimmen unseren Kalender, sind eingraviert in unseren Jahreslauf.

Und doch haben wir diese Symbole vergessen wie kaum eine Gesellschaft vor uns. Was wissen wir noch von Blut und Wasser, Brot und Wein, der Schlange und dem gefallenen Engel, dem Kreuz und dem Garten Eden? Wir haben unser religiöses Erbe einem so heftigen Bildersturm ausgesetzt, dass es unter unseren Händen verfällt. So tappen wir im Dunkeln umher, in einer metaphysischen Obdachlosigkeit mit einer unbestimmten Sehnsucht nach Glaube, Geborgenheit und Sinn. Natur und Religion werden seit Anbeginn aller Kultur miteinander verknüpft – im Jahreslauf werden die großen Themen des Menschseins mit den Bildern der Jahreszeiten verbunden. Seit je wird die Geburt des Lichtes im dunklen Winter gefeiert, wird die Auferstehung des Gottes mit der Auferstehung der Natur im Frühling verbunden.

Angela C.Contzens Buch ist eine Spurensicherung. Ein Versuch, die großen Bilder des Abendlandes zu bewahren, die jede Wandlung des Glaubens überlebt haben – in Kunst und Literatur, in Judentum, Christentum, Gnosis und Kabbalah.

416 Seiten, gebunden mit Schutzumschlag
24,95 € (D) / 25,70 € (A) / 42,90 sFr
ISBN 978-3-942166-04-1